MAD

MAD

클로이 에스포지토 지음
공보경 옮김

신은
아무렇게나
주사위 놀이를
하지 않는다.

B 북폴리오

파올로에게

이웃의 것을 탐내지 말라.

–《구약성경》〈출애굽기〉

누구에게나 2개의 인생이 주어진다.

두 번째 인생은 삶이 한 번뿐이라는 것을 깨달았을 때 비로소 시작된다.

– 공자

구별할 줄 아는 눈으로 보면

깊은 광기는 가장 신성한 감각이다.

깊은 감각은 순전한 광기일 따름이다.

어디서나 그렇듯 여기서도 우세한 것은 다수다.

동의하면 당신은 제정신이다.

반대하면 당신은 곧바로 위험한 존재가 되어

쇠사슬을 차게 된다.

– 에밀리 디킨슨

차례

면책

더 깊은 얘기를 하기 전에 먼저 알아야 할 것이 있다. 내 심장은 잘못된 위치에 있다. 위장, 간, 비장도 마찬가지다. 내 모든 장기는 원래 있어야 할 자리에서 정확히 반대쪽에 자리 잡고 있다. 나는 거꾸로 창조된 자연이 만든 괴물이다. 지구상에 존재하는 70억 명의 사람들은 왼쪽 가슴에 심장이 있다. 하지만 나는 오른쪽 가슴에 심장이 있다. 어떤 징조처럼 느껴지지 않는가?

반면 언니의 심장은 올바른 위치에 있다. 엘리자베스는 두루두루 완벽한 사람이다. 나는 쌍둥이 자매의 거울 속 이미지이자 어두운 면이며 그림자다. 그녀는 옳고 나는 그르다. 그녀는 오른손잡이고 나는 왼손잡이다. 이탈리아어로 '왼쪽'은 '시니스트라*sinistra*'이니 나는 '시니스터sinister'(사악한) 자매다. 베스(엘리자베스의 약칭 – 옮긴이)가 천사라면 나는 무엇일까? 잠시 생각해 보길…….

재미있는 것은 외모로는 언니와 나를 구별하기 어렵다는 사실이다. 일란성쌍둥이니까. 하지만 한 꺼풀 벗겨내면 엄청난 충격을 받을 것이다. 완전히 거꾸로 자리 잡은 내장이 뒤죽박죽 쏟아져 나올 테니까. 나는 미리 경고했다. 썩 보기 좋지는 않을 거라고.

우리는 일란성쌍둥이다. 굳이 설명하자면 베스의 수정란이 반으로 나뉘어 내가 생겨났다. 베스의 수정란이 세포 덩어리에 불과할 때, 그러니까 아주 초기의 발달 단계에서 일어난 일이었다. 엄마가 임신하고 며칠 만에 난데없이 내가 뻐꾸기처럼 뿅 하고 나타난 것이다. 베스는 아늑하고 기분 좋은 양수와 엄마의 태반을 나와 함께 나눠 써야 했다.

자궁 속은 몹시 비좁았다. 우리 둘과 탯줄까지 넉넉히 들어갈 만한 공간이 아니었다. 어느 날 베스의 목에 탯줄이 심하게 감긴 적이 있었다. 한동안 꽤 위험한 상태였다. 어째서 그런 일이 일어났는지는 모른다. 내가 그렇게 한 것도 아니었다.

과학자들은 일란성쌍둥이의 잉태를 무작위적 현상으로 여기지만 우리는 여전히 불가사의다. 내가 어떻게, 어떤 이유로 생겨났는지 아무도 모른다. 어떤 이들은 그것을 운이나 우연 또는 운명이라고 부른다. 하지만 자연은 무작위를 좋아하지 않는다. 신은 아무렇게나 **주사위 놀이**를 하지 않는다. 내가 태어난 데는 이유가 있다. 분명 그럴 것이다. 그 이유가 무엇인지 아직 모를 뿐이다. 살면서 가장 중요한 날이 두 번 있다. 하루는 당신이 태어난 날이고, 또 다른 하루는 태어난 이유를 알게 된 날이다.

첫째 날

나태

"만사 될 대로 되라는 게 내 문제였다."

@Alvinaknightly69

chapter 1

2015년 8월 24일, 월요일, 오전 8시
런던, 아치웨이

보낸 사람 "엘리자베스 카루소"<ElizabethKnightlyCaruso@gmail.com>

받는 사람 "앨비나 나이틀리"<AlvinaKnightly69@hotmail.com>

날짜 2015년 8월 24일 08:01

제목 방문

안녕, 앨비,

내 메일 그만 좀 무시해. 내가 보낸 메일 2개 다 받은 거 알아. 메일 수신 확인 기능을 켜놨거든. 그러니까 못 받은 척 그만해. 썼던 글 또 쓰기가 좀 그렇지만 다시 한 번 너를 타오르미나에 있는 우리 집으로 초대할게. 우리와 함께 지내자. 넌 여기를 **정말 좋아할** 거야. 16세기의 모습을 고스란히 간직하고 있고 프랜지파니 향이 가득하거든. 매일 찬란한 햇빛이 비쳐. 정말 멋진 수영장도 있어. 우리 집은 고대 그리스 원형극장에서 모퉁이를 돌아가면 있어. 서쪽으로는 에트나산(이탈리아 시칠리아섬 동쪽 해안에 있는 활화산-옮긴이)이 보이고 동쪽으로는 반짝이는 지중해가 보여. 네가 그 형편없는 일자리에 노예처럼 매여 일주일밖에 머물지 못한다고 해도 너를 다시 보면 정말 기쁠 거야. 네가 아직 어니를 못 만나봤다는 건 말이 안 되잖아. 내 아들 어니는 매일 쑥쑥 자라고 있고, 앨비나 이모를 쏙 빼닮았어.

정말로 네가 필요해. 부탁할게. 꼭 와줘. 못 본 지 2년이 넘었잖아.
너한테 부탁할 것도 있는데 이메일로 말하기는 힘든 일이야.

베스 x

P.S. 네가 무슨 생각을 하는지 알아. 전혀 어색할 거 없어. 너는 아직 마음에 두고 있을지 몰라도 암브로조와 나는 그 일에 대해 다 잊었어. 그러니까 고집 그만 부리고 시칠리아로 와.
P.P.S. 지금 네 몸무게가 얼마나 나가니? 아직 59킬로그램이야? 사이즈는 10? 난 어니를 임신했을 때 찐 살이 잘 안 빠져서 미치겠어.

빌어먹을! 진짜 견딜 수 없는 여자다.

'프랜지파니 향이 가득해' 어쩌고저쩌고, '고대 그리스 원형극장'이 이렇네 저렇네, '반짝이는 지중해'가 어쩌니 저쩌니. 마치 〈어 플레이스 인 더 선A Place in the Sun〉(완벽한 부동산을 찾는 영국의 텔레비전 프로그램 – 옮긴이)의 사회자처럼 지껄인다. 사회자가 금방이라도 "앨비나 나이틀리는 시칠리아 동쪽의 아름다운 해안 지역에서 작은 아파트를 찾고 있습니다"라고 떠들 것만 같다. 물론 나는 당연히 그런 방송을 보지 않을 것이다.

내가 시칠리아로 놀러 갈 일은 절대 없다. 이름만 들어도 지긋지긋하고 고리타분하다. 화산이 언제 터질지 모르는 곳이라 불안하다. 화산에서 뿜어 나오는 열기가 싫다. 끈적끈적하고 땀이 날 것이다. 영국인인 나는 피부가 2초 만에 타버릴 것이다. 나는 에스키모처럼 창백한 인간이다. '에스키모라는 말 쓰지 마!'라고 외치는 베스의 목소리가 들린 것 같다……. *그들은 그렇게 불리는 걸 싫어해. 정치적으로 옳지 않아. 에스키모 말고 '이누이트'라고 말해.*

침실을 둘러보니 텅 빈 보드카 술병, 채닝 테이텀 포스터, 메모판에 붙어 있는, 한 번도 본 적 없는 '친구들'의 사진, 바닥에 내팽개친 옷, 차갑게 식은 차가 보인다. 트레이시 에민(영국의 현대 예술가로 어질러진 침대를 전시한 〈나의 침대〉라는 작품으로 유명하다.–옮긴이)의 청소기도 기겁할 만큼 지저분하다. 베스는 이메일을 일주일에 세 통이나 보내왔다. 어쩌자는 거지? 나한테 무슨 부탁을 하려는 걸까? 답장하지 않으면 또 메일을 보내 사람을 성가시게 하겠지.

보낸 사람 "앨비나 나이틀리"〈AlvinaKnightly69@hotmail.com〉

받는 사람 "엘리자베스 카루소"〈ElizabethKnightlyCaruso@gmail.com〉

날짜 2015년 8월 24일 08:08

제목 RE: 방문

안녕, 언니,

초대해 줘서 고마워. 언니네 집은 진짜 끝내주는 것 같네. 언니랑 형부랑 꼬마 어니는 그렇게 완벽한 곳에 멋진 집을 갖고 있으니 무지하게 운이 좋구나? 어릴 때 우리 둘 중에 물을 좋아한 쪽은 나였던 거 기억해? 그런데 수영장을 갖게 된 건 언니구나…….

(우리 집 욕실은 배수구가 막혀 물도 잘 안 내려간다.)

인생 참 웃기지? 진심으로 언니네 수영장을 보고 싶고 아름다운 꼬마 천사인 내 조카 어니도 만나보고 싶어. 그런데 내가 지금 죽어라 일하는 중이거든. 8월이 우리 회사가 가장 바쁜 달이야. 그래서 그동안 답장을 빨리 못 했어. 미안.
다음에 런던 오게 되면 연락해. 그동안 밀린 얘기나 하자.

앨비노.

내 이름을 컴퓨터로 치는 게 한두 번이 아닌데 '앨비나'라고 치려고만 하면 자동 완성 기능 때문에 항상 '앨비노'로 바뀌어버린다. (내 피부가 선천성 색소 결핍증에 걸린 사람처럼 창백해서 컴퓨터마저 날 놀리는 건가?) 아예 개명해 버리든지 해야지.

앨비나.

P.S. 형부에게 안부 전해 주고 에르네스토(어니의 이탈리아 이름 – 옮긴이)에게 이모가 키스를 보낸다고 전해 줘.

보내기.

엘비스 프레슬리의 쌍둥이 형제는 사산됐다. 그렇게 운이 좋은 사람도 있다.

나는 억지로 침대에서 몸을 일으켜 걸어가다 바닥에 놔둔 피자를 밟았다. 어젯밤 늦게 피자 반쪽을 먹고 새벽 4시쯤 기절하듯 잠들었다. 발에 온통 토마토소스가 묻고 발가락 사이에 살라미 소시지 조각이 끼었다. 나는 소시지 조각을 떼어내 입에 넣고 양말로 소스를 닦는다. 바닥에 있는 옷을 대충 집어 입는다. 다림질이 필요 없는 나일론 스커트와 다림질이 필요한 면 티셔츠. 거울을 들여다보니 인상이 절로 찌푸려진다. 웩. 눈가의 마스카라를 지우고 번들거리는 보라색 립스틱을 바른 뒤 기름진 머리카락을 손으로 쓸어 넘긴다. 됐다. 또 지각이다.

일하러 가야 한다.

집을 나가면서 우편함의 우편물을 꺼낸다. 말보로 담배를 쭉 빨면서 거리를 터덜터덜 걸어가며 편지봉투를 찢는다. 청구서, 청구서, 청구서, 청구서, 콜택시 명함, 테이크아웃 피자 가게의 전단지. '최종 통지', '집달관 통지', '긴급 조치 요망.' 다 그런 내용이라 하품만 나온다. 하암. 테일러 스위프트도 이런 똥 같은 일을 처리하면서 살까? 지하철 입구 바깥에 앉아 있는 노숙자의 손에 우편물을 쥐어준다. 내 손을 떠났으니 더 이상 내 문제가 아니다.

인파를 헤치고 지하철 역사의 회전문 앞에 줄을 서서 리더기에 교통 카드를 탁 내려놓는다. 우리는 시속 0.0000001킬로미터 속도로 느릿느릿 역사 안으로 기어 들어간다. 머릿속으로 하이쿠(3행 17음절로 구성되는 일본의 전통 단시 - 옮긴이)를 써보려는데 알맞은 단어가 떠오르지 않는다. 실존적 고뇌를 담은 심오한 단어를 쓸까? 시적이고 허무주의적인 단어? 아무것도 안 떠오른다. 전혀. 내 뇌는 아직 자고 있다. 나는 벽에 빼곡히 붙어 있는 옷과 보석 광고를 노려본다.

의기양양한 표정의 여성 모델이 포토샵으로 다듬은 얼굴로 아침마다 나를 내려다본다. 분유 광고로, 아기에게 분유를 먹이는 모습이다. 아기가 없는 나한테는 필요 없는 광고다. 분유를 구매할 필요는 더더욱 없다.

나는 공간을 너무 많이 차지하고 있는 남자를 옆으로 밀치면서 에스컬레이터 계단을 밟고 내려간다. 남자가 소리를 지른다.

"이봐, 조심해!"

"오른쪽으로 붙어! 병신아!"

나는 생활 광고 판매원의 몸속에 갇힌 위대한 예술가이며 바이런과 반 고흐, 버지니아 울프, 실비아 플라스의 환생이다. 나는 플랫폼에 서서 지하철을 기다리며 내 운명을 곱씹는다. 이렇게 말고 다르게 살아볼 여지가 있을까? 퀴퀴한 공기가 내 얼굴을 핥으며 지하철이 들어오는 것을 알린다. 여기서 철로로 뛰어들면 모든 것이 사라지겠지. 1시간 내에 구급대원들이 철로에서 내 잔해를 긁어 치우고 노던 선은 운행을 재개할 것이다.

쥐 한 마리가 철로 위를 달려간다. 발이 3개밖에 없지만 쥐는 자유롭고 모험 가득한 삶을 살고 있다. 운 좋은 놈. 쥐는 지하철에 자그마한 두개골이 깔려 으스러질 뻔했지만 아슬아슬하게 피한다. 제기랄!

나는 객차 끝의 선반에 걸터앉는다. 입에 발진이 난 남자가 내 사적인 공간을 침해한다. 남자의 셔츠는 땀에 젖어 반투명이다. 그가 내 머리 위의 누런 레일을 손으로 잡고 있어 그의 겨드랑이가 내 코앞에 있다. 링스 아프리카 애프터셰이브 로션에 절망이 섞인 냄새가 난다. 그가 들고 있는 〈메트로〉 신문을 나는 거꾸로 읽는다. 살인, 약물, 전쟁, 누군가의 고양이에 관한 기사가 실려 있다. 그가 내 허벅지에 사타구니를 붙인다. 발을 콱 밟았더니 물러선다. 다음에는 무릎으로 불알을 차주마. 우리가 탄 지하철은 런던이라는 창자 아래쪽 어딘가에 몇 분간 정차했다가 다시 출발한다. 나는 토트넘 코트 로드 역에서 다른 노선으로 갈아탄다. 객차가 창자를 열자 우리는 무정형의 대변으로 쏟아져 나온다. 나는 옥스퍼드 서커스 역에서 배설된다.

◆

런던, 메이페어 지구

밖으로 나오자 공기가 돼지기름처럼 끈적끈적하다. 차량 소음과 경찰차 사이렌 소리. 나는 이산화질소를 폐 속 가득히 들이마시며 걸어간다. 〈빅 이슈〉 잡지 판매원들, 기부를 강요하는 모금 전문가들, 지루해 죽겠다는 표정을 짓고 있는 한 무리의 학생들. 파이브 가이즈, 코스타, 벨라 이탈리아, 스타벅스, 난도스, 그레그스 매장 앞을 차례로 지나간다. 사무실을 향해 자동조종장치로 3분 30초에 걸쳐 이동 중이다. 어쩌면 지금 나는 몽유병으로 잠결에 걷고 있는 것은 아닐까? 아니면 죽은 건가? 아까 철로에 뛰어들었고 지금 여기는 림보(지옥과 천국 사이에 있는 지옥의 변방 – 옮긴이)인 걸까? 아무튼 계속 걸어간다. 어쩌면 이 거리에 좀비라든지 홀딱 벗은 채닝 테이텀 복제 인간들이라든지 알파카가 가득한데 내가 못 보는 것일 수도 있다. 리젠트 가에서 왼쪽 모퉁이를 돌아가는데 베스 생각이 난다. 나는 절대 거기 안 갈 거다.

비둘기 한 마리가 내 어깨에 똥을 갈긴다. 찐득찐득한 회녹색 똥이다. 젠장. 왜 하필 나야? 내가 뭘 잘못했는데? 주변을 둘러보니 아무도 알아채지 못했다. 이걸 운이 좋다고 해야 하나? 어쩌면 오늘 일이 잘 풀릴 거라는 좋은 징조일 수도? 나는 점퍼를 벗어 쓰레기통에 처박는다. 어차피 좀먹어 구멍 난 점퍼였다.

회전문을 밀고 건물로 들어가던 나는 안내 데스크에 앉은 남자를 보며 인상을 찌푸린다. 우리 둘 다 여기서 수년째 일하고 있지만 서로의 이름 따위 모른다. 남자는 고개를 들더니 얼굴을 찌푸리고는 다시 십자말풀이를 내려다본다. 나를 좋아하는 것 같지는 않다. 나도 마찬가지다. 나는 납덩이처럼 무거운 다리를 이끌고 아래층으로 느릿느릿 걸어 내려간다. 내 인생은 여기서 낭비되어 버렸다. 헛되이. 나는 구찌나 랑방, 톰포드 같은 섹시한 브랜드들을 대상으로 잡지 앞쪽에 크고 화려한 접이식 광고를 파는 일을 하지 않는다. 그건 정말 천국 같은 일이다. 돈도 많이 받는다. 위층 사무실에서 일할 수도 있다. 하지만 내 소속은 *생활 광고* 부서다. 나는 잡지 뒷면의 아무도 읽지 않는 공간에, 그야말로 눈 한 번 깜박하면 그냥 지나쳐버릴 형편없고 사소한 광고를 파는 일을 하고 있다. 모발 재생 보충제나 여성용 비아그라, 할머니도 사지 않을 이름 없는 원예 용품 광고. 1페이지의 8분의 1짜리 광고 비용은 61파운드다. 어쩌다 이런 일을 하고 있는지, 왜 계속 다니고 있는지 모르겠다.

도망쳐서 서커스에나 들어갈까? 나는 늘 스피닝 휠 앞에 서 있는 여자에게 단검을 던지는 남자가 되고 싶었다. (왜 단검을 던지는 역할은 항상 *남자*가 맡는 걸까?) 무지개 색 대형 천막, 어릿광대, 저글링 곡예사, 말, 사자를 상상해 본다. 끝없이 천막 안으로 들어온 관객들은 허공을 가르는 단검을 보며 박수 치고 환호하고 두려움에 비명을 지른다. 따끔하게 식은땀이 흐른다. 아드레날린이 솟구친다. 이제 빙글빙글 돌아가는 스피닝 휠 앞에 서 있는 여자가 보인다. 스피닝 휠을 향해 날아간 단검은 여자의 얼굴을 아슬아슬 비껴간다. 정신 차려, 앨비나, 그런 일은 절대 일어나지 않아. 넌 몽상의 세계에 있는 거야. 하이쿠를 써서는 돈을 못 벌어. 언니는 늘 말했다. 나는 훌륭한 주차 단속원이 될 거라고. 도살장에서 일하는 것도 재미있을 거라고.

문을 밀고 지하의 사무실로 들어간다. 앙겔라('겔'을 세게 발음해야 한다) 메르켈(이 여자의 진짜 성은 아니다. 앙겔라라는 이름 때문에 독일 총리 앙겔라 메르켈이 떠올라 그냥 붙여본 것이다)이 고개를 들고 잘 정돈된 눈썹을 치뜨며 나를 쳐다본다. 그 여자는 오늘 하루도 고문이 따로 없을 거라는 듯한 분위기를 풍긴다. 마치 치통이나 신장결석으로 인한 통증 같다.

"좋은 아침이에요, 앙겔라." *지옥에나 가버려, 앙겔라.*

내가 식인종이었으면 이 여자를 아침 식사로 먹어치웠을 것이다.

나는 쿠키 커터 같은 칸막이들이 가득하고 창문은 하나도 없는 사무실의 나무 무늬 책상 앞에 앉는다. '높이 조절이 가능한' 회전 의자이지만 높이와 형태, 각도가 늘 잘못된 느낌이다. 나는 이 의자를 조절하는 것을 오래전에 포기했다. 스파티필룸에 물이나 줘야겠다. 공기가 퀴퀴하고 건조하다.

내 컴퓨터 모니터 밑에 붙여둔 딸기 맛 후바부바 껌이 분홍색에 회색이 섞인 쥐의 뇌 같다. 나는 그 껌을 떼어 입에 넣고 씹기 시작한다. 더 이상 딸기 맛은 나지 않는다. 아직 일주일도 안 됐는데.

정확히 12분 지각했다. 김(정일. 물론 그의 진짜 이름은 아니다)과 컨퍼런스 콜을 해야 하는데 전화하기가 귀찮다. 김은 내향성 발톱만큼이나 신경에 거슬리는 인간이다. 차라리 전화기를 들고 사람들이나 괴롭힐까. 낯선 사람들에게 전화를 걸어 끝없이 광고 권유를 하는 게 원래 내 일이다. 그 사람들이 법원에서 접근 금지 명령을 받아내거나 광고 지면을 구입할 때까지 물고 늘어지는 것이다. 그들은 내가 입을 닥치고 떨어져 나가게 하려고 광고 지면을 구입한다. 나는 일단 컴퓨터를 켜기로 한다. 하지만 좋은 생각이 아니었다. 받은 편지함에 '긴급'이라는 제목이 붙은 이메일이 넘쳐난다. '지금 어디예요?' '인사팀에 보고 바람', '경비 지출 규정 위반.' 아, 젠장. 또야? 어느 누구의 개소리도 상대하고 싶지 않은 기분이라 아웃룩에서 내 상태를 부재중으로 설정한다.

금요일에 접속했다가 로그아웃을 하지 않았더니 트위터가 계속 켜진 상태다. 앙겔라 쪽을 흘끗 쳐다보니 사무실 맨 구석 자리에 있는 동료 중 하나를 고문하고 있는 중이다. 알게 뭐람. 트위터에 떠다니는 글을 훑어보지만 지루한 것들뿐이다. 최근에 입은 옷에 대해 칭찬하는 트윗을 날렸건만 테일러 스위프트는 답이 없다. 관심글로 지정하지도 않았다. 바쁜가? 투어 중일 수도 있겠네.

일하기 지겨운데 포르노나 봐야지 #내직업참좋아. 트윗.

농담으로 적어놓고 보니 호기심이 동한다. 휴대폰으로 유폰YouPorn 사이트에 접속해 화면을 아래로 쭉쭉 내리며 성기들을 훑어본다. 쓰리섬, 페티시, 판타지, 자위 기구, 거유. 어머, '여성 취향.' 갑자기 휴대폰이 울린다. 베스의 전화다. 미치겠다. 왜 이렇게 끈질길까. 근무 시간에 왜 전화질이야? 나는 바쁘고 중요한 사람이란 말이야. 사무실을 둘러보니 아무도 쳐다보지 않는다. 음성 사서함으로 넘기려다 손가락 끝이 미끄러지는 바람에 전화를 받고 만다.

"앨비? 앨비? 너 맞지? 그렇지?"

내 이름을 부르는 베스의 목소리가 작고 멀게 들린다. 나는 눈살을 찌푸리며 대답하지 않는다. 이대로 끊고 싶다.

"앨비? 내 목소리 들려?"

나는 휴대폰을 귀에 갖다 댄다.

"안녕, 언니! 목소리 들으니 반갑네." *솔직히 말하면 베스 때문에 오늘 하루를 망쳤다.*

"드디어 연락이 됐구나. 내가……."

나는 이를 바드득 간다.

"있잖아, 언니. 지금 통화 못 해. 급하게 회의 들어가야 하거든. 상사가 기다려. 날 승진시키려나 봐! 나중에 전화할게. 알았지?"

"잠깐만, 내가……."

나는 전화를 끊고 포르노를 다시 본다. 자지, 젖가슴, 엉덩이. 젖가슴과 자지를 모두 가진 사람도 있다. 멋진데.

"좋은 아침이야, 앨비나! 오늘 기분 어때?"

고개를 들어보니 (얼굴이 꼭 고환처럼 생긴) 에드가 칸막이 너머로 내 자리를 내려다보고 있다. 아, 맙소사. 또 뭐니? 뭘 원하는 거야? 인격 이식(A의 인격을 B에게 이식하는 것 – 옮긴이) 말고 뭘 하려고.

"안녕, 에드. 좋아. 그런데 왜?"

"내가 아끼는 직장 동료가 이 즐거운 월요일 아침에 뭘 하고 있는지 확인 중이었어."

"꺼져, 에드."

"그래, 그래야지. 그런데 있잖아……."

"뭔데?"

"그게…… 혹시 가능하면 줄 수 있나 해서……."

"전에 빌린 50파운드?"

"맞아!"

"글쎄, 오늘은 힘들겠는데."

"그래. 오늘 꼭 달란 얘긴 아니었어."

"그럼 꺼져."

"알았어. 안녕."

드디어 에드의 머리가 칸막이 너머로 내려간다. 제기랄. 이번 주에는 에드를 피해야 하니 냉수기 앞에 얼쩡대지 말아야지. 그에게 돈을 빌리지 말걸. 바자즐(여성의 성기에 붙이는 액세서리 – 옮긴이)을 사려고 돈을 빌렸는데 생각해 보니 그리 급한 물건도 아니었다. 그날 나는 할로웨이 파운드랜드에서 만난 끝내주게 섹시한 남자와 엄청 뜨거운 데이트를 앞두고 있었다. 내 성기에 반짝이는 장식을 달면 우리의 열정적인 첫날밤이 더욱 활활 타오르리라 생각했다. 하지만 막상 바자즐을 하고 섹스를 하고 보니 침대며 그의 얼굴, 머리카락에 온통 반짝이가 붙어버렸다. 반짝이 하나가 그의 눈알로 들어가 붙어버리는 바람에 그는 병원까지 가야 했다. 그 후 수주일 동안 내 신발과 지갑, 냉동실 하단에 처박아둔 치킨 너겟 팩(어떻게 거기까지 들어갔는지 *모르겠다*)에서 반짝이를 발견했다. 최악은 그가 내 노력을 전혀 고마워하지 않았다는 것이다. 내 사타구니에 분홍색 모조 다이아몬드 반짝이로 그의 이름 '애론'을 만들어 붙였건만. 정확하게는 '애런'이라고 표기해야 했는데, 모음 하나 잘못 쓴 게 그렇게 잘못인가? 중요한 건 반짝이로 그곳에 그의 이름을 썼다는 것이지. 그날 밤 결국 그는 '애런'의 '런RUN'처럼 도망치고 말았다.

다시 포르노로 시선을 돌린다. 신음 소리 때문에 볼륨을 낮췄는데도 여전히 요란하다. 끄으응 헉헉 아아앙 허억. "엉덩이가 끝내줘, 자기야." 누군가 "이 창녀야!"라고 외친다. 마스크를 쓴 남자가 '사정'을 하는 시점에 내 시야에 누군가 들어온다. 칸막이 너머로 앙겔라가 나를 내려다보고 있다. 젠장.

"회사 계정으로 포르노에 관한 트윗을 해?"

"회사 계정이었어요? 어머, 실수였어요."

"당신 해고야."

그리고 유폰은 내게 "넌 끝났어, 개년아"라고 말한다.

나는 핸드백과 스파티필룸, 스테이플러, 그리고 책상 밑에 두었던 〈히트〉와 〈클로저〉 잡지를 챙겨 집으로 돌아간다.

chapter 2

런던, 아치웨이

불법 투견만 한 갈매기들이 머리 위에서 끼룩거린다. 윤간당한 여우들이 비명을 지른다. '씨발'과 '쌍년'을 입에 달고 사는 술주정뱅이들이 지나가는 사람들에게 고함을 질러댄다. 여기는 '더 추락할 데도 없는 곳'이라 부동산 중개인들이 '전도유망한 구역'이라고 부르는 참으로 사랑스러운 곳이다. 하늘도 벽도 거리도 모두 추접스런 회색이다. 죽은 나무에 비닐봉지와 빈 펩시 캔이 주렁주렁 달려 있다. 정부는 지난 8년 동안 이 도로를 정비했다. 덕분에 도로에서 쥐의 사체 냄새가 풍기지는 않지만 어느 날 문득 쥐의 사체 냄새가 난다고 해도 이상하지 않다. 이 구역에서는 다람쥐도 폭력적인 인상을 풍긴다.

내가 왜 스테이플러를 챙겨 왔을까. 내 것도 아니고 갖고 싶지도 않은데. 사람이나 물건을 스테이플러로 찍을 일도 없는데. 나는 스테이플러를 남의 집 앞 잔디밭에 던져버린다.

노숙자 아저씨가 내가 줬던 '최후 통지' 우편물을 들고 내 뒤를 쫓아온다.

"어이, 거기! 이봐요! 당신!"

노숙자는 다리를 휘청거리며 숨을 몰아쉰다.

나는 그를 못 본 척 서둘러 걸어간다.

사람들은 종종 우리 집 문간을 쓰레기통으로 착각한다. 아침마다 나가 보면 빈 맥주 캔, 케밥 포장지, 사용한 콘돔, 부서진 장난감이 문간에 버려져 있다. 한번은 옷이 홀랑 벗겨진 채 목이 잘린 바비 인형이 놓여 있었다. 분홍색 인형 몸뚱이가 인도에 엎드린 자세는 마치 애니메이션 〈토이 스토리〉의 범죄 현장 같았다. 주변을 둘러봐도 인형 머리통은 보이지 않았다. 그래도 여기서는 영국 내에서 비공식적으로 가장 흉측한 건물로 손꼽히는 아치웨이 타워가 보이니 이만하면 됐다. 끝내준다.

나는 현관문을 밀고 들어간다. 문이 빽빽해서 힘주어 밀어야 한다. 경첩이 삐걱거린다. 누군가 문에 스프레이 페인트로 '등신'이라고 너저분한 그래피티를 그려놓았다. 설마 나를 두고 하는 말은 아니겠지.

셰어하우스는 원룸 월세보다 싸지만 지하철 역에서 판지 상자를 뒤집어쓰고 노숙하는 것보다는 비싸다. 이런 우울한 아침에 화장실 앞에 줄 서 있다가 겨우 들어가 보니 어느 게으름뱅이가 변기 물을 내리지 않은 것이다. 그것을 보니 차라리 노숙을 하는 편이 낫겠다 싶기도 하다.

나를 한쪽 눈으로 올려다보네.

머물고 싶은 모양이구나.

하지만 난 널 물로 쓸어 보내련다.

오늘의 첫 번째 하이쿠다! 아직 감이 죽지 않았구나, 앨비나. 넌 천재 시인이야. 이러다 노벨상도 받겠어. 꿈을 포기하지 마.

내가 사는 곳은 너저분한 빅토리아식 주택을 개조한 꼭대기 층이다. 하지만 무너지기 직전이다. 지난주에 지붕 일부가 내 침실로 떨어졌다. 비가 올까 봐 걱정이라고 집주인에게 메일을 보냈더니 그는 들통을 하나 사두라고 제안했다. 이음새마다 벽지가 벗겨지고 있다. 하지만 처음에도 그리 매력적인 모양새는 아니었을 것 같다. 베이지색 카펫은 낡아서 너덜너덜하다. (구멍이 나기는 했지만) 머리 위에 지붕을 이고 있고 (이케아의 소파베드이긴 하지만) 잠을 청할 침대도 있으니 불평하지 말자. 특히 베스에게는. 어차피 이해도 못 할 것이다.

끝없이 계단을 올라간다. 누군가의 자전거가 복도를 막아놓았다. 마리화나 냄새가 풍긴다. 계단을 조금 더, 그리고 조금 더 올라간다. 나는 게으름뱅이 커플과 한집에 살고 있다. 그런데 그들의 이름이 개리와 패티인지 제리와 팻시인지 제프와 핑키인지는 정확히 모르겠다. 주로 집에서 지내는 그들은 내가 들어본 적도 없는 밴드의 노래를 틀어놓고 휴게실에서 마리화나를 피운다. 둘 다 검은색 홀태바지에 해골 무늬 검은 티셔츠, 그리고 어울리지 않게도 형광색 액세서리가 달린 큼직한 검은색 후드를 입고 있다. 나는 검은색 옷은 입지 않는다.

집으로 들어가 보니 두 게으름뱅이가 소파에서 진하게 키스를 하고 있다. 그들은 침 범벅이 된 입을 손으로 쓱 닦고 고개를 들어 나를 쳐다본다. 눈이 벌건 것을 보니 마리화나에 취한 모양이다. 텔레비전에서 즐거운 우리 집이니 뭐니 하며 얼빠진 소리를 지껄인다.

"안녕."

내가 열쇠를 고리에 걸며 인사하자 그들이 대답한다.

"그래."

카펫에 빈 통들이 여기저기 널려 있다. 반쯤 비어 있는 닥터페퍼 병도 있다. 나는 그 옆을 지나 내 방으로 들어가 문을 닫고 자물쇠를 건다. 저들은 수다스런 커플이다. 내가 이렇게 조심하지 않으면 언제 내 방으로 들어와 내 귀를 자를지 모른다. 빈센트 반 고흐도 저런 사람들에게 귀를 잘린 게 아니었을까? 어쩐지 고흐가 즐겨 마셨다는 압생트가 마시고 싶다.

침대는 오늘 아침에 빠져나올 때 그대로 어질러진 상태다. 나는 고양이처럼 입을 쩍 벌리고 하품을 하며 신발을 벗고 이불 밑으로 기어 들어간다. 낮잠이라도 자야겠다. 달리 할 일도 없다. 그냥 여기 누워 좀비 떼로 세상이 멸망하기를 기다려야겠다. 그럼 우리 같은 사람들도 조금은 기운이 날 텐데.

이 집 벽은 종잇장처럼 얇아서 한집에 사는 게으름뱅이들이 떠드는 소리가 고스란히 들린다.

"어머 세상에, 재 페이스북 프로필 사진을 방금 찾아봤거든. 진짜 웃겨."

저것들이 내 얘기를 하는 모양이다.

"잠깐, 재 아니잖아."

개리가 말한다.

"맞아! 미친 듯이 포토샵을 한 데다 5년 전쯤 사진이라서 그래." 패티가 지껄인다. "앨비나 나이틀리라는 이름이 그렇게 많겠어?"

내 얘기를 하는 게 분명하다.

제리가 말한다.

"하하! 이것 좀 봐. 지가 *하이게이트*에 산다고?"

그러자 팻시가 말한다.

"*타임스 문예 부록팀*에서 *시인*으로 활동 중이라고?"

제프가 말한다.

"*채닝 테이텀과 사귄다*고?"

그리고 두 게으름뱅이가 동시에 외친다.

"이거 진짜 이상한 년이네!"

나는 머릿속으로 상상의 칼을 박박 간다…….

핑키가 제안한다.

"얘한테 친구 요청 보내봐. 장난으로."

"했어."

나는 기가 죽는다. 내 거짓말을 대놓고 비웃다니 잔인한 것들. SNS 활동을 하면서 자신을 윤색하지 않는 사람이 어딨어? 다들 과장하잖아? 부풀리잖아? 포토샵으로 내 얼굴을 수정한다고 누가 해를 입기라도 하나? 그저 작은 거짓말일 뿐이야. 내가 실제로 유명한 시인이 아니라고 해서, 그게 뭐? 내가 직업이 없는 걸 누가 신경이나 쓰냐고? 그래도 난 목표가 있고 포부가 있어. 저것들은 클라미디아 감염증 말고 뭘 갖고 있는데? 매독?

개리가 말한다.

"며칠 전에 쟤 트위터를 찾았어. 쟤가 트위터로 하이쿠 쓰는 거 아냐?"

패티가 묻는다.

"하이쿠가 뭔데?"

"지루한 시 같은 거지, 뭐. 140자 안쪽으로 쓰는 짧은 시 말이야. 아마 일본 시일걸."

이내 그들은 〈조디 쇼어〉(영국 MTV의 리얼리티 프로그램 - 옮긴이)로 관심을 돌린다. 여기에 출연하는 하우스메이트 중 한 명이 다른 하우스메이트에게 무슨 일 때문인지 소리를 질러댄다. 바로 그때 또 다른 하우스메이트가 들어와 그 둘에게 악을 쓰기 시작한다. 한참 엿듣고 있었더니 짜증이 치솟는다. 잠을 자려고 했지만 포기하기로 한다. 가방에서 휴대폰을 꺼내 화면을 들여다본다. 내 휴대폰은 삼성 갤럭시 S5다. 카폰 웨어하우스 판매점에서 할인할 때 샀다. 다들 아이폰을 쓰지만 난 남들과 다르고 싶다. 어쨌든 생긴 건 아이폰과 비슷하고 가격은 더 싸니 됐다.

포커를 할까? 솔리테어? 핀터레스트? 마인크래프트? 이런 게임에서 사람을 죽일 수 있나? 차라리 그랜드 세프트 오토 : 바이스 시티 게임을 할까? 아니면 데드 트리거 2?

틴더(데이트 앱 – 옮긴이)나 하자.

틴더에서 루저들을 골라 '싫어요'를 날려줄 시간이다. (난 베스의 사진을 올리니까 아무도 나에게 '싫어요'를 누르지 않는다. 영리한 전략이지 않은가? 내 얼굴은 그다지 예쁘지 않다.)

싫어요.

싫어요.

싫어요.

싫어요.

싫어요.

싫어요.

싫어요.

싫어요.

어우, 진짜 싫어!

싫어요.

싫어요.

싫어요.

또 나와.

할머니 같은 안경을 쓰고 있네.

너무 말랐어.

웃는 게 소름 돋아.

개구리처럼 생겼어.

넌 개하고나 어울리겠다.

귀가 주전자처럼 생겼어.

이빨이 퍼그 같아.

저 모자는 뭐야?

목에 크라바트를 묶고 홀딱 벗었네.

히틀러 같은 콧수염.

전염성 발진이냐.

눈이 내사시네.

파이를 혼자 다 처먹었구나.

얼굴에 문신이라.

인간이냐?

화장실 셀카네.

너무 요정처럼 생겼어.

싫어요.

싫어요.

싫어요.

싫어요.

싫어요.

싫어요.

싫어요.

싫어요.

좋아요! 대박! 좋아요! 좋아요! 좋아요! 안녕, 해리, 5킬로미터 떨어진 곳에 사는 스물일곱 살 해리구나. 잘 지내지? 어머, 너 정말 끝내준다! 넌 '좋아요'다. 너야말로 '좋아요'를 받아 마땅해. 그래, 자기야. 내가 널 '좋아요'로 찍었어. 그래, 널 잡아먹어 버릴 거야. 5킬로미터 떨어진 곳에 사는 스물일곱 살 해리. 너도 어서 내 사진에 '좋아요'를 눌러.

15분 뒤 :

반응이 없다.

30분 뒤 :

여전히 없다.

1시간 뒤 :

여전히 반응이 없다. 틴더 정말 싫어.

2시간 뒤 :

매치! 어머 세상에, 서로 '좋아요'가 됐어. 어머. 어떡해. 숨을 쉬자, 앨비나, 숨 쉬어. 내 내면의 여신은 벨라루스의 열세 살짜리 체조 선수처럼 아라베스크 점프를 한 뒤 세 번 연속 옆으로 재주넘기를 하고 있다. 숨 쉬어, 앨비나, 숨 쉬라고. 이제 어떻게 되는 거지? 해리가 나한테 메시지를 보내는 건가? 그럼 나도 그에게 메시지를 보내야겠지? 규칙이 뭐지? 내가 어떻게 해야 돼? 매치가 되다니 믿을 수가 없어.

핑.

뭐지? 이게 뭐야? 메시지가 왔잖아! 뭐라고 썼지? 뭐라고 썼냐고? 자, 어서, 빨리 보자…….

안녕 섹시녀.

맙소사. 이 남자 진짜 낭만적이네……. 유혹의 장인이야! 날 섹시하다고 생각하나 봐. 그럼 우린 섹스를 하게 되겠네. 아, 이런. 과호흡이야. 터키시 딜라이트(젤리 같은 것에 설탕을 입힌 터키 사탕 – 옮긴이)를 먹는 우리 할머니의 잇몸처럼 성기가 꽉 조이는 기분이야. 무슨 말을 해야 하지? '안녕 섹시남'이라고 답해야 하나? 그래, 좋아. 어서 적어보자.

안녕 섹스.

보내기.

뭐야? 안 돼! *안녕 섹스*라니? 내가 쓰려고 했던 말이 *아니란* 말이야! 망할 자동 완성 기능 같으니라고. *안녕 섹스*? 미쳤네. 내가 보낸 게 아니라고 말해야 돼. 내면의 자아는 앞쪽에 강철 토캡을 덧댄 닥터 마틴 신발로 흙바닥에 웅크린 나를 힘껏 걷어차고 있다. 구역질이 나고 비장에서 피가 흐르는 기분이다. *안녕 섹스*? 그는 내가 섹스를 하고 싶어 환장한 줄 알 것이다. 그가 속박 공포증이 있다면 나는 겁을 줘서 그를 멀리 쫓아버린 셈이다. 그래! 끝이다! 내 인생은 끝났다! 해리는 나를 차버릴 거다. 행복해질 수 있는 유일한 기회였는데 끝나 버렸다. 영원히. 망할, 망할, 망할! 이제 어떻게 하지?

내면의 여신이 체면이라도 지키라며 별 효과도 없어 보이는 제안을 한다. 웃는 얼굴 모양의 이모티콘을 넣고 '안녕 섹시남'이라고 다시 적어서 보내라는 것이다. 아니면 살짝 비꼬듯이 윙크하는 모양의 이모티콘? 너무 반항적인 느낌일까? 아니면 저능아 같으려나? 에라 모르겠다. 그냥 해, 앨비나. 일단 보내…….

안녕 섹시남 ;)

보내기.

침묵.

기대감이 열대 지방의 비구름처럼 머리 위에 걸린다. 이대로 빗물이 쏟아지면 시스루 톱을 걸친 내 몸은 완전히 젖고, 흠뻑 젖은 가수 앨리스 쿠퍼처럼 두 뺨에 마스카라 국물이 흐를 것이다.

그가 왜 답장을 안 할까? 윙크 때문인가? 나를 어디 모자란 여자로 생각하나?

핑.

답장이 왔다! 놀라라.

네 가슴이 맘에 들어.

아, 좋아. 꽤 달콤하네? 멋지게 칭찬할 줄도 알고. 훌륭한 신사야. 좋아, 이제 답장하자, 앨비나.

고마워.

보내기.

키스 이모티콘? 키스를 뜻하는 이모티콘 'X'를 보낼까?

X

보내기.

또 침묵.

왜 또 답장을 안 해? 안 할 건가 보네. 키스 이모티콘은 너무 나갔나? 아, 일을 망쳤구나, 앨비나. 잘했다. 그는 이제 널 너무 쉬운 여자로 생각할 거야. 차라리 '나랑 잘래요?'라고 보내지 그랬니? '이건 내 성기 사진이에요'라고 보내지 그랬어……?

핑.

우리 만날까? 술 한잔 어때?

하하! 뭐라고? 지…… 지금…… 나한테…….

내면의 여신은 이미 아스피린을 한 줌 털어 넣고 따뜻한 물이 담긴 욕조에 들어가 양 손목을 칼로 그었다. 혈관에서 흘러나온 피에 욕조 물이 자홍색으로 변한다.

해리에게는 안된 일이지만 난 아직 술이나 약에 취하지 않았다.

아니, 농담이었어.

보내기.

로그아웃.

다시 로그인.

재수 없는 새끼야.

보내기.

틴더 삭제.

비건(엄격한 채식주의자)이라고 말할걸. (비욘세나 제이 지Jay Z를 보더라도 요즘은 비건이 섹시해 보인다.) 하지만 채식이 너무 심하다 싶으면 언제든 다시 고기를 먹을 거다. 아, 어쩌나. 내면의 여신은 죽어버렸다. 이 여신이 나를 진짜로 열 받게 만들고 있던 참이었는데.

페이스북이나 보자.

나는 로그인을 하고 게시글을 훑어본다. 흥미가 있다기보다 그냥 습관이다. 내가 마지막으로 들여다봤던 오전 8시 21분 이래로 재치 있는 글을 쓴 인간이 아무도 없다. 친구 요청이 하나 와 있다. 나랑 같이 사는 게으름뱅이 중 하나가 보낸 것이다. 거절. 모르는 누군가가 나를 캔디 크러시 사가 게임에 초대했다. 꺼져. 나는 누군가 찍어 올린 욕조 속의 물에 젖은 새끼 페르시안 고양이 사진에 '좋아요'를 누른다. *'못생겼다'*라고 댓글을 달고 내 상태 메시지를 *'마침내 회사 때려치움!'*으로 업데이트한다. 그리고 *'엄청 행복함'*을 나타내는 이모티콘을 추가한다. 글 올리기.

스물일곱 살 해리 덕분에 섹스를 생각해 봤지만 같이 섹스할 사람이 없다. 내가 좋아하는 섹스 장난감이나 내림차순으로 나열해 보겠다. 1위 : 리얼 필 미스터 딕의 11인치짜리 진동 딜도. 공동 2위 : 램펀트 래빗의 강력한 핑크 딜도와 램펀트 래빗의 화끈한 딜도. 3위 : 실리콘 핑크 플러스 남근 진동 딜도. 4위 : 지글 볼스 진동 딜도. 5위 : 램펀트 래빗의 작게 흔들리는 딜도. (마지막 제품은 왜 만들었는지 모르겠다. 어쩌나 별로인지.)

베스는 섹스 장난감 따위 없을 것이다. 베스는 지나치게 고지식하다. 물론 베스는 진짜 페니스가 달린 살아 있는 남편이 있으니……. 게다가 그 남자는 직업도 있다. 그래도 그는 미스터 딕처럼 언제든 내가 원할 때 섹스를 할 준비가 되어 있지는 않을 것이다. 나는 침대 옆 서랍을 열고 당당히 1위를 차지한 섹스 장난감을 꺼낸다. 이것이야말로 내 연인이며 가장 친한 친구다. 미스터 딕을 벽에 붙여놓을까 하는 생각도 해봤는데 (샤워실 타일이나 문에 쉽게 부착할 수 있도록 손잡이 끝에 초강력 빨판이 있기는 하다) 거기 붙여놓고 하기에는 내 힘이 달릴 것 같다.

"미안, 고추 씨. 지금은 할 기분이 아니네."

나는 미스터 딕에게 가볍게 입 맞추고 다시 서랍에 집어넣는다.

담배를 한 개비 또 한 개비 그리고 또 한 개비 연이어 피운다. 나는 담배를 원하지도 않고 좋아하지도 않지만 심심해 미칠 지경이라 피우는 것이다. 라이터를 가지고 놀아본다. 위로 솟구쳐 깜박거리는 라이터 불을 바라본다. 퀴퀴하게 정체된 공기 속에서 라이터 불이 빨갛게 빛나다가 노랗게 변한다. 최면에 걸릴 것 같다. 나는

는 불을 흠모해 왔다. 불은 뭐라고 규정하기 힘든 수수께끼이며 파괴의 귀부인이다. 나는 방화범은 아니다. 쓰레기가 불에 타는 광경을 좋아할 뿐이다. 이 작은 지포 라이터가 도시 전체를 잿더미로 만들 수 있다는 것이 참 놀랍다. 그것이 바로 힘이다. 네로 황제는 고대 로마에 불을 지를 당시 이미 그것을 알고 있었다. 네로는 사람들이 불길을 피해 비명을 지르며 도망치는 모습, 불이 사람들의 가운에 혀를 날름거리고 머리카락을 태우는 모습을 팔라티노 언덕의 궁전에서 내려다보며 노래를 부르고 리라를 퉁겼다. 그는 불이 꺼지기를 기다렸다가 로마 한가운데, 오래된 집들을 불길이 쓸어 가버린 자리에 새로운 궁전을 건설했다. 그런 점에서 네로는 존경받아 마땅하다. 대담한 남자다.

프로메테우스도 멋진 남자다. 그는 규칙이란 깨지기 위해 있는 것임을 잘 알고 있었다. 그는 태양의 불씨로 횃불을 밝혀 인간에게 전해 줌으로써 제우스를 제대로 열 받게 만들었다. 제우스는 인간이 쓰레기를 태워 없애는 것을 원치 않았던 것이다. 내 엄마처럼. 엄마는 내가 베스의 테디 베어 인형이라든지 이웃의 고양이, 개가 갇힌 창고에 불을 지르는 것을 질색했다. (불붙은 지붕이 내려앉기 전에 엄마가 개 짖는 소리를 듣는 바람에 그 개는 *무사히* 나올 수 있었다. 몸에 묻은 그을음을 닦아내기 위해 목욕을 해야 하긴 했지만…….) 어떤 사람들은 재미를 모른다. 예전에 내가 다닌 학교의 교장도 남의 흥을 깨부수는 사람이었다. 그러지 않았다면 자기 차에 불 좀 붙였다고 나를 퇴학시키기까지 했을까?

요즘 누가 학교 따위를 필요로 할까? 인터넷이 있으니 아이들은 굳이 학교에서 배울 필요가 없다. 인터넷은 모든 것을 알고 있다. 머릿니와 교복, 눅눅한 학교 석식을 참을 필요 없다. 온라인으로 뭐든 배울 수 있으니 놀라운 세상이다. 이번 주에 나는 우리가 컴퓨터로 만든 홀로그램 속에서 살고 있다는 것, 매튜 페리가 NBC 텔레비전 시트콤 〈프렌즈〉에서 챈들러 역할을 한 배우였다는 것(잘 기억나지 않아서 구글로 검색했다), 수컷 아귀와 암컷 아귀가 교미를 하면 그들은 하나로 녹아 몸을 영원히 공유하게 된다는 것(바다는 너무도 넓고 깊어서 수컷은 암컷을 발견하면 그렇게라도 붙잡아야 한다. 수컷은 눈과 내부 장기를 잃고 암컷과 한몸이 되어 혈관을 공유한다. 정말 아름다운 현상이다)을 알게 됐다. 알게 되니 기분이 좋다.

베스는 잘난 학위를 갖고 있지만 베스보다 내가 글을 훨씬 더 많이 읽었다. (물론 경쟁하자는 것은 아니다.) 내 뇌는 꽉 차 있다. 나는 인생 대학을 우등으로 졸업했다. 그런 사람을 '독학자'라고 부른다지. 똑똑한 척하려면 '독학자'라는 단어를 사용하면 된다. 하지만 굳이 그렇게 어려운 단어를 쓸 필요는 없다.

침대에서 일어나 주방 겸 폭격 구역으로 간다. 노동자들이 즐겨 마시는 차나 마셔야겠다. 베스라면 절대 주문하지 않을 차. 베스는 다즐링이나 얼그레이, 유기농 열대우림 동맹 아라비카 어쩌고 하는 차를 마시며 산다. 회사에서 잘린 건 아무래도 상관없다. 나는 아직도 베스 생각을 하고 있다. 머릿속으로 계속 생각해 본다. '다시 한 번 너를 타오르미나에 있는 우리 집으로 초대할게. 우리와 함께 지내자……. 정말로 네가 필요해. 부탁할게. 꼭 와줘.'

젠장!

베스는 뭘 원하는 걸까. 내 골수나 신장 한쪽이 필요한 건가. 난 절대 주지 않을 거다. 내가 안 주면 엄마한테 부탁하든지 알아서 하겠지.

"차 마실래?"

내가 묻자 게으름뱅이들이 얼빠진 얼굴로 나를 쳐다보며 고개를 젓는다. 나는 주전자에 물을 채우고 가스레인지를 켠다. 윽. 왜 이렇게 끈적하지? 박테리아가 들끓는 싱크대에서 내 머그잔('내가 내 세울 거라고는 천재성뿐'이라고 적혀 있다)을 찾아내 씻는다. 설거지를 했는데도 별로 깨끗해지지 않은 것 같다. 티백이 딱 하나 남아 있다. 나는 티백을 머그잔에 넣고 게으름뱅이들을 흘끗 돌아본다. 나를 쳐다보던 그들은 나와 눈이 마주치자마자 〈제레미 카일 쇼〉가 나오는 텔레비전으로 얼른 고개를 돌린다. 미친 것들. 탈지우유가 1센티미터도 남아 있지 않다. 나는 머그잔에 물을 붓고 우유를 섞는다.

방으로 들어가려는데 개리가 말을 건다.

"저기, 우리 얘기 좀 할까?"

나는 움찔하다가 뜨거운 찻물을 다리에 약간 쏟고 만다. 다리가 따끔하고 스커트에 얼룩이 생겼지만 수건으로 닦을 정도는 아니다.

"그래. 무슨 일인데?"

나는 맞은편 의자에 털썩 앉는다. 이런 종류의 대화는 빠를수록 좋다. 저 남자가 문제일까 아니면 여자가 문제일까?

"우리가 생각해 봤거든."

개리가 운을 뗀다. *니들이 생각이란 걸 했다고?* 믿기지 않는다.

"아무래도 안 되겠어."

패티인지 팸인지가 나불거린다.

그들은 무표정한 얼굴로 내 대답을 기다린다. 나는 대답하지 않는다.

"네가 이 집에서 나가주면 좋겠어."

제프가 말한다. 그레이엄인가?

바로 그 얘기였다. 추가 설명 따윈 필요 없다. 그들은 이 집에 들어오고 싶어 하는 또 다른 감성적인 게으름뱅이를 찾았거나 단순히 내가 싫거나 둘 중 하나일 것이다. 왜 나를 싫어할까? 내 방에서 죽은 다람쥐라도 찾았나? 아마 내가 집세를 내지 않아서인 것 같다. 믿기지가 않는다. 내가 저들을 내쫓았어야 하는 건데. 저들이 먼저 이 집에 들어오긴 했지만.

"내일 당장."

패티가 미리 연습한 티를 내며 어색하게 인상을 쓴다.

사무라이 칼을 손에 쥐고 있었으면 좋았을걸. 이럴 때 유용하게 쓸 수 있었을 텐데.

"물론이지. 알았어. 그렇잖아도 여길 떠나려고 했어. 시칠리아로 가서 휴가를 보내려고……."

짐을 쌀 판지 상자나 찾아봐야겠다. 오늘 내 운세가 이 모양일 줄 알았다.

나는 잰걸음으로 방에 들어와 침대에 털썩 눕는다. 오래된 사진이 나를 빤히 내려다본다. 내 쌍둥이 언니의 사진이다. 베스는 슈퍼모델 같은데 나는 만사가 더럽게 안 풀리는 부랑자 같은 모습이다. 베스가 학교를 졸업하던 날 같이 찍은 사진이다. 머리에 드라이를 하고 립글로스를 바른 베스는 체셔 고양이(루이스 캐롤의 《이상한 나라의 앨리스》에 등장하는 가공의 고양이 – 옮긴이)처럼 웃고 있다. 그날 나는 우리 집 옆 나무 위에서 혼자 말리부 술을 한 병 다 마시고는 숙취에 시달리고 있었다. 내가 보기에 우리는 전혀 닮지 않았다. 비슷하지도 않다.

나는 사진을 노려본다.

"*네가 원하는 게 대체 뭐야?*"

유럽 저편에서 베스가 머릿속으로 생각하는 말이 내 귀에 들리는 듯하다. '시칠리아로 와, 앨비나. 꼭 와줘. 와야 돼. 꼭 오는 거다!' 우리는 영원히 얽혀 있는 2개의 양자 입자다. 베스는 글루온(쿼크 간의 상호작용을 매개하는 입자 – 옮긴이)이고 나는 쿼크(양성자, 중성자와 같은 소립자를 구성하는 기본적인 입자 – 옮긴이)다. 나는 암흑 물질이고 베스는…… 흠, 그냥 물질이다. 괴이하게도 우리는 멀리 떨어져 있어도 서로 반응한다. 베스가 어디에 머리를 부딪치면 나는 두통을 앓는다. 내 다리가 부러지면 베스는 무릎이 아프다. 하지만 베스가 섹시하고 부유한 이탈리아 남자와 결혼해 시칠리아의 타오르미나로 이

사를 갈 때 나는 런던에서 까이고 게으름뱅이들과 한집에서 부대끼고 있었다. 우리가 항상 비슷하게 사는 것은 아니란 얘기다.

쌍둥이 언니 베스는 마치 절단된 사지처럼 내 머릿속에 늘 존재한다. 도로에서 사고를 당해 잃어버린 멀쩡한 사지가 아니라 냄새가 나서 속 시원하게 잘라낸 썩은 사지다. 앨비와 베스. 베스와 앨비. 전에는 그랬지만 더 이상은 아니다. 베스가 옥스퍼드 대학교에 진학했을 때도, 암브로조와 결혼했을 때도 아니다. 베스와 나는 일란성쌍둥이지만 언제나 매력적이고 예쁘고 날씬한 쪽은 베스다. 베스는 나보다 먼저 걸음마를 하고 말을 떼고 변기를 사용하고 섹스를 했다. 그 생각을 하면서 나는 베개에 얼굴을 묻고 소리친다.

"으아아아아!"

페이스북이나 보자.

엘리자베스 카루소가 내 상태 업데이트에 '좋아요'를 눌렀다. 바로 내 언니다.

당연히 그렇겠지.

나는 휴대폰 화면을 노려보면서 키패드에 낀 부스러기를 긁어내고 화면에 묻은 라즈베리 잼을 닦아낸다. 베스에게 보낸 이메일을 다시 읽어본다. '다음에 런던 오게 되면 연락해. 그동안 밀린 얘기나 하자.' 한때 자궁을 공유했던 쌍둥이가 아니라 짜증 나는 동업자에게나 쓸 법한 이메일이다. 베스가 보낸 이메일을 다시 읽어보니 진심으로 나를 보고 싶어 하는 것 같기도 하다. '정말로 네가 필요해. 부탁할게. 꼭 와줘.' 그래, 베스, 너 잘났다. 네가 이겼다. SPF50

선크림을 사야겠다. 부디 에트나 화산이 휴면기이기를. 나는 이메일을 쓰기 시작한다.

보낸 사람 "앨비나 나이틀리"〈AlvinaKnightly69@hotmail.com〉

받는 사람 "엘리자베스 카루소"〈ElizabethKnightlyCaruso@gmail.com〉

날짜 2015년 8월 24일 11:31

제목 RE: 방문

안녕, 언니,

아까는 미안했어. 내가 진짜 뭐 빠지게 일하느라 바빴거든. 이제 일을 안 하게 됐으니 언니를 만나러 갈 시간이 생겼네. 언니 말이 맞아. 2년이 지났으니 참 오래됐다. 나도 어니가 많이 보고 싶어. 언니네 집도 엄청 멋진 곳일 것 같아. 나는 이제 무한 자유니까 (그래서 마음대로 휴가를 보낼 수 있지) 언제 방문하면 편할지 알려줘. 온라인에 싼 비행기표가 있는지 알아볼게.

보내기.

나는 신용카드로 비행기표를 끊을 것이다. 신용카드는 진짜 돈이 아니라 숫자일 뿐이다. 걱정은 나중에 해야지. 이미 산더미 같은 빚을 졌으니, 비행기표 정도는 두더지가 쌓은 흙더미 정도밖에 되지 않는다. 거의 표시도 안 난다. (내 입출금 내역이 잘못됐다고 은행 관리자에게 메일을 보냈지만 그쪽에서는 내 말을 믿지 않았다. 그 은행은 내게 이익보험증권을 잘못 팔지도 않았고 수수료를 과다 청구한 적도 없다고 주장했다. 그 망할 것들은 늘 그런 식이다. 재수 없는 은행 놈들. 전부 후려치고 싶다. 진심으로.)

chapter 3

고양이인지 쥐인지 여우인지 비둘기인지 모를 정체불명의 고기가 케밥집 진열장 안에서 빙글빙글 돌아가고 있다. 누런 액체가 하단의 금속 그릴로 뚝뚝 떨어진다. 치익, 지글지글, 쉭 소리를 내며 고기가 익는다. 분홍색에서 갈색, 이어서 회색으로. 케밥집 내부 공기는 기름기로 가득하다. 얼룩진 흰 앞치마를 두르고 종이 모자를 쓴 매력적인 남자가 카운터 앞으로 다가온다. 치렁치렁한 머리에 일부러 안 깎은 텁수룩한 수염. 저 남자의 옷을 벗기면 어떤 모습일지 상상해 본다. 영화 〈부기 나이트〉의 마지막 장면에 나온 마크 월버그처럼 성기가 33센티미터쯤 되려나.

"일반으로 드릴까요?"

나는 고개를 끄덕인다.

"배가 고프네요. 2개 주세요."

남자는 긴 은색 칼을 집어 들고 스위치를 켠다. 네온 불빛에 칼날이 번쩍거린다. 톱니 모양 칼날이 윙 우우웅 붕붕 소리를 내며 돌아간다. 남자는 두툼하게 고기 조각을 잘라 동그란 롤빵 속에 넣고 상추, 토마토, 양파, 소스도 집어넣는다.

"9파운드 98펜스입니다."

얼마라고? 백주 대낮에 강도질이구나. 그래도 나는 돈을 지불하고 넉넉하게 2펜스를 팁으로 챙겨준다. 도너 케밥과 고칼로리 콜라 한 캔을 들고 집으로 가면서 케밥 2개를 우걱우걱 먹는다. (망할) 양파를 골라내 길바닥에 던지고 손가락을 타고 흐르는 케첩을 혀로 핥는다. 내 셔츠와 신발, 보도에 케첩이 뚝, 뚝, 뚝 떨어진다.

중고 서점 진열장에 베스의 소설 한 권이 판매용으로 진열돼 있다. 50펜스. 나는 그 앞에서 걸음을 멈춘다. 화장실 휴지보다 싸지만 사고 싶은 생각이 없다. 누가 나한테 돈을 준다고 해도 읽지 않을 것이다. 뭐, 돈을 *엄청 많이 준다면* 또 모를까. 나는 뒤를 슬쩍 돌아본다. 베스가 내 뒤를 따라오는 게 아닐까 싶어서다. 하필 그 서점에 베스의 책이 있다니 믿기지 않는다. 휴대폰을 보니 베스의 답장이 와 있다 :

보낸 사람 "엘리자베스 카루소"〈ElizabethKnightlyCaruso@gmail.com〉

받는 사람 "앨비나 나이틀리"〈AlvinaKnightly69@hotmail.com〉

날짜 2015년 8월 24일 13:10

제목 RE: 방문

안녕, 앨비,

그래 사과받을게. 어서 와! 내일 아침 카타니아로 오는 영국항공을 예약했어. (여행 일정표 참고) 비즈니스석이니까 무료 샴페인을 즐기도록 해. 여기 도착했을 때 네가 취해 있지 않으면 나 실망할 거야. 너무 빨리 오라고 한 게 아니길. 네가 지금 일을 안 하고 있다고 해서 얼른 보고 싶은 마음에 바로 예약했어! 공항에 도착하면 암브로조가 마중 나가 있을 거야. 미리 경고하는데 암브로조는 카레이서 루이스 해밀턴처럼 운전하거든. 그가 운전하는 람보르기니를 타면 40분 거리를 15분 만에 주파할 수 있어.

비키니랑 햇빛 차단용 모자를 가져와. 여기 열기가 엄청나거든. 없어도 걱정하지 마. 타오르미나의 프라다랑 구찌 매장에서 사면 되니까.

내일 보자!

사랑해,

베스 xxx

P.S. 일 그만둔 건 정말 잘했어. 그 일 싫어했잖아?

P.P.S. 네 몸무게가 얼마라고 했지?

나는 눈도 깜박이지 않고 한참 화면을 쳐다본다. 마침내 눈을 감았다 떴는데 베스가 보낸 이메일이 여전히 화면에 떠 있다. 참 효율적인 여자다. 내일 아침이라고? 나를 위해 비행기표를 샀다고? 뭐든 자기 마음대로네.

그나저나 내 몸무게에 왜 그렇게 집착하는 거지?

보낸 사람 "앨비나 나이틀리"〈AlvinaKnightly69@hotmail.com〉

받는 사람 "엘리자베스 카루소"〈ElizabethKnightlyCaruso@gmail.com〉

날짜 2015년 8월 24일 13:20

제목 RE: 방문

59.4kg. 내일 봐.

보내기.

베스는 곧바로 답장을 보내온다.

보낸 사람 "엘리자베스 카루소"〈ElizabethKnightlyCaruso@gmail.com〉

받는 사람 "앨비나 나이틀리"〈AlvinaKnightly69@hotmail.com〉

날짜 2015년 8월 24일 13:23

제목 RE: 방문

잘됐다! 나랑 같네! XXX

뭐지? 이게 말이 돼? 베스는 얼마 전에 출산했는데.

'난 어니를 임신했을 때 찐 살이 잘 안 빠져서 미치겠어'라더니.

이럴 줄 알았지. 대단한 쌍년이야.

나는 내일 아침 비즈니스석(이게 뭐지?)으로 시칠리아로 날아가 마중 나온 람보르기니에 탈 예정이다. 모든 게 꿈만 같다. 눈을 즐겁게 해주는 미남인 암브로조도 보고 싶다. 그는 데이비드 간디에 브래드 피트와 애쉬튼 커처를 섞어놓은 것 같다. 베스도 영 멍청이는 아닌 듯?

다 먹고 난 케밥 포장지를 문간의 쓰레기 더미에 휙 던지고 계단을 한 번에 두 칸씩 밟고 올라간다.

◆

아파트에 아무도 없다. 온통 내 차지다. 마음에 든다. 항상 이러면 얼마나 좋아. 나는 담배 여섯 개비를 연달아 피우고 냉장고에 들어 있던 피노 그리지오 화이트 와인을 거의 다 마셔버린다. 내 와인은 아니지만 어차피 내일 떠날 건데 아무렴 어때.

옷장과 서랍에 있는 물건을 전부 꺼내고 침대 밑에서 여행 가방을 끄집어낸다. 먼지와 담배꽁초와 양말을 털어낸다. 베스를 만나러 간다는 게 믿기지 않는다. 태어나서 대학에 갈 때까지 우리는 말 그대로 딱 붙어 다녔다. (선택의 여지가 없었다. 촌충이나 기니벌레, 기생충처럼 붙어 있을 수밖에 없었으니까.) 그렇게 함께 태어나 26년 10개월 12일이 지났다. 우리는 짭짤한 양수의 바닷속에서 서로를 팔꿈치로 밀쳐가며 어서 빨리 자궁 밖으로 나가 분리되고 싶어 안달이었다. 얼굴을 쌍둥이의 항문에 처박고 살기에 9개월은 너무 긴 시간이었다. 베스가 먼저 동계 올림픽에서 금메달을 목표로 미끄러져 나가는 캐나다 봅슬레이 선수처럼 산도를 쑥 빠져나갔다. 나는 발부터 나오다가 중간에 끼고 말았다. 산파가 어미 소한테서 송아지를 받아내는 농부처럼 팔꿈치까지 집어넣고 나를 끄집어내야 했다. 나는 양발을 귀 뒤에 붙인 채로 끌려 나왔다. 첫아이를 낳고 나자 엄마는 두 번째 아이를 더 밀어낼 힘이 없었다. 하긴 나를 원할 이유가 있었을까? 이미 베스를 낳았는데. '하나 사면 하나는 덤'처럼 나는 엄마가 원치 않는데도 잉여로 따라붙은 추가 상품 같은 존재였다. 포장도 뜯지 않은 채 냉장고 밑바닥에서 썩어가는 체더 치즈였다. 덤으로 받아놓기만 하고 먹지도 않는 자파 케이크 Jaffa Cakes였다. 쉽게 잊어도 되고 쉽게 무시해도 되는 존재였다.

엄마는 늘 나를 '깜빡'하곤 했다. 오스트레일리아로 이민을 가면서도 나한테는 깜빡하고 말을 안 했다. 엄마가 내 예방접종을 '깜빡'한 바람에 나는 홍역에 걸렸다. 엄마는 슈퍼마켓에 갔다가 나를 집으로 데려오는 걸 '깜빡'하고, 펜잰스로 가는 기차에 나를 두고 내렸다. 할머니 장례식에도 나를 '깜빡'하고 부르지 않았다. (할머니가 돌아가신 게 *내* 탓도 아니었는데. 마침 할머니가 숨이 넘어갈 당시에 내가 할머니 댁에 있었던 것뿐이다.) 이만하면 어떤 상황인지 이해할 것이다.

산도에 낀 나는 수조처럼 생긴 인큐베이터에 들어가야 했다. 산소 부족과 관련된 어떤 이유 때문이었다. 나를 처음 본 사람들 눈에 나는 인큐베이터의 조명을 받은 파란색 아기였다. 나는 그렇게 수조 속에 갇혀 있어야 했다. 베스와 달리 엄마 젖도 빨지 못했다. 간호사들이 번갈아 내게 젖병을 물려주었다. 나는 오로지 유아용 유동식만 먹어야 했다. 엄마는 소중한 첫아이 베스를 데리고 먼저 퇴원했고, 그 둘은 함께 오랜 시간을 보냈다. 그리고 수주일 후 병원 측은 엄마에게 음성 메시지를 세 번이나 남긴 후에야 나를 퇴원시킬 수 있었다. 당연하게도 그 무렵 엄마는 베스와 애착 관계가 형성돼 있었다. 나까지 끼면 셋인데 누구에게나 그렇듯 셋은 너무 많은 숫자다. 그런 관계가 26년 동안 이어졌다. 엄마는 게을렀고 베스는 사랑받을 만한 아이였다. 고분고분하고 품행이 바르고 깔끔한 아이였으니까. 베스는 이웃 사람들 앞에서 창피한 짓을 하거나 가출을 하거나 말썽을 피워 경찰서에 들락거리지도 않았다. 불을 지르거나 욕을 하지도 않았다. 엄마를 실망시키는 일을 결코 하지 않았다.

내 이름은 아빠의 이름인 앨빈(상상력하고는)을 따서 지었고, 엘리자베스의 이름은 영국 여왕(엄마가 지겹도록 해준 이야기다)의 이름을 따서 지었다. 엄마는 아빠에게 별로 애정이 없었다. 두 분은 우리가 태어난 직후에 이혼했고, 아빠는 샌프란시스코로 거처를 옮겼다. 그 후 나는 단 한 번도 아빠를 본 적이 없다. 그렇다고 크게 상실감을 느끼지는 않았다. 아빠는 머저리 같은 인간이었으니까. 엄마는 미국이나 그린란드, 아프가니스탄 같은 곳에서 살려고 하지도 않았다. 엄마는 여왕을 몹시 사랑했다. 벌처럼 헌신적이었다. 엄마가 두 번째 남편(루퍼트 본 윌러비라는 비열한 놈)과 오스트레일리아에서 살기로 한 이유는 딱 한 가지였다. 시드니에서 영국 여왕이 여전히 군주로 있기 때문이었다. 헌신적인 신하이자 진실한 애국자인 엄마는 언제나 나보다 엘리자베스를 더 아꼈다. 영국 왕실에 앨비나 여왕이 있었으면 좋았을걸! 백과사전까지 뒤져봤지만 앨비나 여왕 따위는 없었다. D. H. 로렌스의 소설에서 갈피를 못 잡고 방황하는 멍청한 여자의 이름이 앨비나일 뿐이었고, 나는 그 소설을 읽지 않았다.

어린 시절의 추억이 있냐고? 베스의 인형에 핀을 꽂고 놀았던 기억은 있다. 이유는 묻지 말길. 나도 모르니까. 그때는 서너 살밖에 되지 않았고, 부두교에 관해서는 쥐뿔도 몰랐다. 그냥 어느 날 베스의 인형을 봤고 그 인형에 핀을 꽂으면 재미있겠다는 생각을 했을 뿐이다. 실제로 해보니 재미있었다. 지금도 화장대 위에 누워 있던 그 인형의 모습이 눈에 선하다. 긴 금발, 머리를 앞뒤로 움직일 때마다 떴다 감았다 하는 커다란 푸른 눈. 일으켜 앉히면 눈을 뜨고, 눕히면 눈을 감았다. 떴다 감았다, 떴다 감았다. 몇 시간을 갖고 놀아도 재미있었다.

나는 서랍장 속에서 엄마의 재봉 핀을 찾아냈다. 끄트머리에 다양한 색깔의 동그란 구슬이 붙어 있는 길고 얇은 은색 핀이었다. 작고 네모난 통 속에 50개쯤 들어 있었을 것이다. 나는 그 핀을 꺼내서 인형에 하나씩 찔러 넣었다. 아주 쉬웠다. 인형이 울 줄 알았는데 아무 소리도 내지 않고 가만히 누워 있었다. 나는 인형의 발부터 핀을 찌르기 시작했다. 양발에 4개씩, 분홍빛이 도는 작은 발가락 사이에 콕콕. 그리고 기다란 다리를 따라 쭉 꽂았다. 플라스틱 몸에 핀들이 매끄럽고 깊게 박혔다. 고슴도치의 바늘처럼 흔들림 없이 확고하게.

나는 계속해서 인형의 배와 가슴, 목, 양볼, 이마, 관자놀이까지 핀을 꽂았다. 눈알에도 꽂으려고 했는데 핀이 박히지 않았다. 눈알이 반짝이는 딱딱한 유리여서 그런 모양이었다. 몸 앞쪽에 핀을 꽂은 다음 몸통을 뒤집어 뒤에도 꽂았다. 엉덩이, 뒤통수, 마지막으로 빨간 핀을 꽂을 때까지는 순조로웠다. 그때 무슨 일이 일어났는지 잘 모르겠다. 나는 통에서 꺼낸 빨간 핀을 내 엄지에 찌르고 말았다. 엄청난 충격이었다. 당시 내 나이를 생각하면 거의 지진과 맞먹는 충격이었다. 손가락에서 피 한 방울이 솟았다. 완벽한 동그라미를 이룬 빨간 피가 핀에 붙은 동그란 구슬과 잘 어울렸다. 나는 물레를 돌리다 바늘에 손가락을 찔린 잠자는 숲속의 공주였다. 생각할 겨를도 없이 얼른 엄지를 혀로 핥았다. 짐승처럼, 본능적으로. 그때 난생처음 피 맛을 보았다. 그 전에도 그 후에도 그런 맛을 느껴본 적이 없다. 짭짤한 구리 맛. 와인처럼 금지된 맛. 나는 아무 말도 할 수 없었다. 완전히 다른 사람이 된 기분이었다.

하지만 그때는 그때고 지금은 지금이다. 밀라노의 빌어먹을 대성당에서 치러진 베스의 결혼식 이후로 2년 동안 나는 내 쌍둥이 언니를 본 적이 없다. 그 결혼식도 재앙 그 자체였다. 생각하기도 싫다. 나는 담배를 하나 꺼내 물고 불을 붙여 발암 물질을 폐 속 가득 빨아들인다. 창턱에 기대앉아 바깥의 비둘기들을 내다본다. 비둘기들이 나를 똑바로 마주 보고 있다. 위협적이고 살의를 띤 눈빛이다. 작고 까만 눈알들이 적의로 번뜩인다. 너희 멍청이들 중 하나가 내 어깨에 똥을 쌌지? 저것들도 알프레드 히치콕 감독의 영화를 봤을 테니 나를 공격할 수도 있다.

베스의 결혼식 장면들이 내 머릿속에 이리저리 흘러넘친다.

나는 와인을 조금 더 들이켠다.

베스의 '중요한 날'을 몇 달 앞두고 엄마는 내게 전화를 걸어 물었다.

"넌 누굴 데리고 올 거니, 앨비나? 좌석 배치랑 초대장을 준비하려면 필요한데."

"제가 왜 꼭 누굴 데려가야 되는데요? 남자 친구가 꼭 있어야 하냐고요?"

"길게 얘기할 시간 없어, 앨비나. 싹양배추가 너무 익으면 네 아빠가 안 먹으려고 해."

"그 사람은 내 아빠 아니거든요."

침묵.

"너도 암브로시아 같은 멋진 남자를 찾아보지 그러니?"

아, 맙소사. 미치겠다. 또 시작이네.

"암브로조예요, 엄마. 그리고 그는 이 사람 저 사람 사서 먹을 수 있는 라이스 푸딩이 아니에요."

물론 암브로조가 먹음직스러운 남자이긴 하다.

"베스는 자리를 잘 잡게 됐잖니. 네 나이도 마냥 젊지는 않아."

"그래요. 나도 알아요."

당시 내 나이는 스물넷이었다.

"갈수록 매력도 떨어지게 마련이야."

아, 미치겠다. 엄마는 어떻게 하면 나한테 상처를 줄 수 있는지 잘 알고 있었다. 나는 눈을 깜박여 눈물을 참으면서 일부러 큰 소리로 코를 훌쩍였다. 나도 혼자 늙어 죽고 싶지는 *않았다*.

"남자 친구 없어도 아주 행복하거든요. 마지막으로 섹스했던 남자는 알고 보니 연체동물 같은 놈이었고요."

연체동물의 놀라운 특성 중 하나는 신체기관 하나를 다양한 용도로 사용하는 경제적 능력이다. 이를테면 내가 마지막으로 섹스 했던 남자의 사타구니 사이에 달린 물건은 성기인 동시에 뇌였다. 그 남자의 물건은 기분이 썩 좋지 않은 쪽으로 끈적끈적하고 미끄덕거렸다. 지금까지 내가 경험한 바에 따르면 남자 친구는 시간 소모가 지나치게 많고 지나치게 많은 관심을 요구하는 존재다. 어릴 때 갖고 놀다 죽인 전자 애완동물 타마고치처럼. 운 좋게도 신께서는 나를 위해 틴더를 만들어주셨고……, 그걸로 충족되지 않으면 듀라셀 건전지로 작동하는 자위 기구를 쓰면 된다.

수화기 너머로 엄마가 싹양배추를 국자로 휘젓는 소리가 들렸다. 물이 보글보글 버글버글 찰박찰박 끓는 소리, 머리 위 주방 후드가 윙 돌아가는 소리. 음식 냄새가 여기까지 풍기는 듯했다.

"네 마지막 남자 친구 이름이 뭐였더라? 마이클인가 사이먼인가 리처드인가 했던 것 같은데?"

"내가 그걸 알아야 돼요?" 어쩌면 *아흐메드*일 수도 있는데요?

"하도 많아서 늘상 이름을 잊어버리게 되는구나."

나는 분이 나서 이를 바드득 갈았다.

엄마와 이렇게 실랑이를 했지만, 베스의 성대한 순백의 결혼식에 나 혼자 참석할 수는 없었다. 그랬다간 외로운 독신녀이자 외톨이로 보일 것이다. 그러던 어느 날 엄마가 또 전화를 했고, 나는 무너지고 말았다. 결국 머릿속에 떠오르는 아무 이름이나 내뱉었다.

"알렉스요, 엄마. 그 남자 이름은 알렉스예요."

"아! 알렉산더의 약칭이구나?"

"뭐요?"

"그리스인이니?"

"아뇨!"

"부자야? 선박 부호니? 성이 뭐야?"

"몰라요, 몰라. 모른다고요."

"그래, 알았다. 어쨌든 너희 둘에게 결혼식 초대장을 보낼게. 이제 자리 배치를 확정해야겠다. 너희는 인동덩굴로 장식된 테이블에서 베라 고모할머니와 바솔로뮤 삼촌 사이에 앉도록 해. 두 분이 네 남자 친구를 보면 무척 기뻐하실 거야. 두 분이 예전에 그리스 케르키라(코르푸)섬까지 유람선 여행을 하신 적이 있잖니."

알렉스라는 이름을 가진 남자 친구 따위는 없었다. 이륙을 기다리며 밀라노행 이지젯 항공의 비행기에 앉아 있는 동안 변명거리를 쥐어짜기 시작했다. 남자 친구가 급한 일이 있어서 같이 못 왔다고 하면 어떨까. 그가 소유한 선박들 중 하나가 빙산과 충돌했다고 하는 건 어떨까. 그들은 내 말을 믿지 않을 것이다. 자매의 멋진 결혼식에 싱글로 참석한다면 어딘가 모자란 여자, 곁다리로 낀 짐짝 취급을 받을 텐데. 나는 마음이 더 다급해지기 시작했다.

비행기에서 내 옆자리에 앉는 남자를 무조건 잡기로 마음먹었다. 무작위로 고르는 것인데 어쩐지 자극적이었다. 나는 비행기에 차례로 탑승하는 승객들을 유심히 살펴보았다……. 아, 저 남자 괜찮네. 디자이너 청바지에 깔끔한 면도, 비싸 보이는 남성용 가방. 프라다인가? 남자는 란제리 모델 같은 아내, 갭 광고에 나올 법한 아이와 함께 왼쪽으로 방향을 돌려 자리에 앉았다. 끝내주네. 아, 지금 들어오는 저 남자는? *굉장한걸.* 모델 타이슨 벡포드처럼 생겼다. 다이아몬드 귀고리, 랄프로렌 스웨터, 섹시한 미소. 그 남자는 내 바로 뒷줄에 몸매가 더 훌륭한 남자친구와 나란히 앉았다. 누가 날 좀 죽여줘, 당장.

"안녕하세요." 긴 머리에 턱수염, 문신을 잔뜩 하고 할리 데이비슨을 타고 다닐 것 같은 남자가 내 옆 통로 자리에 앉으며 인사를 건넸다. "애덤이라고 합니다."

애덤? 괜찮네. 알렉스와 비슷하게 'ㅇ'으로 시작하긴 하니까.

애덤의 몸에서 수경 재배된 마리화나 냄새가 풍겼다. 그는 조르디인(잉글랜드 북동부 타인사이드 출신 사람-옮긴이) 같은 억양을 구사했는데 어쩌면 청각장애인일 수도 있었다. 얽은 자국이 있는 목에 'MUM(멈)'과 'CHARDONNAY(샤도네이)'라는 문신이 새겨져 있었다. 손톱 밑에 모터오일이 찌든 때처럼 끼었고 얼굴에는 오토바이를 타다가 넘어져 생긴 듯한 딱지가 앉아 있었다. 그는 나보다 더 음란한 정신을 가진 남자였다. 베라 고모할머니는 그의 옆자리에서 5분도 견디지 못할 것이다. 그 후 2시간 30분 동안 우리는 바로 그 비행기에서 고도 1마일 클럽(비행 중인 여객기에서 섹스를 하면 회원 자격을 얻는다는 가상의 클럽-옮긴이)에 가입하지 않기 위해 차오르는 욕정을 꾹 참았다. 화장실 앞에는 줄곧 긴 줄이 있는 듯했다. 그를 기다리게 만들지 않으면 나를 따라오지 않으리라는 느낌이 들었다. 우리는 진한 키스를 했고, (창가 쪽 자리에 앉아 뜨개질을 하던 자그마한 할머니가 성질을 냈다) 그는 접이식 플라스틱 테이블 밑으로 내 몸을 더듬었다. 나는 그에게 물었다.

"밀라노에서 결혼식이 있는데, 같이 가지 않을래요? 거기에 갈 만할 거예요."

나는 윙크를 하면서 검은 가죽 바지를 입은 그의 허벅지 위쪽에 손을 얹었다.

"그러죠."

애덤은 비딱한 미소를 지었다. 일이 *완벽하게* 풀리고 있었다.

그는 '내 타입'이 아니었지만 손에 쥔 새가 한 마리뿐이니 어쩔 수 없었다. 특히 그 '새'의 손가락 2개가 내 '음모'에 들어와 있는 상황에서는. 우리가 그 대성당에 맨 먼저 도착했던 것도, 서로의 몸에서 손을 뗄 수 없었던 것도 내 탓은 아니었다. 그는 내 허리에서 사타구니 사이, 끈 없는 스판덱스 원피스, 허벅지까지 오는 은색 그물 스타킹을 무척이나 좋아했다. (내 나름대로 베스의 결혼식을 위해 차려입은 것이었다. 영국의 왕세자비 케이트 미들턴의 여동생 피파 미들턴 같은 엉덩이를 만들려고 무척 노력했다.) 우리는 뒤쪽 구석의 신도석에서 잠시 서로를 물고 빨았는데 곧 사람들이 들어오면서 우리를 보고 인상을 찌푸렸다. 그들은 우리를 흘끔거리며 수근대고 손가락질을 하고 쯧쯧 혀를 찼다. 우리는 방이라도 잡아야 될 것 같았다. 마침 이럴 때 쓸 만한 작은 부스들이 성당 안쪽 벽에 나란히 배치돼 있었다. (고해성사실을 마련해 준 하느님께 감사를) 딱 알맞은 크기에 붉은 벨벳 커튼도 출입구에 달려 있어 사생활 보호에 그만이었다. 결혼식 손님들이 성당을 점차 채워나가자 나는 애덤의 손을 잡고 고해성사실로 살그머니 들어갔다.

처음에 우리는 (*성당이니까* 응당) 아무 소리를 내지 않았지만 점점 흥분했다. 애덤은 나를 마호가니 벽에 밀어붙였고 나는 의자에서 그의 성기를 타고 앉았다. 지금 생각해 보면 그때 나는 안팎의 부조화에 취했던 것 같다. 성당 안에서 섹스를 하고 있다니! 애덤은 코니시 패스티(반달 모양에 고기와 채소가 들어 있는 파이 – 옮긴이) 맛이 났고 힘을 줄 때마다 특이하게 몸을 흔들며 떨어댔다. 마호가니 벽이 성당 벽에 쿵쿵 부딪쳤다. 그리고 그는 소리를 질렀다. 내 입에서는 "예수님 맙소사", "일요일까지 박아줘!" 같은 소리가 절로 나왔고, 애덤은 "쉿!" 하며 내 입을 막으려 했다. 절정에 다다른 우리가 커튼 밖으로 밀려 나간 순간 베스와 신부 들러리들이 성당 가운데 통로를 따라 걸어 들어오고 있었다. 베스는 얼굴이 벌겋게 달아올랐다. 지금도 그때 베스의 얼굴이 기억에 생생하다. 성당에 있던 모든 사람들의 시선이 우리에게 쏠렸다. 어떤 꼬마 녀석은 애덤에게 예수님이냐고 묻기도 했다. (아마 턱수염 때문이었을 것이다.) 엄마는 들고 있던 캠코더를 아래로 내렸다. 모두 베스를 쳐다보다가 내게 시선을 돌렸고, 다시 베스를 쳐다보았다. X 등급 포르노 테니스 경기를 보러 온 구경꾼들 같았다.

애초에 베스가 *나더러* 신부 들러리를 해달라고 부탁하지 않았으면 그런 일은 없었을 것이다.

성당 신부가 애덤에게 나가달라고 한 뒤로 결혼식은 지루하기만 했다. 알지도 못하는 수백 명이 한자리에 모여 온통 흰색의 향연이었고, 손님 대부분은 이탈리아인이었다. 로마 가톨릭 분위기가 물씬 풍겼다. 엄마는 자리 배치를 변경해 나를 직원들이 일하는 주방 쪽에 처박아놓았다. 나는 주세페라는 이름의 뚱뚱한 페이스트리 셰프와 토토라는 이름의 설거지 담당 소년 사이에 볼품없이 끼어 앉았다. 만찬은 13코스로 진행됐다. 전채 요리, 파스타, 바닷가재, 사슴 고기, 송아지 고기……. 웨딩 케이크의 높이는 180센티미터나 됐다. 나는 최고 품질의 빈티지 프로세코 와인, 달콤 쌉싸름한 리몬첼로(이탈리아의 레몬 술-옮긴이)를 연달아 마셨다. 그리고 우리는 밤새 타란텔라(이탈리아 나폴리 지방의 춤곡-옮긴이)에 맞춰 춤을 췄다. 백여 명이 점점 빨라지는 음악에 맞춰 손에 손을 잡고 한 방향으로 빙글빙글 돌다가 반대 방향으로 돌았다. 그러다 어지럼증이 밀려와 바닥에 주저앉곤 했다. 사람들은 베스의 불룩한 드레스에 계속 지폐를 꽂았고 나는 그것을 슬금슬금 빼냈다. 그날 밤 내가 챙긴 돈만 3천 유로였다.

남자 몇 명이 내게 접근했다. 암브로조의 친구들은 죄다 영화 〈매트릭스〉의 조연들처럼 차려입었다. 기다란 검은색 재킷에 새까만 선글라스. 다들 시칠리아에서 마피아로 활동하며 '폐기물 처리'라도 하는 모양이었다. 듣기만 해도 역겨웠다. 나는 쫓겨났다가 다시 들어온 애덤 곁에 더 이상 있고 싶지 않았다. 할머니가 나더러 '사랑스러운 빌리 진 킹'(미국의 테니스 선수-옮긴이) 같은 비건이냐고 물었다. 할머니는 내가 왜 베스처럼 결혼하지 않는지, 왜 여기 모인 잘생긴 남자들 중 아무하고도 춤을 추지 않는지 이해를 못 하는 눈치였다. (할머니는 애덤 사건이 일어난 동안 졸고 있었던 게 분명하다.) 듣고 보니 할머니는 '레즈비언'을 '비건'이라고 잘못 말한 것이었다. 할머니가 내 일에 신경 쓰지 않게 하려고 레즈비언이 맞다고 말했다. "사랑스러운 조디 포스터처럼요." 하지만 할머니는 조디 포스터가 누군지 몰랐다. "카라 델레바인? 엘런 드제너러스?" 여전히 할머니는 그들이 누군지 알지 못했다.

그날 베스는 무척 아름다웠다. 완전히 다른 사람 같았다. 베스와 나란히 서서 끝없이 기념사진을 찍는 동안 나는 성형 미녀를 만들어주는 미국의 텔레비전 프로그램 〈더 스완The Swan〉의 성형 전후 비교 사진을 떠올렸다. 베스는 동화 속 공주님이고 나는 개구리였다. 베스는 나보다 나이도 많고 성숙해 보였다. 공식적으로 나보다 20분 먼저 태어났을 뿐이지만 나보다 키도 크고 세상 경험도 많고 자신감도 있어 보였다. 결혼 자금을 두둑하게 챙겨 가는 터라 그렇게 보인 것일까? 알 수 없었다. 그들의 알파로메오 자동차는 *근심 걱정 없는 삶*을 살라는 의미에서 꽃으로 장식돼 있었다. 그들이 차를 타고 멀어지는 모습을 바라보며 나는 참지 못하고 울어버렸다. 저 완벽한 암브로조는 내 남자여야 했다. 이건 몹시 부당한 처사였다. 비극이었다.

어쨌든 그 후로 베스는 나와 말을 섞을 일이 없었다. 이번에 이메일을 보내오기 전까지 쭉 그랬다. 생각해 보니 정확히 2007년 가을 이후로 베스는 내게 말을 걸지 않았던 것 같다.

나는 담배를 비벼 끄고 꽁초를 창문 너머 비둘기를 향해 던졌다. 하지만 목표물을 맞히지 못했다. 그날 성당 가운데 통로를 걸어 나오는 베스의 모습을 바라보면서 나는 우리 둘이 완벽하게 분리되었음을 느꼈다. 그랬다. 25년 전 의사가 우리 둘을 이어주던 탯줄을 잘랐지만 우리는 열여섯 살 생일까지 거의 붙어 살다시피 했다. 앨비와 베스, 베스와 앨비로. 우리는 한방에서 이층 침대와 책을 나눠 썼다. 베스는 내 의미를 규정하는 존재였다. 내가 줄곧 베스를 증오하기는 했지만 베스는 가장 가까운 친구였다. 그런 베스가 떠난 것이다.

우리는 각자 다른 도시로 떠나 다른 삶을 살았다. 베스는 옥스퍼드 대학으로, 나는 런던으로 떠났다. 왜 런던으로 갔는지는 기억나지 않는다. 런던 거리에 금칠이 되어 있을 줄 알았는데 온통 개똥과 껌투성이였다.

나는 딕 휘팅턴(14세기 말에서 15세기 초에 런던 시장을 세 번 지냈고 엄청난 부와 명성을 얻은 영국 상인 – 옮긴이)과 비슷하지만 그만큼 성공하지는 못한 여성이다. 아치웨이에 딕 휘팅턴의 고양이 조각상이 있다는 사실을 아는가? 런던 시장 자리에 오르면 보통 그렇다. 그들의 애완동물까지 석회암 조각상으로 만들어준다. 내가 시장이 되면 누군가 내가 쓰는 미스터 딕 딜도를 일정한 비율로 확대해 조각상을 만들어 후손들이 전부 볼 수 있게 하지 않을까. 정부 청사들이 모여 있는 런던 화이트홀 거리의 주춧돌 위에 그 조각상을 세울 것이다. 내가 알기로 켄 리빙스턴(2000~2008년 런던 시장 – 옮긴이)은 영원newt

을 애완용으로 길렀다. 보리스 존슨(2008~2016년 런던 시장 – 옮긴이)도 애완동물을 길렀던가? 나만 그런 건가, 아니면 도널드 트럼프와 보리스 존슨도 일란성쌍둥이인 건가? 나는 누군가 나와 베스를 분리해 주길 바랐다. 나를 입양하든지 아니면 베스를 입양하든지. 베스이거나 나이거나. 베스. 베스. 입양되는 쪽은 베스여야 했다.

나는 와인을 조금 더 마셨다.

이제 우리는 DNA 말고 공유하는 것이 없다.

사람들은 쌍둥이가 서로에게 가장 친한 친구이며 초자연적으로 연결되어 있고 영원한 유대감을 갖고 있다고 생각한다. 쥐뿔도 모르고 하는 소리다. 개소리 그만 좀 하길. 모든 면에서 나보다 뛰어난 도플갱어의 그림자에 가려 평생을 살아야 한다면 누가 좋아할까? 그 도플갱어가 학교에서 모든 남자애들이 좋아하는 쪽이라면? *네 언니한테 나랑 데이트할 생각 있냐고 물어봐 줄래? 네 언니한테 수업 끝나고 자전거 거치대에서 나랑 만나자고 전해 줘.* 이런 상황에서 자매를 증오하지 않을 수 있을까? 조금이라도? 그 자매를 거의 죽을 만큼 사랑한다고 해도 증오의 감정을 품지 않을 수 있을까? 이걸 애증 관계라고 부를 수도 있을 것이다. 사랑하는 쪽은 베스이고, 증오하는 쪽은 나다. 베스는 적어도 한때는 나를 사랑했을 것이다. 어쩌면 그저 참은 것일 수도 있다. 책에서 본 것처럼 나를 진심으로, 제대로 사랑해 준 사람은 아무도 없었다. 나는 담배에 불을 붙인다.

베스는 대학을 다니면서 작가 제이디 스미스처럼 소설을 한 권

썼지만 썩 재능이 있는 편은 아니었다. 물론 나는 시시할 것 같아 그 소설을 읽지 않았다. 베스의 소설을 읽는다는 것은 베스가 10시간 동안 쉴 새 없이 내뱉는 말을 듣는 것과 같을 것이다. 베스는 자신의 목소리를 사랑해 마지않는다. (베스와 함께 살면서 내 얼굴에 '빌어먹을 입 좀 닥쳐'라는 문신을 새기고 싶은 마음이었다.) 나는 말하는 것을 별로 좋아하지 않는다. 특히 다른 사람들 앞에서는 더욱 그렇다. 나는 시로 표현하는 것을 선호한다.

오늘도 하이쿠 한 편을 썼다.

> 공허한 여름 :
> 말벌 떼를 제외하고
> 도시가 텅 비었구나.

잘 쓴 하이쿠는 아니다. 사실 하이쿠도 내게는 너무 길다. 세 줄이나 써야 하니까. 나는 에즈라 파운드의 시를 좋아한다. 그의 〈지하철 정거장에서〉는 겨우 두 줄이다. 물론 이상적인 시는 딱 한 줄이다. 아니면 영(0) 줄이거나. 그저 침묵하는 것 말이다.

나는 찢어진 비닐봉지 속의 낡은 옷더미를 뒤적여 2007년 10월 이후 입어본 적이 없는 드레스를 찾아낸다. 케이티 페리 스타일의 몸에 딱 붙는 원피스다. 베스는 우리 생일에 입으려고 그 원피스를 두 벌 샀다. 그걸 입자 우리는 조직폭력배 쌍둥이 크레이 형제나 영화 〈샤이닝〉에 나오는 소름끼치는 쌍둥이 소녀들 같았다. 이 옷이 아직 맞을까? 나는 옷을 전부 벗고 전신 거울 앞에 서서 내 모습을 바라본다. 꼭 모차렐라 치즈 같다. 이렇게 다 벗은 몸으로 암브로조 앞에 서는 상상을 하니 몸에 전율이 흐른다. 원피스에 머리부터 집어넣어 아래로 당겨 내리고 억지로 지퍼를 잠가본다. 지퍼가 피부를 긁는다. 몸에 맞지 않는다. 나는 원피스를 벗어 바닥에 패대기치고 맨발로 짓이긴다. 세탁을 하면서 쪼그라든 것이 분명하다. 세탁을 한 적은 없지만.

책장에 꽂힌 책들을 둘러본다. 너무 무거워서 전부 가지고 갈 수는 없다. 시몬 드 보부아르의《제2의 성》은 너무 두꺼워서 아직 읽지도 못했다. 토니 모리슨, 재닛 윈터슨, 수지 오바크의 책도 있다. 이 중에 한 권…… 아니 두 권만 가져가야겠다. 차라리 전자책 단말기 킨들을 훔쳐야 하나.

다른 필수품들을 여행 가방에 던져 넣는다. 팬티, 담배, 스위스 아미 나이프, 여권? 망할! 내 여권! 어디다 뒀지? 밀라노에 갔다 온 후로 사용한 적이 없고, 그 후 다섯 번이나 이사를 했다. 어디에 뒀는지 알 수가 없다. 예전에 오드 빈스 와인 가게에서 신분증을 요구할 때 내밀고 잊어버렸나? 아니면 하우스메이트가 메스암페타민(흥분제) 가루를 사려고 어디다 팔아먹었을까? 몇 시간 전까지만 해도 나는 베스를 다시 보고 싶어 하지 않았는데 지금은 베스가 있는 곳으로 가려고 정신병자처럼 간절히 여권을 찾고 있다. (뭐, 달리 갈 곳도 없으니까? 이대로 길바닥에 내쫓겨 런던 노숙자에게 강간당하는 것보다는 베스의 집으로 가는 편이 낫다.) 술에 취해서인지 생각이 잘 나지 않는다. 나는 바닥에 속옷을 늘어놓는다. 한때 상태가 좋았던 브래지어와 팬티들. 나는 바닥에 엎드려 눈을 가늘게 뜨고 가구 밑에 처박힌 물건들을 끄집어낸다. 방이 꼭 태풍이 지나간 자리 같다. 여권의 흔적은 보이지도 않고, 내가 엉망진창으로 살아온 삶의 증거만 가득하다.

신분증이 없으면 나는 아무것도 아니다. 태어나지 않은 아이나 키스를 받지 못한 개구리와 같다. 이제 와서 못 간다는 말을 베스에게 어떻게 할 수 있을까? 아마 날 죽이려고 들 텐데. 나를 절대 용서하지 않을 것이다. 그간의 실망을 만회할 유일한 기회였건만! 만회해야만 한다. 베스 때문에 미치겠다! 베스는 호그와트의 디멘터처럼 내 잠재의식 속에 들어앉아 내 영혼을 빨아먹고 있다. 나를 미치게 만들고 있다. 나를 아래로 아래로 저 아래로 끌어 내린다. 아랫입술이 떨리기 시작한다. 뜨겁고 축축한 눈물에 눈가가 따끔거린다. 나는 태아처럼 바닥에 웅크리고 누워 울다가 여행 가방을 베개 삼아 잠이 든다.

둘째 날

질투

"나도 저런 엉덩이를 갖고 싶다."

@Alvinaknightly69

chapter 4

우리가 제대로 된 생일 파티를 해보지 못한 건 베스 때문이었다.

다섯 살 때 처음이자 마지막으로 생일 파티를 해본 이후로 한 번도 하지 않았다.

그때 우리는 무척 흥분했던 것으로 기억한다. 우리가 처음 해보는 제대로 된 파티였다. 우리는 집 안을 이리저리 뛰어다니며 소리를 지르고 웃고 폴짝폴짝 뛰어다니며 손님들이 오기를 기다렸다. 베스는 새로 장만한 주름 장식 드레스를 입었는데, 등에 요정 날개가 달리고 투투 스커트가 붙어 있었다. 나는 베스가 입다가 작아서 더 이상 입지 못하게 된 낡은 점퍼스커트를 입었다. 우리는 머리카락을 한쪽으로 모아 묶고 둘 다 좋아하는 헤어밴드와 나비 핀으로 장식했다. 엄마는 파티 참석자들에게 나눠 줄 선물과 풍선도 직접 준비했다. 케이크도 손수 구워 초 9개를 꽂았다. 5개는 베스를 위한 것이었고 4개는 나를 위한 것이었다. 원래 나도 5개였는데 그중 하나가 가게에서 배송 중에 부러져 할 수 없이 4개만 꽂았다. 그날 우리 집은 달콤한 빵 냄새를 풍기는 따뜻한 공간이었다. 엄마가 만든 것은 바닐라 버터크림과 딸기 잼을 바르고 치즈 가루를 잔뜩 뿌린 '마이 리틀 포니' 케이크였다. 솔직히 나는 바닐라도 버터크림도, 딸기 잼도 좋아하지 않았다. 말이라면 사족을 못 쓰는 쪽은 베스였고 나는 말보다 트롤(북유럽 신화와 전설에 등장하는 상상 속 괴물 – 옮긴이)을 좋아했다. 그래도 그 케이크는 꽤 멋져 보였다. 반짝이는 날개를 달고 윤기 나는 푸른 갈기를 바람에 휘날리며 하늘을 나는 분홍색 조랑말 케이크였으니까. 그날 말들은 하늘을 날았고 공기 중에는 마법이 흘렀다. 손님들이 도착하기 전까지는 나도 그렇게 믿었다. 하지만 손님들이 도착한 후로 내 기분은 바닥으로 떨어졌다.

"생일 축하해!"

아이들은 꺅 소리를 지르며 집으로 들어왔다. 그리고 파티의 게임이 시작됐다. 베스는 당나귀 꼬리 달기 게임(그림 맞추기 놀이의 일종 – 옮긴이)에서 이겼고, 동작 그만 게임과 의자 뺏기 게임에서도 이겼다. 선물 돌리기 게임을 할 때 베스 앞에 선물이 오면 엄마는 여지없이 음악을 멈춰 베스가 선물을 받게 해주었다. 엄마는 그날 생일 케이크도 베스가 자르게 하고 소원도 빌게 했다. (생일 케이크를 자른 칼은 무척 아름다웠다!)

그렇게까지 되자 나는 더 이상 참을 수가 없었다. 머릿속에서 분노가 폭발한 나는 돌아서서 계단을 달려 올라갔다. 눈물이 주룩주룩 흘렀다. 그날 오후 내내 나는 화장실 문을 잠그고 그 안에 들어앉아 휴지가 콧물로 흥건히 젖도록 울었다. 아래층에서는 파티가 한창이었고 대형 카세트플레이어에서는 베스가 좋아하는 노래가 흘러나왔다. 카일리 미노그의 '아이 슈드 비 소 럭키I Should Be So Lucky'라는 노래였다. 엄마는 나더러 '예의 바르게 행동하는 법을 배울 때까지!' 화장실에 있으라고 했다. 그날 베스는 무척 즐거운 시간을 보냈지만 나는 케이크 한입 먹지 못했다. 베스는 나를 화장실 밖으로 나오게 하려고 문을 두드리고 부탁도 하고 애원도 했다. 억지로 문손잡이를 비틀어 열려다 망가뜨리기도 했다. 베스는 자기가 받은 선물과 카드와 케이크를 내게 주겠다고 했다. (물론 다 자기만족을 위한 짓일 뿐이었다.) 하지만 아무리 그래도 내 기분은 풀리지 않았다. 베스의 손을 거친 장난감들은 이미 그 빛을 잃었다. 나는 *나눠 갖고* 싶지 않았다. 나눠 갖기는 개똥 같은 짓이다. '모든 것을 공유하자'는 말을 지껄이는 사람은 쌍둥이 형제나 자매가 없는 작자들이다.

그해부터 말들은 더 이상 날지 않았다.

그리고 우리는 두 번 다시 생일 파티를 하지 않았다.

◆

2015년 8월 25일, 화요일, 오전 7시

런던, 아치웨이

"내 와인 어딨어, 앨비나?"

문밖에서 누군가 리버풀 특유의 억양으로 소리친다. 아침부터 누가 와인을 찾는 거지? 바깥에서 문을 쾅쾅 두드리다가 손잡이를 잡고 덜거덕덜거덕 돌려댄다. 잠가놓고 자길 잘했다. 나는 벌거벗은 채 바닥에 누워 있다. 목에 쥐가 나고 몹시 뻐근하다. 목 상태가 이러니 오늘은 종일 왼쪽만 봐야 할 것 같다.

"내 와인 내놔."

게으름뱅이가 징징대는 소리에 나는 억지로 일어나 앉는다.

"미안해. 내가 마셨어. 10파운드 주면 되겠어?" 물론 그럴 일은 없을 거다.

"꼭 줘야 돼."

덜거덕거리던 소리가 그치고 발소리가 복도를 따라 저만치 멀어진다. 드디어 조용해졌다.

나는 간신히 일어선다. 바닥이 일렁거리고 빙빙 돈다. 입에서 재떨이 냄새가 난다. 누가 내 입에 맥주 500밀리리터를 들이붓기라도 한 것 같다. 귀찮아도 양치질하고 잘걸. 입속이 온통 털로 뒤덮인 것 같다. 문득 여행 가방 앞주머니가 눈에 들어온다. 여권을 넣어두기에 알맞은 곳이다. 나는 그 주머니의 지퍼를 연다. 그 안에 여권이 들어 있다. 믿기지 않는다!

여권에 기재된 이름을 확인해 본다. 앨비나 나이틀리. 좋았어. 지난번 확인했을 때도 이 얼굴은 나였다. 나는 사진을 찬찬히 들여다본다. 오래된 사진이다. 2007년 패딩턴 역에서 즉석 사진을 찍었던 기억이 난다. 암브로조를 만나기 직전이었다. 나는 사진 속 내 얼굴과 미소와 눈을 바라본다. 이건 뭐지? 희망? 순수? 젊음? 여하튼 지금과는 달리 상태가 좋아 보인다. 눈을 감고 숨을 멈춘 뒤 고통을 빨아들인다. 그 고통을 마음속 깊은 지하실에 집어넣고 열쇠를 멀리 던져버린다. 이 사진을 찍었을 때는 온갖 일이 일어나기 전이었다. 당시 나는 열여덟 살이었고 무척 젊었으며 처녀였다. 그때만 해도 아직 기회가 있었는데……. 나는 여권을 휘리릭 넘겨본다. 깨끗하게 텅 비어 있다. 스탬프도 찍혀 있지 않고 추억 한 점 깃들여 있지 않다. 나는 이 여권을 들고 어디에도 간 적이 없고, 아무 일도 하지 않았다. 성장하지도, 앞으로 나아가지도 못했다.

지금 몇 시지? 망할! 왜 알람을 맞춰놓지 않았을까? 벌써 아침 7시 48분이다. 1시간 내에 히스로 공항에 도착해야 하는데 가능할지 모르겠다. 나는 몸에 맞지도 않는 원피스를 집어 들고 머리부터 대충 집어넣는다. 앞쪽에 치약이 묻은 청재킷을 원피스 위에 걸치고 낡은 리복 운동화를 신는다. 그리고 서랍 속에서 매끈한 분홍색 미스터 딕을 찾아 핸드백에 집어넣는다. 방을 한 번 쓱 둘러본다. 잃어버려도 아쉬운 물건은 없다. 내가 10파운드는 물론 두 달치 밀린 임대료도 두고 가지 않은 것을 알면 게으름뱅이들은 이 방을 불태워버릴지도 모르겠다. 나는 집에 불을 지르고 싶은 충동을 꾹 눌러 참는다. 미끄러지듯 계단을 내려가 건물 밖으로 나간다. 그리고 1분도 채 되지 않아 전철역에 도착한다.

◆

런던, 히스로 공항

지하철을 타고 공항으로 가는 길이 *영원히* 끝날 것 같지 않다. 에어컨도 없는 전철은 숫제 사우나요 터키탕이다. 망할 피카딜리 선 같으니라고. 이건 노던 선보다 더 심하다. 나는 흐릿한 주황색 인조가죽 의자에 앉아 구역질을 하지 않으려고 간신히 참는다. 옆자리의 후드 티셔츠를 입은 젊은 남자는 휴대폰 소리를 최대로 켜놓고 앵그리버드 게임을 하면서 감자튀김을 끝없이 입에 쑤셔 넣고 있다. 아침 8시밖에 안 됐는데 저 감자튀김을 어디서 샀을까? 나는 맞은편 창문에 비친 그의 찌그러진 모습을 쏘아본다. 지금 내 기분이 괜찮으니 넌 운 좋은 줄 알아.

책이라도 읽으면서 가면 좋을 텐데. 선글라스도 있으면 좋았을 것이다. 객차의 기다란 형광등 불빛이 태양보다 밝다. 나는 두 손에 얼굴을 묻고 기름진 식초 냄새와 귀가 아플 정도로 딸랑거리는 게임 소음을 참으며 어둠 속에서 영원히 기다린다. 목까지 차오른 담즙이 바닷물처럼 배 속에서 출렁거린다. 뇌의 혈관이 *팔딱거린다*. 어쩌자고 그 와인을 다 마셨을까? 지옥에 가보지는 못했지만 지옥과 다름없는 경험을 하고 있다. 부옇게 수증기가 서린 전철 창문을 기어오르는 시커멓고 뚱뚱한 파리가 당장 악마로 변해 끝없는 지옥에 온 나를 환영해 줄 것 같다.

'어이 너, 앨비나!'

악마는 디즈니랜드 배우처럼 느릿느릿 말할 것이다.

'초열 지옥에 온 것을 환영한다. 무시무시한 지하 감옥에서 영원히 고문을 해주마. 그 전에 이 남자들을 만나보지 않겠느냐? 이쪽은 오사마 빈 라덴, 아야톨라 알리 하메네이, 이디 아민, 폴 포트, 아돌프 히틀러, 사담 후세인, 이쪽은 앨비나!'

온통 남자들뿐이다. 마거릿 대처라면 이런 곳에 와 있을 거라고 생각했는데. 마거릿 대처는 없고 죄 남자뿐이다. 죽은 돼지 머리로 자위를 하고 술을 마시는 짓을 안 한다 뿐이지 더 벌링던 클럽(방종하기로 유명한 옥스퍼드 대학교의 사교 클럽 – 옮긴이) 놈들과 다를 바 없는 자들이다.

드디어 공항에 도착했지만 악몽 같은 보안 검색이 남아 있다. 엑스레이 기계 앞에 끝도 없는 줄이 늘어서 있다. 나는 신발을 벗고 벨트를 풀고 *재킷*도 벗는다. 핸드백을 플라스틱 트레이에 던져 넣는다. 플라스틱 트레이가 컨베이어벨트를 타고 천천히 이동한다. 내가 금속 탐지기를 통과하는 순간 당연하게도 요란한 경고음이 울린다. 삐익! 삐익! 삐익! 삐익! 아, 미쳐. 또 이러네……. 부루퉁한 얼굴의 여성 보안요원이 내 몸을 위아래로 수색한다. 그녀의 블라우스에서 열대 과일 향 섬유 유연제 냄새가 풍긴다. 상황이 점점 나빠진다.

"본인 가방 맞습니까?"

제복 입은 남자가 묻는다.

"뭐, 네."

"잠시 이쪽으로 와주세요."

나는 가고 싶지 않지만 그 남자가 내 가방을 갖고 있으니 선택의 여지가 없다. 몸에서 땀이 나기 시작한다. 가방에 있는 어떤 물건 때문에 경고음이 울린 것인지 나는 뇌를 쥐어짜며 생각해 본다. 게으름뱅이들의 마약인가? 그들이 그걸 왜 내 가방에 넣었을까? 혹시 시칠리아행 비행기를 타는 나를 마약 운반책으로 사용하려고 했나? 아니면 100밀리리터가 넘는 물병이 들어 있나? 혹시 주머니에 넣어둔 손톱가위 때문인가? 내가 우연히 마체테 칼을 가방에 넣어 왔나? 스위스 아미 나이프는 여행 가방 속에 안전하게 들어 있다. 그런 것 말고는 달리 떠오르는 게 없다.

"가방 때문에 경고음이 울린 것 같습니다. 뭣 때문인지 말씀해 주시겠습니까?"

남자는 장례식에 참석한 사람처럼 침울한 표정으로 나를 쳐다본다. 플라스틱 트레이에서 높게 윙윙대는 소리가 들린다. 내 생각에는 파리 때문인 것 같은데, 이 남자는 폭탄 때문이라고 여기는 눈빛이다.

"모르겠는데요. 폭탄이 *아닌* 것만은 확실해요."

공항의 보안 검색대에서는 폭탄의 '폭' 자도 꺼내면 안 된다. 보안요원들의 신경이 곤두서기 때문이다. 그들이 일제히 입을 다물고 나를 쏘아본다. 부루퉁한 인상의 여성 요원과 제복을 입은 남성 요원 둘이 나를 둘러싼다. 그들이 인상을 쓰며 나를 쳐다본다. 그러다 그중 한 명이 장갑을 끼고 내 가방의 지퍼를 연다. 그러자 삐익삐익 소리가 더욱 커진다. 차라리 죽고 싶다. 가방 안에 뭐가 들어 있는지 그제야 기억이 난다.

"아, 굳이 가방 속을 들여다볼 필요는 없잖아요."

라텍스 장갑을 낀 남자의 손이 미스터 딕에게 다가간다. 남자는 가방 속에 있던 리얼 필 11인치 진동 딜도를 꺼내 모두가 볼 수 있도록 치켜든다. 낯선 사람들이 휴대폰을 꺼내 찍기 시작한다.

"이게 뭡니까?"

그것은 발기된 남성의 성기를 본뜬 밝은 분홍색 자위 기구다. 그는 그게 무엇인지 알면서 묻는다. 그들 모두 그 물건의 정체를 알고 있다. 여성 요원이 애써 웃음을 감춘다. 나는 대답하지 않는다.

"*이게 뭐냐고요?*"

남자가 한층 더 큰 소리로 다시 묻는다. 내 뒤에 줄 서 있던 어린 자녀를 동반한 가족들이 더 잘 보려고 목을 위로 쳐든다. 그래도 내가 아는 사람은 여기 없으니……, 암브로조는 없으니……, 베스는 없으니 됐다.

나는 헛기침을 하며 입을 연다.

"미스터 딕과 인사하시죠. 최고급 11인치짜리 진동 딜도랍니다. 속도 조절이 가능하고요. 뭉툭한 끝부분은 분리할 수도 있어요. 사용할 때마다 오르가즘을 보장하는 기구예요. 한번 작동해 볼까요? 여기 이 스위치를 켜면 되는데요."

내가 아래쪽에 있는 '켜짐/꺼짐' 버튼으로 손을 뻗자 남자는 미스터 딕을 뒤로 홱 치운다.

"이 물건을 압수해야겠습니다. 이걸 소지하고 탑승할 수는 없습니다."

나는 금붕어처럼 입을 딱 벌린다.

"왜요? 왜 안 되는데요? 금지 항목에도 없잖아요."

나는 라이터와 면도날 등이 그려진 벽의 포스터를 손으로 가리킨다. 그 포스터에는 진동식 고무 성기가 없다.

"무기로 사용될 수 있기 때문입니다."

"무기라고요? 그걸 어떻게 무기로 써요?"

그는 구체적으로 설명하지 않는다. 여성 요원이 웃음을 터뜨렸다가 기침이 난 것처럼 콜록거린다. 제복 입은 남자는 미스터 딕을 뒤로 치워놓으려 한다. 나는 얼른 손을 뻗어 딜도를 붙잡는다. *놔! 손 떼, 이 새끼야! 그건 내 거야!* 그가 딜도를 놓는 바람에 딜도가 내 얼굴을 치고 만다. *딱!* 보안요원 3명과 30명 남짓한 구경꾼들이 일제히 넋을 놓고 쳐다본다.

나는 눈물을 쥐어짠다. 눈물이 뺨을 타고 흐른다. (언제든 필요할 때 울 수 있는 능력은 이럴 때 유용하다.)

"그걸로 다른 사람을 공격하지 않겠다고 약속할게요." 나는 코를 훌쩍거린다. "자, 배터리도 빼놓을게요."

나는 AA 배터리 2개를 빼서 금속 테이블에 탕 소리가 나도록 내려놓는다.

"됐죠?"

잠시 정적이 흐른다. (바지를 입은) 여성 요원이 고개를 끄덕인다. 나는 미스터 딕을 가방에 쑤셔 넣고 빠르게 출구를 빠져나간다.

구경꾼 절반이 휴대폰 카메라로 계속 나를 찍어댄다.

나는 영국항공 라운지로 들어가 소파에 털썩 주저앉아 가쁜 숨을 고른다. 여긴 어디지? 초현대적인 분위기에 난초 장식, 크림색 가죽 소파, 디자이너 램프와 윤기 흐르는 나무 바닥. 무료 마사지를 받을 수도 있다. 마치 호화로운 호텔 스파 같다. 사람들이 나를 쳐다본다. 내가 평소 어울려 지내던 부류와는 완전 다르다. 이들은 주로 사업가, 애인 대행, 축구선수의 아내들이다. 이들에게 볼거리를 제공하는 차원에서 옷을 다 벗어버릴까 싶기도 했지만 그랬다가는 비행기에 탑승하지 못할 것이다.

나는 휴대폰으로 유튜브를 확인한다. 그래, 그럴 줄 알았다. 벌써 영상이 올라와 있다. 어떤 멍청이가 '자위 기구 관광객'이라는 제목으로 내가 나오는 영상을 업로드해 놓았다. 내 뒤통수와 미스터 딕이 보인다. 드디어 유명세를 타게 됐다. 믿기지 않는다. 벌써 '좋아요'를 60개 넘게 받았다. 나는 영상을 멈추고 휴대폰을 가방에 집어넣는다. 이 영상에 '좋아요'를 누르지 않을 것이다. 다 꺼져.

왼쪽에 앉은 금발 여자의 몸에서 재스민 향기가 강하게 풍긴다. 이 여자는 머리부터 발끝까지 루이비통으로 도배한 것으로도 모자라 기내 반입용 여행 가방도 루이비통이다. 루이비통 스커트, 루이비통 재킷, 루이비통 스카프. 디자이너 매장에 은밀히 침투하기 위해 루이비통으로 위장한 것 같다. 혹시 정말 그런 걸까? 이 여자의 신발과 가방이 탐난다. 여자가 고양이 똥구멍처럼 입술을 오므리며 나를 위아래로 훑어본다. 나는 가운뎃손가락을 들어 보인다.

목이 뻐근하다. 손으로 목을 문지르며 머리를 조금씩 움직여본다.

입속이 사하라 사막처럼 바짝 말랐다. 처음에는 뇌가 탈수증에 걸려 신기루가 보이는 줄 알았다. 그런데 가만히 보니 진짜 라운지 안에 무료 바가 있다.

"물 좀 주시겠어요?"

나는 바닥에 쓰러지지 않기 위해 물을 요청한다.

완벽하게 차려입은 라운지 여직원이 내게 얼음처럼 차가운 에비앙 한 병을 건네며 백만 달러짜리 미소를 짓는다. 아치웨이에 있는 코스트커터 슈퍼마켓에서는 볼 수 없는 미소다. 여직원은 돈을 요구하지도 않는다.

"샴페인은 어떠십니까?"

해장술이니 더욱 좋다. 나는 베스의 지시를 충실히 따르고 있다. 거품이 바글바글할수록 좋은 샴페인으로. 무료라니 믿기지 않는다.

"로랑 페리에 그랑 시에클 샴페인이 입에 맞으실까요, 손님?"

여직원이 마릴린 먼로 같은 목소리로 묻는다. 영어인데 마치 프랑스어처럼 부드럽게 들린다. 그녀는 내게 길쭉한 샴페인 잔을 내민다. 나는 그 잔을 받아 한 모금 마셔본다. 햇살을 담은 것 같은 술이다. 이런 술이라면 얼마든지 마실 수 있다. 나는 샴페인을 손에 들고 셀카를 찍은 뒤 '느긋하게 쉬는 중!'이라는 메시지와 함께 인스타그램에 올린다. 감탄사를 12개쯤 찍는다. '@채닝테이텀 당신도 여기 있으면 좋을 텐데요!'라며 트위터에도 업로드한다.

나는 샴페인을 네 잔 더 마시고 선물을 사러 라운지를 나선다. 모든 것을 가진 여자에게 무슨 선물을 사다 줘야 할까? 탑승까지 5분 밖에 남지 않았고 머리는 돌아가지 않는다. 보드카로 할까. 어차피 술 먹고 고통스러울 거면 확 취하는 게 낫다는 말도 있다. 나는 앱솔루트 한 병을 움켜쥐고 줄 맨 앞으로 가서 아무한테나 말한다.

"죄송한데요, 곧 비행기 출발이라서요."

그러자 밍크코트를 입은 입심 사나운 러시아인이 투덜거린다.

"우리도 다 그렇거든요?"

러시아어로 '엿 먹어라'가 뭐더라?

나는 명품 매장 앞을 빠르게 지나간다. 버버리, 프라다, 샤넬, 랄프로렌……. 섹스에 굶주린 선원을 부르는 세이렌(뱃사람을 홀려 죽게 한 그리스신화 속 바다의 요정 – 옮긴이)의 노래 같은 면세 상품들을 애써 외면한다. 뱀가죽 부츠가 '나를 사줘요'라고 속삭인다. 레이스와 PVC로 장식된 원피스가 '나를 사랑해 줘요'라고 외친다. 금색 발목끈이 있는 반짝이는 샌들이 프라다의 진열장 안에서 나를 부른다. 나는 진열장 유리에 얼굴을 바짝 갖다 댄다. 뜨겁고 축축한 내 숨결에 진열장 유리가 부옇게 되고, 땀에 젖은 내 작은 손바닥 자국이 난다. 크리스찬 디올의 향수 쁘아종 한 병이 43.50파운드밖에 하지 않는다. 톰포드의 립스틱 바이올렛 파탈은 겨우 36파운드다. 여기서 159파운드에 불과한 레이밴 선글라스를 구입한다면 얼마를 절약할 수 있는 걸까. 런던 중심가에서 사는 것보다 20퍼센트나 싸다. 여기서 사면 거의 40파운드 이득이다. 어려운 문제도 아니건만 시간이 없다. 돈도 없다.

"고객님께 안내 말씀드립니다. 엘비라 킹리 님께서는 14번 게이트로 속히 와주시기 바랍니다. 2분 내에 영국항공 BA4062 항공편 탑승이 완료됩니다. 엘비라 킹리 님, 14번 게이트로 와주십시오. 감사합니다."

엘비라? 참신하네. 내 이름을 뭐라고 부른 거야? 엘비라라니. 어둠의 여주인 같네? 내가 1980년대 미국 텔레비전의 호러 쇼 진행자처럼 보이나? 할로윈 여왕이야? 엘비라? 됐거든. 뭐, *앨비*노라고 안 부른 게 어디냐.

나는 14번 게이트로 달려가 줄을 선 사람들 옆을 빠른 걸음으로 지나간다. 비즈니스석이라서 기다릴 필요가 없다. 어서 여길 빠져나가고 싶다. 돈도 없고 집도 없고 남자 친구도 없고 직장도 없다. 진짜 장난하나? 정말이지 이곳으로 다시는 돌아오고 싶지 않다. 여기서 겪은 혼란스럽고 추접한 일은 결단코 내 계획에 없었다.

처음 가출할 때만 해도 나는 부푼 꿈을 안고 있었다. 그날이 어제 일처럼 생생하다. 일요일 한밤중이었고, 막 달콤한 열여섯 살이 된 날이었다. 나는 환상적인 모험을 떠난다고 생각했다. 《보물섬》이나 《허클베리 핀》처럼. 배낭에 물건을 챙겨 넣고 조용히 집을 빠져나와 도심으로 가는 차를 얻어 탔다. 잠깐 잠이 들었다가 눈을 떠보니 피카딜리 광장 한가운데였다. 환하게 쏟아지는 조명, 네온 광고판, 만화경처럼 다채롭게 펼쳐진 반짝이는 불빛들. 더없이 좋은 곳처럼 보였다. 나는 일식당에 취업해 참치와 오징어 회 뜨는 일을 했다. 내가 감당할 수 있는 수준의 호스텔에 방도 잡았다. 시간이

나면 공원 벤치에 한참을 앉아서 스프링 제본의 메모장에 시를 끄적거렸다. 대부분 하이쿠였고 소네트(14행의 짧은 서양 시가-옮긴이)와 서정시, 4행시, 짧은 풍자시, 담시 두 편도 썼다. 주로 10대의 고민과 비애에 관한 내용이었다. 나는 어느 시인 못지않은 고뇌를 품고 있었다. 지금 생각해 보면 나는 세계적으로 유명한 시인이 되어 멋진 모델 겸 배우(채닝 테이텀?) 아니면 (그보다 훨씬 더 나은) 암브로조와 결혼할 수도 있었을 것이다. 사진작가 앤 게디스의 꽃 요정 인형처럼 예쁜 딸을 낳고, 레인지로버를 몰고, 닥스훈트를 기르고, 런던 첼시의 대저택을 소유할 수도 있지 않았을까?

작은 타원형 창문 밖을 내다본다. 타맥으로 포장된 활주로 위로 시커먼 뇌운이 덮이고 있다. 굵은 빗방울이 바닥에 떨어진다. 이런 비는 여름에나 내리는 것 아닌가? 휴대폰으로 달력을 확인해 보니 아직 8월이긴 하다.

승무원이 씻고 오지 않은 손님들을 위해 따뜻한 물수건을 나눠준다. 나는 그 수건을 받아 팔과 얼굴, 손발, 무릎을 문질러 닦는다. 온몸을 편하게 움직이고도 남을 만큼 자리가 넓다. 나는 사춘기를 맞은 올챙이처럼 베스의 집 수영장에서 신나게 놀 것을 대비해 평형 자세로 엉덩이 운동을 시작한다. 겨우 3시간 비행이지만 가만히 앉아 있다가 심정맥 혈전증에라도 걸리면 안 되기 때문이기도 하다. 옆자리에 앉은 남자가 무테안경 너머로 나를 쳐다본다. 마치 연못에서 채취한, 지금껏 본 적 없는 진귀한 표본을 보는 듯한 눈빛이다. 나는 엉덩이 운동을 멈춘다.

그가 창문 쪽으로 시선을 돌리자 나는 다시 엉덩이 운동을 시작한다. 아무렴 어때.

비행기가 흔들거리면서 윙 높은 소리를 내더니 둥실 뜬다. 나는 비행이 싫다. 도무지 이해할 수가 없다. 이렇게 길고 큰 금속 물체가 허공에 뜬다는 것 자체가 말이 안 된다. 나는 손가락 관절 부위가 하얗게 질릴 정도로 의자 팔걸이를 꽉 붙잡는다. 옆자리 남자의 손이라도 잡고 싶지만 내 손을 마주 잡아줄 남자로 보이지 않는다. 대신 바륨(신경안정제)을 한 줌 먹기로 한다. 활주로에서 등유와 사람들이 뒤섞인 채 폭발해 불타오를 때 약에 취해 있으면 고통이 덜할 테니까. 어쩌면 재미있다고 느낄 수도 있지 않을까?

안전벨트 사인이 켜지면서 땡 소리가 들린다. 우리는 안전하게 이륙했다. 나는 알루미늄 튜브로 된 널찍한 내 자리를 살펴본다. 저 뒤쪽 일반석이 아니라 앞쪽 비즈니스석에 앉아 있으니 기분이 그만이다. VIP나 유명인사가 된 것 같다. 테일러 스위프트나 마일리 사이러스는 아마 이런 기분으로 살겠지. 하지만 나는 그저 유명한 것보다 *악명*을 떨치는 쪽을 원한다. 브리트니 스피어스는 다시 술을 마시기 시작하자 상태가 더 좋아졌다. 위노나 라이더도 악명을 떨치며 최고로 즐겁게 살고 있다. 나는 사람들이 왜 그렇게 린제이 로한을 씹어대는지 이해할 수가 없다. 린제이 로한은 신나게 즐기면서 사는데 말이다.

루이비통 광팬이 비즈니스석에 앉아 있는 모양이다. 그 여자의 향수 냄새가 코끝에 닿는다. 통로 건너편에 패션에 목매고 사는 대벌레 같은 여자가 앉아 있다. 그 여자의 광대뼈는 케이트 모스처럼 도드라져 있다. (저 여자는 굶어 죽기 직전처럼 보이지만, 나도 저런 거식증 환자 같은 광대뼈를 가져보고 싶긴 하다.) 이탈리아 전 총리 실비오 베를루스코니 같은 잘 그을린 피부를 가진 팔순 할아버지가 불붙이지 않은 시가를 입에 물고 잠들어 있다. 저 노인도 베를루스코니처럼 난잡한 섹스 파티를 수도 없이 벌였을까? (저 노인이 잠든 게 아니라 죽었을 수도 있지만 나는 승무원들이 알아서 하도록 내버려둘 생각이다.) 비즈니스석에 아이들이 없어서인지 아무도 내 의자 뒤쪽이나 뒤통수를 발로 차지 않는다.

"샴페인 더 주세요." 나는 승무원을 호출해 주문한다. 샴페인에 바륨을 섞어 먹으면 어떻게 될지 궁금하다. "먹을 것 있나요?"

정말이지 끝내주게 멋진 여행이다.

chapter 5

시칠리아, 카타니아-폰타나로사 공항

마피아의 도주 차량처럼 뜨거운 열기가 인정사정없이 쏟아진다. 강렬한 햇살에 눈이 부신 나는 손을 눈두덩에 갖다 댄다. 태양을 생전 처음 보는 벌거숭이두더지쥐처럼 눈을 가늘게 뜨고 껌벅거린다. 비틀거리며 비행기 계단을 내려오다 마지막 몇 칸을 남겨두고 활주로로 고꾸라지고 만다. 망할! 아프잖아. 콘크리트 바닥에 피부가 벗겨지고 금속에 뼈가 부딪쳤다. 팔꿈치가 골절된 것 같다. 오른팔에서 피가 흐르지만 걱정은 나중으로 미루기로 한다. 사람들이 빤히 쳐다보고 있다. (또 저러네. 왜들 저럴까?) 내가 완전히 '술에 취했으니' 베스는 좋아할 것이다. 흙을 툭툭 털고 버스에 오른다. 비즈니스석에서 누린 호강은 이걸로 끝인 모양이다.

다른 사람들과 함께 터미널에서 짐을 기다리는데 만화책처럼 펑하고 어떤 생각이 머릿속에 떠오른다. 암브로조! 그가 여기 와 있겠구나. 지금 내 꼴은 엉망인 데다 청재킷 앞쪽에 치약까지 묻어 있다. 비행기에서 내려오다 넘어지면서 팔꿈치가 까져 피가 흐른 바람에 케이티 페리 스타일의 원피스에도 피가 튀었다. 아직 양치질도 못 했다. 일단 비바람에 닳은 스니커즈 운동화 끈을 당겨 맨다. (이런 운동화를 신은 모습을 암브로조에게 보여줄 수는 없다.) 마침 좋은 생각이 떠오른다. 루이비통녀가 입국심사대 앞에서 누군가와 언쟁을 하고 있다. 그 여자는 비자 문제로 아직 여기까지 오지 못했다. 히스로 공항 라운지에서 보니 엉덩이 사이즈가 나와 비슷해 보이던데. 지금이라면 그 여자의 가방을 훔칠 수 있겠다. 꼭 그래야 할까? 나의 미스터 딕 딜도는 지금 기내 반입용 여행 가방에 들어 있다. 저 여자라면 나보다 짐을 더 잘 쌌을 테니 시도해 보기로 한다. 그래, 해보자. 저 여자의 가방 속 물건으로 꽃단장을 해보자.

나는 컨베이어벨트에서 내 가방과 그 여자의 가방을 모두 낚아채 출구로 달려간다. 목구멍에서 심장이 미친 듯이 뛴다. 나는 고장 난 화장실로 들어가 거울을 들여다본다. 생각보다 꼴이 더 엉망이다. 몸도 얼굴도 엉망진창이다. 일단 내 가방 맨 밑에 넣어둔 비니를 찾아 쓴다. 비니가 머리카락뿐 아니라 얼굴까지 꽤 가려준다. 부르카(머리부터 발목까지 덮는 이슬람 여성의 전통 옷 – 옮긴이)가 있으면 더 좋았겠다. 아니면 머리와 얼굴, 목까지 덮는 발라클라바 방한모라든지. 나는 화장실 휴지를 물에 적셔 팔에 묻은 피를 닦는다. 놀랍게도 조금 까졌을 뿐이다. 루이비통 여행 가방을 들어 올린다. 지퍼에 작은 자물쇠가 걸려 있다. 이걸 어떻게 열지? 일단 머리핀으로 자물쇠를 쑤셔본다. 영화에서는 되던데 직접 해보니 쉽지 않다. 딸깍 소리가 나기를 기대하며 머리핀을 자물쇠 구멍에 넣고 흔들어보지만 어림도 없다. 머리핀을 흔들고 또 흔들면서 나지막이 욕을 내뱉는다. 두 번째 계획 따위는 없다. 이 방법밖에 없다. 나는 머리핀을 좀 더 돌려보지만 자물쇠는 굳건하다. 땀 한 방울이 목을 타고 흘러내린다. 이대로는 안 될 것 같지? 발상의 전환을 해야 할 시간이다. 자, 앨비, 시인답게 생각해 봐! 지금이야말로 창의적인 생각을 끄집어내야 할 때야. 꼭 필요할 때 네 천재성은 도대체 어디로 갔니? 나는 거울 속 나를 노려본다. 거울 속 여자도 나를 노려본다. 젠장. 자물쇠를 부술 만한 물건을 찾아봐야 하나? 화장실 안을 둘러본다. 무엇으로 부술까? 세면대 수도꼭지? 묵직해 보인다. 나는 수도꼭지를 돌려 떼어낸다. 투박한 금속이라 가능할 것도 같다. 수도꼭지를 떼어내자 파이프에서 물이 솟구쳐 차가운 물이 얼굴에 쏟아진다. 세면대를 가득 채운 물이 곧 바닥으로 쏟아진다. 서두르지 않으면 온몸이 다 젖을 판이다. 나는 가방의 자물쇠를 잡아당겨 바닥에 대고 수도꼭지를 힘껏 내리찍는다.

쾅! 쾅! 쾅!

빠각!

믿기지 않는다. 이 방법이 통하다니!

떨리는 손가락으로 가방을 열어본다. 놀랍게도 루이비통 검은색 미니 원피스가 들어 있다. 부드러운 새틴 감촉이 피부에 와 닿는다. 보드라운 더블 크림 같은 느낌이다. 입어보니 더욱 끝내준다. 재단이 믿기지 않을 만큼 훌륭하다. 갑자기 내 온몸 적재적소에 굴곡이 생겨난다. 나도 허리가 있었구나. 가방에는 내 발에 딱 맞는 킬힐도 들어 있다. 킬힐을 신으니 키가 15센티미터는 더 커진다. 자동으로 어깨가 젖혀지면서 가슴이 봉긋해진다. 댄서나 프리마 발레리나처럼 자세가 잡힌다. 몸을 돌려 엉덩이를 확인해 본다. 이건 진짜 기적이다!

이 여자의 화장품 가방은 내 여행 가방보다 크다. 입생로랑의 예쁜 핑크색 블러셔를 얼굴에 바르고 디올쇼 마스카라를 속눈썹에 바른다. 그리고 내 상징이라 할 수 있는 밝은 보라색 립스틱을 바른다. 딱 좋다. 이 정도면 될 것 같다. 킬힐 때문에 불안정한 자세로 거울을 들여다본다. 딴사람 같다. 원래 나보다 훨씬 매력적인 사람, 돈깨나 있는 사람, 확고한 취향을 가진 사람, 수준 있는 사람으로 보인다. 피 묻은 내 옷은 낡아빠진 여행 가방에 쑤셔 넣는다. 이제 준비됐다. 난 할 수 있다. 이제 나가서 언니의 매력적인 남편, 섹스의 신, 종마를 만나면 된다. 암브로조 카루소. 딸꾹.

나는 물바다가 된 화장실 문을 닫고 나온다.

수많은 얼굴들이 눈앞에 쓰나미처럼 밀려온다. 암브로조는 어디 있지? 나는 다비도프의 모델처럼 생긴 남자를 찾아 사람들을 둘러본다. 낯선 사람들이 내가 찾는 이름이 아닌 다른 누군가의 이름이 적힌 판지를 흔들어대고 있다. '알레시아', '안토니오', '에르메네질도.' 내 이름을 잘못 적은 것 같지는 않다. 혹시 언니 부부가 운전기사를 보냈을까? 그 기사가 난독증이어서 내 이름을 '엘레나'로 적었으려나? 아니면 '앨도' 혹은 '알레산드로?' '애드리언'일지도 모르겠다. 아, 짜증 나.

검은색과 흰색 머리 가리개를 쓰고 목에 십자가 목걸이를 건 수녀 한 무리가 저 앞에 서 있다. 그들 주위로 평온한 기운이 맴돈다. 차분하고 뭔가 진리를 깨우친 듯한 행복하고 고요한 기운. 수녀나 될걸 그랬나. 하지만 이미 늦었다. 나는 인생을 살면서 뭐든 성취할 기회가 있었다. 하이쿠를 좀 더 쓸 수도 있었고, 퓰리처상을 받을 수도 있었고, 심지어 노벨상을 탔을 수도 있었다. 하지만 나는 다른 데 정신을 팔고 살아왔다. 남자들한테 눈을 돌리고 드라마도 너무 많이 봤다. 남자 친구가 아니라 시에 집중하며 살았어야 했다. 물론 암브로조는 예외다. 암브로조는 다르다. 암브로조와 채닝 테이텀은 별개로 쳐야 한다.

자, 자. 빨리 좀. 나 여기 이렇게 바보처럼 서 있잖아.

저기 있다. 아, 맙소사! 내가 어떻게 저 사람을 못 봤을 수가 있지? 지구가 자전을 멈춘 것 같다. 눈앞에 보이는 장면이 그대로 얼어붙는다. 나는 그의 아름다운 얼굴에서 시선을 뗄 수가 없다. 너무 멋지고 잘생겼다. 저 분위기는 어쩔 거야. A급으로 잘 그을린 피부. 호텔 시트처럼 하얗고 깔끔한 셔츠. 착 붙는 청바지의 불룩한 사타구니가 사람을 미치게 만든다.

베스, 이 대단한 년.

"앨비나!" 암브로조가 여행자들 사이에서 손을 흔든다. "우아! 못 *알아볼 뻔했어.* 여기야!"

나도 손을 마주 흔들며 미소 짓는다. 방금 그가 한 말이 무슨 뜻인지 안다. 예전에 그 앞에서 나는 늘 쓰레기 같은 모습이었다.

"잘 지냈어?"

그는 구릿빛 피부에 짧은 수염을 기르고 있다. 턱이 정말 멋있고 미소도 사랑스럽다. 사실 모든 면에서 사랑스럽다. 완벽하다. 나는 그를 원한다. 그는 *내 것*이어야 했다. 나는 킬힐을 신고 휘청거리며 걸어간다. 방향을 틀 때 미끄러지면서 거의 넘어질 뻔하다가 그의 품에 쓰러진다. 음, 내가 기억하고 있는 그의 애프터셰이브 로션 냄새다. 아르마니 블랙 코드. 관능적이고 이국적인 향기. 우리가 처음 만났을 때도 그에게서 이 로션 냄새가 풍겼다.

"멋져 보이네! 살이 빠졌나 봐?"

그의 물음에 나는 혀가 꼬여 병든 것처럼 중얼거린다.

"취했구나."

그가 웃음을 터뜨린다.

"언니가…… 샴페인을 마시라고 해서……."

그동안 그의 이탈리아인 특유의 억양을 잊고 있었는데 다시 들으니 엄청 귀엽다. 나는 그의 갈색 눈에 빠져들어 하염없이 쭉쭉 가라앉는다. 누텔라나 네스퀵, 뜨거운 코코아 속으로. 그러다 문득 수년 전 옥스퍼드에서 있었던 일이 떠오른다. 우리가 처음…… 딱 한 번 만났던 그때…….

망할. 저게 뭐야? 루이비통 로고인가? 루이비통녀가 여기로 왔나? 나를 쫓아온 거야? 나는 숨을 헉 멈춘다. 군중들 사이를 미친 듯이 살펴본다. 하지만 그 여자가 아니다. 다른 사람이다. 어쨌든 여기를 빠져나가야 한다. 잘못하다간 어색하기 짝이 없는 상황이 펼쳐질 수 있다. 물론 그 여자와 한판 붙으면 이길 자신이 없지는 않지만. 당연히 이길 것이다. 확실하게. 어쩌면, 아닐 수도 있지만.

암브로조는 한 팔을 내 허리에 두르고 다른 팔로는 내 가방 하나를 든다. 그의 따뜻한 손길에 내 온몸이 기분 좋게 얼얼해진다. 나는 그의 어깨에 기대어 그의 체취를 들이마신다. 동양적인 향기, 담배, 가죽 냄새. 나는 이미 그를 원하고 있다. 벌써부터 견디기 힘들다. 나는 차까지 똑바로 걸어가려고 집중하지만 말처럼 쉽지 않다.

사람들이 우리가 지나갈 수 있도록 양옆으로 쫙 갈라진다. *또다시* 모두의 눈길이 쏠린다. 저들은 누굴 보고 있을까? 나일까 아니면 암브로조일까? 분명 암브로조일 것이다. 이해한다. 나 역시 그에게서 시선을 못 뗄 지경이니까. 우리는 엘리베이터를 타고 1층으로 내려간다. 나는 엘리베이터 안에서 섹스를 해보고픈 꿈이 있다. 암브로조는 어쩜 이렇게 더 멋있어졌을까? 이게 가능한 일인가? *2년* 만이다. 남자들은 정말이지 나이가 들수록 상태가 좋아진다. 외국산 치즈와 품질 좋은 와인, 조지 클루니처럼. 이건 불공평하다. 내 꼴은 엉망인데. 베스는 아마 지방 흡입과 복부 성형수술, 유방 확대 수술을 받았을 것이고, 레이저로 잡티도 말끔히 제거했겠지. 어쩌면 베스를 못 알아볼 수도 있겠다. 온몸의 90퍼센트를 성형해 메간 폭스와 빼닮은 모습이 되었을지도 모른다.

공항 입구 근처의 보도에 람보르기니가 주차돼 있다. 특이하다.

무척이나 반짝이고 무척이나 빨간색이다. 믿기 어려울 정도로 곡선미가 끝내준다. 나는 번쩍이는 보닛에 새겨진 로고를 바라본다. 매끈한 검은 방패에 그려진 황금색 황소. 이런 보닛에는 비키니를 입은 화려한 모델들이 포즈를 잡고 있어야 어울릴 것 같다. 이런 차에는 그런 여자가 딸려 나오는 것 아닌가? 어쩌면 화려한 모델이 차 트렁크에서 기어 나오지 않을까? 프랑스산 매니큐어가 망가지고 손톱 젤 끝이 벗겨지고 긁힌 모델을 나중에 트렁크에서 발견할지도 모른다. 나는 이렇게 비싼 차를 가까이에서 본 적도 없다. 그래서 함부로 만지지도 못하고 쭈뼛거린다. 그런 나를 보더니 암브로조가 웃으며 설명한다.

"1972년식 람보르기니 미우라야. 이리 와, 앨비. 이 차는 안 물어."

그래, 차는 물지 않겠지. 하지만 난 물 수도 있다……. 아, 맙소사! 암브로조의 입술은 말론 브란도의 입술과 꼭 닮았다. 감미롭게 튀어나온 두툼하고 부드러운 입술. 저 입술에 키스를 하고 물고 뜯고 싶다. 진하게 키스 한 번만 할 수 있다면, 그의 부드럽고 따뜻한 입술을 내 입속에 넣고 그의 혀를 맛볼 수만 있다면. 그의 입술은 티라미수에 뿌린 코코아 맛이 날 것이다. 곤돌라에 부는 산들바람 같은 느낌일 것이다.

암브로조는 트렁크를 열고 내 가방을 그 안에 던져 넣는다. (트렁크 안에 화려한 모델은 없다.) 그가 조수석 문을 활짝 열어주자 나는 가죽 좌석에 미끄러지듯 올라탄다. 비싼 냄새가 난다. 자동차에서 느끼는 전희랄까. 나는 람보르기니가 마음에 든다. 이제 람보르기니는 내가 좋아하는 차종이다. 두 번째는 배트모빌이고, 세 번째는 들로리언 타임머신이다. 그런데 람보르기니 앞 유리에 주차 위반 딱지가 붙어 있다. 뚱뚱한 경찰관이 헐떡거리며 우리 쪽으로 달려온다. 경찰관의 셔츠 버튼이 바짝 당겨졌고 대머리를 가리려고 올려 빗은 머리카락이 휘날린다. 경찰관은 앞 유리에 붙은 주차 위반 딱지를 얼른 떼어 찢어버리더니 암브로조를 위해 운전석 문을 열어준다. 뭔가 이상하다.

"카루소 씨!" 경찰은 허리를 한껏 굽힌다. "죄송합니다! 죄송합니다!"

암브로조는 그를 쳐다보지도 않는다.

굉장히 이상하다.

암브로조가 내게 말한다.

"베스가 미안하다고 전해 달랬어. 직접 공항까지 오려고 했는데, 보다시피 좌석이 2개뿐이라서."

"아, 아뇨. 미안해할 것 없어요. 괜찮아요."

나는 그의 강렬한 시선을 살짝 피한다. 얼굴 붉히지 마, 앨비나. 멍청한 소리도 지껄이지 마. 이건 '어색한' 정도가 아니다. 미치게 고통스러우면서도 감미롭다. 침착해야 한다. 진정해야 한다. 나는 눈을 감고 심호흡을 한 뒤 머릿속으로 300부터 거꾸로 세기 시작한다. 300, 299, 298…….

하지만 진정되지 않는다.

차에 시동이 걸리자 온몸이 떨린다. *강력한* 엔진이다! 진동이 시트까지 전해져 기분이 좋아진다. 이 얼마나 사려 깊은 설계인가? 바퀴가 미끄러지면서 날카롭게 끼익 소리가 난다. 우리는 순식간에 공항을 벗어난다. 정신을 차려보니 어느새 아우토스트라다(이탈리아의 자동차 도로-옮긴이)를 절반쯤 달려왔다. 암브로조는 '네순 도르마Nessun Dorma'('아무도 잠들지 못하리'라는 뜻으로 푸치니의 오페라 〈투란도트〉의 아리아-옮긴이)를 최고 음향으로 튼다.

"파바로티의 노래야." 그는 윙크를 하며 소리친다. "와줘서 정말 고마워. 시간이 촉박했는데 처제가 와준다고 하니까 베스가 무척 좋아했어. 시칠리아에 와본 적 있지?"

그래, 앨비. 가벼운 대화를 나눠. 넌 할 수 있어. 잘해 봐…….

"아, 아뇨. 밀라노는 가봤죠. 형부와 언니의 결혼식 때요……." 나는 멈칫하며 얼굴을 붉힌다. 그 얘기는 안 하는 편이 나았다. "언니랑 같이 폼페이로 수학여행을 간 적이 있어요……." 나는 열두 살짜리처럼 수줍어하고 있다. 우리는 눈이 마주친다. 암브로조는 팔을 뻗어 내 손을 잡는다. 이건 뭐지?

"매니큐어 예쁘네."

그가 싱긋 웃는다.

나는 라임 같은 네온 녹색 매니큐어를 칠한 내 손톱을 내려다본다. 그가 정말 이 매니큐어를 마음에 들어 하는지, 아니면 나를 놀리는 건지 알 수가 없다. 나는 얼른 말한다.

"나는 여행을 자주 다녀요. 지난 주말에는 로스앤젤레스에 갔다 왔고, 지지난 주말에는 뉴욕에 있었어요. 그 전 주말에는 시드니에…….”

“주말 동안 오스트레일리아에 갔었다고?”

“아……, 예.”

그게 뭐 어쨌다고? 베스가 혀를 끌끌 차는 소리가 들리는 것 같다.

그는 소리 내어 웃는다.

“멋지네. 어쨌든 여기까지 와줘서 우리 둘 다 기뻐.”

나는 더 이상 말할 기운이 없다.

나는 가죽 시트 등받이에 푹 기대앉는다. 다시 그를 바라보자니…… 너무 눈이 부셔서 버겁다. 그를 *나 혼자* 이렇게 쳐다보고 있는 것도…….

시칠리아의 풍경이 우리 앞에 비스듬히 펼쳐진다. 소피아 로렌의 몸매 못지않게 끝내주는 굴곡의 지형이다. 우리는 멋진 풍경 속을 시속 180킬로미터로 달린다. 그가 액셀을 밟는다. 엔진이 부우웅 소리를 낸다. 암브로조가 과시하는 것 같아서 나는 기분이 좋다. 나는 입꼬리가 절로 올라가 미소를 짓는다. 그리고 고양이처럼 시트 가장자리를 움켜잡는다. 앞 유리에 포도밭이 연달아 흐릿하게 스쳐 지나간다. 올리브 나무숲이 줄지어 지나가며 하나로 합쳐진다. 빠르게 빠르게 더 빠르게. 뒤돌아보지 말고 지평선을 향해 달리자. 이 장엄한 풍경 속에서 길을 잃고 싶다. 암브로조와 단둘이. 이 섬이 우리 둘을 통째로 집어삼켜 주기를.

어느새 고속도로를 벗어나자 타오르미나라고 적힌 표지판이 보인다.

"거의 다 왔어."

암브로조는 웃으면서 샴푸 광고처럼 손가락으로 머리를 쓸어 넘긴다.

우리는 가파른 도로를 올라간다. 그는 속도를 줄이지 않는다. 빠르게 더욱 빠르게 절대 멈추지 않고. 나는 그가 이대로 계속 달리기를 바란다. 이 순간이 끝나지 않으면 좋겠다.

"언덕 꼭대기에 있는 집이야."

사방이 드넓은 총천연색 감귤밭이다. 노란색, 오렌지색, 초록색으로 그려진 유화 속에 들어온 기분이다. 껍질에서 풍기는 톡 쏘는 듯한 달콤한 향기가 온몸을 휘감는다. 레몬이 멜론만큼이나 크다. 우리는 나무 사이를 달려 언덕 꼭대기로 향한다. 나는 암브로조가 어느 우묵한 곳으로 차를 몰아가는 상상을 한다. 나는 언젠가 차에서 섹스를 해보고 싶은 꿈이 있다. 이번에 해보면 꽤나 의미 있을 것이다. 이번이어야 한다. 그가 내 쌍둥이 자매를 위해 나를 버리는 일은 없어야 한다.

하지만 그는 그리로 가지 않는다.

그는 진입로로 차를 몰고 들어간다. 마법처럼 전기식 대문이 열리고, 그는 시동을 끈다.

"여기야!"

chapter 6

시칠리아, 타오르미나

맙소사! 베스가 *여기* 산다고?

엄청난 금액의 돈이 눈앞을 스치고 지나간다. 으리으리한 저택이다. 가격도 어마어마할 것이다.

"이 집을 소유하고 있어요?"

"부모님한테 물려받았지."

아, 그래. 베스에게 들은 기억이 난다. 암브로조의 부모님은 돌아가셨다고 했다. 가여운 암브로조. 부모님이 돌아가셨을 때 그의 나이는 겨우 열세 살이었다. 열세 살의 백만장자라니. 정말이지 *굉장하구나*. 어린 나이라 돈에 별로 관심이 없었을 것이다. 그래도 다행인 것이 외동아들이어서 콧물 범벅인 누이와 재산을 나눠 가지지 않아도 되었다.

"벤베누토Ben venuto!(환영합니다!)"

암브로조가 외친다.

그가 조수석 문을 열고 내 손을 잡아준다. 람보르기니의 좌석은 몹시 낮아서 이렇게 높은 힐을 신고서는 혼자 내릴 수 없다. 도대체 여자들은 이런 신발을 신고 어떻게 걸어 다니는 걸까? 그는 나를 잡아 일으켜준다. 나는 차 지붕에 손을 얹고 중심을 잡는다. 눈두덩에 손을 얹고 눈을 깜박이며 태양을 올려다본다.

"우아."

〈보그〉나 〈엘르〉, 〈배니티 페어〉 같은 고급 패션 잡지의 촬영지 같다. 금실을 짜서 만든 비키니를 입은 지젤 번천이 다이키리 칵테일을 들고 선베드에 누워 태닝을 하고 있으면 어울릴 만한 곳이다. 카메라는 어디 있지? 조명이 번쩍거리려나? 사진작가들이 찰칵찰칵 사진을 찍으려나? 나는 세계적인 여행 잡지 〈콘데 나스트 트래블러〉와 〈선데이 타임스 트래블〉에서 본 환상적인 풍경이 떠오른다. 〈어 플레이스 인 더 선〉 프로그램에서 본 꿈처럼 멋진 집이 떠오른다. 지금 나는 바로 그런 풍경 속에 있다. 이건 현실이다.

테라코타 지붕을 얹은 오래된 분홍색 건물들이 넓은 정원 여기저기 뻗어 있다. 잔디밭과 화단은 깔끔하게 손질되어 있다. 꽃들은 모여서 노래를 부르듯 아름답게 피어 있다. 빨간 제라늄, 자주색 푸크시아, 다양한 농도의 파란 꽃, 프랜지파니, 부겐빌리아, 재스민. 여긴 천국이다. 장미와 선인장꽃, 제비꽃, 동백꽃이 아우러진 에덴동산이다. 우뚝 솟은 야자수 잎사귀가 미풍에 흔들거린다. 초록색 잎사귀들이 마치 불꽃놀이의 불꽃처럼 사방으로 뻗어 있다.

내 시선은 수영장으로 향한다. 시원하고 깊은 물이 무척 매혹적이다. 오팔처럼 푸른 하늘 아래 검은 용암석 타일이 깔린 수영장이라니. 시칠리아의 강렬한 햇살 아래 잉크처럼 까만 물이 반짝인다. 수영장 표면을 점점이 수놓은 빛 때문에 눈이 부시다. 야자수와 장미가 거울 같은 물 표면에 반사된다. 데이비드 호크니의 그림 속 오아시스 같은 풍경이다. 크림색 리넨으로 만든 접이식 의자와 파라솔이 수영장 주변의 포장석 위에 깔끔하게 놓여 있다. 수영장 물은 차분하면서도 유혹적이다. 나는 당장이라도 수영장에 뛰어들고 싶지만 온 힘을 다해 참는다. 저 물에 들어가서 뮤직비디오 속 섹시한 여자처럼 물을 첨벙거리고, 봄방학을 즐기는 10대 소녀인 척하고 싶다.

돌아서서 멍하니 집을 바라본다. 할리우드 황금기의 영화 속 한 장면을 보는 듯 도무지 현실감이 없다. 페데리코 펠리니 감독의 낭만적인 영화라든지 〈로마의 휴일〉 속 세트장 같다. 오드리 헵번이나 그레고리 펙이 나타날 것만 같다. 에메랄드처럼 푸르게 반짝이는 담쟁이들이 콘크리트 벽을 뒤덮고 있다. 대문 옆 명판에는 '라 페를라 네라LA PERLA NERA'라고 적혀 있다. 열린 창문 너머로 대리석이 언뜻 보인다. 미풍이 불자 끈에 묶인 커튼들이 구름처럼 물결친다.

얼마나 오래 그 풍경을 바라보고 있었을까.

꿈을 꾸고 있는 것 같다.

누군가 내 이름을 부른다.

"앨비나?"

(상태가 좋았을 때의) 내가 나를 향해 두 팔을 활짝 벌리고 달려온다. 속이 울렁거린다. 베스가 분명하다. 2년이면 꽤 긴 시간인데 이상하다. 온전한 하나의 반쪽으로……, 똑같이 생긴 자매 중 하나로……, 복사본으로……, 가외의 존재로 사는 게 어떤 기분인지 그동안 잊고 있었다.

"앨비! 왔구나! 세상에! 네가 드디어 왔어!" 베스가 내게 훌쩍 달려들어 격하게 포옹한다. "믿기지가 않아! 네가 여기 오다니!"

"비행기표를 끊어줘서 고마워. 안 그래도 됐는데."

나는 기쁨에 넘치는 베스의 품에서 간신히 숨을 들이마신다. 베스의 몸에서 솜사탕처럼 달콤한 냄새가 난다. 베스는 내 두 뺨에 입을 맞추고 나서야 나를 풀어준다. 마침내.

"왜? 바보같이 굴지 마. 네가 여기 온 게 믿기지가 않아. 따라와. 집 구경 시켜줄게."

베스는 내 손을 잡고 이끈다. 나는 베스 뒤를 따라간다. 베스는 아름다운 레몬나무 아래 시원한 그늘로 나를 데려가면서 고운 소리로 노래하는 새처럼 유쾌하게 수다를 떤다.

"멋있어졌네. 네 집처럼 편하게 지내. 에르네스토는 좀 이따가 만나봐. 지금은 잠들었거든. 깨어나면 실컷 봐. 여기까지 오는 길은 어땠어?"

나를 보고 왜 이렇게 좋아할까? 지나치게 밝고 호들갑스럽다. 신경과민으로 보일 정도다. 대답을 하려는데 마침 구름이 지나가면서 태양을 가린다. 정원이 별안간 살짝 어두워지더니 시원해진다.

머리부터 발끝까지 검은 옷을 입고 검은 선글라스에 검은색과 회색 모자를 쓴 남자가 박쥐가 활공하듯 집에서 나와 자갈 바닥에 세워놓은 차를 향해 걸어간다. 남자는 반들거리는 검은색 승합차 문을 열고 들어간다. 가벼운 바람이 불어와 목과 척추를 쓸고 내려가는데 어쩐지 소름이 돋는다.

"*저 사람은 누구야?*"

"아무도 아니야."

그래, 그렇겠지.

나는 승합차가 자갈을 지나 길고 구불구불한 진입로로 침착하게 내려가는 모습을 바라본다. 전기식 대문이 소리 없이 매끄럽게 열린다. 남자가 운전하는 승합차가 모퉁이를 돌아 사라진다.

"안으로 들어가자."

베스는 나를 집 안으로 이끌면서 얘기를 계속한다.

베스가 평소보다 말이 더 많아진 걸까? 아니면 내가 베스의 끝없는 수다에 익숙하지 않아서일까? 암브로조는 차 트렁크에서 여행가방을 꺼내 들고 바로 뒤에서 따라온다. 베스가 하는 말이 내 귀에는 하나도 들어오지 않는다. 베스를 눈으로 담기에도 바쁘다. 볼 게 너무 많아서 나머지 감각들은 흐려진다. 엘리자베스의 몸, 엘리자베스의 얼굴, 엘리자베스의 머리카락. 그러다 내 시선은 쌍둥이 자매의 보기 좋게 태닝된 어깨에 머문다. 피부가 무지갯빛으로 빛나고 있다. 베스의 눈을 들여다보니 담녹색 눈동자에 생기가 넘친다. 햇볕을 잘 받은 머리카락은 일부 금발로 탈색되어 있다. 정말 멋진 모습이다. 성형수술을 받은 것 같지는 않다. 모든 게 진짜처럼 보인다. 이것도 좋은 유전자 덕분일까? 아니, 그건 아닐 거다. 돈의 힘일 것이다. 돈이 있으니 가능하겠지. 베스는 내 나이의 절반 정도로 보인다.

베스를 바라보며 나는 나르시시스(자신의 모습을 사랑한 그리스신화 속 미소년 – 옮긴이)가 되고 만다. 나 자신을 바라보며 사랑에 빠진다. 부러워 죽겠다.

나는 베스를 따라 분홍색 덩굴장미가 피어 있는 페르골라(덩굴식물이 타고 올라가도록 만든 아치형 구조물 – 옮긴이)를 지나 모자이크 타일을 넘어 모로코 양탄자 위를 걸어간다. 밝고 넓은 집이다. 드넓은 안마당에는 목련 향기가 가득하다. 리츠 호텔에 한 번도 못 가봤지만 아마 딱 이런 곳일 것이다. 모든 것이 하얀 대리석으로 만들진 듯하다. 빛을 받은 하얀 대리석에 점점이 박힌 은이 다이아몬드 부스러기처럼 반짝거린다. 옥외용 긴 의자와 안락의자에는 하나도 빠짐없이 크림색과 금색 덮개가 씌워져 있다. 벽에는 아름다운 태피스트리와 숙녀들의 초상화가 걸려 있다. 화려한 비단 가운 차림으로 머리에 구슬 장식을 하고 에메랄드와 다이아몬드, 희미하게 빛나는 진주 등 찬란한 보석을 걸친 르네상스 시대의 귀족 여성들이다. 나는 베스의 뒤를 따라 도금된 거울 앞을 지나간다. 거울 앞에서 우리 둘의 얼굴이 무한히 반사된다.

"16세기에…… 처음 지어진 상태 그대로야……."

베스의 말이 맞다. 난 벌써 여기가 마음에 꼭 든다. 누구든 안 그럴까? 난 여기를 절대 떠나고 싶지 않다.

우리는 대리석 계단을 올라간다. 나는 잠시 멈춰 서서 벽에 걸린 그림을 바라본다. 어두운 배경과 대조되는 하얗고 빛나는 피부를 가진 소년의 초상화다. 검은색에 흰색, 흰색에 검은색. 그림 속 소년은 천사처럼 평화롭고 달콤하게 잠들어 있다. 지금까지 내가 본 그림 중 가장 아름답다. 베스가 내 눈빛을 읽는다.

"이 그림 마음에 들어?"

베스가 미소 지으며 묻는다.

대답하려는데 베스는 이미 돌아서서 계단을 올라가고 있다. 이내 계단 저만치 올라가 사라진다. 발목에 금색 끈이 달린 반짝이는 플랫폼 샌들을 신고 있다. 프라다 매장에서 봤던 그 샌들이다. 내가 평생 본 것 중에서 두 번째로 예쁜 샌들. 내 낡은 리복 운동화는 당장 내다 버려야겠다. 운동화는 더 이상 필요 없을 것 같다. 운동 따윈 안 해도 된다.

"네 방이야."

베스가 활짝 웃으며 말한다.

베스가 쌍여닫이문을 열고 햇살 가득한 손님용 침실로 나를 안내한다. 수영장이 내다보이는 1층 방이다. 넓고 호화로우며 아치웨이의 내 방보다 천장이 두 배는 높다. 침대도 엄청나게 크다. 이 정도 크기라면 최소한 3명은 살 수 있겠다. (나는 진짜 운이 좋은가 보다…….) 벽에는 십자가에 못 박힌 예수 그림이 걸려 있다. 화창한 푸른 하늘을 배경으로 원색이 채색된 그림이다. 예수의 모습이 환하게 빛나는 듯하다. 타오르미나에서는 모든 사람들이 행복해 보인다. 방에서 연철 난간이 있는 줄리엣 발코니가 보이고, 방 한쪽 구석에는 골동품인 가리개가 세워져 있다. 나는 날아가는 새를 묘사한 일본풍 그림을 손가락으로 만져본다. 화장대 위의 꽃다발에서 풍기는 달콤한 향이 방 안을 가득 채운다.

나는 숨을 멈춘다. 이건 너무 심하다. 현실일 리가 없다. 아름다운 꿈이다. 1분 후에 베스가 내 몸을 꼬집으면 나는 잠에서 깨어날 것이다. 아마 나는 게으름뱅이들에게 둘러싸인 아치웨이의 집에서 절대 찾지 못할 여권을 찾고 있을 것이다. 나는 손으로 눈을 비비고 눈을 깜박인다.

"필요한 것들을 미리 좀 사놨어. 짐도 별로 안 가져올 것 같아서." 베스는 베네피트 마스카라를 발라 볼륨이 잔뜩 들어간 속눈썹을 깜박이며 반들거리는 아랫입술을 살짝 깨문다. "괜찮지……?"

나는 군침을 흘린다. 특대형 쇼핑백 예닐곱 개가 벽 쪽에 나란히 도열해 있다. 하얗게 빛나는 쇼핑백 측면마다 '프라다' 로고가 박혀 있고, 예쁘고 검은 나비 리본이 묶여 있다. 베스가 프라다 매장에 다녀온 모양이다. 이게 다 *내 거*라고? 그래서 내 옷 사이즈를 물었구나. 어머나!

"아, 안 그래도 되는데."

이렇게 반응하는 게 맞겠지?

"꼭 필요한 거 몇 가지만 샀어……. 수영복이랑 사롱(인도네시아 등지에서 남녀 구분 없이 허리에 두르는 천－옮긴이), 햇빛 차단용 모자, 스커트 정도야. 또 필요한 게 있으면 말해."

나는 쇼핑백에 든 물건들을 침대 위에 쏟아놓는다. 원피스와 캐미솔에는 아직 가격표가 붙어 있다. 꽃무늬 여름용 스커트. 코바늘뜨개질로 만든 카디건. 비키니 가격만 600유로다. 나는 평소에 싸구려 TK 맥스 할인 매장에서 물건을 사는데! 호화로운 직물을 손가락으로 쓰다듬고 어루만져 본다…….

"너를 이렇게 만나게 돼서 정말 기뻐."

베스가 말한다.

나는 손을 멈추고 고개를 든다. 이해할 수가 없다. 우리 할머니가 기르던 늙은 개를 빼고, 여태까지 나를 만나서 이렇게 행복해한 사람은 없었다. 그나마도 그 개는 내 다리에 대고 제 성기를 문지르는 재미에 좋아했던 거였다. '펜턴! 펜턴! 앨비나한테서 떨어져!'

"예전 일은 상관없지……?"

"결혼식 때 일 말야?"

베스의 물음에 나는 시선을 피한다. 나는 옥스퍼드 얘기를 꺼내려고 했다. "그래, 결혼식 때 일."

베스는 *또다시* 나를 껴안는다.

"됐어. 이미 다 잊었어."

"그래."

베스의 머리카락에서 마치 꽃으로 가득한 풀밭처럼 향긋한 냄새가 풍긴다. 진짜로 나를 용서한 모양이다. 어쩌면 나를 사랑하고 있는 건가?

열린 창문 너머로 부드러운 바람을 타고 뻐꾸기 울음소리가 들려온다.

여기서 내 집처럼 편하게 지낼게, 베스. 진짜야.

◆

"어떤 차를 좋아해? 얼그레이? 실론? 루이보스? 다즐링? 티베트에서 공수한 좋은 우롱차도 있는데, 어때?"

"음."

빌더스나 피지 팁스PG Tips 같은 싸구려 인스턴트 차는 없을 것 같다.

"우롱차를 준비할게."

"좋아."

나는 주방으로 사라지는 베스의 뒷모습을 바라본다. 살짝 휘날리는 머리카락이 윤기 흐르는 금색 말갈기 같다. 바비 인형을 닮은 모습이다. 브리지트 바르도 같기도 하고. 나를 새롭게 개량한 버전처럼 보이기도 한다. 앨비나 나이틀리 2.0. 기분이 좋지는 않다. 나는 크림색 안락의자 끝에 걸터앉아 더럽힐까 봐 아무것도 만지지 않으려고 조심한다. 혹시 깨뜨릴까 봐 유리판을 얹은 커피 테이블 가까이 가지도 않는다. 마치 누군가 강력 접착테이프로 감아놓은 것처럼 가슴이 조인다. 흉곽을 안으로도 밖으로도 움직일 수가 없다. 나는 손바닥에 손톱을 박은 채 베스가 돌아오길 기다린다. 땀이 난다. 베스는 나한테 무슨 부탁을 하려는 걸까. 나는 왜 여기 와 있을까…….

크림색 카펫이 방 전체에 깔려 있다. 가장자리에 꽃무늬가 수놓이고 초록색과 흰색의 소용돌이무늬가 박혀 있는데, 백합 같다. 아치웨이의 집에 깔린 오래된 카펫이 생각난다. 이런저런 좀벌레들이 기생하는 그 카펫을 누구 하나 진공청소기로 민 적이 없다. 그 집에는 진공청소기도 없었을 것이다. 나는 푹신하고 부드러운 카펫 속에 발가락을 넣고 꼼지락거린다. 티끌 하나 없다. 베스는 청소하는 사람을 두고 있는 모양이다.

커피 테이블 위에 베스와 암브로조의 사진이 놓여 있다. 은색 액자는 방금 닦은 것처럼 반짝거린다. 그들은 브란젤리나(브래드 피트와 안젤리나 졸리 – 옮긴이) 같은 할리우드의 잘나가는 커플처럼 보인다. 과산화수소수로 미백한 치아, 입이 찢어져라 벌린 미소. 진짜 같지 않다. 파랗고 노란 도자기 꽃병에는 레몬과 프랜지파니 문양이 수작업으로 그려져 있다. 벽난로는 너무 깨끗해서 한 번도 사용하지 않은 것 같다.

"차 가져왔어."

매끄럽게 문을 통과해서 다가온 베스 때문에 나는 화들짝 놀란다. 베스는 들고 온 은쟁반을 테이블에 내려놓는다. 그러고는 작은 찻주전자 2개와 섬세한 도자기 찻잔 2개, 찻잔과 어울리는 꽃무늬 받침 2개를 내 앞의 테이블에 정확하게 대칭으로 놓는다. 베스는 게이샤처럼 우아한 자세로 각각의 찻주전자를 들고 각각의 찻잔에 차를 따른다. 찻물이 찻잔으로 또르륵 또르륵 예쁘게 흘러내린다. 무슨 의식이라도 치르는 것 같다.

"차 색깔 마음에 들어, 앨비? 너무 연하지는 않지?"

"어, 괜찮아."

"너무 진하지도 않고?"

"어."

베스는 찻주전자를 내려놓는다. 익숙한 몸짓이다. 베스는 뭐든 나한테 필요한 게 있으면 이렇게 잘해 주곤 했다…….

"설탕 좀 줄까? 백설탕이랑 황설탕 둘 다 있어. 공정무역 설탕이니까 걱정하지 않아도 돼."

내가 걱정하는 것처럼 보였나?

"아니, 괜찮아."

"아니면 다른 감미료 줄까? 스테비아도 있어."

젠장 스테비아는 또 뭐람? 무슨 STI('Sexually Transmitted Infection'의 줄임말로 '성병'이라는 뜻 – 옮긴이) 같네.

"아니, 됐어."

"부담 갖지 말고."

"됐다고."

나는 우유를 찾는다.

"우유 있어?"

"아, 우롱차에는 우유를 타는 거 아니야."

"아."

물론 그렇겠지. 내가 멍청했다, 그래.

"나한테 부탁할 거 있다며?"

나는 이렇게 묻고는 곧 다른 데 정신이 팔린다. 옆으로 샜다고 하는 편이 더 정확할 것이다. 베스가 반짝이는 반구형 은 뚜껑을 열고 굉장한 케이크를 보여주었기 때문이다. 연노란 크림 위에 잣으로 소용돌이무늬를 예쁘게 만든 케이크다. 알맞게 구워낸 금색 잣은 냄새가 무척 좋고…… 크림은 폭신해 보인다.

베스는 군침을 흘리는 내 모습을 바라본다.

"토르타 델라 논나(Torta Della Nonna, '할머니의 케이크'라는 뜻으로 토스카나 지방의 전통 디저트 – 옮긴이)라고, 내가 좋아하는 케이크야. 네 입맛에도 맞을 거야."

베스는 케이크를 큼직하게 잘라 앙증맞은 접시에 담아 내게 건넨다. 접은 냅킨과 작은 은 포크도 곁들인다. 레몬과 설탕 향이 감미롭다. 접시에는 활짝 핀 장미와 꽃봉오리가 그려져 있고, 포크는 한눈에 봐도 골동품 같다.

"언니는 안 먹어?"

나는 이 케이크가 내 앞에 놓인 게 믿기지 않는다.

"난 됐어. 다이어트 중이야. 글루텐, 유제품, 설탕을 안 먹는 다이어트."

그럼 대체 뭘 먹니? 나는 포크를 들고 케이크를 푹 찍어 먹는다.

"음."

베스가 미소 짓는다.

"거봐."

베스는 케이크 먹는 내 모습을 가만히 쳐다본다.

나는 포크로 한입, 또 한입, 그리고 또 한입 떠서 먹는다. 맙소사, 멈출 수가 없다. 혀의 미뢰로 오르가슴을 느낄 수도 있을까? 아무래도 내가 지금 그러고 있는 것 같은데.

"한 조각 더 먹어도 돼?"

나는 손등으로 입을 쓱 닦고 혀로 입술을 핥는다. 맛있다. 끝내주게 맛있다.

베스의 표정이 바뀐다. 얼굴빛이 어두워지고 아랫입술을 비쭉 내민다.

케이크를 우물거리던 나는 입 운동을 멈춘다. 내가 뭘 잘못했나?

"앨비, 너 카펫에 부스러기 흘리고 있어."

chapter 7

"앨비? 앨비? 괜찮아?"

내가 깜박 잠이 들었거나 눈이 게슴츠레해진 모양이다. 우리는 돛단배며 탱크 기관차들이 즐비한 아기방에 앉아 있다. 사방에 장난감과 아기용품이 있다. 이동식 테이블, 아기 침대, 신발 걸이에는 앙증맞은 파란색 새 신발 한 켤레가 걸려 있다. 《아기가 처음 배우는 A부터 Z Baby' First A to Z》라는 제목의 작은 책들이 쭉 꽂혀 있다. 나는 빅토리아 시대 인형의 집에 들어온 것 같다. 난 여기에 어울리지 않는 사람이다.

"괜찮아?"

베스가 내 팔을 잡으며 묻는다. 나는 얼른 팔을 뒤로 뺀다.

"응."

아니, 괜찮지 않다. 베스는 뭘 바라는 걸까? 이게 어떻게 된 일이지? 엄마와 아기가 노는 모습을 보여주려고 날 여기로 초대하지는 않았을 텐데. 나 역시 티파티나 즐기려고 여기 온 것은 아니다.

어니가 바보처럼 환하게 웃으면서 입가에 침방울을 흘린다.

"가, 가, 가."

어니가 고개를 들고 말한다. 나는 조카의 얼굴을 가만히 뜯어본다.

"괜찮아. 그냥……."

그냥 뭔데, 앨비나? 어니가 널 닮았다고? 나는 어니의 작은 얼굴에서 나를 닮은 구석을 포착해 낸다. 어니는 내 눈과 코와 입과 턱을 쏙 빼닮았다. 어디서든 알아볼 수 있을 것이다. 내가 아기였을 때의 모습 그대로다. 내 아들이라고 해도 될 만큼.

그 순간 새로 상처를 벌려놓은 듯 배 속에 통증이 느껴지면서 예전 기억이 떠오른다. 코를 찌르는 병원의 소독약 냄새, 표백제 냄새, 멍하니 올려다보던 천장, 숨 막히는 커튼, 지나치게 하얀 벽, 침대 옆 테이블 위에 놓여 있던 빈 꽃병, 다른 사람들의 비명 소리, 반짝이는 주삿바늘, 구토용 판지 그릇, 그리고 손등을 물어뜯을 정도로 끔찍한 통증. 그리고,

피,

피,

피.

8년 전이었다.

그게 다 베스 때문이었다.

"그냥…… 어니가 너무 예뻐서."

내 입에서 이런 말이 나오다니, 나는 속으로 놀란다. 하지만 사실이다. 어니는 천사 같다. 베스도 그걸 아는지 미소 짓는다.

"고마워."

베스는 자랑스럽게 말한다. 그리고 어니의 금발 곱슬머리를 손가락으로 쓸어 넘기고, 천사 같은 머리에 입을 맞춘다. 에르네스토는 지하철 광고의 아기 모델처럼, 홀에 걸린 그림 속의 잠든 소년처럼 아름답다. 커다란 눈은 대양처럼 푸르다. 어니가 나를 쳐다보며 웃는다. 어린아이들만이 표출할 수 있는 순진무구한 얼굴이다. 어니의 뺨은 마시멜로처럼 둥글고 분홍빛이다. 살아 있는 젤리빈처럼 달콤하고 귀엽다. 나는 베스에게 임신했었다는 얘기를 한 적이 없다. 따라서 베스는 내가 유산했던 것도 모른다. 하지만 몰랐다는 변명 따위 통하지 않는다.

"안아볼래?"

"뭐? 아니야."

나는 어쩔 줄 몰라 한다.

"어니, 앨비나 이모한테 안겨볼래?"

베스는 어니를 안아 올려 내 쪽으로 내민다.

"아니야, 괜찮아. 난 한 번도 안아본 적이……."

"그러지 마, 괜찮으니까. 어니는 널 좋아해. 난 느낄 수 있어." 베스가 소리 내어 웃는다. "어니한테 젖병을 쥐어줘 봐."

내 무릎에 앉은 어니는 너무나 가볍고 너무나 통통하다. 나는 어니를 꼭 붙잡는다. 어니를 떨어뜨려 어디를 부러뜨리지 않을까 겁이 난 나머지 몸이 바짝 굳는다. 어니는 까르르 웃으며 나를 올려다본다.

"마, 마, 마."

나를 불편해하지 않는 것 같다.

나는 어니가 새끼 고양이처럼 얕게 숨을 들이쉬고 내쉬는 소리에 귀를 기울이고 거품 목욕용 물비누 향기가 나는 머리카락의 냄새를 맡아본다. 나는 눈을 깜박이며 눈물을 꾹 참는다. 이건 불공평하다. 어니는 *내* 아기여야 한다. 이 아기를 보내고 싶지 않다.

"엄마."

어니가 베스를 향해 손을 뻗으며 말한다.

"아, 엄마를 찾네."

"받아." 나는 어니를 돌려준다. "네 아기니까 네가 받아."

이 말에 베스가 미간을 찌푸린다.

내 두 뺨이 확 달아오른다. 갑자기 너무 더운 것 같다. 누가 난방이라도 켰나?

"마, 마, 마."

전부 베스 때문이다. 절대 용서하지 않을 거다.

"마, 마, 마, 마, 마."

◆

"일은 왜 그만둔 거야?"

베스는 새 비키니에 붙은 가격표를 자르라며 내게 가위를 건넨다. 이 프라다 비키니는 검은색과 붉은색 줄무늬로 앞쪽에 반짝이는 준보석을 박아놓았다. 가위는 깔끔하고 날카롭다.

"아, 그거……?" 싹둑. "내가 일을 너무 잘해서 경쟁사에까지 알려진 거야." 싹둑. "그래서 스카우트됐어." 싹둑. "믿어져?"

"말도 안 돼! 사람들이 시인을 스카우트하는 줄은 몰랐는데."

"월급도 훨씬 많아. 회사에서 차도 주고."

나는 가위를 침대에 던진다.

"어머, 그래? 거기가 어딘데?"

"어디라니?"

나는 이렇게 되물으며 지퍼를 내리고 원피스를 벗는다. 원피스의 솔기가 파고든 피부에 붉은 줄이 쭉쭉 나 있다.

"경쟁사라며?"

"음……." 나는 브래지어의 호크를 푼다. "〈에스콰이어〉라고, 잡지사야. 팀장급 시인이 필요하대."

베스는 나를 위아래로 훑어본다. 안 믿는 게 분명하다.

"해고됐구나?"

"해고? *아니야*."

베스는 속옷을 벗고 있는 나를 쳐다본다. 내 팬티 선을 눈여겨보는 것 같아 나는 옆으로 몸을 돌린다.

"런던에 새로 마련한 거처는 어때? 룸메이트들하고는 잘 지내?"

내가 벗은 옷을 바닥에 아무렇게나 놓자 베스가 경악하면서 나무라듯 입술을 오므린다. 나는 하는 수 없이 옷을 깔끔하게 접어 침대 발치에 놓아둔다.

"그레이엄이랑 팸? 아……, 뭐, 아주 좋아. 친구라기보다는 가족 같아. 처음부터 죽이 잘 맞았거든."

비키니 팬티에 발을 집어넣고 다리까지 반쯤 끌어 올리는데 치익 소리가 난다. 팬티 모양을 유지하기 위해 끼워둔 플라스틱 조각이 사타구니에 붙었다. 나는 팬티를 도로 벗어 플라스틱 조각을 떼어낸다.

"그 말은……, 네가 그들을 싫어한다는 뜻이겠네?"

베스는 이렇게 말하며 히죽 웃는다.

어떻게 저러지? 빌어먹을, 내 마음을 읽는 것 같다. 나는 가위로 시선을 돌린다. 둥글고 검은 손잡이, 길쭉한 은색 날, 반짝, 번쩍. 눈부신 햇살을 받아 빛이 난다. 가위가 내 이름을 부르는 것 같다.

"그들은…… *괜찮아.*"

나는 비키니를 조정한다. 비키니 끈이 마치 치즈 와이어(치즈 가장자리나 커다란 원을 자르는 가늘고 긴 철사 - 옮긴이)처럼 살을 파고든다. 그레이엄과 팸이 나를 내쫓은 것까지 베스가 알 필요는 없다.

베스는 미쏘니의 독특한 줄무늬가 들어간 분홍색과 베이지색 끈으로 된 아주 작은 비키니를 입고 있다. 나는 새 비키니 위에 루이비통 사롱을 걸치고 헐렁한 밀짚모자를 쓴다. 베스와 옷 사이즈가 같은데 어째서 나는 베스와 달리 뚱뚱해 보일까?

◆

우리는 수영장 가장자리에 누워 햇살을 빨아들인다. 나는 선베드에 누워 바닐라 젤라토 아이스크림처럼 녹고 있다. 무지막지한 햇살이다. SPF50의 선크림을 잔뜩 발랐는데도 내 피부는 이미 타들어 가는 중이다. 무릎도 무서울 정도로 빨갛게 변했다. 옆을 보니 베스는 아이폰을 들고 잠금 비밀번호를 찍어 넣고 있다. 1996. 기억하기 쉬운 번호다. 스파이스 걸스가 '워너비' 앨범을 발매한 해다. 베스는 키스를 뜻하는 'X'를 잔뜩 찍어가며 누군가에게 메시지를 보내고 있다.

그때 어떤 여자가 보드카와 얼음 섞은 리모나타(레모네이드)를 쟁반에 들고 파티오(위쪽이 트인 건물 내의 야외 공간-옮긴이)로 나온다. 내가 베스를 위해 사온 앱솔루트 보드카다. 타 죽을 것 같은 지금 딱 알맞게 음료를 내오다니 진짜 고맙다. 베스는 1시간 넘게 계속 떠들어대고, 나는 더 이상 참을 수가 없다. 음료를 가져온 여자는 검은 눈동자에 검은 곱슬머리, 가죽 같은 갈색 피부를 지녔다. 그 여자가 내게 미소 지으며 말한다.

"맘마미아!(세상에!) 엘리자베타 씨가 2명이네요!" 여자는 손뼉을 치더니 손가락 끝을 자기 입술에 가져다 댄다.

아, 또 시작이다. 공짜 오락거리, 기묘한 쇼, 괴상한 콤비 취급. 손가락질을 하면서 빤히 쳐다보는 눈빛. 익숙한 시선이다. 차라리 분 단위로 요금을 받을걸. 그랬다면 (베스만 부자가 되는 게 아니라) 우리 둘 다 백만장자가 됐을 거다.

베스가 특유의 아무렇지 않은 척하는 웃음소리를 낸다.

"믿기지가 않아요. 두 분 정말 똑같아요!"

난 그렇게 생각하지 않는다. 이 여자는 어디가 모자란 게 분명하다. 이탈리아에는 쌍둥이도 없나?

"앨비, 이쪽은 에밀리아야. 우리 집의 훌륭한 유모 겸 가사도우미. 에밀리아, 이쪽은 내 동생 앨비나."

"반갑습니다."

여자는 이렇게 말하며 나를 위아래로 쳐다본다. 나는 누운 채 몸을 뒤척이다 모자로 얼굴을 가리고 대답한다.

"그래요."

베스가 *노예*를 부리고 있었네? 당연히 그렇겠지. 나 역시 금전적 여유만 있다면 노예 셋은 부리고 싶다. 한 명은 요리 담당, 한 명은 집 청소 담당, 그리고 한 명은 정원에서 거대한 잎사귀로 나한테 바람을 보내주는 부채질 담당. 젠장, 진짜 덥다.

에밀리아가 자리를 떠나자 내가 묻는다.

"저 사람은 여기 *살아*?"

"어머, 아니야. 저 모퉁이를 돌아가면 분홍색 작은 집이 있는데, 거기 살아. 문 앞에 꽃바구니를 걸어둔 집이야. 주 6일 오전 7시부터 밤 9시까지 우리 집에서 일해."

"아, 그 정도로 돼?"

나머지 시간은 베스가 어떻게 하지?

"야간 도우미를 들일까 생각도 했어. 아기 돌보는 일을 완전히 맡기려고 말이야. 그런데 어니가 밤에 잠을 잘 자서 필요 없게 됐어."

"음."

아기 돌보는 일을 완전히 맡겨버리다니…… 지독하게 게으르구나. 베스는 엄마로 사는 일조차 남에게 위탁하고 있다. 젠장. 그게 뭐 그리 어려운 일이라고? 여덟 쌍둥이 엄마(2009년에 여덟 쌍둥이를 낳은 나탈리 술먼 – 옮긴이)도 있는데 겨우 *한 명 가지고* 말이다. 베스는 직업도 없고 특별히 하는 일도 없는 것 같다. 물론 태닝은 일이 아니지. 또 다른 소설을 집필 중이라는 말만은 하지 말길. 도저히 물어볼 엄두조차 나지 않는다.

나는 리모나타를 마신다. 강한 보드카 향에 상쾌한 레몬 향이 섞여 시원하다. 잠시 생각에 잠겨본다. 에밀리아가 보드카 칵테일을 상당히 잘 만드는 것 같다. 그것만은 인정해 줘야겠다. 어쩌면 꽤 대단한 사람일 수도?

"저 사람한테 영어로 말해? 에밀리아 말이야."

"응."

"이탈리아어 안 배웠어?"

베스가 나를 흘긋 쳐다본다.

"응. 요지가 뭐야?"

그래, 너 *게으르다고*.

"여기서는 다들 영어를 할 줄 알아. 어쨌든…… 난 여기 영원히 살 생각은 없어……."

베스는 말을 너무 많이 했다 싶은지 입을 다물어버린다.

"그래? 왜? 왜 안 산다는 거야?"

내가 보기에 이곳은 완벽하다. 나는 수영장 물 표면에 반사되는 햇빛을 바라본다. 마치 천 개의 반짝이는 다이아몬드를 뿌려놓은 듯하다.

"아, 아무것도 아니야. 그냥…… 이탈리아어가 별로 매력적이지 않아서. 난 독일어가 더 좋아."

베스는 눈을 감고 선베드에 다시 눕는다. 그 얘기는 더 이상 하지 않겠다는 뜻이다. 차라리 뮌헨 얘기를 하겠지.

내가 이곳에 도착한 후로 베스가 입을 다문 것은 지금이 처음이다. 내 혈관 속을 도는 알코올과 등을 어루만지는 온기 덕분에 소르르 잠이 온다. 그런데 정원 왼쪽에서 갑자기 날카롭게 윙 울리는 소리가 들려온다. 나는 힘겹게 눈을 살짝 뜬다. 베스는 이미 선베드에서 일어나 앉아 그쪽을 살펴본다. 그러더니 가젤이나 날다람쥐처럼 벌떡 일어나 소음이 나는 곳으로 달려간다. 나도 애써 일어나 몸에 사롱을 두르고 베스를 따라 잔디밭을 가로지른다.

한 남자가 사슬톱으로 나무를 자르고 있다. 멋진 사슬톱이다.

"이봐요, 뭐 하는 거예요?"

베스가 소리친다.

그 남자는 이 집 정원사가 아닌 게 분명하다. 남자는 나무가 쓰러질 때까지 톱질을 계속한다. 레몬나무는 이제 장작이 돼버렸다. 휘발유 탄내와 잎사귀 냄새가 코를 찌른다. 남자가 퍼스펙스 고글을 벗자 아이스블루 색 눈동자가 드러난다. 다니엘 크레이그의 눈처럼 차가운 빙하 느낌이 나는 눈이다. 남자는 사슬톱의 전원을 끄고 물고 있던 담배를 손에 든다. 웃통을 벗은 그 남자는 키가 크고 어깨가 넓다. 남자의 몸에서 땀이 흐른다. 무릎 위로 자른 청바지를 입었는데 불룩한 사타구니를 보아하니 그곳의 길이가 20센티미터는 되겠고 굵기도 상당할 듯하다. 운동을 꽤 한 것 같은 몸이다. 그를 보고 있자니 채닝 테이텀이 떠오른다. (젠장, 채닝 테이텀의 포스터를 가져올걸. 여기서 구할 수 있을 줄 알았는데…….) 남자의 턱 중간이 '키스를 부르듯' 움푹 들어가 있다. 너무 완벽한 턱이라 포토샵으로 손질한 것 같다. 그의 짙은 금발은 잔뜩 헝클어져 있고, 여자아이처럼 검은색 머리띠로 앞머리를 뒤로 넘겼다. 그는 레오나르도 디카프리오나 프리미어 리그 선수처럼 머리띠를 쓱 벗는다.

베스가 이렇게 섹시한 벌목꾼을 뒤뜰에 두고 있을 줄이야? 졸다가 깬 보람이 있다.

"남편분에게 이 나무를 잘라야 한다고 말했는데 아직 그대로 있어서요. 이제 잘랐으니 없어졌네요."

남자는 강한 이탈리아 억양의 영어로 말한다. 이 동네 주민인 모양이다. 저 나무를 좋아하지 않았던 동네 주민.

"살바토레, 그렇다고 남의 집 나무를 그렇게 함부로 잘라버리면 안 되죠."

"됩니다. 이미 잘랐고요."

더 이상 말다툼을 할 필요도 없겠다.

"암브로조가 보면 화낼 텐데요."

살바토레라는 남자는 담배를 한 모금 쭉 빨아들인다. 전혀 신경

안 쓰는 기색이다.

“저 나무가 내 햇빛을 훔치고 있다고 남편분에게 말했습니다. 조각을 하려면 햇빛이 필요한데 말이죠. 남편분이 없어지든 저 나무가 없어지든 해야 될 텐데, 없어진 게 저 나무라서 남편분은 좋아할 겁니다.”

그가 미소 짓는다. 웃는 모습이 귀엽다. 록스타처럼 느긋하고 태연하다. 가슴에도 털이 수북하다. 이건 돈 주고 봐야 할 광경이다. 파텍 필립 손목시계를 차고 있는 것으로 보아 꽤 성공한 예술가임이 분명하다. 살바토레가 손등으로 이마의 땀을 닦는다.

우리는 그 자리에 서서 나무를 바라본다. 그러다 살바토레가 나를 쳐다보며 묻는다.

“둘이 친척이에요?”

그는 담배 끝으로 우리를 가리키며 웃는다. 나는 그와 눈이 마주친다. 그는 내게 시선을 고정한다. 갑자기 내 영역을 침범당해 힘이 약해진 느낌이다. 베스가 응수하려는데 집 안에 있던 암브로조가 고함을 치며 달려 나온다.

“무슨 짓이야?” 소리치면서 정원을 가로질러 오는 암브로조의 얼굴이 약간 상기돼 있다. “우리 아버지가 심은 나무인데! 젠장, 살바토레, 당신도 그렇고, 저 빌어먹을 조각도 아주 지긋지긋하다고!”

두 남자는 시끌벅적한 이탈리아어로 서로에게 고함을 지르기 시작한다. 그들이 무슨 말을 하는지 알아들을 수 없지만 소리만큼은 무척 강렬하다. 베스와 나는 용광로 같은 열기 속에서 남자들이 펄치는 쇼를 바라본다. 남자들은 심하게 과장된 손짓을 해가며 귀가 먹먹할 정도로 소리를 지르더니 서로에게 점점 가까이 다가간다. 저렇게 서로의 얼굴에 대고 악을 쓰다가 맞붙어 섹스라도 할 것 같다. 두 남자의 얼굴이 분노로 점점 벌겋게 달아오른다.

"그만 가자." 마침내 베스가 눈을 위로 굴리며 말한다. 베스는 내 손을 잡고 집 쪽으로 데려간다. "가서 옷이나 입자. 특별한 걸 보여줄게."

"그래."

베스는 *부탁*하는 말투가 아니다. 이번에는…… 나를 이곳으로 초대한 진짜 이유를 들을 수 있을 것 같다.

물론 이 싸움을 구경하는 것이 더 흥미롭겠지만 말이다.

chapter 8

우리는 열기를 뚫고 나아가 원형극장에 도착한다. 프리마돈나가 등장하는 오페라 광고 포스터들이 붙어 있다. 오늘은 베르디의 〈나부코Nabucco〉를 공연한다. 바빌로니아의 미친 왕 네부카드네자르 이야기다. 〈다니엘서〉에 나오는, 유대인들을 고향에서 쫓아낸 왕 아닌가? 10년 가까이 매주 억지로 주일학교에 다니며 주워들은 얘기가 이렇게 쓸모 있을 줄 내 진작에 알았다. 시간을 들인 보람이 있다.

야구 모자를 쓰고 배낭을 맨 사람들이 버스에서 우르르 내려 *찰칵찰칵* 사진을 찍어댄다. 몸에 맞지 않는 티셔츠를 입은 그들은 양말에 샌들을 신고 메뚜기 떼처럼 원형극장 입구를 이리저리 돌아다닌다. 망할 관광객이라면 딱 질색이다. 아치웨이에는 관광객 따윈 없다는 것이 그나마 그 지역의 장점이다.

베스는 원형극장 경비원과 잘 아는 모양이다. 키가 큰 금발의 경비원은 눈빛이 초롱초롱하다. 스물다섯 살 정도로 보이는데 풀 먹인 흰 셔츠에 카키색 반바지로 된 제복을 입었다. 섹시한 편은 아니다. 경비원은 우리를 줄 앞으로 데려간다. 그는 한 사람이 둘로 보이는 복시 현상처럼 우리를 신기하게 쳐다보다가 내게 윙크한다. 변태 같은 놈.

"내가 여기 자주 와서 경비원이랑 친해졌어……. 여기 오면 영감이 떠오르거든."

영감? 미치겠다. 얼마나 더 허세를 부려야 속이 시원하겠니? 무슨 영감이 떠오르는데? 칙릿(젊고 생기발랄한 20, 30대 여성의 일과 사랑을 주제로 하는 소설 장르 – 옮긴이)이라도 쓰고 있어? 그 소설의 뮤즈가 있다면 베스가 나타날 때까지 원형극장 부근에서 기다리기보다는 다른 할 일을 찾아보는 게 나을 것이다. 베스는 작가가 아니라 트로피 와이프(나이 많은 남자의 젊고 매력적인 아내 – 옮긴이)일 뿐이다. 베스가 사랑에 빠진 여주인공이 등장하는 해피엔딩의 또 다른 *로맨틱 코미디* 소설을 쓰고 있다면 난 차라리 자살하고 말겠다. 어쩌면 베스는 뮤즈로 점찍은 남자와 섹스를 할 수도 있지 않을까? 아니, 그럴 리 없다. 그건 내 스타일이지 베스 스타일이 아니다. 물론 나도 그렇게 *쉬운* 여자는 아니지만.

베스는 바스러져가는 계단을 앞장서서 올라가 객석 뒤쪽으로 향한다. 나는 끝없는 계단을 오르며 숨을 헐떡인다. 진짜 못 해먹겠다. 너무 덥다. 보드카와 얼음 섞은 리모나타를 한 잔 더 마시고 싶다. 그런데 막상 꼭대기에 올라 주변을 바라본 순간 베스가 여기로 나를 데려온 이유를 알겠다.

"맙소사!"

"마음에 들지?"

사람들이 '끝내주는 자연 경관'이라고 부르는 그런 풍경이다. 가장 극적인 자연이 눈앞에 펼쳐져 있다. 영화배우 마이클 폴린의 해설이 귓가에 들리는 듯하다. 코린트식 기둥과 에우리피데스, 소포클레스, 아이스킬로스에 관한 해설이 어울릴 것 같은 풍경이다.

"저건 무슨 산이야?"

나는 앞에 보이는 거대하고 시커먼 산을 가리키며 묻는다.

"그냥 산이 아니라 화산이잖아. 에트나 화산. 이제 기억나?"

"아, 그래."

당연히 기억난다. 내가 어떻게 잊을 수 있을까?

"휴화산 맞지?"

나는 눈에 힘을 주고 산 정상을 바라보며 묻는다. 에트나 화산은 구름 한 점 없는 하늘을 향해 연기를 뿜고 있다.

"그건 아니지만 걱정하지 마."

나는 걱정이 된다. 폼페이 사람들이 화산 때문에 어떻게 됐는지 알기 때문이다. 베스가 설명한다.

"이탈리아 사람들은 저 화산을 몬지벨로Mongibello라고 불러. '아름다운 산'이라는 뜻이야."

"그래, 그래서 내가 아까 산이라고 했잖아."

'아름다운' 산인지는 모르겠다. 내 눈에는 죽음처럼 섬뜩해 보인다. 나는 몸을 살짝 떨며 바다로 시선을 돌린다. 에트나 화산 분화구에서 바다를 향해 용암이 흘러내리고, 비탈에서 연기 기둥들이 끝없이 솟구친다. 지중해가 찬란하게 반짝인다. 베스의 말대로다. 나는 깊이 숨을 들이마시며 공기 중의 짭짤한 소금기를 맛본다. 맘마미아……, 잡지에서만 보다가 직접 보니 훨씬 좋다. 지금 당장 컬러 필터 없이 사진을 찍어 인스타그램에 올려도 될 것 같다. 하지만 이 자리에서 수천 명이 수천 장의 똑같은 사진을 찍었을 텐데 뭐하러 나까지 보태야 하나 싶다. 그런 일에 시간 낭비하지 않기로 한다.

우리는 뜨끈한 바위에 나란히 걸터앉아 저 멀리 고대 그리스 땅을 바라본다. 고개를 돌려 베스를 쳐다보다가 문득 베스의 팔에 난 푸르스름한 자국이 눈에 들어온다. 처음 보는 멍 자국이다. 그것도 남자의 주먹만큼 큰 멍. 베스는 화장품과 컨실러로 그 자국을 가리려 했지만 원피스에 일부 닦여 나가 드러난 것이다.

"맙소사, 언니! 이게 뭐야?"

나는 자세히 보려고 베스의 소매를 걷어 올린다.

"아무것도 아니야." 베스는 소매를 다시 내린다. "별일 아니니까 신경 꺼."

"아무것도 아닌 게 아니잖아. 어쩌다가 그랬어?"

나는 베스의 눈을 들여다본다.

"정원에서 사다리를 타고 올라가다 떨어졌어."

거짓말이다. 베스는 고개를 젓는다.

"앨비, 있잖아. 너한테 부탁할 게 있어. 중요한 일이야."

화제를 바꾸려는 모양인데 어림없다.

"웃기지 마, 언니. 형부가 때렸어?"

이렇게 묻기는 했지만 전혀 믿을 수 없다. 아내를 때리는 남자라고 하기에 그는 너무 섹시하다. 그는 아무리 봐도 낡은 조끼를 입고 스텔라 맥주를 마시면서 아내를 때리는 부류 같지 않다.

"앨비나! 제발. 내 얘기 좀 들어줘."

베스는 내 물음에 아니라고 하지 않았다. 하지만 왜 말을 안 할까? 베스의 목소리는 점점 더 날카로워진다.

"아, 젠장! 뭔데 그래?"

이런 대화를 계속하기에는 날씨가 너무 덥다. 자꾸만 얼음을 채운 욕조가 떠오른다.

헬로 키티 티셔츠를 입고 제 몸보다 큰 배낭을 맨 일본 여자가 갑자기 나타나 자기 아이폰을 가리키며 사진을 부탁한다.

"부탁합니다."

나는 베스를 쳐다보지만 베스는 일어날 생각도 하지 않는다.

"내가 할게."

결국 내가 일어선다. 일본 여자는 손가락 2개로 승리의 'V' 자를 만들며 앞을 보고 웃는다. 귀엽다. 나는 카메라 각도를 조정해 여자의 머리를 프레임 밖으로 내보내고 무릎과 발만 찍어준다. 여자는 분홍색 플랫폼 스니커즈와 코바늘 뜨개질로 짠 양말을 신었다. 여자는 그 자리를 떠났고, 나는 다시 자리에 앉는다.

"앨비?"

베스가 다시 말을 꺼낸다. 아, 그래. 그 얘기를 하겠다, 이거지. 어디 들어나 보자. 나를 여기로 오라고 한 진짜 이유일 테니까. 내가 보고 싶어서 오라고 했을 리 없다. 나는 베스에게 신장 한쪽을 주지 않을 것이다. 절대 안 된다. 자기 신장은 자기가 잘 돌봤어야지. 베스가 입에 힘을 준다. 베스의 코에 박힌 주근깨를 보니 내 코에도 똑같은 주근깨가 있는지 궁금하다. 굳이 확인해 본 적은 없지만 아마 비슷할 것이다…….

"내일, 내가 되어줘. 몇 시간만 그렇게 해줘. 그럴 수 있지?"

"뭐라고?"

"내일 오후에 점심 먹고 나랑 자리를 바꿔줘. 오래 걸리지 않아. 아무도 알아채지 못할 거야. 제발 해준다고 말해 줘."

이게 무슨 헛소리야?

그래서 나를 여기로 오라고 한 거였구나. 그토록 다급하게, 비행기표까지 끊어주면서. '정말로 네가 필요해. 부탁할게. 꼭 와줘…….' 언니지만 진짜 못 믿을 인간이다.

"옛날에 학교 다닐 때도 해봤잖아. 기억나지? 우리가 수업을 전부 바꿔서 들어갔는데 아무도 눈치 못 챘잖아."

"그때는 어렸고, *똑같이* 생겼을 때였지. 지금은 사람들이 알아챌 거야. 지금 언니와 내 모습을 봐……."

"앨비, 우리는 일란성쌍둥이야. *일란성*. 알겠어? 우리 눈에는 똑같지 않아 보여도 남들 눈에는 똑같아 보여. 어렵지도 않은 일이야. 너는 오후에 잠깐 외출하고 오겠다고 해. 그리고 어니를 데리고 산책을 다녀오겠다고 하는 거야. 그런 다음 우리가 옷을 서로 바꿔 입고, 머리 모양도 서로 바꾸는 거야. 그리고 너 대신 내가 외출을 하는 거지."

나는 눈을 가늘게 뜬다.

"왜? 어디 가려고? 나가서 뭘 하려고 그래? 왜 그렇게 비밀리에 가야 해?"

베스가 이 모든 것을 계획한 거라면…….

"제발, 제발, 더 이상 묻지 마. 어쨌든 난 꼭 그렇게 해야 돼, 앨비. 정말이야. 너한테 말할 수 있는 거면 당연히 말했겠지. 이해 좀 해줘."

"얘기를 해야 이해를 하지!"

어쩜 이럴 수 있지? 여전히 제멋대로 구는 응석받이다. 자기가 나한테 '뛰어!' 하고 소리치면 내가 '얼마나 높이?'라고 묻기만을 바라는 건가. *'이렇게 해, 앨비. 저렇게 해, 앨비.'* 늘 이런 식이다. 나는 주먹을 부르쥔다. 어깨에 힘이 들어간다.

"못 해."

"제발, 앨비, 부탁이야! 네가 필요해." 베스가 펄쩍 뛴다. 그대로 가버릴 줄 알았는데 베스가 하늘을 올려다보며 목청을 높인다.

베스의 아랫입술이 바들바들 떨린다. 진짜 울려고 그러나? 어린 애로 돌아가 장난감을 놓고 다투는 기분이다. 베스는 늘 자기 뜻을 관철했고, 나는 좌절하고 이를 갈았다.

"앨비, 제발. 꼭 좀 해줘." 베스의 커다란 초록색 눈에 눈물이 그렁그렁 맺힌다. "나를 위해서 해주면 안 돼?"

아, 제기랄……! 이 부탁을 들어주면 나를 내버려둘까? 내가 들어주면 베스는 나한테 빚을 지게 된다. 그걸 언젠가 유용하게 써먹을 수 있겠지. 베스도 내게 빚을 지면 갚아야 한다는 것을 알고 있다. 베스는 나랑 바꾸고 무슨 짓을 하려는 걸까? 은행이라도 털려는 건가? 차를 타고 총질이라도 하려고? 프라다 매장을 털 생각일까? 아니, 그런 것은 베스답지 않다. 그런 짓을 하기에는 착한 척하며 살아온 세월이 얼만데. 베스는 지나칠 정도로 품행이 바른 삶을 살았다. 아마 연체료를 내지 않으려고 동네 도서관에 책을 반납하러 가는 것인지도 모른다.

나는 베스의 발을 내려다본다.

"샌들 줘. 부탁 들어줄 테니까 그 샌들 나 줘."

이 말을 하자마자 후회가 밀려든다. 말도 안 되는 생각이다. 암브로조가 베스의 속임수에 넘어갈 리 없다. 베스가 아니라 나인 것을 단박에 알아챌 거다.

"이거?"

베스는 다리를 앞으로 쭉 뻗고 발목을 옆으로 살짝 돌린다. 우리는 뒷굽이 뾰족하고 가늘며 황금색으로 반짝이는 그 샌들을 함께 내려다본다. 이렇게 보니 꼭 천장에 매달아놓은 디스코 볼 같다. 세상에 이보다 더 사랑스러운 샌들은 없을 것이다.

"줄게!"

베스는 좋아서 폴짝 뛰며 환하게 웃는다. 두 팔로 내 목을 얼싸안고 내 뺨에 침을 바르며 입을 맞춘다.

"오후에만 바꾸는 거야."

나는 이렇게 못 박는다.

베스는 나한테 빚을 지게 됐다. 꽤 큰 빚이다. 샌들값보다 더 나갈 것이다. 물론 끝내주게 멋진 샌들이기는 하지만.

"저녁에…… 딱 몇 시간만 바꿔주면 돼."

눈물이 그렁그렁한 베스가 내 어깨에 손을 얹는다.

그리고 슬픈 미소를 짓는다.

"고마워, 앨비."

베스는 나를 다시 사랑하게 됐나 보다.

하늘은 테라코타 같은 적갈색으로 물들고, 우리는 집으로 걸어간다. 베스는 굳이 팔짱을 끼자고 한다. 마치 우리가 영원한 절친인 것처럼. 하지만 우리는 친구가 아니다. 옥스퍼드에서 내가 암브로조와 몸을 섞은 그날 이후로 우리는 친구였던 적이 없다. 나도 알고 베스도 아는 사실이다. 하지만 나한테 바라는 게 있어서, 오직 나만이 줄 수 있는 것을 얻기 위해 베스는 친구인 척하고 있다.

내가 이 부탁을 들어주면 베스는 나를 용서해 줄까? 우리 둘은 서로를 용서하게 될까?

chapter 9

나는 줄리엣 발코니에 기대서서 줄담배를 피우며 연기를 내뿜는다. 저녁이라 오븐처럼 푹푹 쪄대던 더위가 조금은 가셨지만 그래도 여전히 산 채로 삶기고 있는 바닷가재가 된 기분이다. 망할 베스, 대체 무슨 꿍꿍이일까? 이건 미친 짓이다. *'이렇게 해, 앨비. 저렇게 해, 앨비…….'* 베스는 협동을 잘하는 사람이 아니다. 공정한 게임을 하는 사람도 아니다. 베스는 네트볼과 하키를 좋아한다……. 다들 모여서 껴안고 하이파이브나 해대는 재미없는 팀 스포츠 말이다. 나는 장거리 달리기를 좋아한다. 멀리 갈수록 더 좋다. 가족한테서 멀어질수록, 세상으로부터 멀어질수록. 나는 누가 강제하지 않는 한 협업을 즐긴 적이 없다. 팀에 '나'는 없지만 그 안을 잘 들여다보면 사실 '나'는 엄연히 존재한다. 앨비나 나이틀리라는 인간이 존재한단 말이다.

베스와 암브로조는 파티오에서 얘기를 나누고 있다. 그들의 얘기가 여기까지 들리지는 않는다. 암브로조는 베스의 귀에 대고 무슨 말을 속삭이더니 몸을 숙여 그녀의 입술에 키스한다. 베스는 그의 정수리를 헝클어뜨리고는 집 안으로 들어간다. 잘났다, 정말. 난 결혼하지 않아서 다행이다. 어떤 남편들은 60년이나 산다는데. 그것보다 더 안 좋은 게 있을까? 나는 한 남자를 하룻밤 이상 곁에 둘 자신이 없다.

옛날 옛적에……

그리고 그들은 영원히 행복하게

살았답니다 : 거짓말!!!!!

베스는 동화를 믿는다. 베스라면 아마 포르노를 봐도 그 커플이 결혼하는지 확인하려고 '빨리 감기'를 할 것이다. 나는 포르노를 '되감기'를 해서 본다. 진공청소기처럼 성기를 섹시하게 빼는 모습을 보는 게 재미있으니까.

암브로조는 크기가 다른 돌을 깔아놓은 수영장 가장자리를 서성이면서 전화기에 대고 고함을 질러댄다. 그러고는 통화 중인 상대방이 볼 수 있기라도 한 듯 손짓까지 해댄다. 아, 혹시 영상 통화를 하는 건가? 암브로조는 담배를 연달아 피우면서 저녁 하늘에 하얀 구름을 쏟아내고 있다. 저 담배는 달콤한 맛이 난다. 뒤로 돌아선 암브로조는 나를 보고 미소 지으며 손을 흔든다. 나는 헉 하고 놀라 마주 손을 흔든다. 내가 지금 뭘 하는 걸까? 나는 저 남자의 아내가 되고 싶다. 그의 아기를 낳고 싶다. 아내를 패는 남자면 어때? 저렇게 아도니스(미의 여신 아프로디테의 사랑을 받았던 미소년 – 옮긴이) 같은데.

나는 이탈리아 남자에게 꽂혔다. (암브로조가 단연 이상적이고, 살바토레는 근소한 차이로 2등이다. 채닝 테이텀도 이탈리아인 조상이 있는 게 분명하다. 아니면 독일인이나…… 북미 원주민…… 아니면 웨일스?) 언어 때문인 것 같다. 이탈리아어를 들으면 무릎에 힘이 쭉 빠진다. '개새끼'라는 뜻이라도 '필리오 디 푸타나Figlio di puttana'라는 말은 참 감미롭게 들리지 않나? '당신은 나를 진짜 열 받게 만들어'라는 뜻인 '라니마 데 리 모르타치 투아L'anima de li mortacci tua'도 발음이 정말 아름답다! 이탈리아의 시인 페트라르카의 시 같은 '바판쿨로Vaffanculo'는 또 어떻고. 비록 '엿 먹어'라는 뜻이지만 말이다. 창녀와 오줌이 난무하는 이탈리아어 말다툼도 뜻을 모르고 들으면 마치 기사도적인 사랑을 노래하는 연작 소네트 같다. '티 프레고 스코파미 인 쿨로Ti prego, scopami in culo'(제발 내 항문에 박아줘)의 뜻이 무엇인지는 굳이 몰라도 된다……. (나는 이탈리아 포르노를 보면서 이탈리아어 욕을 배웠다.)

나는 발코니 난간에 담배를 비벼 끈다. 바닥에 떨어진 담배꽁초를 발코니 너머로 걷어차고 침실로 들어간다. 지독한 더위 때문에 온몸이 끈적끈적하다. 가만히 있어도 몸의 열기가 가라앉지 않는다. 속에서 피가 부글부글 끓고 뇌가 구워지고 장기가 삶기고 튀겨지는 것 같다. 샤워를 할까? 루이비통녀의 미용 제품 몇 개를 골라 들고 침실에 딸린 욕실로 들어간다. 레인 샤워기가 있는 습식 욕실은 파란 모자이크 타일과 반짝이는 은으로 장식돼 있다. 아치웨이에 있는 게으름뱅이의 집 욕실과는 천지 차이다. 게으름뱅이의 집 욕실은 배수구에 머리카락이 끼어 있고, 낡은 샤워 커튼에는 곰팡이가 피었으며, 황록색 욕조의 배수관은 꽉 막혀 있다.

샤워젤은 샤넬 넘버5다. 장미와 재스민이 섞인 사랑스러운 향이다. 차가운 물이 내 몸을 적시고 정신을 맑게 하며 등을 쓰다듬는다. 음, 암브로조……. 그의 예리한 눈빛, 각진 턱. 나는 그를 상상하며 내 몸을 만진다. 그를 다시 만나니 음란한 생각이 솟구친다. 아까 람보르기니에서 나는 그 역시 나를 좋아한다는 느낌을 받았다. 그는 분명 내게 추파를 던졌다. 나는 손가락으로 내 음핵을 쓰다듬는다. 부드럽게 젖은 입술이 따뜻하고 매끄럽다. 손가락 2개를 내 안의 깊은 곳으로 밀어 넣어 엄지로 음핵을 세게 문지른다. 안에서 압력이 쌓이고 또 쌓인다. 온기가 더욱 강하게 퍼진다. 하지만 이걸로는 충분하지 않다. 아무리 해도 암브로조의 손길에는 미치지 못한다.

나는 문을 열고 침실로 돌아간다. 몸에서 물이 뚝뚝 떨어진다. 핸드백에서 (배터리를 미리 끼워둔) 미스터 딕을 꺼내 들고 달리듯 욕실로 돌아간다. 미스터 딕을 내 엉덩이 높이에 맞춰 벽에 90도로 부착하고 내 몸에 넣는다. 평소에는 옷을 다 벗은 채닝 테이텀을 상상했지만 오늘 밤은 암브로조다. 암브로조가 뒤에서 두 팔로 내 허리를 끌어안고 이두박근으로 내 가슴을 누르며 강하고 두툼한 손가락으로 내 음핵을 탄탄하면서도 부드럽게 빙글빙글 돌리며 문지르고 있다. 그리고 '카푸치노' 같은 섹시한 이탈리아어를 속삭인다.

나는 딜도를 천천히 움직인다. 지금 뒤에서 내 몸을 공략하고 나를 젖게 만들고 내 무릎에 힘이 쭉 빠지게 만드는 것은 암브로조다. 나는 눈을 감고 완벽한 쾌락의 파도를 넘고 또 넘는다. 강렬한 기쁨이다. 내 주변에 물이 튀고 파도가 부서진다. 그 순간 발이 미끄러지면서 하마터면 목이 부러질 뻔했다.

◆

누구와 얘기를 하고 있는 거지? 나는 베스의 방문에 귀를 바짝 갖다 댄다. 뺨에 닿는 나무의 감촉이 시원하고 매끈하다. 매끈한 흰색 페인트를 칠한 문이다.

"제발, 제발. 꼭 해줘요."

왜 저렇게 징징대지? 대체 무슨 일이야?

"꼭 내일이어야 해요. 살보, 제발. 우린 시간이 없어요."

높고 날카로우며 콧소리가 섞인 베스의 목소리다. 그 목소리가 베스의 침실에 메아리친다.

나는 문에 몸을 기댄다. 그런데 문이 열려 있는 바람에 그만 방안으로 몸이 쏠리며 넘어지고 만다. 방심하고 있던 베스는 바닥에 넘어진 나를 보더니 놀라서 고개를 든다. 분노한 눈빛이다.

"다시 전화할게요."

베스는 전화를 끊는다.

"노크할 줄 몰라, 앨비나?"

"그게, 미안. 내가, 음, 내가…… 저기 데오도란트 있어?"

베스는 눈을 위로 굴리더니 쿵쿵대며 욕실로 들어간다. 나는 베스의 아름다운 방 안을 둘러보며 침대에 걸터앉는다. 내가 아치웨이에서 썼던 소파베드와는 달리 무척이나 높은 침대다. 매트리스를 만져보니 탄탄하면서도 탄력 있다. 침대보에는 나비 무늬가 수놓여 있다.

"누구야? 통화한 사람?"

나는 소리쳐 묻는다. 베스는 침실에 딸린 욕실에서 데오도란트를 찾고 있다. 베스의 휴대폰이 침대에 놓여 있으니 지금 잠금을 풀고 열어보면 통화 이력을 볼 수 있다. 비밀번호가 '1996'이라는 것도 알고 있다. 하지만 그럴 여유가 없다.

"아무도 아니야. 별 통화 아니었어. 왜? 들었어?"

베스가 욕실 문밖으로 고개를 비쭉 내민다.

"아니. 그냥 궁금해서."

나는 베스의 휴대폰을 집어 들었다가 도로 내려놓는다. 시간이 없다.

"사실…… 엄마였어. 엄마한테 전화해서 인사할래?"

"됐어."

"내가 다시 걸면 돼."

베스가 욕실에서 소리친다.

"아니, 그러지 마. 됐어."

엄마랑 통화한 게 아니었다. 살보라는 사람하고 통화한 거였다.

분명히 들었다. 살보는 혹시 *살바토레*의 약칭일까?

베스가 도브의 고 프레시 석류향 데오도란트 스프레이를 들고 나와 내게 던진다. 세게.

"자, 실컷 써."

chapter 10

이건 정말 어색하다.

우리는 지금까지 본 중에 최고로 화려한 레스토랑의 3인용 테이블에 앉아 있다. 저쪽에서 래퍼 디디와 해산물 요리를 먹고 있는 사람이 카니예 웨스트인가? 저쪽 바에서 스눕 독과 술을 마시는 사람은 드레이크 같은데. 나는 베스와 암브로조를 돌아보고, 다시 암브로조에게서 베스에게 시선을 옮긴 후 애써 미소 짓는다.

나는 베이비시터가 약속을 취소하는 바람에 할 수 없이 데리고 나온 어린애 같은 기분이다. 아니면 최악의 면접 자리 같기도 하다. 웨이터가 다가와 침묵을 깬다.

"안녕하세요, 여러분." 웨이터는 암브로조에게 고개 숙여 인사한다. "카루소 씨, 정말 운이 좋으신 분이군요! 이렇게 아름다운 여성분들과 함께 오시다니!" 웨이터는 나와 베스에게 차례로 싱긋 웃어 보인다. "쌍둥이신가요?"

"쌍둥이 맞습니다."

암브로조가 섹시한 미소를 지으며 대답한다.

웨이터는 더 크게 함박웃음을 지으며 읽지도 못하는 메뉴를 내게 건넨다. 암브로조가 이탈리아어로 뭐라고 말하자 웨이터가 소리 내어 웃는다.

"보드카 마티니 한 잔 주세요."

암브로조가 주문하자 베스도 말한다.

"나는 버진 매리요."

"알겠습니다, 부인."

웨이터는 대답하며 나를 쳐다본다. 나는 베스에게 속삭인다.

"그게 뭐야?"

"블러디 매리 비슷한 건데 보드카가 안 들어가는 거야."

"그럼 뭐, *토마토 주스* 같은 거야?"

베스가 고개를 끄덕인다.

"난 블러디 매리 주세요."

보드카를 주문하고 싶지만 분위기가 이상할 것 같아 그만둔다.

"알겠습니다, 부인."

웨이터가 저만치 걸어간다.

"흠, 이렇게 미인 둘과 함께 앉아 있으니 내가 세상에서 제일 운 좋은 남자 같네……."

암브로조는 이렇게 말하며 내게 윙크한다.

나도 베스도 대답하지 않는다.

"당신 오늘 밤 정말 아름다워."

암브로조가 베스에게 나지막이 말한다. 그는 그녀의 뺨에서 보이지 않는 머리카락을 손으로 쓸어 넘기며 부드럽게 키스를 하고, 손으로 그녀의 턱을 곱게 받쳐 눈을 들여다본다. 마치 내가 여기 없는 것처럼, 자기들 둘만 첫 데이트를 나온 것처럼, 신혼여행이라도 온 것처럼 굴고 있다. 이러다 당장이라도 섹스를 할 것 같다.

"음!"

나는 일부러 크게 헛기침을 하고 담배에 불을 붙인다.

둘이 고개를 돌려 나를 쳐다본다. 고통스러운 정적이다. 긴장감이 어찌나 팽팽한지 커터 칼로 베면 하얗게 표백한 리넨에 피가 흩뿌려질 듯하다.

"내가 새로운 농담을 하나 알게 됐는데 두 사람 한번 들어볼래?"

암브로조는 의자 등받이에 몸을 기대며 내게 미소 짓는다. 그제야 내가 이 자리에 함께 있다는 것을 상기한 걸까.

"아니, 됐어."

베스는 메뉴판을 집어 들고 자기 얼굴을 가려버린다. 나쁜 년.

나는 그들과 눈을 마주치지 않으려고 괜히 주변을 둘러본다. 우리는 절벽 쪽 높은 테라스에 앉아 있다. 여기서 내려다보니 바다가 마치 수은이나 녹아내린 은처럼 잔잔하다. 만에 떠 있는 유람선 한 척이 검은색 벨벳 위에 올려놓은 보석 상자처럼 반짝인다. 부드러운 미풍이 바다에서 불어와 테라스를 넘어 내 피부를 어루만진다.

이 자리에 베스만 없으면 무척 낭만적일 텐데.

테라스 너머는 몹시 가파른 절벽이다. 자살하기에 좋은 곳인 것 같다. 테라코타 지붕, 덮개처럼 우거진 야자수 잎사귀, 저 멀리 아래로 펼쳐진 자갈 해변. 부채꼴로 펼쳐져 초승달처럼 보이는 만에 꼬마전구처럼 반짝이는 배들이 점점 멀어지다가 사라진다. 그리고 저 멀리 에트나 화산이 보인다. 또다시. 이 섬 어디서나 저 화산이 보인다. 저 화산으로부터 벗어날 수가 없다. 지금은 연기를 뿜고 있지 않으니 그나마 마음이 놓인다. 일몰의 마지막 햇살이 에트나 화산의 윤곽을 하늘에 새기고 있다. 칠흑 같은 비탈이 바다로 미끄러진다. 장엄한 화산이다. 마치 선사시대의 풍경인 듯, 영겁의 시간을 떠올리게 한다. 숭고하고 무시무시한 무언가가 내재되어 있는 듯하다.

정말이지, 베스만 없으면 이 모든 것이 완벽할 것이다.

레스토랑 안은 온통 하얗다. 테이블보도 커튼도 기둥도 의자도 희디희다. 모조 다이아몬드 샹들리에도, 과시하듯 놓인 번들거리는 그랜드피아노도 흰색이다. 나는 테이블을 가만히 살펴본다. 새것처럼 몹시 깨끗한 냅킨들, 크리스털 같은 맑은 유리. 아무것도 손대고 싶지 않다. 얼룩지거나 더럽힐 것 같아서 말이다. 나이프와 포크도 반짝인다. 나는 나이프를 집어 들었다가 지문을 남기고 만다. 하얀 초가 깜박거린다. 우아한 꽃병. 유일하게 색깔 있는 것은 진홍색 제라늄이다.

베스만 꺼져주면 좋으련만.

레스토랑 저쪽 끝에 있는 바를 건너다본다. 그곳 역시 스노 글로브(유리 속에 장식물과 투명한 액체를 넣은 것으로, 흔들면 눈이 내리는 것처럼 보인다. - 옮긴이)처럼 하얗게 반짝거린다. 흰색 가죽 소파. 윤기 나는 타일. 캄파리, 그라파, 삼부카, 아마레토 등 거울에 고스란히 비치는 선반 위의 술병들. 웨이터가 반짝이는 은쟁반을 들고 다가온다. 한쪽 팔에는 흰색 마른 행주를 걸쳤다. 웨이터들은 다들 비슷하게 생겨서 누가 누구인지 잘 구분되지 않는다. 그중 누구하고든 잘 수 있을 것 같다. 아마 별 차이도 없을 것이다. 다들 깔끔한 검은 바지에 풀 먹인 흰 셔츠를 입었다. 술잔이 놓인 쟁반을 든 남자는 무언가…… 굉장히 섹시한 분위기다. 웨이터는 피처럼 붉은 음료와 셀러리 조각, 길쭉한 검은 빨대가 꽂힌 술잔 2개를 우리 테이블에 내려놓는다. 암브로조는 보드카 마티니를 들고 한 모금 마신다. 나는 그가 술을 마실 때 목이 꿀렁꿀렁 움직이는 모습을 바라본다. 나도 저걸 주문할걸 그랬다.

힘내, 앨비. 기운 차려. 넌 여기 휴가를 온 거야. 그러니까 즐겨야지! 네가 있는 이곳을 좀 봐!

여기는 멋진 곳이다. 게다가 우리는 적어도 삼쌍둥이는 아니다.

"잠시 실례하겠습니다, 숙녀분들. 화장을 좀 고치고 올게요."

암브로조가 일어서며 말한다.

코카인을 하러 화장실에 간다는 말일까? 아니면 단순히 소변을 보러? 코카인을 하러 가는 거면 나도 같이 하고 싶다.

암브로조가 레스토랑을 가로질러 걸어가는데 모든 사람들의 시선이 그에게 쏠린다. 마치 크리스티아누 호날두나 데이비드 베컴 같은 슈퍼스타를 보는 듯하다. 다이아몬드 장신구와 부풀린 머리,

흠잡을 데 없는 이탈리아 정장 차림으로 테이블에 앉은 손님들 옆을 지나가는 그의 뒷모습을 바라본다. 스파게티 요리를 높게 쌓은 쟁반을 들고 테이블 사이를 오가는 웨이터들. 바람에 하늘거리는 야자수. 암브로조의 등과 엉덩이는 채닝 테이텀처럼 탐스럽다.

"앨비." 베스가 야단칠 때 특유의 표정으로 나를 쳐다본다. "옥스퍼드 일은 그만 생각해."

"생각 안 하거든!"

정말 억울하다. 나는 지금 그때 생각을 하고 있지 않았다.

"그래, 좋아. 어쨌든 암브로조 생각은 그만해."

나는 베스를 마주 쳐다본다.

"난 채닝 테이텀을 생각하고 있었어."

암브로조를 생각하긴 했지만 조금일 뿐이다.

"내 말뜻 알잖아."

"내가 무엇을 누구를 생각하든 내 마음이야. 언니가 무슨 사상경찰이라도 돼?" 내가 담배에 불을 붙이는데 베스가 코웃음을 친다. "지금이 1984년(조지 오웰의 《1984》를 의미한다. – 옮긴이)인 줄 알아?"

"물론 아니지." 베스는 머리카락을 톡 쳐서 뒤로 넘긴다. 머릿결이 끝내준다. "우린 지금 타오르미나 최고의 레스토랑에 와 있어. 분위기가 어색해지지 않으면 좋겠어."

"전혀 안 어색하거든."

나는 거짓말을 한다.

"여기 예약하기가 얼마나 어려운 줄 알아?"

"몰라. 어디 얘기해 보든지. 예약하려면 뭘 해야 하는데? 언니 영혼이라도 팔아야 해? 중동에 평화를 가져오기라도 해야 되니? 만물 이론(자연계의 4가지 힘인 전자기력, 강력, 약력, 중력을 하나로 통합하는 가상의 이론–옮긴이)이라도 증명해야 돼?"

"뭐? 그게 아니라 연줄이 있어야 되는 거야."

"그렇구나." 그래서 뭐…… 자기가 레스토랑 매니저의 성기라도 빨았다는 건가?

베스는 한숨을 쉰다.

"노력이라도 좀 하라고, 응? 집에서 나온 후로 한마디도 안 했잖아. 우리 모두 이 저녁 식사를 즐기면 좋겠어."

"나더러 무슨 말을 하라는 거야? 난 조용히 풍경을 감상하고 있었어. 풍경이 참 멋져."

"좋아. 네가 마음에 든다니 나도 기뻐."

"그렇다니까."

"좋아."

"잘됐네."

"잘됐지."

나는 바다를 향해 담배 연기를 뿜으며 갈매기들을 노려본다.

"야, 암브로조 생각 좀 그만하라니까. 그는 네가 생각하는 그런 사람이 아니야. 그날 밤 옥스퍼드에서 그는 네가 나인 줄 알았던 거야……."

베스의 타이밍은 언제나 완벽하다. 어떻게 지금 그따위 폭탄을 떨어뜨릴 수가 있지? 상상도 못 할 일이다.

"언니 말 안 믿어. 언니가 하도 잔소리를 하니까 그만하라고 그렇게 둘러댔겠지." 아니면 베스가 나한테 거짓말하고 있는 것이다.
"그는…… 나한테 말하기를……."

"뭐라고 했는데?"

"그게 뭐가 중요해."

베스가 눈썹을 치뜬다.

"그래, 그는 나한테 그렇게 말했어."

베스는 이렇게 말하며 어깨를 으쓱한다.

심장이 빠르게 뛰면서 위장이 조여든다. 손바닥이 땀으로 축축하고 미끌거린다. 소리를 지르고 싶다. 이대로 베스를 저 빌어먹을 절벽 너머로 밀어버리고 싶다. 그날 밤은 특별했다. 그날 밤이 내가 가진 전부다. 어떻게 그걸 나한테서 빼앗으려고 하지?

아르마니 블랙 코드 향이 풍긴다. 우리는 고개를 든다. 암브로조가 우리 테이블로 오고 있다.

"다들 괜찮지?" 그는 베스 옆자리에 앉으며 묻는다. 그는 냅킨을 다시 무릎 위에 펼친다. "주문할까? 배고파 죽겠어."

나는 베스를 노려본다. 베스는 입 모양으로 말한다.

"대화를 나눠."

젠장, 나더러 무슨 얘기를 하라고? 아, 암브로조, 자기야, 웃기는 얘기 하나 해줄까요. 방금 베스가 흥미로운 소식을 전해 줬어요. 8년 전 옥스퍼드의 그날 밤 기억나요? 우리가 처음 만났던 날. 원

나이트 스탠드(하룻밤의 섹스)를 했던 날. 그게, 글쎄, 엘리자베스는…… 이 말을 어떻게 해야 할까요? 당신이 그날 나를 자기로 착각했다는데요? 정말 웃기지 않아요? 지금까지 나는 당신이 원해서, 당신이 *나를* 원해서 나랑 잤다고 생각했거든요. 베스가 아니라! 나를 원해서요! 상상해 봐요! 그런데 당신이 나를 자기로 착각했다네요. 그럴 수도 있겠죠. 충분히 그럴 수 있어요. 당신은 그날 술에 취했고, 나랑 섹스를 했고, 나를 임신시켰죠……. 나를 베스로 착각하고서 말이죠.

베스가 또다시 입 모양으로 말한다.

"*점잖은 대화를 하라고.*"

나는 칵테일을 단번에 비우고 손등으로 입을 닦는다. 보라색 립스틱이 손등에 묻어난다. 마치 멍 자국 같다.

나는 암브로조를 돌아보며 입을 연다.

"정확히 무슨 일을 하세요? 생업으로 말이에요. 예술 관련 일이라던데?"

베스는 고개를 가로저으며 바닥을 내려다본다. 그러더니 테이블 밑으로 나를 걷어찬다. 세게.

"아야!"

도대체 왜 저래?

암브로조는 인상을 쓰더니 억지로 미소 짓는다.

"흠." 그는 헛기침을 하며 말을 잇는다. "미술상이야. 전 세계에서 미술품을 사고팔아. 그다지 흥미로운 일은 아니야." 그는 소리 내어 웃는다. 나는 그가 냅킨을 비둘기 모양으로 접었다가 다시 펼치는 모습을 눈여겨본다. 고통스런 침묵이 흐른다. 그는 베스를 돌아본다. "여보, 특별히 먹고 싶은 거 있어? 아니면 내가 알아서 주문할까?"

암브로조는 나를 돌아보며 미소 짓고는 다시 베스를 돌아본다. 베스는 여전히 나를 가자미눈으로 노려보고 있다.

"미술상이라고요? 엄청 흥미로운 직업 같은데요."

"그래."

나는 그를 부추겨 대화를 이어가려고 고개를 끄덕이며 미소 짓는다. 이런 게 바로 *점잖은 대화*라는 거겠지.

"가끔…… 사람들은 말이야…… 알다시피 세상을 떠나잖아. 그리고 가끔…… 이 사람들이…… 미술품을 갖고 있을 때가 있어. 다른 사람들이 사고 싶을 만한 미술품. 그럴 때 내가 나서서 중개를 해."

그는 어깨를 으쓱한다.

이 화제로는 더 이상 할 말이 없다. 대화의 끝이다. 베스는 안심하는 표정이다.

맨 처음 나온 요리는 프로슈토 에 메로네Prosciutto e Melone이다. 멜론을 작은 곤돌라 모양으로 썰고 그 위에 파르마 햄을 축 늘어지게 걸쳐놓은 요리다. 보기만 해도 군침이 돌 정도로 촉촉하고 달콤하며 향긋해 보인다. 멜론은 이 지역 특산물이고 햄은 12개월쯤 숙성된 듯하다. 그다음 요리는 튜나 카르파초Tuna Carpaccio다. 진한 핏빛이 도는 참치를 종이보다 얇게 썰어 접시에 펼쳐놓고 레몬과 올리브 오일을 뿌린 뒤 파슬리와 파치노 토마토로 장식했다. 소프레사타 디 폴포Soppressata di Polpo는 꽃잎보다 예쁘다. 문어의 촉수가 산호처럼 굽이친다. 가운데는 희고 가장자리는 분홍색을 띠며 바다의 향기를 풍긴다. 보라색과 푸른색의 식용 꽃이다. 봉골레 스파게티는 냄새가 끝내준다. 화이트 와인과 마늘, 조개, 토마토가 주재료다. 향이 강하고 독특하며 중독성이 있다. 큰 바닷가재와 작은 바닷가재, 황새치, 게가 들어간다. 그리고 디저트로는 벌집 세미프레도(고체와 액체 중간 형태의 이탈리아 아이스크림 – 옮긴이)가 나왔다. 소금을 친 캐러멜 소스에 하트 모양 화이트 초콜릿을 뿌리고 진짜 금박을 수북이 얹었다.

하지만 나는 그중 어떤 요리도 먹을 수가 없다. 식욕을 잃었다.

◆

너무 추워서 잠을 잘 수가 없다. 이리저리 뒤척인다. 꼼지락대며 몸을 비튼다. 이가 딱딱 부딪치고 몸이 덜덜 떨린다. 노이로제로 머릿속이 빙글빙글 돈다. 발이 얼음장 같다. *'그날 밤 옥스퍼드에서 그는 네가 나인 줄 알았던 거야.'* 베스는 어떻게 그런 말을 할 수 있지? 그게 사실이면? 나는 담요를 걷어차고 일어나 앉아 불을 켠다. 에어컨을 쏘아보며 인상을 찌푸리는데 차갑게 얼어붙은 얼굴이 쩍쩍 갈라지는 느낌이다. 여긴 어째서 얼어붙을 만큼 춥지 않으면 쪄 죽을 정도로 덥지? 그 중간은 없는 거야? 나는 에어컨을 끄려고 리모컨을 누른다. 하지만 배터리가 다 됐는지 아니면 너무 멀리 있어서인지 작동하지 않는다. 벌떡 일어나 에어컨으로 걸어가 버튼을 전부 세차게 누른다. 그제야 작은 초록색 등이 깜박이면서 꺼진다. 드디어 윙 돌아가던 팬이 멈추고 방 안을 휩쓸던 차가운 공기가 가라앉는다. 좀 낫다. 이제 잠을 잘 수 있으려나?

그때 소리가 들린다. 끔찍한 비명 소리. 누가 고양이의 가죽을 벗기는 것 같은 소리다. 나는 우뚝 멈춰 선다. 설마 베스? 말도 안 돼. 나는 침실 문으로 달려가 살짝 열어본다. 복도를 내다보니 캄캄하고 조용하다. 그리고 또다시 그 소리가 들린다. 비명에 이어 울음소리가 들린다. 베스의 소리인 것 같다. 베스의 울음소리라면 어디서든 알아들을 수 있다. 베스는 점점 더 크게 흐느껴 울다가 격하고 강렬하게 울부짖는다. 내 온몸의 근육이 팽팽하게 긴장한다. 확실히 괴상하다. 지금은 새벽 1시다.

나는 침대로 돌아가 베개로 머리를 감싼다. 손가락으로 귀를 막는다. 베스는 왜 입을 닥치지 않는 거지? 계속해서 날카로운 비명 소리가 들린다. 살과 뼈와 깃털을 뚫고 들어오는 끔찍한 비명이다. 그 소리는 벌레처럼 꿈틀대며 뇌를 파고든다. 암브로조가 베스를 때리는 거라면? 베스를 패고 있다면? 지금? 외치는 소리가 무언가에 막혀 작아지고 왜곡된다. 그들이 뭐라고 말하는지 들리지는 않지만 베스와 암브로조인 것만은 분명하다. 비명이 이어지고 울음소리가 들린다. 아무래도 일어나야겠다.

복도로 나가려다 생각해 보니 옷을 하나도 안 입었다. 나는 마릴린 먼로처럼 다 벗고 잔다. 그래서 화재 경보가 울리면 상당히 불편하다. 여행 가방 쪽으로 달려가 팬티를 꺼내 입고 옷더미를 뒤져 낡은 티셔츠를 찾아 입는다. 입고 보니 안팎이 뒤집혔다. 문밖으로 머리를 내밀고 복도를 좌우로 둘러본다. 아무것도 없다. 갑자기 쥐 죽은 듯 고요하다. 비명 소리는 내 상상이었을까? 어쩌면 베스가 죽었는지도 모른다. 그런데 다시 비명이 터져 나온다. 아, 맙소사! 암브로조가 지금 베스를 때리고 있는 걸까? 나는 베스의 팔에 난 *멍자국을 봤다*. 무기라도 찾아 들어야 될 것 같다. 나는 다시 방으로 들어가 안을 둘러본다. 암브로조가 내 쌍둥이 자매를 폭행하고 있다면 내가 그를 막아야 한다! 내가 반격해야 한다! 반드시 그럴 거다! 두고 봐! 베스가 눈엣가시이긴 해도 내 혈육이다. 그가 베스를 죽이는 꼴은 못 본다. 오늘 밤에는 안 된다!

스위스 아미 나이프를 찾아 가방을 뒤져보지만 찾을 수가 없다. 굴뚝 쇠살대에 있는 낡은 쇠 부지깽이가 눈에 들어온다. 그거라도 사용해야겠다. 나는 부지깽이를 손에 쥔다. 꽤 묵직하다. 길쭉하고 검은 부지깽이는 약간 휘어진 모양이다. 이거면 완벽하다. 나는 망설이면서 문에 귀를 갖다 댄다. 작은 소리도 놓치지 않으려고 숨까지 멈춘다. 다시 들린다! 그 비명 소리! 마치 살해당할 때 내지르는 소리 같다!

나는 문을 밀고 살그머니 복도로 나간다. 부지깽이를 머리 위로 들고 두툼한 카펫을 맨발로 걸어간다. 내 윤곽이 괴물처럼 벽에 비친다. 침실 문이 너무 많다. 마치 호텔 같다. 어떤 방이지? 소리를 따라가 본다. 발끝으로 살금살금 걸어가는데 비명 소리가 점점 커진다. 마침내 베스의 방문 앞에 거의 다 왔다. 심장이 쿵쾅쿵쾅 뛰고 눈이 커진다. 저 안에서 무슨 일이 일어나고 있는 거지? 부지깽이를 든 손이 부들부들 떨리는데 별안간 문이 벌컥 열리고 암브로조가 밖으로 나온다. 헝클어진 머리카락, 맨가슴. 올림픽 수영 선수 같은 몸이다. 그는 잠옷 바지만 입었다. 나는 한 걸음 뒤로 물러나 그림자 속에서 움츠린다. 이대로 사라지고 싶다. 방에 있을걸 그랬다.

"아, 앨비. 미처 못 봤네."

그는 나를 위아래로 훑어보며 인상을 쓴다.

나는 태연하게 말한다.

"아, 형부. 어디 가요?"

"샌드위치 먹으러. 방금 베스가 아기랑 같이 잠들었어. 우리 때문에 깬 건 아니지? 어니가 꽤 시끄럽게 울었을 텐데."

"아뇨, 아니에요. 괜찮아요. 안 자고 있었어요."

잠시 정적이 흐른다. 나는 그가 거짓말하고 있는 게 아닐까 생각한다. 그의 손에 피가 묻어 있는지 확인해 봤지만 핏자국은 없다.

"그래, 잘 자. 아침에 봐." 그는 복도 반대편으로 걸어가다가 우뚝 멈춰 서며 묻는다. "그 부지깽이로 뭘 하려던 모양인데 도와줄까?"

나는 내 손에 든 '무기'를 내려다본다. 갑자기 모양새가 우스워졌다. 내가 이걸로 뭘 어쩔 생각이었을까? 나는 등 뒤로 부지깽이를 감춘다.

"아, 아뇨. 괜찮아요. 방에 불을 좀 피우려다가 그냥 에어컨을 껐어요.”

그는 내 헛소리에 뜨악한 눈초리로 쳐다본다.

“좀 춥더라고요.”

암브로조가 사라진 후에도 나는 잠시 그 자리에 서서 귀를 기울인다. 내 숨소리밖에 들리지 않는다. 베스의 방 안은 고요하다. 문틈으로 새어 나오던 가느다란 빛줄기도 사라졌다. 나는 하품을 참으며 손으로 눈을 비빈다. 에라, 모르겠다. 아기 울음소리였던 모양이다. 가서 잠이나 자야겠다.

셋째 날

분노

"가끔 분통이 터질 때면 거울이 깨질 정도로 주먹질을 해댄다."

@Alvinaknightly69

chapter 11

내가 크리스마스 선물을 단 한 번도 받지 못한 것은 베스 때문이다.

나는 산타클로스가 나를 미워하는 줄 알았다. 다른 아이들처럼 나도 매년 크리스마스에 받고 싶은 선물을 적어 라플란드의 산타 마을로 보냈다. 하지만 산타는 한 번도 나를 찾아오지 않았고, 엄마는 이렇게 말했다. "네가 못되게 굴지 않고, 개를 죽이려고도 하지 않고, 학교에 불을 지르려고 하지도 않고, 교장 선생님의 고환을 걷어차지도 않으면 선물을 받지 않을까? 베스의 사랑스러운 선물들을 봐. 베스는 예의 바르게 구니까 선물을 받잖아." 베스. 베스. 엄마의 작은 공주. 언제나 착한 아이. 항상 인기 폭발인 아이. 어째서 베스를 그렇게 완벽하다고 생각할까? 베스는 나를 나쁜 아이로 보이게 하려고 착한 행동을 하는 것인데 말이다.

매년 똑같았다. 나는 크리스마스이브에 밤새 한숨도 자지 않고 천장을 올려다보며 기다렸다. 순록이 지붕을 탁탁탁 밟는 소리, 썰매 방울 소리, 반짝이는 검은 장화가 묵직하게 지붕을 밟는 소리를 못 들을까 봐 숨도 제대로 쉬지 않고 기다렸다. 그러다 동이 트고 아래층으로 달려 내려가면 크리스마스트리 밑에 선물들이 잔뜩 쌓여 있었다. 화려한 빨간 리본들이 풍성하게 늘어진 선물 상자, 빳빳한 초록색과 금색 종이들이 반짝거렸다. 벽난로 위 선반에는 지팡이 사탕이 잔뜩 담긴 긴 양말이 딱 한 짝만 걸려 있었다. 나는 그 자리에 앉아 베스가 몇 시간 동안 선물들을 하나씩 풀어보는 모습을 쳐다보았다. 산타클로스를 만나면 어떻게 분풀이를 할지 계획하며 속을 부글부글 끓였다. 베스가 반짝거리는 라인석 눈동자를 가진 마이 리틀 포니와 긴 털을 가진 브러시 엔 그로 포니Brush 'n' Grow Ponies의 포장을 풀고, 케어 베어Care Bear를 또 한 마리 받아 품에 안고 있는 동안 나는 앙증맞은 복수를 꿈꿨다.

HB 연필로 산타의 눈알을 찔러 파내 버릴까? 나는 혹시 기회가 있을지 몰라 일단 내 연필을 뾰족하게 깎아두었다. 컴퍼스를 휘둘러 산타의 목을 그어버릴까? 하지만 텁수룩한 턱수염 때문에 잘 안 그어질 수도 있었다. 엄마가 싱크대 밑에 넣어두고 우리한테는 손도 못 대게 하는 쥐약이 있었다. 산타를 꾀어 쥐약을 탄 코코아를 마시게 하는 방법도 있었다. 코코아를 마신 산타는 목이 막힐 것이다. 나는 산타가 벽난로 앞 깔개에 쓰러져 몸부림치는 장면을 상상했다. 늘어진 모자를 흔들거리며 하얀 침을 부걱부걱 흘리고 반짝이는 검은 장화를 허공에 차올리는 모습. 그는 진홍색 외투를 입은 채 구토하고 컥컥대고 거품을 흘리면서 이리저리 뒹굴 것이다. 그런 꼴이 돼도 싸다. 못된 영감탱이.

그러던 어느 해 12월 나는 엄마, 베스와 함께 쇼핑몰에 갔다. 그곳에서는 아이들이 '징글벨', '동방박사 세 사람' 같은 크리스마스 캐럴을 부르고 있었다. 크리스마스트리는 반짝이 조각들과 초로 장식되었고, 계피 향이 공기 중에 퍼져 나갔다. 엄마와 베스는 손을 잡고 걸었고, 나는 그들 뒤에서 쫄레쫄레 따라갔다. *자, 앨비, 잘 기억해 둬. 예의 바르게 행동하란 말이야! 또 말썽 피우지 말고.* 내가 엄마를 난처하게 만들 것 같으면 엄마는 외출할 때 나를 안 데려갔다. 그래서 나는 쇼핑몰이 왜 그렇게 화려하게 꾸며져 있는지 알지 못했다.

우리가 모퉁이를 돌아가는데 그자가 내 눈에 딱 띄었다. 나는 그 빨간 옷을 입은 뚱뚱한 개자식을 보자마자 달려갔다! 밴시(켈트족 전설에 등장하는 유령 – 옮긴이)처럼 미친 듯이 악을 쓰면서 사람들을 밀치고 요정들로 가득한 산타의 작은 동굴로 돌진했다. 폴리스티렌 눈송이들을 이리저리 걷어차면서 나아갔다. 나는 산타에게 달려들어 턱수염을 잡아 뜯고 안경을 쓴 얼굴을 할퀴었다. 지금도 그자의 입에서 풍기던 썩은 민스파이 냄새와 시큼한 위스키 냄새가 기억에 생생하다. 산타가 소리쳤다. "얘 좀 치워요!" 나는 엄마가 나를 떼어낼 때까지 초인적인 힘을 발휘해 그의 정강이를 걷어차고 두 팔을 휘저었다.

효과가 있었다. 그 망할 개자식은 그 후 크리스마스 때마다 내 긴 양말에 선물을 가득 담아놓았다. 대부분 자기계발서와 헬스 DVD였지만 아무것도 없는 것보다는 나았다. 나중에야 나는 그런 선물을 넣어놓은 사람이 엄마였음을 알았다.

◆

2015년 8월 26일, 수요일, 오전 11시

시칠리아, 타오르미나

나는 방으로 들어가 조용히 문을 닫는다. 회색을 띤 핑크색, 크림색, 황금색으로 장식된 베스의 침실은 마치 1920년대 파리에 있던 코코 샤넬의 내실을 보는 듯하다. 나는 두툼한 카펫을 밟고 침실을 가로질러 가서 침대보를 손으로 쓰다듬는다. 시원하고 매끈한 비단이다. 바닐라 향이 감도는 방 안 공기는 알맞게 온도 조절이 되어 있다. 벽난로 위 선반에 놓인 조 말론 향초가 깜박거린다. 양옆으로 녹아내린 향초의 밀랍이 은 접시에 고인다. 디자이너 매장의 탈의실처럼 모차르트의 곡이 배경음악으로 흐른다. 어디 스피커가 있나 싶어 주위를 둘러보지만 보이지 않는다.

베스는 자질구레한 물건 몇 가지를 산다며 타오르미나 시내로 쇼핑을 갔고, 어니는 에밀리아와 함께 놀이방에 있다. 암브로조는 어디 있는지 모르겠다. 아마 친구들과 어울리고 있을 것이다. 난 이 방에 들어오면 안 되지만 어쩔 수 없었다. '나는 유혹만 빼고 모든 것에 저항한다'(오스카 와일드가 한 말이다.－옮긴이)는 말처럼. 이 말을 누가 했더라? 나는 베스의 화장대 쪽으로 걸어간다. 마호가니 원목으로 만든 골동품이다. 보석 상자들이 화장대 위에 높게 쌓여 있다. 보석 상자들은 마치 티파니 청록색, 밝은 핑크색, 피처럼 붉은색 포장지로 싼 작은 선물들처럼 보인다. 가장 값진 것은 작은 꾸러미에 들어 있는 법이라는 말도 있지만 난 모르겠다. 일단 화장대에서 가장 큰 상자를 집어 든다. 붉은 벨벳 감촉이 마치 스패니얼의 귀처럼 부드럽다. 하트 모양 상자인데 생각보다 꽤 묵직하다. 안을 들여다보고 싶다. 어깨 너머로 문 쪽을 흘끗 확인해 본다. 아까 들어오면서 문을 닫았다. 아무도 없다. 그래도 망설여진다. 거울 속의 나와 눈을 맞추며 어서 상자 뚜껑을 열어보라고 부추긴다. *어서, 앨비, 뭐가 있는지 궁금하잖아.*

나는 입술을 지그시 깨문다. 기대감의 파도를 넘어 드디어 하트 모양 상자의 뚜껑을 열어본다.

행성들처럼 큼직한 다이아몬드들이 내 눈을 사로잡는다. 행성이라고 하면 과장일 것이고 유성이나 혜성쯤 되려나. 무엇에 비유하든 말도 안 되게 큰 다이아몬드인 것만은 사실이다. 진짜 다이아몬드라는 데 5달러 건다. 아, 맙소사. 이거 좀 봐. 이렇게 화려한 다이아몬드를 가질 수 있다면 얼마나 좋을까. 움직일 수가 없다. 숨도 쉬어지지 않는다. 내 눈은 다이아몬드에 박혀버린다. 넋이 나갈 것 같다. 난 이 다이아몬드들을 원한다. 이것들이 필요하다. 이 보석들이 내 것이면 좋겠다. 백금 줄에 점점 큰 다이아몬드들이 끼워진 아름다운 목걸이다. 한가운데 있는 다이아몬드는 달걀 모양이다. 손가락으로 그것을 만지고 쓰다듬고 싶다. 내 목에 걸어보고 싶다. 손가락이 어느새 상자 안으로 들어가 새틴 안감 위에 놓인 다이아몬드 목걸이를 집어 든다. 목걸이는 마치 장전된 권총처럼 묵직하다. 보석들이 총알처럼 무게감이 있다. 나는 손가락 사이로 목걸이를 늘어뜨리고 눈부신 햇살을 받아 반짝이는 모습을 감상한다. 문득 런던탑에 있는 영국 왕실의 보석들이 떠오른다. 나는 다이아몬드에서 힘겹게 눈을 떼고 문 쪽을 슬쩍 돌아본다.

누가 들어오면 어쩌지? 모르겠다. 아무렴 어때. 내 목에 걸어봐야겠다.

나는 머리카락을 뒤로 모아 한쪽 어깨 뒤로 넘긴다. 거울에 비친 내 모습은 마치 상의를 입지 않은 알몸인 듯 보인다. 피부가 너무 하얗다. 떨리는 손가락으로 목걸이를 들어 내 피부에 가져다 대어 본다. 초현실적이다. 꿈인 것 같다. 도무지 현실 같지 않다. 마치 공주가 된 기분이다. 목걸이 걸쇠를 풀고 양쪽 끝을 목 뒤로 가져간다. 걸쇠를 채우려는데 손가락이 어설퍼 뜻대로 되지 않는다. 목걸이를 채워보려고 안간힘을 쓰지만 도저히 할 수가 없다.

"내가 해줄게."

뒤에서 남자의 목소리가 들린다.

암브로조! 어떻게 들어왔지?

"아뇨, 괜찮아요."

목걸이를 치우려는데 암브로조가 목걸이 걸쇠를 손에 쥐고 매준다.

"어디 보자." 거울 속에서 그는 내 옆에 서 있다. "아주 잘 어울려, 앨비. 아름다운 산 같아."

목에 다이아몬드를 걸치고 있으니 속이 울렁거린다. 얼른 벗어서 침실 바닥에 던져버리고 싶다. 그가 미소 짓는다.

나는 뒤로 고개를 돌린다. 하지만 차마 그와 눈을 마주칠 수 없어 그의 구두를 쳐다본다. 멋진 구두다. 부드러운 이탈리아 가죽으로 만든, 꽤 비싸 보이는 디자이너 브로그 구두. 그는 내 얼굴 가까이 다가와 머리카락을 귀 뒤로 넘겨준다. 다이아몬드 목걸이를 더 잘 보려는 것이라고 나는 생각한다. 내 뺨에 와 닿는 그의 손끝이 따스하다. 나는 손으로 내 가슴께를 가린다.

"아름답군."

"아!"

고개를 든 나는 그와 눈이 마주치자 얼른 시선을 피한다. 쑥스러워 화끈 달아오른 내 속내를 그는 분명 알아챘을 것이다. 왜 하필 지금 그가 방으로 들어왔을까? 내 심장은 왜 이렇게 미친 듯이 뛰지? 그가 너무 가까이 서 있다. 그의 체취, 숨결에 섞인 커피 향이 코끝에 와 닿는다. 그 순간 정신이 나갔는지 그가 내게 키스할 것 같은 느낌이 든다. 근육 한 가닥 움직일 수가 없다. 나는 눈을 감는다. 내가 암브로조의 침실에 있다는 게 믿기지 않는다. 그가 조금 전에 한 말도 믿을 수가 없다.

"여기들 있었네."

그때 베스가 가벼운 발걸음으로 들어온다.

"아, 나는 막 나가려던 참이야."

암브로조가 말한다.

그는 내게 미소 짓고는 돌아서서 문으로 향한다. 나는 복도로 걸어 나가는 그의 뒷모습을 바라본다. 그는 복도로 나가 문을 닫는다. 젠장 맞을 베스는 어디 있다가 들어왔을까? 고양이처럼 살그머니 기어들어 오다니.

"나간 줄 알았는데."

나는 목걸이로 손을 뻗으며 말한다. *'이 목걸이를 나한테 주면 좋겠어'*라고 생각만 할 뿐 말로는 하지 않는다.

"아, 나갔었어." 베스는 숨죽여 속삭이듯 말한다. "널 보려고 다시 들어온 거야."

"그래."

"이따가 하기로 한 일을 준비해 두려고."

"응, 그래."

"마음이 바뀌지 않았길 바라."

드디어 *딸깍* 하고 목걸이의 걸쇠가 풀린다. 나는 목걸이를 풀어 베스에게 건넨다. 베스의 손가락이 살짝 떨린다. 베스의 진녹색 눈동자에 고요한 간절함이 깃들여 있다.

"할 거야. 뭔지 모르겠지만. 해야지."

빨리 끝낼수록 좋겠다는 생각이 든다. 얼른 끝내고 샌들을 챙겨 집으로 돌아가야지. 이제 내 집이 어디인지 모르겠지만. 어쨌든 다시는 베스를 보고 싶지 않다.

chapter 12

"어디로 갈 건지는 말해 줘도 되잖아?"

"말 못 해, 앨비나. 미안."

"말 안 해주면 나도 안 해."

베스는 나를 한 번 쳐다보고 내게 주기로 한 샌들을 돌아본다. 나도 그 샌들을 쳐다본다. 베스는 내가 그 샌들을 얼마나 간절히 원하는지 알고 있다. 나는 한숨을 푹 내쉰다. 내 등에 붙은 베스를 떼어 내고 싶다. 이번에는 내 머릿속에서, 내 인생에서 영원히 내쫓고 싶다. 내가 무슨 좋은 꼴을 보겠다고 여기 왔을까? 이 일을 마치고 저 샌들을 챙겨서 바로 떠나야지.

우리는 베스의 침실에서 아옹다옹하며 서로 옷을 바꿔 입는다. 예전 엄마랑 함께 살던 시절 우리 둘이 쓰던 방에 돌아온 기분이다. 베스는 이층 침대의 위층을 쓰겠다고, 과일 케이크의 가장 큰 조각을 먹겠다고, 데이비드 샌본의 '히어세이Hearsay' CD를 독차지하겠다고 주장했다. 그러고는 내게 명령을 해댔다. *나한테 안 주면 네가*

햄스터랑 다람쥐, 내 인형한테 한 짓을 엄마한테 말할 거야. 이렇게 해, 앨비. 저렇게 해, 앨비. 내 숙제 대신 해. 내 구두 닦아놔. 우리는 온갖 시시콜콜한 것을 가지고 다퉜다.

우리는 전신 거울 앞에 나란히 선다. 나란히 서니 다른 피부색이 눈에 확 띄었다.

"너 태닝 좀 해야겠다. 이쪽으로 와."

베스는 속옷만 입은 나를 침실에 딸린 욕실 쪽으로 밀고 간다. 화장품 수납장을 뒤지더니 세인트트로페즈 태닝 로션을 꺼낸다. 그 차갑고 끈적한 액체를 내 팔다리, 가슴 등에 바르고 문질러댄다. 몸이 떨린다. 그 제품에서 비스킷 냄새가 난다. 피부색이 너무 어두워진 것 같다.

"왁스로 다리 털 제거한 적 있어?"

"이렇게 해봤자 안 될 것 같은데."

베스는 옷을 벗어 옷걸이에 건다. 예전에 베스의 배는 필라테스로 단련해 납작했는데 출산한 뒤여서 그런지 내 배처럼 살집이 있다. 우리 둘 다 허리 위로 뱃살이 2.5~5센티미터 정도 튀어나온 체형이다. 베스는 나중에라도 지방흡입술로 그 뱃살을 없애겠지만 나는 경제적 여유가 돼야 가능할 것이다. 그래도 나는 뱃살이 온몸을 뒤덮어 질식할 때까지, 체지방이 끈적한 분홍색 외계인처럼 나를 집어삼킬 때까지 계속 쿠키와 도넛, 트리플 초콜릿 솔티드 캐러멜, 베이컨 브라우니를 먹을 것이다. 먹는 것에라도 기대야 살 수 있으니까. 그렇게 사는 게 필라테스를 하는 것보다 낫다.

베스는 내가 어제 입고 온 검은색 짧은 원피스를 입는다. 베스가 입으니 더 맵시가 난다. 베스는 지퍼를 채워달라며 뒤돌아선다. 지퍼가 구릿빛 어깨를 타고 목 뒤로 매끈하게 올라간다. 햇볕이 닿지 않은 두피 쪽 피부가 하얗다. 나는 베스의 피부를 뒤덮은 곱고 흰 잔털을 가만히 바라본다. 이 각도에서 보니 베스는 무척 연약해 보인다.

"너무 부당하잖아. 나더러 *언니 행세*를 해달라고 하면서 이유도 말 안 해주고."

"오래 걸리지 않을 거야." 베스는 돌아서서 나를 똑바로 쳐다본다. "그러니까 그런 건 그만 좀 물어, 응?"

베스의 다른 쪽 팔을 보니 어제 본 것과 같은 위치에 멍이 있다. 녹청색과 보라색 멍이다. 어제는 그 멍을 왜 못 봤을까. 새로 생긴 건가?

"그 멍 자국이랑 관련된 일이야?"

설마 암브로조가 한 짓은 아니겠지? 그는 완벽한 남편인데.

베스는 내 말을 못 들은 척 욕실과 연결된 문으로 들어간다. 나는 흰 토끼를 좇아가는 이상한 나라의 앨리스처럼 베스 뒤를 따라간다. 그 방에는 수백 벌의 원피스들이 옷감별로 완벽하게 정리돼 있다. 이렇게 걸어서 들어가는 대형 옷장은 처음 봤다. 너무 아름다워 숨이 막힐 지경이다. 베스가 옷을 입고 찍은 폴라로이드 사진들이 벽과 수십 개의 서랍에 붙어 있다. 베스는 영화 〈클루리스〉의 주인공 셰어처럼 사는 모양이다. 나는 게으름뱅이들과 함께 살았던 아치웨이의 내 방을 떠올린다. 빨래방 자루에 담긴 내 옷들은 흘러넘쳐 바닥에 아무렇게나 널브러져 있곤 했다.

"이 원피스 입어."

베스가 꽃무늬 원피스를 내 얼굴로 던진다. 보라색 시폰 원피스는 허리가 잘록하고 스커트 부분이 낙낙하다. 누가 돈 주고 입으라고 해도 안 입을 그런 원피스다. 내가 어쩌다가 이 짓을 한다고 했을까?

"진심이야?" 나는 인상을 찌푸린다. 이 원피스는 입을 수가 없다. 베스에겐 어울리겠지만 내가 입으면 성당에 가는 네 살짜리 꼬마처럼 보일 것이다.

"진심이야."

나는 원피스에 붙은 라벨을 들여다본다.

"사이즈가 몇이야?"

어떻게든 이 원피스를 피하고 싶다…….

"38인데 걱정 마. 우리 둘 다 영국 사이즈로 10이니까."

한숨이 나온다. 겹겹이 속치마 속으로 두 팔을 집어넣으며 원피스를 입는다. 팔을 흔들고 있자니 망사 속에서 익사하는 듯한 모양새다.

"젠장, 왜 이런 짓을 하는지는 얘기해 줘야 할 거 아냐. 그 멍 자국도 그렇고. 어쩌다 그런 멍이 생겼는지 말도 안 해주고 말이야."

베스가 눈을 위로 굴린다.

"말했잖아, 어제. 기억 안 나? 정원에서 사다리에 올라갔다가 떨어졌다니까."

"두 번이냐?"

"뭐? 두 번이라니 무슨 뜻이야?"

"거기, 새로 생긴 멍 말이야." 나는 베스의 팔을 쿡 찌른다. "그 멍은 어제 없었어."

"아얏!" 베스는 팔을 뒤로 치운다. "말도 안 되는 소리하지 마. 한 번 떨어졌어."

베스는 쿡 찌른 부위를 손으로 문지르며 나를 노려본다.

"글쎄, 그게 개소리라는 건 우리 둘 다 알고 있잖아." 나는 베스의 거짓말을 바로 알아챌 수 있다. 베스는 거짓말을 잘 못 한다. "어젯밤에 들었어. 언니가 우는 소리."

"그런 얘기 그만 좀 할래?"

뒤로 돌아선 베스는 화장대 서랍에서 매니큐어 리무버를 찾아낸다. 그리고 리무버 병과 탈지면을 내게 건넨다. 아무리 물어봐도 얘기해 줄 것 같지 않다. 정말로 사다리에서 떨어진 걸까? 유기농 금귤을 따다가 떨어지기라도 했나. 그걸 따서 무설탕 금귤 퀴노아 잼이라도 만들 생각이었나. 두 번째 멍도 원형극장에 갔을 때 이미 있었는지 모른다. 내 머리가 이상해진 걸까? 어젯밤에 들은 것도 어니의 울음소리인지 모른다.

"너 그…… 초록색 매니큐어 갖고 있지?"

베스가 내 손가락 끝을 쳐다보며 묻는다. 예쁜 얼굴에 두려움이 서려 있다. 베스는 베이비 핑크 말고 다른 색깔을 손톱에 칠해 본 적이 없다. 그랬다간 발작을 일으킬 것이다.

"그럼, 여기 있지."

핸드백으로 손을 뻗은 나는 매니큐어를 꺼내 베스의 무릎에 던진다.

"좀 칠해 줄래, 앨비? 혼자서는 못 하겠어……."

"아니, 직접 해. 거지같이 발라야 나 같을 거야. 그래야 진짜처럼 보이지."

베스는 매니큐어 병이 자기를 물기라도 할 것처럼 조심스럽게 집어 든다.

"어제 왜 울었어?"

나는 끈질기게 물어본다.

"울다니? 누가?"

"어젯밤에 말이야."

"어니가 울었어. 배앓이를 한 것 같아."

"배앓이?"

그래, 그럴 수도 있다. 고통스러운 울음소리였으니까.

나는 네온 녹색 매니큐어가 완전히 지워질 때까지 탈지면으로 손톱을 문지른다. 비타민E가 풍부한 무아세톤 매니큐어 리무버의 톡 쏘는 냄새가 콧속을 파고든다. 우리는 그 자리에 앉아 베스의 손톱에 칠한 매니큐어가 마르는 모습을 바라본다. 페인트가 마르는 것을 지켜보는 것과 비슷하지만 베스가 여기 있으니 훨씬 더 지루하다.

베스는 손가락을 꼼지락거리며 말한다.

"재미난 색깔이네. 이제 서로의 머리를 똑같이 만들어보자."

이 말을 하면서 베스는 억지로 미소 짓는다.

그러고는 헤어 드라이어와 고대기를 손에 들고 거울 앞에 선다. 베스는 말리부 바비 인형 스타일로 마법처럼 드라이를 한다. 금발 머리카락이 머리 뒤쪽에서 느슨하게 물결치며 살짝 흘러내린다. 이 정도로 섹시하고 자연스럽게 흐트러진 머리 모양을 연출하려면 최고급 미용실에서 몇날 며칠 관리를 받고 몇 시간 동안 손질을 해야 할 것이다. 떡이 진 내 머리카락과 8센티미터 정도 본래 색이 자라 나온 모근 부분을 생각하지 않을 수 없다.

"안 될 것 같아. 내 머리는 엉망인데."

베스는 본인 머리 손질을 멈추고 인상을 찌푸린다. 나는 내 머리카락을 풀어 어깨 위로 늘어뜨린다. 베스가 내 칙칙한 갈색 머리카락을 찬찬히 들여다본다. 매니큐어를 바른 손가락 사이로 머리카락이 힘없이 늘어진다.

"끝이 다 갈라졌네." 베스는 경악한 표정을 짓는다. "내 스타일리스트를 불러야겠어. 여기 잠깐 들러서 만져달라고 할게."

역시 베스는 모든 문제에 대한 해답을 갖고 있다.

베스는 핸드백에서 휴대폰을 꺼내 터치패드를 손으로 톡톡 두드린다. 나는 침대에 주저앉아 화장대에 놓인 향수와 화장품들을 바라본다. 여긴 앨리스의 이상한 나라다. 나를 마셔요, 나를 먹어요, 나를 당신의 몸에 고루 발라요, 이렇게 말하는 듯한 유리병들. 화장대에 놓인 유리병 하나하나가 작은 예술품 같다. 도자기와 유리병마다 작은 조각상들이 새겨져 있다. 저 안에 어떤 노화 방지 연금술이 들어 있을까 생각하다 보니, 게으름뱅이들의 집에서 내가 세면대 위에 올려놓고 사용했던 반쯤 빈 클린 앤 클리어 화장품이 떠오른다. 그래, 나는 여기서 잠시 휴식을 취할 것이다. 내가 원하는 건 그것뿐이다. 베스를 오염시킬 일은 없다.

"큰일이네." 내 뒤에서 베스의 목소리가 들린다. "목요일까지 예약이 차 있대. 다른 방법을 생각해 봐야겠어."

다행이다. 베스가 생각을 고쳐먹은 걸까? 어차피 되지도 않을 일이다.

베스는 마호가니 화장대의 서랍을 열고 속옷을 뒤적거린다. 모조 다이아몬드와 눈부시게 하얗고 복잡한 무늬의 레이스가 달린 분홍색 실크 속옷이다. 가격표가 붙어 있는 것으로 보아 아직 한 번도 사용하지 않은 듯한 폭신한 소재의 분홍색 수갑도 들어 있다. 주말에 푸에르토 바누스에서 처녀 파티를 할 때 친구들에게 받은 반어적 의미의 선물일까? 그 파티에서 친구들이 베스에게 반짝이는 'L' 표지판('L'은 초보 운전자를 뜻하는 'Learner'의 이니셜 – 옮긴이)을 몸에 붙이고 남자 성기 모양 빨대로 피나 콜라다를 마시게 했을까?

"찾았다!" 베스는 강력한 효과가 있는 브래지어를 꺼낸다. "내 원더브라. 이걸 입으면 네 머리카락이 어떻든 아무도 신경 안 쓸 거야."

그게 무슨 뜻인지 나는 바로 알아듣는다. 나는 원피스를 간신히 벗고 그 브래지어를 착용한다. 그 브래지어를 입으니 내 평생 처음으로 가슴골이 생겼다. 믿기지 않을 정도로 대단한 효과다. 돈을 받고 무대에 올라 물랭 루주나 크레이지 호스 같은 음악에 맞춰 춤을 출 수도 있을 것 같다. 그 상상을 하니 눈알이 튀어나와 바닥을 떼구루루 굴러가는 듯하다. 이런 나를 놓치다니 암브로조가 참 안됐다.

"형부는 괜찮겠어?" 나는 거울 속에 비친 내 가슴을 뚫어져라 쳐다보며 묻는다. "알아채지 않을까?"

*이 가슴*을 보면 그는 분명 알아챌 것이다.

"여기 머리띠랑 빗 받아." 베스는 헤어 드라이어를 건넨다. "그리고 머리를 이렇게 묶으면……."

베스는 내 머리카락을 하나로 모아 묶고 비틀어 말아 올린다. 그러면서 내 머리카락을 이리저리 당기고 끌어 올린다.

"아야! 됐어. 내가 할게."

나는 뒷걸음질을 친다. 헤어 드라이어를 내 쪽 거울로 잡아당긴다. 이 헤어 드라이어 전선으로 베스의 목을 조르면 쉽게 죽일 수 있을 것이다. 일단 목에 휘감기만 하면 2분 내에 숨통을 끊어놓을 수 있다. 그렇게 해버릴까? 베스는 자기 머리를 내 머리 모양과 똑같이 만들었다. 내 머리를 이렇게 올리니 모근이 보이지 않는다. 영락없는 베스다.

"잠깐, 아직 안 끝났어."

베스는 라메르 크림을 조금 찍어 내 얼굴과 목에 바른다. 그리고 디올스킨 파운데이션 극소량을 스펀지에 묻혀 내 얼굴에 대고 두드린 뒤 샤넬의 피니싱 파우더를 큼직한 브러시에 묻혀 내 얼굴을 쓸어내린다. 베스는 집중한 표정이다. 꽤나 까다로운 작업인 모양이다.

"이걸 네 얼굴과 데콜타주(décolletage, 드레스나 상의를 입었을 때 드러난 어깨와 가슴 윗부분-옮긴이)에 발라."

베스는 내게 그 파우더를 건넨다. 아마 데콜타주는 '젖꼭지'를 뜻하는 프랑스어인 것 같다. 베스는 구릿빛 아이섀도를 내 눈두덩에 바르고 볼륨감을 주는 마스카라를 내 속눈썹에 문지른다. 그 베네피트 마스카라에는 '진짜, 최고로 검은색'이라고 적혀 있다. 그냥 검은색이라고 적는 것만으로는 충분하지 않다는 듯이. 베스가 내 속눈썹을 마스카라로 쳐대는 바람에 눈물이 고인다. 베스는 화장품 가방에서 랑콤 주시 튜브 립글로스를 꺼내 갈라진 내 입술에 대고 짠다. 속이 울렁거릴 정도로 단내가 확 나고 캐러멜 맛이 난다. 이어서 베스는 작은 은색 리본이 달린 향수병을 가져온다. 미스 디올 셰리라고 적혀 있다.

"뿌려." 베스가 향수를 건네며 지시한다. "살짝만. 마지막 한 병 남은 거야. 2011년에 생산이 중단됐어."

나는 목에 그 향수를 뿌린다. 파촐리와 오렌지 향이다. 젠장, 이제 내 체취마저 베스와 비슷해졌다.

"그리고 이거." 베스는 손목에 차고 있던 시계(숫자가 있어야 할 자리에 작은 다이아몬드가 박혀 있고 진주 빛깔의 광택이 나는 오메가 레이디매틱 손목시계)를 풀고 눈알이 튀어나오게 비싼 결혼반지를 뺀다. 그 반지에 박힌 보석값만 해도 웬만한 개발도상국의

GDP(국내총생산)보다 높을 것이다. 그 반지를 갖고 싶다. 나한테 잘 어울린다. 젠장, 정말 탐난다. "이것도. 내가 에르네스토를 가졌을 때 암브로조가 선물한 거야. 제작을 의뢰해서 만든 거지."

그러면서 다이아몬드 귀고리 한 쌍을 내게 건넨다. 그걸로 마무리다. 눈물 모양의 그 귀고리는 무척 비싸 보인다. 그걸 팔면 아치웨이에 아파트 한 채는 살 수 있겠다. 내가 그걸 잃어버리면 베스가 나한테 무슨 짓을 할지 알고 싶지 않다. 베스는 내가 귀고리를 착용하는 모습을 지켜본다.

나는 스커트를 마저 내린다. 우리는 거울 앞에 다시 나란히 선다. 이번에는 내가 베스 같고 베스가 나 같다. 우리의 변신은 끝났다. 내 머릿속은 여전히 혼란스럽다. 어느 쪽이 나인지 확인하려고 한 손을 들어 살짝 흔들어본다. 이게 현실이구나 싶다. 진짜 일어나고 있는 일이다. 아, 맙소사. 베스는 무척 짜증이 난 것 같은 표정이다. 겨우 두어 시간 바꾸는 것뿐인데…….

"네 핸드백."

베스는 약간 높은 목소리로 말했는데 쾌활하다기보다는 긴장한 듯하다. 베스는 침대 위에 있는 우리의 핸드백을 가리킨다. 왜 이렇게 꼭두각시 인형이 된 기분이지? 베스는 나라는 꼭두각시를 조종하고 있다. 내 앞에 내 인생이 펼쳐진다. 팔다리에 연결된 보이지 않는 끈으로 조종되어 무대 위에 올라가 춤을 추고 있는 나.

"언니." 나는 다시 한 번 말해 보지만 소용없다는 것을 이미 알고 있다. "아무래도 좋은 생각이 아닌 것 같아."

"앨비." 베스가 바늘처럼 날카로운 눈빛으로 나를 쏘아본다. "내 결정에 따라줘. 알았지? 그동안 누가 더 옳은 결정을 하면서 살아왔는지 잘 알잖아……."

"제기랄, 그게 무슨 뜻이야?"

난 그 뜻을 정확히 알고 있지만 발끈한다. 내 인생과 네 인생을 봐. 내 인생이 더 부유하고 행복하고 성공적이라는 걸, 네 인생은 모든 면에서 엿 같다는 걸 똑똑히 보란 말이야. 바로 이 뜻이다. 나쁜 년! 나쁜 년! 나쁜 년! 두 손이 벌벌 떨린다. 당장 베스에게 주먹을 날리거나 뺨을 후려치거나 창밖으로 던져버리고 싶다. 지금 이 거울을 박살 내서 파편 하나를 집어 베스의 목을 그어버릴 수도 있다. 나는 화를 참으려고 애쓴다. 나는 언제나 잘 조절해 왔다.

"아, 아무것도 아니야."

나는 이를 악문다.

베스가 핸드백을 뒤집어 침대 위에 내용물을 쏟아놓는다. 최고로 부드러운 복숭아색 가죽으로 만든 멀버리 지갑, 오버사이즈 구찌 선글라스, 아까 바른 것과는 다른 캐러멜 색 주시 튜브 립글로스. 나는 베스의 아름다운 에르메스 토트백을 집어 들고 쓰다듬어본다. 그리고 내 낡은 프라이마크 지갑과 말보로 담배 한 갑, 체리향 챕스틱을 베스에게 건넨다. 베스는 내 핸드백 바닥에 있는 내 상징과도 같은 보라색 립스틱을 쳐다본다. 어제 암브로조가 공항에 나를 데리러 왔을 때 바른 그 립스틱이다.

"아, 나도 그거 좀 바를게."

나는 그 립스틱을 내준다. 베스는 뚜껑을 열고 립스틱을 돌려 끝에 묻은 보풀과 부스러기를 떼어낸다.

"입가에 발진 같은 거 난 적 없지?"

베스는 립스틱을 돌리며 살펴본다.

"입술 포진이 있냐고 묻는 거야?"

"혹시나 해서……."

"개소리하지 마."

베스는 한숨을 쉬더니 거울 속의 자기 눈을 깊숙이 들여다보면서 입술을 살짝 내밀고 립스틱을 바른다. 젠장, 보라색이 나보다 베스에게 더 잘 어울린다.

"여권도 바꾸자. 혹시 모르니까."

베스가 자기 여권을 내밀자 나도 내 여권을 내준다. 이건 좀 지나친 것 같다. 왜 이렇게까지 해야 하지?

"그리고 이게 필요할 수도 있어."

베스는 고개를 들지 않고 내게 집 열쇠를 던진다.

"열쇠? 필요 없을 것 같은데. 난 아무 데도 안 갈 거야. 그리고 언니는 몇 시간만……."

"혹시 모르니까."

우리는 변신을 마쳤고, 베스는 나갈 준비를 한다.

"네가 나라는 거 명심해."

베스가 내 귀에 속삭인다.

"그래, 알았어."

내가 저능아인 줄 아는 모양이다.

“내가 한 말도 잊지 말고.” 베스는 내 팔뚝을 잡고 내 눈을 똑바로 힘주어 쳐다본다. “암브로조한테 정원에서 책을 읽을 거라고 말해. 내가 읽던 소설이 침대 옆 테이블에 있어. 절반 정도 읽었어……. 암브로조와 섹스할 생각 말고.”

“뭐? 언니 남편이잖아. 내가 그럴 리가…….”

“그래, 앨비, 그래 주면 진짜 *진짜* 고맙겠어.”

베스는 내 손을 꼭 잡고 나를 끌어안는다. 나는 뒤로 몸을 뺀다.

“그래, 알았어. 언니도 내 부탁이라면 들어줬을 거잖아. 그러니까 그만 가봐.”

“어니를 준비시켜 놓을게.” 베스는 멈칫하다가 덧붙인다. “사랑해, 앨비.”

나는 깜짝 놀란다. 내가 마지막으로 이 말을 들은 것은 8년 전 암브로조한테서였다. 그는 “*제기랄, 널 사랑해*”라고 말했다. 나는 눈물을 참으려고 눈에 힘을 준다. 코로 깊게 숨을 들이마시고 입으로 천천히, 천천히 내쉰다. 맙소사. 베스는 역시 사람을 조종하는 데 아주 탁월하다. 내가 자기 남편한테 달려들거나 정체가 탄로 나거나 그에게 펠라티오(남성 성기에 하는 오럴 섹스 – 옮긴이)를 하지 못하도록 미리 약을 치는 것이다. 나는 네 속을 책을 읽듯이 빤히 들여다보고 있어, 엘리자베스 카루소. 네가 쓴 그 구역질 나는 싸구려 소설이 아니라 제대로 된 줄거리가 있고 술술 읽히는 좋은 소설 말이야. 비유하자면 그렇다고.

"정말로 널 사랑해."

베스가 다시 말한다.

그 목소리가 약간 떨린 것도 같다. 베스는 미소 지으면서 눈물을, 진짜 눈물을 참으려고 애쓴다. 나는 잠시 당황해 속이 울렁거린다. 설마 마누라를 패는 폭력배 옆에 나를 남겨두고 떠나려는 것은 아니겠지? 이러다 내가 응급실에 실려 가는 것 아냐? 아니면 죽을 수도? 대체 어딜 가려고 이 난리야? 하지만 집으로 돌아오겠다고 약속했으니까, 오겠지. 베스는 아직 떠나지도 않았는데, 나는 베스를 다시 불러오고 싶다.

"샌들은?"

베스는 한숨을 쉬면서 내게 반짝이는 황금색 스틸레토 샌들을 건네준다. 나는 베스에게 루이비통녀의 킬힐을 넘겨준다. 나는 침대에 앉아 황금색 샌들을 신고 섬세한 끈을 작은 황금색 걸쇠에 건다. 보석 사이로 발가락을 꼼지락거려 본다. 내 발에 딱 맞다. 아주 훌륭하다. 나는 눈부시게 반짝이는 내 발을 넋 놓고 바라본다. 빅토리아 시크릿 모델의 발 같다. 베스가 돌아서서 방을 나선다.

"잘 안 될 거야."

나는 마지막으로 한 번 더 일깨워주려고 복도에 대고 외친다.

나는 연극에 소질이 없다. 마지막 연극은 예수 탄생 연극에서 당나귀 뒷다리 역할이었다. 전혀 당나귀답지 못해서 설득력이라곤 없었다. 물론 성모마리아 역할을 한 베스가 모든 시선을 사로잡아 나를 주목한 사람은 아무도 없었다. 그로부터 몇 년이 지나 우리가 열한 살인가 열두 살인가 열세 살인가 됐을 때 우리는 당시 연극을 녹화한 비디오테이프를 찾았다. "틀어보자!" 베스는 이렇게 말하며 비디오테이프의 먼지를 털고 비디오플레이어에 집어넣었다. 1시간 15분 동안 베스의 모습만 클로즈업되어 있었다. 당나귀는 어디에도 보이지 않았다.

chapter 13

나는 방에서 손톱을 씹으며 창밖을 내려다본다. 암브로조가 수영장에 있다. 나는 그가 파티오에서 일광욕하는 모습을 바라본다. 검은색 스피도 수영복, 짙은 황갈색 피부, 운동선수 못지않은 식스팩. 아내를 때리는 남자일 수도 있지만 그래도 끝내주게 섹시하다.

베스, 아니 앨비, 아니 베스가 어니를 유모차에 태우고 파티오로 걸어 나가는 모습이 보인다. 그녀는 창문 안쪽에 서 있는 나를 올려다본다. 그녀가 무슨 생각을 하는지 명확하게 들리는 듯하다. *앨비, 당장 이리로 내려와. 어서!* 지금이 움직여야 할 때인 모양이다. 암브로조가 선베드에서 일어나 손가락으로 젖은 머리카락을 쓸어 넘긴다. 이건 미친 짓이다. 도저히 안 될 것 같다. 그는 결국 알아챌 것이다……. 당장은 아니더라도 오늘 중에는 알아챌 것이다. 내가 자기 아내라고 믿을 리 없다. 들통나면 전부 베스의 생각이었다고 말해야지. 가끔 보면 베스는 설득을 무척 잘하는 편이니까. 당장 샤워실로 들어가 화장을 지워버리고 싶다. 여장 남자가 된 기분이다.

그래도 '사랑해, 앨비'라는 베스의 말이 떠오른다. 그리고 예쁜 샌들도. 젠장! 나는 아래층으로 내려간다. 베스는 정말이지 나한테 신세를 톡톡히 갚아야 한다……. 예쁜 샌들에 어울리는 핸드백 정도면 되려나? 다이아몬드 목걸이도 갖고 싶은데.

바깥 공기가 고요하고 건조하다. 햇살이 어찌나 강렬한지 몇 미터 앞에 활활 타오르는 불덩어리가 있는 것 같다. 빌어먹을 프랜지파니 향이 공기 중에 가득하다.

"안녕."

내 목소리가 너무 큰 것 같다.

두 사람이 나를 쳐다본다. 나는 화장으로 떡칠한 얼굴에 부자연스러운 미소를 지으며 그 자리에 멈춰 선다. 암브로조가 나를 보며 미소 짓다가 베스에게 시선을 돌린다.

"앨비, 어제 여기 왔는데 태닝이 아주 잘됐네."

암브로조가 웃으며 베스를 바라본다. 머릿속이 혼란스러워진다.

베스가 킥킥 웃으며 대꾸한다.

"아니에요. 태닝 로션을 발랐어요. 언니 옆에 있으니까 내 피부가 너무 창백해 보여서요."

그러고는 턱 끝으로 나를 가리킨다. 베스가 된 나 말이다.

"그래, 둘 다 멋져."

암브로조는 우리 둘을 보고 환하게 웃는다. 그의 시선이 한껏 모아 올린 내 가슴에 머문다. 에바 헤르지고바(체코 출신 모델 겸 영화배우-옮긴이)로 살면 이런 기분이겠구나 싶다. 어쩐지 '안녕, 오빠들'

하면서 윙크와 함께 키스를 날려 보내야 할 것만 같다. 하지만 이런 분위기에서 그런 언행은 적절하지 않다. 젠장. 셀카라도 한 장 찍어 둬야지. 언제 또 이런 멋진 모습으로 있겠는가.

어떻게 행동하고 말해야 할지 모르겠다. 베스라면 이 상황에서 무슨 말을 할까? 나는 그냥 여기 서서 멍청이들이 나오는 〈덤 앤 더머〉 같은 영화의 엑스트라처럼 어병하게 웃고 있을 뿐이다.

베스가 나를 향해 돌아선다. 세상에, 나랑 똑같이 생겼다. 립스틱에 원피스, 초록색 매니큐어까지. 엿 같은 모습이긴 하지만 그나마 상태 좋을 때의 내 모습이다.

"언니." 그녀가 말한다. (아니지…… 이제 나잖아?) "방금 형부한테 타오르미나에 가서 관광을 하고 올 거라고 말하려던 참이야. 밤이나 돼야 돌아올 거야."

"으, 응."

나는 겨우 입을 떼며 고개를 끄덕인다.

나를 여기 두고 가지 마. 제발 가지 마. 네가 돌아서자마자 암브로조가 나를 두들겨 팰 수도 있잖아.

"D. H. 로렌스가 살았던 집이랑 그쪽 광장에 있는 유명하고 오래된 성당을 구경하고 올게. 탐험을 하고…… 길을 잃어보는 것도…… 얼마나 재미있는지 알잖아?"

베스는 이렇게 말하며 나를 똑바로 쳐다본다.

암브로조도 나를 쳐다본다.

"그래, 그거…… 참 재미있겠다."

나는 나름 멋지고 경쾌하게 대답한다. 나 방금 베스의 목소리로 말한 거 같은데?

"어니를 데리고 갔다 와도 괜찮지? 조카랑 친해질 시간이 있어야 하잖아? 오늘 오후에는 내가 엄마 놀이를 하고 싶어서 그래."

어니는 유모차 밖으로 팔을 뻗어 통통한 손으로 그녀의 손가락 하나를 붙잡는다.

"당연히 괜찮지."

몸에서 땀이 난다. 점점 더워지는 것 같다. 베스에게 받은 손목시계를 내려다보니 이제 겨우 정오가 지났다.

"그럼 당신이랑 나랑 둘뿐이네." 암브로조가 선베드에서 일어나 내 뒤로 다가와 두 팔로 내 허리를 감싼다. 나는 내 몸을 힘껏 껴안은 그의 강한 팔뚝을 내려다본다. 탄탄한 근육질의 구릿빛 팔뚝. 그의 커다란 두 손이 강철처럼 나를 붙잡는다. "드디어! 당신은 잘생긴 남편과 단둘이 귀중한 시간을 보낼 수 있게 됐어."

그는 향수를 뿌린 부위에 입을 맞춘다. 목덜미의 털이 쭈뼛하고 몸이 뻣뻣해진다. 나는 그의 얼굴을 볼 수 없지만 그가 베스에게 한쪽 눈을 찡긋하는 모습을 상상할 수 있다. 나는 이 상황이 믿기지 않아 눈을 휘둥그렇게 뜬 채 내 쌍둥이 자매를 바라본다. 그녀는 억지로 쥐어짜는 듯한 미소를 짓는다. 질투가 난 건가? 나를 질투한 거야? 이런 질투는 처음 받아본다.

"잉꼬부부가 오붓한 시간을 보낼 수 있게 해드릴게요. 멋진 하루 보내요."

쟤가 지금 뭐라는 거야? 나는 입 모양으로 '안 돼!' 하고 말한다. 암브로조는 지금 나와 섹스를 하겠다는 암시를 준 것이다. 분명하다. 부부의 성생활에서 아기는 청산가리나 다름없다. 베스가 어니를 데리고 외출을 나가면 암브로조에게는 기회의 문이 열리는 셈이다. 이 남자는 나를 덮칠 것이다. 내가 그 계산을 하기도 전에 베스는 이미 뒤돌아서 대문을 걸어 나가고 있다. 이 집에서 무슨 일이 일어날 줄 알고 저러는 걸까? 이런 위험까지 감수하면서 *도대체* 무슨 중요한 볼일을 보겠다고 외출을 하는 거지? 암브로조의 손이 미끄러져 내려와 내 엉덩이에 닿는다. 벌써부터 흥분된다.

"나도 같이 가서 어니를 봐줄게."

나는 그의 품에서 벗어나 베스에게 달려가며 말한다. 달려간다고는 하지만 종종걸음을 치는 정도다. 15센티미터나 되는 힐은 전력질주를 위한 신발이 아니다. 가만히 앉아 있으라고 만든 신발이다. 해변에 앉아 섹스 온 더 비치 칵테일이나 마시라고 만든 신발이란 말이다. 나는 얼마 가지 않아 뛰는 것을 포기한다.

베스가 어깨 너머로 말한다.

"아니야, 걱정하지 마. 우리는 괜찮을 거야. 그렇지, 어니?"

암브로조가 베스에게 묻는다.

"마을까지 태워다 줄까, 엘비나?"

"아뇨, 괜찮아요. 그렇게 멀지 않아요."

우리는 모퉁이를 돌아가는 베스의 뒷모습을 바라본다.

그가 웃으며 그녀에게 소리친다.

"가는 길은 알아? 길 잃어버릴 텐데."

"구글 맵 있잖아요!"

그는 나를 돌아보며 나지막이 속삭인다.

"어니를 처제랑 보내도 정말 괜찮겠어? 당신 동생이 메리 포핀스처럼 아이를 잘 돌보는 타입도 아니잖아."

나는 *'안 돼!'* 하고 소리 지르고 싶은 것을 겨우 참고 말한다.

"괜찮을 거야."

그 말과 함께 베스는 사라진다. 나는 베스가 서 있던 파티오를 멍하니 바라본다. 땀이 쭉쭉 흐른다. 태닝 로션이 다리를 타고 개울처럼 흘러내릴 것 같아 아래를 내려다본다. 다행히 흐르지는 않는다. 나는 움찔하며 건물 쪽으로 돌아간다.

"어디 가?"

"화장실."

나는 계속 걸으며 대답한다.

"그래, 알았어. 볼일 보고 와. 좋은 생각이 있어."

◆

진심으로 말하지만, 이 엿 같은 소설은 도저히 못 읽겠다. 나는 책을 탁, 소리 나게 테이블에 내려놓고 의자에 늘어져 앉는다. 베스가 나더러 읽으라고 한 소설은 더럽게 재미없다. 이제 뭘 해야 하지? 일단 암브로조를 피하고 있다. 그 남자는 걸어 다니는 비아그라 광고다. 골치 아프게 됐다. 다른 때 같으면 이 기회를 놓치지 않고 그와 침대로 갔겠지. 하지만 지금은 아니다. 베스 역할을 하면서 그러고 싶지는 않다. 예전과는 다르다.

베스의 서재를 둘러본다. 벽에 붙여놓은 책꽂이마다 책이 잔뜩 꽂혀 있다. 그중 절반은 마키아벨리, 단테, 토마시 디 람페두사 등이 쓴 이탈리아어 책이다. 암브로조의 책인 것 같다. 나머지 절반은 영어로 된 책이지만 전부 다 읽을 만한 것은 아니다. 나는 그중 지나치게 달콤하고 감상적인 칙릿 같은, 책등에 잔뜩 멋을 부린 분홍색 글씨로 제목을 박아놓은 책들은 무시하기로 한다. 로맨스는 속이 울렁거린다. 나는 그런 책들을 내는 출판사의 독자가 아니다. 나라면 보아 뱀보다 더 꼬인 줄거리에 두 배는 더 독한 내용이어야 한다. 내 심장을 멎게 하고 나를 통째로 삼키는 이야기. 한마디로 *칙릿*과는 거리가 먼 소설이다. 베스가 쓴 '사랑의 허리케인'인지 '개 같은 놈과 탐폰'인지 따위의 쓰레기 같은 소설은 절대 아니다.

그나마 괜찮아 보이는 책이 몇 권 있어서 그중 하나를 꺼내 보니 성애물이다. 할리퀸 스타일의 연애소설. 밀즈 앤 분Mills and Boon(영국의 연애소설 전문 출판사－옮긴이)에서 출간한 것이다.《무정》,《위험한 사업》,《별난 펠셤 부인》따위의 제목이 붙어 있다. 이까짓 게 무슨 *에로틱*이야? 그림도 없다. 마음에 안 든다. 베스는 대체 왜 이럴까? 내가 아는 사람 중에 최악의 문학 취향을 가졌다. 그런 주제에 *작가*라고? *웃기고 있네.* 어릴 때 우리는 서로에게 책을 읽어주곤 했다. 주로 에니드 블라이튼, 로알드 달, 베아트릭스 포터가 쓴 동화책이었다. 백만 년도 더 지난 일 같다. 머나먼 꿈처럼 느껴진다. 나는 중세 분위기의 공포물을 읽고 싶어 했고, 베스는 동물과 한밤의 연회에 관한 이야기를 좋아했다.

《롤리타》, 《사이코》, 《양들의 침묵》 같은 고전은 완전히 내 취향이다. 나는 오래전에 잊혀져 책장 구석진 곳에 방치된 낡은 갈색 책들을 꺼내 책등의 먼지를 털어낸다. 오래된 종이 냄새가 정말 좋다. 이렇게 책들로 가득하니 이곳을 불태우기는 무척 쉬울 듯하다. 오랫동안 아무도 이 책들을 읽지 않았다. 《끝이 좋으면 다 좋아》, 《윈저의 즐거운 아낙네들》, 《겨울 이야기》, 《맥베스》 같은 셰익스피어의 희곡들도 보인다. 나는 스코틀랜드를 배경으로 한 《맥베스》를 꺼내 아무 페이지나 펼친다. 맥베스 부인의 대사가 나온다.

> 자, 너희 악령들아,
> 흉계 따라 나를 지금 탈성시킨 다음에
> 최악의 잔인성을 머리끝에서 발끝까지
> 가득히 채워다오! 내 피를 탁하게 만들어
> 동정심의 접근과 통로를 막아다오.
> 그래서 본성 중의 측은지심이 날 찾아와
> 잔인한 내 목표가 흔들리지 않도록,
> 그것이 달성될 때까지 편하지 못하도록!
> 내 가슴의 담즙 젖을 빨아라, 살귀들아.
>
> 셰익스피어의 《맥베스》 1막 5장 중에서

멋지다. 나는 맥베스 부인 같은 스타일을 좋아한다. '동정심' 따위를 가지고 뭘 하려는지 모르겠지만. 맥베스 부인은 굉장한 캐릭터다. 배짱도 있고 힐러리 클린턴처럼 본인이 원하는 것을 거리낌 없이 추구한다. 요즘은 이런 여자가 드물다. 그래서 더 존경스럽다.

그 책을 덮고 책꽂이에 도로 꽂아 넣는다. 바로 옆에 《오셀로》가 있다. 내가 좋아하는 희곡이다. 그 책을 펼쳐 끝부분을 읽는다.

> 난 정부에 공헌이 좀 있고, 그들도 아는 바요.
>
> 그 일은 그만두고. 당신이 편지로
>
> 이 불행한 행위들을 보고할 때
>
> 사태를 있는 그대로 말해 주길 바라오.
>
> 정상 참작은 물론 악의를 가지고 적지도
>
> 말아주길 바라오. 그러면 당신은
>
> 무분별하게, 너무 많이 사랑한 사람을,
>
> 쉽게 질투하진 않지만 일단 빠지면
>
> 극도로 혼란스러운 사람을 말해야 할 것이오.
>
> 셰익스피어의 《오셀로》 5막 2장 중에서

닥쳐, 오셀로. 이런 멍청이를 봤나. '무분별하게, 너무 많이 사랑한 사람을' 어쩌고저쩌고. 순 개소리다. 오셀로는 그저 아내를 패는 남자일 뿐이다. 그게 전부다. 변덕이 심하고 질투에 휩싸인 폭력배. 죽어 마땅하다……. 이 희곡에서 최고의 캐릭터는 이아고다. 이아고는 똑똑한 데다 장난꾸러기다. 카리스마도 엄청나다! 그러니 이아고가 주인공이었어야 했다. 왜 이 희곡의 제목을 '이아고'라고 짓지 않았을까? 셰익스피어의 실수다.

나는 그 책을 테이블에 툭 던진다. 스트레스는 이미 충분히 받았다. 비극을 읽고 싶진 않다. 아침에 아마존에서 시집이나 주문해야겠다. 시그프리드 서순의 시집처럼 희망을 주는 내용으로.

"베스! 베스?"

복도에서 암브로조의 목소리가 들린다.

"베스?"

젠장. 그가 가까이 다가오고 있다.

"베스?"

더 가까이.

나는 의자를 잡아당기고—의자 다리가 타일을 요란하게 긁는다—테이블 밑으로 들어가 숨는다. 문밖에서 그의 발소리가 들린다. 나는 의자를 천천히 조용히 내 쪽으로 당겨 시야를 가로막는다. 숨을 참는다. 암브로조가 방문을 연다.

"셰익스피어?"

그는 혼잣말을 한다. 테이블 위에 놓인 《오셀로》를 본 모양이다. 아차. 베스처럼 보이려면 저런 책들은 내다 버려야지 싶다…….

그의 발과 발목이 보인다. 이탈리아제 구두. 그의 숨소리가 들린다. 그가 나를 볼 수 있을까? 마침내 그는 돌아서서 방을 나간다. 복도를 걸어가는 그의 발소리가 들린다. 웃기는 상황이다. 얼마나 오래 이러고 있어야 할까? 벌써부터 목에 쥐가 난다. 베스는 진짜 나한테 톡톡히 빚을 졌다. 베스는 대체 어디 간 걸까?

나는 목을 문지르며 테이블 밖으로 기어 나와 의자에 털썩 앉는다. 들킬 뻔했다. 그에게 붙잡힐 뻔했다. 그가 나를 붙잡았다면? 아마 18세기에 만들어진 호두나무 테이블 위에서 섹스를 하고 있겠지. 아, 맙소사. 나도 그와 섹스를 하고 싶다. 그의 발목만 봐도 섹시하다. 하지만 베스의 말을 머릿속에서 떨쳐낼 수가 없다. *'그날 밤 옥스퍼드에서 그는 네가 나인 줄 알았던 거야.'* 그 말이 사실이라면? 정말 사고였다면? 나를 *베스*로 착각한 암브로조와 자고 싶지는 않다. 그를 유혹해 온전히 나로서 그와 섹스를 하고 싶다. 그를 돌려받고 싶다. 그렇게 되면 최후의 승리를 거머쥐는 것이겠지. 내일 다시 나로 돌아가면 가능하지 않을까.

chapter 14

빌어먹을 베스는 어디쯤 있는 걸까? 벌써 밤 10시가 넘었다. 하늘에서 내려온 제비들이 정원을 가로질러 수영장 물에 발을 딛고 미끄러진다. 그러다 고요한 유령처럼 다시 날아오른다. 내 손에 비비탄 총이나 바주카포가 있으면 좋을 텐데. 아니면 칼라슈니코프 자동소총이나. 나는 지금 선베드에 앉아 밤 풍경을 바라보며 분노로 몸을 떨고 있다. 바닥에는 크기와 모양이 제각각인 포장석이 깔려 있다. 선베드 밑에 숨겨둔 앱솔루트를 꺼내 벌컥벌컥 마시고, 엄지손톱 가장자리에 붙은 거스러미를 피가 날 때까지 잡아 뜯는다. 속이 부글부글 끓는다. 코브라처럼 곤두선다. 몸이 땀에 젖어 끈적거린다. *10시간째다.* 정말이지 베스를 죽여버리고 싶다. 아이를 재워야 할 시간 아닌가? 책임감이라곤 없구나. 진짜 미친년이다.

보름달이 떠오른다. 오늘 밤 나는 미치광이가 된 것 같다. 달에 대한 속설이 어느 정도는 사실이 아닐까 싶다. '달이 평소보다 지구 가까이 오면 사람들이 미쳐버린다'는 말도 있지 않은가. 별이 하나

둘 천천히 떠오른다. 모두 다 헤아릴 수조차 없다. 별의 등장은 도저히 끝날 것 같지 않다. 기다리는 데 신물이 난다. 지금까지는 암브로조를 잘 피해 다녔지만 언제까지나 그를 물리칠 수는 없다. 뒤에서 유리문이 삐걱 열리더니 파티오를 걸어오는 발소리가 들린다. 나는 대문 쪽을 보고 있다. 따라서 베스의 발소리일 리 없다. 에밀리아 아니면 암브로조일 것이다.

"베스?" 남자의 목소리다. "여기 있었네. 찾았잖아. 왜 혼자 어두운 데 나와 있어?"

"아, 응."

나는 경쾌한 투로 말하려고 애쓴다. *나는 엘리자베스다. 지금 나는 베스다.* 그는 접이의자에 앉은 채 그대로 의자를 끌고 내 곁으로 다가온다. 페로몬과 아르마니 블랙 코드 향기. 암브로조가 확실하다.

"두통은 가셨어? 아스피린이 효과 있어?"

그의 따뜻한 손이 내 허벅지를 쓸고 내려와 무릎에 놓인다. 아, 맙소사. 어두워 잘 보이지 않는데도 그는 섹시하다. 나는 눈을 감고 힘겹게 숨을 들이마신다.

"응, 고마워. 많이 좋아졌어."

목이라도 졸리는 것처럼 목소리가 자꾸만 기어든다. 베스는 어디 있는 거야? 빌어먹을. 이러다 곧 *그*가 알아차릴 거다.

"당신 동생이 곧 어니를 데리고 돌아올 텐데, 그럼 나는 또 아름다운 아내와 단둘이 있는 시간을 빼앗기잖아."

그가 가까이 다가와 수염이 살짝 돋은 턱을 내 뺨에 갖다 댄다.

암브로조, 암브로조, 암브로조, 암브로조. 이름까지도 어쩜 이렇게 맛깔스러운지. 나는 그의 애프터셰이브 로션 냄새를 들이마신다. 이미 나는 그를 원하고 있다. 하지만 그에게 절대 키스를 해서는 안 된다. 베스가 당장 돌아올 수도 있다.

"그래."

나는 조용히 숨도 못 쉬고 대답한다.

어느새 그의 입술이 내 입술에 포개진다. 그가 내게 키스를 하고 있다. 그는 내 머리를 당겨 더 깊숙이 파고든다. 그의 혀가 내 입에 들어오자 나는—더 이상 버티지 못하고—그에게 키스를 하고 만다. 에스프레소와 달콤한 담배 맛이다. 나는 그의 숱 많고 따뜻한 뒷머리를 손으로 쓸어 올리며 신음을 내뱉는다. 나는 그를 원한다. 젠장, 나는 그를 지독하게 원한다. 내가 원하는 것은 이 남자뿐이다. 마지막으로 함께했던, 내게는 처음이었고, 우리 둘에게는 유일했던 그날 이후로 쭉 그래 왔다. (그 후 3백 번이나 원나이트 스탠드를 했지만 아무 의미도 없었다.) 그의 청바지 앞쪽 지퍼 덮개가 몸에 닿자 그가 얼마나 흥분했는지 느껴진다. 내 피부의 솜털이 전부 곤두서고 허벅지가 녹아내린다. 그의 손이 내 허벅지 안쪽으로 미끄러져 들어온다. 그의 손가락이 내 팬티를 훑는다. 맙소사! 전기가 통하는 기분이다. 나의 그곳이 벌떡이며 젖어버린다. 그는 내가 누구인지 모른다. 나는 지금 바로 이 자리에서 그를 가질 수 있다. 그리고 절정에 도달하겠지. 당장 그의 옷을 찢어버리고 싶지만 난 잊지 않았다. 이런 식으로, 내가 베스인 상태로는 하기 싫다는 것.

나는 뒤로 물러나 일어선다.

"못 하겠어, 미안. 앨비가 곧 돌아올 거야. 우리 둘이 이러는 모습을 앨비한테 보이고 싶지 않아."

완벽했다. 베스라면 분명 이렇게 말했을 것이다. 지긋지긋하게 고상한 척은 다 하고 사니까.

그는 선베드에 앉아 고개를 한쪽으로 기울인다. 어둠 속에서도 나는 그가 삐쳤음을 알 수 있다.

"당신 동생은 어디 있는 거야? 이렇게 늦었는데. 어니도 재워야 하잖아?"

"곧 돌아오겠지. 전화해 볼게."

침착하자. 태연하게 행동하자. 이렇게 되뇌지만 지금 나는 터지기 직전의 에트나 화산 같다.

"우선……."

나는 말하려다 멈춘다. 뭐라고 말해야 할지 모르겠다. 우선 뭘 한다고 말하지? 소리라도 질러? 그래, 소리를 질러야 한다. 베스는 이렇게 늦은 시간까지 안 돌아오면 안 되는 거다. 나도 알고, 암브로조도 아는 사실이다. 베스에게 무슨 일이 생겼으면 어떡하지? 제발 그런 일은 없기를. 여기서 무슨 일이 더 생기면 견딜 자신이 없다.

"미안, 여보." 내가 누구 역할을 하고 있는지 상기하며 말한다. 손가락으로 그의 머리카락을 쓸어 올리고 마치 고양이를 다루듯 그의 정수리를 문지른다. 그의 머리카락은 비단처럼 부드럽다. "지금 오고 있을 거야."

그는 고개를 끄덕인다. 나는 그의 이마에, 짭짤한 피부에 입을 맞춘다. 착한 고양이를 다루듯이.

"안에서 봐."

그는 이렇게 말하며 일어선다. 그는 미소도 짓지 않고 돌아서 가버린다. 나는 집 안으로 들어가는 그의 뒷모습을 바라본다.

잘됐다. 암브로조가 토라졌다……. 하지만 나한테 화난 게 아니라 베스한테 화난 것이다. 나는 그가 집 안으로 들어가 문을 닫기를 기다린다. 그리고 다시 선베드에 드러누워 머릿속으로 소리 없는 비명을 지른다.

지난 3시간 동안 베스에게 계속 전화를 했지만 어김없이 음성사서함으로 넘어갔다. "안녕하세요, 엘리자베스 카루소입니다. 죄송하지만 지금은 전화를 받을 수 없으니 메시지를 남겨주세요." 전화를 끊었다가 다시 걸기를 반복했다. 미친 스토커처럼. 하지만 베스의 휴대폰 전원이 꺼진 상태였다. 왜 휴대폰을 꺼놨는지 짐작도 할 수 없다. 최신상 아이폰이던데 배터리가 맛이 갔을 리도 없다. 일부러 꺼놓은 게 분명하다. 나쁜 년.

나는 앱솔루트를 병째 꿀꺽꿀꺽 마신다. 술이 뜨끈하다. 알코올이 목구멍을 지진다. 술을 조금 더, 조금 더, 조금 더 마신다. 술병이 비워질 때까지. 나는 빈 병을 돌바닥에 내려놓는다. 유리병이 콘크리트를 긁는 소리가 요란하다. 마치 배수구로 빨려 들어가는 소용돌이 물살에 휩쓸린 듯 눈앞의 정원이 빙글빙글 돈다. 정신이 말짱할 때보다는 기분이 한결 낫다.

여기 더 앉아 있다가는 폭발할 것 같다.

높고 날카로운 소리가 정적을 가른다. 모기 한 마리가 내 귀로 들어와 바이올린의 높은 음처럼 떨리는 소리를 낸다. 내 귀때기를 사정없이 후려친다. 산 채로 잡아먹히는 기분이다. 수영장 물 위에 모기떼가 맴돌고 있다. 시칠리아 모기도 말라리아를 옮길까? 숫제 아프리카에 온 기분이다. 벌떡 일어나 지독한 어둠 속을 바라본다. 밤에도 단조로운 오렌지색과 회색 불빛이 있는 런던과 달리 타오르미나의 밤은 불빛 한 점 없이 캄캄하다. 어지러운 네온사인이 그리울 지경이다. 별은 지랄 맞게도 많이 떠 있다.

베스한테 다시 전화를 걸어보지만 역시나 꺼져 있다. 내가 무슨 생각으로 베스의 제안을 받아들였을까? 멍청했다. 어쩌다 이런 엉망진창인 상황에 휘말린 걸까? 베스가 준 샌들을 벗어 선베드 밑에 놓아둔다. 그 샌들을 계속 신고 있었더니 발이 조인다. 베스의 발은 나보다 작다. 더 날씬하고 앙증맞다. 나는 '신데렐라'의 못생긴 의붓자매 아나스타샤나 드리셀라가 된 것 같다. 아니면 마차로 변한 호박이거나.

거친 잔디를 밟으며 맨발로 걸어간다. 장미 덩굴 옆을 지날 때 원피스가 가시에 걸린다. 확 잡아당기니 원피스가 찢어진다. 기분이 영 별로다. 나무들이 고약한 시체들처럼 내 앞을 자꾸만 가로막는다. 옹이 진 기다란 손가락으로 내 피부를 할퀴어댄다. 베스는 무슨 생각이지? 이런 일에 동의하지 말았어야 했다. 처음부터 잘못된 것이다. 거미줄이 얼굴에 들러붙고 무언가 내 등을 타고 후다닥 기어

오른다. 나는 비명을 지르며 몸을 비틀어 내 등을 후려친다. 그것이 내 머리카락 속으로 들어와 숨은 것 같다.

정원 아래쪽 길에 다다른다. 어디로 가야 할지 모르겠다. 깊이 숨을 들이마시자 썩은 낙엽 냄새가 난다. 어쩔 수 없이 돌아서서 집으로 향한다. 기회가 있을 때 그와 자버릴걸 그랬다. 베스는 당해도 싸다. 이 상황에서는 베스를 골탕 먹이는 게 내 유일한 낙이다. 그러고 싶다. 젠장. 진심으로. 암브로조도 원했다. 난 알 수 있다. 그가 나를 원했다는 것을. 내가 응했다면 지금쯤 우리는 섹스를 하고 있을 것이다. 선베드에 서로 몸을 딱 붙이고 누워 있겠지. 베스의 남편은 내 귀에 대고 '사랑해'라고 속삭일 것이다. 정말 재미있었을 텐데. 하지만 지금 나는 착하게 굴면서 베스가 원하는 대로 행동하고 있다. 베스는 늘 이렇게 나를 조종했다. 나는 베스의 인형이다. 꼭두각시 인형. 빌어먹을! 발밑에서 빠각 소리가 난다. 딱딱하고 날카로운 무언가가 발바닥에 닿더니 끈적끈적한 액체가 발가락 사이로 파고든다. 달팽이를 밟고 말았다. 나는 잔디밭을 달리며 발에 묻은 점액질을 떼어내려고 애쓴다. 웩! 웩! 웩!

고개를 들어보니 살바토레의 집 정원에 들어와 있다. 보안등이 딸깍 켜지면서 눈앞이 아찔해진다. 자동차 헤드라이트 불빛에 갇힌 여우처럼 몸이 얼어붙는다. 숨을 쉴 수가 없다. 눈알을 굴려 주변을 둘러본다. 보안등은 자동으로 켜진 것이고 사람은 없다. 살바토레가 차를 타고 외출을 나갔는지 진입로도 비어 있다. 그제야 몸을 움직이고 숨을 쉰다. 나는 자갈을 밟으며 진입로를 따라 살바로

레의 집 쪽으로 향한다. 천천히, 조심스럽게. 그의 집은 베스의 집처럼 터무니없이 크지는 않지만 상당히 멋지다. 나는 그의 집 창문 유리창에 손바닥을 대고 안을 들여다본다. 살바토레의 집 현관홀은 현대적이고 예술가적인 분위기를 풍긴다. 노출 벽돌, 야자수가 그려진 도자기 꽃병, 벽에 걸린 그림들…….

그리고 그것이 내 시야에 들어온다. 나를 똑 닮은 여자의 조각상. 실물 크기의 대리석 조각상은 현관홀 판돌 위에 세워져 있다. 내 얼굴과 내 몸과 내 체격을 고스란히 빼닮은 조각상이다. 하지만 생각해 보니 그것은 내가 아니라 베스다. 살바토레는 베스의 조각상을 만든 것이다. 그는 상상력이 대단히 풍부하든지 아니면 베스의 알몸을 직접 본 게 분명하다. 풍만한 가슴, 엉덩이의 곡선까지……, 완벽한 베스의 모습이다. 알몸의 베스를, 돌로 만든 베스를 보는 것 같다. 암브로조가 그의 조각을 왜 싫어하는지 이해된다. 암브로조도 이 조각상을 봤을까. 당장 유리창 너머로 손을 뻗어 베스의 입술을 만지고 싶다. 시원하고 매끄럽겠지. 금방이라도 입을 열어 말을 하고 웃고 움직일 것 같다. 진짜 괴상하다. 살바토레는 베스와 동침한 것이 분명하다! 믿을 수가 없다. 베스가 설마 그런 짓을? 베스가 그런 짓을 할 사람이 아닌데. 이해할 수 없다.

돌연 요란한 자동차 엔진 소리에 나는 화들짝 놀란다. 헤드라이트 불빛이 진입로에 쏟아지고 나는 몸이 굳어버린다. 돌로 만들어진 저 조각상처럼. 살바토레일까? 차에 타고 있는 사람은 누구지? 차는 진입로 아래서 끼익 소리를 내며 멈춰 선다. 망했다. 어떻게 하지? 나는 여기 있으면 안 된다. 망설이던 나는 일단 살바토레의 집 정원과 베스의 집 정원 사이에 있는 덤불로 달려가서 숨는다. 날카로운 나뭇가지들이 내 살을 찌르고 등을 긁는다. 그리고 베스의 목소리가 들린다. 젠장, 드디어 네 목소리를 듣는구나. 목이 쉬고 숨이 찬 목소리다. 이상하다. *술에 취한* 걸까? 이어서 남자의 목소리도 들린다. 살바토레? 베스가 말한다. "미쳤어." "내 여동생이에요." 그러고는 차문이 쾅 닫히는 소리가 난다. 대체 뭐가 어떻게 된 거지? "당신이 약속했잖아요"라고 베스가 말한다. 나머지는 잘 들리지 않는다. 그들이 몇 분 더 말다툼을 하는 동안 엔진의 회전 속도가 올라가고 타이어는 비명을 질러댄다. 이윽고 BMW는 자갈을 튕기면서 내 쪽으로 올라온다. 차가 바짝 가까워지자 뜨끈한 엔진 냄새가 코를 찌른다. 엔진이 어찌나 강한지 땅이 흔들리는 것 같다. 나는 바짝 엎드려 잎사귀 뒤에 몸을 숨긴다. 움직이지만 않으면 그는 나를 보지 못할 것이다. 하지만 나는 그를 볼 수 있다.

살바토레가 차 문을 열고 내린다. 그는 청바지에 넓은 가슴과 어깨가 고스란히 드러나는 타이트한 검은색 셔츠를 입었다. 곰이나 야생동물 같다. 짐승에 가까운 남자의 모습이다. 그가 자갈을 으드득으드득 밟고 걸어간다. 나는 숨을 참는다. *나를 보지 마라. 나를 보지 마.* 그는 걸음을 멈추고 돌아서서 길 쪽을 바라본다. 그는 뭘 기다리고 있을까? 베스는 이미 가버렸다. 열쇠가 금속에 딸가닥 닿는 소리가 들리더니 그가 현관문을 밀고 들어간다. 문이 닫히는 소리가 들리고 나서야 나는 비로소 숨을 내쉰다.

chapter 15

베스! 드디어 돌아왔다. 당장 가서 만나야겠다. 나는 덤불 속을 기어 나와 베스의 집 정원으로 살그머니 들어간다. 머리카락에 붙은 잎사귀와 가슴에 붙은 잔가지를 털어낸다. 찢어진 원피스 조각이 묻어 나온다. 원피스가 엉망이 됐다. 베스가 화를 낼 텐데. 아니, 그게 문제가 아니다. 나는 잔디밭을 가로지른다. 나뭇가지에 발이 걸려 휘청하지만 나무 옆을 돌아서 계속 뛰어간다. 잠시 멈춰 서서 숨을 고르는데 현기증이 난다. 잔디밭이 파도처럼 사납게 일렁이고 빙글빙글 돈다. 어쩌자고 그 보드카를 다 마셨을까? 바퀴 구르는 소리와 빠른 발걸음 소리가 들려온다. 누군가 유모차를 밀면서 오고 있다. 사방이 어두워 잘 보이지 않는다. 베스의 집 쪽을 흘끗 보니 모두 잠들었는지 불이 다 꺼져 있다.

"여기, 이쪽이야."

베스의 실루엣이 걸음을 멈추더니 뒤돌아 주위를 돌아본다. 그런데 뭔가 이상하다. 똑바로 걷고 있지 않다. 비틀비틀 불안정하다.

베스는 선베드 옆에 유모차를 세우고 어둠 속에서 수영장 가장자리에 서 있는 내 옆으로 천천히 다가온다.

"언니, 뭐야? 어디 갔다 왔어?"

베스는 고개를 푹 숙인 채 대답하지 않는다.

"언니? 무슨 일이야? 술 마셨어?"

나는 나지막이 속삭인다. 하지만 당장 소리치면서 베스의 어깨를 마구 흔들고 싶다. 젠장, 담배가 필요하다. 담배가 어디 있지? 당장 니코틴이 필요하다. 수영장의 염소 소독제 냄새가 코를 찌른다. 내 목 안에서 시큼한 보드카 냄새가 올라온다.

"난 괜찮아."

마침내 베스가 고개를 들고 말한다. 두 눈이 이상하다. 초점이 흐리다. 울었나? 맙소사, 또 시작인가. 감정적인 불균형에 대해 떠들어댈 생각인 건가. 나는 1995년 이래로 울어본 적이 없다.

"쉿, 조용히 해. 그러다 형부 깨겠어."

내 어깨에 힘이 들어간다. 속에서 무언가 부글부글 끓어오른다. 이곳은 왜 이 시간에도 이렇게 더운 거지? 한밤중인데도 파티오가 절절 끓는다. 습한 공기가 내 어깨를 짓누르고 가슴을 압박해 땀이 난다. 모기가 웽웽거린다. 끈질기게 주변을 맴돌며 울어댄다. 그 모기가 결국 내 목을 물고 침을 꽂은 것 같다.

"망할 암브로조. 난 그를 증오해."

베스가 말한다.

나는 손이 떨린다. 이를 악문다. 어떻게 암브로조에 대해 이런 말을 할 수 있지? 그는 *완벽한 남자다*. 베스는 그를 가질 자격이 없다. 내게서 그를 훔쳐 가더니 이제 오래된 케밥처럼 내버릴 모양이다. 베스는 그 조각가 놈과 바람을 피우고 있다. 그래서 이런 짓을 벌인 것이다. 걸레 같은 년! 그러면서 애는 왜 데리고 나간 거야?

베스가 흐느껴 울기 시작한다.

어니도 덩달아 울어댄다. 마치 고양이를 싫어하는 사람이 고양이의 목을 조르는 듯 날카롭고 간절하고 외로운 울음이다. 베스와 어니의 울음소리가 비슷하다. 어젯밤에 누가 울었는지 아직도 모르겠다. 젠장, 이런 건 딱 질색이다. 히스테리 상태의 아기도, 히스테리 상태의 베스도. 베스에게는 믿음이 안 간다. 베스가 나를 여기로 초대한 이유는 나와 자리를 바꾸기 위해서였다. 어쩐지 너무 좋은 조건이다 싶었다.

"조용히 해, 언니."

나는 한 걸음 다가간다.

"정말이지 멀리 떠나고 싶어……."

괴상하고 불분명한 발음이다. 베스는 이런 식으로 말한 적이 없다.

베스는 바닥에 대고 중얼거린다.

"죽고 싶어."

나는 조금 더 다가간다. 옆으로 쓰러지려는 베스의 두 팔을 손으로 붙잡고 힘을 준다. 별안간 베스가 깔깔 웃는다. 웃으면서 동시에 울고 있다.

"암브로조랑도 자고 살바토레하고도 자. 두 남자를 다 가질 수 있어." 베스가 내 뺨에 뜨거운 숨결을 뿜어대며 지껄인다. "그러고 싶잖아. 안 그래?" 베스는 내 얼굴을 쳐다보며 웃어댄다. 끔찍하고 공허하고 재미없는 웃음이다. "결국 누군가는 네가 돌아오길 바라긴 한 거네." 보름 달빛에 베스의 눈이 번뜩인다.

"진짜 못됐구나!"

"넌 미친년이지. 엿이나 먹어. 너 같은 자매를 두고 사는 게 쉬운 줄 아니? 난 노력했어. 항상 노력했다고. 딱 한 번 네가 필요했는데! 다 망했어!"

베스는 몸까지 떨어가며 화를 내고 소리를 지른다. 뭔가 아주 *심하게* 잘못됐다. 완벽한 언니는 원래 욕을 안 하는데.

"*나 같은 자매라니*, 무슨 뜻이야?"

"넌 괴물이야! 패배자이고. 모두 다 아는 사실이지."

내 속에서 화산 같은 분노가 끓어오른다.

"*모두 다* 안다는 게 무슨 뜻인데?"

"너 때문에 엄마는 신경쇠약에 걸렸어. 엄마가 왜 이민을 간 줄 알아?"

"그거야 엄마가 재혼을 해서……."

"암브로조가 널 선택했을 것 같아? 착각하고 자빠졌네. 내가 그를 훔친 것 같지? 네가 그를 속인 거야. 그와 자고 싶어서 내 행세를 했잖아!"

이런 얘기를 왜 하는 걸까? 정말이지 억울하다. 자기 인생이 *완벽하지 않은* 게 내 탓인 양 쏟아붓고 있다.

"아니야, 안 그랬어! 왜 이래, 언니? 무슨 일이야?"

"몰라. 될 대로 되라지."

나는 불쑥 사실을 털어놓는다.

"나 그 사람 아이를 가졌었어. 언니한테는 얘기 안 했지. 언니는 나한테서 이 삶을 훔쳐간 거야! 저 애도 *내* 아이여야 했어! 그는 *내* 남편이어야 했어! 이 집도 *내* 집이어야 했다고!"

나는 달빛을 받아 은도금을 한 듯 하얗게 빛나는 집과 정원을 손가락으로 가리켰다.

"안 믿어! 넌 임신한 적 없어. 앨비 나이틀리는 또 이렇게 옛날처럼 거짓말이나 해대는구나. 넌 항상 멍청한 거짓말을 지어냈어."

"아니야! 진짜야! 임신했지만 아기를 잃었어. 언니가 암브로조를 훔쳐 간 거야! 난…… 난……."

나는 베스의 몸을 잡고 흔들고 흔들고 또 흔든다. 어느 순간 베스는 내 손에서 점점 미끄러진다. 그러다 소리 없이 뒤로 넘어가더니 수영장 쪽으로 쓰러진다. 배 속이 부글거리고 *뒤집힌다*. 모든 일이 몹시 느린 동작으로 일어나고 있다. 시간이 마치 질긴 껌처럼 쭉 늘어진다. 베스의 머리가 수영장 모서리에 부딪친다. 몸뚱이가 물에 빠진다. 풍덩! 물이 튀면서 나까지 흠뻑 젖는다. 차가운 물을 맞고 정신이 번쩍 든 나는 비명을 지른다. 베스가 물속으로 점점 가라앉는다. 나는 그 자리에 얼어붙은 채 물속으로 사라지는 베스를 바라본다.

제기랄. 어쩌지?

베스의 인생이 내 눈앞에 스쳐 지나간다. 돈과 남편, 아기, 차. 베스는 내게서 암브로조를 훔쳐 갔다. 처음부터 모든 걸 훔쳤다. 그리고 나는 베스가 훔쳐 가게 내버려두었다! 베스가 나를 패배자라고 부르는 것도 무리는 아니다. 그래, 본때를 보여주겠다. 어디 한번 붙어보자. 이제 내가 그를 다시 훔쳐 올 차례다. 베스의 인생을 훔쳐버리겠다. 이 모든 것은 내가 누려야 마땅하다. 바로 이런 걸 권선징악이라고 하지.

나는 사람들 눈에 띄지 않게 선베드 뒤에 웅크리고 앉는다. 그러다 퍼뜩 정신이 든다. 신경 말단이 전부 살아난다. 머릿속이 윙 울리고 허둥댄다. 어쩔 줄 모르겠다. 손목에 찬 베스의 손목시계를 내려다보며 4분을 기다리기로 한다. 4분 동안 심장이 멈춰 있으면 공식적으로 사망이다. 최근 어디선가 그런 글을 읽은 것 같다. 아니면 디스커버리 채널에서 봤을 수도 있다. 가끔 잠 못 드는 밤이면 그 채널을 보곤 한다.

4분이 마치 수십 년처럼 느리게 흘러간다. 매 초가 한없이 길게 늘어진다. 보안 카메라가 없는지 주위를 둘러본다. 한 대도 없다. 묘하다. 정원을 둘러본다. 그림자가 전부 암브로조처럼 보인다. 옆집으로 눈을 돌려 그 집 건물을 살펴본다. 살바토레가 달려 나오려나? 조용한 걸 보니 안심해도 될 것 같다. 어니도 울음을 그쳤다. 매미만 계속 노래를 불러댄다.

손목시계의 초침이 기어가는 모습을 바라본다.

1분 : 수면으로 거품이 올라온다. 베스가 숨을 쉬러 올라오나? 베스가 헤엄쳐 올라오면 가서 잡고 다시 눌러야 할까? 아니면 끌어 올려줘야 할까? 가슴속에서 심장이 *쿵! 쿵!* 뛴다. 살아 있는 흔적을 찾으려고 수면을 가만히 지켜본다. 거품은 더 이상 올라오지 않는다.

2분 : 젠장. 거품이 어디 갔지? 가서 꺼내줘야 한다. 베스가 물속에서 죽어가고 있다! *쿵! 쿵!* 내가 뭘 하고 있는 거지? 지금 꺼내지 않으면 너무 늦어버린다.

3분 : *이제 시작이다. 이제 시작. 침착하자, 앨비나. 진정하고 지켜보자. 차분하게. 넌 할 수 있어. 쿵! 쿵! 쿵! 쿵!* 나는 입술 안쪽을 깨물며 매의 눈으로 수면을 살펴본다. 조금 더 지켜보기로 한다. 평생 이런 순간을 기다려왔다.

3분 30초 : 아, 맙소사. 내가 무슨 짓을 한 거야? 나는 수영장으로 달려가 물에 뛰어든다. 차가운 물이 메스처럼 피부를 가른다. 망할. 차갑다. 숨을 못 쉬겠다. 움직일 수도 없다. 팔이 무겁다. 다리도 납덩이 같다. 헤엄을 쳐야 하는데 원피스가 내 몸을 무겁게 끌어 내린다. *쿵! 쿵! 쿵!*

"도와줘요!" 나는 물을 먹으며 소리친다. "누가 좀 도와줘요! 살려줘요! 사람 살려!"

헤엄치는 방법을 잊어버렸다. 팔다리를 허우적거린다. 이대로 물에 빠져 죽을 것 같다. 물이 머리 위를 뒤덮는다. 어둡고 고요하다. 수영장 가장자리를 붙잡는데 입속에 물이 가득하다. 겨우 수면으로 올라와 숨을 헐떡이고 몸을 떨며 욕을 내뱉는다. 제기랄. 베스가 수영장 바닥에 가라앉아 있다. 나는 베스를 끌어 올릴 힘이 없다.

다시, 또다시, 그리고 또다시 물 밑으로 들어가 베스의 손을 잡지만 축 늘어지며 내 손에서 빠져나간다. 베스의 손을 잡을 수가 없다. 아드레날린이 솟구쳐 허둥거린다. 못 하겠다…… 불가능하다…… 위로 끌어 올릴 수가 없다. 마침내 집 건물에 조명이 켜지고 누군가 달려온다. 암브로조다.

“사람 살려!”

아기가 또다시 울기 시작한다.

“어떻게 된 거야?”

“재가 물에 빠져서…….”

암브로조가 급강하하는 폭격기처럼 물에 뛰어든다. 그는 수영장 바닥으로 곧장 헤엄쳐 들어간다. 나는 수영장 가장자리를 손으로 단단히 붙잡는다. 절대 놓칠 수 없다.

그는 물을 줄줄 흘리며 베스를 품에 안고 수면으로 올라온다.

“도와줘.”

나는 간신히 몸을 끌어 올려 물 밖으로 나간다. 세상이 빙빙 돈다. 구역질이 난다. 떨리는 손으로 베스의 팔을 붙잡는데 너무 무겁다. 팔을 잡고 버틸 수가 없다. 암브로조가 베스를 더 높이 들어 올린다. 마침내 베스의 몸이 파티오로 올라오지만 무겁게 축 늘어져 있다. 머리가 끔찍하게 모로 늘어졌다. 목이 부러진 걸까?

“숨 쉬어.” 나는 베스의 어깨를 잡고 흔들며 가슴을 손으로 내리친다. “숨 쉬어, 숨 쉬어, 제발, 숨 쉬어!” 베스는 뼈 없는 헝겊 인형 같다. 나는 베스를 돌바닥에 반듯이 눕히고 입으로 숨을 불어넣는다. 몇 년 전에 배운 응급처치 방법을 떠올리며 숨을 한 번 두 번 세 번 네 번 불어넣는다. 암브로조가 물 밖으로 훌쩍 올라온다. 나는 베스가 기침을 하며 물을 토해 내길 기다린다. 하지만 반응이 없다. 베스를 돌려 눕히고 등을 주먹으로 쳐본다. "제발, 숨 쉬어. 어서, 숨 쉬라고!"

"내가 해볼게."

암브로조가 나를 밀어낸다. 그는 베스를 일으켜 앞으로 구부정하게 앉힌 후 등을 두드린다. *탁! 탁! 베스의* 정수리 오른쪽이 깨졌는지 그 부위에서 피가 흘러내린다. 붉은 피는 베스의 뺨과 목을 물들인다. 가슴과 어깨로 구불구불 번져나간다. 베스의 머리가 옆으로 힘없이 늘어진다.

"앨비, 앨비, 내 목소리 들려?" 그가 소리친다. "숨 쉬어! 앨비. 젠장, 숨 쉬어!"

그는 그녀의 등을 치고, 치고, 또 친다. 베스의 두 눈은 마네킹처럼 멍하게 열려 있다. 초점 없는 그녀의 눈은 아무것도 보고 있지 않다. 깜박임도 없다. 아무것도 보지 않고 아무것도 인지하지 못한다. 죽은 눈이다. 내 목까지 담즙이 올라오더니 속이 확 뒤집힌다. 구역질이 난다. 나는 내 발과 바닥에 구토를 하기 시작한다. 배 속에 아무것도 남아 있지 않을 때까지 몇 번이고 토악질을 한다. 보드카를 완전히 비우는 게 아니었다.

"제기랄, 베스." 암브로조가 어둠 속에 대고 내뱉더니 나를 돌아보며 말한다. "이런 건 계획에 없었잖아."

그 순간 지구가 자전을 멈춘다. 태양 주위를 도는 행성들도 공전을 멈춘다.

"계획?"

내가 묻는다. 이 사람 대체 무슨 소리를 하는 거야?

"*여기서* 처제를 죽이면 안 되지. *당신*은 그러지 말았어야 했어."

나는 입을 벌리지만 아무 말도 나오지 않는다.

"계획대로 했어야지. 왜 그랬어?"

우리는 언니의 시신을 옆에 두고 나란히 서 있다. 멍한 정적이 흐른다. *계획*이 있었어? 그게 대체 무슨 뜻이지? 악을 쓰던 아기는 마침내 울다 지쳐 잠들었다. 불쌍한 것. 사방이 고요하다. 매미들도 끝없는 세레나데를 멈췄다. 언니의 머리 밑에서 시커멓고 축축한 액체가 번져 나와 돌바닥에 웅덩이를 이룬다. 나는 베스 옆에 누워 운다. 저예산 공포 영화나 유혈이 낭자한 B급 영화 〈스크림〉 시리즈를 보고 있는 기분이다. 이건 현실이 아니다. 끔찍한 악몽이다. 계획? *계획이라고?* 무슨 *계획*? 베스와 암브로조가 나를 죽이려고 했나? 베스가 그럴 리 없다. 이해할 수 없다. 내가 피해망상인가? 아니면 완전히 술에 절어 환청을 들은 게 분명하다.

나는 팔을 뻗어 베스의 손을 잡는다. 축축하고 얼음처럼 차갑다. 건물 조명에 베스의 몸 윤곽이 드러난다. 베스의 머리, 엉덩이, 종아리. 금방이라도 일어나 걸을 것만 같다. 나를 부르거나 내 기분을 잡치는 말을 내뱉을 것 같다. 하지만 베스는 살바토레의 집에 있는 그 조각상처럼 끝내 움직이지 않는다. 차갑게 굳어버렸다.

결국 나를 부른 것은 암브로조다.

"베스, 이리 와. 안으로 들어가자. 우리가 할 수 있는 일은 없어."

베스, 베스, 베스. 그는 나를 계속 베스라고 부른다. 모로 누운 내게 다가와 내 팔 끝에 붙어 있는 손을 찾아 쥔다. 그의 손가락이 젖어 있다. 나는 두려운 마음에 손을 잡아 뺀다. 이 남자와 어디에도 함께 가고 싶지 않다. 그는 나를 죽이고 싶어 한다. 앨비를 죽이려고 한다! 하지만 그는 다시 팔을 뻗어 강철처럼 내 손을 붙잡는다. 나는 저항할 수 없다. 그는 그대로 나를 잡아 일으켜 세운다. 나는 그의 눈을 바라본다. 강한 턱, 잘생긴 얼굴, 채닝 테이텀처럼 아름답다. 하지만 속지 않겠다. 그를 믿을 수 없다. 도대체 어떤 계획을 세웠던 거지?

암브로조는 한 손으로 유모차를 밀면서 다른 손으로 내 어깨를 감싼다. 내 핸드백이 유모차 손잡이에 걸려 있다. 나는 선베드 밑에 놓아둔 베스의 신발을 집어 든다. 머릿속이 엉망이라 자동으로 움직인다. 쓰나미에서 살아남은 기분이다. 주변에 온통 파괴된 잔해가 널려 있고, 귓속이 윙윙 울리면서 방향 감각을 잃은 채 걷고 있는 기분. 나는 집을 향해 한 걸음씩 비틀비틀 나아간다. 길을 잃었던 아이처럼. 그의 손에 이끌려 침실로, 그가 베스와 함께 썼던 침실로 들어가는 동안 우리는 아무 말도 하지 않는다. 나는 방 한가운데 서서 안을 둘러본다. 불과 몇 시간 전에 베스와 나는 이 방에서 옷을 바꿔 입었다. 그때와는 완전히 다른 방, 다른 삶인 것 같다.

암브로조가 화장실에서 수건 두 장을 가지고 나와 한 장을 내게 건넨다. 나는 움직일 수가 없다. 그는 수건을 내 구부정한 어깨에 걸쳐놓고 자신의 몸을 닦는다. 그는 셔츠와 바지, 사각 팬티까지 벗고 수건으로 온몸의 물기를 닦는다. 그는 완전히 알몸이다. 그의 성기는 내 기억보다 작은 것 같다. 오래전에 본 데다 지금은 발기되지 않은 상태라 그런 것일 수 있다……. 나는 그가 근육질의 몸통과 등, 허벅지, 엉덩이의 선탠 자국을 닦는 모습을 바라본다. 나는 완전히 넋이 나갔다. 나는 손을 내려다보며 손가락에 낀 베스의 반지를 빙글빙글 돌린다. 베스의 결혼반지가 내 손에 잘 어울린다.

암브로조는 나를 베스라고 생각한다. 그는 내가, 앨비가 죽었다고 생각한다.

그는 물에 젖고 피 묻은 옷을 공처럼 뭉쳐 쓰레기통에 던져 넣는다. 그리고 재빨리 새 옷으로 갈아입는다. 흰 셔츠에 크림색 면바지, 파란색과 흰색 줄무늬 양말. 어떻게 이럴 수 있을까? 단 2분 만에 그는 카탈로그 모델처럼 세련된 모습으로 서 있다. 믿기지 않을 만큼 침착하다.

"베스." 그가 다가와 장어처럼 축 늘어진 내 손을 잡는다. 나는 그를 뿌리치지 않는다. "베스, 그만 옷 갈아입어. 어서. 이러다 감기 걸리겠어."

내가 지금 감기 따위를 걱정할 때인가.

"구급차를 불러야 하지 않아?"

내가 묻는다.

"그러기엔 이미 너무 늦은 것 같아."

나는 그를 올려다본다. 근심 어린 얼굴이다. 어떻게 해야 할지 모르는 얼굴이다. 그는 내가 누구인지 전혀 알아채지 못한다. 나는 그의 가슴에 뺨을 기댄다. 울지 않으려고 애쓰지만 마스카라가 흘러내려 그의 셔츠에 묻고 만다. 그는 또 셔츠를 갈아입어야 할 것이다.

"시신을 수습하려면 구급차를 불러야 해."

"쉿, 베스." 그는 내 머리카락을 쓰다듬는다. "우선 몸부터 말리자."

그는 내 손을 잡는다. 다리를 덜덜 떠는 나를 데리고 화장실로 향한다. 나는 백 살 늙은이가 된 기분이다. 세면대에 기대서 있는데 암브로조가 내 원피스 등에 붙은 지퍼를 내린다.

"아니." 그에게 벗은 몸을 보여줄 수는 없다. "내가 할게……. 내가 알아서 할게."

나는 수건을 받아 들고 그를 화장실 밖으로 밀어내고 문을 닫는다. 아예 문을 잠가버린다. 화장실 문에 등을 기대고 서서 숨을 깊이 들이마신다. 제기랄. 방금 무슨 일이 일어난 거야? 나는 젖은 옷을 벗는다. 베스의 원피스와 원더브라, 그리고 물에 흠뻑 젖은 팬티까지 모두 벗어 바닥에 쌓아놓는다. 손과 팔과 얼굴에 피가 묻어 있다. 무슨 망할 도끼 살인마 같다. 영화 〈쏘우〉에 나오는 엑스트라 같기도 하다. 샤워기를 틀어 발에 묻은 토사물을 씻어내고 손을 씻는다. 손톱 밑에 낀 핏자국, 팔뚝과 목과 뺨에 얼룩진 붉은 피를 씻어낸다.

그가 문밖에서 말한다.

"내가 어니를 데려다 재울게."

"응."

어니…… 아, 맙소사, *이제 내가 그 아이의 엄마다.*

수도꼭지를 잠그고 샤워실에서 나온다. 깨끗해진 것 같지도 않은데 거의 1시간 동안 샤워기 물을 맞으며 서 있었다. 베스의 따뜻하고 폭신한 실내복을 걸치고 베스의 슬리퍼를 신는다. 호화로운 호텔에서 무료로 제공하는 것 같다. 거울 앞에 서서 내 얼굴을 뜯어본다. 내가 정말 베스처럼 생겼나? 눈을 가늘게 뜨고 고개를 좌우로 천천히 움직여본다. 오래 샤워를 해서인지 어지럽다. 세면대를 붙잡고 몸을 가눈다. 내가 보기에는 별로 닮지도 않았다.

두 뺨에는 여전히 마스카라 자국이 남아 있다. 광대의 얼굴에 그려진 검은색 눈물처럼. 베스의 클렌징크림이 옆에 놓여 있다. 눈두덩과 눈 밑에 클렌징크림을 바르고 피부가 빨개질 때까지, 시커먼 자국이 없어질 때까지 문지르고 또 문지른다.

chapter 16

"그건 사고였어. 미끄러져 떨어진 거야."

"괜찮아, 베스. 굳이 설명 안 해도 돼."

내가 방으로 들어가자 두 손으로 머리를 감싸 쥐고 침대에 걸터앉아 있던 암브로조가 고개를 든다. 나는 천천히, 아주 천천히 침실에 발을 들여놓는다. 잠든 사자에게 접근하듯, 폭탄을 피하며 길을 걸어가듯이 조금씩 걸음을 옮긴다. 암브로조의 얼굴이 핏기 하나 없이 핼쑥하다. 갑자기 나이가 확 들어버린 것 같다. 본 적 없던 주름이 이마에 새겨져 있다. 흰머리도 난 것 같다.

"사고였어."

나는 다시 한 번 말하며, 그의 옆에 앉는다. 계속 말하다 보면 나도 믿게 될까?

"무슨 소리야? 당연히 사고가 아니지. 우리가 앨비를 죽이려고 했잖아. 우리 집 뒤뜰에서 죽이려고 했던 건 아니지만. 젠장."

그들이 나를 죽이려고 했다니. 설마 진심은 아니겠지? 베스가 그

런 일에 동의했을 리 없다. 그건 그렇고 왜 나를 죽이려 했을까? 어이가 없다. 난 잘못한 게 없는데. 언니가 나를 미워한다는 건 알고 있지만 순간적으로 욱하는 감정이었을 것이다. 진심으로 죽일 생각은 없었을 것이다. 그럴 리 없다.

"죽이려고 한 게 아니야."

나는 마침내 입을 연다. 가증스럽고 연약한 목소리로.

"무슨 소리야? 우연이었다고?"

"수영장 옆에서 말다툼을 하다가 저 혼자 떨어졌어."

암브로조는 못 믿겠다는 표정으로 나를 쳐다본다. 그는 내 눈빛을 찬찬히 살펴본다. 내가 거짓말을 하고 있다는 눈치다.

"정말이야. 정말 사고였어. 어쩌다 보니, 우연히."

암브로조가 한숨을 푹 내쉰다.

"그래, 좋아. 사고였다고 치자. 하지만 경찰은 그렇게 안 볼 수도 있어. 우리가 구급차를 부르면 경찰이 개입하게 되지. 영국인 관광객이 여기 와서 죽었다고? 언론이 우리한테 달려들겠지. 흥미 위주로 보도를 해댈 것이고. 당신은 살인자로 낙인 찍혀 끝장날 거야. 난 스캔들은 딱 질색이야. 빌어먹을 경찰에 가서 조사받을 수는 없어."

그는 다급하게 말한다. 어린애가 칭얼대듯이 간절한 목소리다. *자기는 조사받을 수 없다고? 무슨 문제가 있는데? 입 닥쳐, 앨비나. 네가 베스라면 어떻게 처신해야 하는지 알고 있겠지.*

"그런 위험을 떠안을 수는 없어. 거래가 진행 중인 *지금은* 안 돼……."

그는 언성을 높인다. 침대에서 벌떡 일어나더니 방문을 주먹으로 친다. *쾅!* 나무 문이 쪼개진다. 그는 내게 등을 돌리고 서서 어깨를 들썩인다. 방금 이 남자가 무슨 말을 한 거지? *나한테* 화가 난 건가? 그래서 *나*도 때리려고 하나? 나는 주먹이 날아올 경우를 대비해 침대 머리판에 기대고 몸을 공처럼 웅크린다.

주먹은 날아오지 않는다.

그가 돌아선다. 표정이 굳어 있다. 그는 동물원 우리 안에 갇힌 성난 고릴라처럼 숨을 몰아쉬며 방 안을 서성인다.

"이제 우린 어떻게 해?" 보아하니 달려들 것 같지는 않아서 나는 조심스럽게 입을 연다. "저기 계속 놔둘 수는 없잖아."

"생각 중이야."

암브로조가 날카롭게 대꾸하며 좀 더 서성인다.

그는 경찰에게 들킬까 봐 걱정하고 있다. 앨비에 대해서는, 나에 대해서는 아무 관심 없다!

그는 내게 다가오며 말한다.

"잘 들어. 앨비가 시칠리아에 온 걸 아는 사람이 누가 있지? 당신이랑 나, 영국항공, 그리고 또 누가 있어?" 그의 물음에 나는 고개를 젓는다. "친구라든지?"

"친구 없어."

"친구가 없다고? 확실해?"

나는 고개를 끄덕인다.

"친구가 없는 사람이 어딨어, 베스. 직장에서는?"

"없을 거야. 정말이야. 그리고 얼마 전에 직장에서 해고된 것 같아."

나는 두 손을 내려다본다. 손에 낀 베스의 결혼반지를 만지작거린다. 다이아몬드와 오닉스, 검은색과 흰색 반지.

그는 한숨을 내쉰다.

"모든 일이 너무 빨리 일어났어. 계획대로라면 더 있어야 했는데. 빌어먹을 계획에 맞춰서 해야 했다고."

"미안해." 어쩐지 사과를 해야 될 것 같다. "전부 다 미안해."

그는 침대 끝에 걸터앉는다.

"누구든 앨비가 타고 온 비행편을 확인하면 카타니아에 도착한 걸 알게 될 텐데. 앨비가 이 집에 온 걸 아는 사람이 누구 누구지?"

"당신, 나, 에밀리아, 살바토레."

에르네스토와 원형극장 경비원이 떠올랐지만, 나는 그 경비원의 이름을 모른다. 베스는 알겠지만 이제 물어볼 수도 없다.

"그게 다야?"

나는 망설이다 대답한다.

"그래, 맞아. 그게 다야."

"알았어. 내 얘기 잘 들어. 우리가 어떻게 해야 되는지 말해 줄게. 일반적인 경우라면 당연히 구급차를 불러야겠지. 하지만 내 사업, *우리* 사업의 속성상 이 근처에 경찰이 기웃거리면 안 돼."

그는 냉정함을 잃어버렸다. 이마에 성난 핏줄이 보랏빛으로 두드러져 울쑥불쑥 고동친다.

"자, 중요한 부분이니까 정신 차리고 들어." 그는 침대에 앉은 채 내 쪽으로 다가와 몸을 바짝 기울인다. 내 손을 잡고 꽉 쥔다. 그의 아랫입술에 하얀 침이 묻어 있다. 그는 나지막이 말한다. "우리는 에밀리아와 살보에게 앨비가 집으로 돌아갔다고 말해야 돼. 당신 동생 일은 참 비극이야. 슬픈 일이지. 하지만 우리가 앨비의 시체를 처리해야 한다는 걸 명심해."

나는 펄쩍 뛰었다.

"*시체를 처리*한다고? 방금 죽었는데 *무슨* 그런 말을 해?"

"베스, 내 얘기 잘 들어. 동이 트기까지 몇 시간 안 남았어. 아침이 되면 에밀리아가 여기로 올 거야. 이웃들과 우체부도 돌아다니겠지……. 저 망할 파티오에서 피를 흘리며 누워 있는 앨비를 방치할 수 없어. 만약 그게 사고였다 해도."

"*만약*이라니, 무슨 뜻이야?"

"그러니까 비록 사고였어도…… 경찰은 우리를 가만두지 않을 거라고. 너무 많은 게 걸려 있어."

도대체 뭐가 걸려 있는데?

"경찰은 당신이 살인했다고 의심할 거야."

'살인'이라는 단어가 나왔다. 마음에 안 든다. 나는 그의 눈을 똑바로 들여다본다. 그는 나를 보호하려는 것 같다. 마침내 내가 묻는다.

"그래서 어떻게 하자고? 정원에 시체를 묻어?"

"그랬다간 정원사가 내 집 잔디밭에 묻힌 여자를 찾아내지 않겠어? 제정신이야?"

내가 생각해도 제정신이 아닌 것 같다. 하지만 어떻게 해야 할지 모르겠다. 이런 일은 해본 적이 없다. 어떻게 해야 좋을지 모르겠다.

"그럼 어떻게 해?"

암브로조가 속삭이듯 대답한다.

"친구들에게 전화할게. 나한테 신세 진 게 있으니 우리 문제를 해결해 줄 거야. 하지만 지금 해결해야 해. 오늘 밤에 당장."

"그들이 재를 어디로 데려가는데? 장례식은 어쩌고?"

"젠장, 베스. 당신은 독실한 가톨릭 신자도 아니잖아. 괜히 성당 장례식을 염두에 둔 척하지 마. 장례식은 우리가 도주에 필요한 시간을 벌기 위한 계획의 일부였을 뿐이야. 앨비의 영혼을 걱정하는 척하지 말라고. 제기랄! 미치겠네!"

그는 전화기 버튼을 쿡쿡 누르더니 송화기에 대고 성난 이탈리아어를 쏟아붓는다. 이탈리아어는 아름다운 언어라고, 꿀처럼 달콤하고 낭만적인 언어라고 생각했는데 오늘 밤은 총소리처럼 울려댄다. 침대 옆 테이블에 놓인 시계를 흘끗 본다. 검은 바탕에 그려진 붉은 숫자가 들썩이며 번뜩인다. 겨우 시간을 읽어낸다. 새벽 1시 13분. 잠시 후 그는 전화를 끊더니 한결 부드럽고 온화한 목소리로 말한다.

"베스, 밖으로 나가서 작별 인사 할래?"

아, 제길. *정말이지* 보고 싶지 않다. 속이 확 뒤집힌다. 목구멍 뒤쪽에 남아 있는 토사물 맛이 여전히 입속에 감돌고 있다. 나는 다시 묻는다.

"친구들이 재를 어디로 데려가는데?"

"우리가 신경 쓸 일 아니야. 알 필요도 없어. 시칠리아에는 실종된 사람들이 부지기수야. 지금 전화를 한 통 더 해야겠다."

그는 나가라는 뜻으로 문을 손으로 가리킨다.

베스라면 이런 상황에서 냉정하게 행동했을까? 한밤중에 내 시체를 처리하면서? 나를 '실종자'로 만들려고 친구들에게 전화를 하면서? 나는 믿을 수 없어 고개를 젓는다. 베스는 이런 상황에서 절대 냉정하지 못했을 것이다. 절대 그럴 리 없다. 베스에게는 말도 안 되는 미친 짓일 테니까. 하지만 나는? 과연 어떨까? 나 역시 경찰이 찾아오는 것을 원치 않는다. 내가 하고자 하는 일에 방해가 될 테니…….

chapter 17

나는 내 손을 내려다본다. 낯선 사람의 손을 보는 것 같다. 누구의 손인지 모르겠다. 망할 내 손등인데도 못 알아보겠다. 손이 덜덜 떨린다. 너무 떨려서 도저히 진정할 수가 없다. 파티오로 향하는, 언니가 있는 곳으로 향하는 문을 열어야 하는데 문손잡이가 잡히지 않는다. 손가락이 떨리고 손바닥은 미끄러진다. 나는…… 이 망할 놈의 문을 열 수가 없다.

암브로조는 또 '친구들'과 통화 중이다. 그에게 신세 졌다는 친구들은 대체 누구일까? 누가 한밤중에 시체를 처리해 준다는 거지? 어쨌든 그들이 시신을 치워주기만 한다면 아무래도 좋다. 그녀를 다시는 보고 싶지 않다. 새의 부러진 날개처럼 파르르 떠는 두 손을 파닥이며, 얼마나 오래 그 자리에 서 있었을까. 마침내 문손잡이가 딸깍 내려가고, 나는 문밖으로 나간다.

어둡고, 고요하다. 당장이라도 그림자 속에서 경찰이 튀어나와 '너를 체포한다!'고 소리칠 것 같다. 살보가 진입로를 달려오면서

'무슨 짓을 한 거야?'라고 외칠 것만 같다. 하지만 조용하다. 아무도 없다. 차가운 밤공기에 몸이 떨려온다. 기온이 10도는 떨어진 것 같다. 수영장 너머 정원이 무의 공간으로, 암흑 속으로 뻗어 나간다. 집 건물에서 흘러나오는 불빛이 수영장과 그 가장자리에 누워 있는 길쭉하고 괴물 같은 베스의 시체를 비춘다.

별들이 무수히 작은 눈알들처럼, 신의 눈처럼 나를 심판하고 비난하며 내려다본다. 달이 에트나 화산 너머로 저물기 시작한다. 곧 태양이 뜨면 유혈 낭자한 저곳이 드러나겠지. 우체부가 오겠지. 살바토레와 에밀리아까지. 서둘러야 한다.

나는 다리를 움직이는 데 온 정신을 모은다. 한 발 한 발 소리 없이 부드러운 슬리퍼를 끌며 걷는다. 공기 중에 둥실 떠가듯 꿈처럼 걸어간다. 몸을 제대로 가누려고 바닥을 내려다본다. 둥둥 떠서 날아가 버리지 않도록 땅바닥에 시선을 집중한다. 나는 무중력 상태로 달 표면을 거닐고 있다. 언니의 머리를 몇 센티미터 앞에 두고 걸음을 멈춘다. 깨진 머리에서 흘러나온 피가 웅덩이를 이루었다. 번들거리는 검은 호수. 여기까지 왔지만 어떻게 해야 할지 모르겠다. 그저 멍하니 처다본다. 입을 다물고 아무 말도 하지 못하고 엘리자베스를 바라보기만 한다. 엘리자베스의 몸, 엘리자베스의 얼굴, 엘리자베스의 머리카락. 싸늘한 소름이 등을 타고 흘러내린다. 언니는 죽었다. 내가 죽였다. 힘도 들이지 않고 순식간에. 아무 일도 없었던 것처럼. 별들은 여전히 반짝이고, 정원도 그대로다. 화산도 여전히 저곳에 있다. 도무지 현실 같지 않다.

믿기지 않는다.

현실이라고 인정하려면 다른 증거가 필요하다.

피 웅덩이로 손을 뻗는다. 손가락을 내밀어 피에 담근다. 선선한 밤공기 속에서 피가 따뜻하게 느껴진다. 미끌거리고 진하고 축축하다. 번들거리는 검붉은 손끝을 가만히 바라본다. 본능적이고 원초적이며 태고의 느낌이다. 현실인지 확인해야 한다. 손가락을 혀로 핥는다. 따뜻하고 축축하고 쇠 맛이 난다. 틀림없는 피다.

◆

나는 암브로조가 서 있는 방으로 불쑥 들어간다. 그는 막 통화를 마쳤다. 어딘지 모르게 묘한 표정인데, 어떤 의미인지는 모르겠다. 그가 손을 뻗어 내 머리에 올린다. 아, 제길! 내가 움찔 피하려는데, 그는 내 뺨에 붙은 머리카락 한 올을 떼어 넘겨준다.

"왜 그래? 움찔하네."

"아니야." 나는 고양이처럼 극도로 예민하고 신경이 곤두서 있다.

"아니긴, 움찔하던데. 여보, 이리 와. 내가 당신을 절대 때리지 않는다는 거 알면서! 대체 왜 그래?"

그는 나를 끌어당겨 바짝 껴안는다. 그의 말에 믿음이 간다. 아내를 패는 남자는 아닌 건가? 베스를 때리지는 않은 모양인데 앨비라면 때릴까? 모르겠다. 그래서 더 무섭다.

"작별 인사는 했어?"

마침내 그가 묻는다.

"으, 응." 나는 고개를 끄덕인다.

"좋아. 잘했어."

그는 내 허리에 팔을 두르고 침대로 이끈다.

"15분 안에 니노가 여기로 올 거야. 나는 치우고 있을 테니 당신은 눈 좀 붙이도록 해."

"알았어."

그런데 니노가 누구지? 물을 한 잔 마시고 나니 메스꺼움이 가신다.

"정말 유감이야, 베스." 그는 내 이마에 키스하며 말한다. "이런 말이 끔찍하게 들리겠지만 그래도…… 죽은 게 당신이 아니라서 다행이야."

속이 울컥한다. 발밑에서 땅이 쑥 꺼진다. *뭐가 어째?*

나는 그를 죽일 듯이 쏘아본다. 내 표정에 분노가 떠올랐는지 그가 곧바로 사과한다.

"미안해. 말이 헛나갔어. 그러니까 내 말은, 난 당신을 너무 사랑해." 그가 키스하려고 하자 나는 고개를 옆으로 돌려버린다. 내 입에서 여전히 토사물 냄새가 난다. 그는 키스 대신 나를 포옹한다. "중요한 건 당신이 안전하다는 거야. 그걸 잊지 마. 당신을 위해 하는 말이야! 당신과 나, 우리 어니. 당신과 꼭 빼닮은 앨비가 저기 누워 있는 걸 봤을 때 내가 얼마나……. 어쨌든 우린 해야 할 일을 하고 있는 거야. 우리 가족을 위해서."

"고마워."

달리 할 말이 떠오르지 않는다. 뇌가 작동하지 않는다. 말하는 법까지 잊어버렸다. 나는 시트를 걷고 침대에 앉는다. 베스의 침대. 이제 내 침대다.

누우려는데 암브로조가 말한다.

"잠옷으로 안 갈아입을 거야?"

베스가 잠옷을 어디에 뒀는지 모른다. 나는 그를 망연히 올려다본다. 잠옷이 어디 있는지 모르겠다. 그에게 허둥대는 모습을 보일 수는 없다. 내 심장이 요란하게 쿵쾅거린다. 어깨의 모든 근육이 긴장된다. 그대로 몇 시간이 지난 느낌이다. 마침내 그는 마호가니 서랍장을 향해 돌아서서 두 번째 서랍을 연다. 아, 저기 있었네. 그는 내게 조르지오 아르마니의 작은 비단 잠옷을 건넨다. 공기보다 가볍다. 나는 그 잠옷을 손에 쥐고 바라본다. 가장자리에 수놓인 작은 분홍색 장미와 아름다운 레이스, 가느다란 끈을 멍하니 바라본다. 잠옷에서 베스의 냄새, 미스 디올 셰리 향수 냄새가 풍긴다. 나는 잠옷을 침대에 내려놓고 눈을 감는다.

방문을 두드리는 소리에 암브로조가 움찔하며 말한다.

"아, 니노가 왔네."

넷째 날
욕정

"할머니가 잇몸으로 터키 사탕을 물듯이 부인은 성기를 꽉 조이지."

@Alvinaknightly69

chapter 18

나는 베스 때문에 실연을 당했다.

그날은 대학교 새내기 파티 주간의 마지막 날 밤이자 우리의 열아홉 번째 생일이었다. 나는 첫눈에 욕정을 느꼈다.

옥스퍼드의 코퍼스 크리스티 칼리지 바에서 저녁까지 스네이크 바이트 칵테일 2500밀리리터, 술 게임 3회, 말리부 한 병을 마시고 나니 온 세상이 둘로 보였다. 그때까지 내가 먹은 음식이라고는 땅콩 한 봉지가 전부였다. 나는 베스가 준 원피스를 입고 화장실에서 멘솔 담배 스무 갑을 줄기차게 피웠다. 푸크시아 색(적색을 띤 보라색 - 옮긴이)의 딱 붙는 원피스는 숨 쉬기조차 어려웠다. 베스도 나와 똑같은 옷을 입었다. 스툴에서 떨어지지 않으려고 온 정신을 모으고 있는데, 베스가 갑자기 하던 얘기를 멈추고 문 쪽으로 시선을 돌렸다. 한 남자가 술집 안으로 들어왔다.

"*저 사람은 누구야?*"

내가 물었다.

처음에는 그가 흐릿하게 보였다. 그런데 가까이 다가올수록 마치 백스트리트 보이즈 콘서트의 무대 뒤쪽에 피워놓은 드라이아이스를 헤치고 걸어오는 지중해의 반신반인半神半人을 보는 듯했다. 할리우드 배우처럼 잘생긴 남자였다. 청바지, 맨 위의 단추 2개를 푼 흰 셔츠, 턱시도 재킷. 어깨까지 내려오는 검은 머리가 파도처럼 물결쳤다. 반짝이는 치아는 콜게이트 치약 광고처럼 하얬다. *이런 남자가 옥스퍼드에 무슨 일이지?* 그가 등장하자 술집에 있던 다른 남자들은 삽시간에 〈반지의 제왕〉의 골룸이 돼버렸다. 피부 태닝이 어쩜 저렇게 잘됐지? 베스는 손을 뻗더니 그를 끌어당겨 포옹했다. 나는 눈으로 보고도 믿기지 않았다. 언니가 저 남자와 *아는* 사이라고?

"앨비, 이쪽은 암브로조야. 암브로조, 이쪽은 내 쌍둥이 동생 앨비나."

베스가 우리를 소개했다.

"쌍둥이? 이럴 수가. 엄청난걸. 일란성이구나?"

우리는 서로를 쳐다보며 어깨를 으쓱했다.

"베스는 쌍둥이 자매가 있다는 얘기를 한 적이 없는데."

암브로조의 말에 베스의 얼굴이 일그러졌다. 베스는 내게 암브로조 얘기를 한 적이 없다. 내가 들었다면 절대 잊어버리지 않았을 것이다.

"믿기지 않을 정도야! 둘이 완전히 똑같이 생겼어……." 나는 그가 내민 손을 잡고 악수를 했다. 그의 피부는 따뜻하고 매끄러웠다. 그가 물었다. "만나서 반가워요. 그쪽은 어느 칼리지예요?"

그는 알아듣기 힘든 악센트로 말했다. 마치 스페인어처럼 들렸다.

베스가 나섰다.

"동생은 여기 안 다녀. 주말에 놀러 온 거야."

나는 억지로 미소 지으며 고개를 끄덕였다.

"맞아요."

"아, 다른 대학에 다니는구나? 요즘 뭘 읽어요?"

"아뇨, 난 대학 안 다녀요." 나는 바닥을 내려다보았다. "요! 스시Yo! Sushi에서 일해요." 나는 대학에 들어갈 자격 조건을 갖추지 못했다. 퇴학을 당했기 때문이다. 내 인생은 잘 풀리지 않았다. 문득 그의 질문이 이상하다는 생각이 들었다. 내가 최근에 《악마의 시》(인도 출신의 영국 소설가 살만 루시디의 환상소설－옮긴이)를 다 읽기는 했지만, 그가 알 필요는 없을 텐데 말이다. 내가 물었다.

"당신은 뭘 읽는데요?"

"난 예술사 석사 과정 중이에요."

우리는 술집을 떠났다. 암브로조와 베스는 팔짱을 끼고 앞서 걸어갔다. 나는 베스가 시시덕거리며 깔깔대는 소리를 들으면서, 다이어트 코카콜라 광고 모델 같은 암브로조의 엉덩이를 쳐다보면서, 몇 걸음 뒤에 따라갔다. 우리는 바람이 불어 사선으로 뿌리는 빗줄기 속을 걸어 어느 지하의 작은 클럽으로 들어갔다. 오렌지색 돌고래인지, 청록색 금붕어인지, 황금색 땅돼지인지 뭔지 하는 이름의 클럽이었다. 클럽 안은 암내가 진동했고 천장에서 물이 뚝뚝 떨어졌다. 댄스 플로어 한가운데 작은 토사물 웅덩이가 있었다. 셀린 디온의 '파워 오브 러브The Power of Love'를 열세 번이나 연달아 틀어대는 것을 보니 디제이는 귀가 먹었든지 죽었든지 덜떨어진 놈인 모양이었다. 하지만 아무도 신경 쓰지 않았다. 옥스퍼드 인간들은 이런 곳을 '나이트클럽'이라고 불렀다.

나는 WKD 보드카와 데킬라 여러 잔을 마셨다. 음악이 너무 시끄러워서 무슨 말을 하는지 귀에 들어오지 않았다. 다른 사람들도 마찬가지일 것이다. 우리는 둥글게 서서 빛나는 알코팝(알코올이 든 청량음료 – 옮긴이)을 빨대로 빨아 마셨다. 베스는 바카디 브리저를 한 병 더 산다며 바로 갔고, 나는 암브로조에게 미소 지었다. 그도 나를 보며 미소 지었다. 우리는 박자 따위 무시하고 대충 음악에 맞춰 몸을 흔들었다. 그는 내 허리에 두 팔을 두르고 가까이 끌어당겼다. 아마 베스는 처음부터 이 남자의 벗은 몸을 상상했을 것이다. 그래서 어떻게 됐을까? 그 상상을 먼저 현실로 이룬 건 나였다. 베스가 이 남자와 알고 지낸 지 일주일도 채 안 됐으니, 엿이나 먹으라지. 암브로조가 어디 매인 몸도 아니고, 먼저 차지하는 사람이 임자였다. 나는 그를 바짝 끌어안았다.

"넌 정말 아름다워."

그의 속삭임에 나는 녹아내렸다.

한 번도 들어본 적 없는 말이었다. 사람들에게 그 말을 듣는 쪽은 언제나 베스였다. 그의 뜨거운 입김이 내 귀에 와 닿았다. 그의 애프터셰이브 로션 냄새에 나는 꿈을 꾸는 듯했다. 나는 그의 가슴에 뺨을 기대고 함께 춤을 추었다. 20초밖에 안 되는 시간이었지만 영원 같았다. 시간은 그렇게 재미난 착각을 불러일으킨다. '파워 오브 러브'가 요란하게 울려 퍼졌다. 어둠 속에서 댄스 플로어가 사라진 듯했다. 그러다 갑자기 조명이 확 켜지면서 음악이 뚝 끊겼다. 베스 얘기로는 집에 갈 시간이라고 했다. 우리는 비틀거리며 거리로 나와 패스트푸드점으로 들어갔다. 나는 콩을 곁들인 치즈 칩을, 암브로조는 버거를 주문했다. 베스가 말했다.

"난 별로 생각 없어. 기숙사로 돌아갈 건데, 다들 갈 거지?"

나는 치즈 칩을 내려다보다가 암브로조를 돌아보며 말했다.

"이따가 기숙사에서 봐."

베스는 나를 노려보았고 암브로조는 비틀거렸다. 그는 꽤 술에 취해 있었다. 나보다 더 취한 것 같았는데 내가 미처 못 알아챈 것일까. 우리는 2인용 테이블에 앉아 함께 음식을 먹었다. 내가 케첩으로 손을 뻰는데, 암브로조가 손을 흔들며 베스에게 말했다.

"안녕. 이따 봐."

베스는 눈을 위로 굴리며 사납게 걸어 나갔다.

그 후 뭔가를 더 먹은 기억은 없다. 나는 그저 암브로조를 바라보았다. 디즈니 왕자 같은 그의 두 눈과 키스를 부르는 입술. 현실의 남자 같지 않았다. 당신을 더 젊고 멋진 모습으로 만들어주겠다는 영양 보충제 광고에 나오는 모델 같았다. 영화 〈쥬랜더〉의 엑스트라 같기도 했다.

"가자."

그가 일어서며 내 손을 잡았다. 나는 도무지 믿어지지 않았다. 그는 왜 베스가 아닌 나를 택했을까?

그다음 암브로조의 방에서 리한나의 '엄브렐라Umbrella'를 들은 기억이 난다. 나는 우리가 꼭 로미오와 줄리엣처럼 느껴졌다. 우리는 원래 짝이 되어야 할 사람들이었다. 그게 우리의 운명이었다. 다만 우리가 로미오와 줄리엣처럼 불행한 연인이 되는 것을 원치 않았다. 그 희곡은 비극으로 끝나니 말이다.

암브로조의 방에는 정리 안 된 싱글 침대 옆에 책상이 있었고, 그 책상 위에 라바 램프가 놓여 있었다. 은색과 유리로 된 길쭉한 기둥 안에 붉은 덩어리가 보글보글 끓어올랐다. 나는 그 덩어리가 마그마나 라바(용암)처럼 변하는 것을 바라보았다……. (아, 그래서 '라바' 램프인 모양이다.) 그 뜨거운 덩어리들은 부글부글 끓고 있었다. 나는 최면에 걸린 듯 넋을 놓고 라바를 바라보았다. 그러다 고개를 들었을 때 암브로조는 셔츠를 벗고 있었다.

"우리가 만난 지 얼마 안 된 건 알아." 그는 셔츠 단추를 풀려고 안간힘을 쓰면서 배꼽을 쳐다보며 중얼거렸다. "그래도 널 미치게 사랑해."

단추가 도저히 풀리지 않자 그는 셔츠를 머리 위로 벗어버렸다. 그리고 지퍼를 내리고 바지도 벗었다. 충격을 받은 나는 멍하니 그를 바라보았다. 무엇 때문이었는지 모르겠다. 그때까지 남자의 벗은 몸을 본 적이 없어서 그랬을까. 물론 그림과 사진으로는 봤다. 남자가 옷을 벗으면 어떤 모습인지는 알고 있었다. 하지만 실제로 본 적은 없었다. 그것도 이렇게 가까이에서, 이런 남자를. 미칠 것 같았다. 전기가 확 올랐다. 정신이 번뜩 들면서 술이 확 깼다.

"뭐라고 했어요?"

"사랑한다고."

그는 내 원피스 자락을 잡고 위로 끌어 올렸다.

그의 말이 총알처럼 내 가슴에 박혔다. 그 누구도 나에게 이런 말을 해준 적이 없었다.

"날 *사랑*해요? 정말? 확실해요?"

"신에게 맹세해. 나랑 결혼해 줄래?"

그는 발에 걸치고 있던 사각 팬티를 벗다가 발을 헛디디며 침대로 쓰러졌다.

"그만해요." 나는 고개를 돌렸다. 그는 혀 꼬인 소리로 말했다. "술에 취했네요. 진심도 아니면서." 그는 나를 놀리는 게 분명했다.

"진심이야. 정말이라고."

그는 내 브래지어를 벗기려 했지만 호크가 풀리지 않자 포기했다.

"언니를 더 좋아하잖아요. 인정하세요. 남자들은 나를 좋아하지 않아요. 날 *괴상하다*고 생각하죠. *괴상한 애*라고. 패배자, 별종이라고."

나는 신발을 찾으려고 침대에서 일어나 방 안을 둘러보았다. 신데렐라처럼 한 짝밖에 찾지 못했다. 그가 일어나 내 허리를 잡고 끌어당기더니 품에 꽉 안았다. 그의 숨결에서 예거마이스터 술 냄새가 났다. 그는 맛볼 수 있을 만큼 가까이에 있었다.

"난 *괴상한* 게 좋아."

나는 그의 눈을 지그시 들여다보았고, 우리는 키스했다.

그 후로는 몽롱한 기억으로 남아 있다. 다만 아침에 깨어났을 때 시트에 묻은 피를 보고 내가 더 이상 처녀가 아님을 알았다. 베스가 알면 화를 내겠지.

나는 서둘러 옥스퍼드를 떠났다. 런던에 있는 '요! 스시'에서 12시부터 교대 근무를 하기로 되어 있었다. 지각해서는 안 될 상황이었다. 마지막 경고를 받은 터였고, 무엇보다 돈이 필요했다. 그래서 나는 봉투 뒷면에 내 전화번호를 적어 베개 위에 올려두었다. '07755 878 4557 : 앨비. 전화해요 X' 너무도 평온하게 잠든 그를 깨우고 싶지 않았다. 나는 조용히 밖으로 나가 문을 닫았다. 복도를 살금살금 걸어가는데 얼굴에 환한 웃음꽃이 피고 기쁨이 넘쳤다. 사람들이 누군가와 동침을 한 후 집으로 돌아가는 길을 왜 '치욕의 걸음'이라고 하는지 이해가 되지 않았다. 물론 아침 8시에 그의 방에서 몰래 빠져나오는 나를 누군가 봤다면 '밤늦게까지 더럽게 논 여자'라고 여기거나, 후줄근한 옷차림을 비난했을 수도 있다. (신발 한 짝을 잃어버려서 한 짝만 신느니 아예 안 신는 게 낫겠다는 생각에) 신발을 신지 않았고, 원피스는 잔뜩 구겨졌으며, 머리카락은 헝클어졌고, 얼굴 화장은 번져 있었으니까. 키스 자국과 사정의 흔적, 아침의 구취가 나를 휘감고 있었으니까. 하지만 나는 더럽다거나 부끄럽다거나 창피하지 않았다. 나는 결혼하고 싶은 남자를 만났다. 마냥 기분이 붕 뜨고 황홀하고 기뻤다. 태어나서 처음으로 행복했다. 그때 내 기분을 뭐라고 표현해야 할까? 드디어 *완전해진* 기분이었다.

하지만 그 주가 지나도록 그의 전화는 오지 않았다. 나는 무슨 일이 있는지 알아보려고 베스에게 전화를 걸었다. 베스는 암브로조가 자기에게 데이트 신청을 했고, 그와 *커플*이 되기로 했다고 말했다. 공식적으로 사귄다는 것이었다. 베스는 사랑에 빠져 정신을 못 차릴 지경이라고 말했다. 암브로조의 원나이트 스탠드를 이미 용서했다고 말했다. 그리고 사실상 그와의 결혼을 계획하고 있었다.

◆

2015년 8월 27일, 목요일, 오전 10시

시칠리아, 타오르미나

기분 전환을 위한 약물이 두통을 유발하는 작은 도구라면 알코올은 큰 망치, 아니 증기 망치쯤 될 것이다. (뉴턴의 운동 제2법칙인 가속도의 법칙이 여기에 적용된다.) 술을 마신 기억은 없지만 머릿속이 쾅! 쾅! 쾅! 울리는 걸 보면 숙취가 심한 것이 분명하다. 보드카 요정이 찾아와 내 엉덩이를 걷어찬 모양이다. 어젯밤에 있었던 일이 잘 기억나지 않는다. 내가 지금 어디 있는지도 모르겠다. 내 몸에 걸친 부드러운 면 실내복 감촉이 따스하다. 처음 보는 분홍색 비단 베개도 있다. 하품을 하고 기지개를 켠 뒤 주먹으로 눈을 비빈다. 잘 잤다. (거의 기절했던 것 같다. *그런 식으로 자지 마, 앨비. 간에 안 좋아.*) 눈구멍 안에서 망막이 오그라지고 비틀린다. 밝은 빛에 눈을 떴다가 감는다. 여기가 어디지? 내 침실은 아닌데. 내 침대도 아니고.

나는 벌떡 일어나 앉아 방을 둘러본다. 여기는 베스의 침실이다. 이건 베스의 침대다. 옆을 돌아보지만 아무도 없다. 시트를 만져보니 차갑다. 암브로조는 어디 갔을까? 여기서 안 잤나? 혹시 내가 (또다시) 언니의 남편하고 잤나? 고개를 젓는다. 같이 잤으면 기억이 날 것이다. 이 방은 어제 베스와 서로 옷을 바꿔 입었을 때와 달라진 것이 없다. 가장자리에 작은 분홍색 장미가 수놓인 잠옷이 베개 위에 놓여 있다.

베스!

젖은 머리카락에서 돌바닥으로 흘러내린 피처럼 현실이 슬며시 밀려든다. 베스. 내가 베스를 죽였다. 내가 밀었나, 아니면 저 혼자 미끄러져 떨어졌나? 기억이 나지 않는다. 내가 살인을 했나? 젠장, 내가 무슨 짓을 한 거지? 침대를 박차고 창가로 달려가 블라인드 사이로 밖을 내다본다. 정원에는 아무도 없다. 여기서는 수영장이 보이지 않는다.

베스는 어디 있지? 어떻게 해야 돼? 젠장, 암브로조는 어디 갔어? 계획이 어쩌고저쩌고 했던 것 같은데? *침착해, 앨비나. 나는 스스로를 타이른다. 침착해야 돼. 태연하게, 평소처럼 행동해. 넌 할 수 있어. 넌 록스타야. 잘 생각해 봐. 비욘세라면 이럴 때 어떻게 행동할까?* 나는 심호흡을 한다.

아, 맙소사…….

해냈다!!!!

행복감이 방울방울 솟구친다.

기분이 어찌나 좋은지 하늘로 날아오를 듯하다. 훨훨 날아 둥실 둥실 떠다니면서 베스의 몸을 내려다보고 지구를 굽어본다. 이대로 춤을 추고 노래하고 폭발할 수도 있다. 난 자유다! 드디어! 웃음이 나온다. 기쁨의 눈물을 흘리고 싶다. 힘차게, 높게. 킥보드를 타고 과속을 할 때처럼. 나도 모르게 미소가 번진다. 두 손으로 입을 가린다.

엘리자베스가 죽었다! 만세!

저기 한쪽 끈이 떨어져 물에 젖은 검은 원피스를 입고, 저무는 달빛 아래 새하얀 피부를 드러내며, 머리카락이 피에 젖은 채 누워 있는 사람은 앨비다. 평온한 얼굴이다. 아름답다. 앨비나. 아무도 그리워하지 않을 이름. 그녀가 어디 있는지 궁금해할 남편 따위는 없다. 안아달라고 우는 아기도 없다. 메일이나 전화를 해주기를, 집으로 돌아오길 바라는 영국 친구들도 없다. 잘됐다. 앨비나가 죽은 게 잘된 일이다.

'난 노력했어. 항상 노력했다고!' 베스는 말했다. 대체 무슨 뜻으로 그런 말을 했을까? 언니의 목소리가 머릿속을 맴돈다.

아니, 난 여기 이렇게 살아 있다. 싸워 이겼다. 아무것도 잃지 않았고, 모든 것을 얻었다. 암브로조야말로 두려워해야 한다. 그래, 이제 어떻게 될지 알아맞혀 보시지! 이제 *내가* 계획을 세울 차례다. 난 언니의 삶을 살면서 매 순간을 즐길 작정이다. 암브로조가 나를 베스로 착각하는 한 내 삶은 황금빛이다. 장밋빛 나날이다. 겁날 게 없다. 하지만 당신이 의심하는 순간 끝장나는 거야, 왕자님. 안녕, 암브로조. 한 번 죽였는데 두 번은 못 죽일까. 겁내야 하는 쪽은 암브로조다. 나는 두렵지 않다. (어머, 나 생각보다 훨씬 더 나쁜 년인가 봐. 리스베트 살란데르(스웨덴의 언론인이자 작가인 스티그 라르손의 소설 《밀레니엄 시리즈》의 등장인물－옮긴이)나 잔 다르크 같은 여자인가 봐.)

내 핸드백이 화장대 옆 의자에 놓여 있다. 베스의 핸드백. 그러니까 내 핸드백이다. 어젯밤 암브로조가 그 가방을 여기 가져다 놓았다. 어제 유모차 손잡이에 걸려 있었던 기억이 난다. 가방을 집어 들고 안을 들여다본다. 프라이마크 지갑, 체리 향 챕스틱, 그리고…… 바닥에 줄처럼 느슨한 게 있는데…… 베스의 다이아몬드 목걸이다! 이게 왜 여기 있지? 베스는 산책을 간다면서 이건 왜 가져갔을까? 여기 계속 서서 고민해 봐야 할 문제지만 일단 소변부터 봐야겠다.

세면대 앞에서 거울 속에 비친 내 모습을 바라보며 중얼거린다.

"안녕, 엘리자베스."

나는 샤워기를 켜고 샤워실로 들어선다. 어젯밤 일로 몸이 더러워진 기분이다. 목욕 스펀지로 몸을 문지른다. 몰튼 브라운 바디워시 한 통을 다 써버린다. 여기 있는 동안 다리털을 밀고 비키니 팬티 선까지 제모를 하는 게 낫겠다. 베스는 눈썹 아래로 털이 없었다. 작은 선반 위에서 베스가 쓰던 면도날을 찾아 면도용 거품을 칠하고 면도를 한다. 뜨거운 증기 구름이 가득한 샤워실을 나와 수건으로 몸을 감싼다.

입안이 썩은 것 같다. 선반 위를 보니 전동 칫솔 2개가 충전 중이다. 나는 둘 중 아무거나 집는다. 평생 이토록 간절히 양치질을 하고 싶었던 적이 없다. 전동 칫솔을 켜자 정원에서 쓰는 전기톱이나 뇌까지 뚫는 드릴 소리 같은 고음의 윙 소리가 터져 나와 화들짝 놀란다. 거울을 바라보며 칫솔로 이를 문지른다. 나는 엘리자베스다. 나는 베스다. 몇 번이고 되뇐다.

그러다 양치질을 멈춘다. 제기랄. 내가 베스라면 오른손잡이여야 한다. 나는 왼손에 쥐고 있던 칫솔을 오른손에 바꿔 쥔다. 다시 양치질을 한다. 안 쓰던 손으로 양치질을 하려니 잘되지 않는다. 갓난아이처럼 동작이 서투르지만 어쩔 수 없이 계속한다. 연습을 해야 한다. 제대로 해내야 한다. 그때 거울 속에 누군가 나타나 깜짝 놀란다. 암브로조다. 뒤에서 그가 말한다.

"좋은 아침이야, 여보."

그의 목소리가 걸걸하다. 나는 입안 가득 치약 거품을 머금은 채 전동 칫솔을 멈춘다.

"기분은 어때?"

그가 묻는다.

나는 치약 거품을 세면대에 뱉고 수도꼭지를 튼다. 그는 눈 밑의 살가죽이 늘어지고 턱수염이 까칠하게 자라 있다. 간밤에 잠을 못 잔 모양이다.

"에밀리아가 에르네스토를 데리고 있어. 그 둘은 아침을 먹고 지금 아기방에서 놀고 있어. 당신만 괜찮다면 에르네스토를 데리고 공원에 다녀오고 싶다는데."

시체는 어쩌고? 젠장. 언니는 어쩔 건데?

"괜찮아."

내가 대답한다. 어니를 보고 싶다……. 입을 맞추고 껴안고 싶다. 어니! 어니는 이제 온전히 내 아들이다.

"저기, 베스, 있잖아…… 음……."

나는 수도꼭지를 향해 허리를 숙이고 미지근한 물로 입을 헹군 다음 세면대에 뱉는다.

"문제가 하나 있어."

"문제?"

"응."

나는 수건을 찾아 입을 닦는다.

"당신 어머니."

"엄마는 오스트레일리아에 계신데."

"나도 알아, *여보*. 하지만 장모님이 문제야. 언젠가는 장모님이 앨비에게 무슨 일이 있는 게 아닌가 하고 궁금해하실 거야." 그는 거울에 비친 나를 보며 미간을 찡그린다. "그리고 기록상 앨비가 마지막으로 모습을 보인 곳이 당신을 만나러 온 카타니아 공항이잖아."

제길. 그의 말이 맞다. 엄마가 문제다.

"그럼 우린 어떻게 해야 돼? 시체는 어디 있어?"

나는 수건으로 얼굴을 닦으며 묻는다.

"시체는 내 친구들이 보관하고 있어."

"우린 어떻게 해?"

"아무 일도 없었던 것처럼 행동하는 게 최선인 것 같아. 앨비가 여기 오기 전처럼."

"엄마는?"

"당신이 장모님한테 전화해서 앨비가 죽었다고 전해. 장례식에 오시라고 해."

뭐가 어째?

"장례식? 무슨 장례식? 안 하기로 했잖아."

"장례식이 오늘이라고 말해. 장모님은 지구 반대편에 계시니까 여기까지 못 오시겠지. 굳이 오신다고 해도 문제는 없어. 니노가 만일의 경우에 대비해 시체를 갖고 있으니까. 여긴 시칠리아야. 언제든 비공개 장례식을 할 수 있는 곳이라고. 성가시긴 하지만 가능해. 늘 일어나는 일이야."

나는 세면대 물을 틀고 입안에 남은 치약을 마저 헹군다. 내가 뱉은 물이 세면대 안에서 빙글빙글 나선형을 그리며 배수로로 빨려 들어 간다. 콸콸 꾸르륵거리다 사라진다. 암브로조의 말이 맞을 수도 있다. 죽은 자식이 베스라면 엄마는 기를 쓰고 여기까지 올 것이다. 하지만 좋아하지도 않는 자식을 낯선 사람들이 땅에 묻는 모습을 보려고 오기에는 너무 먼 거리다. 나는 칫솔 손잡이의 플라스틱에 손톱을 박아 넣으며 말한다.

"엄마한테 전화할게." 선택의 여지가 없다. 엄마가 굳이 온다고 하면 망한 거다. 엄마는 나와 베스를 구분할 줄 아는 유일한 사람이다. "오늘 전화할게……. 그런데 직접 봐야겠어."

"뭘?"

암브로조가 내 어깨에 손을 얹고 마사지를 한다. 아프다. 몸이 바짝 긴장해 있다.

"그들이 앨비를 둔 곳. 묻으려는 곳."

베스가 땅에 묻히는 것을 내 눈으로 확실히 보고 싶다.

"보고 싶지 않을 텐데. 기분이 좋지 않을 거야."

"봐야겠어."

베스가 돌아오지 않는다는 것을 확인해야 했다.

나는 뒤에 서 있는 그와 거울 속에서 눈을 맞추며 못을 박았다.

"가서 볼게."

그는 한숨을 쉬며 고개를 절레절레 흔든다.

"알았어. 가서 봐. 니노한테 전화해 놓을게." 그는 내 허리를 두 팔로 감싸고 가까이 끌어당긴다. "다 괜찮을 거야, 베스."

그의 몸이 따뜻하고, 감촉도 좋다. 문득 그를 믿게 된다. 모든 게 다 괜찮아질 것 같다. 내가 칫솔을 선반에 올려놓는데 그가 말한다.

"어, 왜 내 칫솔을 썼어? 당신 칫솔을 써야지."

chapter 19

나는 과자 가게에 들어간 어린아이처럼 옷방 한가운데 서서 둘러본다. 끝내주게 멋진 옷들! 전부 유명 디자이너의 값비싼 옷이다. 베스는 어떻게 이런 옷들을 장만할 여력이 됐을까? 소설을 써서 이만한 돈을 벌었을 리 없다. 암브로조가 부모님께 상속받은 재산으로 사줬을까? 아니면 암브로조가 미술품 거래로 큰돈을 벌었나? 뭘 입지? 검은색 옷으로 입어야 할까? 아니다. 아무 일도 없는 것처럼, 평소처럼 입어야 한다. 암브로조가 그렇게 말했다. 그래 좋아, 자기야. 당신 말대로 할게…….

나는 로베르토 카발리의 밝은 노란색 원피스를 입기로 한다. 깃과 소매 끝에 황금색 장식이 붙은 원피스다. 에나멜가죽의 노란 쐐기 모양 장식이 달려 있어서 더욱 완벽하다. 밝고 아름다운 햇살 같은 노란색이라 내 기분하고도 잘 맞는다. 사람들이 나를 베스로 생각하는 한 걱정 없다. 타인의 목숨을 반드시 구해야 한다는 법규도 없다. 겨우 4분 늦었다. 그게 뭐? 별것 아니다. 법원에서도 나를 처벌할 수는 없다.

엄마만 못 오게 하면 된다. 빌어먹을 앨비나 나이틀리는 이제 세상에 없다. 만사 해결이다. 나는 백만장자로 살 거다. 거울 앞에서 빙글 돌면서 원피스를 입은 자태를 감탄에 마지않는 눈빛으로 바라본다. 텔레비전 리얼리티 쇼 〈조디 쇼어Geordie Shore〉의 화려한 등장인물 같다. 나는 시칠리아에서 가장 섹시한 남자, 내가 가질 자격이 있는 남자와 결혼했다. 그가 앨비를 죽이려고 했든 말든 무슨 상관이야. 난 앨비가 아닌데. 난 이제 베스다. 난 안전하다. 여기서 상황을 장악하고 있는 사람은 바로 *나*다. 살아 있는 것도 나다. 암브로조가 나를 베스라고 생각하는 한 괜찮을 것이다. 최선을 다해 베스로 살 것이다. *베스*보다 더 베스답게. 이 모든 것을 갖게 된 지금 아치웨이로 돌아가는 일은 절대 없다!

마침내 나는 엄마가 됐다! 산고도 없이 아들을 얻었다. 베스도 (무식하게 힘을 주기에는 너무 고상한 분이라) 제왕절개를 했으니 산고가 없었기는 마찬가지지만.

그동안 못 받은 크리스마스 선물을 한꺼번에 받은 기분이다!

나는 나지막이 콧노래를 부르며 천천히 베스처럼 화장을 한다. 카일리 미노그의 명곡 '아이 슈드 비 소 럭키'를 부른다. 샤넬 파운데이션, 랑콤 주시 튜브 립글로스, 베네피트 마스카라……, 그리고 미스 디올 셰리 향수를 듬뿍 뿌린다. 화장대에 놓인 베스의 빗으로 머리카락을 빗어 어제처럼 뒤로 쪽을 진다. 보기에 괜찮은 것 같은데, 그래도 어제 그 스타일리스트에게 전화를 해야겠다. 이따가 베스의 아이폰을 켜봐야지. 매니큐어도 받을까? 얼굴 관리와 마사지, 오븐에 넣어 굽는 칠면조 고기처럼 은박지로 감싸는 피부 관리도 받아야지. 가짜 태닝으로 얼마나 버틸 수 있을지 모르겠다. 오늘 당장 일광욕을 해야 한다. 거울 속에 앨비나의 흔적은 보이지 않는다. 이만하면 됐다.

나는 높은 웨지 힐을 신고 휘청거리며 복도를 걸어간다. 베스로 사는 것 중에 가장 어려운 부분이다. 15센티미터 힐. 베스는 늘 방금 패션쇼 무대에서 내려온 것 같은 차림이었다. 런던 패션위크나 파리, 밀라노 패션쇼 말이다. 나는 벽을 잡고 겨우 균형을 잡는다. 마침 그쪽 창밖으로 수영장이 내려다보인다. 숨을 훅 들이마시며 밖을 내다본다. 베스의 시체가 누워 있던 바로 그 파티오. 아무것도 없다. 깨끗하다. 아무 일도 없었던 것처럼 수영장은 평온하기만 하다. 푸른 물이 아침 햇살을 받아 반짝거린다. 나중에 수영이나 할까? 하고 싶은 건 뭐든 할 수 있을 것이다.

불현듯 온몸에 전율이 흐른다. 머리부터 발끝까지 얼얼하고 짜릿하다. 감정이 폭발한다. 내가 상상했던 꿈들이 모두 이루어졌다. 창밖으로 몸을 내밀고 깊이 숨을 들이마신다. 날이 더워질 것 같다. 모든 것을 태워버릴 정도로 맹렬한 더위겠지. 베스는 이메일에 '비키니랑 햇빛 차단용 모자를 가져와. 여기 열기가 엄청나거든'이라고 썼다. 오늘은 이 열기가 싫지 않다. 피부를 태닝하기에 완벽한 날씨다. 베스의 피부는 영화 〈캐스트 어웨이〉의 톰 행크스처럼 구릿빛이었다. 난 들키지 않을 것이다. 지지 않을 것이다! 이건 내 게임이고 이겨야 한다. 아주 잘 해내야 한다.

집 안을 한참 돌아다닌 끝에 겨우 주방을 찾아낸다. 이 집은 거대한 미로 같다. 혹시 데이비드 보위가 숨어 있지 않은지 둘러보게 만든다. 체육관, 영화관, 거실, 음악실, 서재, 마침내 주방이 보인다. 엄청나게 넓은 주방이다. 전통 시칠리아식 주방으로 노란색과 흰색 타일, 나무 패널을 댄 천장, 레일에 걸어놓은 반짝이는 구리 팬들이 눈에 띈다. 신선한 레몬 향기와 무언가를 구운 냄새가 풍긴다. 손으로 그림을 그려 넣은 도자기 그릇들이 진열장에 가지런히 놓여 있다. 마치 캐스 키드스톤의 광고를 보는 듯하다. 모든 것이 나무랄 데 없이 깨끗하다.

내 쪽으로 등을 돌리고 서 있는 여자가 보인다. 베스? 나는 깜짝 놀라 얼어붙는다. 온몸이 긴장된다. 하지만 머리카락이 다르다. 이 여자는 검은 곱슬머리다. 여자가 고개를 돌려 나를 쳐다본다.

"안녕하세요, 사모님."

기억난다. 에밀리아. 에밀리아가 어니를 데리고 공원에 간다고 했다. 내 얼굴이 굳어진다. 나는 이탈리아어를 할 줄 모른다. (아는 이탈리아어라고는 욕이나…… 피자, 카푸치노가 고작이다.) 그래서 그냥 "아, 예." 하고 만다. 베스가 굳이 이탈리아어를 배우지 않아 다행이다. 그랬다면 꽤 곤란한 상황이었을 것이다.

"기분이 어떠세요?"

그녀가 묻는다.

"좋아요."

더없이 좋다. 나는 엘리자베스다. 모든 것이 만족스럽다.

"그쪽은요? 어니는 어때요?"

나는 이렇게 말하며 유모차로 다가가 들여다본다. 어니가 아기다운 모습으로 잠들어 있다. 벌린 입에서 살짝 흘러내린 침이 턱에 맺혀 있다. 믿기지 않을 만큼 아름답다. 완벽하다. 이 예쁜 아기가 온전히 내 것이다. 내가 제 엄마를 죽인 것을 알까. 나는 손가락으로 어니의 부드러운 뺨을 쓰다듬는다. 어니는 눈꺼풀을 실룩거릴 뿐 깨지는 않는다.

"아! 자고 있어요!"

에밀리아가 대답하며 내게 다가와 이탈리아식으로 인사한다. 양쪽 뺨에 가볍게 입을 맞추고 뼈가 으스러지도록 꽉 끌어안는 인사다. 에밀리아의 몸에서 기분 좋은 냄새가 풍긴다. 라벤더 비누 향인가? 내가 베스의 향수를 뿌려서 다행이라는 생각이 든다.

"잘됐네요."

나는 눈가에 잔주름이 잡히도록 따뜻한 미소를 지어 보인다. 베스가 유모에게 그런 식으로 미소를 지으며 말하는 것을 보았다.

"알라나라고 하는 그 동생분은 어디 가셨어요?"

맙소사, 뭐지? 그걸 왜 신경 써?

"앨비는 자기 집으로, 런던으로 돌아갔어요. 회사에 문제가 생겨서요. 아주 중요한 일을 하고 있거든요. 동생은 타임스 문예 부록팀의 수석 시인이에요." 에밀리아는 멍하니 나를 돌아본다. "카푸치노 되나요?"

"만들어드릴게요, 사모님."

에밀리아는 미소 지으며 대답한다.

사실 카페인이 필요하지는 않다. 이미 활력이 넘치고 잠도 완전히 깬 상태다. 숙취가 있었다는 사실조차 잊고 있었다. 숙취가 있었던 것 같지도 *않다*. 전에는 숙취가 이틀이나 사흘씩 갔다. 나흘씩 갔던 적도 있었다. 한 번은 일주일 동안 병원 신세를 지기도 했다. 에밀리아는 은색 포트와 커피 원두가 가득 담긴 봉지를 꺼낸다. 나는 에밀리아를 계속 주시한다. 이 여자가 항상 주방에 있지는 않을 테니 커피 만드는 방법을 알아야 한다. 여기는 네스카페 인스턴트 커피와 주전자도 없어서 커피를 마시려면 어디서부터 시작해야 할지 전혀 알 수가 없다.

에밀리아는 자그마한 은색 포트를 선반에 놓고 분해한다. 포트 아래쪽에 여과기로 거른 물을 채운다. 또 다른 기계에 초콜릿 브라운 색 원두를 넣고 스위치를 켠다. 귀가 먹먹해질 정도로 요란한 윙 소리와 함께 방금 간 커피의 크랙 코카인 같은 향기가 퍼져 나간다. 입에 침이 고인다. 에밀리아가 곱게 갈린 가루를 한 스푼 퍼서 은색 포트에 넣는다. 이어서 가스레인지를 켜고 길고 가느다란 성냥으로 불을 붙인다. 나중에 필요할 수도 있겠다 싶어 나는 에밀리아가 성냥을 놓아두는 곳을 눈여겨본다. 가스레인지 왼쪽의 작은 도자기 접시 위다.

"두에 미누티Due minuti."

'2분'이라는 뜻인 것 같다.

"우유 넣을까요?"

나는 고개를 끄덕인다. 은색 포트가 보글보글 끓는다. 에밀리아는 커피를 조그만 컵에 1센티미터 정도 따르고 데운 우유 1티스푼을 추가한다. 이게 다야? 별로인데. 나는 스타벅스 벤티(600밀리리터) 사이즈에 익숙하다. 들통처럼 큰 컵에 2리터 정도의 거품을 담고 캐러멜 시럽을 소용돌이 모양으로 뿌린 커피. 벤티 컵에 비하면 이건 거의 골무만 하다.

"네, 고마워요." 젠장.

한 모금 마셔본다. *제기랄.* 산酸을 마시는 것 같네.

"욱! 설탕 좀 줘요."

에밀리아는 이 행성에 방금 착륙한 외계인을 보듯 나를 쳐다본다.

"저, 사모님, 죄송하지만, *설탕은 악마*라고 늘 말씀하시지 않았어요?"

"뭐, 그랬지만, 생각을 바꿨어요."

나는 설탕 2스푼을 듬뿍 퍼서 커피에 넣고 휘저어 쓴맛을 밀어낸다. 에밀리아는 고개를 갸웃하며 뜨악한 눈으로 나를 쳐다본다. 음, 에밀리아, 이 여자를 조심해야겠다. 지금 이게 소설이라면 이 여자는 나를 무너뜨리는 역할일 것이다. 추리소설에서 상황이 어떻게 진행되는지 정확히 아는 인물은 언제나 집사, 하녀, 유모, 가사도우미 같은 사람들이다. 그들은 커튼을 슬쩍 당기고 방문에 귀를 갖다 대며 엿듣는다. 그들은 집 안 곳곳을 감시하는 눈이며 귀다. 그들의 눈과 귀를 피할 수 있는 추문은 없다. 어떤 비밀도 그들 모르게 할 수는 없다. 그래, 이 여자를 잘 지켜봐야겠다.

"암브로조는요?"

"수영하고 계세요." 에밀리아의 대답에 나는 창밖으로 수영장을 내다본다. 물방아용 연못처럼 잔잔하다. "바다에서요."

아, 맞다. 바다가 있다는 걸 깜박했다. 이제 난 뭘 하면 좋을까? 바짝 곤두선 신경을 풀어줄 필요가 있다. 나는 계단 맨 위에 놓아둔 매직스프링 장난감 같은 상태다. 긴장을 풀기 위해 산책을 나가 새로운 이웃들을 탐색해 볼까? 새로운 신발에도 익숙해질 겸.

"산책 좀 하고 올게요……. 원형극장에 다녀올까 해요."

베스는 그곳을 자주 찾는다고 했다. '영감'을 주는 곳이라면서. 거기 가면 그 경비원을 만날 수 있겠지. 그 경비원이 베스가 그동안 어떻게 살았는지 약간의 정보를 줄지도 모른다.

"이따 보자."

나는 유모차를 향해 허리를 굽히고 어니에게 입을 맞춘다. 어니의 자그마한 볼은 따뜻하고 부드럽다. 나는 주방을 나와 홀로 들어간다. 하이힐을 신고 꽤 잘 걸어 다니고 있다. 그러다 문득 생각이 난다. 엄마에게 장거리 전화를 해야 한다는 걸. 맙소사, 골치 아프게 생겼다. 시드니는 지금 한밤중인데 전화를 하면 엄마의 잠을 깨워야 한다. 엄마와 얘기 나누는 것만은 정말이지 안 하고 싶다.

chapter 20

"떠났다니 그게 무슨 말이야?"

"세상을 떠났다고요, 엄마. 죄송해요."

어색한 침묵이 흐른다. 나는 헤드셋을 머리 쪽으로 더 바짝 붙이고 손가락으로 구불구불한 선을 배배 꼰다.

"여보세요?"

"베스? 베스? 소리가 끊어지는구나, 얘야. 방금 뭐라고 했는지 못 들었어."

나는 심호흡을 한다. 이건 고문이다. 엄마와 수개월째, 아니 1년 정도 얘기를 안 했다. 엄마가 나한테는 전화를 거의 안 하기도 하지만, 한다고 해도 내가 피한다. 엄마는 이메일을 사용할 줄 모르고 페이스북이나 트위터라는 게 있는 줄도 모른다. 딱 한 번 엄마가 에어즈 록에서 보내온 엽서를 받은 적이 있는데 무려 2009년 12월이었다. 엄마가 오스트레일리아식의 비음 섞인 억양을 구사할 때마다 나는 움찔한다. 말끝마다 올려서 모든 말을 질문처럼 한다. 오스트레일리아 드라마 〈네이버스Neighbours〉에 나오는 매즈 램지인지 뭔지 하는 배우처럼. 그 배우는 요즘도 그 드라마에 나오나?

"앨비라고요, 엄마." 나는 까다로운 아이에게 하듯 천천히 또박또박 말한다. "사고가 있었어요. 죽었다고요." 완전히 죽었지.

1분 정도 아무 소리도 들리지 않는다. 혹시 전화가 끊어진 건가.

"여보세요오오오오? 엄마?"

"아이고 이런…… 죽은 게 누구라고?"

빌어먹을. "앨비나요." 나는 한숨을 쉰다.

"아, 그래."

지구 반대편에서 들려오는 엄마의 목소리에서 안도감이 읽힌다. 맙소사, 이럴 줄 알았다! 진짜구나. 엄마는 불쌍한 앨비를 늘 미워했던 거였다. 내가 무슨 잘못을 했다고 그럴까? 이건 너무 부당하다. 엄마는 슬퍼하지도 않는다. 크게 놀란 것 같지도 않다. 나는 눈을 깜박이며 눈물을 참는다.

"장례식이 오늘인데 시간 맞춰 못 오실 거예요. *확실*해요."

"어쩌다 그렇게 됐다니?" 드디어 엄마가 묻는다. *비통*까지는 아니지만 약간은 슬픈 듯한 말투라 마음이 살짝 풀린다.

"수영장에서 사고가 있었어요. 앨비는 술에 취한 상태였고요." 그럴듯하다. 앨비는 늘 술을 즐겨 마셨으니까. 한 잔, 아니 두 잔, 아니 세 잔, 인사불성이 될 때까지 술을 마셔야 세상이 그나마 나아 보였으니까. 그러고도 더 마셨다. 조금 더, 그리고 조금 더. 집까지 어떻게 왔는지 기억도 못 하고, 때로는 (자주) 집까지 오지도 못했다.

(그렇게 취한 날은 침대가 아니라 복도, 배수로, 덤불, 계단통, 엘리베이터, 버스, 연못 같은 데서 잠들곤 했다.)

"술에 취했다고? 수영장이었다고? 그래." 엄마의 목소리가 남반구보다 더 멀리서, 훨씬 더 멀리서 들려오는 것 같다. 목성이나 화성쯤에서. "앨비나답네. 놀랍지도 않구나. 그 애는 늘……."

나는 엄마의 말허리를 자른다.

"말씀드린 대로 장례식은 오늘이에요……."

나는 손가락으로 전화선을 교수형 올가미처럼 팽팽하게 바짝 당긴다. 엄마는 놀라지 않았다. 반쯤 예상했다는 듯한 말투다. 심지어 *기뻐하는* 것 같기도 하다.

"비행기를 예약하마."

젠장.

"아뇨, 엄마. 오실 필요 없어요." 나는 높아지는 목소리를 간신히 억누른다. "시간 맞춰 못 오실 거예요. 사실 오신다고 해도 엄마가 할 수 있는 일은 없어요."

내 말을 곱씹는지 수화기 너머로 침묵이 흐른다. 나는 숨죽이고 기다린다. 톱니가 돌아가듯 엄마의 뇌세포가 윙 돌아가는 소리가 들리는 듯하다. *먼 길이지. 돈도 많이 들어. 죽은 게 앨비나잖아. 베스도 아니고.*

오지 말아요, 엄마. 나는 속으로 말한다. *젠장, 오지 말라고요.*

"장례식을 연기할 수는 없니? 이해가 안 되는구나."

"여기 사람들은 그런 식으로 해요. 오늘 아니면 안 돼요. 가톨릭

교리에 따라야 해서요. 엄마가 오신다고 해도 시간을 맞추지는 못해요. 죄송해요." 나는 목소리에 '슬픔'을 적절히 담아낸다. 어서 전화를 끊고 싶다. 죽은 게 베스였다면 엄마는 무조건 온다고 했을 것이다. 바로 다음 비행기를 타고 부랴부랴 왔겠지. 이만 끊어야겠다. 내가 먼저 끊어버릴까?

"음……" 엄마는 생각해 보는 듯하다 덧붙인다. "어쩔 수 없네. 내가 가는 게 맞지만 요즘 교구의 케이크 판매 일로 눈코 뜰 *새 없이* 바쁘기도 하고……. 어쨌든 내 딸의 장례식에 못 가게 돼서 안타깝구나."

"네."

마치 관심이나 있는 것처럼 말한다. 어이가 없다. 엄마는 내 무덤에서 춤이라도, 아니 *트월킹*(상체를 숙인 자세로 엉덩이를 흔들며 선정적으로 추는 춤 – 옮긴이)이라도 출 사람이다.

"너를 위해서라도 내가 거길 가야 하는데 미안하구나……. 넌 괜찮니?"

"괜찮아요. 그게, 뭐, 사실…… 다들 충격에 빠져 있긴 하지만요."

"그렇겠지. 듣기만 해도 끔찍한데. 그래도 네가 그렇게 된 게 아니라서 정말 다행이다."

아, 맙소사, 또 이러네. 더 이상 못 참겠다. 암브로조에 이어서 엄마까지 같은 소리다. 나는 주먹을 입에 넣고 이를 악문다. 통증으로 눈물을 참아보려 하지만 오래 버티지는 못한다. 그나마 엄마는 나를 죽이려고 모의하지는 않았다. 설마 엄마가 암브로조와 함께 나를 죽일 계획에 동참한 건 아니겠지? 난 암브로조를 믿을 수 없다. 엄마도 못 믿겠다. 이를 갈며 숨을 참는다. 참아야 한다, 앨비나. 꾹 참아야 해!

우리는 전화를 끊는다. 결국 내가 바란 대로 됐다. 엄마가 오지 않을 테니 나는 완전히 망하지는 않았다. 하지만 마음 한구석에 분노가 치민다. 엄마를 못 오게 하려고 엄청난 설득을 할 필요가 없었다. 어떻게 내 장례식에 안 올 생각을 할 수 있지? 교구 케이크 판매? 자식 장례식보다 그걸 더 신경 써? 이번 일로 나는 평생 미심쩍게 생각했던 부분을 확인했다. 엄마는 앨비나를 전혀 좋아하지 않았다는 것이다. 엄마는 처음부터 베스밖에 몰랐다. 엄마는 늘 우리를 지킬과 하이드로 생각했다. 절대 울지 않겠다. 이제 엄마는 나한테 죽은 사람이나 다름없다.

방 한쪽 구석에 놓인 반질반질한 나무 테이블 위에 골동품 꽃병이 있다. 푸른 물감으로 가장자리에 하얀 꽃과 섬세한 무늬를 그려 넣은 꽃병이다. 나는 두 손으로 꽃병 아래쪽을 조심스럽게 감싸 들어 올려서 모자이크 타일 바닥에 내동댕이친다.

꽃병이 산산조각 났다.

◆

원형극장까지는 걸어서 2분 거리다. 하지만 걷다 보니 택시를 타고 올걸 하는 생각이 든다. 용광로에 들어앉은 듯 공기가 답답하고 뜨끈하다. 걷기에는 너무 더운 날씨다. 나는 바짝 마른 땅에 먼지를 일으키며 베스처럼 걸으려고 애쓴다. 턱을 들고 어깨를 젖히고 침착하면서 자신감 있게.

화요일에는 구린 차림새의 관광객들이 잔뜩 돌아다니더니 오늘은 거의 없다. 으스스할 정도로 황량하고 적막하다. 나는 줄 서 있는 관광객 2명 뒤에 슬쩍 가서 선다. 자연스럽게 섞이려고 했는데 뜻대로 되지 않는다. 그들이 고개를 돌려 나를 빤히 쳐다본다. 내가 지나치게 잘 차려입었나 보다. 아니면 아이들 등교할 때 교통정리를 돕는 어머니처럼 노란 옷을 입어서일까? 나는 인상을 팍 쓰면서 매섭게 노려볼까 하다가 지금 베스 역할을 하고 있음을 떠올린다. 어쩔 수 없이 '어머, 안녕하세요!'라고 인사를 건네는 듯한, 나름 가장 상냥한 미소를 지어 보인다. 그들은 약간 겁먹은 표정으로 다시 앞을 보면서 자기네끼리 속닥거린다.

바다는 흉측하게도 녹색이 섞인 푸른색이다. 해초 덩어리가 멍 자국처럼 해저에 잔뜩 가라앉아 있다. 바다 표면에서 반사된 햇살이 내 망막을 태워버릴 것 같다. 하늘은 참을 수 없을 정도로 푸르다.

"엘리자베타! 엘리자베타!"

한 남자가 줄 끝에 선 나를 향해 숨을 헐떡이며 달려온다. 연푸른색 눈동자와 헝클어진 금발의 그는 시칠리아 사람 같지 않다. 어제 본 그 경비원이다. 경비원 제복을 입고 있으니 맞을 것이다.

"엘리자베타? 맞죠? 혹시…… 쌍둥이 동생분이세요?"

그와 눈이 마주치자 잠시 멈칫하던 나는 시선을 피한다.

"나예요, *엘리자베타*."

"역시 그렇군요. 무슨 일 없죠?"

"없어요. 그쪽은 어때요?"

이 남자 이름이 뭐지? 베스가 말해 주지 않았다. 그렇다고 지금 그에게 물어볼 수도 없다. 그가 명찰을 달고 있으면 좋았을 것을.

"저는 괜찮아요. 그런데 동생분은 어디 있어요?"

그는 싱긋 웃으며 묻더니 내 쌍둥이 자매를 찾아 획 뒤돌아본다. 공짜 구경거리를 또 보고 싶은 모양이다.

"아, 앨비나는 집으로 돌아갔어요."

나는 애써 태연하게 대답한다. 갑자기 몸에 열이 확 오른다. 손바닥이 땀에 젖어 축축하다. 나는 손바닥을 베스의 샛노란 원피스에 대고 문지른다. 술이라도 한 잔 마시고 싶다.

그는 미간을 찌푸린다.

"벌써요? 온 지 얼마 안 됐잖아요."

"그러게요. 회사에 문제가 생겼다고……."

그는 내 얼굴을 뜯어본다. 괜히 신발을 내려다보던 나는 〈나부코〉 포스터를 보는 척 고개를 돌리고 하품을 하며 팔짱을 낀다.

"그러니까…… 지금…… 정말 괜찮다는 거죠?" 그는 또 묻는다. "왜 아직 여기 있어요? 계획대로 도망친 줄 알았는데. 어젯밤에 떠난 줄 알았어요."

그가 내 팔에 손을 얹자 나는 그 자리를 내려다본다. 물어뜯은 손톱과 디지털 손목시계가 눈에 띈다. 그가 내 몸에 손을 대는 게 싫다. 어디 있다가 왔는지도 모르는 사람인데.

"괜찮아요." 나는 이렇게 말하며 팔을 뒤로 뺀다. *좀 꺼져.* 이 남자는 왜 이렇게까지 신경 쓸까? *계획*에 대해 뭔가 알고 있나?

"엘리자베타 맞는 거죠?"

그는 재차 확인하며 얘기를 끌려고 한다. 그는 머리부터 발끝까지 내 몸을 눈으로 훑는다. 숨 쉬어, 앨비. 숨 쉬어. *괜찮아.* 나는 지금 '베스'가 입던 그대로 차려입었다. 누구보다도 더 내 쌍둥이 자매와 같은 모습이다. 그런데 왜 이렇게 떨릴까? 왜 땀 한 방울이 내 가슴으로 흘러내리지? 내 심장이 왜 이렇게 요란하게 뛰지? 젠장, 이 경비원이 못 들어야 할 텐데.

"그래요, 맞아요. 말했잖아요. 앨비는 사정이 있어서 집으로 돌아갔다고."

맙소사, 이 남자 왜 이래? 여기 오지 말걸 그랬다. 실수다.

한숨을 쉬며 금발의 머리를 가로젓던 그는 갑자기 걱정스런 표정을 짓는다. 그러고는 두 팔로 내 목을 감싸고 끌어당겨 큰곰처럼 포옹한다. 그의 머리에서 스타일링 젤 냄새가 난다. 젤을 써서 나름 모양을 낸 머리란 말인가? 자다가 방금 일어난 머리 같은데. 나는 시체처럼 뻣뻣하게 서서 움직이지 않는다. 생판 모르는 사람이 나를 포옹하는 것을 좋아하지 않는다. 하지만 생각해 보니 베스에게 이 남자는 생판 모르는 사람이 아니다. 아마 둘은 친구 사이였던 것 같다. 베스, 그러니까 나는 이 남자에게 모든 것을 털어놨을 것이다. 어쩌면 그는 그 계획에 대해 모든 것을 알고 있는지도 모른다.

나는 그를 슬쩍 마주 안는다. 이 남자가 무엇을 알고 있는지 캐내야 한다. 나는 도박을 하기로 결정한다.

"원래는 어젯밤 늦게 떠나려고 했어요."

나는 이렇게 말하며 슬쩍 뒤로 물러선다.

"알아요. 그런데 왜 아직 여기 있어요? 여긴 위험해요, 베타."

"당분간은 여기 머물러도 될 것 같아서요." 나는 주변 풍경과 원형극장을 손으로 가리키며 말을 잇는다. "여기가 마음에 들기도 하고요."

그는 잠시 나를 쳐다본다. 앳돼 보이는 그의 얼굴에 어리둥절한 표정이 떠오른다.

"하지만 엘리자베타, 당신은 선택의 여지가 없다고 말했잖아요." 그는 아무도 없는 원형극장에서 무엇을 찾는지 좌우로 두리번거린다. "여기 있으면 당신은 죽어요. 당신과 아이 둘 다요."

나는 그가 웃음을 터뜨리며 농담이었다고 말하길 기다린다. 하지만 그는 불편한 침묵 속에서 안절부절못하며 내 대답을 기다린다. 나는 대답할 말이 없다. 나는 마치 늦으면 안 되는 약속이라도 있는 듯이 손목시계를 내려다본다.

"어머, 미안해요. 가야겠어요."

나는 뒤돌아 출구로 향한다.

"엘리자베타? 어디 가요?"

"나중에 봐요."

나는 어깨 너머로 말하고 걸음을 재촉한다.

"집으로 가지 말아요! 거긴 안전하지 않아요!"

나는 빌어먹을 우스꽝스러운 노란 신발을 신은 채 최대한 빨리 원형극장에서 달음박질친다. 가쁜 숨을 몰아쉬며 도로를 달리고 언덕을 내려간다. 방향을 이리저리 바꾸고 휘청거리고 골목을 달리다가 울타리를 넘어 정원으로 들어간다. 이어서 또 다른 정원, 골목, 도로. 그러다 감귤밭에서 길을 잃고 만다. 주위의 나무들이 빙빙 돈다. 나뭇가지에 팔이 걸리고 나무뿌리에 발이 걸린다. 나는 폐가 활활 탈 때까지 달리고 또 달리며 푹푹 찌는 공기를 헉헉 들이마신다. 꿀벌과 말벌이 코앞에서 윙윙거린다. 나는 두 손으로 내 얼굴을 찰싹 친다. 이미 모기에 온몸을 물어뜯겼다. 이 나라는 나를 잡아먹으려고 한다.

나는 울퉁불퉁한 고목 밑동에 털썩 주저앉아 나무줄기에 등을 기댄다. 가슴이 들썩이고 두 손이 벌벌 떨린다. 내 몸이 흙바닥에 쓰러진다. 전혀 나 같지 않다. 나라는 느낌이 들지 않는다. 과수원 곳곳에 오렌지와 레몬이 흩어져 있다. '오렌지와 레몬, 성 클레멘트 성당의 종이 말하네.' 베스와 나는 학교 다닐 때 이 노래를 부르곤 했다.

*'선택의 여지가 없다고 말했잖아요'*라고 그 경비원이 말했다. *'여기 있으면 당신은 죽어요.'*

어떻게 해야 할지 모르겠다. 내 마음 한쪽에서는 여기서 멈추지 말고 계속 도망치라고 말한다. 여긴 섬이니 달리다 보면 곧 바다에 다다를 것이다. 더 이상 팔을 휘저을 수 없을 때까지 헤엄치고 또 헤엄쳐야 한다. 내 마음의 또 다른 한쪽에서는 집으로 돌아가 여권을 챙겨 공항으로 달아나라고 말한다. 하지만 갈 데가 없다. 가족도 없고 친구도 없다. 심지어 엄마도 내가 죽었다고 생각한다. '오렌지와 레몬, 성 클레멘트 성당의 종이 말하네. 너 나한테 5파딩 빚졌어, 성 마틴 성당의 종이 말하네. 언제 갚을래? 올드 베일리의 종이 말하네. 내가 부자가 되면, 쇼어디치의 종이 말하네.' 나는 흐느껴 울고 싶은 것을 간신히 참는다.

힘내, 앨비. 제발, 정신 차리고 문제를 해결해.

나는 손가락으로 뺨을 문지르며 코를 훌쩍인다. 난 여기 남을 것이다. 베스도 그걸 원했을 것이다. 암브로조는 아내가 필요하고, 어니는 엄마가 필요하다. 그러니 그들을 위해서라도 나는 그렇게 해야 한다.

그런데 그 경비원은 왜 그렇게 날 걱정했을까? 왜 베스는 나와 신분을 바꿨을까? 어젯밤 베스는 대체 왜 그랬을까? 왜 울었을까? 너무 화가 나서? 몸에는 왜 그렇게 멍이 들었을까?

뭐가 어떻게 된 일인지 전혀 감이 잡히지 않는다.

답을 찾으려면 내가 베스로 사는 수밖에 없다. 이대로 계속 나아가야 한다. 그래야 빠져나갈 수 있다. 필요하다면 영원히 베스로 살아야 한다. 죽는 날까지 베스로 살 것이다. 나는 힘겹게 일어나 몸에 묻은 흙을 털어낸다. 베스의 멋진 원피스에 흙이 잔뜩 묻었다. 내가 원피스를 이 꼴로 만들어놓은 걸 알면 나를 죽이려 들 텐데. 라벨을 확인해 본다. 윽. 드라이클리닝만 하라고 돼 있다. *내가 미쳐.* 이럴 줄 알았다.

chapter 21

시칠리아, 에트나 공원

니노는 영화 〈대부〉의 세트장에서 곧바로 걸어 나온 사람 같다. 시칠리아 이쪽 지역에서는 그런 차림이 유행인 모양이다. 쿨해 보이기는 하다. 〈대부〉에서 마이클 코를레오네로 분한 알 파치노가 쿨해 보였던 그대로다. 말발굽 모양 콧수염, 검은 재킷, 검은 넥타이, 검은색 띠를 두른 회색 페도라. 이제야 기억난다. 그는 내가 여기 도착했을 때 이 집 건물에서 슬그머니 빠져나간 바로 그 남자다.

"모자 멋지네요."

내 말에 니노는 아무런 대꾸도 하지 않는다. 우리가 그의 반짝이는 검은색 승합차에 올라타고 시칠리아의 시골길을 빠르게 달리는 동안에도 그는 아무 말도 하지 않는다. 메탈리카의 노래(나도 좋아하는 '마스터 오브 퍼피츠Master of Puppets')를 귀청이 떨어질 정도로 크게 틀어놓고 현기증이 나도록 기똥찬 베이스에 맞춰 페도라를 쓴 머리를 까딱거릴 뿐이다.

"시체는 어디 있어?"

암브로조가 목청 높여 묻자 니노가 대답한다.

"트렁크에."

"응?" 나는 암브로조를 돌아보며 묻는다. 지금 나는 뒷좌석에 혼자 앉아 치즈와 양파 맛 프링글스를 먹고 있다. "당신도 하나 줄까?"

암브로조는 괴상한 표정으로 고개를 젓는다.

니노와 암브로조는 앞좌석에 앉아 있다. 룸미러에 풍선껌 향이 나는 방향제가 대롱대롱 매달려 있다. 계기판에는 예수 그림을 스카치테이프로 붙여놓았다. 은색 십자가를 꿴 나무 묵주도 보인다.

"당신 동생이 트렁크에 있어."

암브로조의 말에 나는 화들짝 놀라 차 뒤쪽을 돌아본다. 손에 들고 있던 프링글스를 캔에 도로 넣고 뚜껑을 닫는다. 내 뒤의 트렁크에는 두툼한 검은 커버가 덮여 있어 그 아래 뭐가 있는지 보이지 않는다.

"정말이야? 저기 있다고?"

"맞아."

"확실해?"

"뭐가?" 암브로조는 어깨 너머로 나를 돌아보며 묻는다. "내려서 직접 보고 싶어? 니노가 시체를 안 챙겨 왔을까 봐? 시체를 묻으러 가는 길인데 시체를 안 가져왔을까 봐 그래? 이 친구는 전문가야. 그렇지, 니노?"

"전문가 맞지."

니노가 대답한다.

그의 말을 믿는다. 다만 언니의 시체가 이 차 트렁크에 있다는 게 믿기지 않을 뿐이다. 우리는 지금 환한 대낮에 차를 타고 거리를 지나고 있다. 니노의 운전 솜씨는 암브로조보다 더 못하다. 죽고 싶어 환장한 사람처럼 운전한다. 경찰이 잡지도 않는 걸 보면 여기 사람들은 죄 이런 식으로 운전하는 모양이다. 제한속도를 지키면 오히려 의심을 살 수도 있겠다. 그래도 혹시 경찰이 무작위로 차를 세워 내부를 검사하면 어쩌지? 정기적인 검사라도? 그렇게 되면 우리는 망한 거다. 나는 도로에 경찰차가 보이지 않는지 눈에 힘을 주고 살펴본다. 하지만 보이지 않는다. 차가 모퉁이를 돌 때마다 뒷좌석에 앉은 나는 좌우로 밀리면서 문에 쿵쿵 부딪친다. 베스의 멍도 이러다가 생겼나? 안전벨트 따위는 없다. 안전과는 아주 거리가 먼 차다.

창밖으로 키 큰 사이프러스 나무들이 하늘을 향해 뻗어 있다. 끝이 점점 가늘어지는 모양새가 마치 길쭉한 초록색 양초 같다. 언덕을 내려가면서 보니 회색 바위 표면이 눈에 띈다. 카타니아로 향하는 고속도로가 해안선을 따라 뱀처럼 구불구불 이어져 우리는 바다를 계속 옆에 끼고 달리는 중이다. 저들은 베스의 시신을 바다에 던져버릴 생각인가? 오사마 빈 라덴을 바다에 수장했듯이. 베스가 마녀처럼 물 위로 떠오르지 않기를 바랄 뿐이다. 나는 암브로조에게 묻는다.

"어디로 가는 거야?"

"니노의 친구가 시골에 집을 하나 짓고 있어." 음악 소리 때문에 암브로조가 목소리를 높인다. "맞지, 니노?"

메탈리카의 리드 싱어가 '마스터! 마스터!' 하고 악을 쓰니 베이스가 둥! 둥! 둥! 울린다.

"시골집 맞아."

니노가 대답한다.

내가 다시 암브로조에게 묻는다.

"그게…… 무슨 상관인데?"

"가서 보면 알아."

우리는 카타니아에서 그리 멀지 않은 외진 시골로 가고 있다. 니노는 흙길을 운전해 내려간다. 그대로 몇 분 동안 숲을 지나간다. 길은 움푹움푹 패이고 온통 나무뿌리가 널려 있다. 딱딱한 뒷좌석에 앉은 내 몸이 위아래로 들썩인다. 나무들이 지독히 빽빽하게 서 있어 햇빛 한 줄기 들어오지 않는다. 음울한 숲은 들어갈수록 더욱 어두워진다. 공터에 다다르자 니노는 차를 세운다. 처음에는 공터에 아무것도 없는 줄 알았다. 아래는 흙바닥이고 위로는 지붕처럼 우거진 나뭇가지 사이로 손바닥만 한 하늘이 보인다. 눈이 어둠에 적응하자 콘크리트 덩어리들과 땅에 파놓은 구멍, 픽업트럭이 보인다. 나뭇가지 저 뒤쪽에는 래미콘 트럭도 한 대 서 있다. 한눈에 봐도 건축 현장이다.

"내릴 거야? 견디기 힘들면 차에 있어도 돼."

암브로조는 애써 미소 지으며 승합차에서 먼저 훌쩍 뛰어내린다. 그가 문을 쾅 닫는 바람에 나는 움찔한다.

욱! 내가 왜 여기 오겠다고 했을까? 나 때문에 성가시고 계획대로 할 수 없게 되니 암브로조는 기분이 안 좋은 것 같다. 나는 선팅된 차창을 통해 남자들을 내다본다. 암브로조와 니노 그리고 또 한 사람. 니노는 구덩이 옆에 말없이 가만히 서 있다. 내 쪽으로 등을 보이고 선 채 미동도 없다. 숨도 쉬지 않는 듯하다. 나는 저렇게 차분한 사람을 본 적이 없다. 저 남자는 뭔가 있다. 뭐라고 딱 꼬집어 말할 수는 없지만 말이다. 문득 차 안이 너무 덥게 느껴진다. 숨이 막히고 축축하다. 에어컨이 꺼져 있다. 풍선껌 향 방향제 때문에 구역질이 날 것 같다. 속이 메슥거려서 나가야겠다. 숨도 못 쉬겠다. 나는 차 문을 열고 나간다.

"도메니코, 시멘트는 준비됐어?"

"그럼, 그럼. 준비됐지. 됐고말고."

파란색 지저분한 작업복을 입은 덩치 큰 남자가 픽업트럭 짐칸에 걸터앉아 쿠바 시가를 피우고 있다. 그가 도메니코인 듯하다. 그는 고개를 들어 나를 쳐다본다. 여드름 흉터, 상처 자국이 선연한 코, 감방 재소자처럼 바짝 깎은 머리. 그는 불붙은 시가를 금속 가로대 너머로 휙 던지고는 바닥에 내려선다.

"교수님."

도메니코는 암브로조에게 고개를 끄덕이며 인사한다.

왜 그를 교수님이라고 부를까? 도메니코가 나를 돌아보며 묻는다.

"여동생이 죽은 거죠?"

나는 아무 말도 하지 않는다. 딱 보면 모르나. 그래서 우리가 여기 온 건데. 나는 처음 보는 사람과 얘기하는 것을 좋아하지 않는다. 특히 감옥 바닥을 파내고 탈옥한 것 같은 몰골의 남자와는 말이다. 시커먼 손톱, 얼굴에 찌든 때, 찢어진 바지, 감방 재소자 같은 머리. 스티브 맥퀸의 못생긴 사생아 같은 외모다. 스티브 맥퀸처럼 얼굴에 점이 있지만 훨씬 못생겼다.

"뭐, 내 남동생도 지난주에 죽었어요. 할복해서."

젠장. 역겹다.

암브로조가 고개를 절레절레 흔들며 말한다.

"숙녀 앞에서 그런 얘기를 뭐하러 해?"

숙녀라니, 나를 말하는 것 같다. 암브로조는 도메니코와 한판 붙을 태세다.

니노가 나선다.

"그래. 네 동생 놈 따위 누가 신경 쓴다고. 그놈은 맛이 간 멍청이였어."

"내 가족이야. 그런 식으로 말하지 마."

도메니코가 니노를 돌아보며 사포처럼 거친 목소리로 내뱉는다.

"그놈이 내 가족도 아니고. 우리 어머니는 동생이랑 붙어먹지 않아. 멍청한 새끼. 그놈을 내가 죽였어야 했는데."

"개새끼."

"지랄하네."

"엿이나 먹어."

"젠장!" 암브로조가 그들 사이로 들어가 말리자 니노와 도메니코는 개처럼 으르렁대며 떨어진다. 암브로조가 소리친다. "그만들 해. 진정해! 진정하라고!"

나는 니노에게 묻는다.

"저분 남동생에게 무슨 일이 있었어요?"

"여자들을 숱하게 따먹다가 미쳐버린 거죠."

니노는 말보로 레드에 불을 붙이더니 도메니코의 얼굴에 대고 성냥을 획 튕긴다.

흠, 그래서 그랬군.

나도 담배가 당긴다.

니노와 도메니코는 승합차 뒤쪽으로 돌아가 트렁크를 연다. 나는 뒷걸음질쳐서 암브로조 옆으로 간다. 암브로조까지 담배에 불을 붙이니 나도 진짜 한 대 피우고 싶다.

"음, 나도 하나 줄래?"

나도 안다. 베스가 담배를 피우지 않았다는 것을. 하지만 이건 예외적인 상황이다. 지금 니코틴을 흡입하지 않으면 일이 틀어질 것이다. 그러니까 더 심하게 틀어진다는 뜻이다. 이보다 더 심한 일이 있을지는 모르겠지만.

암브로조가 나를 한 번 쳐다보더니 잠자코 고개를 끄덕인다. 그는 내 입술에 담배를 물려주고 불을 붙여준다. 나는 담배를 깊이 빨아들인다. 기분이 조금 나아진다. 그는 팔로 내 어깨를 감싸고 꽉 안아준다.

드디어 드러난 베스의 모습에 나는 기함한다.

베스는 관에 들어 있지도 않다. 가방에 담겨 있는 것도 아니다. 반쯤 벗다시피 한 베스는 깨끗한 우윳빛 피부를 드러내고 누워 있다. 내가 훔친 루이비통 원피스 차림이다. 원피스의 어깨끈이 뜯어져 있다. 얼굴에는 피가 말라붙었고 머리카락은 헝클어져 있다. 그 모습에 왜 그리 놀랐는지 모르겠다. 베스는 언제나 완벽한 머리를 하고 있었기에 그런 걸까. 베스는 항상 단정한 모습이었다.

"아, 맙소사."

나는 두 손으로 내 얼굴을 가린다.

니노와 도메니코가 베스의 어깨와 발목을 잡고 들어서 구덩이로 옮긴다. 베스의 목은 뻣뻣하고 두 팔은 옆구리에 딱 붙은 것처럼 보인다. 사후경직 때문인 모양이다. 내가 예전에 쓰레기통에서 찾아낸 바비 인형 같다. 바비 인형과는 달리 베스의 머리는 여전히 몸통에 붙어 있긴 하지만.

"하나, 둘, 셋."

그들은 베스를 구덩이 속에 던져 넣는다.

털썩.

"건물 토대에 묻는 거야."

암브로조는 이렇게 말하며 남자들 쪽으로 걸어가 구덩이 옆에 선다. 나는 그의 뒤를 따라간다. 우리 넷은 구덩이를 둘러싸고 서서 베스의 시신을 내려다본다. 베스는 흙에 얼굴을 묻고 엎드려 있다. 원피스가 올라가 엉덩이가 보인다. 어쩌면 티팬티를 입었을 수도 있지만 이 각도에서는 명확히 알 수 없다. 내 눈에 저것은 베스의 엉덩이가 틀림없다. 내 엉덩이는 훨씬 크니까. 임신선과 셀룰라이트도 있고. 암브로조의 눈치를 슬쩍 살펴봤지만 알아채지 못한 것 같다. 웃기네.

베스의 피부가 너무 하얘서 마치 수영장 물에 태닝이 모조리 씻겨 나간 것 같다. 베스의 피부가 저렇게 하얬던 적이 없다. 나는 내 팔뚝을 내려다본다. 샤워하면서 태닝 로션이 씻겨 나갔다. 그래서인지 우리 둘의 피부색이 똑같아 보인다. 다행이다.

트럭으로 터벅터벅 걸어간 도메니코가 운전석에 올라앉아 시동을 건다. 트럭이 털털 컥컥 칙칙대며 살아난다. 트럭이 배수로 쪽으로 후진하자 날카로운 삑 소리와 함께 운전석 위쪽에 붙은 경광등에 파란 불이 들어온다. 트럭은 기다시피, 고통스러울 정도로 천천히 후진하다가 멈춰 선다. 운전석에서 뛰어내린 도메니코는 래미콘으로 다가가 조작한다. 래미콘이 부르릉 끄응 소리를 내며 비스듬하게 돌아가더니 걸쭉한 콘크리트가 구덩이를 향해 미끄러져 내려온다. 구덩이로 철벅철벅 떨어진 콘크리트가 시체를 뒤덮는다. 베스의 발과 종아리, 무릎, 허벅지. *철벅, 철벅, 철벅.* 베스의 엉덩이, 등, 어깨뼈, 머리. 기름 탄내가 나고 시커먼 연기가 래미콘에서 피어오른다. 5분도 되지 않아 베스의 모습은 사라지고 마치 연회색 죽 같은 콘크리트 반죽으로 가득 찬 직사각형 구덩이 자국만 남는다.

베스가 내 시신을 매장하는 자리에 있었다면 어떤 태도를 보였을까? 이렇게 냉정했을까? 차분했을까? 여유 있었을까? 아니면 히스테리를 부리며 흐느껴 울었을까? 모르겠다. 난 이런 엿 같은 일을 경험한 적이 없으니 말이다. 내가 아는 것은 저 구덩이에 묻힌 게 베스가 아니었다면 바로 나였으리라는 사실이다. 내가 얼마나 죽음에 가까이 있었는지 짐작조차 할 수 없다. 베스는 나를 죽이려고 여기로 불렀을까? 나는 고개를 흔든다. 아닐 것이다. 베스가 그럴 리 없다. 하지만 암브로조라면? 나는 그를 흘끗 쳐다본다. 그는 전화를 하느라 정신이 없다. 앞으로 그를 주의해서 봐야겠다. 아직까지 이렇게 살아 있으니 일단은 다행이다.

안도한 나는 한숨을 길게 내쉰다. 담배를 끄고 흙바닥에 던져 짓이긴다. 암브로조와 니노, 도메니코가 동시에 가슴에 성호를 긋는다. 마치 테일러 스위프트 콘서트에 나오는 백댄서들처럼. 사전에 안무를 짜고 연습이라도 한 것 같다. 나도 그들을 따라 한다.

우리는 차로 돌아온다.

베스의 손목시계를 보니 오후 1시 42분이다. 집까지 오래 걸리지 않으면 좋겠다. 베스의 스타일리스트를 불러뒀는데 예약 시간에 늦고 싶지 않다.

chapter 22

시칠리아, 타오르미나

"맘마미아, 머리카락이 정말 빨리 자라네요. 2주일 전에 하이라이트를 넣었는데 뿌리 쪽이 벌써 이렇게 올라왔네! 믿기지 않을 정도예요……."

베스의 아이폰에 '크리스티나 헤어 앤 뷰티'라고 저장된 이 스타일리스트는 뒤에 서서 내 머리카락을 손가락으로 훑어 내린다. 콜(화장용으로 눈가에 바르는 검은 가루 – 옮긴이)로 아이라인을 그린 두 눈이 놀라서 휘둥그레진다. 그녀는 윤기 나는 머리카락을 찰랑거리며 고개를 흔든다.

"네."

나는 이탈리아 판 〈보그〉 잡지를 훌훌 넘긴다. 아, 발렌티노의 이 원피스는 정말이지 사랑스럽다. 아름답고 물 흐르듯 자연스러운 주름 장식과 깊게 팬 목선. 레드 카펫에 딱 어울린다. 암브로조와 데이트를 나갈 때 입을까? 베스는 이 원피스와 정말 잘 어울릴 만한 멋진 지미추 구두를 갖고 있다. 타오르미나에서 쇼핑을 하든지 아니면 비행기를 타고 본토의 밀라노에 가서 쇼핑할까? 밀라노에 유명한 명품 거리가 있지 않나? 몬테 나폴레오네 거리라고? 유명 인사라면 누구나 거기서 쇼핑을 하겠지…….

"보충제 드셨어요? 아니면 굴이라도 드신 거예요?"

크리스티나가 묻는다.

나는 무릎에 펼쳐놓은 잡지에서 시선을 떼고 고개를 든다. 크리스티나와 거울 속에서 눈이 마주친다.

"네? 아뇨, 안 먹었어요."

"굴에 아연이 풍부하잖아요. 아연은 머리카락을 자라게 하고요."

흠, 누가 그런 걸 생각할까? 아연은 정액에도 많이 들어 있다. 입으로 애무를 많이 해주는지는 묻지 않다니 웃기네.

"속눈썹 연장하신 건 어떻게 된 거예요? 다 떨어졌네요?"

"네, 다 떨어졌어요. 수영장에 들어갔다가."

"벌써요? 뭐, 다시 하면 되니까……."

나는 화장대 위에 놓아둔 시원한 프로세코 와인을 한 모금 마신다. 가볍고 과일 맛이 강해서 상당히 맛있다. 딸기를 하나 입에 넣고 씹는다. 베스의 아이폰이 테이블 위에 놓여 있다. 나는 아이폰을 집어 들고 화면을 들여다본다. 트위터가 그립다. 베스가 트위터 계정을 만들지 않았다니 믿기지 않는다. 트위터도 안 하고 종일 뭘 하며 살았을까? 베스를 위해 계정을 하나 만들어야겠다. 나를 위해,

베스를 위해서. 고맙다는 인사는 됐다.

@테일러스위프트. 안녕 테일러! 내 이름은 엘리자베스 카루소예요. 아마 내 여동생 앨비나를 알 거예요. 나도 인사하고 싶어서요!

트윗. 테일러는 엘리자베스에게 답장하지 않을 거다. 나한테도 한 번도 하지 않았지만.

크리스티나가 내 머리카락을 손가락으로 쓸어내리며 두피 마사지를 해준다. 매니큐어를 바른 그녀의 손톱이 내 머리를 긁어내린다. 이어서 머리카락을 뒤로 끌어모아 포일에 싸고 뿌리 쪽에 과산화수소 탈색제를 바른다. 표백제나 변기 세정제 '토일렛 덕' 냄새가 난다. 크리스티나는 1시간에 걸쳐 내 머리카락을 반짝이는 작은 은색 꾸러미로 싸놓는다. 그 작업을 하는 동안 지나와 마테오의 결별, 본인 아들이 11세 미만 축구팀에 입단 시험을 치른 얘기, 지난주에 참석했던 스테파니아의 결혼식 얘기를 장황하게 늘어놓는다. 그러다 새로 산 냉장고 때문에 골치를 썩고 있다는 얘기, 남편 배에 가스가 찬 얘기(남편이 달걀 알레르기가 있나?), 어젯밤 드라마 〈몬탈바노 형사〉에서 무슨 일이 있었는지에 대한 얘기까지 시시콜콜 수다를 떤다. 나는 관심 있는 척 고개를 끄덕거린다. 텔레비전에 나오는 인물이든 동네 사람이든 크리스티나의 입에서 나오는 사람들 얘기를 알아둬야 할 것 같기는 하다.

잡지 뒷면에 실린 3행 광고를 들여다본다. 이탈리아어라 읽지는 못하지만 그림은 볼 줄 안다. 영국과 마찬가지로 이탈리아에서도 3행 광고 일은 형편없다. 그 일을 그리워할 일은 없을 것 같다. 지하

사무실도 전혀 그립지 않다. 앙겔라 메르켈도 보고 싶지 않다. 아마 그 여자도 나를 보고 싶어 하지 않겠지.

"눈썹 제모를 해야겠어요." 크리스티나가 말한다. 이마에 보톡스를 넣지 않았다면 아마 이 말을 할 때 이마에 주름이 잡혔을 것이다. "매니큐어와 페디큐어도 해야겠고요. 종일 걸리겠네요……."

크리스티나는 과산화수소 탈색 속도를 높이기 위해 전열기를 내 머리 위로 끌어 올린다. 그리고 줄을 꺼내 내 손톱과 발톱을 다듬는다. '늘 칠하던' 베이비 핑크 색을 내 손톱에 바르고 프랑스식으로 끝에 살짝 흰색을 칠한다. (나는 샤넬 루즈 누아르 색을 좋아하지만 그 색은 베스답지 않다.) 이렇게 스타일리스트가 찾아와 관리를 해주니 너무 편하지 않은가? 크리스티나는 포일 하나를 들어 올려 탈색 정도를 확인하고는 포일을 하나씩 빼기 시작한다. 욕조에 대고 샤워기를 틀어 내 머리카락에 발라놓은 탈색제를 헹궈낸다. 물이 기분 좋게 따뜻하다. 크리스티나는 헤어 드라이어로 내 머리에 굵은 웨이브를 넣고 나서 내 얼굴을 들여다본다.

그러고는 작은 인조 속눈썹 수십 개에 접착제를 묻혀 내 속눈썹 사이사이에 붙인다. 시간이 엄청 오래 걸린다. 크리스티나가 제대로 하는 것이길 바랄 뿐이다. 그만 눈을 뜨고 싶다. 눈을 뜨고 확인하고 싶다. 크리스티나는 살짝 녹인 왁스를 내 눈썹 바로 밑 피부에 바르고 스트립을 붙인 뒤 단번에 쫙 떼어낸다. 이 과정을 몇 번 되풀이한다. 비명이 절로 나온다! 뜨겁다! 더럽게 아프다!

눈썹 제모가 끝나자 우리는 함께 거울을 들여다본다.

"마음에 드세요?"

"아주 좋아요."

트윗. 트윗. 트윗.

테일러 스위프트에게 트위터 답장이 와 있다. 엘리자베스 카루소에게 보낸 답장이다. *@엘리자베스카루소. 안녕, 엘리자베스! 만나서 반가워요! 포옹과 키스를 보내요.*

◆

"에밀리아? 에밀리아!"

"네, 사모님?"

집 안 깊숙한 저쪽에서 에밀리아의 목소리가 들린다.

"에르네스토 데리고 쇼핑 다녀올게요."

암브로조는 친구들을 만나러 밖에 나갔다. 이럴 때 쇼핑으로 기분 전환을 좀 해야겠다.

"네, 사모님."

"3시까지는 돌아올 거예요."

"네, 사모님. 잘 다녀오세요."

"차오Ciao.(이따 봐요.)"

나는 '차오'라는 말이 마음에 든다. 어쩐지 쿨해 보인다. 여기서는 다들 그 말을 쓰고 있으니 괜한 허세도 아니다. 차오. 차오. 차오.

어니를 유모차에 앉힌다. 실버 크로스 '발모랄' 유모차다. 베스는 케임브리지 공작부인(영국의 왕세손비 케이트 미들턴 – 옮긴이)도 샬럿 공주를 위해 이것과 똑같은 유모차를 보유하고 있다고 말했다.

"우리 쇼핑 나가자!"

어니가 나를 쳐다보며 만족스런 표정으로 웃는다. 커다란 푸른 눈에 기쁨이 한가득 담겨 있다. 나는 통통하고 동그란 어니의 머리에 붙은 부드러운 금발의 곱슬머리를 헝클어뜨린다. 어니가 까르르 웃으며 침을 흘리더니 통통하고 짧은 두 팔을 위아래로 파닥인다. 알에서 갓 부화한 병아리 같다.

"마, 마, 마."

나는 어니의 분홍빛 뺨을 쓰다듬는다.

"귀염둥이."

내 안에서 모성애가 샘솟는다. 이 아기가 온전히 내 것이라는 사실이 아직도 믿기지 않는다. 나는 늘 암브로조의 아기를 낳고 싶었다. 지난 8년 동안 이 순간을 꿈꾸며 살았다! 그리고 이제 내 앞에 이 아기가 있다! 내 아들이다. 어차피 이렇게 될 운명이었다. 나는 유모차 쪽으로 몸을 굽히고 어니를 끌어안은 모습을 셀카로 찍는다. 그 사진을 엘리자베스의 페이스북에 올린다. '나와 귀여운 아들!!!!'이라는 글과 함께. 나는 유모차를 밀고 진입로를 내려가 도로로 나선다.

아름다운 날이다. 쏟아지는 햇살로부터 눈을 보호하기 위해 베스의 선글라스를 썼다. 어니를 위해 유모차 덮개를 내려주었다. 난 참 좋은 엄마다. 아들이 햇볕에 타지 않도록 조치를 취했다. (어니가 혹시 목이 마를까 봐) 젖병에 물을 담고, 주방에서 찾은 벨기에 초콜릿도 오후 간식거리로 챙겼다. (어니가 안 먹으면 내가 먹으면 된다.) 젠장, 자외선 차단제를 깜빡했네! 어니의 테디 베어 인형도. 뭐, 괜찮다. 오래 있지는 않을 테니까. 어니도 괜찮을 것이다. 나는 내 아들을 잘 돌볼 것이다. 나중에 디즈니 월드에도 데려가고 이튼 스쿨에도 입학시켜야지. 바이올린 개인 교습을 할 것이다. 크리켓도 가르쳐야지. 집사를 붙여주고 말도 사줘야지. 모두 내가 누려보지 못한 것들이다. 어니가 원하는 것이라면 뭐든 넘치도록 해줄 것이다. 내가 엄마라는 사실에 기뻐하도록 말이다.

언덕을 내려가는데 유모차 바퀴가 윙 소리를 낸다. 폴짝폴짝 뛰고 싶다. 어니는 알아들을 수 없는 말로 노래를 부른다. '검은 양 바바'라는 동요를 부르려는 것 같다. 나는 이대로 두지 않을 것이다. 조금만 더 크면 노래도 개인 교습을 시켜야지. 어쩌면 어니는 유명한 오페라 가수가 될 수도 있지 않을까? 언젠가는 〈나부코〉의 주인공이 될 수도 있지 않을까? 파바로티를 대신할 젊고 좀 더 날씬한 성악가 말이다. 절반은 이탈리아인이니 가능할 것이다. 게다가 아버지가 미남이니까.

나는 깊게 숨을 들이마신다. 아, 신선하고 깨끗한 공기, 레몬 향기. 무슨 일이 있어도 절대 런던으로 돌아가고 싶지 않다. 자동차 매연과 쓰레기통, 개똥, 기름 범벅인 런던. 이 모든 것을 갖게 된 내가 왜 돌아가고 싶겠는가? 나는 세상에서 가장 운 좋은 여자다. 베스의 (복숭아처럼 부드러운) 멀버리 지갑이 지금 내 핸드백(베스의 핸드백)에 들어 있어 솔기가 터질 정도로 빵빵하다. (세어봤는데) 713.5유로와 빛나는 신용카드 세 장이 들어 있다. 베스의 비밀번호를 모르는 게 조금 마음에 걸리지만 막상 부딪히면 어떻게든 될 것이다.

우리는 모퉁이를 돌아 좁고 구불구불한 길을 걸어간다. 파스텔 핑크 색 벽면이 바스러져가는 오래된 건물들. 놀라울 정도로 진한 보라색 꽃들이 가득 핀 나무들. 아기 천사 조각상들로 장식된 대리석 성당. 엽서 사진에나 나올 법한 완벽한 풍경이다. 야자수 뒤로 저 멀리 에트나 화산이 보인다. 그 화산 뒤에는 청록색 바다가 펼쳐져 있다. 프랜지파니 향기, 새들이 지저귀는 소리, 천국이 따로 없다.

우리는 또 다른 모퉁이를 돌아 움베르토 거리로 들어선다. 여기야말로 진짜 천국이다. 쇼핑 천국. 시선이 닿는 저 끝까지 전부 매장이다. 디자이너 매장, 작은 부티크, 화랑, 레스토랑, 술집. 파라솔로 예쁘게 꾸며진 테라스에 아름다운 사람들이 앉아 손에 손을 잡고 걸어가는 다른 아름다운 사람들을 바라본다. 완벽한 신혼여행지다. 사람들은 노랫소리 같은 이탈리아어로 한담을 나누고 잘 차려입은 이들을 향해 담배 연기를 날린다. 나는 간접적으로 니코틴을 흡입하며 미소 짓는다. 아, 이런 게 진짜 삶이지.

카페 저 뒤쪽에 현금자동입출금기가 있다. 나는 베스의 반짝이는 신용카드 한 장을 꺼내 좁은 구멍에 밀어 넣고 터치패드를 눌러본다. 베스의 아이폰 잠금 비밀번호를 그대로 눌러본다. 내가 아는 베스라면 암호를 하나 이상 기억하지 않을 것 같다. 뭐였더라? 스파이스 걸스의 앨범 '워너비'가 발매된 연도인 1996. 1996을 입력하자 검은색 화면에 '틀렸습니다'라는 빨간 글자가 깜박거리며 성난 삑 소리를 내지른다. 기계가 신용카드를 뱉어내자 나는 그것을 베스의 핸드백 아래쪽에 쑤셔 넣고 다른 신용카드를 꺼낸다. 1996. '틀렸습니다.' 이것도 못 쓴다. 또다시 성난 삑 소리가 들리면서 기계가 카드를 뱉어낸다. 젠장. 마지막 카드는 돼야 할 텐데. 나는 떨리는 손가락으로 마지막 세 번째 신용카드를 꺼낸다. 윤기 나는 아름다운 검은색 바탕에 화려한 은색으로 '엘리자베스 카루소'라고 적혀 있다. 플래티넘 카드다. 프리미엄 카드. 이 카드도 안 되면 난 완전히 망한 거다. 1996. 만세! 될 줄 알았다! 잔액을 조회하고는 기절할 뻔한다. 이 예금 계좌에 22만 유로나 들어 있다. 나는 곧장 500유로를 인출한다. 그냥 한번 빼봤다. 지폐가 슥 나오자 나는 매끈하고 빳빳하며 두툼한 지폐 뭉치를 손에 쥔다. 기분이 좋다. 완전 새 돈 같은 냄새가 난다. 나는 돈뭉치를 뺨에 대고 비비고 싶은 것을 간신히 참는다. 혀로 핥고 싶지만 꾹 참는다. 지갑을 열고 돈을 넣는다. 지갑은 너무 뚱뚱해져서 닫히지도 않는다. 나는 베스의 신용카드를 기계에서 빼 들고 입을 맞춘다.

갑자기 갈등이 생긴다. 풀 먹인 리넨 테이블보를 깔아놓은 테이블에 앉아 프로세코 와인과 그린 올리브 한 접시를 주문할까, 아니면 쇼핑을 할까? 결정, 결정해야 한다……. 넌 어떻게 생각하니, 어니? 그때 자기 그림을 늘어놓고 파는 거리의 예술가가 시야에 들어온다. 배우들, 가수들, 정치인들 그림인데 수준이 꽤 높다. 재능 있는 화가다. 마치 사진처럼 그렸다. 누구를 그렸는지 한눈에 알아볼 수 있다. 니콜 키드먼도 있고 기네스 팰트로도 있고 채닝 테이텀과 톰 크루즈도 있다. 어머! 잠깐. 채닝 테이텀? 이건 사야 돼!

"안녕하세요."

"안녕하세요."

화가가 마주 인사하며 고개를 든다.

"채닝 테이텀 그림은 얼마예요?"

"20유로요."

"20유로요?"

"예, 20유로요."

"그 정도는 못 내요. 너무 비싸요. 10유로 드릴게요."

"안 됩니다. 20유로입니다."

"됐어요. 11유로로 해요. 마지막 제안이에요."

"20유로입니다. 20유로."

"알았어요. 12유로. 받든지 말든지."

"안 됩니다."

"13유로?"

"안 됩니다."

"14유로?"

"안 돼요. 맘마미아!"

"그럼 15유로? 마지막 제안이에요."

"20유로! 20! 20!"

"알았어요. 16유로 드릴게요. 여기서 1센트도 더 못 드려요. 선물 포장해 주세요."

나를 위한 그림이지만 포장해 달라고 한다.

"그 가격으로는 안 됩니다."

"17유로?"

"안 돼요."

"18유로?"

"안 됩니다."

개새끼.

여기서 그림을 잡아채 도망칠 수도 있지만 유모차 때문에 빨리 달리지 못할 것 같다.

"됐어요! 안 사요! 필요 없어요. 됐네요. 그냥 갈래요!"

나는 돌아서서 유모차를 맹렬하게 밀며 성큼성큼 걸어간다. 화가는 꿈쩍도 하지 않는다. 그는 나스트라즈로 맥주를 한 모금 쭉 마시더니 딴 데로 시선을 돌린다.

아아아아아아악! 나는 왔던 길을 되돌아가 쏜살같이 그 화가 앞으로 돌진한다.

"19유로! 됐죠? 그 가격으로 주는 거예요?"

화가는 나를 올려다보며 인상을 쓴다.

"이 그림은 20유로입니다."

재수 없는 놈. 양보할 줄을 모른다.

나는 채닝 테이텀의 초상화를 바라본다. 아름다운 얼굴에 박힌 강아지 같은 눈. 내가 원래 갖고 있던 그의 포스터가 지금 없어서 무척 아쉽다. 그 포스터를 대신할 그림으로 이게 좋겠다.

"알았어요. 좋아요. 19유로 50센트. 어때요? 이 정도면 좋은 거래 잖아요."

화가가 의자에서 일어나 내 손을 잡고 악수한다. 그래! 마침내 무너질 줄 알았다. 앨비 1점, 거리의 화가 0점.

"좋습니다. 드디어 거래가 성사됐네요."

그는 기지개를 켜더니 그 그림을 잡는다. 나는 베스의 지갑에서 20유로짜리 지폐를 꺼내며 묻는다.

"20유로짜리 지폐인데 잔돈 있죠?"

"없는데요. 죄송하네요."

그는 어깨를 으쓱하더니 깡통 속에 들어 있는 지폐 뭉치를 가리킨다. 은색이 보이지 않는다. 동전은 없는 모양이다.

나는 20유로를 그의 면전에 던지고 그림을 낚아챈다. 그러다 그림이 약간 찢어지고 만다.

"그래요, 알았어요. 웃겨. 제기랄. 받든지 말든지. 다 가져요!"

"잘 가요, 아가씨."

나는 어니를 태운 유모차에 채닝 테이텀의 초상화를 집어넣는다.

어느 옷가게 진열장에 악어가죽 핸드백이 위풍당당하게 진열돼 있다. 코린트식 기둥을 본딴 모형 위에 그 핸드백과 잘 어울리는 허리띠와 클러치백이 놓여 있다. 엠포리오 아르마니. 엄청나게 섹시하다. 갖고 싶다. 들어가서 봐야겠다. 가게 이름은 '마리안나'다. 나는 유모차를 밀고 가게 앞문으로 향한다. 내게 뭔가 특별한 것을 사 주고 싶다. 내가 그럴 자격이 있다는 것을 신은 아실 것이다. 내가 그동안 겪어온 모든 일, 내가 해온 모든 일을 생각하면 그렇다는 얘기다. 더 이상 베스가 입던 옷을 입고 싶지 않다. 오롯이 내 옷을 갖고 싶다. 새 옷. 독특한 옷. 암브로조와 데이트를 나갈 때 입을 만한 매력적인 옷이 필요하다. 그의 새로운 아내, 더 매력적이고 훌륭하고 섹시한 아내로서 말이다. 어쩌면 전에 그 레스토랑에 나를 다시 데리고 갈지도 모르잖아? 그 레스토랑이 아니더라도 나이트클럽이나 바닷가의 작고 귀여운 술집 같은 곳에 데려갈 수도 있을 것이다. 바닥까지 닿는 긴 드레스를 입은 내 모습을 그려본다. 선명한 녹색이나 선셋 오렌지색 드레스다. 시선을 확 잡아끌고 엄청나게 비싼 옷. 모든 사람들이 나를 돌아보면서 양옆으로 쫙 갈라져서 소곤거리고 손으로 가리키며 쳐다볼 만한 옷을 입고 싶다. (호의적인 말투로) "저 여자는 누구지?"라고 서로 물어볼 만한 옷. 내가 받아 마땅한 관심을 받고 싶다.

물론 액세서리도 있어야 한다……. 새로운 다이아몬드가 필요하다. 귀고리와 팔찌, 반지도 몇 개 더 있어야 한다. 반 클리프 앤 아펠 매장에서 예쁜 액세서리들을 봤다. 발렌티노 클러치백도 갖고 싶다. 허벅지까지 올라오는 미우미우 부츠도.

반짝이는 유리문이 쓱 열리자 나는 시원한 매장 안으로 들어선다.

"안녕하세요, 베타!" 킬힐을 신은 매장 직원이 반갑게 소리치며 내 쪽으로 휘청휘청 다가온다. 아, 젠장. 베스를 아는 사람인가 보다. "안녕, 어니!"

"안녕하세요!"

나는 최대한 베스 같은 목소리로 대답한다. 숨소리가 섞인 허스키한 목소리. 그리고 억지로 미소 지어 보인다.

윤기가 좔좔 흐르는 검은 머리에 엉덩이가 거의 없다시피 한 제로 사이즈(여성 의류의 가장 작은 사이즈 – 옮긴이)의 또 다른 직원도 우리 쪽으로 와서 인사한다. 우리는 공기처럼 가벼운 입맞춤과 포옹을 나눈다. 그 직원은 유모차를 향해 허리를 굽히고 어니에게 정답게 말을 건넨다.

"잘 지냈니, 꼬마 에르네스토? 세상에, 예쁘기도 해라."

그러고는 어니의 이중 턱 밑을 손으로 간질인다. 어니는 오랫동안 못 만난 친구를 다시 만난 듯 까르르 웃는다. *어니*도 이 점원을 아는 걸까?

직원은 나를 올려다보고 미소 짓는다. 투명한 치아 교정기를 꼈고 푸크시아 핑크 색 립스틱을 발랐다. 그녀한테서 희석하지 않은 리베나 음료수 원액처럼 느글느글할 정도로 달달한 냄새가 풍긴다. 싸구려 향수 냄새다. 베스가 쓰던 향수가 훨씬 더 내 취향이다.

"베타, 엄청 멋진 신상 구두가 들어왔어요! 와서 보세요! 어서요! 마음에 드실 거예요!"

직원은 직접 내 손을 잡아끌지는 않았지만 마치 그렇게 한 것 같은 기분이다. 나는 끌려가다시피 그녀를 따라 벽의 유리 선반에 켜켜이 쌓인 구두 옆을 지나 대리석 타일 바닥을 가로지른다. 온통 반짝반짝 아른아른 번쩍번쩍 빛난다. 작은 태양처럼 환한 조명등이 줄지어 놓인 값비싼 핸드백들을 비추고 있다. 돌체 앤 가바나, 구찌, 호간, 로베르토 카발리, 토즈. 직원은 걸음을 멈추고 돌아서서 젊음 가득한 얼굴에 기대감이 어린 미소를 짓는다. 그러고는 신상 구두를 손으로 가리킨다.

"이겁니다!"

빨간 퍼스펙스(유리 대신 쓰는 강력한 투명 아크릴수지 – 옮긴이) 소재의 스틸레토 힐 구두는 굽이 검은색과 흰색으로 되어 있다.

"아, 네."

◆

나는 그 구두를 샀다. 당연히 샀다. 선택의 여지가 없었다. 정말 마음에 안 드는 구두였지만 살 수밖에 없었다. 그 구두와 어울리는 퍼스펙스 벨트와 퍼스펙스 핸드백까지 사야 했다. 총 4498유로. 베스라면 샀을 물건들이라 산 것이다. 내가 안 샀으면 그 직원은 나를 베스가 아닐지도 모른다고 의심했을 것이다. 나는 크기와 모양이 제각각인 돌들을 깔아놓은 움베르토 거리를 쿵쿵거리고 걸으며 이를 간다. 쇼핑백 손잡이 때문에 손바닥이 파일 지경이다. 더럽게 무겁다.

원피스. 원피스를 사야겠다. 그럼 기분이 나아질 것이다. 그런데 골동품 같은 분수가 내 앞길을 가로막는다. 돌로 깎은 물고기의 입에서 물이 뿜어 나온다. 나한테 물이 튀어 옷이 젖는다. 물은 마음을 느긋하게 만들어주는 것 아닌가? 분수라면 수련 잎과 부처상으로 장식된 일본식 정원처럼 잔잔한 소리를 내야 마땅하다. 그런데 이 분수는 정말이지 사람을 짜증 나게 한다. 나는 분수 옆을 사납게 걸어간다. 다른 옷가게를 찾아봐야겠다. 나만을 위한 원피스를 찾아야 한다.

그러다 진열장이 2층으로 된 매장 앞에 선다. 눈부신 태양 아래 유리창이 반짝거린다. 유리를 이렇게 반짝반짝 닦으려고 미스터 클린 세정제를 몇 리터는 썼을 것이다. 광택 나는 하얀 마네킹들은 번쩍이는 은색, 선명한 노란색, 눈부신 흰색 옷을 입고 있다. 프라다, 펜디, 에밀리오 푸치, 미쏘니. 전부 완벽하다. 나는 매장 안으로 들어간다. 우아하고 마법 같은 분위기의 낯선 전자음악이 흐른다. 길고 환한 복도를 지나자 번쩍거리는 조명이 쏟아지는 매장이 나온다. 매장 안에는 완벽한 얼굴로 자세를 잡은 마네킹들이 더 많이 있다. 반짝반짝한 거울들. 성스러운 공간. 정사각형 유리 상자 안에 서 있는 마네킹들은 움직이지 않지만 마치 살아 있는 것 같다. 나는 그들의 플라스틱 머리를 살펴본다. 그들의 죽어 있는 멍한 눈이 베스의 눈과 닮았다. 돌연 그들이 나를 마주 보며 움직인다. 다가와 나를 붙잡으려 한다. 확실하다. 거울 속에 베스의 모습이 언뜻 보인다.

나는 놀라 펄쩍 뛴다.

숨이 막힌다.

도망친다!

나는 숨을 헐떡이며 거리로 나와 숨을 들이쉬고 내쉰다. 현기증이 밀려와 다리 사이에 머리를 두고 숨을 고른다. 바닥이 빙빙 돈다. 제길, 뭐지? 그건 베스였다! 분명하다. 나는 베스를 봤다! 주변을 둘러보지만 베스는 보이지 않는다. 땀이 난다. 과호흡이다. 사람들이 나를 쳐다본다. 유모차는 어디 있지? 문득 유모차가 없다는 사실을 깨닫는다. 어니가 사라졌다! 가슴이 철렁한다. 제기랄, 아기가 어디로 사라진 거야? 주변을 둘러본다. 가게 안으로 다시 들어가 찾아본다. 관광객들을 밀치고 휘청대며 움베르토 거리를 달린다. 망할 분수가 또 내 앞길을 막는다. 피가 솟구친다. 뇌가 지끈거리고 입이 바짝 마른다. 술이라도 마시고 싶다. 아, 맙소사, 베스가 알면 나를 죽이려 들 텐데……. 어느 가게였지? 가게가 너무 많다. 내가 저 가게에 어니를 두고 나왔나? 누가 데려갔으면 어떡하지? 나는 아까 봤던 망할 핸드백을 찾아 진열장마다 들여다본다. 악어가죽 핸드백이었나? 뱀가죽? 엠포리오 아르마니였던 것 같은데? 돌체 앤 가바나였나? *어서 생각해, 앨비. 어니를 찾아야 하잖아!* 어딘가에 있을 것이다. 어딘가에. 이 지긋지긋한 탈수 증세만 없다면 울고 싶다. 보테가 베네타. 존 갈리아노. 에밀리오 푸치. 몽클레르…….

마침내 아까 들어갔던 매장이 길 건너에 보인다. 마리안나. 엠포리오 아르마니 악어가죽 핸드백. 찾아서 다행이다. 나는 문을 부술 듯이 열고 가게 안으로 들어간다. 숨을 헐떡이고 땀을 흘리며 비틀비틀 들어서자 모두의 시선이 내게 쏠린다. 유모차는 그 매장 문 옆에 그대로 있다. 어니를 잃어버린 줄 알았다. 다행히 어니는 유모차 안에서 곤히 잠들어 있다. 매장 직원이 입을 딱 벌렸다가 가만히 닫는다. 나는 유모차 손잡이를 잡고 집으로 돌아간다. 채닝의 초상화를 잃어버릴 뻔했다니 믿기지 않는다. 원피스는 다음에 사야겠다.

chapter 23

"내가 왜 거길 같이 가야 하는데?"

나는 암브로조를 따라 길을 내려가며 묻는다.

우리는 테라스에 의자를 내놓은 '모캄보Mocambo'라는 작은 술집을 지나 다시 타오르미나 시내로 가고 있다. 체크무늬 테이블보, 커피 향. 나는 암브로조가 친구들과 좀 더 시간을 보내다 오기를 바랐다. 그동안 정신을 가다듬고 나만의 계획을 세워야 했다. 하지만 그는 벌써 집에 돌아와 있었고, 내 도움이 필요하다며 닦달했다.

"그분이 당신을 좋아하잖아."

"누가?"

"신부님."

이해가 안 되지만 암브로조에게 중요한 일인 듯하니 따라갈 수밖에 없다. 순종적인 아내, 남편을 존중하는 배우자답게. 나는 완벽한 파트너가 되어줄 작정이다. 그가 신앙심이 돈독한 사람 같지는 않지만 어쨌든 우리는 지금 성당으로 가고 있다. 내가 성당에 어울리는 옷을 잘 골라 입었기를 바란다. 베스라면 어떤 옷을 입고 성당에 갈까? 신부 앞에 서려면 프라다를 입는 게 맞으려나?

우리는 검은색과 흰색 타일이 깔리고 다채로운 꽃들로 장식된 '4월 9일 광장'(독립기념일을 붙여 만든 광장 – 옮긴이)을 가로지른다. 고풍스러운 랜턴이 달린 연철 가로등이 줄지어 서 있다. 저 앞에 목적지인 성 주세페 성당이 보인다. 마치 햇볕에 녹은 웨딩 케이크 같은 성당이다.

왜소한 체구의 할머니들이 미사를 마치고 광장으로 쏟아져 나온다. 어느 소년이 걷어찬 축구공이 내 머리 바로 옆을 스치고 지나간다. 멍청한 녀석. 하마터면 그 공에 맞을 뻔했다. 내가 베스 역할을 하고 있지만 않다면 당장 그 꼬마 놈의 면상을 향해 축구공을 걷어찼을 것이다. 토티 선수의 티셔츠를 입은 또 다른 소년이 성당 벽을 향해 축구공을 찬다. "골! 골!" 소년들은 왁자하게 웃고 환호하고 소리치며 뛰어다닌다. 나는 눈살을 찌푸리지 않으려고, 욕을 하지 않으려고 꾹 참는다.

우리는 이곳 풍경을 바라보며 감탄해 마지않는 관광객들에게 태양과 바다 경치를 맡겨두고, 시원한 17세기 바로크 성당으로 들어간다. 파스텔 색감의 그림들. 날아다니는 아기 천사들. 성당에 들어갈 때마다 나는 마치 남의 집에 무단 침입이라도 한 것 같은 이상한 기분에 휩싸이곤 한다. 내게 맞지 않는 곳이라는 미묘하면서도 강력한 느낌이다. (마지막으로 들어갔던 성당이 밀라노 성당이었는데, 그 얘기는 더 이상 하지 않기로 하자.)

암브로조가 내 손을 잡고 흐릿한 불빛에 물든 신도석으로 향한다. 향냄새와 먼지. 잠시 후 내 눈은 어둑한 내부에 적응한다. 지옥의 변방(지옥과 천국 사이에 있는 림보–옮긴이)은 아마도 이런 밝기일 것이다. 수세기에 걸쳐 켜켜이 쌓인 죄악의 냄새가 난다.

신부는 성당 앞쪽에서 전례문을 암송하고 있다. 이탈리아인치고는 유별나게 키가 큰 편이다. 여윈 체격에 자세는 구부정하고 길쭉한 매부리코를 갖고 있다. 본인도 지루해 죽을 것 같은 말투다. 똑같은 내용을 백만 번도 넘게 암송했을 것이다. 그 정도면 단어의 본래 의미를 상실하고 만다. 신부의 목소리에는 어떤 감정도 담겨 있지 않다. 나 같아도 매일, 신부의 표정으로 봐서는 100년쯤 라틴어로 말해야 한다면 저런 목소리를 내지 않을까 싶다.

나는 암브로조의 뒤를 따라 통로를 걸어간다. 우리는 성찬식 참여를 기다리고 있는 신도들 옆으로 다가간다. 내 차례가 오면 어떻게 해야 할지 모르겠다. 신부가 "그리스도의 몸"이라고 말하면, 신도들은 "아멘"이라고 화답한다. 신도들이 차례로 입을 벌리면 신부가 그들의 혀에 제병(성체 성사에 쓰는 둥근 빵–옮긴이)을 하나씩 올려준다. 뭐, 간단해 보인다. 나는 암브로조를 내 앞으로 보낸다. 신부는 암브로조를 보더니 짜증스러운 표정을 짓는다. 입술을 오므리면서 미간을 찌푸린다. 이상하다. 왜 그러지? 이제 내가 제병을 받아먹을 차례다. 그리스도의 몸은 건조해서 꼭 프링글스 과자를 먹는 것 같다. 와인을 곁들이니 그나마 목으로 넘어간다. 와인이 아니라 그리스도의 피라고 해야겠지만. 암브로조와 나는 왼쪽 앞에 있는 신도석에 자리 잡고 앉아 신부가 다가오기를 조용히 기다린다.

신부의 제의가 바스락거리는 소리가 가까워진다.

"안녕하십니까." 신부가 말을 건다. "엘리자베타! 만나서 반갑습니다! 늘 그렇듯이!"

그는 내 손에 입을 맞춘다. 신부가 미사를 교대하기 전에 마신 에스프레소 향, 그가 피운 담배 냄새가 코끝에 훅 와 닿는다.

"반가워요, 신부님. 잘 지내시죠?"

신부에게 어떤 식으로 말해야 하는지는 〈발리 키스엔젤Bally-Kissangel〉이라는 드라마를 봐서 알고 있다.

"부인을 뵙고 나니 기분이 한결 좋아지는군요."

신부는 내 눈을 들여다보고 내 손을 지나치게 꼭 잡으며 미소를 짓는다. 소름이 돋는다. 느끼하다. 부적절하게 느껴진다. 내 손을 그만 놔주면 좋겠다. 왜 이러는 거지? 내 눈을 들여다보며 영혼을 찾고 있나? (그런데 못 찾은 건가?) 내 마음을 읽고 있나? 내가 베스가 아니라는 것을 알아챘을까? 예수가 그에게 알려줬을까?

등줄기를 타고 소름이 쫙 끼친다. 성당 안이 추워서일까. 마침내 신부가 시선을 돌린다.

"암브로조." 그는 오랫동안 못 만난 아들을 다시 만난 듯 암브로조와 악수하고 포옹한다. "잘 지내죠?"

"그럼요, 잘 지냅니다. 감사합니다, 신부님."

암브로조가 나를 돌아보더니 내 어깨에 한 손을 올리며 말한다.

"여보, 저기서 잠깐 기다리고 있을래?" 그는 신도석을 가리킨다.

"고해성사를 하고 올게. 오래 걸리지 않을 거야."

나는 암브로조와 신부가 팔짱을 끼고 성당 측면의 시커먼 나무 부스로 들어가는 모습을 바라본다. 고해성사실은 거대한 옷장처럼 보인다. 그렇다면 천국은 나니아(C. S. 루이스가 《나니아 연대기》에서 창조한 가상의 나라 – 옮긴이) 같은 곳일까? 신은 《나니아 연대기》에 나오는 아슬란이나 미스터 툼누스처럼 생겼을까? 저 둘은 고해성사실에 들어가 무슨 얘기를 나누려는 걸까? 내 얘기는 아니면 좋겠다. 그들은 고해성사실 작은 문의 진홍색 벨벳 커튼을 닫는다. 금속 안전망이 삐걱거린다. 문득 애덤이 생각난다. 그 일이 있은 후 그 남자는 내게 전화를 하지 않았다. 암브로조도 저 안에 들어가 신부와 섹스를 하려는 건가?

나는 그들이 영화처럼 고해성사실에서 무릎 꿇고 앉아 있는 모습을 상상해 본다. *자비를 베풀어주세요, 신부님. 저는 죄를 지었습니다.* 죄를 용서받으려면 나는 얼마나 많은 성모송(성모마리아에게 바치는 기도 – 옮긴이)을 읊어야 할까? 고해성사가 너무 오래 걸리지 않기를 바란다. 벌써부터 지루하다. 여기서 난 뭘 해야 하지? 나는 십자가에 못 박힌 예수의 조각상을 올려다본다. 예수가 어떤 기분인지 알 것 같다. 제발 좀 빨리 나와라…….

나는 신도석에 앉아 성당 내부의 조각상과 그림들을 찬찬히 구경한다. 솔직히 말해 마음이 조금도 편치 않다. 불지옥에 떨어진 사람들의 그림이 너무 많다. 불에 타고 있는 여자들 그림이 사방에 있다. 그들은 소리 없는 비명을 지르며 고통에 몸부림친다. 연옥을 표현한 그림인 것 같다. 굽이치는 언덕, 짙푸른 나무, 연푸른 호수 등 토스카나의 눈부시게 아름다운 풍경을 배경으로 예수와 마리아가 그려진 르네상스 시대의 그림도 보인다. 하지만 1세기의 고대 유대가 저런 풍경이었을 리 없다. 어째서인지 마리아를 보고 있으니 베스가 떠오른다. 마리아에게도 자매가 있었을까.

고해성사실에서 소리가 들린다. 누군가 '카라바조' 어쩌고 한 것 같다. 암브로조와 신부가 이탈리아어로 큰 소리를 친다. 어쩌면 암브로조 혼자 고함친 것일 수도 있다. 그들이 무슨 얘기를 하고 있는지 짐작조차 할 수 없다. 시칠리아에 계속 살 거라면 이탈리아어를 배울 필요가 있겠다는 생각이 든다. 베스는 굳이 그렇게 하지는 않았지만 말이다. 목소리를 높여 천천히 말하면 이곳 사람들이 영어를 대충 알아듣기 때문일 것이다.

암브로조가 고해성사실 커튼을 확 젖히며 성큼성큼 걸어 나온다.

"엘리자베스! 그만 가자."

성당 안이 떠나갈 듯 그의 목소리가 울리며 벽을 타고 메아리친다. 바닥까지 약간 흔들린 것 같다.

"어서 가자."

암브로조는 내 손을 잡고 신도석에서 일으켜 세운다. 아, 젠장. 그는 화난 표정이다. 내가 언니가 아니라 동생이라고 저 신부가 알려줬나? 그래서 암브로조가 나랑 신부한테 화난 건가?

"뭐야!" 내가 넘어질 뻔했는데도 그는 손을 놓지 않는다. 그대로 나를 성당 앞문으로 끌다시피 하더니 눈부신 태양을 향해 밖으로 밀어낸다.

"병신 같은 놈."

밖으로 나온 암브로조가 사납게 내뱉는다. 그는 성당 문을 쾅 닫는다. 저 신부 때문에 화가 난 것이기를.

"무슨 일이야?"

내가 묻는다.

모퉁이를 돌아 모캄보 술집으로 간 우리는 광장이 한눈에 보이는 테라스에 자리 잡고 앉는다. 암브로조는 그라파(포도로 만든 독한 이탈리아 술-옮긴이) 두 잔을 주문한다. 그는 분노에 못 이겨 몸을 떨고, 나는 두려움에 떨고 있다.

나는 떨리는 손을 테이블에 놓인 암브로조의 담뱃갑으로 뻗는다. 담배 두 개비를 꺼내면서 나는 베스이니 오른손잡이여야 한다는 사실을 떠올린다. 평소 쓰지 않는 망할 오른손으로 힘겹게 불을 켜려다 라이터를 놓쳐버렸다. 그가 나를 쳐다본다.

"왜? 또 담배 피우게?"

"응. 스트레스를 받아서."

나는 간신히 담배 한 개비에 불을 붙이고 그의 입술에 물려준다. 그리고 나머지 한 개비에 불을 붙여서 쭉 빨아들인다. 아, 포름알데히드와 타르 맛. 이제 좀 낫다.

"언제부터 담배를 피웠어?"

그가 인상을 쓰며 묻는다.

"지금부터." 나는 쿨하게 대답하려고 애쓴다. 그가 눈치챈 것 같지는 않다. 괜찮은 것 같다. "아까는 뭣 때문에 그렇게 소리를 질렀어?"

그는 나를 쳐다보며 *'여기서 할 얘기는 아니야'*라는 듯 인상을 쓴다. 웨이터가 작은 쟁반에 그라파 두 잔을 들고 온다. 나는 웨이터의 엉덩이를 흘끗 본다. 나쁘지는 않지만 암브로조의 엉덩이와는 비교할 수도 없다. 우리는 술을 쭉 들이켠다. 맛이 썩 좋지는 않다. 내 입맛에는 말리부가 더 낫다.

"요트 타러 가자. 개똥 같은 기분을 떨쳐버려야지." 암브로조는 테이블에 잔을 탁 내려놓는다. "가자. 요트에서 편하게 얘기하는 게 좋겠어."

아, 안 돼. 보트는 싫다. 요트도 싫다. 암브로조와 단둘이 바다에 떠 있고 싶지 않다. 그 장면을 상상해 봤을 때 끝이 *전혀* 좋을 것 같지 않다. 그가 내게 엄포를 놓지 않을까? 이미 알고 있을까? 나를 살살 다루면서 단둘이 있을 기회를 엿보는지도 모른다. 배를 타고 싶지 않다. 그를 믿지 못하겠다. 그는 나를 죽일 것이다. 그게 원래 그의 계획이었다! 기회가 오면 그는 나를 때려 쓰러뜨리고 바다에 던져버릴 것이다.

"그냥 여기 있으면 안 돼?"

여기 이 사람들과 함께 공공장소에 있는 편이 더 안전할 것 같다. 마을 한복판에서 나를 어쩌지는 못할 테니까. 그것도 훤한 대낮에 말이다.

"가자!"

그가 자리에서 일어선다.

chapter 24

이오니아해

"샴페인 더 줄까, 자기야?"

암브로조가 묻는다.

그는 오래되고 비싸 보이는 술병을 들어 내 잔에 샴페인을 가득 채운다.

"음, 크루그 1983이네."

나는 술병에 붙은 라벨을 읽는다. '크루그'라고 읽는 게 맞을까, '크루우그'라고 읽어야 할까? 그가 나를 쳐다본다. 왼손에 쥐었던 잔을 오른손으로 얼른 바꿔 들고 샴페인을 단번에 들이켠다. 그가 술병을 얼음 통에 와그작 소리와 함께 도로 집어넣는다. 날씨가 워낙 더워 얼음이 오래가지 못할 것 같다. 이러다 바다에 불이라도 붙을 것 같다. 연기가 모락모락 피어오르는 석탄 위에서 항해하고 있는 듯하다. 태닝은 확실히 잘되겠다.

"86년산보다 이게 더 나은 것 같지 않아?"

그가 묻지만, 나는 잘 모르니 대충 얼버무린다.

"아, 그래. 맞아."

"이건 그랑 퀴베라서 첨가물도 덜 들어가고 좀 더 정제된 느낌이야. 피노 누아는 사과 맛이 나잖아. 그렇지 않아?"

내 입맛에는 람브리니 와인 같은데.

"그래, 사과 맛. 맞아. 사과 맛이 나지."

암브로조가 미소 짓는다. 맞장구를 쳐주니 기분이 좋아 보인다. 그가 감정을 가라앉힌 것 같아 다행이다. 나를 바다에 빠뜨려 죽일 계획을 세우는 것 같지는 않다. 아까 그 신부한테는 왜 그렇게 화를 냈을까. 어떻게 된 상황인지 알아야겠다. 샴페인도 더 마시고 싶다.

우리는 요트 갑판에 수건을 펼쳐놓고 누워 있다. 짙은 색 나무 바닥이 뜨겁게 달궈져 발바닥이 델 것 같다. 나는 베스의 조그만 비키니를 입었다. 아장 프로보카퇴르의 비키니인데 치실이나 다름없을 만큼 가느다란 끈으로 되어 있다. (비키니 팬티 선까지 제모를 해서 다행이다.) 선글라스까지 착용하니 꽤 베스처럼 보이지만 그래도 혹시 몰라 사롱을 걸치고 있다. 암브로조는 진공 포장재처럼 딱 붙는 스피도 수영복을 입고 내 옆에 누워 있다. 우리 둘의 몸이 서로 밀착되어 있다. 암브로조의 몸은 〈본다이비치〉(오스트레일리아 시드니 본다이비치 해상구조대의 활동을 보여주는 리얼리티 프로그램 – 옮긴이) 해상구조대원처럼 잘 빠졌다. (그렇다고 내가 〈본다이비치〉든 뭐든 텔레비전 방송을 본 적이 있는 것은 아니다.) 피부도 뜨끈뜨끈하다. 그는 거의 알몸이다시피 한 상태다. 맙소사. 아, 맙소사. 나는 이 남자를 지독하게 원한다. 위험하다는 생각에 더 흥분된다. (나도 안다. 엉망진창 같지만 *원래* 그런 것이다. *나만* 그런 것도 아니다. 1941년 독일 공군이 영국에 대공습을 퍼붓는 내내 런던 사람들은 섹스를 했다. 두려움은 천연 성욕촉진제다. 나 역시 위험에 반응해 흥분한 것이다.)

반갑게도 가벼운 바람이 불어온다. 우리 몸의 열기를 식혀줄 정도의 바람이다. 요트는 나른한 이오니아해에서 살짝 깐닥거릴 뿐이다. 완벽한 저녁이다. 구름 한 점 없는 푸른 하늘이 끝없이 펼쳐져 있다. 태양이 저 멀리 수평선으로 가라앉으면서 우리 주변의 바닷물이 찬란하게 반짝거린다. 여긴 천국이다. 완벽한 행복, 천상의 기쁨. 여행 책자에서 본 것보다 훨씬 좋다. 〈어 플레이스 인 더 선〉이란 프로그램보다 더 좋다. (사실 나도 그 프로그램을 한두 번 보기는 했다.) 다이아몬드처럼 투명한 바닷물을 바라보고 있으니 긴장이 풀리기 시작한다. 모든 광기는 나중에 해결되겠지. 지금은 일단 편안히 쉬고 싶다.

"굴 더 먹을래?"

암브로조가 묻는다.

"아, 그래. 좋아."

나는 굴 따위를(주름진 회색 껍데기에 끈적끈적한 갈색 내장이 들어 있는 못생기고 작은 생물을) 좋아한 적 없지만 베스는 좋아했다. 그래서 먹어봤는데 놀랍게도 맛이 꽤 괜찮다. 게다가 굴에는 아연이 많이 함유돼 있다고 한다!

"요즘 랑그도크 굴은 살이 없지만 이 이탈리아 굴은 바다 맛이 풍부해."

"음, 그러네." 물론 그렇겠지.

묵직한 접시에 얼음을 깔고 그 위에 굴을 올려서 가져온 그는 레몬을 쥐어짜 굴 위에 뿌린다. 샬롯 양파와 타바스코 소스를 조금 넣고 잘게 썬 파슬리와 후춧가루를 더한다.

"자, 내가 먹여줄게."

나는 입을 벌리고 굴을 한입에 삼킨다. 시월드 쇼에 나오는 물개가 된 기분이다.

"맛있어."

나는 베스처럼, 꾸밈없는 소녀처럼 깔깔 웃는다. 암브로조의 말이 맞다. 바다 맛이 난다. 물론 좋은 의미로.

우리는 갑판에 나란히 누워 있다. 그가 내 머리카락을 쓰다듬고 나는 그를 끌어안는다. 널찍한 그의 가슴에 베개처럼 머리를 얹는다. 둥지 속 병아리처럼 안전하게 보호받는 기분이다. 그는 내가 앨비인 줄 모른다. 베스로 사는 게 좋다. 점점 그런 마음이 커지고 있다. 그와 함께 늙어가는 상상을 해본다. 암브로조와 나. 앨비와 암브로조. 암브로조와 앨비. 우리 둘의 머리글자를 따서 AA. AA라고 하니 긴급 출동 서비스가 떠오른다. 알코올중독자 갱생회Alcoholics Anonymous의 약자도 AA다. 나는 그의 요트에서 헤아릴 수 없이 많은 시간을 보내게 될 것이다. 오후가 저녁으로 바뀌고, 저녁이 밤으로 바뀌겠지. 우리는 이 갑판에 나란히 누워 태양이 피를 흘리며 바다로 저무는 풍경, 달이 뜨고 별들이 불타오르는 풍경을 보게 될 것이다. 꿈처럼 완벽하다. 너무 완벽해서 도무지 현실 같지 않다. 하지만 현실이다. 나는 그 현실을 거머쥐었다. 로레알 광고처럼 *난 소중하니까*. 나는 열심히 노력해서 쟁취했다. 내가 꿈꿔 온 모든 것을. 난 누릴 자격이 있다. *진심으로*.

"람페두사로 갈까?"

암브로조가 따뜻한 손으로 내 어깨선을 따라 목 아래까지 쓰다듬으며 묻는다.

람페두사가 뭐지?

"음."

나는 주변을 둘러본다. 람페두사가 무슨 등대 종류인가?

"우현에서 보여."

그의 말을 듣고 나는 요트 왼쪽으로 고개를 돌린다.

"아니, 거긴 좌현이고. *우현이라니까*. 당신 오늘 왜 그래? 어디 머리라도 부딪쳤어?"

젠장. 베스라면 알았겠지. 나는 방시레 미소 지으며 오른쪽 저 멀리 시선을 돌린다. 뭐가 있다는 건지 몰라 고개를 젓는다.

"그건 아니지만 상태가 별로이기는 해. 그냥 여기 있자. 그 섬이 그 섬 같네. 조금 있다 보면 어느 해변이나 다 똑같아. 지루하지."

우리는 다시 누워 하늘 높이 날아다니는 우아한 바닷새들의 춤을 구경한다. 유령처럼 창백하고 새하얀 깃털을 가진 바닷새들은 두세 마리씩 짝을 지어 왈츠를 추고 하늘을 빙글빙글 돈다. 어쩌면 우리, 암브로조와 내가 아기를 낳을 수도 있지 않을까. 어니가 아들이니까 딸이면 잘 어울리겠다. 딸은 나를 닮겠지만 절반은 이탈리아인이니 더 짙은 머리와 황갈색 피부를 타고나겠지. 이름을 뭐로 할까? 이탈리아 이름이어야겠지. 소피아? 안젤리나? 모니카 벨루치? 그래, 그 이름이 완벽하겠다. 우리의 완벽한 가족. 완벽한 가정. 사진을 수천 장 찍어서 인스타그램에 올려야지. 페이스북에도 올리고 트위터에도. 나의 근사한 가족에 관해 트윗을 할 것이다. 나의 아름다운 인생. 내 남편이 얼마나 섹시한지 다들 보라고. 내 아이들이 얼마나 귀여운지 보란 말이야. 나는 킴 카다시안보다 더 많은 팔로어를 거느릴 것이다. 수십만 개의 '좋아요'를 받을 것이다.

이제 돈도 많으니 일할 필요 없다. 그저 먹고 마시고 쇼핑하고 또 먹을 것이다. 육아는 에밀리아에게 맡기면 된다. 직원들을 더 고용해야 할까? 드디어 시를 쓸 시간을 갖게 됐다. 하이쿠를 쭉 써나가야지. 책을 써서 상도 받자. 핸드백에 넣고 다닐 만큼 작은 개도 한 마리 살까? 미스터 딕 대신 작은 치와와를 핸드백에 넣고 다녀? 아니면 바이런 경처럼 애완용 곰을 키울까? 멋질 것 같다.

"베스?"

그가 부른다.

"응, 여보."

나는 잘생긴 남편을 돌아본다. 나의 멋지고 아름답고 근사한 남자. 베스가 어쩌다 몸에 멍이 들었는지는 여전히 모른다. 내 쌍둥이 자매는 왜 암브로조에게 그렇게 화를 냈을까? 왜 그한테서 도망치려 했을까? 핸드백에 들어 있던 다이아몬드 목걸이는 뭐지? 이웃 남자와는 왜 다퉜을까? 암브로조가 하려던 말은 뭐지? 그는 돌연 진지한 표정이다. 그가 나를 죽이려는 건가? 나와 몸싸움을 하고 목을 조른 뒤 내 시체를 바다로 던질 생각인가 보다!

"동생 일은 정말 유감이야. 일이 그렇게 된 것도 그렇고."

아, *그거*.

팔꿈치에 힘을 주고 상체를 일으킨 나는 눈을 가늘게 뜨고 태양을 바라본다. 옆에 놓인 엘리자베스의 구찌 선글라스를 다시 낀다.

"나도 그래."

나는 그를 돌아보며 입술을 아래로 뿌루퉁하게 내민다. 베스가 그랬듯이 코를 살짝 찡그리면서.

"제대로 묻어주지도 못하고 그렇게 돼버려서……. 우리는 원래 비용을 아끼지 않고 장례식을 제대로 치러주려고 했잖아. 그렇게 못 해줘서 마음이 참 안 좋아."

나는 팔을 뻗어 그의 손을 잡는다. 감촉이 좋다.

"이해해."

나는 그의 손가락을 쓰다듬는다. 빌어먹을, 다른 얘기를 하면 안 될까? 이제 막 재미있어지려던 참이었는데.

"왜 하필…… 그 거래가 걸려 있는 시기에 그런 일이 일어났는지. 그래서는 안 됐잖아? 카라바조 거래 말이야. 이제 어떻게 해야 좋을지 모르겠네. 일단 다른 계획을 짜야겠어."

무슨 말을 하는지 도통 모르겠지만 대충 장단을 맞춘다.

"그래. 모든 일이…… 좀 얼크러지긴 했지."

"다른 방법을 찾아내야 돼. 시간이 없어. 우리한테 기회는 한 번 뿐이야. 유일하게 빠져나갈 수 있는 기회. 단 한 번의 실수도 해서는 안 돼. 그랬다간 무슨 일이 일어날지…… 그들이 무슨 짓을 할지 당신도 알잖아……."

"그래, 물론 알지."

암브로조가 한숨을 푹 쉬며 팔꿈치에 힘을 주고 몸을 일으킨다. 그는 샴페인을 한 모금 마시며 말한다.

"어쩌면 당신 동생이 그렇게 죽은 게, 안락사처럼 죽은 게 더 잘된 일일 수도 있지 않을까?"

소름이 돋는다. 어깨가 뻣뻣해진다.

"글쎄, 여보. 무슨 말인지 모르겠어."

"당신도 늘 말했잖아. 당신 동생이…… 괴물 취급받으면서 우울하게 살고 있다고. 그러니까 그런 식으로라도 고통을 끝낸 게 어쩌면 최선이라는 생각이 들어서."

베스가 *뭐라고* 했다고? 어떻게 베스가 나에 대해 그런 말을 할 수가 있지? 당장 뺨을 후려치고 싶지만 베스는 여기 없다. 마음 같아서는 베스를 저 바다 밑으로 끌고 내려가 발로 차고 주먹으로 치고 싶다! 표리부동한 년! 어떻게 그럴 수가 있어? 어떻게 감히? 내가 꿈꿔 온 남자한테 내 욕을 해? 나에 대해 거짓말을 지껄여? 개 같은 년.

그는 내 마음을 달래려는 듯 미소 짓는다. 나도 동의하는 척 미소를 지어 보인다.

"그래, 그게 최선이었을 거야."

나는 바닷새들을 바라본다. 앨버트로스인 것 같다.

"베스?"

그가 *다시* 나를 부른다.

아, 맙소사. 이번에는 또 뭐야?

그는 갑자기 일어서더니 그 자리에서 빙글 돌며 묻는다.

"당신이 아무 말도 안 해주길래. 새 수영복 마음에 안 들어?"

나는 그의 수영복을 멍하니 바라본다. 탄탄한 엉덩이 두 쪽이 내 코앞에 와 있다. 내 눈에는 그저 평범한 파란색 수영복일 뿐이다.

"아, 새로 샀어?"

그는 돌아서서 엉덩이를 뽐내며 말한다.

"기억 안 나? 내가 빨간색이랑 파란색 중에서 뭘로 할지 망설였잖아……."

"맞다. 그래서 당신이 파란색을 샀지."

"둘 다 샀지! 이게 그 수영복이야. 마음에 안 들어?"

그는 〈멘즈 헬스〉 잡지 모델 같은 복근을 두 손으로 쓸어내리며 수영복을 매만진다.

"좋아. 그러니까 내 말은, *완벽해.*"

"당신은 빨간색이 더 좋다고 하지 않았어?"

"아니. 그건 아니야. 난 둘 다 마음에 들어."

그는 허리를 굽히고 내 입술에 입을 맞춘다. 부드럽고 따뜻하고 긴 키스다. 그의 키스는 사과 맛이 난다. 아, 샴페인 맛이다.

"용서해 줄 수 있어?" 그는 내 아래턱과 목, 쇄골로 키스를 이어가며 속삭인다. "당신 동생 일 말이야."

아, 암브로조…….

"이미 용서했어."

나는 뜨겁게 달아오른 그의 구릿빛 등 근육을 손바닥으로 쓰다듬으며 깊게 숨을 들이마신다. 그의 향기는 섹스의 정수다. 아르마니 블랙 코드, 페로몬, 담배 냄새. 나를 미치게 만든다. 하지만 무슨 일이 있어도 그와 동침해서는 안 된다……. 특히 여기서는. 나는 아직 준비가 안 됐다. 베스 역할을 더 충실하게 하려면 시간이 필요하다. 완전히 '변신'해야 한다. 지금 그와 섹스하면 일이 틀어지고 만다. 내가 베스와 똑같이 섹스할 리도 없다. 베스는 고상한 척하느라 도어 매트처럼 침대에 가만히 누워 있기만 했는지도 모른다. 분명히 그랬을 것이다.

비키니 끈 아래로 손을 넣고 쓰다듬던 암브로조는 손을 아래로 내려 내 가슴을 두 손으로 모아 쥔다. 내 젖꼭지가 단단해진다. 나는 입술을 깨문다. 그가 내게로 몸을 기울여 목에 키스하고 끌어안는다. 나는 몸을 뒤로 살짝 뺀다.

"젠장!"

별안간 그가 벌떡 일어서며 소리친다.

그러더니 요트의 타륜으로 달려간다. 어느새 절벽 바로 앞에 있다. 제기랄, 이게 어떻게 된 거야?

"나 좀 도와줘."

그는 타륜을 잡고 미친 듯이 돌린다.

나도 일어나 달려간다. 우리가 왜 저걸 못 봤지? 맙소사, 이러다 부딪치겠다. 코스타 콘코르디아호(암초에 부딪쳐 좌초한 이탈리아의 초호화 유람선-옮긴이)처럼. 우리는 나란히 서서 타륜을 위로 밀어 올린다. 그 순간 내 몸에 걸치고 있던 사롱이 사라졌음을 깨닫는다. 일어서다가 갑판 저쪽에 떨어졌다. 내 몸을 내려다보며 큰일 났다는 생각을 한다. 일단 그의 주의를 돌릴 방법부터 강구한다. 급한 대로 타륜을 붙잡고 슬쩍 아래로 끌어 내린다. 암브로조가 타륜을 얼른 잡아 올린다.

이미 늦었다.

쾅! 콰쾅! 쿵!

요트가 휘청하더니 부르르 떨며 흔들거린다. 이대로 뒤집히는 걸까? 요트의 키가 암초에 부딪쳐 어딘가 쪼개진 것 같다.

"젠장! 어디 끼지 말아야 하는데!"

끼었다. 그것도 아주 단단히.

"미안해. 내가 넘어지면서 타륜을 내린 바람에."

암브로조는 바다를 둘러보지만 주위에 다른 배는 없다.

"어쩔 수 없네. 물에 뛰어들자. 해변까지 헤엄쳐 갈 수 있어. 별로 안 멀어." 그는 내 손을 잡고 요트 가장자리로 데려간다. 나는 암녹색 바닷물을 내려다본다. 상당히 깊어 보인다. 소름 끼치게 무섭다.

"해변으로 가서 도움을 요청하자."

그는 어느새 사라지고 풍덩! 소리가 들린다. 아래를 내려다보니 그는 이미 헤엄쳐 가고 있다. 돌고래처럼 매끈하고 반짝거리는 모습이다. 그는 나보다 수영을 훨씬 잘하는 것 같다. 그가 나를 돌아보며 소리친다.

"얼른, 베스! 뛰어내려! 어서 가자."

나는 요트 가장자리에 서서 바닷물을 내려다본다. 선택의 여지가 없다. 이 망할 타이타닉호에 혼자 남아 있을 수는 없다. 물이 깊고 무시무시해 보인다. 영화 〈죠스〉의 장면들이 머릿속을 스친다. 줄지은 날카로운 이빨들. 수면에 떠다니는 팔다리와 연골 조각들. 진홍색 피로 물든 바닷물. 혹시 상어 지느러미가 보이지 않나 하고 수평선을 살펴본다. 아무것도 없다. 좋아, 가자. 나는 눈을 감고 코를 손가락으로 집는다. 하나, 둘, 셋, 뛰어! 내 몸이 대포알처럼 바다로 떨어진다. 요트에서는 따뜻해 보였는데 막상 들어와 보니 전혀 따뜻하지 않다! 차갑다 못해 얼어붙을 듯한 빙하 같다. 나는 감전당한 개구리처럼 팔다리를 허우적대고 퍼덕이고 철벅거린다. *정신 차려, 앨비. 넌 인어야. 암브로조가 지켜보고 있어. 베스처럼 수영하란 말이야.*

나는 인어공주 에어리얼처럼 보이려고 최선을 다하면서 해변을 향해 천천히 나아간다. 물속에 상어 그림자가 보이지는 않는지 연신 살펴본다. 상어를 만나면 주먹으로 주둥이를 세게 쳐야 한다던데. 암브로조가 드디어 내 손을 잡고 해변의 바위로 끌어 올린다.

뒤를 돌아보니 요트가 천천히 가라앉고 있다. 선체에 깊게 쪼개진 자리로 바닷물이 들어간다. 이윽고 요트가 시야에서 완전히 사라진다.

chapter **25**

시칠리아, 타오르미나

우리는 서로의 팔다리를 휘감고 몸을 바짝 붙이며 침대로 쓰러진다.

"요트가 그렇게 돼서 미안해. 어떻게든 당신 마음을 풀어주고 싶은데."

내 말에 그는 대답 대신 더욱 진한 키스를 한다. 그의 입술이 내 입술을 게걸스레 탐한다. 하긴 그는 요트를 한 대 더 사면 되지 않나? 내가 뒤로 약간 물러나자 그는 폴로셔츠를 벗는다. 나는 그의 물결치는 복근을 바라보며 손가락으로 쓰다듬는다. 뜨겁고 매끈한 그의 피부는 진한 황금 갈색으로 잘 그을려 있다. 너무나도 먹음직스럽다. 입맛이 돌 정도로. 그의 복근은 밀크 초콜릿처럼 선명하다. 나는 침대 옆 테이블로 손을 뻗어 램프 스위치를 끈다. 그리고 시트 모서리를 끌어당겨 내 가슴을 가린다. 혹시 모르니 그에게 내 알몸을 보여줄 수는 없다. 하지만 더 이상 못 기다린다. 그와 당장 섹스를 해야겠다.

"불 끄지 마. 나는 어두운 데서 하는 거 싫어하잖아."

"머리가 좀 아파서 그래."

우리는 이제 섹스를 한다. 바로 지금! 진짜로 하고 있다! 나는 손을 뻗어 그의 사각 팬티를 아래로 끌어 내리고 성기를 더듬는다.

"엇."

"뭐가 잘못됐어?"

"아니."

"그런데 왜 만지다 말아?"

그의 성기는 큼직한 브라트부르스트 소시지가 아니라 조그마한 칵테일 소시지만 하다.

옥스퍼드에서 만졌을 때는 분명 이것보다 컸던 것 같은데. 하지만 다시 생각해 보니 정확히 기억나지 않는다……. 오래전인 데다 그때 나는 엄청 취해 있었다. 당시 나는 성기의 크기에 대한 기준이 없었다. 남자 경험이 전혀 없었으니까.

암브로조가 나를 끌어당겨 안으며 목을 핥고 귓불을 깨문다. 내 가슴을 스트레스 볼처럼 움켜잡는다. 나는 그의 배 밑으로 손을 내려 성기를 잡는다. 가만히 잡고 문지르면 커지지 않을까? 우리는 서로의 다리를 휘감는다. 내 발가락을 그의 발바닥에 갖다 댄다. 엇.

"양말 안 벗어?"

"왜? 양말 같은 거 신경 안 썼잖아."

"아니, 그냥."

나는 어두운 방 안에서 눈을 위로 굴린다.

그가 내 다리 사이로 밀고 들어온다. 아래가 질척하다. 그는 내 항문에 턱을 대고 음핵에 코를 박고 있다. 그의 턱이 내 음문 아래 어딘가를 핥고 있다. 별로 흥분되지 않는다.

"다 했어?"

내가 묻자 그는 손으로 입을 닦으며 내 몸을 타고 올라온다. 나는 온몸이 긴장된다. 내가 베스와 느낌이 많이 다르면 어떻게 하지? 베스가 잠자리에서 도어 매트처럼 가만히 누워 있지 않고 내가 모르는 어마어마한 기술을 구사했다면? 탄트라 섹스를 알고 있었다면? 진공청소기처럼 그의 성기를 빨아댔다면? 발꿈치를 목 뒤로 걸치는 기술을 구사할 줄 알았다면?

지금 그가 내 안에 들어온 건가?

일단은 걱정할 필요 없을 것 같긴 하다.

암브로조는 4, 5분쯤 내게 몸을 박아댄다. 땀과 신음을 흘리고 헉헉 용을 쓰면서. 하지만 신통치 않다. 내 귓불을 어찌나 깨무는지 이러다 귀가 뜯길 것 같다. 하는 수 없이 흥분한 척이라도 해야겠다. 영화 〈해리가 샐리를 만났을 때〉의 장면을 떠올린다. 다섯 번째 순위의 자위 기구로 했을 때의 경험을 되살려 가짜로 신음 소리를 낸다.

"아아아아아아아아아아아아아아아아아아아아아아!"

암브로조는 세 번 짧게 터뜨리고는 침대에 털썩 쓰러져 눕는다.

헐, 이럴 수가. 이게 뭐지? 이게 다야? 옥스퍼드에서는 내가 *술에 취해 인사불성이었던* 게 분명하다. 그는 나와의 섹스를 즐긴 모양이지만 나는 미스터 딕이 더 낫다. 믿을 수가 없다. 오랜 세월 꿈꿔왔건만. 이건 너무 부당하다. 처참할 지경이다.

"젠장!" 암브로조는 별안간 침대에서 펄쩍 뛰어내려 벽 쪽으로 뒷걸음질친다. "맙소사! *앨비나?*"

그는 상어처럼 날카로운 눈빛으로 나를 쏘아본다. 영화배우 래리 데이비드처럼, CIA 요원처럼 내 속을 읽으려고 안간힘을 쓰는 눈빛이다. 그의 얼굴에 그림자가 드리운다.

"*앨비나라니?* 왜, 왜 나를 그렇게 불러?"

오금이 저리지만 내 몸의 털은 한 오라기도 서지 않는다. 몸에 털이 없기 때문이다. 베스로 변신하면서 온몸의 털을 싹 밀어버렸다. 겁에 질린 나는 돌처럼 굳어 꼼짝할 수가 없다. 폼페이의 박물관에 전시된 미라들처럼, 베스를 본따 만든 대리석 조각상처럼.

"넌 베스가 아니야. 느낌이 달라."

우리가 다른가? 아, 젠장. 아니, 어쩌면 우리가 다른 척했던 것을 의미할 수도 있다.

"대체 어떻게 된 거야? 당장 설명하지 못해!" 그는 고함을 치며 침대 머리판을 주먹으로 친다. "내 아내에게 무슨 짓을 한 거야?"

설명할 수는 있지만 그런다고 달라질 건 없다. 그의 눈빛을 보아하니 나를 찢어발기고 싶은 것 같다.

"무슨 소린지 모르겠어."

나는 떨리는 목소리로 내뱉는다. 이대로 죽겠구나, 하는 생각뿐이다.

"아, 그래?"

그는 천둥 같은 소리로 고함을 친다.

"응."

그는 침대 맞은편에 서서 주먹을 부르쥔다. 분노한 표정이다.

"무슨 짓을 한 거야? 네가 죽였지? 네년이 내 아내를 죽였어!"

"아니야! 안 죽였어! 제발…… 내 얘기 좀 들어봐!"

"네가 언니를 죽인 거야! 진작에 알아차렸어야 했는데! 온종일 이상한 것 같더니만. 베스는 프링글스 한 통을 다 먹어치운 적이 없어! 요트에서도 이상했어. 베스는 요트를 다룰 줄 알아. 베스는…… 베스는…… 베스는…… 베스는……. 원래 우리가 널 죽이려고 했는데!"

그는 뿌리까지 다 뽑아버릴 듯이 내 머리카락을 잡아당긴다.

"내가 베스야! 베스라고! 난 절대 앨비가 아니야!"

나는 침대 머리판에 기대어 몸을 웅크린 채 눈물을 참는다. 그는 내 발목을 잡고 홱 당겨 쓰러뜨리더니 내 몸에 올라타고 짓누른다.

"작년에 내가 크리스마스 선물로 뭘 줬어?"

"기, 기, 기억이 안 나."

"우리가 첫 데이트한 장소는 어디야?"

"기, 기, 기억이 안 난다고."

그가 얼굴을 바짝 가까이 댄 채 내려다보고 있어서 침이 내 눈에 튄다. 지독하게 겁먹지 않았다면 아마 역겨웠을 것이다. 그는 엄청난 체중으로 나를 눌러댄다.

"내가 응원하는 축구팀은 어디야?"

일단 추측해 보기로 한다…….

"이탈리아 팀 중에서?"

암브로조의 등 뒤로 벽난로 위 선반에 놓인 인형이 보인다. 엘리자베스가 어릴 때 갖고 놀던 인형이다. 그 인형이 별안간 엎어지면서 나를 똑바로 쳐다본다. 반들거리는 유리알 눈동자가 번뜩인 것도 같다. 인형의 발가락에서 핀 하나가 툭 튀어나온다. 베스의 영혼이 인형에 들어 있는 것 같다. 바로 지금 나를 쳐다보고 있는 듯하다. 베스의 존재가 느껴진다. 분노가 느껴진다.

"나한테 할 말이 있을 텐데, *앨비나*."

암브로조가 더 가까이 몸을 숙인다. 그는 눈을 부릅뜨고 몸을 떨고 있다. 그가 얼마나 강한지, 불거져 나온 어깨 근육과 이두박근, 가슴 근육이 얼마나 탄탄한지 느껴진다. 그는 당장이라도 내 목을 나뭇가지처럼 부러뜨릴 수 있다.

"어떻게…… 어떻게 우리가 다르다는 것을 알았죠?"

물어나 보자 싶다…….

"옥스퍼드에서 너랑 잤으니까. 넌 만취해서 기억을 못 하나 보네?"

"젠장." 나는 입을 가리며 조그맣게 내뱉는다. "그날 나라는 걸 알았다고요? 앨비라는 걸 알았단 말이에요?"

"당연히 알지. 내가 바보인 줄 알아?"

나는 고개를 젓는다.

"당연히 아니죠."

암브로조는 나를 누르고 있던 손에 힘을 조금 푼다. 그는 관자놀이를 손으로 문지르며 눈을 감는다.

"도대체…… 이 상황이…… 뭐지? 왜 네가 베스처럼 하고 있어?"

나는 그 기회를 이용하기로 한다. 그가 혼란에 빠진 지금이 기회다! 나는 옆으로 슬금슬금 물러나 침대에서 내려간다. 원피스를 손으로 낚아채 문으로 달려간다. 다행히 문이 가까이 있다. 곁눈으로 보니 알몸이던 암브로조는 팬티를 찾느라 허둥거린다. 나는 뒤돌아보지 않고 그대로 문밖으로 달려 나간다.

원피스를 머리 위로 당겨 내리며 홀을 가로지르고 계단을 내려가 집 안을 통과한다. 손바닥이 땀에 젖어 축축하다. 온몸에, 등과 목에 땀이 솟는다. 서늘한 밤공기에 몸이 떨린다. 문을 열고 테라스로 나가 맨발로 파티오 타일을 요란하게 밟으며 달린다. 진입로로 내려가 도로로 들어선다. 뒤를 돌아보지 않는다. 그가 맨발로 자갈을 밟으며 바로 뒤에서 쫓아오는 소리가 들린다. 그가 악을 쓴다.

"앨비나! 돌아와!"

그는 나를 죽일 것이다.

사방이 고요하고 어둡다. 내가 그보다 더 빨리 달릴 수는 없겠지만 숨을 수는 있을 것 같다. 나는 그대로 길을 달려 원형극장으로 향한다. 걸어서 2분 거리라 달리니 금방이다. 이 근처에는 숨을 만한 덤불이나 바위가 있을 것이다. 나는 숨을 만한 곳을 찾아 주위를 이리저리 둘러본다. 팔다리를 크게 휘저으며 언덕을 달려 내려간다. 얼굴에 땀이 흘러내린다. 땀에 젖은 원피스가 몸에 들러붙는다. 바지를 입을걸. 모서리가 날카로운 돌멩이들이 발바닥을 찔러댄다. 딱딱한 무언가가 발에 챈다. 제기랄! 아파 죽겠다. 발가락이 부러진 것 같다! 아드레날린이 솟구친다. 나는 쓰러질 듯 비틀거린다. 그래도 잔뜩 열 받은 암브로조에게 붙잡히는 것보다는 발가락을 다친 게 낫다.

어둠 속에서도 담장에 기대어 세워진 바위가 보인다. 그 위로 뛰어 올라간다. 바위 꼭대기로 기어 올라가다가 녹슨 못에 허벅지가 스친다. 윽! 젠장! 피부가 찢어졌다. 파상풍에 걸리겠다. 뜨뜻한 액체가 다리를 타고 흘러내린다. 뭘까? 피일까, 땀일까 아니면 정액일까? 생각할 시간이 없다. 바위 꼭대기에 다다른 나는 곧장 그 아래로 뛰어내려 원형극장으로 내달린다. 몇 미터 간격을 두고 암브로조의 발소리가 들린다.

"앨비! 거기 서! 이리 와서 얘기 좀 해봐. 왜 베스처럼 입었어? 베스가 왜 그렇게 하자고 한 거야?"

담장 부서지는 소리가 들린다. 그가 담장을 넘어오다가 부순 모양이다.

"어떻게 된 일인지 말해 보라고."

사방에 빛이라곤 보름 달빛뿐이다. 저 아래 원형극장이 내려다 보인다. 나는 원형극장 무대를 향해 계단을 내려간다. 어둠 속에서 발을 헛디뎌 어딘가에 무릎을 찧고 모래와 쇠가 깔린 바닥에 얼굴을 처박는다. 눈에 흙이 들어가 따끔거리고 눈물이 난다. 나는 눈을 깜박이며 흙먼지를 들이마신다. 뒤에서 쫓아오는 발소리가 가까워진다. 암브로조가 거리를 좁혀오고 있다. 아, 젠장! 나는 다리에 힘을 주고 일어선다. 무릎이 욱신거리고 발가락이 시큰거린다. 나는 숨을 쉬려고 콜록대며 씩씩거린다.

일단 달려가 무대 위로 올라간다. 무대 뒤쪽 기둥으로 몸을 피한다. 기둥 뒤에 웅크리고 앉아 숨을 고른다. 그가 무대로 달려오는 모습이 보인다. 나는 재빨리 옆 기둥으로 건너간다.

"영원히 도망칠 수는 없어. 이리 나와, 앨비나! 네가 한 짓을 모두 알게 될 거야. 내 말 들려?"

아니야! 아니야! 아니야! 아니야! 나는 그의 목소리를 듣지 않으려고 고개를 가로젓는다. 머릿속으로 노래를 부른다. 카일리 미노그의 '아이 슈드 비 소 럭키'와 테일러 스위프트의 '셰이크 잇 오프 Shake It Off'……. 그가 무대로 뛰어오른다. 그는 가만히 서서 양쪽을 번갈아 살펴본다. 그런데 은색으로 번쩍이는 뭔가가 있다. 그가 손에 뭔가를 쥐고 있다. 저게 뭐지? 칼? 권총인가?

나를 죽여 대가를 치르게 하려는 모양이다.

하지만 그는 내가 어디에 숨어 있는지 모른다. 그는 뒤돌아 텅 빈 무대 반대편으로 천천히 걸어간다. 나는 발끝으로 살금살금 옆 기둥으로 간다. 그림자가 드리운 구석에 납작 엎드려 차가운 대리석에 이마를 갖다 대고 숨을 고르며 욕을 내뱉는다. 심장이 폭발할 것 같다. 피부가 뜨겁게 달아오른다. 목이 바짝 말랐다. 암브로조와 나

사이에는 기둥이 3개뿐이다. 보드카를 마시고 싶다. 울고 싶다.

그가 돌아서서 내 쪽으로 걸어온다.

그의 손에 빌어먹을 권총이 쥐어 있다!

나는 최대한 몸을 움츠리고 소리 없이 숨을 쉬려 안간힘을 쓴다. *소리 내지 마. 조용히 해, 앨비나. 개판 치지 말란 말이야.* 스위스 아미 나이프라든지 영화 〈걸 온 더 트레인〉의 여주인공처럼 코르크스크루라도 있으면 얼마나 좋을까. 권총이 있으면 얼마나 좋을까. 발 옆에 돌멩이가 느껴진다. 떨리는 손으로 그 돌멩이를 집어 든다. 시칠리아산 블러드 오렌지만 한 그 돌멩이는 묵직하고 둥글며 끝이 뾰족하다. 그가 점점 가까이 다가온다. 한 걸음, 또 한 걸음. 그는 내가 여기 있다는 것을…… 이 근처…… 어딘가에 있다는 것을 안다. 내 쪽으로 살그머니 소리 없이 접근해 오는 그의 형체를, 검은 윤곽을 보면서 나는 몸을 숨기려 안간힘을 쓴다. 그는 그림자 진 곳을 응시하며 조금씩 다가온다. 그의 숨소리 외에는 사방이 고요하다. 짐승 같고 위험한 숨소리. 흡사 으르렁대는 듯한 숨소리다. 나는 비명을 지르고 싶지만 가만히 숨을 멈춘다. 내가 그의 숨소리를 들을 수 있다면 그도 들을 수 있을 것이다. 그는 불과 2미터 앞에 있다. 2미터, 1미터.

"왜 네가 엘리자베스와 옷을 바꿔 입었지, 앨비?" 암브로조가 어둠에 대고 묻는다. "그건 계획에 없었던 일이야. 어떻게 된 거야?"

나는 벌떡 일어나 돌멩이로 그의 머리를 후려친다. 이어서 온 힘을 다해 한 번 더 강타한다. 그는 바닥에 쓰러지면서 권총을 놓친다. 그가 무대에 엎어진다. 나는 끝이 뾰족한 돌멩이를 손에 쥔 채 온몸을 덜덜 떨면서 그를 내려다본다. 다시 한 번 공격하려는데 그가 양옆으로 두 팔을 버둥거리다가 손을 뻗어 내 발목을 잡는다.

"젠장!"

나는 비명을 지른다.

암브로조가 내 발목을 단단히 붙잡았다. 그는 아직 죽지 않았다. 어서 그를 끝장내야 하는데 내 몸이 휘청한다! 그가 내 두 발목을 붙잡고 끌어당긴다. 나는 비틀거리다 그의 가슴팍에 쓰러진다. 그 자리에 쓰러진 김에 돌멩이를 위로 치켜들어 그의 머리를 내리찍는다. 다시, 또다시, 또다시, 또다시, 또다시.

퍽!

퍽!

퍽!

퍽!

나는 악을 쓰고 비명을 지르며 바들바들 떤다. 그는 더 이상 움직이지 않는다. 하지만 그의 손가락은 여전히 쇠고랑처럼 단단히 내 발목을 잡고 있다. 나는 발을 흔들어 그에게서 벗어난다. 나는 손에 쥐고 있던 돌멩이를 툭 떨어뜨린다. 손가락에 힘이 빠져 더 이상 쥐고 있을 수가 없다. 끈적끈적한 액체가 내 두 손과 팔과 원피스에 묻었다. 입술에도 핏방울이 튀었다. 레어로 구운 스테이크 맛이 난다. 핏방울이 내 얼굴과 목에도 튀었다. 온몸이 뜨겁게 달궈져 열기를 뿜어낸다. 나는 숨을 몰아쉬고 땀을 흘린다. 숨이 막히도록 덥다. 선선한 밤공기가 오징어나 문어, 시체의 손가락처럼 내 몸을 휘감는다. 나는 그의 시신을 내려다보며 몸을 떤다.

그러다 벌떡 일어나 뒷걸음질친다. 몇 미터 떨어진 곳에 암브로조가 떨어뜨린 권총이 보인다. 암브로조는 왜 권총을 갖고 있었을까? 하마터면 그 총에 맞을 뻔했다. 그 총으로 나를 쏠 수도 있었다! 언니 부부는 대체 여기서 무슨 짓을 하고 산 걸까? 나는 그들을 잘 안다고 생각했다. 가족이라고 생각했다. 하지만 이제 전혀 모르겠다. 나는 달려가 권총을 집어 든다. 장난감 총과 물총은 본 적이 있지만 진짜 총은 처음 봤다. 나는 페인트볼링이나 레이저 퀘스트(레이저 총을 쏘는 서바이벌 게임 – 옮긴이) 게임도 해본 적이 없다. 두 손으로 권총을 들고 무게를 가늠해 본다. 차갑고 묵직하다. 놀라울 정도로 무겁다. 이질적이고 낯설다. 갑자기 흥분되면서 온몸에 전율이 흐른다. 이건 암브로조의 총이다! 이 총을 갖고 있어야겠다. 이제 내 거다!

나는 길게 뻗은 암브로조의 몸뚱이를 내려다본다. 달랑 사각 팬티만 입고 있다. 그의 뒤통수가 피범벅이다. 나는 일어서서 허리를 굽히고 양손을 무릎에 올린 채 가쁜 숨을 몰아쉰다. 어떻게 할 수 없을 정도로 온몸이 마구 떨린다. 팔이 아프고 허벅지도 따갑다. 그는 움직이지 않는다. 진짜 죽었나? 나는 왼손에 권총을 들고 그의 머리를 향해 조준해 본다. 그에게 조금 다가가 허리를 굽히고 경정맥을 짚어본다. 그의 목에 손가락을 갖다 댄다. 10초를 센다. 1, 2, 3, 4…… 맙소사. 맥박이 없다. 나는 얼른 손을 뗀다. 그가 혹시 목을 돌려 내 손을 물어뜯지 않을까. 벌떡 일어나 나를 붙잡거나 내 얼굴에 대고 악을 쓰지 않을까. 그러면 이 총을 쏠 것이다. 하지만 그는 꼼짝도 하지 않는다. 숨이 끊어진 것이다. 믿기지 않는다. 암브로조가 죽었다! 나는 안전하다!

이제 뭘 어떻게 해야 하지?

chapter 26

나는 현관문을 있는 힘껏 두드린다.

"살바토레! 살바토레!"

집 안에서 발소리가 들릴 때까지 현관문을 두드린다. 젠장, 권총! 그가 보면 질겁할 것이다. 권총을 현관문 옆 덤불 밑에 던지고 발로 낙엽을 끌어와 그 위에 덮어둔다. 나중에 챙기면 된다.

"뭡니까? 무슨 일이에요?"

그의 목소리가 들린다.

이어서 문이 벌컥 열린다. 키가 크고 어깨가 떡 벌어진 남자. 암브로조보다 몸집도 키도 더 큰 남자. 살바토레다. 미국의 유명 프로레슬러 같다. 그는 두 눈을 비비며 나를 쳐다본다. 안됐지만 자다 깬 모양이다. 그에게는 오늘이 인생 최악의 악몽일 것이다. 그의 애인이 문 앞에서 피를 뚝뚝 흘리며 서 있으니.

"아, 제길! 괜찮아요?"

그는 이게 내 피라고 생각한 듯하다.

"살바토레."

나는 그의 이름을 부르며 그의 품에 안겨 눈물을 터뜨린다. 그의 가슴에 대고 흐느껴 운다. 그는 나를 밀어내며 충격받은 표정으로 물러선다.

"베타? 왜 그래요? 지금이 몇 시지?"

그는 손목을 내려다본다. 낮이라면 파텍 필립 손목시계를 차고 있었겠지만 지금은 아니다. 지금은 망할 한밤중이다.

"제발, 제발, 도와줘요." 무덤 구덩이처럼 휑한 눈으로 나는 손톱이 그의 살을 파고들 정도로 세게 그의 팔뚝을 붙잡고 매달린다. "그가 날 죽이려고 해서 어쩔 수 없었어요! *그가 죽고 말았어요.*"

내 말을 이해한 살바토레의 표정이 바뀐다.

"뭐라고요? 누가요? 누가 당신을 *죽이려고 했는데요?*"

"암브로조요."

나는 입술을 깨문다. 입안에서 여전히 피 맛이 난다. 나는 혀로 앞니를 핥고 침을 꿀꺽 삼킨다.

"암브로조가? 당신을 죽이려고 했다고요?" 살바토레가 묻는다. "무슨 그런 말도 안 되는 소리를! 암브로조는 당신 손가락 하나 건드릴 사람이 아닌데. 그는 나약한 놈이잖아요."

"그가 총을 갖고 있었어요. 정말이에요!"

그는 내 손을 잡아 집 안으로 들이고, 문밖으로 몸을 내밀어 정원을 살핀다. 아무것도, 아무도 없다. 그는 문을 닫고 나를 주방으로 데려가 조명등을 켠다. 너무 밝아서 눈이 아프다. 올빼미처럼 어둠 속에 너무 오래 있었던 탓이다.

"앉아요."

살바토레가 말한다. 그는 몸에 딱 붙는 흰 티셔츠, 파란색과 초록색 줄무늬가 들어간 캘빈 클라인 사각 팬티를 입고 있다. 나는 이미 정원에서 웃통을 벗은 그의 모습을 본 적이 있다. 그는 상의를 벗었을 때 더 멋있다. 키 큰 근육질인 그가 나를 내려다본다. 분명 매일 운동하는 몸이다. 언니가 이 남자의 어떤 면을 포착했는지 알 것 같다. 이런 남자라면 나 같아도 바람을 피웠겠다. 이탈리아 남자들은 어쩜 이렇게 매력적일까? 내가 여기 살았으면 틴더 앱에 미쳤을 것이다! 하지만 내가 아는 베스라면 바람을 피우지는 않았을 것 같은데. 불륜은 베스에게 어울리지 않는다. 베스가 왜 바람을 피웠을까? 왜 달아나려 했을까? 암브로조는 완벽한 남자다. 잠자리는 별로지만. 그래도 뭔가 다른 이유가 있었을 것이다. 베스가 괜히 남편을 떠나고 싶어 했을 리 없다. 베스의 천성에 맞지 않는 행동이다. 이해가 되지 않는다.

살바토레가 수돗물을 컵에 따라 건넨다. 나는 손이 마구 떨려 물이 약간 쏟아진다. 나는 물을 벌컥벌컥 들이켜고 벽시계를 올려다본다. 1시 13분. 묘하게도 베스가 죽은 바로 그 시각이다. 살바토레는 알 수 없는 시선으로 나를 내려다보며 서 있다. 그의 키는 2미터에 육박한다. 내 팔과 원피스에 온통 피가 튀어 있지 않았다면 그는 아마 내 말을 믿지 않을 것이다.

"그래서 당신이 암브로조를 죽인 것 같다고요?"

그가 묻는다. 아직 내 말이 완전히 믿기지 않나 보다.

"맞아요."

나는 고개를 끄덕인다.

"그가 죽은 건 확실해요?"

문득 의심이 든다. 발밑의 땅이 돌연 흔들리는 것 같다. 암브로조가 죽은 게 아니라면? 그가 일어나 쫓아오고 있으면 어쩌지? 나는 현관홀 끄트머리에 있는 현관문 쪽으로 시선을 돌린다. 문은 닫혀 있고 바깥은 어둡다. 아무도 없다. 살바토레가 이미 확인했다. 그는 정원도 둘러보았다. 움직임이 있었으면 센서등이 켜졌을 것이다. 나는 깊게 숨을 들이마시고 말한다.

"확실해요."

"어떻게 죽였는데요?"

"돌멩이로 쳐서요."

내 귀에도 터무니없게 들린다. 그는 잠시 곱씹다가 입을 연다.

"제길. 돌멩이라니."

이제야 이해한 눈치다. 그는 분노와 비난이 담긴 파란 눈으로 나를 쏘아본다. 내가 무슨 짓을 했다고 저러지? 나를 도울 생각이 있는 건가? 화가 난 표정인데? 혹시 나를 경찰에 넘기려나? 살바토레는 근육질 팔을 씰룩거리며 주방을 서성인다. 그는 맨발로 판석을 터벅터벅 밟는다. 2미터에 달하는 고기와 근육 덩어리. 베스가 *이 남자*를 남몰래 원했을 만하다. 성난 고릴라. 회색 곰 같은 남자니까. 아, 맙소사. 이제 이해가 된다. 베스의 팔에 있던 멍 자국. 그건 암브로조가 한 짓이 아니었다. 살바토레는 암브로조를 *나약한* 놈이라고 했다. 그렇다면 베스의 멍은 *살바토레*가 한 짓인가 보다!

"그가 왜 당신을 죽이려고 했죠? 우리에 대해 알아내서?"

"맞아요."

나는 어지럼증을 느끼며 대충 맞장구를 친다. 이러다 기절할 것 같다. 살바토레가 내게 주먹질을 할지도 모른다. 나를 흠씬 두들겨 팰 수도 있다. 아, 내가 왜 권총을 덤불에 던져놨을까?

"암브로조가 어떻게 알았는데요?"

"동생이 그에게 말했어요."

그럴듯하게 들렸을까?

살바토레는 잠시 침묵한다.

"동생은 왜 그랬을까요?"

"동생은 그를 독차지하고 싶어 했어요. 그렇게 돼먹지 못한 애라니까요." 좋아. 현재 시제로 잘 말했다. 마치 아직 살아 있는 것처럼. *잘했어, 앨비. 즉흥적으로 잘하고 있어.*

살바토레가 한숨을 내쉰다. 내 말을 믿는 눈치다. 그런데 왜 내 말을 믿을까? 앨비나에 대해 베스가 뭐라고 했길래? 그는 앨비나를 못된 년으로 알고 있는 게 분명하다.

"그래서…… 어디 있어요? 시체 말이에요."

"원형극장 무대에요."

"*원형극장요?* 그 사람이 거기서 뭘 하고 있었던 겁니까?"

나도 알고 싶다.

"모르겠어요. 나를 쫓아왔거든요."

목소리가 갈라지고 머리가 빙빙 돈다. 눈물이 터져 나와 눈앞이 흐리다. 손으로 뺨의 눈물을 닦으려다가 흘끗 보니 손이 피투성이다.

살바토레가 분노로 몸을 떤다. 나는 그를 깨워 진흙탕 한가운데로 끌어들인 것이다. 그는 잔뜩 열이 받은 표정이다.

"내가 왜 당신을 도와야 합니까? 당신한테 그런 말까지 들었는데?"

내가 무슨 말을 했는데?

"나, 나, 나는……."

"당신이 나한테 다시 말을 걸 줄은 몰랐네요. 다시는 보고 싶지 않다면서요. 내가 당신을 돕지 않겠다고 해도 이상한 일이 아닐 겁니다."

뭐라고? 아, 맞다. 이 사람, 언니와 다퉜지. 살바토레와 베스는 그의 차 옆에서 말다툼을 했다.

"당연히 당신을 보고 싶죠. 미안해요."

내 말이 설득력 있게 들렸을까? 적당한 회한이 담겼을까? 눈물이 펑펑 쏟아진다. 넘쳐나는 눈물이 뺨을 타고 흘러내린다. 진짜 눈물이다. 눈물이 어떤 느낌인지 지금껏 잊고 있었다. 아, 맙소사. 나 정말로 울고 *있나*? 베스로 변해 가고 있나 보다. 살바토레는 나를 도와주지 않을 거다. 내가 여기 왜 왔을까? 그는 나를 두들겨 패든지 경찰에 신고해 버릴 것이다.

"그러니까 내가 죽었으면 좋겠다고 말한 게 진심이 아니라는 거죠?"

"당연히 아니죠." 정말? 베스가 *그런* 말을 했다고? 이 남자가 무은 짓을 했는데 그렇게까지 말했을까. 상당히 나쁜 짓을 했나 보다.

"하지만 당신은 그렇게 말했고……."

젠장. 잘한 짓이다, 베스.

"그건…… 진심이 아니었어요. 제발 도와줘요." 베스라면 어떻게 했을까? 나는 눈썹을 들썩인다. 이렇게 피투성이만 아니었으면 애교가 잘 먹혔을 텐데. "제발, 제발요." 나는 두 손에 얼굴을 파묻고 흐느껴 운다. 피가 얼굴에 묻든 말든. 나는 이미 엉망진창이다. 살바토레가 도와주지 않으면 완전히 망해 버린다.

"기다려요. 옷 입고 올게요."

마침내 그가 말한다. 나는 눈물범벅인 채로 눈을 깜박이며 그를 올려다본다. *정말 도와주겠다고?*

"아! 고마워요! 정말! 너무너무 고마워요!"

살바토레, 나의 구원자!

그는 복도 저 끝의 문을 열고 사라진다. 계단을 올라가는 무거운 발소리. 이어서 그가 위층에서 걷는 소리가 들린다. 마루청이 삐걱삐걱. 램프 갓이 흔들흔들. 몸집이 큰 남자다. 체중이 한 200킬로그램쯤 나가려나? 황소로 치면 대회에 나가 상을 받을 만한 무게다.

나는 물을 마저 들이켜고 컵을 싱크대에 놓는다. 세련되고 매우 현대적이며 디자이너가 맞춤형으로 설계한 주방이다. 보쉬, 스메그, 네스프레소, 알레시. 주방 기구들이 전부 한 번도 사용한 적 없는 새 것 같다. 반짝거리는 하얀 표면. 미니멀한 가전제품들. 이탈리아 디자인. 내가 팔을 올려놓았던 하얀 플라스틱 테이블에 핏자국이 묻었다. 나는 키친타월을 한 장 뜯어 수돗물을 묻히고 핏자국을 닦아낸다. 이 주방은 쓰레기통이 보이지 않게 설계된 모양이다. 쓰레기통이 어디 있는지 모르겠다. 그렇다고 함부로 만졌다가는 또 피가 묻을 것이다. 나는 젖은 키친타월을 손에 쥐고 하얀 타일 바닥에 분홍색 핏물을 뚝뚝 떨어뜨리며 방 한가운데 멍하니 서 있다.

살바토레가 계단을 달려 내려오는 소리가 들린다. 쿵, 쿵, 쿵. 그는 진청색 청바지에 말쑥한 검은 셔츠로 갈아입었다. 몸에 아주 잘 맞는 걸 보니 맞춤 셔츠인 것 같다. 그는 잠시 멈칫하며 나를 쳐다보다가 손에 쥐고 있는 키친타월로 시선을 옮긴다. 그는 키친타월을 받아 쥐고 쓰레기통에 던져 넣는다. 쓰레기통은 싱크대 밑 수납장 속에 숨겨져 있다. 아, 쓰레기통이 거기 있구나. 다음을 위해 기억해 두기로 한다. 다음에 또 쓸 일이 있을지 모르지만. 내가 말한다.

"엉망이라서 물청소를 해야 될 거예요. 양동이랑 스펀지도 챙겨 갈까요?"

"갑시다."

◆

"어디 있어요?"

살바토레가 묻는다.

손전등을 가져올걸 그랬다. 하늘이 더 어두워진 것 같다. 큼직한 먹구름이 달을 집어삼켰다. 나는 무대에서 보이는 것들을 훑는다.

기둥, 돌멩이. 그리고 바다. 맙소사! 아, 이런. 에트나 화산이 분출하고 있는 건가? 저 화산이 가만히 있지 않을 거라는 생각은 했다. 저렇게 분출하면 위험한 것 아닌가? 화산 분화구가 불꽃을 뿜어내며 깜박거린다. 시뻘건 용암이 오렌지색, 노란색, 황금색, 자홍색으로 변하며 높이 치솟는다. 정상에서 연기가 뭉게뭉게 피어오른다. 화산재 구름 속에서 번개가 번쩍인다. 희미한 유황 냄새와 열기. 나는 살바토레를 흘끗 쳐다보지만 그는 신경도 안 쓰는 눈치다. 화산이 늘 저런 걸까? 나는 화산 꼭대기를 바라본다. 엄청난 광경이다. 화산이 분출하는 곳에서 살아남는 것도 꽤 멋진 일이겠지. 우리가 여기서 목숨을 건진다면 손자들에게 들려줄 멋진 얘깃거리 하나가 생기는 셈이려나?

암브로조가 보이지 않는다. 사라졌나. 어느새 일어나 비척대며 여기를 떠난 건가. 지금 상황은 너무 비현실적이다. 모두 다 내가 지어낸 얘기 같고, 혼란스러운 상상 같다. 어깨 너머로 뒤돌아본다. 그가 살아서 아직 여기 있을까? 돌멩이나 권총을 들고 우리에게 몰래 다가오고 있으면 어떡하지? 영화 〈새벽의 저주〉의 좀비가 떠오른다. 하지만 다시 보니 그는 내가 여기를 떠날 때 그대로 쓰러져 있다. 회색 판석에 길게 누운 검은 형체. 말없이, 아무런 움직임 없이, 죽어 있다.

"저기, 무대 위 저쪽이에요!"

나는 이 말을 하다가 입술 안쪽을 피가 나도록 깨물고 만다.

살바토레가 내가 가리킨 방향으로 고개를 돌린다. 긴장하는 기색이다. 지금까지 내 말을 안 믿었던 모양이다. 자기 눈으로 직접 보기 전까지는 못 믿겠지. 하긴 나도 그랬다. 우리는 무대 앞쪽으로 달려 내려간다. 우리는 피범벅이 된 바닥을 닦아내려고 물이 가득 담긴 들통을 2개나 들고 왔다. 물통에 담긴 물이 출렁거린다. 물이 튀어 내 발과 다리도 온통 물에 젖는다. 계단을 한 번에 두서너 칸씩 내려가는데 무릎에 자꾸 힘이 빠진다. 계단이 끝도 없이 뻗어 있는 듯하다.

내가 지금 뭘 하고 있는 걸까? 멀리서 나 자신을 관찰하고 있는 듯한 기분이다. 고대 그리스 비극을 보고 있는 관중처럼. 더 많은 피와 내장이 흩뿌려질수록 더 높은 평가를 받는 비극 말이다. 비극의 끝은 모두의 죽음이다. 이곳 원형극장에서 벌어진 살인들은 진짜처럼 보이지만 연극에 불과하다. 흥분되고 재미있고 카타르시스를 느끼게 하는 3시간짜리 전율의 향연. 피처럼 보이지만 실은 식용 색소를 섞은 액체다. 사람의 내장이 아니라 돼지 내장이다.

무대 가장자리에 다다른 우리는 무대 위로 뛰어 올라간다. 먼저 올라간 살바토레가 내게 손을 내밀지만 나는 올라가지 않고 가만히 서 있다. 더 가까이 가고 싶지 않다. 지금도 토할 것 같다. 그는 끝내 내 손을 부여잡고 깃털처럼 가볍게(부디 그 정도로 가벼웠기를) 끌어 올린다. 나는 그를 따라 무대 뒤에 일렬로 늘어선 기둥들을 향해, 시체를 향해 다가간다. 그러다 우뚝 멈춰 선다. 암브로조의 부릅뜬 두 눈이 달빛을 받아 하얗게 빛나고 있다. 그는 나를 쏘아보고 있다. 생선가게의 얼음 위에 놓인 생선처럼 크고 멀건 눈,

벌어진 입, 축 늘어뜨린 혀. 생선도 혀가 있나? 그의 깨진 머리에서 피가 흘러나온다. 머리카락이 시커멓게 젖어 있다. 머리 사이로 허연 뭔가가 얼핏 보인다. 저게 뭘까? 두개골인가?

시체 뒤로 어마어마한 광경이 펼쳐지고 있다. 계속해서 분출하는 에트나 화산이다. 저 화산이 점점 마음에 든다. 한밤중에 토해 내는 붉은 불꽃. 숨 막히게 아름답고 경이롭고 웅장하며 거룩하다. 저 용암에 타 죽지 않을 것임을 알기에 화산이 토해 내는 불에서 시선을 뗄 수가 없다.

"베스? 베스? 베스!"

"왜요?"

"이 난장판을 어서 치워야죠."

나는 시신을 돌아보며 조금 더 가까이 다가간다. 피 냄새에 구역질이 난다. 유황 냄새와 짭짤한 공기가 섞인 피 냄새. 그 냄새는 내 콧구멍을 채우고 목구멍을 타고 내려간다. 입안으로 훅 밀려들어 치아 사이를 지나 피 흘리는 혀에 도달한다. 나는 피를 입에 한가득 머금고 올각올각한다. 피가 입과 위장과 폐에 넘쳐난다. 숨이 막힌다. 핏물에 빠져 익사하는 느낌이다.

시커먼 판석이 축축하고 미끌미끌하다. 나는 스펀지를 물에 적셔 적당히 짠다. 차가운 물이 내 정강이와 발에 튀고 부러진 발가락에 싸늘하게 뿌려진다. 나는 스펀지로 판석을 문질러 닦는다. 하지만 닦이지 않는다. 어둠 속에서도 미끌거리는 검은 피가 눈에 띈다. 나는 더 세게, 더 빨리 닦는다. 손가락 관절 부위가 판석에 긁혀 생살이 벗겨지고 피가 나도록. 양팔이 아프다. 젠장, 효과가 없다. 점점 더 악화될 뿐이다. 피가 도무지 씻겨 나가지 않는다.

"베스?"

"네?" 아, 제기랄. 또 뭐?

"암브로조가 권총을 갖고 있다고 하지 않았어요?"

"갖고 있었어요. 그래요, 맞아요."

"그런데 권총이 어딨어요? 여긴 없는데."

"아마…… 그 사람이…… 어디 떨어뜨린 모양이에요."

"무대 위에는 없어요. 안 보여요."

빌어먹을!

"무대 어딘가에 있을 거예요."

그는 인상을 찌푸리더니 주위를 둘러본다. 어둑한 무대에 온갖 그림자가 드리워 있다. 원형극장은 무척이나 거대하다.

"확실해요. 분명히 총을 갖고 있었어요."

내 말에 살바토레는 한숨을 쉰다.

"알았어요. 일단 시신을 옮겨야 하니 도와줘요."

나는 스펀지를 들통에 도로 집어넣는다. 살바토레는 암브로조의 머리 쪽에 서서 그의 겨드랑이 밑으로 두 손을 넣어 단단히 붙잡는다. 나는 끈적하고 축축한 손등으로 이마를 닦는다. 암브로조를 만지고 싶지 않다. 몸이 차갑게 식었을 텐데.

"거기 발 잡아요."

살바토레가 말한다.

나는 일어서다가 움찔한다. 아이고 무릎이야! 발가락이야! 허리를 굽히고 암브로조의 발목을 붙잡으려다 발을 잡는다. 그런데 그때, 발소리가 들리고, 손전등 불빛이 비치더니, 누군가의 윤곽이 보인다.

"거기서 뭐 하는 겁니까?"

남자 목소리다.

손전등 불빛이 내 눈을 비춘다. 눈앞이 보이지 않고 숨이 막힌다. 나는 발목을 놓고 일어선다.

"제기랄!"

내가 내뱉는다.

"젠장."

살바토레도 당황한 눈치다.

손전등을 든 남자가 다가온다. 발소리가 점점 커진다. 남자는 계단을 달려 내려와 거의 2초 만에 무대 옆 계단 밑에 선다.

헝클어진 금발과 제복. 경비원. 하긴, 달리 누구겠는가?

"베타?"

경비원이 묻는다.

이제 울어줘야 할 차례다. 나는 바닥에 주저앉아 흐느껴 운다.

"무슨 일이에요?"

경비원이 무대로 달려 올라온다. 그가 내 어깨를 감싼다.

"아, 맙소사! 베타! 무슨 짓을 한 거예요?"

"나, 나, 나는……."

"어떻게 된 거예요, 베타? 괜찮아요?"

"괜찮죠, 그럼." 살바토레가 대신 대답한다. 쥐 죽은 듯 고요한 무대 위에 살바토레의 목소리가 요란하게 울려 퍼진다. "남편이 먼저 공격을 해서 아내가 기절시킨 겁니다. 남편은 무사합니다."

경비원이 일어서서 암브로조의 시신에 손전등을 비춘다. 빛을 비추니 더욱 처참한 모습이다. 손전등은 마치 연극 무대의 소품을 비추듯 시신을 환하게 비춘다. 나는 목구멍 안에서 담즙이 끓어오르면서 구역질이 치밀어 시선을 옆으로 돌려버린다.

"죽은 거 아닙니까?"

경비원이 묻자 살바토레가 대답한다.

"어쩌면 그럴 수도 있어요."

나는 일어서며 경비원에게 부탁한다.

"제발, 제발 부탁이에요. 제발 아무한테도 말하지 말아줘요. 어쩔 수 없었어요. 어쩔 수가 없었다고요."

경비원이 내 눈을 들여다본다. 손전등 불빛에 비친 그의 얼굴에는 공포가 서려 있다. 빌어먹을! 이 자식이 흥분해서 날뛰면 어쩌지. 시체를 처음 보는 것 같은데.

"맙소사." 경비원이 숨죽여 내뱉는다. "베타, *당신이* 죽였다고요? 저 남자가 아니고요?"

경비원은 살바토레에게 손전등을 비춘다. 살바토레는 움찔하며 시선을 돌리고는 손으로 눈앞을 가린다.

"내가 그런 것 맞아요. 내가 그랬어요. 아무 말도 하지 말아줘요."

나는 경비원의 셔츠를 잡고 매달린다. 경비원이 내게 다시 손전등을 비춘다. 나는 눈을 감는다. “제발, 제발요.”

“미쳤어요? 정신 나갔어요? 지금 무슨 짓을 한 건지 알기는 해요? 이 사람은 암브로조 카루소예요! 이 사람을 죽이고는 어떻게 지금까지 *여기* 있어요? 당장 떠나야 해요! 그들이 당신을 죽일 겁니다. 어서 여기서 떠나야 해요!”

나는 경비원을 바라본다. 금붕어의 퉁방울눈처럼 휘둥그런 그의 눈알이 금방이라도 눈구멍에서 튀어나올 것 같다. 정말 겁먹은 표정이다. 누가 나를 죽인다는 걸까? 니노? 도메니코? 에밀리아? 살바토레? 여기서 살인을 저지른 사람은 나다. 경비원이 두려워하는 게 바로 그것일까?

잠시 생각에 잠겨 있던 경비원이 중얼거린다.

“망할! 보스한테는 뭐라고 말하지?”

나는 후들후들 떨면서 일어나 경비원의 목에 두 팔을 두른다. 그의 이름이라도 알면 좋으련만. 나는 그를 바짝 끌어안고 귀에 뜨거운 숨결을 불어넣으며 말한다.

“걱정 말아요. 우리가…… 우리가 깔끔하게 치울 테니까. 남편이 날 죽이려고 해서 나…… 나…… 나는…….”

나는 가슴을 한껏 들썩이며 울음을 터뜨린다. 가슴을 그의 몸에 바짝 붙이고 그의 뺨에 내 뺨을 갖다 댄다. 손가락으로 그의 헝클어진 머리카락을 휘감는다. 그의 이름을 알면 부드럽게 속삭일 텐데. 대체 이 자식 이름이 뭐야?

경비원이 내게서 몸을 떼고 뒤로 물러선다. 그는 내 눈을 들여다본다. 나는 그에게 애원하고 있다. 빌고 있다. 내가 최면술사라면 얼마나 좋을까. 마인드 컨트롤이라도 연습해 둘걸 그랬다. 경비원이 말한다.

“어서 여길 치워요, 어서. 보스가 1시간 내로 돌아올 겁니다.”

chapter 27

아우토스트라다 A-18 메시나-카타니아

살바토레는 자신의 BMW 트렁크에 암브로조의 시체를 실었다. 우리는 여기서 수 킬로미터 떨어진 경치 좋은 절벽을 향해 가고 있다. 살바토레가 잘 아는 곳인데 곧장 바다로 떨어지는 절벽이라고 했다. 어쩌면 암브로조와 함께 탔던 요트가 박살 난 곳이 아닐까 싶다. 하지만 우연일 뿐이다. 살바토레는 저 앞에서 BMW를, 나는 람보르기니를 운전해서 가고 있다. 우리는 암브로조의 차를 절벽 끝에 세워둘 계획이다. 암브로조가 직접 차를 몰고 그곳으로 간 것처럼 말이다. 나는 이 차를 계속 보유하고 싶다. 이 일이 모두 정리되고 나면 나중에 돌려받을 것이다. 이 차는 정말 아름답다. 나한테 잘 어울린다. 소프트톱을 내리고 바람에 머리카락을 휘날리면 내가 꼭 영화 〈달콤한 인생La Dolce Vita〉의 포스터 속 여주인공이 된 기분이다.

기어가 턱 걸리며 기이익 길길거린다. 다른 버튼들은 어떤 기능을 하는지 모르겠다. 다이얼의 용도도 전혀 알 수 없다. 이건 자동변속 차량이 아니다. 겨우 시동만 걸어서 몰고 가는 중이다. 어느새 태양이 잠에 취한 수평선 위로 떠오른다. 우리는 급커브 구간을 빠르게 달린다. 새벽 5시쯤 된 것 같다. 도로에는 아무도 없다. 나는 액셀을 밟는다. 아드레날린이 솟구친다. 살바토레는 위험할 정도로 빨리 달리고 있다. 아주 마음에 든다. 트렁크에 시체가 있다는 사실을 잊어버릴 정도로 기분이 좋다. 지금보다 제대로 살고 있다고 느낀 적이 없다. 살보의 도움으로 조금 느긋해진 기분이다. 우리가 남몰래 이동하고 있는 것이 아니라면 테일러 스위프트의 노래를 한껏 크게 틀었을 것이다. 아니면 라디오에서 마일리 사이러스의 노래가 나오는 채널을 크게 틀거나.

바람이 머리카락 속으로 파고들어 얼굴을 후려갈기고 눈을 찔러댄다. 나는 입속으로 들어간 머리카락을 꺼내고 갈라진 입술을 혀로 핥는다. 원형극장에서 흙먼지를 쐬었더니 입술이 바짝 말랐다. 입술을 살짝 깨물자 아릿한 통증이 느껴지고 피 맛이 난다. 뱀파이어가 된 기분이다. 하지만 난 베스다. 그것도 섹시한 베스. 영화 〈트와일라잇〉의 로잘리 헤일이나 벨라 스완으로 살면 이런 기분일까.

나는 모퉁이를 돌아 끼익 소리를 내며 차를 세운다. 저 앞을 보니 살바토레가 BMW에서 내리고 있다. 목적지에 도착한 모양이다. 나도 람보르기니에서 내려 살바토레의 뒤를 따라 거대한 절벽 끝으로 향한다. 우리는 나란히 서서 풍경을 바라본다. 따뜻하고 캐시미어처럼 부드러운 미풍이 분다. 저 앞에는 초승달 모양 해안선이 쭉 뻗어 있고, 반짝이는 불빛들이 길고 검은 바다 밑으로 가라앉고 있다. 이제 몇 분 후면 암브로조는 저 가공할 어둠 속에 던져질 것이다. 차가운 바다로 추락해 내 시야에서, 내 머릿속에서 지워질 것이다. 그리고 흔히 말하듯 물고기들과 함께 잠들겠지. 수분 내에 물고기들이 다가와 그의 살점을 야금야금 뜯어먹고, 몇 개월이 지나면 아무것도 남지 않을 것이다. 그게 우리의 계획이다. 지중해에 피라냐가 살고 있을까? 대백상어는 있을까?

"베타."

살바토레가 차 트렁크를 열면서 나를 부른다.

그는 암브로조의 다리를 붙잡고 내게 가까이 오라고 고갯짓을 한다. 나는 BMW 쪽으로 다가간다. 좋아. 어디 들어보자……. 나는 암브로조의 차갑고 묵직하며 비현실적인 느낌이 드는 두 팔을 붙잡는다. 우리는 암브로조를 꺼내 땅바닥에 내려놓는다. 쿵. 아, 세상에. 어째 시신이 훨씬 무거워졌다. 어째서일까? 더 가벼워져야 하지 않나? 사람들 말로는 영혼의 무게가 21그램이라던데. 나는 도로 위아래를 빠르게 살펴본다. 여간해서는 차가 지나가지 않는 시각이다. 관광객을 태운 버스나 경찰이 나타날 가능성은 많지 않다. 나는 버스 차창 너머로 일본 여학생이 손을 흔들며 미소 짓는 광경을 떠올린다. 그 여학생은 아이폰 카메라로 찰칵, 찰칵, 찰칵 사진을 찍고 '나의 유럽 휴가'라는 제목을 달아 곧장 핀터레스트에 올릴 것이다. 망할 유튜브에 잔혹한 X 등급 영상도 찍어 올리겠지. 그렇게 되면 나는 유명 유튜버 조엘라의 악마 버전으로 불릴 것이다. 나는 힘겹게 침을 삼키며 살바토레를 흘끗 쳐다본다.

"자살처럼 보여야 해요."

그는 담배에 불을 붙이면서 두 손에 대고 말한다. 1954년에 출간된 만화책 속 와이오밍 카우보이처럼, 그의 입가에 담배 끝이 달랑거린다. 무척 섹시해 보인다.

"좋은 생각이에요."

나는 맞장구를 친다. 누가 물어보면 암브로조가 우울증이 있었다고 둘러대면 된다. 더럽게 우울증이 심했다고 말이다. 정신이 붕괴되기 직전이었고, 늘 아슬아슬했다고. 밤마다 울면서 잠들었다는 말도 잊지 말아야지. 자살하지 않고 버티는 게 용할 지경이었다고. 언젠가는 이렇게 될 줄 알았다고.

"절벽에서 뛰어내리는 사람이 옷을 다 벗고 있지는 않겠죠." 나는 부러지지 않은 발가락 끝으로 암브로조의 상체를 툭 건드리며 말을 잇는다. "벗고 뛰어내렸다면 누군가 그의 옷을 찾아야 앞뒤가 맞을 테고요."

탁월한 지적이다. 검은색 팬티 하나만 입은 암브로조. 이상해 보일 것이다. 나는 이런 일처리에 대해 하나씩 배우고 있다. 이런 일을 한다는 게 어떤 기분인지 알겠다…….

"그렇겠네요."

살바토레가 맞장구를 친다.

어때? 나는 이 작전에 꽤 도움이 되고 있다. 이 일을 배우고 있고,

실제로 도움이 된다. 상황을 주도하고 있다. 그게 중요한 거겠지.

나는 살바토레가 셔츠와 몸에 딱 붙는 청바지를 벗는 모습을 바라본다. 그는 허리를 굽히고 암브로조에게 그 옷을 입힌다. 나는 살바토레의 엉덩이를 바라보며 훅 하고 숨을 들이마신다. 어두워서 자세히 보이지는 않지만 상당히 섹시하다. 넓은 가슴과 근육질 등짝. 스타급 럭비 선수 같은 체격에 키도 엄청 크다. 올 블랙스(뉴질랜드 국가대표 럭비팀으로 위아래 모두 검정색 유니폼을 입는다.-옮긴이)의 선수 같다. 이틀에 한 번 이상 운동을 하는 게 분명하다. 나는 그의 알몸을 상상해 본다. 바람 부는 절벽에서 그와 섹스를 하는 장면을 떠올린다. 시체를 처리해야 하는 지금, 기분 전환에 이만한 상상은 없을 것이다.

"이리 와서 도와줘요. 옷 입히게 다리를 들어요."

그가 말한다. 우리는 함께 청바지를 입히고 셔츠도 입힌다. 암브로조에게 옷이 좀 많이 크기는 하다. 살바토레가 한 치수 더 큰 것 같다. 미디엄은 아니고 라지인 것 같은데 어쩌면 투엑스라지XXL일 수도 있다. 이거라도 입혀야지, 우리에게는 선택의 여지가 없다.

"신발은요?"

나는 살바토레가 신고 있는 운동화를 쳐다보며 묻는다. 에어 조던 같다. 진짜 멋진 운동화다. 살바토레는 그 운동화를 내주고 싶지 않을 수도 있다. 나 같아도 그럴 테니까.

"신발은 벗겨질 수 있어요." 그의 말이 옳다. "게다가 우리는 신발 사이즈가 달라서……."

하긴. 경찰이 시신을 발견했는데 발에 맞지 않는 신발을 신고 있다면 이상하게 볼 것이다. 살바토레의 발을 보니 잠수할 때 신는 물갈퀴만큼이나 큼직하다. 발을 보니 수영을 잘할 것 같다. 발이 크면 성기도 크다는 속설이 있는데 진짜일까? 한번 알아보고 싶다.

살바토레가 허리를 굽히고 암브로조의 발목을 잡는다. 나도 허리를 굽히고 손으로 더듬더듬 손목을 찾는다. 암브로조의 어깨를 찾아 겨드랑이 밑에 손을 넣고 붙잡는다.

"준비됐어요?"

그가 묻는다.

"하나, 둘, 셋……."

우리는 암브로조의 시신을 들고 휘청거리며 절벽 쪽으로 나아간다. 절벽 앞에 서서 내려다보니 까마득하다. 바위에 부딪치는 하얀 물거품이 겨우 보일 정도다. 아래가 바위라서 잘됐다. 누군가 암브로조의 시신을 발견하더라도 떨어지면서 바위에 머리를 부딪친 것처럼 보일 것이다. 누군가 시신을 *발견한다면* 말이다. 물론 결국에는 발견될 것이다. 시간문제겠지……. 그냥 묻히길 바라는 것은 내 희망 사항일 뿐이다. *여기는 라라랜드가 아니라 유럽이야, 앨비나.*

절벽 가까이 가고 싶지 않다. 떨어질까 봐 무섭다. 벌써 어지럽고 속도 조금 메스껍다. 내 몸이 흔들거리는 걸까 아니면 바다가 일렁이는 걸까? 시신을 던지려면 가장자리에 바짝 붙어 서야 한다. 그러지 않으면 절벽 너머로 던질 수 없을 것이다. 우리는 조금씩 절벽 끝으로 발을 옮긴다. 나는 절벽 밑을 쳐다볼 수가 없다. 우리 둘 사이에서 시체가 해먹처럼 흔들거린다. 손바닥이 땀에 젖어 자꾸 미끄러진다. 어서 시체를 던져야 한다. 빨리 던져버리고 싶다! 서두르면 좋겠다.

"잠깐만요."

잠깐만은 무슨? 이번에는 또 뭔데?

"왜요? 뭐가 문제예요?"

우리는 시체를 도로 바닥에 내려놓는다. 나는 숨을 헐떡이며 땀을 흘린다. 어서 이 일을 끝내고 싶다. 이 시체를 어서 손에서 털어버리고 싶다.

"베스, 얘기할 게 있어요."

지금? 진심이야? 이렇게 중요한 일을 하고 있는 지금? 이러다 다른 차가 지나가면 어쩌려고? 빌어먹을 경찰이라도 오면 어떡하냐고?

"얘기해 봐요. 뭐죠?" *그래 대화를 나눠보자.* 파티에라도 온 것처럼. '이거 해본 적 있니?' 하며 게임이라도 해보든지.

나는 그의 눈을 들여다보며 속내를 읽어보고 싶지만 어두워서 볼 수가 없다. 뭘 어쩌려는 걸까? 그는 내 시선을 피해 고개를 돌린다. 아, 맙소사. 아직도 나한테 화나 있나? 혹시 *나까지* 절벽 밑으로 밀어버리는 걸까? 이 남자가 뭘 알고 있는 건가?

"베스, 이 일이 정리되고 나면 미친 사람처럼 구는 거 그만둘 거죠? 이번 주 내내…… 당신은 좀 심했어요. 처음에는 여동생에 관해 이상한 말을 하더니 이런 일까지 하게 됐잖아요? 당신이…… 예전 같지 않아요. 이제 정말…… 당신을 모르겠어요. 전혀 당신답지 않아요."

"알았어요. 약속할게요. 더 이상 미친 짓 따위 안 할게요. 더는 안 해요. 예전의 나로 살 거예요."

뭐든 원하는 대로 해줄게. 말만 해. 나는 그를 안심시키려고 미소 짓는다.

여동생에 관해 무슨 말을 했다는 걸까? 모르겠다. 그것 때문에 베스와 싸운 것 같기도 하다. 베스가 무슨 짓을 꾸몄는지 알아야겠다. 살보를 구슬리면 알아낼 수 있을까?

살보는 근육 하나 움직이지 않고 입을 꾹 다문 채 서 있다. 그가 내 말을 믿어야 할 텐데. 나는 흙바닥에 놓인 암브로조의 시신을 내려다본다. 저렇게 얌전히 누워 있으니 아무런 해도 끼칠 것 같지 않다. 아까 본 무시무시한 괴물이 아닌 것 같다. 도망치는 나를 쫓아온 피에 굶주린 남자가 아닌 것 같다.

우리는 시체를 들어 절벽 너머로 던진다.

◆

시칠리아, 메시나
피우메디니시 자연보호 구역과 스쿠데리산

BMW로 돌아온 우리는 아무 말도 하지 않는다. 살보의 담배를 한 개비 꺼내 피우고 싶다. 기어 변속기 옆에 담뱃갑이 보인다. 하지만 나는 베스처럼 굴어야 한다. 어쩌다 담배를 피우게 됐는지 구구절절 설명하고 싶지도 않다. 게다가 바람이 너무 많이 분다. 옆자리에 앉은 살바토레를 돌아본다. 도로를 배경으로 그의 옆모습 윤곽이 드러나 있다. 젠장. 섹시하다. 로마코에 튼튼한 턱, 액션 영화 주인공 같은 몸. 영화 〈제이슨 본〉의 주인공 대역을 해도 되겠다. 아니면 토르의 대역이라든지. 언니의 남자 취향이 괜찮은 편이라는 것을 인정해야겠다.

어둑한 하늘 아래서 보니 살바토레의 숱 많은 머리카락이 짙은 금발이 아니라 검은색으로 보인다. 바람이 불어 그의 머리카락이 뒤로 휘날린다. 까칠한 수염을 보니 일주일쯤 면도를 하지 않은 것 같다. '난 예술가야! 내 맘대로 살아'라고 외치는 듯한 외모다. 그 모습이 미치도록 섹시하다.

살바토레는 왔던 길 말고 다른 길로 가고 있다. 이유를 모르겠다.

"여기는 어디예요?"

"공원요."

"아까 왔던 길이 아니잖아요."

"알아요."

우리는 빽빽한 삼림 지대를 지나가고 있다. 도로라기보다는 흙길에 가깝다. 그가 돌연 차를 세운다. 숲에서 썩은 낙엽과 축축한 흙냄새가 풍긴다. 그리고 죽은 듯 고요하다. 날이 밝기 직전이 가장 어둡다고 하던데 그 말이 사실인 것 같다. 런던 시내는 이렇게 어둡지 않다. 이 정도로 고요하지도 않다. 들리는 소리라고는 나무에서 지저귀는 새소리뿐이다. 숲이 깨어나고 있다. 그는 왜 여기에 차를 세웠을까? 겁이 나기 시작한다. 경험상 시칠리아의 숲은 죽은 여자를 파묻기에 좋은 곳이다. 나와 똑같이 생긴 여자들 말이다. 살바토레의 얼굴에 묘한 표정이 스친다……. 내게 키스를 하든지 아니면 죽이든지 할 것 같다. 제기랄.

우리는 둘 다 지저분하고 땀투성이인 데다 몸에 피까지 묻어 있다. 나는 찢어진 여름 원피스 차림에 신발도 없고 속옷도 입지 않았다. 그는 운동화에 캘빈 클라인 팬티를 걸친 게 전부다. 누가 우리를 보면 무척 수상쩍게 여길 것이다. 굳이 천재가 아니더라도, 절벽 밑 바위에서 이리저리 파도에 떠밀리고 있는 시신과 우리를 쉽게 연결 지을 수 있을 것이다. 내 무릎과 허벅지의 베인 상처에서 아직도 피가 난다. 부러진 발가락이 욱신거린다. 나는 짧고 얕게 숨을 들이쉬었다 내쉰다. 여기서 살바토레의 공격을 받으면 도망칠 수 없을 것이다. 저런 근육질의 남자한테서 도망치는 것은 불가능하다. 수중에 무기도 없다. 스위스 아미 나이프도, 돌멩이도 없다. 권총을 왜 챙기지 않았을까? 어둠 속에서 그의 굵은 이두박근 윤곽이 보인다. 그는 황소처럼 강한 남자다.

"살바토레?"

나는 나지막하게 그의 이름을 부른다.

베스의 멍 자국이 자꾸 생각난다. 검은색과 보라색, 푸른색, 초록색의 멍. 베스의 양쪽 팔에 멍이 있었다. 처음에는 멍이 하나였고 그다음에는 둘이었다. 베스는 부정하려고 했다. 컨실러로 멍을 가리려고 했다. 나는 두 눈을 질끈 감고 숨을 멈춘다. 온몸의 근육에 힘이 들어간다. 심장이 어찌나 세게 뛰는지 가슴 밖으로 튀어나올 것 같다. 한밤중에 여기서 뭘 하고 있나? 그것도 숲 한가운데서? 집으로 가고 싶다.

고개를 돌린 살바토레가 내 입에 격하게 키스를 한다. 물론 그렇겠지. 나를 베스로 알고 있을 테니까. 어느새 나도 키스를 하고 있다. 그는 내 뒤통수로 손을 뻗어 머리카락을 부여잡고 손가락을 집어넣는다. 그리고 나를 가까이 당겨 절박한 키스를 퍼붓는다.

그가 내 입에 대고 속삭인다.

"미안해요. 더는 기다릴 수 없어서. 당신을 지독하게 원해요."

나는 박자를 맞추기로 한다. 응당 그래야 한다. 베스가 정말 바람을 피우고 있었던 모양이다! 이유는 알 수 없다. 물론 베스답지 않은 짓이다. 살보가 굉장히 섹시하긴 하지만. 어쩌면 베스는 여기서 도망치기 위해 살보를 이용한 것일 수도 있다. 나를 이용했듯이 말이다. 그럴듯한 이유는 그것뿐이다. 나는 내 역할을 충실히 하기로 한다. 게다가 나 역시 진심으로 그를 원한다. 누구는 안 원할까? 그는 너무 섹시하다. 채닝 테이텀 못지않다. 갑자기 두려움이 사라진다. 피부의 감각이 되살아나 한껏 민감해진다. 심장이 미친 듯이 뛴다. 그는 손을 뻗어 내 원피스를 찢어버린다. 원피스 끈이 내 팔과 목을 파고든다. 그의 강한 두 손이 나를 쥐어짜듯 붙잡고 끌어당긴다. 나는 그에게 키스를 한다. 그의 뜨겁고 매끈한 피부에, 조각 같은 어깨에. 나는 이미 젖어 있다. 간절히 그를 원한다. 이토록 흥분한 적이 없다. 그는 내 목에 키스를 하고 나를 물고 나를 핥는다. 나는 그의 팬티 앞쪽이 단단해진 것을 느낄 수 있다. 그곳이 고동치며 곤두서 있다. 나는 손가락을 슬쩍 그의 팬티 속으로 집어넣어 단단한 성기를 감아쥔다. 미스터 딕만큼이나 부드럽고 매끄러운 성기다. 그리고 확실히 거대하다.

그는 조수석에 앉은 나를 의자째 밀어붙인다. 그가 레버를 당기자 좌석이 뒤로 넘어가고 나는 누운 자세가 된다. 그는 *전에*도 이렇게 해본 것 같다……. 베스랑 해봤을까? 그가 내 몸에 올라탄다. 나는 지저분한 상태로 피를 묻힌 채 알몸으로 누워 있다. 내 꼴이 엉망진창인 것은 확실하다. 하지만 그의 눈에 나는 섹시하고, 내 눈에도 그는 섹시 그 자체다. 그를 어서 내 안에 들이고 싶다. 마음속으로 애원한다. 어서 하나가 되고 싶다고.

그의 팬티를 벗겨 아래로 내리는데 다리에서 걸리고 만다. 팬티는 여유가 거의 없다. 젠장, 그의 성기는 엄청 크다. 발 크기와 비례한다는 속설은 사실이었다. 나는 강하게 고동치는 그의 그곳을 두 손으로, 이어서 입으로 받아들인다. 그를 먹어치우고 싶다. 그를 깊고 강하게 빨면서 머리를 위아래로 움직인다. 혀끝에서 그의 그곳은 매끄럽기만 하다. 그가 신음을 흘린다.

그는 내 팔을 잡아끌어 몸을 위로 올리고 돌려 눕힌다. 나는 좌석에 엎드린 자세가 된다. 이 차가 컨버터블이 아니라면 이런 자세를 취할 여유가 없을 것이다. 콘돔 포장지를 부스럭거리며 찢는 소리가 들린다. 그는 내 얼굴을 좌석에 대고 짓누른다. 내 혀에서 가죽 냄새가 난다. 맙소사, 나는 그를 원한다. 그를 내 뒤에서 느끼고 싶다. 그가 당장 내 안으로 들어오면 좋겠다. 그가 내 어깨를 붙잡는다. 조금 아프지만 괜찮다. 나는 그가 내 안에 들어온 즉시 반응할 준비가 돼 있다. 나는 폭발하고 말 것이다. 드디어 그가 내 안으로 밀고 들어온다. 그의 두 손이 내 가슴을 움켜잡는다. 좌석의 솔기가 마찰열로 화끈하다.

"아, 자기. 아, 좋아……."

나는 공기보다 가벼워졌다.

숲 어딘가에서 뻐꾸기 울음소리가 들려온다.

◆

시칠리아, 타오르미나

나는 부어오른 발을 씻어 내린 물을 내려다본다. 부연 흙탕물이다. 허벅지에도 물을 끼얹어 피를 씻어낸다. 물 색깔이 분홍색으로 변한다. 베인 곳이 쓰라리다. 무릎도 물로 씻는다. 쓸린 곳에 딱지가 앉을 참인데 상처 가장자리에 자잘한 모래가 끼어 있다. 모래를 떼어내자 상처가 벌어져 다시 피가 난다. 물이 빨갛게 변한다. 나는 샤워 퍼프를 집어 들고 몸을 문지른다. 살바토레 생각이 난다. 그와의 섹스는 아주 좋았다. 아직도 혀끝에 그의 단단하고 달콤한 성기와 짭짤한 피부 맛이 남아 있다. 눈을 감고 몸을 씻어 내리는 물소리에 귀를 기울인다. 입가에 절로 미소가 피어난다.

문득 시체가 생각난다.

아슬아슬했다. 암브로조가 나를 죽일 수도 있었다! 내가 먼저 원형극장에 도착한 게 천만다행이었다. 암브로조는 어쩔 계획이었을까? 내 잘난 언니가 세운 계획일 리 없다. 전부 *암브로조*가 세웠을 것이다. 그 생각을 하니 분노가 치민다. 하지만 언니는 죽었다. 암브로조도 생을 마감했다. 자살로. 이제 나는 두려울 게 없다. 일단 좀 더 누워 있다가 아침에 일어나 암브로조가 어디 갔느냐고 물어볼 것이다. 너무 걱정할 필요 없다. 나의 하루를 잘 살아갈 것이다. 마사지를 받으며 마음을 느긋하게 풀고, 손톱도 정리하고, 얼굴 관리도 받아야지. 그러다 이틀쯤 지나 암브로조가 집에 오지도 않고 전화도 받지 않는다고 한다. 친구들도 그가 어디 갔는지 모르겠다고 하면 경찰서에 전화할 것이다. 몹시 걱정스러운 목소리로 이렇게 말해야지. *암브로조요? 네…… 지금 생각해 보니…… 그는 꽤 우울해하고 있었어요. 무슨 속상한 일이 있는 것 같더라고요. 이제 기억이 나요! 맞아요. 죽고 싶다는 말을 했어요. 하지만 저는 대수롭지 않게 넘겼어요. 그냥 말만 그런 줄 알았거든요. 당신 어머니가 또 나한테 전화를 하면 죽어버릴 거야, 이탈리아가 유로 비전 송 콘테스트에서 우승을 못 하면 죽어버릴 거야, 이런 말처럼 생각하고 말았죠.*

그 경비원도 죽여야 할까? 혹시 모르니 그러는 편이 안전할 것이다. 하지만 그는 우리를 도와줬으니…… 어쩌면 언젠가 쓸모 있을지도 모른다. 조금 더 생각해 봐야지……. 그는 나를 좋아하는 것 같다. 베스를 좋아한 거겠지만.

나는 보송보송한 수건으로 몸을 닦고 베스의 아르마니 잠옷을 입는다. 가장자리에 작은 분홍색 장미가 수놓인 잠옷이다. 정말 귀엽다. 나는 베스와 암브로조의 침대로 기어 들어간다. 킹사이즈로 엄청 넓어서 몸을 쭉 뻗고 하품을 하다가 이리저리 뒹굴거리며 편안하게 누울 수 있다. 불룩하고 아늑한 베개에 머리를 댄다. 부드러운 새틴 시트로 몸을 감싸고 잠이 든다. 오늘은 참 피곤한 하루였다.

다섯째 날
폭음

"입안에 프링글스를 몇 개나 넣을 수 있어? 내 기록은 19개야."

@Alvinaknightly69

chapter 28

1999년 내가 울워스 마트에서 픽앤믹스 초콜릿을 훔치다 걸린 것도 베스 때문이었다. 애초에 내가 도둑질을 한 것도 베스 때문이었다.

어릴 때 베스에게는 '탈룰라'라는 상상 속 친구가 있었다. 나는 그게 너무 짜증 났다. 베스만 탈룰라를 볼 수 있고 오직 베스만 탈룰라의 말을 들을 수 있었다. "야, 탈룰라. 너 진짜 웃긴다." 베스는 깔깔대며 말하곤 했다. 둘이 내 얘기를 하며 놀리는 게 분명했다. 베스와 탈룰라는 몇 시간이나 역할 놀이를 했다. 베스는 공주 놀이, 요정 공주 놀이, 엄마 놀이, 아기 놀이 등을 좋아했다. 내가 있는데 왜 굳이 상상 속 친구가 필요했는지 모르겠다. 그 친구를 어디서 불러왔는지도 짐작이 안 간다. 나는 그런 친구를 찾을 수도 없었다. 사실 난 그런 친구가 필요하지도 않았고 굳이 갖고 싶지도 않았다. 그래서 내가 외로웠나?

엄마는 저녁마다 식탁에 그 상상 속 친구의 자리까지 마련해 주었다. 가게에서 탈룰라에게 사탕과 초콜릿을 사주고, 탈룰라에게 생일 축하 카드를 써주고, 휴가 때도 탈룰라를 초대하며 베스를 부추겼다. "베스, 내 예쁜 딸, 우리 극장 갈 때 탈룰라도 데려갈까? 탈룰라 티켓도 끊어주면 되겠다!" 미친 짓이었다. 탈룰라는 점점 나보다 더 많은 관심을 받았다. 나보다 더 중요한 존재가 되어갔다.

우리의 여덟 번째 생일날, 나는 더 이상 참을 수 없었다. 내 생일이지 탈룰라의 생일이 아니었다. 지긋지긋한 탈룰라. 그날 나는 학교 매점에서 마스 바 초콜릿 하나를 훔쳤다. 당시 나는 몸에 비해 지나치게 큰 재킷을 입고 다녔다. 나는 급식 담당 아주머니가 보지 않는 틈을 타서 재킷 소매 속에 마스 바를 슬쩍 집어넣었다. 입안에 침이 고이고 심장이 쿵쿵 뛰고 귓속이 둥둥 울렸다. 미친 듯이 서둘러 매점을 나왔다. 그날 나는 종일 마스 바를 책가방(남색 잔스포츠 배낭) 맨 밑바닥에 넣어두었다. 영어, 역사, 예술 수업 내내, 거의 하루 종일 마스 바 생각만 했다. 마스 바를 가방 속에 넣어두었다는 것만으로 기분이 좋았다. 그리고 그날 오후에 집으로 돌아와 몰래 내 베개 밑에 마스 바를 집어넣었다. 밤늦게 이층 침대 위층에서 베스가 코를 고는 소리가 들리자 나는 마스 바를 꺼내 손에 들고 베스의 '친구'를 불러내기 시작했다.

"안녕, 탈룰라?" 나는 다정하게 이름을 불렀다. "내가 지금 초콜릿 바를 갖고 있거든. 나오면 너한테 줄게……."

나는 다른 손에 베개를 들고 탈룰라를 기다리고 또 기다렸다. 탈룰라와 친구가 되고 싶어서가 아니었다. 탈룰라가 나오면 베개로 깔아뭉개 죽이려고 했던 것이었다. 나는 몇 시간이나 기다렸지만 탈룰라는 끝내 나타나지 않았다.

결국 나는 마스 바 초콜릿을 혼자 다 먹어치웠다.

훔친 초콜릿은 무척이나 달고 맛있었다. 그렇게 시작된 도둑질은 1999년 울워스 마트에서 들통날 때까지 계속됐다. 울워스 마트 경비원에게 붙잡혔을 때 나는 딥댑 셔벗 사탕이 잔뜩 들어 있는 항아리에 손을 집어넣고 있었다. 내 주머니는 알록달록한 알사탕으로 가득했고 입에는 쥐 모양의 분홍색 초콜릿을 잔뜩 물고 있었다. 경비원은 경찰을 불렀고 경찰은 엄마를 호출했다. 나는 너무 어려서 감옥에 갈 수 없었다. 나는 엄마가 미친 듯이 화를 내고 집이 떠나가라 악을 쓰고 난리를 피울 줄 알았다. 하지만 엄마는 나를 벌하지 않았다. 엄마에게 나는 존재하지 않는 아이나 다름없었기 때문이다.

그전까지 나는 초콜릿을 사 먹을 기회가 없었다. 엄마는 나한테 단 한 번도 용돈을 주지 않았다. 나는 말을 안 듣는 아이라고, 그래서 용돈을 받을 자격이 없다고, 병적일 정도로 비만이라고……, 엄마는 말했다. 엄마는 나한테 산만 한 몸집에 이층 버스 뒷부분처럼 퍼졌다고 했다. 그래서 나는 베스와 다른 아이들처럼 단것을 사 먹을 수가 없었다. 물론 베스는 자기 것을 나한테 곧잘 나눠 주었다. 엄마가 안 볼 때 맛있는 것을 몰래 주기도 했다. 너즈 사탕 반 봉지를 슬쩍 준 적도 있다. 하지만 나는 나눠 갖는 것이 아니라 *전부* 갖고 싶었다. 엄마가 나한테 그런 것들을 사주기를 바랐다.

마스 바 초콜릿을 훔치기는 쉬웠다. 힘들이지 않고 순식간에 훔쳤다. 엄마는 알아채지 못했다. 나는 도둑질해서 얻으면 되었으니 엄마한테 용돈을 받을 필요도 없었다. 나한테는 아무도 필요 없었다.

어쨌든 도둑질을 하다 처음 들킨 날이었다. 아까도 말했듯이 전부 다 베스 때문이다. 그러니 나 말고 베스를 비난하기를.

◆

2015년 8월 28일, 금요일, 오전 9시 52분
시칠리아, 타오르미나

"*엄마, 엄마!*"

어린 에르네스토가 부른다. 에밀리아가 아기를 품에 안고 오는 바람에 잠을 깼다.

"좋은 아침이에요, 사모님. 기분은 좀 어떠세요?"

"*엄마.*"

어니가 내게 두 손을 뻗는다. 큼직한 눈물 한 방울이 어니의 뺨을 타고 흐른다. 불쌍한 녀석.

"아, 좋은 아침이에요, 에밀리아."

나는 일어나 앉아 몸을 쭉 편다. 뼈가 으드득, 관절이 삐걱거린다. 찌뿌둥하고 몸이 제대로 움직이지 않는 것 같다. 나는 베개를 정리하고 아기를 받아 든다. 제발 좀 그만 울어라. 그만 울어.

"쉬, 쉬, 쉬, 쉬."

나는 어니를 꼭 끌어안고 등을 살살 쓰다듬는다.

"아기가 엄마를 찾아서요." 에밀리아가 어깨를 으쓱한다. "커피 갖다 드릴까요? 10시 다 됐어요."

"그래요, 고마워요."

어니가 울음을 그치지 않는다. 내 피부에 뜨끈한 눈물이 떨어지고 질척한 콧물이 내 가슴에 온통 묻는다. 나는 어니를 바짝 끌어안고 자그마한 머리에 붙은 머리카락을 쓰다듬는다.

"쉬…… 쉬…… 울지 마."

에밀리아가 미소 지으며 돌아서서 문으로 향한다.

"에밀리아?"

"네?"

문까지 절반쯤 걸어간 에밀리아가 대답한다.

"암브로조 봤어요?"

"아뇨, 사모님. 못 봤어요. 오늘은요."

"어디 갔는지 알아요?"

"글쎄요. 잘 모르겠어요."

"또 바다에 수영하러 갔을까요?"

"어쩌면 그럴지도 모르죠, 사모님. 진입로에 차가 없더라고요."

"알았어요. 내가 전화해 볼게요. 고마워요."

나는 품에 안겨 울고 있는 아기를 쳐다본다. 에밀리아가 밖으로 나간다. 아, 맙소사! 이제 어쩌지? 이 아기를 어떡하면 좋아? 아기에 대한 취급 설명서도 없는데 말이다. 학교에서 아이 키우기 수업을 받아본 적이 없다. 빌어먹을 체육 수업보다는 아이 키우기 수업이 인생에 더 도움이 되는 거 아닌가? 도대체 라크로스(하키와 비슷한 구기 종목 – 옮긴이) 따위를 배워서 어디다 써먹는담? 육아에 대한 공부를 많이 해야 할 듯싶다.

나는 어니를 품에 안고 침대에서 내려가다가 넘어질 뻔한다. 젠장, 내 발가락! 서 있기조차 힘들다. 어니는 또다시 소리 높여 울어댄다. 방 창문들이 산산조각 날 정도다. 나는 울지 말라고 어르며 어니를 앞뒤로 흔든다. *제발 그만 울어. 그만 좀 울라고.* 어니의 눈을 들여다보니 두려움이 담겨 있다. 제 엄마가 아닌 것을 알아챘을까? 아기들은 돼지나 셰퍼드처럼 후각이 엄청 발달했다던데. 앞으로는 베스가 쓰던 미스 디올 셰리 향수를 꼭 뿌려야겠다. 그래야 속일 수 있을 것이다.

아기가 운다.

계속 운다.

울음은 점점 커지고, 그칠 줄을 모른다.

날카롭고 높은 아이 울음소리는 박쥐가 아니면 못 들을 정도다.

아기는 작은 몸뚱이를 버둥거리면서 아우성치고 무지막지하게 울어댄다.

숨 막히는 소리.

찡얼거리는 소리.

숨을 할딱이는 소리.

아, 미치겠네. ‘끄기’ 버튼은 없나? ‘중지’ 버튼은?

잠시 후 에밀리아가 쟁반에 커피를 들고 들어온다. 에밀리아는 침대 옆 테이블에 커피 잔을 놓고 나를 올려다보다가 낯빛이 창백해진다.

“아, 사모님!” 에밀리아는 휘둥그런 눈으로 내 팔을 쳐다보며 손으로 가리킨다. “괜찮으세요?”

내려다보니 팔과 어깨에 온통 멍이 들어 있다. 보기 흉한 시퍼런 멍이다. 어쩌다 멍이 들었을까? 모르겠다. 에밀리아는 (퉁퉁 붓고 시뻘건 멍보다 더 흉측한) 내 발가락과 무릎은 아직 보지 못했다. 팔다리 근육이 전부 결린다. 발바닥도 까졌다.

“무릎도 까졌네요!”

에밀리아가 내 다리를 가리키며 외친다.

“괜찮아요. 정말이에요.”

꼴이 엉망이긴 하다. 이 짧고 작은 잠옷 말고 다른 옷을 입고 잘 걸 그랬다.

“밤에 일어나 화장실 가다가 러그에 걸려 넘어졌어요. 옷 갈아입을 동안 어니 좀 봐줄래요?”

에밀리아는 눈을 가늘게 뜨며 고개를 절레절레 젓는다. 내 말을 믿지 않는 눈치다.

“사모님, 경찰에 연락할까요?”

“경찰은 무슨. *괜찮다니까요.*”

나는 웃어 보인다. 하지만 에밀리아는 납득하지 않는 눈치다.

에밀리아는 할 말이 더 있는 듯 머뭇거리다가 입을 다문다. 나는 에밀리아에게 아이를 넘긴다. 어니는 악을 쓰며 팔다리를 버둥거린다. 그 모습이 꼭 성난 문어 같다. 에밀리아는 어니를 품에 안고 이마에 입을 맞춘다.

"마, 마, 마."

어니가 소리친다.

에밀리아의 품에 안기자 어니는 울음을 그친다. 에밀리아는 울음을 그치게 하는 요령이 있나 보다. 말 조련사 같은 텔레파시 능력자일까. 제7의 감각(초연결지능)을 지녔는지도 모른다. 에밀리아는 걱정되고 못마땅한 표정으로 나를 위아래로 훑어본다. 하지만 다른 말은 하지 않고 복도로 나가 문을 닫는다. 어휴, 고맙네. 아이 울음소리에 귀가 먹먹하다. 어지럽고 두통이 난다. 조개껍데기를 귀에 대고 바다 소리를 들을 때처럼 아이가 방을 나갔는데도 계속 울음소리가 들린다. 나는 가슴에 묻은 콧물을 닦아낸다. 엄마로 산다는 것은 *정말, 정말* 힘든 일이구나 싶다. 남의 도움을 받지 않고 과연 나 혼자 할 수 있을까?

욕실로 들어가 거울을 들여다본다. 양팔에 멍이 들어 있다. 베스의 멍 자국과 정확히 똑같은 자리다. 똑같은 자리에 똑같은 크기, 똑같은 모양의 멍이 들었다. 베스의 멍은 검정에 가까울 정도로 더 진한 보랏빛이었지만 말이다. 나는 거울을 들여다보며 고개를 젓고 미간을 찌푸린다. 암브로조는 나를 때리지 않았다. 이해할 수 없다. 생각해 보니 차 안에서 섹스를 할 때 살바토레가 내 팔을 붙잡았는데 그때 이 멍이 생긴 것 같다. 그 압력이 기억난다. 강하고 거칠긴 했다. 당시에는 거의 알아채지 못했지만. 유전적인 문제일 수도 있을 듯하다. 베스와 나는 둘 다 멍이 잘 생기는 체질이다. 아마 그래서인 모양이다.

그래도 완전히 이해할 수 없다. 암브로조가 아내를 때리지 않았다면 베스의 문제는 무엇이었을까? 욕하고 울던 베스는 무척 우울해 보였다. 그렇게 화내는 베스를 처음 봤다. 술에 취해서 그런 걸까. 그냥 아무렇게나 성질을 부린 건가. 핸드백에 다이아몬드가 들어 있었던 것을 보면 여기서 도망치려고 했던 것 같다. 나는 손바닥으로 멍이 든 자리를 문지른다. 약간 아프지만 보기보다는 괜찮다. 뭐, 됐다. 암브로조가 폭력 남편은 아니었지만 부부 사이에 뭔가 문제가 있었다. 암브로조는 아내와 함께 무슨 일을 도모하고 있는 것처럼 말했다. 그는 계획을 세워두었다고 했다. 계획! *둘이 함께* 진행하던 일이었을 것이다. 적어도 암브로조는 그렇게 생각했고, 그렇게 말했다. 그런데 베스는 왜 내게 자기와 몰래 신분을 바꾸자고 했을까…….

내 목숨을 구해 주고 싶어서 그랬나!

그래, 그건가 보다. 그런 것이다. *암브로조*는 나를 죽이려 했고, *베스*는 나를 살리려고 했다. 그리고 남편을 여기 두고 떠날 작정이었다. 그래서 암브로조가 그렇게 충격을 받았던 거겠지! '*네가 왜 베스처럼 입었어, 앨비?*'라고 그는 소리쳤다. 베스는 그의 뒤통수를 친 거다. 교활한 것.

어떻게 된 일인지 속속들이 알아야겠다. 이 정도 추리한 것만으로도 시작이 좋은 편이다. 내 추리력이 감탄스럽다. 이 정도면 탐정 미스 마플에 버금가지 않나. 셜록 홈즈 못지않다. 런던 경찰국에 들어가야 하는 거 아닐까?

나는 칫솔을 손에 쥐고 양치질을 한다. 둘 중 어떤 것을 쓰든 이제 상관없다.

◆

수영장에서 왔다 갔다 수영을 하고 있다. 머리카락이 젖지 않도록 평형을 하는 중이다. 이쪽에서 저쪽으로, 저쪽에서 이쪽으로. 또다시 왔다 갔다. 더럽게 더운 날이지만 물속에 있으니 시원하다. 이런 운동은 엉덩이 근육 단련에도 좋을 것이다. 베스는 덜 익은 복숭아 같은 예쁜 엉덩이를 갖고 있었다. 나도 비슷하게 맞춰야 한다. 그게 내 외모의 핵심이다. 베스의 대형 옷장에 끝내주게 멋진 (하지만 작은) 발렌시아가 핫팬츠가 있던데, 지금 내가 그 핫팬츠를 입으면 범죄나 다름없다. 핫팬츠는 셀룰라이트가 덕지덕지 붙은 몸과는 어울리지 않는다. 그게 진리다. 나는 카다시안 자매 같은 엉덩이, 베스의 엉덩이보다 더 앙증맞고 예쁜 엉덩이를 갖고 싶다.

그러려면 수영을 해야 한다. 나는 원래 (섹스 말고) 운동이라면 질색이다. 어릴 때는 달리기를 좀 했는데 지금은 그런 운동이 싫다. (섹스 말고는) 땀 흘리는 게 싫다. 하지만 물속에서 수영을 하면 땀이 나도 괜찮다. 그러니 수영이 내게 딱 맞는 운동인 거다. 젠장. 베스로 살려면 필라테스라도 해야 하는 것 아닐까. 아마 베스는 개인 트레이너를 두었을 것이다. 내가 갑자기 필라테스를 엉망진창으로 하면 트레이너가 이상하게 생각할 텐데.

나는 수영장을 오가는 횟수를 세는 데 집중하기로 한다. 아홉, 열, 열하나, 열둘. 스무 번을 채우고 좀 쉬면서 담배나 피워야겠다. 머리를 맑게 해야 한다. 긴장을 풀고 명상을 해야지. 지금은 너무 긴장한 상태라 풀어줘야 한다. 엄청난 스트레스를 받고 있다. 이렇게 정신없는 여행을 하게 되리라고는 예상하지 못했다. 느긋하게 휴가를 즐기러 왔는데! 얼른 긴장을 풀고 싶다. 암브로조의 잘 그을린 잘생긴 얼굴이 자꾸 생각난다. 그를 머릿속에서 떨치기가 쉽지 않다.

솔직히 말해 실망하기는 했다. 지난 8년 동안 나는 암브로조에 대한 환상을 품고 살았다. 그가 대학가 술집에 들어와 우리의 인생을 영원히 바꿔놓은 운명적인 그날 밤 이후로 쭉. 나는 그가 바로 *내가 찾는 남자*라고 믿었다. 다른 사람과 사랑에 빠질 수도 있었지만 암브로조 때문에 8년을 고스란히 낭비했다. 채닝 테이텀과 만날 기회도 날려가면서. 물론…… 채닝은…… 할리우드 대스타지만……. 내가 로스앤젤레스로 갔다면 만났을 수도 있다. 그가 사는 곳을 찾아냈겠지. 촬영을 마치고 집으로 돌아오는 그의 뒤를 밟아서……. 열셋, 열넷, 열다섯, 열여섯.

이야기가 다른 데로 빠졌다.

어쨌든 암브로조에 대한 기대치가 너무 높았다. 내 머릿속에서 우리는 서로에게 완벽한 커플이었다. 우리는 바로 이 건물에서, 이 빌어먹게 완벽한 집에서, 우리의 완벽한 아기와 함께 영원히 살 수도 있었다. 그의 섹시한 자동차도 함께. 그런데 암브로조가 모든 것을 망쳐놨다. 엉망진창으로 파괴해 버렸다. 모조리 내 탓을 하면서 말이다. 나는 그를 도와주려고 했는데 왜 알아주지 않았을까? 좋지 않은 상황이었지만 나름 최선을 다했는데 말이다. 왜 내가 하자는 대로 순순히 따라주지 않았을까? 내가 앨비든 베스든 누가 신경이나 쓴다고. 도대체 우리 둘이 무슨 차이가 있는데? 나는 내 역할을 했을 뿐이다. 그것도 꽤 잘해 내고 있었다. 그가 조금 더 노력했어야 했다. 그는 아내가 필요하고, 어니는 엄마가 필요하니까.

암브로조…… 암브로조…… 암브로조…… 제기랄. 피임약을 먹었기에 망정이지 하마터면 그의 아이를 또 임신할 뻔했다. 왜 내가 그런 것까지 생각해야 하지? 그는 그저 그런 남자였다. 열일곱, 열여덟, 열아홉, 스물. 수영장 가장자리에 말라붙은 핏자국이 보인다. 베스가 넘어지면서 머리를 부딪친 자리다. 수영장 오른쪽 윗부분. 지금도 쿵 하는 소리가 머릿속을 맴돈다. 정말이지 생각하기 싫다. 나는 핏자국 쪽으로 물을 튕겨 손가락으로 문지른다. 지워졌다. 집 건물 쪽으로 등을 돌리는데 에밀리아가 주방 창문으로 이쪽을 보고 있다. 그러다 돌아서서 청소를 계속한다. 저기서는 피가 보이지 않았을 것이다. 어차피 난 걱정할 게 없다. 에밀리아가 알아낼 방도도 없다. *침착해, 앨비나. 땀 흘리지 말고.* 나는 환한 햇빛을 받아 반짝이는 작은 은색 계단 3개를 올라가 베스의 비치 타월로 몸의 물기를 닦는다. 암브로조 생각은 더 이상 하지 않을 것이다. 안타까운 일이고, 실망스럽기도 했지만 말이다. 그는 어차피 골칫거리였다. 옆에 두기에는 너무 위험한 존재였다. 게다가 내게 총까지 겨눴다! 나는 담배에 불을 붙이고 선베드에 드러눕는다. 눈을 감고 연기를 뿜는다. 이제부터는 살바토레 생각만 해야겠다.

"사모님, 니노가 왔어요. 들어오라고 할까요?"

에밀리아의 목소리에 나는 화들짝 놀란다. 초인종이 울린 줄도 몰랐다. 니노? *그 사람이* 여기 왜 왔지? 아, 암브로조를 만나러 왔나 보다.

"그래요." 나는 머리를 매만지며 일어나 앉는다. "들어오라고 하세요."

"네, 사모님. 잠시만요."

에밀리아가 내 말보로 라이트 담배를 흘끗 쳐다보며 인상을 쓴다. 그러더니 돌아서서 집 건물 쪽으로 향한다.

나는 이마의 땀을 닦는다. 몸이 잘 구워지고 있다. 이곳의 태양은 어마어마하다. 나는 멍 자국을 감추기 위해 어깨 위로 사롱을 덮는다. 베스의 커다란 선글라스를 끼고 담배를 비벼 끈다. 완벽한 변장이다. 니노가 유리문이 부서져라 열고 온다. 판석을 터벅터벅 밟고 오는 그의 발소리가 들린다. 그는 정원을 휘휘 둘러보며 내게 다가온다. 하! 아무리 그렇게 열심히 찾아봐도 암브로조를 만날 수는 없을 거다. 그는 가까이 다가와 나를 쳐다본다. 나는 가슴이 철렁해서 무릎을 당겨 안는다. 니노는 베스에 대해 얼마나 잘 알고 있을까. 등줄기를 따라 소름이 확 끼치면서 몸이 떨려온다.

"교수는 어디 있습니까? 만나기로 했거든요!"

제기랄.

나는 마치 고치처럼 사롱으로 온몸을 휘감는다. 니노는 불길한 돌기둥처럼 옆에 서서 나와 선베드를 내려다보다가 선글라스를 벗는다. 눈구멍이 시커멓다. 왼쪽 뺨에는 지렁이처럼 분홍빛 길고 얇은 상처가 있다.

"교수요?"

나는 그들이 암브로조를 왜 그렇게 부르는지 모르겠다. 암브로조가 무슨 학위라도 갖고 있었나?

그는 희미하게 웃으며 금니를 드러낸다.

"그쪽의 망할 남편 말입니다. 어디다 숨겼어요?"

음, 그와는 사이가 별로 안 좋나 보네.

"글쎄요. 어젯밤부터 안 보이네요. 아침에 일어나 보니 없더라고요."

니노는 인상을 찌푸린다. 이마 한가운데가 팰 정도로 깊은 주름이 잡힌다. 내 말을 안 믿는 눈치다. 나는 그의 얼굴을 가만히 뜯어본다. 숱 많은 콧수염, 탄탄하고 유연하지만 조금 시원찮아 보이는 날씬한 체격. 동물로 치면 태국 닭싸움에 쓰이는 닭 같다. 성난 어린 수탉 말이다. 상대에게 달려들어 눈을 쪼고 목을 할퀴는 닭. 하지만 자석처럼 끌어당기는 매력이 없지는 않다. 이 남자를 보면 어쩐지 시선을 뗄 수가 없다. 〈정글북〉에 나오는 뱀 '카아'처럼 사람을 홀리고 최면을 거는 면이 있다. 잘생겼다기보다 카리스마가 있는 편이고, 강한 자신감에서 비롯되는 자연스러운 매력이 있다. 묘하게 매혹적이다. 늙지는 않았다. 서른다섯 살 정도? 많아야 마흔살쯤. 하지만 햇볕에 과다 노출되어 피부에 주름이 많다. 이마도 그렇고 입가도 그렇다. 자외선 차단제를 바르고 느긋하게 돌아다니는 것 같지 않다. 얼굴에 크림도 제대로 안 바르는 것 같다.

"전화를 해도 안 받아요."

나는 입술을 깨물며 둘러댄다.

"그래요. 조금 전에 전화해 봤는데 안 받더라고요. 바쁜가 봐요." 나는 어깨를 으쓱하며 덧붙인다. "몇 번이나 해봤거든요."

니노는 재킷 주머니에서 말보로 레드를 꺼낸다. 큼직한 은색 단추가 박힌 검은색 가죽 재킷이다. 쪄 죽고 싶어서 저걸 입나. 그가 담배를 권하지만 나는 고개를 젓는다. 그는 성냥을 꺼내 불을 붙이고 내 쪽으로 연기를 뿜는다. 나는 바닥으로 떨어지는 성냥개비를 바라본다. 성냥 끝이 깜박거린다. 아직 불이 붙어 있다. 내가 지켜보는 동안 불은 저절로 꺼진다.

"발은 어쩌다 그랬어요?" 그가 내 발을 가리키며 묻는다. "발가락이 아작 났네."

"아, 별거 아니에요. 넘어졌어요."

나는 다리를 안쪽으로 모으고 앉아 수영장을 바라본다. 아주 약한 바람이 분다. 거의 느껴질 듯 말 듯 깃털처럼 가벼운 바람이다. 수영장 표면에는 파형 철판처럼 잔물결이 인다. 니노는 내가 앉은 선베드에 나란히 앉아 내 팔에 자기 팔을 붙인다. 그에게서 가죽 냄새가 풍긴다. 재킷이 햇볕에 뜨겁게 달궈져 있다. 그는 숨겨진 정보라도 찾는 듯 내 얼굴을 들여다본다. 미세한 거짓말 탐지기처럼. 나는 긴장으로 몸이 굳어버린다.

"베타, 다시 묻겠습니다. 남편 어디 있어요?" 그의 목소리에 힘이 더 들어갔다. "알잖아요."

그의 숨결에서 담배 맛이 난다. 눈에는 분노가 서려 있다.

나는 애원하듯 그를 올려다본다.

"아뇨, 몰라요. 곧 집에 돌아올 거예요. 나간 지 2시간밖에 안 됐는데……." 나는 말끝을 흐린다. 니노의 허리띠에 찬 권총 손잡이가 보인다. 검은색 금속의 큼직한 권총. 심각한 해를 입히기에 충분한 무기다. 'G. M. B.'라는 머리글자가 자개로 박혀 있다. 젠장. 명심할 것 : 니노와 얽히지 말자. 암브로조의 권총을 가져오자. 그 권총을 살바토레의 집 화단에 던져뒀다. 아직 거기 있어야 할 텐데…….

니노는 내 마음을 읽고 있는 듯 내 눈을 뚫어져라 쳐다본다. 당황한 내가 움찔하는 모습을 보려는 것이다. 그는 손목시계를 내려다본다. 불처럼 번쩍이는 큼직한 금색 롤렉스다.

"3시가 다 됐잖아요. 우리는 아침 10시에 만나기로 했어요. 엄청 중요한 미팅이란 말입니다. 도메니코한테는 얘기했어요?"

"도메니코요? 아뇨, 왜요?"

나는 어깨를 으쓱한다. 그러자 몸에 걸치고 있던 사롱이 아래로 미끄러진다. 니노가 내 팔과 어깨, 멍 자국을 보고 만다. 빌어먹을.

"이게 뭡니까? 누가 때렸어요?"

"때리긴요. 아무것도 아니에요."

나는 사롱으로 손을 뻗는다.

그는 거칠고 건조한 손으로 내 손목을 잡아 일으켜 세운다.

"악!"

나는 아파서 소리를 지른다. 부러진 발가락이 아프다! 사롱이 바닥에 떨어지고 그는 검푸른 멍이 든 내 몸을 찬찬히 훑어본다. 베스의 끈 비키니를 입는 게 아니었다. 그는 허리까지 굽혀 자세히 들여다본다. 날카로운 것에 베인 허벅지와 무릎의 쓸린 상처에 손가락을 갖다 댄다.

"악!"

팔의 멍은 어느새 보라색으로 변해 있다. 훤한 대낮이라 내 꼴은 더욱 가관이다.

"누가 그랬습니까?"

"아무도 안 그랬어요. 혼자 넘어진 거예요."

"제기랄." 그는 바닥에 침을 칵 뱉는다. "누구예요? 말해요." 어쩐지 기시감이 든다. "교수는 절대 아닐 테고……."

"아니에요. 당연히 아니죠."

그가 내 손목을 놓는다. 나는 선베드에 털썩 주저앉아, 이미 늦었지만 어깨를 사롱으로 감싼다. 그리고 몸을 바짝 웅크린다. 스키복이나 테디 베어 귀가 붙은 유아용 점프수트라도 찾아 입을걸 그랬다.

"베타, 베타, 베타. 나한테 숨기는 게 있군요. 오늘 저녁까지 당신 남편이 집에 돌아오지 않으면 이따가 다시 봅시다."

나는 고개를 끄덕인다.

불길한 기분이 든다.

그는 내 쪽으로 허리를 굽혀 불과 5센티미터 간격을 두고 내 눈을 들여다본다. 내 얼굴로 그의 뜨끈한 침이 튄다.

"지금은 멋대로 사라지면 절대 안 되는 시기예요."

그는 저만치 걸어가면서 담배를 바닥에 휙 던지고 검은 가죽 부츠의 은색 토캡으로 짓뭉갠다. 햇볕을 받아 은색 토캡이 반짝거린다. 사람들을 걷어찰 용도로 디자인된 부츠다. 검은 가죽 재킷을 입은 유연한 등짝은 포석을 가로질러 유리문을 지나 사라진다. 나는 깊게 숨을 들이마셨다가 천천히 내뱉는다. 온몸이 떨린다. 강렬한 느낌에 휩싸인다. 저 남자는 진짜 나쁜 놈 같다. 딱 내가 좋아하는 타입이다. 엄청나게 섹시하다.

chapter 29

니노 때문에 한껏 흥분한 나는 옷을 입고 곧장 옆집으로 가서 살바토레를 만났다.

"아, 엘리자베스. 잘 왔어요. 안 그래도 데리러 가려던 참이었어요. 나를 위해 포즈를 취해 줘요."

포즈를 취해 달라고? 뭐지? 아, 그렇지. 그는 *예술가*다.

"그래요. 오케이."

물론 그의 요청이 오케이라는 뜻은 아니다.

살바토레는 나를 데리고 집 안을 가로질러 위층 작업실로 향한다. 무척 크고 빛이 가득하며 널찍한 그곳에는 조각과 스케치, 접이식 사다리, 기다란 나무 테이블, 그림, 찰흙 등이 있다.

"벗어요."

나는 움직이지 않고 묻는다.

"정말요? 지금 내 꼴이 엉망인데."

그는 마뜩찮은 표정으로 나를 쳐다본다. 같은 얘기를 두 번 하는 것을 싫어하는 듯하다.

"벗어요, 당장."

살바토레는 돌아서서 스튜디오 뒤쪽으로 걸어가더니 이젤을 가져다 방 한가운데 놓는다. 그의 키보다 60센티미터쯤 더 큰 이젤에 엄청난 크기의 아이보리 색 캔버스가 놓여 있다. 그는 테이블 위에 놓인 상자에서 목탄을 꺼내 들고 의자를 가리킨다.

"옷은 저기다 놓도록 해요."

나는 떨리는 손가락으로 원피스 단추를 푼다. *그래, 살바토레, 당신 말대로 해줄게. 나하고 새벽처럼만 섹스를 하도록 해.* 그 생각을 하니 새삼 흥분된다.

"뭐 마실래요? 보드카?"

그는 대답을 기다리지 않고 걸어간다.

"좋아요."

지금 내게 필요한 건 바로 술이다. 예전처럼……. 그가 어떻게 알았을까?

그는 작업실 뒤쪽의 술 보관장으로 걸어간다. 경첩이 삐걱하는 소리, 술잔이 딸그랑 부딪치는 소리가 들린다.

"얼음은요?"

"없어도 돼요."

나는 브래지어를 벗어 조각 무늬가 들어간 나무 의자 등받이에 걸쳐놓는다. 저 남자가 직접 조각했는지 궁금하다. 괜히 손이 떨린다. 그는 작은 잔 2개와 그레이 구스 보드카 한 병을 가지고 돌아온다. 괜찮은 보드카 같다. 나는 테스코 마트에서 할인 판매하는 자체 브랜드 보드카만 샀다. 살바토레는 영화배우 존 웨인처럼 걷는다. 그는 내가 손을 뻗어 만질 수 있을 만큼 가까이 다가와 선다. 나는 상처 나고 퍼렇게 멍이 든 내 몸을 내려다본다. 살바토레의 눈에는 그런 자국이 보이지 않는 모양이다.

"팬티도 벗어요."

그는 내 팬티를 가리키며 말한다.

나는 팬티를 벗어 의자에 걸쳐놓는다. 베스의 빨간 레이스 달린 프랑스제 팬티다. 베스의 팬티 중 내가 좋아하는 것이다. 나는 그 팬티에 어울리는 브래지어를 하고 왔다. (앨비나로 살던 시절에는 한 번도 그런 적이 없다.) 그는 테이블에 잔을 내려놓고 수정처럼 맑은 보드카를 가득 따라 내게 건넨다. 내 눈을 들여다보는 그의 동공이 확장돼 있다. 그도 흥분한 걸까? 우리는 술을 쭉 들이켠다. 보드카가 목구멍을 지지며 순식간에 넘어간다. 이제 어쩌려는 걸까?

그는 내 손을 잡는다.

"이렇게 앉아요." 그는 내 몸의 자세를 잡아준다. 내 뒤에 나무 스툴을 가져다 놓고 앉힌다. 내 한쪽 다리를 다른 쪽 다리 위에 얹어 꼬게 한 후 벽을 향하도록 몸을 돌린다. "이런 식으로 돌아봐요. 어깨 너머로."

그는 내 팔을 잡아 허리 쪽에 가져다 놓고 턱을 움직여 위치를 잡는다. 그리고 한 걸음 뒤로 물러나 나를 위아래로 훑어본다.

"완벽해."

나는 미소 짓는다. 그는 섹시하다. 아무렇게나 자른 청바지, 물감이 튄 셔츠. 한쪽이 쭉 찢어진 셔츠 틈새로 배가 들여다보인다. 채닝 테이텀 같은 근육질 배는 뜨거운 햇볕에 그을려 있다. 저 갈라진 턱에 키스하고 싶다. 그는 몸을 기울여 우리 둘의 잔에 술을 더 따른다. 그는 내 눈을 바라본다. 나도 피하지 않고 마주 본다.

"움직이지 말아요."

그는 잔을 내 입술에 대고 기울여 보드카를 목구멍 안으로 붓는다.

어젯밤 이 남자는 나를 곤경에서 구해 주었다. 이제 우리는 비밀을 공유한 사이다. 우리 둘만 아는 비밀. 그가 나를 속속들이 아는 것 같은 기분이 든다. 범죄 파트너처럼. 우리는 죽을 때까지 비밀을 지킬 것이다. 나는 누군가와 이렇게 가까운 사이였던 적이 없다. 이제 그가 내 영혼을 읽을 수도 있을 것 같다. 하지만 물론 그는 나를 베스로 알고 있다…….

그는 술을 마시고 이젤 쪽으로 걸어간다. 그가 짙은 금발을 손으로 쓸어 넘길 때 햇볕에 탈색된 흰 머리카락 몇 가닥이 보인다. 시칠리아 사람이라는 걸 몰랐다면 나는 아마 그를 스웨덴 사람이라고 생각했을 것이다. 스웨덴이나 네덜란드 사람. 네덜란드 사람들은 키가 크니까. 나는 얼굴로 흘러내려 코를 간지럽히는 머리카락을 뒤로 쓸어 넘긴다.

"움직이면 안 돼요. 1밀리도 움직이지 말아요."

단호한 목소리다.

나는 웃음이 난다. 보드카가 직통으로 머릿속에 닿은 모양이다.

그는 나를 취하게 하려는 걸까? 그런 거라면 좋겠다.

"그만 웃어요. 몸이 흔들리잖아요."

짜증 난 목소리다.

나는 억지로 미소를 거둔다.

그는 목탄 한 조각을 집어 들고 내게서 몇 걸음 떨어진 이젤 뒤에 가서 선다. 나는 배에 힘을 주고 꼿꼿하게 앉는다. 나는 베스다. 나는 *아름답다*. 갑자기 섹시해진 기분이다. 예전보다 훨씬 더. 어깨를 드리운 머리카락이 느껴진다. 나는 관능적이고 강하다. 숨을 멈춘다. 그의 푸른 눈동자가 내 몸의 곡선을 훑고 목과 어깨, 가슴에 머문다. 나는 이렇게 강렬한 시선을 처음 받아본다. 말도 못 하게 섹시하다. 내 엉덩이로 시선이 내려간 그는 잠시 얼굴을 찌푸리더니 길고 힘차게, 미친 듯이 스케치하기 시작한다. 손이 캔버스 위에서 종횡무진 움직인다. 모양을 그리고 명암을 넣고 형태를 잡는다. 그는 나를 한 번 쳐다보고 다시 캔버스로 시선을 돌리기를 몇 번이고 되풀이한다. 목탄이 캔버스 위를 사각사각 스친다. 나는 얕은 호흡을 한다. 불에 탄 석탄 냄새가 풍긴다.

방 안을 둘러본다. 조각상과 스케치들이 모두 베스의 모습이다. 그것들이 뒤로 돌아앉아 어깨 너머로 고개를 돌린 채 베스의 커다란 눈으로, 베스의 아름다운 얼굴로 나를 쳐다본다. 기분이 묘하다. 베스가 아직 여기 있는 것 같다. 베스가 우리를, 나를 지켜보고 있는 것 같다. 작업실 벽은 뒤돌아선 여자들을 그린 그림과 데생으로 가득하다. 여자들의 엉덩이는 둥글고 앙증맞으며 완벽하다. 베스.

베스는 그의 뮤즈였던 게 분명하다.

나는 이리저리 움직이며 작업하는 그의 팔뚝을 바라본다. 근육질에 태닝이 잘되어 있고 팔뚝 윤곽이 뚜렷하다. 그를 만지고 싶다. 다가가서 입 맞추고 싶다. 하지만 난 움직이지 않는다. 음부가 아릿하다. 진심으로 당장 하고 싶다. 내 그곳은 이미 촉촉이 젖었다. 그는 목탄을 테이블에 탁 내려놓는다. 나는 숨을 멈춘다.

"좋아요. 됐어요."

"그래요? 벌써요? 봐도 돼요?"

"아뇨."

이유를 설명해 주지도 않는다. 조금 부당하다는 기분이 든다.

"아, 알았어요. 뭐, 다 했으면…… 이만 옷 입을게요."

나는 스툴에서 일어나 옷으로 손을 뻗는다.

"그럴 필요 없어요. 우리 둘만의 시간이잖아요."

그는 나를 벽으로 밀어붙인다. 차갑고 단단한 벽이 피부에 닿는다. 그는 두 팔로 내 허리를 감싸고 입을 맞춘다. 그의 혀가 내 입으로 깊고 강하게 들어온다. 그의 두 손이 내 머리카락을 쓰다듬으며 한 움큼 휘어잡는다. 그는 내게 몸을 바짝 붙인다.

"음!" 나는 그의 입에 대고 속삭인다. 그가 내 머리카락을 아프도록 잡아당긴다. 기분이 좋다.

그는 셔츠를 거칠게 벗어 바닥에 던진다. 완벽한 상체. 예술 작품이다. 조각 같은 복근은 마치 미켈란젤로의 다비드 상 같다. 그의 몸은 명작이다. 그는 나를 스툴에 다시 앉힌다. 그리고 확고하고 거칠게 내 두 다리를 잡아 벌린다. 내 앞에 무릎을 꿇고 웅주린 포식자처럼 바라보다가 내 허벅지 사이에 얼굴을 묻는다. 그의 콧날과 광대뼈, 눈썹, 이마 뒤로 넘긴 헝클어진 머리카락. 두툼하고 축축한 혀가 내 성기를 위아래로, 왼쪽에서 오른쪽으로 핥는다. 앞으로 뒤로 둥글게 둥글게. 그의 손가락이 내 안으로 들어온다. 그의 부드러운 입술이 키스를 퍼붓는다. 단단하고 성난 입이 미친 듯이 무지막지하게 나를 먹어치운다. 활활 타오르는 광기와 분노에 찬 욕망은 나를 전율하게 만든다. 현실의 경계를 넘어 눈이 뒤집힐 만큼 황홀하다.

"아, 좋아……."

나는 나무에 손톱자국이 날 만큼 세게 스툴 가장자리를 붙잡는다. 나의 성기를 그의 입을 향해 내민다. *나를 먹어요. 어서 먹어.* 그가 나를 한입에 삼켜주기를. 그의 매력적이고 달콤하고 섹시한 몸속으로 나를 빨아들여 주기를.

"아……."

그가 암브로조보다 *훨씬* 낫다.

내 앞에서 들썩이는 그의 어깨가 작업실 창문으로 흘러드는 한낮의 햇살에 불타오른다. 그의 피부는 헨리 무어(영국의 조각가 - 옮긴이)의 조각상처럼 부드럽고 반지르르하고 매끈하다. 윤기가 흐른다. 그는 혀로 내 몸에 윤기를 내고 있다. 굴이 진주를 품고 이리저리 둥글둥글 핥아 광택을 내듯이. 나는 점점 빛을 내며 신음을 흘린다. 몸에 열기가 오를 대로 올라 절정으로 치닫는다. 그의 두 손이 내 배로 내려간다. 내 뜨거운 피부를 손가락으로 문지른다. 온몸의 신경이 전부 살아난다. 현기증이 나고 공중에 붕 뜨는 기분이다. 끝을 향해 점점 나아가는데, 그가 돌연 멈춘다…….

나는 눈을 뜨고 영광스러운 그의 나신을 바라본다. 그는 내 배를, 배꼽 바로 밑을 보고 있다. 살아오면서 그렇게 흥미로운 것은 처음 본다는 눈빛이다. 생각에 잠긴 듯한 묘한 표정이다.

"살바토레?"

나는 그의 어깨를 잡고 나의 헐벗고 헐떡이는 가슴으로 끌어당긴다. 내 그곳을 핥던 그의 뜨겁고 축축한 입술에 입을 맞춘다. 까칠한 수염이 돋은 턱이 젖어 있다. 그의 뜨거운 숨결이 내 볼에 와 닿는다. 섹스 냄새에 도취된다.

나는 그의 머리카락에 대고 속삭인다.

"어서 해요."

그는 내 몸을 돌려 테이블 위로 엎드리게 하고 내 등을 자신의 가슴에 붙인다. 내 어깨와 등, 엉덩이의 선을 따라 손가락을 움직인다. 건조하고 못이 박인, 강하고 큼직한 조각가의 거친 손이다. 그의 손이 내 허벅지 안쪽으로 올라와 음핵에 닿는다. 나는 신음을 토한다. 그가 엄지로 음핵을 문지르자 나는 그의 안으로 깊숙이 빠져든다. 나무 테이블에 얼굴을 붙이고 엎드린 나를 그가 연신 밀어붙인다. 밀랍 냄새. 차갑고 단단한 오크 나무의 감촉. 그가 바지 지퍼를 내린다. 버스럭대며 청바지를 벗어 저만치 차버리는 소리가 들린다. 그는 팔을 뻗어 내 가슴을 움켜잡고 그의 섹시한 몸으로 강하게 잡아당긴다. 숨도 못 쉴 정도로 흥분된다.

"아, 맙소사. 어서 해요."

그는 콘돔을 끼고 내 안으로 단번에 들어온다. 강하고 깊게, 너무도 세게 들어와 나는 숨을 헐떡인다. 그는 테이블 위에서 나를 힘차게 박는다. 테이블의 나무 다리가 바닥을 연신 긁어댄다. 나무 테이블의 가장자리가 내 허벅지를 파고든다. 그는 크고 단단하다. 나는 그를 원한다. 그가 필요하다. 그는 거칠게 움직이고 나는 신음을 흘린다. 절정으로 가고 있다. 점점 더 흥분되고 아득해진다. 그는 두 손으로 내 목을 잡아 손가락으로 바짝 감아쥔다. 그리고 조르기 시작한다! 세게. 점점 더 바짝. 나는 숨이 막히고 토할 것 같다. 공포가 밀려든다.

그는 내 귀에 대고 헐떡이며 묻는다.

"당신 언니는 어떻게 된 겁니까? 언니는 어디 갔어요? 당신은 베스가 아니잖아."

나는 그의 성기를 타고 공중에 붕 떠 있다. 영원히 내려갈 것 같지 않다. 내가 어디 있는지, 그가 무슨 말을 하는지도 모르겠다. 그는 신음과 함께 다시 내 안으로 파도처럼 밀려든다. 내 목을 조르며 내 엉덩이를 끌어당긴다. 내 안에서 힘차게 고동치며 나를 가득 채운다.

채우고.

채우고.

또 채운다.

chapter 30

우리는 숨을 헐떡이고 땀을 흘리며 테이블 위로 쓰러진다. 그가 성기를 빼내자 나는 거친 숨을 몰아쉬며 주저앉는다. 어떻게 하지? 이 남자가 알고 있네? 어떻게 알았을까? 내 배가 문제인 것 같다. 조금 전에 그가 뭘 보고 있었지? 맞다! 베스는 배에 제왕절개 자국이 있었다. 바로 그거다! 우리 둘의 몸에서 유일하게 다른 부분. 우리를 구분할 수 있는 유일한 방법.

"이거 참 충격적이네. 진작에 알았어야 했는데. 당신 언니는 엉덩이가 끝내주거든요."

나는 이를 악문다. 손톱이 박힐 만큼 나무 스툴을 꽉 움켜쥔다.

"설명할게요."

나는 테이블에 대고 떨리는 목소리로 말한다. *정말 설명할 수 있을까?*

"그건 그렇고 당신 언니는 어디 있어요?"

그는 나무 테이블 위에 놓아둔 담뱃갑에서 담배 한 개비를 꺼내고 담뱃갑을 다시 테이블에 탁 내려놓는다.

"언니, 언니가 나한테 자리를 바꿔달라고 했어요. 그러고는 떠났어요."

그는 담배에 불을 붙인다. 내가 쳐다보자 그 담배를 건넨다. 나는 담배를 입에 물고 쭉 빨아들인다. 맛이 좋다. 도움이 되는 것 같다. 적어도 손 떨림에는 도움이 된다. 그는 다른 담배에 불을 붙여 입에 문다.

"그럼 왜 그 얘기를 안 했어요? 내가 알고 싶어 할 것 같지 않았어요?"

"언니가 우리 둘만 아는 비밀로 하자고 해서요. 화났어요?"

나는 숨소리를 죽인다. 손이 파르르 떨린다. 심장이 쿵쿵 뛴다. 그는 고개를 젓는다.

"아뇨, 딱히. 두 사람 다 섹스 상대로 좋네요."

나는 애써 미소 지어보지만 별로 즐겁지는 않다.

"술 한 잔 더 마실래요?"

그는 이렇게 물으며 허리를 굽히고 팬티를 입는다.

"보드카요."

술을 마셔야겠다. 나는 의자 등받이에 걸쳐둔 팬티를 다시 입는다.

"당신 이름이 뭐였죠? 올리비아인가, 그랬던 것 같은데."

"앨비나요."

어색하다.

"좋은 이름이네요. 마음에 들어요." 그는 술잔 2개에 술을 따른다.

"앨비나. 만나서 반가워요. 기쁘네요."

"고마워요."

나는 그의 시선을 피하며 잔을 받아 든다. 손이 계속 떨린다. 술을 쏟을까 봐 겁난다. 겁먹은 것을 그에게 들키고 싶지 않기 때문이다. 나는 술을 단번에 들이켜고 불쑥 묻는다.

"언니를 사랑하지는 않나 봐요?"

그는 희미하게 미소 짓는다.

"사랑? 사랑은 무슨. 당신 언니는 그렇게 생각했죠. 나랑 달아나고 싶어 했으니까요. 믿어져요? 당신 언니는 런던으로 도망쳐 숨어 살고 싶어 했어요."

"그래요?"

런던에 가서 살려고 했단 말이지. 그래서 에르네스토를 데리고 외출을 나갔고, 다이아몬드를 '훔쳐' 핸드백에 넣어두었구나? 베스가 진짜 바람이 나서 달아나려고 했을까? 이 남자랑? 그건 아닌 것 같다. 암브로조는 나를 해칠 계획을 세웠지만 베스는 생각이 달랐을 것이다. 나를 죽일 생각까지는 하지 않았을 것이다. 그건 미친 짓이다.

"당신은 언니랑 함께 달아날 생각이 없었어요?"

나는 나지막이 묻는다. 지금이 좋은 기회다. 어떻게 된 상황인지 알아낼 기회 말이다. 나는 담배를 빨아들인다. 담배 맛이 좋다. 내가 피우던 것보다 강하다. 몸 안에 니코틴 수치가 높아지면서 머리가 가벼워지는 느낌이다.

"내가요? 절대 없죠. 이 모든 걸 두고 어딜 가죠?" 그는 작업실을 손으로 가리킨다. "게다가 너무 위험한 계획이었어요. 그렇게 도망치면 다시는 못 돌아와요."

뭐라고? 어째서? 뭐가 그렇게 두려운데? 대체 무슨 일인데? 나는 테이블에 술잔을 내려놓는다. 테이블 위에서 술잔이 왈각달각 흔들린다. 살바토레는 팬티만 입은 채 테이블 가장자리에 기대서 있다. 그는 이마에 주름까지 잡아가며 골똘히 생각에 잠긴 모습이다.

"언니는 어떻게 됐어요? 지금 어디 있어요?"

나는 침을 꼴깍 삼킨다.

"떠났어요. 가버렸어요. 어디로 갔는지는 몰라요."

"뭐, 이해는 됩니다. 도망치고 싶어 했으니까. 아이는요? 아이 때문에 도망치려고 한 건데……."

"아이는 집에 있어요. 집에 유모와 함께요."

그는 인상을 쓰며 고개를 젓는다. 그는 담배 끝을 술잔에 넣고 비벼 끈다.

"아이를 두고 갔다고요? 정말이에요?"

"네, 맞아요."

무슨 이런 멍청한 질문을 하지?

"말도 안 돼. 젠장. 조심하는 게 좋을 거예요. 당신 언니는 돌아올 겁니다. 당신과 아이 때문에라도 돌아올 거예요……."

온몸의 근육이 긴장된다. 나는 그의 눈을 마주 보며 묻는다.

"뭐라고요? 내가 왜 조심해야 하죠?"

그는 대답하지 않는다.

"내가 왜 조심해야 되냐고요?" 나는 목소리가 흔들리고 입꼬리가 처진다. 배 속부터 목구멍까지 구역질이 치밀어 오른다. "살바토레?"

"일단…… 내가 당신 목숨을 구해 줬으니 고마운 줄이나 알아요."

그는 내 손목을 잡으며 내 눈을 들여다본다.

"*내 목숨을 구해 줬다고요?*"

나는 그에게 잡힌 팔을 푼다.

"애초에 내 생각은 아니었어요. 그건 알겠죠?" 그가 목소리를 높여 말한다. "정신 나간 당신 언니가 당신을 죽여야 한다면서 도와달라고 했어요. 그날 밤 그 얘기를 하면서 아주 미친 듯이 굴더군요! 시체가 되어야만 여기서 도망칠 수 있다나. 그 멍청이 암브로조한테서 도망치려면 그래야 한다고. 그래야 그들이 자기를 쫓지 않을 거라고. 그 말이 맞기는 하죠."

나는 뒤로 물러나 나무 스툴에 몸을 기댄다. 갑자기 현기증이 난다. 이 남자가 무슨 말을 하고 있는 거야? 그년이 무슨 짓을 하려고 했다고?

"말도 안 돼요." 나는 고개를 젓는다. 전혀 언니답지 않다. 베스는 언제나 착한 쪽이었다. 천사였다. "거짓말!"

"거짓말이 아니에요. 진짜라니까. 알아두라고 해주는 얘기예요. 베스는 그만큼 절실했어요. 미쳤죠. 당신만이 자기가 여기서 탈출할 수 있는 유일한 방법이라고 했어요. 자기 남편과 시칠리아, 그 모든 것으로부터 도망치려면 그래야 한다고요."

이해할 수 없다. 베스가…… 지독하게 절실하지 않았다면, 두려움에 떨지 않았다면, 정신이 나간 게 아니었다면 절대 그랬을 리 없다.

"언제요? 언니가 언제 나를 *죽이려고* 했는데요?"

"처음에는 동생이랑 신분을 바꾸는 정도만 생각했어요. 도망칠 시간을 버는 정도면 충분하다고 했죠. 그러나 나중에 생각이 바뀌었는지 그 이상을 바라더군요."

"그 이상요?"

"당신을 죽이고 싶어 했어요. 히스테리하게 울부짖으며 도와달라고 애걸했어요. 나는 그러지 말라고 설득했고요. 하지만 이제는 그렇게까지 하지는 않을 겁니다."

"그래서…… 둘이 말다툼을 했나 보네요?"

나는 그날 밤 차 옆에서 말다툼하는 그들을 보았다.

"맞아요……. 언쟁이 좀 있었죠."

그는 무언가를 찾는 듯 긴장한 눈빛으로 내 눈을 마주 본다.

"어떻게요? 언니가 나를 어떻게 죽일 생각이었는데요?"

베스는 암브로조의 권총을 알고 있었을까?

"그건 이제 중요하지 않아요……."

그는 팔짱을 끼며 마룻바닥을 내려다본다. 엄지발가락으로 마루의 옹이를 따라 둥그런 원을 그린다. 빙글빙글 아래로 아래로, 저 아래로.

우리는 둘 다 바닥을 내려다보고 있다.

베스를 죽인 게 다행이라는 생각이 든다. 이번에는 내가 선수를 쳤다. 하지만 마음이 좋지 않다. 어떻게 언니가? 하나뿐인 자매가 그럴 수 있지? 심장을 칼에 찔린 기분이다. 나는 머리를 두 손으로 움켜쥔다. 바닥이 발밑에서 빙그르르 돈다. 지금까지 베스를 착한 언니로 알고 있었는데 내 착각이었다. 어쩌면 내가 모든 것을 잘못 알고 있는 걸까? 이게 대체 무슨 의미일까? 전혀 모르겠다. 결국 우리 둘 중 착한 쪽은 나였던 건가?

"난 안 하겠다고 말했어요. 그러니까 나한테 고마워하라고요."

"고마워요."

나는 바닥에 대고 말한다. 기계적으로. 내가 무슨 말을 하는지도 모르겠다. 왠지 웃음이 난다. 무의미하고 공허한 웃음이다.

여기서 나가고 싶다.

나는 옷을 찾아 주위를 둘러본다. 내가 브래지어를 차는 모습을 그가 바라본다. 손을 뒤로 뻗지만 호크를 걸 수가 없다.

"왜죠? 언니는 왜 여기서 도망치고 싶어 했을까요? 이해할 수 없네요. 언니는 완벽한 삶을 살고 있었잖아요."

"정말 몰라서 묻는 겁니까?"

나는 고개를 젓는다. 눈물이 차오른다. 맙소사. 또 울지는 말자.

"언니가 말 안 했어요?"

"나한테 무슨 말을 해요? 난 언니가 꿈 같은 삶을 사는 줄만 알았어요."

"젠장! 정말 모른다고요?"

똑같은 말은 좀 그만하면 좋겠다.

"이유를 알려줄래요?"

나는 돌아서서 그를 똑바로 마주 본다. 그는 인상을 쓰며 시선을 피한다. 화가 난 표정이다.

그는 이두박근을 가슴 근육에 붙이며 팔짱을 낀다. 나는 숨을 죽인다. 그가 무슨 말을 할지는 모르겠지만 느낌상 좋은 얘기는 아닐 것 같다. 모든 것을 뒤바꿀 얘기일지도 모른다.

"일단 앉아봐요."

나는 나무 다리를 마룻바닥에 질질 끌며 스툴을 가져와 털썩 주저앉는다. 또다시 눈앞이 빙빙 돈다. 어린애처럼 나약하게 굴고 있다. 온몸에 오한이 든다. 보드카를 조금 더 마셔야겠다. 나는 원피스를 끌어다 무릎을 덮는다. 전에 입던 낡은 점퍼라도 있으면 좋을 텐데.

"지금 밖에서는 전쟁이 벌어지고 있어요."

그는 손을 펼치고 창문을 가리킨다.

"전쟁이라뇨? 어디서요? 타오르미나에서요?"

"사방에서 싸움판이 벌어지고 있어요. 시칠리아 전역에서 말이에요. 거리에서, 훤한 대낮에도. 길을 걸어가는 남자를 총으로 쏴 죽이기도 합니다. 앞으로 더 악화될 거예요."

"무슨 말이에요? 무슨 *전쟁*인데요?"

뉴스에서 본 적이 있기는 하다. 런던에 있을 때 〈메트로〉 신문에서 읽었다. 정확한 내용을 알았다면 여기 오지 않았을 것이다.

“세력 다툼이죠.” 살바토레가 한숨을 내쉰다. “암브로조는 라 코사 노스트라La Cosa Nostra(시칠리아에 본거지를 둔 악명 높은 마피아 – 옮긴이)와 깊이 얽혀 있어요. 그 말인즉 베스와 그 아이도 깊이 엮여 있다는 뜻이죠……. 조직과 한가족이니까요.”

그가 그리스어라도 하는 듯 나는 멍하니 그를 쳐다본다.

“그게 뭐죠? 마피아 같은 건가요?”

그는 고개를 끄덕이고 입꼬리를 내리며 말한다.

“짐승 같은 놈들입니다. 해충들이죠.”

믿어지지 않는다. *마피아*라니. 영화에서나 나오는 얘기 아닌가? 하지만 이제 알겠다. 암브로조의 재산이 어디서 나온 것인지, 암브로조가 왜 권총을 갖고 있었는지 말이다. 니노도 위험한 인물 같았다. 어떻게 된 일인지 대충 알겠다. 언니는 그런 생활이 *싫었던* 거다. 나는 깊이 숨을 들이마신다.

“*전쟁*이라는 건 뭐죠?”

“영역 싸움이에요. 팔레르모, 카타니아, 아그리젠토…… 사방에서 싸움이 벌어지고 있어요. 라 코사 노스트라의 주도권 싸움이죠. 그들은 죽을 때까지 싸울 겁니다. 아프리카와 중동을 비롯해 남쪽에서 온갖 범죄 조직들이 시칠리아로 들어왔어요. 그들이 주도권을 놓고 싸움을 벌이고 있는 겁니다. 마약 거래, 헤로인, 성매매…… 모든 것이 걸려 있죠. 코카인도요…….”

“아, 그렇군요.”

상황이 정말 좋지 않다.

살바토레가 계속 말한다.

"문제는 그 아이예요……. 암브로조의 조부모와 아버지도 모두 라 코사 노스트라의 일원이었어요. 어니도 시칠리아인의 피를 물려받았으니……."

"언니는 그 사실을 몰랐을 거예요." 이제야 이해된다. "옥스퍼드에서 암브로조를 처음 만났을 때는 몰랐겠죠. 결혼식도 암브로조 어머니의 출신지인 밀라노에서 했으니까요."

"맞아요. 그랬죠."

"어니는…… 하나뿐인 자식이잖아요. 언니는 아들이 그런 데 엮여 머리에 총구멍이 날까 봐 무서웠을 거예요. 끔찍하게 싫었겠죠."

살바토레가 고개를 끄덕인다.

"그렇겠죠. 암브로조가 에르네스토한테 권총을 사주었을 때 베스는 난리도 아니었어요. 아이가 아직 한 살도 안 됐잖아요. 그래서 베스는 도망치려고 한 거예요. 베스가 도망칠 생각이었다는 것을 그들이 알았다면 죽였을 겁니다. 한번 조직에 발을 들이면 계속 있어야 해요. 절대 벗어날 수 없어요."

"죽더라도 지옥에서 죽어라, 이건가……."

살바토레는 서늘하고 푸른 눈으로 나를 바라본다.

"베스는 두려워했어요. 특히 아이 때문에요."

이제 이해된다. 암브로조와 베스는 여기서 도망치려고 했다. 하지만 베스는 그 이상을 원했다. 암브로조한테서도 벗어나려고 했던 것이다. 그래서 나를 여기로 불렀다. 나를 대역 배우로 쓰기 위해서 말이다. 베스의 계획대로라면 내가 *시체*가 됐어야 했다. 나는 스툴에서 일어나 비틀거리며 서서 원피스를 머리부터 끌어 내려 입는다. 살바토레에게 다가가 그의 목을 두 팔로 끌어안는다.

"그럼 당신은 내가 언니가 아니어도 상관없겠네요?"

베스에 비하면 나는 덜 사악한 쪽이니 그는 오히려 안심했을 것이다. 나는 그의 널찍한 가슴에 머리를 기댄다. 그의 흉곽에서 심장 박동을 느껴본다. 그의 피부가 땀에 젖어 끈적인다. 그에게서 땀 냄새가 밴 머스크 향이 난다.

"상관없어요. 두 사람과 동시에 섹스를 해보고 싶네요."

나는 그의 집을 나와 빙 돌아서 베스의 집으로 간다. 살바토레는 믿어도 될 것 같다. 베스도 그를 진심으로 사랑하지는 않았을 것이다. 그에게 베스는 오직 섹스, 환상적인 섹스 파트너였다. 물론 그를 *탓하지*는 않는다. (그는 베스보다 나하고 섹스하는 것이 더 좋았을 것이다.) 베스는 그를 유용하게 써먹을 수 있었다. 탈출구로 쓰기에 좋았을 테니까. 불쌍한 살바토레. 그저 평범한 남자일 뿐인데, 이제 그는 너무 많은 것을 알고 있다. 골칫거리가 됐다.

chapter 31

나는 사나운 걸음으로 거실에 들어가 엘리자베스의 고급 소파에 털썩 앉는다. 베스가 어떻게 그런 짓을 계획할 수가 있지? 어떻게 그럴 수가 있어? 하나뿐인 자매를 *죽이려고 했다고*? 살바토레의 목소리가 머릿속에 요란하게 울린다. '정신 나간 당신 언니가 당신을 죽여야 한다면서 도와달라고 했어요. 그날 밤 그 얘기를 하면서 아주 미친 듯이 굴더군요! 시체가 되어야만 여기서 도망칠 수 있다나…… *그래야 그들이 자기를 쫓지 않을 거라고.*'

나쁜 년! 나쁜 년! 나쁜 년! 착하기는 *개뿔*. 못돼 처먹은 마녀 같은 년. 나는 베스의 아이폰을 손에 들고 구글에서 '라 코사 노스트라'를 검색한다. 적어도 내가 뭘 상대하는지는 알아야 한다. '라 코사 노스트라는 이탈리아 마피아로 알려져 있다. 공갈, 마약 거래, 살인, 매수, 사기, 불법 쓰레기 처리, 갈취, 폭행, 밀수, 도박, 고리대금, 돈세탁, 장물 매매, 강도 등의 범죄 활동을 한다.' 장난하나? 이거 어마어마하잖아.

현관문 두드리는 소리가 들린다. 이번엔 또 뭐야? 에밀리아가 에르네스토를 데리고 공원에 나갔으니 내가 직접 나가봐야 한다. 딴짓할 틈도 없다. 집사라도 고용하든지 해야겠다. 살바토레나 니노가 아니면 좋겠다. 커튼을 살짝 열고 누군지 확인해 본다. 젠장, 경찰이다. 완전히 망한 건가? 남자 경찰 둘이 도어 매트에 서 있다. 끔찍하다. 나는 다리와 팔을 흘끗 내려다본다. 멍 자국을 보면 의심할 텐데. 저들이 보면 안 된다. 멍 자국을 보면 꼬치꼬치 캐물을 것이다. 옷을 갈아입어야 한다.

"잠시만요!"

나는 소리치며 위층 베스의 방으로 달려 올라간다. 대형 옷장에 들어가 입을 만한 옷을 찾아본다. 길고, 얌전하며, 여성스럽고, 지나치게 화려하지 않은 옷. 쥬시 꾸뛰르의 새끼 고양이 털처럼 부드러운 소재의 형광 분홍색 트레이닝복을 꺼내 입고 아래층으로 달려 내려간다.

"엘리자베타 카루소 씨?"

"네?"

"포세 엔트라레, 페르 파보레Posse entrare, per favore?"

"영어로 말씀해 주시겠어요? 제가 이탈리아어를 못해서요."

"안에 좀 들어가도 될까요?"

아, 맙소사. 끝났구나. 나를 체포하러 온 것이 분명하다.

나는 옆으로 물러나 경찰관들을 현관문 안으로 들인다. 제복을 입은 두 남자는 세상사에 지친 듯 뚱한 표정이다.

"저는 에딜리오 그라소 경관이고, 이쪽은 사바스타노 경관입니다."

사바스타노? 말도 안 돼. 이건 완전히 미친 상황이다. 〈고모라Gomorrah〉라는 드라마에서 사바스타노는 마피아 집안의 성이다. 사바스타노 집안은 카모라 집안 출신 경찰을 고용했다. 텔레비전 드라마일 뿐이라는 것은 알지만 여기 상황하고 크게 다를 것 같지 않다. 저들을 믿는 것은 바보짓이다. 믿기는커녕 최대한 멀리해야 한다. 저들은 인적자원 수급에 확실히 문제가 있다.

"앉으세요."

나는 쿠션이 잔뜩 놓인 소파를 가리킨다.

"감사합니다, 부인. 집이 참 아름답군요." 우리는 함께 거실을 둘러본다. 햇빛에 반짝이는 크리스털 샹들리에. 벽난로 위 선반에 놓인 도자기 장식품. 골동품 꽃병에 담긴 장미 다발. *내가* 꽤 멋진 거실을 갖고 있기는 하다.

"고맙습니다."

빨리 용건을 말해. 그게 뭐든 어서 말하고 얼른 꺼져.

"카루소 부인, 좋지 않은 소식을 전하러 왔습니다."

온몸이 긴장된다. 올 *것이 왔다.*

"남편분 일입니다."

휴.

"그이가 어디 있는지는 저도 몰라요. 휴대폰으로 전화를 해도 받지 않아요."

나는 냉큼 말한다.

나는 최선을 다해 연기를 하면서 그들을 쳐다본다. '제발 내 남편에게 문제가 생긴 것만은 아니기를!' 하는 표정으로 말이다. 이상하게도 통한다. 오래전 연극에서 당나귀 뒷다리 역할을 해봤을 뿐인데 말이다. 영어로 말한 경찰이 측은한 표정으로 나를 바라본다.

"암브로조 카루소 씨의 부인 맞으시죠?"

"그런데요?"

"죄송합니다, 부인." 둘 중 덩치 큰 사람이 사과한다. 경찰모 아래로 머리카락이 한 움큼 삐져나오고 눈썹에 비듬이 끼고 이가 누렇다. "컨티넨털 호텔 부근의 절벽 아래서 남편분의 시신이 발견됐습니다. 자살한 듯 보입니다만."

나는 사실이 아니라는 말을 듣고 싶어 하는 눈빛으로, 희망을 찾는 눈빛으로 두 경찰을 번갈아 쳐다본다. 그들은 미안해하는 표정을 짓는다. 그들도 꽤 설득력 있게 연기를 한다. 늘 이런 식으로 연기를 해왔을 것이다. 나라도 시칠리아에서 경찰 노릇을 하기는 싫을 것 같다. 저들도 이 일을 좋아서 하지는 않는 듯하다. 이런 식으로 움직이는 것이 마피아의 규칙이고, 저들은 마피아의 꼭두각시에 지나지 않을 것이다. 팔레르모에서 공연 중인 〈오페라 데이 푸피Opera dei Pupi〉(시칠리아 전통 인형극－옮긴이)처럼 말이다. 나는 트립어드바이저 앱에서 인형극에 대해 읽은 적이 있다. 이 사태가 정리되고 나면 인형극을 보러 가야겠다. 정리가 될지 모르겠지만. 어릴 때 나는 〈펀치와 주디Punch and Judy〉(어릿광대 펀치와 아내 주디가 겪는 희비극적인 사건들을 다룬 영국의 전통 인형극－옮긴이)를 무척 좋아했다. 특히 펀치의 팬이었다.

"자살요?"

마침내 내가 묻는다. 숨 가쁘게, 거의 속삭이는 듯한 목소리로. 이제 울어줘야 할 타이밍이다.

"네, 부인. 여기 있는 제 동료가 오늘 아침에 시신을 보자마자 알아봤습니다. 사바스타노 경관 얘기로는 그 시신이 카루소 씨가 맞다고 합니다. 인장 반지도 끼고 있었고요. 반지에 'AC'라고 새겨진 거 맞지요?"

이런. 우리는 시체를 처리하면서 그 반지를 뺐어야 했다. 그랬으면 시간을 좀 더 벌 수 있었을 텐데.

그라소보다 키가 작은 사바스타노는 뺨에 화장실 휴지 조각을 붙여놓았다. 면도하다 상처 난 부위인 모양이다. 사바스타노는 검은색 낡은 배낭을 뒤적거리더니 투명한 비닐 봉투를 꺼낸다. 그 안에 금으로 된 인장 반지가 들어 있다. 그는 비닐째 내게 건넨다.

"남편분의 것이 맞습니까?"

지금까지 영어로 말했던 그라소가 묻는다.

흘끗 보니 누런 금반지 안쪽에 글씨가 새겨져 있다. '내 온 마음을 담아, 베스가.' 베스가 아직 그를 사랑하고 있을 때 준 선물인 모양이다. 못 알아본 척할 수도 있다. 하지만 그의 물건이 분명한데 괜히 아니라고 했다가 의심만 살 것이다. 나는 반지를 그라소의 손바닥에 올려놓으며 두 손에 얼굴을 묻고 흐느낀다. 요란하게 눈물을 펑펑 흘리고 발작적으로 울부짖는다. 그라소가 내 어깨에 한쪽 팔을 두른다. 나는 그의 풀 먹인 하얀 셔츠에 눈물을 묻힌다.

내가 조금 진정되자 그가 묻는다.

"시체 안치소에 가셔서 시신을 확인하시겠습니까?"

"아뇨! 아뇨! 보고 싶지 않아요."

나는 안락의자에서 일어나 호화로운 카펫 가장자리를 따라 거실 안을 서성인다. 카펫에 수놓인 백합들을 자근자근 밟는다. 이 경찰들을 어서 내보내야겠다. 이들을 내 집에 계속 둘 수는 없다. 이들은 내 스타일을 망치고 내 시간을 낭비하고 나를 초조하게 만들고 있다…….

"앞서 말했듯이 *겉보기에는* 자살 같습니다. 부인, 어제 남편분의 정신 상태가 어땠습니까?"

나는 그라소를 쳐다본다. 그는 남편이 우울해했는지 알고 싶어 한다.

"속상한 일이 있는 것 같기는 했어요. 친구와 싸움을 했다고 했는데, 누군지는 모르겠어요. 무슨 일로 싸웠는지도 모르겠고요."

그라소가 고개를 끄덕인다. 그의 머리가 커서 꼭 라마 같다.

"부인, 남편분에게 적대적인 사람이 있었습니까? 남편분을 죽이고 싶어 하는 자라든지?"

나는 생각하는 척 잠시 뜸을 들인다.

"암브로조를요? 아뇨. 그이의 주위에는 친구들뿐이었어요. 모두 그를 좋아했어요."

"자살이 맞는지 확인하기 위해 여쭤본 겁니다, 부인."

나는 고개를 한쪽으로 갸우뚱한다. 순진무구해서 다른 가능성 따위는 떠올릴 수 없다는 듯이.

"그게 무슨……?"

나는 이 상황을 이해하지 못하는, 세상 물정을 전혀 모르는 여자인 척한다.

"저희는 남편분이 살해당했을 수도 있다고 보고 있습니다."

"*살해요?*"

"그 가능성을 완전히 배제할 수는 없습니다."

망할.

"남편이 살해당했다는 증거라도 있나요?"

"아직은 없습니다. 현재로서는 남편분이 절벽에서 뛰어내린 것처럼 보이기는 합니다. 하지만 그렇게 보이도록 무대를 꾸민 것일 수도 있어서요."

"*무대요?*"

이 경관이 무대에 대해 뭔가 알고 있는 건가? 원형극장의 그 무대? 내가 살바토레와 함께 그 무대의 피를 완전히 닦아냈기를 바랄 뿐이다. 너무 어두워서 제대로 확인하지 못했다.

나는 소파에 털썩 주저앉는다. 두 팔을 세워 몸을 가누다가 푹신한 쿠션 속으로 가라앉는다. 이 소파에는 쿠션이 왜 이렇게 많은 거야? 하긴, 베스는 부드러운 물건에 집착했다.

"네. 누군가 그를 살해한 후…… 그의 시체를…… 절벽 너머로 던졌을 수도 있습니다……."

"그런가요."

천재네. 이럴 줄 알았으면 가짜 유서라도 만들어둘걸 그랬다.

"제가 알기로는 남편에게 적대적인 사람은 없었어요. 어젯밤에는 속상한 일이 좀 있는 것 같았고 *우울해 보였죠.*" 나는 잠시 뜸을 들인다. 그들은 내 말에 귀 기울이고 있다. 영어로 말하지 않은 경관까지 집중한 표정이다. "오늘 아침에 남편이 안 보여서 혹시 어리석은 짓이라도 저질렀을까 봐 걱정하던 참이었어요. 바로 이런 짓을요! 남편은 어떤 일에든…… 과도하게 반응하는 편이었어요."

"과도하게요?"

나는 한숨을 쉬며 소파 속으로 더 깊이 가라앉아 쿠션을 가슴에 바짝 끌어안는다.

"네, 아시잖아요……. 두 분도 이탈리아인이니까. 이탈리아인들은 지나치게 열정적이죠. *낭만적인* 면도 있고요." 나는 그들에게 살짝 미소 지어 보인다. 그들은 내 말뜻을 알아들은 표정이다. "별일 아니라도 거슬리는 것이 있으면 벌컥 화를 내고, 두더지가 파놓은 흙 두둑을 산으로 여기죠……."

"두더지가 파놓은 흙 두둑이라고요, 부인?"

그들은 멍한 눈으로 나를 쳐다본다. 처음 들어보는 표현인 모양이다. 시칠리아에는 두더지가 없나?

"전에도 무슨 일 때문에 속상했는지 죽어버리겠다고 한 적이 있어요. 그래서 이번에도 그런 말을 했지만 별로 신경을 안 썼어요. 지난번처럼 그냥 하는 말인 줄 알았거든요."

그들은 서로를 흘끗 쳐다본다. 그라소가 손때 묻은 수첩에 뭐라고 적기 시작한다. 아무래도 그만 입을 닥쳐야겠다. 이미 말을 너무 많이 한 것일까?

"부인, 어젯밤에 어디 계셨습니까?"

그라소가 묻는다. 나는 어깨가 확 긴장된다. 마음에 안 드는 질문이다.

"저요? 왜요? 저야 집에 있었죠."

"부인을 본 사람이 있습니까?"

뭐 하는 거지? 이 사람들 알리바이를 확인하는 건가? 지금 나를 심문하는 중인가? 거실 벽이 점점 나를 향해 좁혀오고 천장이 내려오는 기분이다. 숨을 쉬기가 힘들다.

"질문에 답해 주세요."

"아들이랑 단둘이 있었어요. 10개월 된 아들이에요."

어니의 나이가 그쯤 됐을 것이다. 5개월인가? 아니면 7개월? 혹시 벌써 돌이 지났나?

신선한 공기를 쐬어야겠다. 스트레스를 너무 많이 받았다. 나를 죽이려고 했던 베스 때문에, 그리고 내 주위를 얼쩡대는 이 경찰들 때문에 엄청난 스트레스를 받고 있는 중이다. 혈압이 미친 듯이 올라간다. 나는 소파에서 일어나 창문을 열고 밖으로 머리를 내민다. 깊이 숨을 들이마신다. 프랜지파니 향기가 난다. 나는 경관들을 슬쩍 돌아본다. 라마가 또 수첩에 뭐라고 적는다. 뭘 저렇게 쓰고 있는 걸까? 범죄소설? 경찰들이 등장하는 리얼리티 쇼? 〈몬탈바노 형사〉라는 드라마의 대본? 저들이 나를 의심하고 있는지 궁금하다.

"남편분 시신은 카타니아에 있는 시체 안치소에 있습니다."

나는 거실 안으로 머리를 들인다.

"장례식 준비를 하실 수 있도록 안치소 연락처가 적힌 명함을 드리죠."

그라소는 검은색의 작은 명함을 내 손바닥에 쥐어준다.

"네, 고맙습니다. 차는 언제 돌려받을 수 있나요?"

나는 그 람보르기니가 무척 마음에 든다.

"과학수사팀이 검사를 마치고 나면 돌려드릴 겁니다. 오늘 오후 늦게나 가능할 것 같네요." 그라소는 나를 쳐다보며 미간을 찌푸린다. "미리 말씀드리겠습니다, 부인. 남편분의 죽음에 관한 뉴스가 오늘 자 신문에 실릴 겁니다. 안녕히 계십시오, 부인. 삼가 조의를 표합니다."

"혹시 뭐든 알아내시면 알려주시겠어요? 어떤 단서라도요."

나는 악어의 눈물을 그렁그렁 담고 부탁한다.

"물론입니다, 부인. 그럼 이만 가보겠습니다."

그라소가 인사하자 사바스타노는 나를 향해 어색하게 손을 흔든다. 그들은 미소 짓지 않는다. 나는 조용히 손을 흔든다. 그들은 소파에서 일어나 밖으로 나간다.

제기랄. 이제 장례식 준비를 해야 한다. 성가시게 됐다. 우리는 시체의 손가락에서 인장 반지를 빼고 얼굴을 짓뭉갰어야 했다. 이도 몽땅 뽑았어야 했다. 그랬으면 좋았을 것이다. 그렇게 처리하지 못한 덕분에 까딱 잘못하면 이탈리아 감방에서 남은 세월을 보내게 생겼다. 알아듣지도 못하는 이탈리아 텔레비전이나 쳐다보면서. 구내식당 음식을 먹고, 카드 게임이나 하고, 쥐들에게 시달리고, 누군가 똥구멍에 넣어 갖고 들어온 마약이나 하면서. 공용 샤워실이라면 딱 질색이다. 뭐, 거기까지는 좋다. 아만다 녹스(2007년 이탈리아 여대생 살인 사건 용의자로, 28년형을 선고받았으나 항소심에서 무죄 판결을 받고 유명세를 얻어 갑부가 되었다. – 옮긴이)를 맡았던 그 변호사한테 의뢰해서 무죄 판결을 받고 내 경험을 책으로 써서 베스트셀러 작가가 되는 것이다. 그들이 뭐라고 지껄일까? 내가 진짜 베스가 아니라고? 증거가 어딨어? 증거 따위는 없다. 전혀. *시체*가 없으니 베스는 죽은 *사람*으로 취급받지도 못할 것이다. 지금은 암브로조의 시체만 신경 쓰면 된다. 그나마도 오늘 오후에 '자살'로 신문 기사가 날 것이다. 그 사건에서 의심스러운 점은 발견되지 않을 것이다. 완벽한 살인이자 내 두 번째 살인이다! 나는 워낙 빨리 배우는 사람이다. 이 일도 꽤 쉽게 해내고 있다. 냉정하고 침착하게. 프로처럼 숙련되게……. 솔직히 말하면 죄책감 따위는 없다. 내가 *죽거나 그들이 죽거나* 둘 중 하나였다. 베스와 암브로조가 먼저 시작했다. 원래 나는 즐거운 휴가를 보내러 왔을 뿐이다. 신디 로퍼의 노래 가사처럼, 나는 그저 재미를 원하는 여자일 뿐이다.

나는 소파에 누워 몸을 쭉 뻗는다. 신발을 툭툭 털어서 벗고 발을 소파 팔걸이에 걸친다. 한 가지 걱정되는 것은 여기 사람들 모두 암브로조를 유쾌한 남자로 알고 있다는 점이다. 어제까지만 해도 그는 웃고 농담하며 기분이 좋았다. 행복하게 살아가던 사람들도 자살할 수 있냐고? 당연히 할 수 있다. 내면은 죽어가면서도 겉으로는 웃으며 살아가는 사람들도 많으니까. 암브로조가 그렇게 살아왔던 것이다. 남들 앞에서는 미소 지었지만 매일 밤 울면서 잠드는 남자였던 것이다. 불쌍한 사람. 얼마나 견디기 힘들었으면……. 그는 라 코사 노스트라의 짐승 같은 놈들을 상대하며 암시장에서 거래를 해왔다. 그런 일을 하며 살아온 남자가 온갖 문제에 시달리다 못해 절벽 너머 파도치는 바다로 몸을 던진 심정을 이해 못 할 것도 없다. 게다가 그가 성당에서 신부와 말다툼하는 소리를 누군가 들었다면? 그래! 물론 들었을 것이다. 미사가 끝나고 성당 안을 돌아다니는 사람들이 있었으니까. 그들이 경찰에게 그 신부가 의심스럽다고 말할 수도 있다. 그럼 아내인 나는 자연스럽게 의심의 눈초리에서 벗어날 수 있다.

이탈리아에 사형 제도가 있던가? 구글에 검색해 봐야겠다. 베스의 아이폰으로 검색해 보니 없다고 한다. 1948년 1월 1일 나치 처형 이후로 이탈리아는 사형 제도를 폐지했다. 고맙기도 해라! 구글이 없던 시절에 사람들은 어떻게 살았을까? 구글은 이 시대의 새로운 신이고, 트위터는 그리스도이며, 인스타그램은 성령이다. 아멘.

chapter 32

나는 거울 속 내 눈을 깊숙이 들여다본다. 깊은 바다 같은 어두운 청록색 눈동자는 마치 해조류와 번들거리는 이끼가 잔뜩 낀 바위 사이의 작은 웅덩이 같다. 내 모습을 보며 미소 짓는다. 베스가 된 지금 나는 전보다 훨씬 예뻐졌다. 양쪽 눈가에 살짝 잔주름이 잡혔다. 나는 피부를 매끈하고 팽팽하게 잡아당겨 본다. 보톡스라도 맞아볼까? '영원한 젊음Forever Young'을 누릴 수 있을까? 알파빌레(독일 그룹으로 히트곡이 'Forever Young'–옮긴이)나 셰어 아니면 인조인간처럼. 나는 햇볕에 갈라진 입술을 혀로 핥는다. 내 상징과도 같았던 밝은 보라색 립스틱이 그립다. 네온 녹색 매니큐어와 비니 모자도. 이제 그런 것들은 사용할 수 없다. '베스'답지 못하니까. 케밥도 못 먹는다. 에드를 골탕 먹일 수도 없다. 요즘 같으면 게으름뱅이들까지 그리울 지경이다…….

살바토레를 어떻게 하면 좋을까? 그는 너무 많은 것을 알고 있다. 사실 모든 것을 아는 셈이다. 그는 내가 암브로조를 죽였다는 것을 안다. 내가 베스가 아니라는 것도 안다. 심지어 그는 엘리자베스의 엉덩이가 내 엉덩이보다 끝내준다고 말했다. 베스가 왜 살바토레를 믿었을까. 선택의 여지가 없었으니 이용하려고 믿는 척했을 것이다. 나를 이용하려고 했듯이 살바토레를 이용했겠지. 베스는 *살바토레*도, 앨비도 사랑하지 않았다. 살바토레를 처리해야 한다. 그가 경찰에 가서 털어놓으면 큰일이다. 내 정체를 까발릴 수도 있다. 그러면 완전 끝장이다. 힘들게 얻은 모든 것을 잃게 된다. 내가 충분히 누려 마땅한 이 포상을, 내 인생의 황금빛 보상을 잃을 것이다. 절대 용납 못 한다. 그를 죽여야겠다. 하지만 어떻게 하지?

지금까지는 운이 좋았다. 초심자의 행운이었을 것이다. 내가 좋은 운을 타고 있는지도 모른다. 이렇게 운이 좋을 때 팔레르모에 있는 카지노라도 가야 하지 않을까. 온라인 카지노를 다시 해서 블랙잭 카드 게임의 명수가 될 수도 있을 것이다. 하지만 무리하고 싶지는 않다. 내가 저지른 짓을 들키고 싶지도 않다. 도망 다니면서 살기 싫다. 평생 라 코사 노스트라 같은 것을 두려워해 본 적이 없다. 다 웃기는 소리다. 저쪽에서 문이 벌컥 열리는 소리가 들린다. 복도를 걸어오는 묵직한 금속성의 발소리. 니노다! 당연히 그럴 것이다. 그의 부츠 소리다. 그는 오늘 다시 오겠다고 했다. 나는 울고 있었던 것처럼 보이려고 눈을 박박 비비고 머리카락을 부스스하게 헝클어뜨린다. 입꼬리를 늘어뜨려 슬픈 표정을 연출한다. 남자들은 우는 여자에게 약하다. 니노가 아무리 무정해도, 아무리 냉혹하고 삭막하고 내면이 죽은 인간이라도 그 역시 남자다.

"베타?"

"네?"

나는 거울에서 시선을 떼고 고개를 돌린다.

니노가 거실을 가로질러 내 쪽으로 성큼성큼 걸어온다. 시선을 떨구고 페르시아 카펫 가장자리에 달린 술을 바라보고 있던 나는 그의 몸보다 강철 토캡을 덧댄 부츠를 먼저 본다.

"베타?"

나는 고개를 들고 두려움 가득한 눈으로 그를 올려다본다. 나는 고개를 절레절레 흔든다. *'안 돼, 이럴 순 없어'*라고 하듯이. 나는 너무 과하지 않게 두 손을 적당히 떨어준다.

"베타."

그는 다시 내 이름을 부르며 소파로 다가와 내 옆에 앉는다. 그에게서 가죽 재킷 냄새, 들어오기 전에 피운 말보로 담배 냄새가 풍긴다.

"당신 남편이?"

나는 고개를 끄덕인다.

"방금 뉴스 듣고 왔습니다. 제길!"

"맞아요."

그는 나지막이 이탈리아어로 계속 욕을 내뱉는다. 포르코porco 어쩌고 하는데 '돼지'라는 뜻인 것 같다.

니노는 감정에 휩싸이는 것을 좋아하지 않는다. 그는 나름 위로를 한답시고 내 등을 토닥이며 걱정스러운 표정을 짓지만 도무지

어색하다. 그는 어서 여기를 벗어나 다른 곳으로 가고 싶은 눈치다. 남편의 죽음에 비통해하는 미망인을, 동료의 아내를 위로하는 것은 평소 해오던 일이 아니기 때문이다. 내가 지금 이 기회를 이용하지 않으면 그는 싫증을 내고 떠나버릴 것이다.

"아, 니노."

나는 울면서 그의 두 손을 잡는다. 차가운 금속 반지가 내 피부를 누른다.

그는 손을 뒤로 뺀다.

"코카인 할래요, 베타? 기분 좋아지게? 자, 한 대 빨아요."

그는 재킷 주머니에서 코카인 한 봉지를 꺼낸다. 그리고 카펫 저쪽에 놓인 커피 테이블을 끌어당겨 유리 위에 코카인을 두 줄로 나란히 뿌린다. 길고 얇은, 이빨처럼 하얀 선이다. 제기랄. 못 할 건 또 뭐야? 축하해야지!

그는 검은 가죽 지갑에서 50유로짜리 지폐를 한 장 꺼내 돌돌 만다. 우리는 그것을 빨대 삼아 코카인을 코로 훅 들이마신다. 어머, 품질이 끝내준다. 흡입하자마자 기분이 좋아진다. 아치웨이의 게으름뱅이네 집에서 몰래 훔쳐 빨던 것보다 훨씬 강력하다. 그건 80퍼센트가 베이킹파우더였는데.

"이제 얘기해 볼래요? 자, 아는 대로 털어놔 봐요."

나는 아직 떨어지지 않고 눈에 고인 눈물을, 코를 훌쩍이면서 같이 삼켜버린다. 그리고 손등으로 코를 쓱 닦는다.

"그럴게요."

"몸에 난 멍 자국부터 시작해 봅시다. 누가 때렸습니까?"

어머! 우아! 이 코카인은 쾌감이 엄청나다. 확실히 살아 있는 기분이다. 나는 천하무적이다. 이건 마법이다. 나는 날 수 있다. 내가 지금 앉아 있는 이 집이 불에 홀랑 타 무너져도 상관없을 만큼 기분이 끝내준다. 방금 우리가 무슨 얘기를 하고 있었더라?

"살바토레요."

뭐, 살바토레가 내 몸을 좀 치기는 했다. 그러니 악의 없는 작은 거짓말일 뿐이다. 나는 거짓말쟁이가 아니라 약간 창의적인 것이다. 《맥베스》의 마녀들처럼, 내가 하는 말은 전부 사실이다.

나는 니노 쪽으로 돌아앉으며 그의 허벅지에 내 허벅지를 붙인다. 지금 나는 베스의 원더브라를 찼고, 미스 디올 셰리를 잔뜩 뿌렸다. 나는 입술을 살짝 깨물며 말한다.

"그 사람이 그랬어요."

"살바토레? 아, 그 이름 들어본 적 있습니다. 이웃에 사는 남자 맞죠? 남편의 친구잖아요?"

나는 의구심을 불러일으키기에 딱 알맞을 만큼 뜸을 들이다 대답한다.

"정확히 말하면 *친구*는 아니에요……."

나는 눈을 크게 뜨고 니노와 시선을 마주친다. 그가 내 말뜻을 눈치껏 알아들으면 좋겠다. *'살바토레가 암브로조를 죽이고 그의 아내를 때렸다는 뜻이란 말이다.'*

"그가 왜 당신을 때렸습니까? 질투심 때문에? 살바토레와 암브로조가 당신 때문에 싸웠어요?"

그래, 안 될 것 없지. 그런 시나리오는 미처 생각 못 했는데.

"맞아요."

나는 흐느껴 울며 두 손에 얼굴을 묻고 울음으로 말을 대신한다. 어깨를 들썩이면서 불규칙하게 숨을 들이쉬고 내쉰다.

"그 엿 같은 놈이!" 니노는 소파에서 벌떡 일어선다. "그 개새끼가 당신 남편을 죽였다고요, 베타? 제기랄. 그 엿 같은 놈이!"

고개를 들어보니 니노가 강철 토캡을 덧댄 부츠로 바닥을 쿵쿵 밟으며 카펫 위를 서성이고 있다. 그의 손가락 관절이 은반지와 금반지로 번쩍거린다. 나는 말없이 조용히 지켜본다.

"그 더러운 개새끼에게 본때를 보여줘야겠어요. 교수는 내 형제나 다름없었습니다."

나는 이해한다는 듯 고개를 끄덕인다.

"친형제 같았어요!"

"어쩌시려고요?"

나는 그가 살바토레를 죽이기를 바란다.

"알아서 처리하겠습니다."

그는 이를 갈며 문을 쾅 닫고 나간다. 잠시 후 승합차 엔진 소리가 나더니 진입로를 내려가 도로를 달리는 소리가 들려온다.

흠, 별로 어렵지 않다. 망설임 없이 해냈다. 이런 방식이 마음에 든다. 니노 같은 우아한 남자를 나는 지금껏 과소평가했다. 그는 블랙 맘바 독사나 검은 독거미 같은 섬세하고 음산하며 치명적인 남자다. 나는 축하의 의미로 담배 한 개비에 불을 붙이고 샹들리에를 향해 연기를 내뿜는다. 내가 여기서 담배 피우는 모습을 베스가 봤으면 놀라 기절했을 것이다. 베스는 암브로조한테도 테라스에 나가서 담배를 피우라고 했다. 하지만 베스는 죽었다. 암브로조도 죽었다. 하하! 다음은 누굴까? 살보 차례다. 나는 쿠션에 목을 기대고 머리를 좌우로 까딱거린다. 코카인 기운에 뇌가 멍해지면서 입술에 미소가 번진다.

◆

나는 *몇 시간째* 여기 서서 지켜보고 있다. 테라스에서 도로를 바라보고 있다. 여덟 개비째 담배를 피우면서. 시신을 태우는 장작을 입에 물고 있는 것 같다. 하지만 니코틴은 마음을 가라앉히는 데 조금은 도움이 된다. 적어도 더 이상 몸이 떨리지는 않는다. 나는 네로 다볼라 와인(와인은 보관 상자에서 꺼내두어야 맛이 훨씬 좋다)을 꿀꺽꿀꺽 마시고 토르타 델라 논나 케이크를 한 움큼씩 입에 퍼넣으며 마음을 달래고 있다. 더 이상 못 먹겠다 싶을 때까지 꾸역꾸역, 그러고도 조금 더 먹다가 결국 다 먹어치운다. 손가락 사이에 낀 부스러기까지 먹고 접시까지 깨끗이 핥는다. 크림 맛이 도는 달콤하고 퇴폐적이며 맛있는 케이크다. 조금 더 먹고 싶지만 더 이상 없다. 대신 담배를 하나 더 물고 불을 붙인다.

날이 어두워지고 있다. 밤새워 기다려서라도 내 눈으로 직접 확인해야 한다. 확실히 해둘 필요가 있다. 침대에 가서 누워봐야 소용없다. 결과를 알기 전까지는 잠을 못 잘 테니까. 이런 밤에 누가 잠을 잘 수 있을까? 누가 제정신으로 있겠는가? 차라리 소시오패스가 되어야 한다. 토머스 리플리(영화 〈리플리〉의 주인공 – 옮긴이)나 패트릭 베이트만(영화 〈아메리칸 사이코〉의 주인공 – 옮긴이), 에이미 던(영화 〈나를 찾아줘〉의 주인공 – 옮긴이)처럼 전형적인 사이코가 되어야 한다. 굳이 고른다면 에이미가 되고 싶다. 매력적인 사이코패스 중 하나니까. 하지만 정확히 말하면 나는 그런 부류가 아니다. 그저 신경이 쓰이고 결과를 알고 싶은 것뿐이다.

베스의 손목시계를 보니 저녁 8시 30분이다. 여기 있은 지 벌써 3시간이 넘었다. 엉덩이가 마비되는 느낌이다. 엘리자베스의 인형처럼 내 몸에도 핀과 바늘이 꽂혀 있는 듯하다. 에밀리아에게 저녁을 먹지 않겠다고 말했다. 요즘 에밀리아는 부쩍 내 주위를 맴돌며 나를 지켜보고 있다. 하고 싶은 말이 있지만 차마 하지 못하는 것처럼. 그런 태도가 나를 미치게 한다. 커튼을 붙잡고 서서 귀를 쫑긋 세우고 걱정하는 그 태도 말이다. 어쨌든 나는 저녁을 안 먹는다고 말했고, 에밀리아는 놀라지 않았다. 베스는 제대로 된 음식을 먹고 살지도 않았으니 그럴 만도 하다. 베스는 아침에 피스타치오 한 알, 점심에 상추 한 장, 저녁에 방울토마토 반 개, 디저트로 그라니타 한입 정도 먹었으니까. 나는 식욕이 없다. 마음이 짓눌려서 그런 것은 아니다. 케이크를 다 먹어치워서도 아니다. 굳이 오늘 밤에 그 일을 해치우지 않아도 되지만 니노는 아마 할 것이다. 그는 프로니까. 미적지근하게 내버려둘 리 없다. 반드시 마무리를 지으려고 할 것이다. 바로 지금, 오늘 밤에. 나는 알 수 있다.

제기랄. 속이 울렁거린다. 와인 때문이 아니다. 케이크 때문도, 줄담배를 피워서도 아니다. 그런 것에는 익숙하다. 니노가 살바토레를 *죽일* 것이기 때문이다. 내일 이 시간이면 살바토레는 *죽어 있을* 것이다. 나 때문이다. 내 미친 아이디어 때문이다. 나는 아직 진짜 *살인*을 해본 적이 없다. '의도적으로' 죽인 적은 없다는 뜻이다. '의도'가 법정에서 사용하는 용어인가? 주디 판사(법정 리얼리티 프로그램 〈판사 주디〉의 진행자 – 옮긴이)도 그렇게 말했던 것 같은데? 과실치사와 살인의 차이가 그거라고, 의도적인지 여부가 중요하다고 말이다. 베스와 암브로조의 경우는 다르다. 베스의 죽음은 사고였다. 적어도 내 생각에는 그렇다. 암브로조는 어쩔 수 없었다! 그건 분명 정당방위였다. 암브로조를 죽이지 않으면 내가 죽을 상황이었다. 하지만 이번에는 다르다. 이건 계획적인 살인이다. 기분 좋게 속이 울렁거린다. 공연을 보기 전에 가슴이 설레는 것 같은 기분이다. 이 기분, 마음에 든다……. 진짜 흥분돼 미치겠다!

화장실에 가고 싶다. 1시간 동안 소변을 참았다. 잠시라도 자리를 뜨면 니노를 못 만날까 봐 계속 도로를 주시하고 있다. 하지만 더 이상 못 참겠다. 방광이 꽉 차서 배도 아프고 소변 방출을 막다 보니 정신적 고통까지 밀려온다. 집 건물 쪽을 흘끗 돌아본다. 조명이 꺼져 있다. 어니는 잠들었다. 에밀리아는 집으로 돌아간 것 같다. 나는 선베드에서 일어나 매처럼 도로를 계속 주시하면서 잔디밭으로 달려간다. 마치 드론처럼. 팬티를 내리고 쪼그려 앉는다. 잔디밭에 쉭쉭 소변이 쏟아진다. 조니 미첼의 앨범 '더 히싱 오브 섬머 론스The Hissing of Summer Lawns'가 생각난다. 한창 소변을 쏟아내고 있는데 소리가 들린다. 도로를 달려오는 자동차 소리. 고개를 들어보니 차가 보인다. 헤드라이트를 끄고 영구차처럼 천천히 다가오는 커다란 검은색 차. 니노의 승합차다. 그 차가 우리 집 건물 앞을 지나 살바토레의 집 진입로 끝에 멈춰 선다. 나는 팬티를 올리고 일어선다.

됐다!

◆

"했어요?"

나는 나지막이 묻는다.

어둠 속에서 목소리가 들린다.

"했습니다."

나는 무한한 암흑의 천장을 올려다보며 침대에 누워 있다. 잠을 자지는 않았다. 나는 일어나 앉아 침대 옆 테이블의 조명으로 손을 뻗는다. 조명을 켜자 눈이 멀 정도로 환한 빛이 들어온다. 니노가 나를 향해 몸을 기울이며 불처럼 이글거리는 눈빛으로 바라본다.

"정말 해냈군요."

그와 잠시 눈을 마주치자마자 몸이 달아오른다. 몸속부터 뜨겁게 타오른다.

"니노. 지금까지 나를 위해 누군가를 죽여준 사람은 없었어요. 이건…… 정말…… 끝내주게…… 섹시하네요."

그는 나의 영웅이다.

"마음에 들어요?"

"그럼요."

"나도 그래요. 옳은 일을 했으니까."

궁금해 미치겠다. 알아야겠다. 언젠가 멍청한 고양이처럼 호기심 때문에 죽을지라도 지금은 어쩔 수 없다.

"당신은 정확히 무슨 일을 하면서 살아요?"

내가 묻자 니노가 소리 내어 웃는다.

"몰랐어요?"

"*정확히*는요."

나는 고개를 젓는다.

그는 다시 웃음을 터뜨린다. 그가 어깨를 들썩이며 웃자 침대 매트리스가 덩달아 흔들린다. 마치 구정물이 배수구를 타고 흘러내리는 것 같은 웃음소리다.

"돈 받고 사람 죽이는 일을 합니다."

농담인지 진담인지 모르겠다. 누군가 그의 두 눈 사이에 총알을 박아 넣기 전에 마지막으로 한껏 웃는 사람처럼, 그는 웃고 웃고 또 웃는다. 진담이라는 생각이 든다. 젠장, 그는 너무 섹시하다. 이탈리아식 억양, 윤기가 번들거리는 머리카락. 아, 맙소사. 그를 원한다.

내 인생에서 누군가를 이렇게 간절히 원해 본 적이 없다. 그는 크리스천 그레이(영화 〈그레이의 50가지 그림자〉의 주인공-옮긴이)보다 더 나를 달아오르게 한다.

"대단하네요."

그는 생기 없는 검은 눈가에 맺힌 눈물을 슥 닦으며 말한다.

"난 당신이 좋은 여자인 줄 알았습니다." 그는 내 쪽으로 몸을 기울이며 덧붙인다. "폭력을 싫어하고 살인을 혐오하는 줄 알았죠." 그는 한쪽 눈썹을 치뜬다. "암브로조는 당신이 평화주의자라고 했거든요."

나는 팔을 뻗어 그를 붙잡고 싶다.

"글쎄요. 두 사람 다 틀린 것 같네요. 알고 보면 놀랄 일투성이일걸요."

마치 우리 둘 사이에 중력이 작용해 서로를 끌어당기는 듯하다. 그는 태양이고 나는 화성인 것처럼. 어쩌면 그 반대일까? 나는 시트를 젖히고 니노를 침대로 들인다. 그는 가죽 재킷을 입고 강철 토캡을 덧댄 부츠를 신은 채 내 몸에 올라탄다. 가죽 재킷의 금속 단추가 내 피부를 파고든다. 그의 혀가 입으로 들어온 순간 피 맛이 난다. 그의 입술에서 나온 피일까? 아니면 살바토레의 피?

니노는 내 잠옷을 찢어 머리 위로 벗겨낸다. 내 팬티를 잡아 허벅지 아래로 확 끌어 내린다. 나는 완전히 알몸이 됐다. 그는 혀로 자신의 입술을 핥으며 내 몸을 가만히 위아래로 훑어본다. 뼈째 씹어 삼키기 직전의 개처럼. 나는 눈을 크게 뜨고 그의 체취를 들이마신다. 피 섞인 땀 냄새. 내 성기가 아려온다.

그는 나를 향해 허리를 굽힌다. 뜨겁고 축축한 숨결이다. 그는 자신의 입술을 내 입술에 바짝 가까이 대고 말한다.

"베타, 당신이 이렇게 *나쁜* 여자인 줄 미처 몰랐네요."

그는 재킷과 부츠를 벗어 바닥에 던진다. 허리띠에 끼워둔 권총을 빼서 침대 옆 테이블에 던지듯이 놓는다.

"치우지 말고 이리 줘요."

"뭐라고요?"

"좋요. 마음에 드네요. 이리 줘봐요."

나는 그의 눈을 바라보며 테이블로 손을 뻗는다. 권총을 손에 쥐어본다. 장전된 총은 묵직하다. 니노의 검은 동공이 확장된다. 나는 총열을 다리 사이에 두고 침대에 눕는다. 안전장치가 되어 있는지 모르겠다. 바로 쏠 수 있는 상태려나. 나는 권총을 음핵에 대고 문지른다. 이대로 쏘면 어떻게 될까……?

"아, 그거야."

니노가 나를 보며 감탄한다.

나는 권총을 희롱하고 니노는 그 광경을 바라본다. 나는 차갑고 단단한 권총을 내 안에 집어넣는다. 총열이 보였다 안 보였다, 내 안에 들어왔다 나갔다, 들어왔다 나갔다 한다. 한 바퀴 쭉 돌며 미끄러진다. 가장자리가 거칠고 차갑고 단단한 금속이다. 척추를 따라 전율이 흐른다.

"아, 바로 그거야."

니노가 권총을 받아 테이블에 올려두고 내 앞에 무릎을 꿇는다. 나는 그가 무엇을 원하는지 안다. 나는 그의 바지 지퍼를 열고 청바지를 내린다. 맙소사. 거대하다. 이렇게 큰 건 처음 본다. 살바토레보다 더 크다. 영화배우 마크 월버그의 성기 같다. 미스터 딕 같다. 진짜 같지 않다. 표면에 보라색 핏줄이 불거져 있다. 그의 몸에서 살 냄새, 진한 살 냄새가 풍긴다. 나는 입을 벌린다. 그의 눈은 이글이글 타오르고 몸이 부르르 떨린다.

"이리 와, 개년아."

그는 내 어깨를 잡고 침대에 찍어 누른다. 나는 음부가 아플 정도로 애가 탄다. 그는 손톱으로 내 허리를 찌르고 잡아당기고 쥐어짠다. 나는 완전히 젖어서 물이 줄줄 흐른다.

"그 사람 확실히 죽었죠?"

나는 침대 머리판에 대고 묻는다.

"그 자식 뇌가 주방 바닥에 다 튀었어요. 도메니코가 치우는 중이에요."

지금 같아서는 내가 직접 죽이고 싶지만…… 이미 늦었다. 니노는 단번에 내 안으로 깊숙이 단단하게 들어온다. 내 입에서 비명이 터져 나온다. 그는 내 머리카락을 움켜잡고 내 얼굴을 베개에 처박는다. 숨을 쉴 수가 없다. 움직일 수도 없다. 그는 내 지스폿(여성 질 내부의 성감대 – 옮긴이)을 몇 번이고 두드린다. 거칠게. 나는 고개를 옆으로 돌리고 신음을 흘린다.

"멈추지 말아요! 멈추지 마!"

그의 두 손이 내 등을 쓰다듬으며 목과 어깨로 올라온다. 그의 손가락이 입으로 들어오자 나는 세게 문다. 나는 숨을 헐떡이고 한숨을 쉬고 애원하고 간청한다.

"멈추지 마. 젠장, 멈추지 마."

그가 내 엉덩이를 후려친다. 뱀에게 물린 듯 따끔하다.

"뭐야."

나는 몸을 살짝 빼면서 화난 척하지만 사실 기분이 좋다.

그는 내 몸을 들어서 앉히고 침대에 바로 눕는다. 그의 몸에 올라탄 나는 자세를 낮춘다. 그의 성기를 천천히 조금씩 내 몸에 넣는다. 나는 그를 타고 달려간다. 그는 내 허리를 가까이 끌어당긴다. 내 안을 꽉 채우는 그 느낌이 환상적이다. 계속 흥분이 차오르고 나는 절정으로 치닫는다. 조금만 더, 조금만 더. 제기랄!

그가 나를 다시 돌려서 눕힌다. 어지럽다. 황홀하다. 그는 손가락으로 내 엉덩이를 쓰윽 문지르더니 갑자기 손가락을 내 음부에 쑥 집어넣는다. 아, 세상에! *이건* 생각지도 못했다. 그가 성기를 내 항문에 밀어 넣는다. 항문이 불붙은 듯 화끈거린다. 이거 정상인가? 이렇게 해본 적은 없다. 나는 손이 미끄러지고 머리를 쿵 부딪친다. 그가 나를 일으켜 앉힌다. 내 머리카락 속으로 숨을 불어넣는다. 뜨겁고 축축한 숨결이 내 목덜미에 와 닿는다. 그는 손가락으로 내 음핵을 문지르며 내 항문을 범한다. 제길, 그래 *정상이다*. 이건 굉장하다. 엄청나다! 항문은 또 하나의 질이라는 속설이 있다. 그가 안으로 들어오자 내 몸이 그를 조인다. 내 성기에서 격하고 괴상한 액체가 뿜어 나온다. 나는 한 번도 도달해 본 적 없는 절정을 향해 날아오른다.

니노는 나를 위해 살인을 했다!

살바토레를 죽여주었다!

숨을 쉴 수가 없다.

앞도 보이지 않는다.

아, 맙소사.

니노는 내가 찾던 동화 속 왕자님이다.

아무래도 내 소울 메이트인 것 같다.

여섯째 날

탐욕

"돈을 사랑하면 돈을 많이 번다는데, 왜 나는 빈털터리일까?"

@Alvinaknightly69

chapter 33

2001년에 내가 걸스카우트에서 쫓겨난 것도 베스 때문이다.

그해 베스와 나는 수많은 자선 빵 바자회와 달리기 대회, 수영 마라톤, 잠 마라톤(8시간 꼬박 잠자는 행사 – 옮긴이), 운동 대회, 디스코 대회, 자선 모금을 위한 자전거 대회 등을 주최했다. 나는 부활절 독서 마라톤 대회 때문에 동화 작가 에니드 블라이튼의 소설 열두 권을 연달아 읽었다. (그 정도로 무리하고 나면 회복하기가 쉽지 않다.) 나는 의상 경연 대회를 위해 핫도그 의상을 입었고, 뜨개질로 스카프를 3킬로그램이나 떴다. 우리는 단위대 내에서 가장 활동적인 대원이었다. 스카우트 운동의 창시자 고故 로버트 베이든 포웰 남작이 만든 규칙을 철저히 지키며 최선을 다해 선의를 베풀었다. 우리는 걸스카우트 회장 소피 왕자비(웨섹스 백작부인)를 만났고, '화재 안전', '응급 처치', '생존 배지'를 받았으며, 죽어라 노력한 끝에 '6인 대장' 자리까지 올랐다.

그러니 내 추락은 *'짓밟혔다'*는 말로도 턱없이 부족했다. 십자가에 못 박혔다는 표현이 적당할 정도였다.

추락하기 전까지 나는 모든 대원의 본보기이자 롤모델이었다. 레인보우 대원들과 브라우니 대원들, 기타 걸스카우트 대원들 모두 나를 우러러봤다. 오래된 성당 벽에 메아리치던 우렁찬 박수 소리, 그해 내가 자선단체들을 위해 모금한 액수를 발표하던 비버 대원의 떨리는 목소리가 아직도 귀에 선하다. 브라우니 대장은 내가 '지역사회 활동' 관련 배지를 받는 모습을 자랑스럽게 바라보았다. 스쿼럴 대원들은 기쁨의 눈물을 흘렸다.

우리는 열정적으로 일주일에 하나씩 자선 모금 행사를 기획했다. 거의 온 힘을 쏟아부었다. 우리의 열세 번째 생일을 앞두고 나는 상당한 압박감을 느꼈다. 우리는 세이브 더 칠드런Save the children(세계 최대 규모의 아동 구호 비정부기구 – 옮긴이)을 위한 불꽃놀이, 국립아동학대예방협회NSPCC를 위한 자선 모금 침묵 행사, 유니세프를 위한 만찬 행사를 주최했다. 스트레스가 어마어마했다. 나는 거의 한 달 동안 잠도 제대로 못 잤다.

하지만 그만한 가치는 있었다. 2001년도에 내가 모금한 금액은 5487.56파운드에 달했다. 학생의 모금액치고 적지 않은 금액이었다. 그렇다 보니 현금을 숨겨둘 장소가 점점 부족했다. 모금한 돈은 대부분 파운드 주화, 동화, 은화, 5파운드 지폐, 10파운드 지폐, 20파운드 지폐, 수표 등이었다. 우편환도 두 장 있었다. 어느 날 아침 일어나 보니 내 방 서랍이 지폐로 가득 차서 팬티를 찾을 수가 없었다. 통장을 만들어야겠다는 생각이 들었다. 그 주 토요일 아침에 동네의 로이드 은행에 가서 곤란한 상황을 설명했다. 말할 것도 없이 은행원은 나의 자선 활동과 모금 재능에 깊은 인상을 받은 표정이었다. 그는 ISA(개인종합자산관리계좌)를 권했지만 나는 다른 계획이 있었다. 그러려면 인터넷 은행 계좌가 필요했다.

얼마 전 나는 더스틴 호프만과 톰 크루즈가 나오는 〈레인 맨〉을 보고 카드 카운팅(이제까지 사용된 카드를 기억함으로써 앞으로 나올 카드를 예측하고 이에 따라 베팅하는 기술-옮긴이)에 관한 책을 사서 읽었다. 영화에서 더스틴 호프만이 연기한 레이먼드가 하는 것을 보니 별로 어려워 보이지도 않았다. 자폐증 남자가 할 수 있는 일이라면 나도 할 수 있을 거라고 생각했다. 하지만 나는 24시간 만에 온라인 카지노에서 5천 파운드를 날리고 말았다. 그것만으로도 충격인데 세이브 더 칠드런 측 변호사가 전화를 걸어 내가 한 짓에 분노를 표했다. 나는 결국 걸스카우트에서 충격적으로 제명됐다. 끔찍한 10월이었다.

하지만 유능한 걸스카우트인 나는 이런 뜻밖의 사태까지 대비해 두었다. 걸스카우트의 구호가 바로 '준비하라' 아닌가. 나는 엄마의 낡은 볼보 자동차에서 휘발유를 빼내 빈 펩시 병에 담고 성냥 한 갑을 준비했다. 그리고 모두 잠든 화요일 밤에 잠옷 차림으로 살금살금 아래층으로 내려가 더플코트를 걸치고 조용히 현관문을 나섰다. 집에서 오래된 성당까지는 걸어서 몇 분밖에 걸리지 않았다. 일을 마친 나는 소방차들이 경광등을 번쩍이며 오기 전에 침대에 들어가 누웠다. 잠시 후 사이렌이 요란하게 울부짖었다. 불꽃이 포효

했다. 희미한 연기가 유리 틈새를 통해 우리 침실까지 밀려들었다. 눈이 따끔거리고 목도 간질거릴 정도로 매캐하고 시큼한 냄새가 났다. 그 난리통에도 베스는 깨지 않았다. 나는 세이브 더 칠드런을 완전히 불태워 버리고 싶었지만 본사는 우리 집에서 너무 먼 런던에 있었다.

내가 한 짓이라고 의심하는 사람은 없었다. 베스만 빼고. 하지만 베스는 아무 말도 하지 않았다. 왜 비밀로 했는지는 지금도 모르겠다. 심지어 엄마한테도 고자질하지 않았다.

◆

2015년 8월 29일, 토요일, 오전 9시
시칠리아, 타오르미나

"좋은 아침이에요."

에밀리아다. 커피와 크루아상, 갓 짠 오렌지 주스를 쟁반에 들고 왔다. 도우미가 없었을 때 나는 어떻게 살았지? 네스카페 인스턴트 커피를 마셨나? 피지 팁스 차? 기억이 안 난다. 마치 전생처럼 느껴진다.

오늘은 참 아름다운 날이다. 에밀리아가 끈을 당겨 블라인드를 올리자 직사각형 창문 너머로 눈부시게 푸른 하늘이 보인다. 무성한 야자수가 포석에 그림자를 드리운다. 나는 일어나 앉는다. 니노는 어디 갔지? 나는 침대 옆자리의 구겨진 베개를 흘끗 돌아본다. 그는 가고 없다. 당연히 그렇겠지. 꿈속에서도 남자들은 아침까지 내 곁에 머문 적이 없다. 베스가 살아 있다면 '넌 원래 그런 대접을 받지 않았냐'고 말했을 것이다. 망할 년. *살인자 엘리자베스*. 아니, *살인 시도자 엘리자베스*. 베스는 제대로 살인도 못 했다. 나를 죽이려고 했지만 실패했다. *반면 나는 셋이나 죽였다*.

"어니는 일어났어요?"

"아직요, 사모님."

"더 자게 둬요. 옷 갈아입고 보러 갈게요."

오늘은 어니를 데리고 해변에 가야겠다. 재미있을 것이다. 아이들은 원래 모래성을 좋아하지 않나?

"그럴게요." 에밀리아는 고개를 살짝 숙이고 문으로 걸어가다 멈춘다. "사모님?"

나는 반죽처럼 퉁퉁 부은 얼굴을 들고 쳐다본다.

"왜요?"

아, 제길. 또 뭐야? 무슨 말을 하려는 걸까? 편히 좀 쉬면 안 될까?

"걱정이 돼서요. 오늘 아침에 사모님께서 비명 지르는 소리를 들었어요."

"비명요?"

"네."

이게 무슨 소리지? 비명이라니? 어젯밤 내가 니노와 섹스하면서 내지른 소리를 들었나? (맙소사, 어제는 정말 좋았다. 난 거의 사랑에 빠졌다.) 어쩌면 에밀리아는 내 환희에 찬 교성을 들었는지도 모른다. 비명은 아닐 것이다.

"비명 지른 적 없어요."

"혹시…… 악몽을 꾸신 거 아니에요?"

"불과 어제 남편을 잃었잖아요. 내 인생 자체가 악몽이에요." 나는 날카로운 눈빛으로 에밀리아를 쳐다보며 말한다. "크루아상 좀 더 갖다 줄래요?"

"그럴게요."

"카푸치노도 한 잔 더요."

에밀리아는 돌아서서 방을 나가려다 또 멈칫한다.

"사모님?"

"또 무슨 일이에요?"

"카루소 씨 일은 정말 유감이에요. 저는 남편이 살해당한 뒤로 10년 넘게 다른 남자하고 말도 안 섞고 살았어요. 검은색 옷만 입었고요."

"내 남편은 살해당한 게 아니에요. 자살이지."

"네, 사모님."

"그만 나가봐요."

"사모님?"

"또 뭐죠?"

"이 말씀을 꼭 드리고 싶어서요. 사모님과 에르네스토는 제 가족이나 다름없어요. 두 사람을 위해서라면 뭐든 할 수 있어요. 목숨까지 바칠 수 있어요!"

"어머, 에밀리아. 그렇게까지 말하다니. 마음은 고마워요. 자, 이제 카푸치노 좀 갖다 줄래요?"

드디어 에밀리아가 밖으로 나간다.

흠……. 방금 에밀리아가 한 말은 무슨 뜻일까. 나를 걱정해 주는 건가? 아니면 그냥 원래 *친절한 사람인가*? 이상하다. 잘 지켜봐야겠다. 너무 가까이 다가오는 것 같아 불편하다. 하지만 나는 에밀리아가 필요하다. 그녀는 아이를 잘 돌봐주고, 내 옷을 세탁해 주고, 나를 위해 저녁을 만들어주는 성인聖人 같은 존재다. 나는 아직도 커피 내리는 법을 익히지 못했다. 커피 내리는 게 연금술보다 어렵다. 생활의 편의를 위해 저 여자를 데리고 있긴 해야 한다.

창가에 서서 거리를 내다본다. 경찰 한 명이 길을 따라 이쪽으로 걸어오고 있다. 사바스타노 경관인가? 얼굴이 잘 보이지 않는다. 우리 집으로 오는 건가? 나는 커피 잔을 든 채로 몸이 얼어붙는다. 그런데 그는 살바토레의 집 근처에서 사라진다. 뭘 하려는 거지? 저들이 벌써 살바토레의 시신을 찾았나? 바닥에 쏟아진 그의 뇌를 봤을까? 잭슨 폴록(미국의 추상표현주의 화가-옮긴이)의 벽화처럼 냉장고에 온통 피가 튄 것을 봤을까? 나는 숨을 깊게 들이마신다. 아, 살바토레. 참 아깝게 됐다. 침대에서는 환상적이었는데. 재능을 타고난 남자였다. 이탈리아의 유명 포르노 스타 로코처럼 그 방면으로 나갔으면 프로가 됐을 것이다. 하지만 니노와는 비교가 안 된다…….

경찰들이 집 주변을 얼쩡대는 것이 신경 쓰인다.

저들이 살바토레의 죽음과 나를 엮으면 어떡하지? 어디 해보라지. 나랑 엮을 수는 없을 거다. 내가 니노를 움직여 살바토레를 죽이지 않았느냐고? 증거가 전혀 없다. 나중에 밝혀지더라도 니노의 말뿐이다. 나는 살보의 피를 *내* 손에 묻히지 않았다.

계속 같은 이야기가 반복되는 느낌이다. 솔직히 울기도 지쳤다. 시신도 살인도 지긋지긋하다. 물론 시신은 없을 것이다. 니노도 그렇고 도메니코도 그 방면으로는 프로니까. 니노는 알아서 척척 하는 사람이다. 니노와 도메니코가 이미 살인 현장을 깨끗이 치웠을 것이다. 뇌 한 조각, 피 한 방울 남기지 않고, 시체도 처리했을 것이다. 니노는 저 게으른 경찰들보다 훨씬 똑똑하고 섹시하다. 대부분의 경찰들은 부패해서 마피아들이 저지른 짓을 모른 척해 주는 대가로 뒷돈을 받아먹는다. 나중에 필요하면 경찰에게 뇌물을 먹이면 될 것이다.

아니, 그럴 필요도 없다. 사람들은 살바토레가 이탈리아의 가장 외딴 해변으로 홀로 장기 휴가를 떠났다고 생각할 것이다. 그는 예술가니까. 예술가적 기질을 가진 사람이니까. 혼자 은둔하며 조각 작업에 몰두하고 있을 거라고 짐작할 것이다. 그렇다. 생각해 보니 살바토레가 떠나기 전에 그런 말을 했던 것 같다. 타오르미나의 현대적인 삶이 점점 답답하게 느껴진다고 했다. 순수한 자연의 품으로 돌아가고 싶다고, 바닷가에서 파도 소리를 들으며 영감을 얻고 싶다고…… 어쩌고저쩌고 했던 것 같다. 그는 휴가를 떠나야겠다고 말했다. 나는 법정에서 성서에 손을 얹고 그렇게 증언하면 된다.

급한 메시지가 왔는지 보려고 침대 옆에서 충전 중인 베스의 아이폰을 확인해 본다. 어니와 찍은 셀카가 '좋아요'를 325개나 받았다. 테일러 스위프트한테 또 트윗이 왔다. 부재중 통화는 세 통인데 전부 엄마다. 아, 제기랄. 또 뭐지? 엄마는 음성 메시지를 남겼지만 나는 별로 듣고 싶지 않다. 전화도 안 할 것이다.

나는 진짜 사람 옷이 맞나 싶을 정도로 너무너무 예쁘고 작은 옷을 입는다. 커다란 리본이 달린 분홍색 비단 블라우스, 거기에 잘 어울리는 무릎 길이의 매력적인 스커트. 딱 봐도 *사랑스러워* 보인다. 옷을 갖춰 입고 앉아서 얘기하는 미스 유니버스 같다. 이런 옷을 입었을 때는 인스타그램에도 올려줘야 도리다. 거울 앞에서 빙글 도는데 어젯밤 악몽이 섬광처럼 떠오른다! 베스가 꿈에 나타났다! 베스가 내 이름을 부르며 쫓아오는 꿈이었다. 베스는 좀비처럼 나를 줄기차게 따라왔고, 나는 죽기 살기로 도망쳤다! 이제 기억난다! 끔찍한 꿈이었다. 왜 베스는 나를 내버려두지 않는 걸까? 죽어서까지 왜 그러냐고! 진짜 짜증 나 미치겠다. 왜 나는 남들처럼 평범한 악몽을 꾸지 못할까? 엘리베이터 밑으로 떨어진다든지, 거대한 거미에게 쫓긴다든지, 이가 빠진다든지 하는 악몽 말이다. 세상의 끝이나 아마겟돈(지구 종말에 펼쳐지는 선과 악의 대결–옮긴이) 같은 악몽도 괜찮은데. 나는 베스 꿈이나 꾸고 있다.

지금 나한테 필요한 것은 무엇일까? 계획이다. 계획을 세우지 않으면 실패할 수밖에 없다. 이제 앞으로 나아가야 한다. 내 삶을, 베스의 삶을 살아야 한다. 엿 같은 악몽 따위는 그만 꾸자. 쓸데없는 짓거리에 시간 낭비하지 말자. 베스는 이제 됐다. 일단 베스의 변호사와 연락해야겠다. 암브로조의 유언장에 따라 유산을 상속받을 방법을 알아봐야지. 스타일리스트를 바꿔야겠다. 혹시 모르니 유모도 새로 고용해야지. 짜잔. 계획 끝. 확실하게 해내자.

chapter 34

"그거 어딨어요?"

니노가 문을 밀며 거실로 들어와서 묻는다.

어디로 들어왔지? 그는 도요타 프리우스처럼 소리 없이 이 집에 들어왔다. 집 열쇠를 따로 갖고 있는 건가? 나는 이제 막 읽기 시작한《여성, 거세당하다》(저메인 그리어의 페미니즘 명저－옮긴이)를 내려놓는다. (내가 가지고 온 몇 권 안 되는 책들 중 하나다. 스위스 아미 나이프와 함께 가방 밑에 넣어두고 그동안 잊고 있었다.) 저메인이 니노를 어떻게 생각할지 궁금하다.

"그거라뇨?"

"망할 그림요."

그림? 그래, 그림 얘기를 들었던 것 같기도 하다. 카라바조(17세기 바로크 미술을 대표하는 이탈리아 화가－옮긴이) 어쩌고 했던 것 같은데.

"카라바조요?"

그런데 무슨 그림이지? 이탈리아 포장마차 카라반을 그린 그림인가? 아니면 드라마 〈브레이킹 배드Breaking Bad〉에 나오는 RV 차량을 그린 수채화?

"당연히 카라바조죠. 달리 뭐겠어요?"

그는 코카인 과다 복용인 듯 불안하고 초조한 표정으로 카펫 위를 서성인다. 어쩌면 그럴 수도 있겠다.

"음, 우리 코카인이나 더 할까요? 그 그림이 어디 있는지는 나도 몰라요."

"*어디 있는지 모른다고요?*"

"몰라요."

니노는 모자를 벗어 커피 테이블 위에 탁 내려놓고 손가락으로 까만 머리카락을 쓸어 넘긴다. 저 모자가 마음에 든다. 훔치고 싶다.

"그 사람 마누라가 모르면 누가 알아요."

그는 코카인 봉지를 꺼내 커피 테이블 위에 줄을 긋는다.

나는 화제를 바꾸기로 한다.

"그건 그렇고 어젯밤에 왜 그냥 갔어요? 같이 있어줬으면 했는데."

그는 고개를 들고 인상을 찌푸린다.

"나는 잠을 안 잡니다."

"잠을 안 *잔다니* 무슨 소리예요? 잠을 안 자는 사람이 어딨어요."

그는 코카인 한 줄을 훅 들이마시고 손등으로 코를 문지른다.

"그 그림 어딨어요, 베타?"

"당신이 무슨 뱀파이어예요? 〈트와일라잇〉에 나오는 에드워드예요? 볼투리 가문(〈트와일라잇〉 시리즈에 나오는 뱀파이어 가문－옮긴이)이라도 되나요?"

"무슨 헛소리예요? 에드워드가 누군데요?"

"사람이라면 *당연히* 잠을 자야죠. 난 10시간 이상 자야 하는데. 그래야 피부에 좋아요."

"난 오후에 시에스타를 가집니다."

"시에스타요? 낮잠 같은 거죠?"

"밤에는 일하고."

"당신 뭐예요. 밤낮이 바뀐 아기예요?"

"시칠리아에서는 누구나 시에스타를 가집니다. 낮에 일하기는 너무 더우니까."

하긴 여기서는 미친개와 영국 여자들이나 한낮 뙤약볕에 돌아다닌다…….

니노는 50유로 지폐를 돌돌 말아서 내민다.

"그럼 당신은 야행성이네요? 박쥐처럼? 갈라고 원숭이처럼?"

니노는 고개를 끄덕인다. 처음 봤을 때부터 그는 어쩐지 박쥐 같았다. 기다란 검은 외투를 입고 진입로를 걸어 내려가는 모습이 그랬다.

"어쨌든 그렇게 가버리지 말고 옆에 있어줬으면 좋았을 텐데. 서로 애무도 해줄 수 있잖아요."

나는 이렇게 말하며 코카인을 한 줄 빨아들인다.

니노는 한숨을 푹 쉰다.

"베타, 그 그림이 어디 있는지 알잖아요. 어서 말해요."

제길. 베스라면 알고 있었을 것이다. 암브로조는 그림을 어디 숨겨뒀을까? 카라바조라고?

"암브로조가 나한테는 얘기 안 해줬어요. 모르는 게 낫다고, 그게 더 안전하다면서요."

니노는 어깨를 으쓱한다.

"뭐, 이 집 어딘가에 있을 테니 우리가 찾아내면 됩니다."

나는 코카인을 한 줄 더 흡입한다. 맙소사. 정말 좋다. 뇌가 오르가슴을 느낀다. 뇌 뒤쪽에서 코카콜라처럼 거품이 확 올라온다. 바로 이런 게 행복일까?

"그래요. 우리 같이 찾아봐요."

나는 니노에게 활짝 웃어 보인다. 진짜 미소다. 진심으로 웃은 것이다. 코카인에게 축복을. 이번에는 나도 꽤 도움을 줄 수 있을 것 같다. 유용하게. 상황을 주도하는 앨비답게! 아니, 베스답게.

니노도 코카인을 한 줄 더 흡입하고 나서 방 안을 서성이며 묻는다.

"고객이 누굽니까? 암브로조는 그걸 누구한테 팔려고 했죠?"

"미안한데 뭐라고요?" 내가 *그것까지* 알아야 하는 건가? "나…… 나…… 나는……."

"또 모른다는 말은 하지 말아요. 남편이 얘기 안 해줘서 몰라요, 그 사람 혼자 처리하려고 했어요, 그 따위 소리 하지 말라고요."

나는 그의 허리띠를 내려다본다. 권총 손잡이가 튀어나와 있다. 이 나쁜 남자의 기분을 풀어줘야겠다.

"미안해요, 자기. 진짜 몰라요."

니노가 커피 테이블의 다리를 걷어차자 도자기 램프가 위태롭게 흔들거린다. 나는 램프가 바닥에 떨어져 박살 나기 전에 얼른 붙잡는다. 램프 바닥의 상표를 보니 웨지우드라고 적혀 있다.

"베타, 순진한 아내 행세 그만해요. 암브로조와 당신 둘 다 이 거래에 관여한 거 압니다. 고객이 내 아내를 좋아한다고 암브로조가 말했습니다. 그러니까 고객이 누군지 어서 말해요."

좋은 질문이다. 나도 알고 싶다……. 그런데 그의 말을 듣고 보니 문득 생각나는 것이 있다. 암브로조는 나를 데리고 성당 신부를 만나러 갔다. 신부는 나를 좋아했다. 아니, 베스를 좋아했다. 카라바조…… 카라바조…… 그것도 들어본 적 있다. 나는 니노를 쳐다보며 활짝 웃는다.

"신부요! 고객은 바로 신부예요."

기억나서 다행이다. 이제 조금씩 이해된다.

니노는 떨떠름한 미소를 짓는다.

"이제 겨우 진전을 보이는군요. 좋아요. 어떤 신부요? 시칠리아에만 수만 명이 있는데."

"광장에 있는 성당이었어요." 젠장, 그 성당 이름이 뭐였더라? "거기가…… 음…… 성 주세페 성당이었던가 그랬어요."

나는 손가락에 낀 베스의 반지를 빙글빙글 돌린다. 내 기억이 맞으면 좋겠다.

"여기 있는 성당요? 타오르미나에 있는?"

"맞아요. 타오르미나에 있어요."

니노는 천천히 길게 휘파람을 불며 소파에 기대어 두 손가락으로 콧수염을 매만진다. 민달팽이 같은 그의 콧수염은 섹시하다.

"어이가 없네. '4월 9일 광장'에 있는 성당요?"

그런 것 같다…….

"맞아요, 거기예요."

"그 신부 이름이 뭡니까?"

그가 웃으며 일어선다. 재킷 속에 손을 넣어 담배를 꺼낸다. 내게 권하지만 나는 고개를 젓는다. 그의 기분이 좋아진 것 같다……. 그림 때문일까 아니면 코카인의 효과일까?

"그건 몰라요. 나이가 엄청 많았어요. 코가 크고……《실낙원》의 악마 벨리알처럼 생겼어요."

그 신부가 벨리알이면 니노는 몰레크(신에게 반역을 일으킨 루시퍼 군의 부관 – 옮긴이)쯤 될 것이다. 나는 주인공 사탄이다.

"코가 크다고요? 어쨌든 우리가 그를 찾아낼 겁니다. 얼마 받기로 했어요?"

니노가 폐 속 가득 담았던 담배 연기를 길게 뿜어낸다. 눈이 따갑다.

"나야 모르죠. 나는 어떤 거래에도 관여한 적 없어요."

"당신 남편요, 교수 말입니다. 가격을 얼마로 정했냐고요?"

"몰라요. 그런데 니노, 암브로조와 그 신부가 말다툼을 했어요. 어쩌면 거래가 깨졌을 수도 있어요……."

니노는 굳은 표정으로 나를 빤히 쳐다본다. 눈빛으로 사람을 죽일 수도 있다는데…… 꼭 틀린 말은 아니겠다는 생각이 든다. 나는 그의 권총을 눈여겨본다.

"그럴 리 없습니다. 말도 안 돼요. 그때가 언제였는데요?"

"이틀 전쯤……일 거예요."

잘 모르겠다. 나는 시간의 흐름을 놓쳐버렸다. 오늘이 무슨 요일인지도 모르겠다. 화요일인가? 토요일? 크리스마스 아침?

"우리는 무슨 일이 있어도 그 빌어먹을 그림을 팔아야 합니다. 그 신부는 그 그림을 사려는 사람이고요. 2천만 달러짜리 그림을 이 집 어딘가에 계속 처박아둘 수는 없죠."

"2천만 달러요?"

잘못 들은 것 아닌가. 코카인이 내 뇌를 간지럽히며 장난치고 있다.

"최소한 그 이상이에요. 경매에 나가면 더 받을 수도 있어요. 하지만 암시장에서는 10분의 1만 받아도 운이 좋은 겁니다."

"10분의 1이면 2백만 달러네요?"

아, 대박.

"맞아요. 계산 참 빠르기도 하네. 암브로조는 더 받고 싶었을 겁니다. 그래서 말다툼을 했겠죠. 욕심 많은 놈이라. 암브로조의 아버지가 1990년대부터 그 그림을 깔아뭉개고 있었어요."

"정말요? 그렇게 오랫동안?"

"너무 눈에 띄는 물건이라 골치 아프니 쉽게 팔 수 없었을 겁니다. 매수자를 찾기까지 얼마나 걸리는 줄 알아요?"

"음…… 나야 모르죠."

"당신 남편은 이런 얘기를 전혀 안 해줬어요, 베타? 둘이 대화는 하고 살았어요?" 그는 나를 곁눈질하며 말을 잇는다. "이건 암브로조에게 아주 큰 거래였어요. 평생 최고로 큰 거래였죠. 그동안 그가 팔아온 그림은 뭐냐고요? 이 그림에 비하면 젠장할 화장실 휴지나 다름없죠……."

"그렇군요."

사실 이해되지 않는다. 이러다 머리가 펑 터질 것 같다. 니노는 뉴욕의 자동차 판매원이나 영화배우 지미 카처럼 말이 너무 빠르다.

"우리가 찾아내야 하는 그 그림은 카라바조의 평범한 그림이 아닙니다. 카라바조의 그림 중에 평범한 것은 없지만, 어쨌든 그 그림은 〈아기 예수 탄생〉이란 말입니다. 알겠어요?"

"네, 알겠어요."

사실은 잘 모르겠다.

나는 니노가 보지 않는 틈을 타서 베스의 아이폰으로 '카라바조의 아기 예수 탄생'을 구글에 검색해 본다. 인터넷에 나온 설명을 보니 카라바조가 그린 그림은 전 세계에 겨우 50점밖에 남아 있지 않다고 한다. 그럼 〈아기 예수 탄생〉이라는 그림은? 위키피디아를 보니 전시회를 열면 스타급일 정도로 엄청난 그림이다. 카라바조가 남긴 걸작이란다.

"제길."

"그래요, 욕 나오죠? 몰랐어요? 암브로조 카루소와 결혼한 사람이 어떻게 이런 것도 모릅니까? 제기랄……."

니노는 손으로 다시 콧수염을 쓰다듬는다. 내 심장이 미친 듯이 뛴다. 암브로조가 정확히 뭘 해서 먹고 사는지 잘 몰랐다. 내가 베스였으면 알았겠지만. 피부에 열이 확 오른다. 몸이 뜨겁다. 나는 존 워터하우스와 윌리엄 호가스, 토머스 게인즈버러, 윌리엄 터너, 라파엘전파의 화가들을 알고 있다. 정신분석학자 프로이트, 철학자 베이컨, 거리의 화가 뱅크시도 안다. 하지만 카라바조에 대해서는 몰랐다. 이탈리아 예술에 관한 책을 읽어본 적이 없다. 마스터마인드(뛰어난 두뇌로 범죄 관련 복잡한 일을 계획하고 지휘하는 사람 – 옮긴이)가 되기 위한 수련을 했을지언정 이탈리아 예술에 대한 공부는 하지 않았을 것이다. 베스는 이런 것들에 대해 잘 알고 있었을 것이다. 열세 살 때 베스는 런던의 내셔널 갤러리로 견학을 가기도 했으니까.

"예술은 딱히 내 관심 분야가 아니라서요. 암브로조의 관심 분야지. 코카인 조금 더 할래요?"

내 말에 그는 반짝이는 은색 신용카드로 코카인을 두 줄 더 늘어놓는다. 암브로조는 그 그림을 어디에 숨겼을까? 그를 죽이지 말고 물어볼걸 그랬다. 짜증 난다. 나는 왜 예지력이 없을까? 죽은 자들과 대화하는 사람을 뭐라고 하더라? 투청력자? 심령술사? 내가 무당이면 좋으련만. 암브로조가 죽기 전에 그 그림에 대해 알아냈으면 좋았을 텐데 말이다. 하지만 내가 무슨 일을 하냐고 물어봤을 때 암브로조는 정확히 말해 주지 않았다. '미술상이야. 그다지 흥미로운 일은 아니야'라고만 했지. 2천만 달러라고? **이건 지금까지 살아오면서 들어본 중에 가장 흥미로운 일이다.**

그 그림을 찾으면 꽤 많은 돈을 벌 수 있겠다.

니노가 코카인을 늘어놓는 동안 나는 조금 더 검색해 본다. 〈아기 예수 탄생〉은 1969년 팔레르모의 성 로렌초 성당에서 도난당했다. 기회주의자 2명이 그 몇 주일 전에 이탈리아의 숨겨진 보물들에 관한 텔레비전 프로그램을 보고 그 성당에 가서 훔친 것으로 알려졌다. 그들은 마피아가 아니라 아마추어였다. 조직폭력단도 아니었다. 이전에 그들은 그 성당에서 그 그림을 본 적이 있었기에 프로그램을 보고 단번에 알아보았던 것이다. 당시에는 요즘과 달리 보안이 허술했다. 늙은 경비원이 그림을 지키고 있었는데 그나마 근무 시간 내내 잠들었던 모양이다. 어느 날 밤 도둑들은 제단 위에 걸려 있던 그 그림을 면도칼로 잘라 삼륜 밴에 싣고 달아났다. 삼륜 밴이라니! 환장할 노릇이다.

어서 그 그림을 찾아야겠다. 알고 보니 엄청 특별한 그림이다. 나는 코카인을 한 줄 더 흡입한다.

"암브로조의 아버지는 그 그림을 어떻게 손에 넣었어요?"

니노는 초조한 표정이다. 그는 페르시아 카펫 모서리를 들추고 그 밑을 확인한다. 소파를 치우고 벽도 살펴본다. 없다. 전혀. 흔적도 없다.

"그 그림의 주인이 몇 번 바뀌었어요. 1982년에 로사리오 리코보노가 죽기 전까지 그 그림을 갖고 있었죠. 암브로조의 아버지는 우 파카레한테 그 그림을 샀습니다. 우 파카레는 담배와 헤로인을 취급한 마피아 두목 제를란도 알베르티의 별명입니다. 그때가 1991

년이었어요."

처음 들어보는 이름들이다.

"그 그림을 왜 팔지 않았을까요?"

입술에 감각이 없다. 혹시 내가 이상한 질문을 한 것은 아닌가? 어느 노래 가사처럼 얼굴에 아무 감각이 없다. 내가 침을 질질 흘리고 있는 것은 아닐까 싶다. 니노는 식탁 밑을 살펴본다. 의자를 당기고 그 밑에도 들춰본다.

"그런 물건을 팔기가 어디 쉽겠어요? 그 그림은 인기가 굉장해요. FBI가 주목하고 있는 물건인 데다 세계에서 가장 주목받는 수배 명단에도 올라 있죠……. 암브로조는 운이 좋았어요. 부모님이 돌아가시면서 그 그림을 물려받았으니까요. 암브로조의 아버지는 바보가 아니에요. 그분은 그 그림에 쏠린 관심을 자연스럽게 가라앉힐 묘안을 짜냈죠. 그분은 경찰에 정보를 제공한 적 있는 멍청이 가스파레 스파투차를 통해 그 그림에 관한 소문을 퍼뜨렸어요."

"무슨 소문요?"

"어느 농장의 헛간에 그림을 보관해 뒀는데 쥐들이 갉아 먹었다는 소문요. 그 멍청이가 경찰들한테 그렇게 말했어요. 정말 멍청한 얘기 아닙니까? 어떤 또라이가 2천만 달러짜리 그림을 쥐들이 갉아 먹는 곳에 두겠어요? 가스파레는 쥐들이 그 그림을 너무 많이 갉아 먹어서 어쩔 수 없이 남은 그림을 불태웠다고 경찰에 말했어요. 경찰은 사실로 받아들였고요." 그는 성난 손길로 담배 끝을 짓뭉갠다. "경찰이 우리를 얼마나 우습게 보는지 알 만하죠. 경찰이 우리를 두들겨 패서 잡지 않는 것도 다 이유가 있어요. 그들은 우리를 모자란 놈들이라고 생각하죠. 낮잡아 보는 거예요……. 바로 그게 우리의 *현명한* 방식입니다. *나름 현명하죠.*"

나는 무아지경에 빠져 얘기를 듣고 있다. 뇌수에 과부하가 걸렸는지 이야기를 퍼즐 조각처럼 쫙 나눴다가 하나로 모은다. 이제 알겠다. 이해된다. 비유적인 의미로, 머릿속 전구에 불이 들어왔다. 암브로조는 마침내 매수자를 찾았다. 그는 장물인 그 그림을 팔고 베스와 함께 몰래 여기를 뜰 계획이었다. 내 시체는 베스의 유인물이었다. 나는 당근이나 오리처럼, 그들의 탈출을 위한 미끼이자 연막이었다. 내 시체가 발견됐다면 베스의 장례식이 치러졌을 것이고, 경찰과 국제 언론은 거대한 혼란의 도가니를 만들었을 것이다. 그렇게 모두 *베스 공주가* 죽은 것으로 알아야 베스는 안전할 수 있었다. 그래야 여기서 도망쳐도 아무에게도 쫓기지 않을 수 있었다. 내 시체를 이용해 베스가 죽은 것으로 처리되면 그다음은 어떻게 됐을까? 암브로조는 슬픔에 잠긴 홀아비 역할을 했겠지. 그러다 전 세계와 자기네 집 개조차 암브로조가 아내를 잃고 비탄에 잠겨 있다고 생각할 때, 한밤중에 몰래 타오르미나에서 달아났을 것이다. 나중에 그는 하와이나 타히티, 보라보라 섬에서 베스와 재회할 계획이었을 것이다. 그들은 아이와 어마어마한 돈을 싸들고 피에 굶주린 이곳 마피아들을 피해, *마피아 전쟁*을 피해 달아날 작정이었다. 여기서 벗어나 새로운 인생을 살려고 했을 것이다. 멋지게.

하지만 일이 틀어졌다. 베스 때문에. 무슨 일 때문인지 베스는 남편에게 정이 떨어졌다. 베스는 시칠리아를 떠나는 것뿐만 아니라 암브로조한테서도 벗어나고 싶어 했다. 단순히 섹스 때문만은 아니었을 것이다. 섹스는 베스에게 별문제 아니었다. 나도 그랬으니까. 뭔가 다른 문제가 있었던 것이다. 암브로조는 아내를 패지 않았다. 폭력배도 아니었다. 그렇다면 뭘까? 무슨 일이었을까? 설마 베스가 정말 살바토레를 사랑했을까? 생각해 봐야겠다. 지금은 일단 현금을 좀 만들어놔야겠다.

"내가 그림 찾는 일을 도와줄게요."

나는 이렇게 말하며 일어선다.

chapter 35

우리는 집 안팎을 샅샅이 뒤졌다. 차고, 창고, 백 개는 될 것 같은 침실과 욕실까지. 그 와중에 흥미로운 물건들을 발견하기도 했다. 베스가 쓴 소설의 신규본들, 암브로조가 숨겨둔 포르노 모음집(그는 '대학물'과 '베이비시터물', '10대 청소년물'에 빠져 있었는데 그저 그런 평범한 포르노였다), 빈티지 타조 가죽 핸드백 등이 가득한 방도 있었다. 그 타조 가죽 핸드백은 내가 갖기로 마음먹었다. 그런데 아무리 찾아도 그림은 없었다. 점점 흥분되기 시작했다. 우리는 코카인과 설탕을 잔뜩 넣은 진한 블랙커피(나만 설탕을 탔고 니노는 쓴맛이 강한 블랙을 마셨다. 그런 걸 어떻게 마시는지 이해할 수 없다)에 힘입어 수 시간 동안 수색을 계속했다. 에밀리아에게 물어볼까. 심지어 에르네스토에게 물어볼까 싶기도 했다. 암브로조는 그림을 어디에 두었을까? 2천만 달러짜리 그림을 말이다. 단단히 숨겨놓았겠지? 안전한 곳에 보관해 두었을 것이다. 나는 그가 베스와 함께 썼던 침실로 향한다. 침실 문간에 서서 서늘한 나무

틀에 이마를 기댄다. 이대로라면 전혀 희망이 없다.

"베타? 어디 있어요?"

복도에서 고함치는 소리가 들려 나는 화들짝 놀란다. 니노의 목소리다. 짜증이 잔뜩 묻어 있다.

"여기요. 침실을 찾아보려는데 와서 도와줄래요?"

나는 침실로 들어가 두툼한 크림색 카펫 한가운데 선다. 다락방이 있을까 싶어 천장을 살펴보지만 그런 것은 없다. 니노가 들어와 내 뒤에 선다.

"베타, 됐어요. 여긴 아까 찾아봤잖아요."

그는 살무사가 소곤거리듯 속삭인다. 여기서는 목소리를 높일 수 없다. 어니가 깰 수도 있기 때문이다. 니노가 내 어깨에 손을 얹는다. 금으로 된 인장 반지에는 피처럼 붉은 눈알만 한 루비가 박혀 있다.

"모르겠어요. 어쩐지 여기 있을 것 같은 느낌이 들어서. 그렇게 가치 있고 특별한 물건이라면 가까이 두고 싶지 않을까요……."

"본인이 잠자는 방이라……."

니노는 묵직한 검은 부츠를 신고 카펫 위를 서성인다. 아주 미칠 지경인 모양이다. 원래 *인내심*과는 거리가 먼 사람이다. 평소에도 테이크 댓(영국의 팝 그룹-옮긴이)의 노래 따위 듣지 않을 것 같다. 나는 베스의 침실을 한 바퀴 쭉 돌면서 마호가니 가구들을 손가락으로 훑는다. 대형 옷장, 화장대, 서랍장. 먼지 한 톨 없다. 대단하다. 에밀리아는 정말이지 훌륭한 가사도우미다.

내가 침대 밑을 들여다보는데 니노가 인상을 쓴다. 내가 말한다.

"어휴, 집을 전부 뒤져봤는데도 없네요. 하지만 이 망할 집구석을 차분히 한 번 더 살펴봐야겠어요."

침실을 나가려는데 니노가 말한다.

"저 옷장 안은 살펴봤습니까? 옷장 뒤에 가짜 벽 같은 게 있지 않을까요?"

우리는 서로를 쳐다보다가 얼른 옷장으로 향한다. 나는 옷장 문을 열고 들어가 옷을 한쪽 옆으로 밀친다. 암브로조의 바지, 재킷, 셔츠, 넥타이 등이 있다. 옷장 뒤쪽 벽의 나무 패널 모서리를 손가락으로 만져봤지만 벽에 단단히 고정돼 있다.

"여긴 아닌가 봐요."

나는 뒤로 물러선다.

"내가 해볼게요."

그는 아슬란(C. S. 루이스의 《나니아 연대기》에 등장하는 사자 모습의 왕으로 옷장에서 등장한다. - 옮긴이)을 만나러 가는 사람처럼 옷장 안으로 돌진한다. 잠시 후 그가 나지막이 욕하는 소리가 들린다.

"없네. 젠장."

그는 옷장 밖으로 나와 문을 세차게 닫는다. 쾅! 망할. 그는 성질이 뻗친 모양이다. 이러다 권총을 뽑아 들겠다.

"베타, 어서 말해요! 어디 있냐고요! 어디 있는지 알잖아요. 사람 그만 뺑뺑이 돌려요."

식은땀이 흐른다. 가슴이 조여든다. 나는 침대에 앉아 얼굴을 두 손에 묻는다. *어서, 앨비, 어디 있을까? 어디 있겠어?* 몸이 훅 달아오른다. 코카인 때문일까 아니면 날씨 탓일까? 폭염에 달궈진 미국 네바다주 데스밸리에 와 있는 것 같다. 호흡이 얕아진다. 공기가 모자란 것 같다. 나는 벌떡 일어서 창가로 걸어가 창문을 열어젖히고 깊게 숨을 들이마신다. 눈을 질끈 감는다. 가치 있는 물건, 중요한 물건, 안전하게 감춰둬야 할 특별한 물건. 문득 어니의 모습이 떠오른다.

내가 복도로 달려 나가자 니노가 뒤따라온다.

"어이, 베타! 어디 가요?"

"쉿, 따라오기나 해요. 조용히 해요."

어니가 아기 침대에 곤히 잠들어 있다. 어둠 속에서 어니가 부드럽게 숨을 들이쉬고 내쉬며 코 고는 소리가 들린다. 나는 발끝으로 살금살금 걸어 들어가 야간등을 켠다. 달 모양의 연푸른색 등이다. 아기 침대 옆 바닥에 러그가 깔려 있다. 나는 러그를 살짝 들어본다. 짐작했던 대로다! 러그 밑 바닥에 작은 문이 있다. 그 밑에 뭔가 있는 것이 분명하다. 나는 떨리는 손으로 러그를 들추고 문을 살짝 위로 당겨 올린다. 경첩이 삐걱 소리를 내며 문이 열린다. 나는 어니를 흘끗 쳐다본다. 어니는 여전히 잠들어 있다. 아무 소리도 못 들은 모양이다. 나는 문을 마저 당겨 올리고 접힌 러그에 기대놓은 다음 마룻바닥 밑으로 손을 집어넣는다. 묵직한 캔버스 가방이 잡힌다. 가방 손잡이를 잡고 끌어 올린다. 이 가방 속에 그림이 있을 것 같지는 않다. 가방이 너무 작다. 니노를 올려다보니 그가 고개를 젓는다. 그래도 나는 가방의 지퍼를 열고 안쪽을 빠르게 훑어본다. 아, 맙소사! 가방 속에 고운 흰색 가루가 담긴 비닐 봉투 수백 개가 들어 있다. 평생 이렇게 많은 코카인을 본 적이 없다. 암브로조가 개인적으로 모아둔 것이 분명하다. 북극의 풍경처럼 하얗고 아름다운 가루다. 눈처럼 신선하고 순수하다. 나는 비닐 봉투 하나를 집어 손바닥에 대고 문질러본다. 음, 마약이라! 이런 물건을 아기 침실에 보관해 두었다는 사실을 베스가 알고 있었을까? 알았다면 기함했겠지.

"계속 찾아봐요. 그 밑에도."

니노가 재촉한다.

캔버스 가방의 지퍼를 다시 잠그려는데 니노가 허리를 굽히더니 코카인 봉투 하나를 집어 든다. 내가 쳐다보자 그는 어깨를 으쓱한다. 하긴, 어때. 암브로조는 죽었는데, 어쩔 거야? 니노는 코카인 봉투를 재킷 주머니 속에 집어넣는다. 나도 봉투 하나를 집어서 브래지어 속에 넣는다. 캔버스 가방의 지퍼를 마저 잠그고 옆으로 밀어 놓는다. 문 밑을 다시 들여다본다. 마루청 밑에 갈색 종이에 싸인 길쭉하고 얇고 먼지 낀 캔버스가 보인다. 믿을 수가 없다. 바로 그 그림 같다. 분명하다. 〈아기 예수 탄생〉. 숨을 쉴 수가 없다. 몸도 움직일 수 없다. 그 캔버스에서 눈을 떼지 못한다. 2천만 달러짜리 그림이 여기 있었단 말이지? 아기 침실에 이런 물건들이 있다니 믿기지 않는다. 위험한 것 아닌가? 암브로조가 여기 숨겼다는 것을 베스는 몰랐을 것이다. 베스가 허락했을 리 없다. 어쩌면 그 사실을 알고 나서 암브로조와 문제가 생긴 것일까? 알았다면 베스는 굉장히 화를 냈을 것이다. A급 마약과 총을 소중한 아기방에 놓아두다니 말이다. 게다가 지구상에서 가장 화젯거리인 미술품도 함께 두다니. 베스는 남편에게 엄청 화를 냈을 것이다. 그때부터 암브로조를 증오했을 수도 있다. 남편이 죽기를 바랐을 수도 있다.

니노가 나를 옆으로 밀치고 엎드리더니 문 밑으로 손을 집어넣는다. 그는 마치 산모한테서 갓난아이를 받아내듯, 아기 예수를 떠받치듯 조심스럽게 캔버스를 꺼낸다. 둘둘 말린 캔버스에서 퀴퀴하고 오래된 냄새가 난다. 자칫하면 망가질 것 같다. 내가 생각했던 것보다 훨씬 길다. 펼쳐놓으면 아주 거대한 그림일 것 같다. 그는 캔버스를 바닥에 내려놓는다. 어둑한 그림자가 드리운 그의 두 눈이 불붙은 듯 번뜩인다. 드디어 찾았다!

"닫아요."

그가 문을 가리키며 나지막이 말한다.

그는 둘둘 말린 캔버스를 품에 안고 일어선다. 어마어마하게 길다. 문을 아래로 내리는데 삐걱 소리가 난다. 먼지 때문에 재채기가 난다. "에취! 에취!" 나는 두 손으로 얼른 코를 막는다. 어니가 뒤척이며 칭얼대기 시작한다. 바닥에 있는 문 위로 러그를 끌어다 놓는데 어니가 고양이처럼 높은 소리로 앙앙거린다. *제발 깨지 마. 울지 마.* 니노와 나는 가만히 서서 귀를 기울이며 어니가 잠이 떠나가라 울기를 기다린다. 하지만 어니는 움직이지 않고 가만히 옹알옹알하다가 다시 잠든다. 다행이다.

내가 천천히 일어서는데 마루청이 삐걱 소리를 낸다.

드디어 어니가 깨어나 울어댄다. 아, 제길. 시작이네. 나는 아기 침대로 다가간다. 니노를 흘끗 보니 나보다 더 두려운 표정이다. 굳은 얼굴에 공포가 어려 있다. *'나한테 그 아이를 넘길 생각 마'*라고 말하는 듯하다. 딱 필요할 때 에밀리아는 어디 갔지? 나는 어니를 안아 들고 쉬이, 쉬이, 쉬이 달랜다. 얘는 뭘 원하는 걸까? 왜 울지? 먹을 것? 마실 것? 잠? 똥? 나는 어니를 살살 흔들고 쓰다듬고 달래고 입을 맞춘다. 나는 니노에게 어깨를 으쓱한다. 그는 열 받은 표정으로 빤히 쳐다보고 서 있다. 이봐요, 나더러 어쩌라고요?

"왜 그러니?"

나는 어니에게 말한다.

어니가 눈물이 그렁그렁한 커다란 눈으로 나를 쳐다보면서 아랫입술을 바르르 떤다. 코를 훌쩍이며 운다. 콧물이 조그맣게 방울져 나온다. 나는 침대 옆 테이블에서 휴지 한 장을 꺼내 어니의 얼굴을 닦아준다. 입을 맞추고 다시 흔들어주면서 품에 안는다. 마침내 어니는 울음을 그친다. 나는 어니를 다시 아기 침대에 눕힌다. 작은 머리가 베개에 닿자마자 어니는 다시 울기 시작한다. 평생 들어본 중에 가장 거슬리는 소리다. 한여름에 새끼 양이 우는 소리와 비슷하다. 피부에 소름이 쫙 돋고 목덜미의 털이 곤두선다.

"왜 그래? 잠자리가 마음에 안 들어?"

다시 안아 올리자 어니가 울음을 뚝 그친다.

침대에 내려놓으니 다시 앙앙 운다.

안았다.

내려놨다.

안았다.

내려놨다.

"어쩌란 거야?"

니노가 빽 소리친다. 화가 치민 표정이다.

"계속 안아달라는 건가 봐요. 안아주면 되겠니?"

나는 어니에게 속삭인다. 어니는 뜨끈하게 달아오른 빨간 볼을 내 가슴에 기대고 엄지를 쪽쪽 빤다.

"잠깐 안고 있어야겠어요. 잠들 때까지만."

어서 잠들렴, 불쌍한 새끼 양아.

니노는 캔버스를 들고 복도를 지나 베스와 암브로조의 침실로 들어간다. 나는 어니를 안고 그의 뒤를 따라간다. 우리는 침대 위에 그림을 내려놓는다. 나는 반쯤 부러진 발가락으로 침실 문을 밀어 닫는다. 그리고 혹시 누가 들어올까 봐 의자를 끌어다 문손잡이 밑에 끼워둔다. 에밀리아가 불쑥 들어올 수도 있고 망할 경찰이 올 수도 있으니 말이다. 니노한테는 경찰이 옆집으로 들어갔다는 얘기를 하지 않았다. 안 그래도 그의 성질을 (꽤 많이) 건드렸는데 더 이상 화를 돋우고 싶지 않다.

니노는 둘둘 말린 그 캔버스를 침대 한쪽 옆에 내려놓는다. 나는 그의 옆으로 가서 캔버스를 손바닥으로 쓸어본다. 무척 오래되고 거친 느낌이다. 먼지와 거미줄이 묻어 있다. 그는 탁한 갈색 포장을 떼어내고 그림을 침대에 펼쳐놓는다. 킹사이즈의 침대가 그림에 비하면 턱없이 작다. 그림 길이가 3미터가 넘는다. 우리는 그림의 일부만 펼쳐놓았다. 다 펼쳤다면 그림이 침대 가장자리를 넘어가 바닥에 닿았을 것이다. 고동색 캔버스는 가장자리가 삐죽삐죽 잘려 있다. 조폭을 꿈꾸던 아마추어들이 액자에 들어 있던 그림을 면도칼로 대충 잘라낸 것이다. 원래 어떤 상태였는지는 모르지만 보자마자 카라바조의 그림이라는 것을 알겠다. 느낌이 확 온다. 곁눈질로 보니 니노는 가슴에 성호를 긋고 있다. 비싼 물건을 앞에 두고 신앙심이 끓어오르는 모양이다. 돈은 사람들에게 희한한 작용을 불러일으킨다. 니노는 차에 예수 그림을 갖고 다니니 어쩌면 이 종교화를 보고 감정이 울컥했을 수도 있다. 진심으로 감명받았는지도 모른다.

그림의 3분의 1밖에 펼치지 않았지만 발가벗은 분홍색 아기 예수의 모습은 볼 수 있다. 아기 예수는 건초 위에 깔아놓은 하얀 천 위에 누워 있다. 연약하고 아름다워 보인다. 어니를 조금 닮았다. (어니는 아직 잠들지 않았다. 내 머리카락을 한 움큼 쥐고 내 어깨에 온통 침을 묻히고 있는 중이다. 고맙기도 해라.) 아기 예수는 어머니를 올려다보고 어머니는 숭배하는 눈으로 아기 예수를 내려다본다. 성모마리아는 초췌한 모습이다. 머리카락과 옷이 정돈되지 않은 채 기운 없이 구부정하게 앉아 있다. 방금 출산해서인지 기진맥진한 모습이다. 난산이었던 것이 분명하다. 아기 예수도 나처럼 산도에 끼었을까. 저때는 가스나 모르핀도 없었는데. 헛간에서 제왕절개를 할 수도 없었을 테고.

그림 오른쪽에는 등을 보이고 앉은 남자가 있다. 무릎을 구부린 자세로 하얀 쫄바지와 로빈 후드 스타일의 풀색 셔츠를 입었다. 그는 발가락으로 아기 예수를 건드리고 있다. 누구인지는 모르겠다. 요셉이라고 하기에는 너무 젊고 옷도 너무 잘 입어서 목동 같지 않다. 어쩌면 초창기 파파라치인가? 이 대단한 장면을 놓치고 싶지 않았을 수도 있다. 그림 왼쪽에는 기다란 황금색 예복을 입은 남자가 서 있는데, 왕이나 성인인 것 같다.

"세상에!"

니노가 나지막이 내뱉는다.

"찾아서 다행이에요."

내가 말하자 어니가 옹알거린다.

"마, 마, 마."

베스의 아이폰이 울린다. 새소리처럼 짖어댄다. 트윗, 트윗, 트윗. 젠장, 또 테일러 스위프트인가? 나는 아이폰을 들고 화면을 들여다본다. '울 엄마'가 보낸 메시지다. '울 엄마'라니, 베스 너는 대체 나이가 몇 살이냐? 다섯 살? 메시지를 클릭한 나는 숨이 막힐 정도로 놀란다.

'전화를 안 받는구나. 카타니아행 비행기를 탈 거야. 공항에 도착하면 택시 타고 갈게. 24시간 내로 도착할 거다. 사랑한다. 엄마가.'

빌어먹을!

"뭡니까? 무슨 일이에요?"

니노가 묻는다.

"아, 별거 아니에요. 엄마가 문자를 보내서요. 나중에 전화하면 돼요. 여기요." 나는 니노의 품에 어니를 안겨준다. "잠깐만 보고 있어요."

어니와 니노 중 누가 더 겁먹은 얼굴인지 모르겠다. 어니가 또다시 울기 시작한다.

나는 아이폰을 손에 쥐고 서둘러 방을 나간다. 계단을 내려가 주방으로 들어간다. 손이 떨린다. 자그마한 버튼이 제대로 눌러지지 않는다. 엄마가 여기 오면 안 된다. 나는 통화 아이콘을 누른다. 엄마를 못 오게 해야 한다. 이 집에 오지 못하게 해야 한다. 하지만 엄마의 휴대폰이 꺼져 있다. 비행기 모드로 설정했을 수도 있다. 벌써 비행기에 탄 모양이다.

chapter 36

나는 엄청 노력했다. 만남을 위해 옷도 차려입었다. 검은색 미니 원피스, 기다란 검은색 베일, 레이스가 달린 검은 장갑, 클래식한 분위기의 크리스찬 루부탱 에나멜 구두. 눈물을 닦는 척 마스카라를 찍어낼 때 쓰려고 고풍스러운 레이스가 달린 손수건도 챙겼다. 입술에는 피처럼 붉은 립스틱을 발랐고 눈가에는 콜을 잔뜩 썼다. 나는 남편의 장례식을 치르는 섹시한 젊은 미망인의 모습을 연출하고자 했다. 이 정도 차려입었으면 사진을 찍어줘야 한다. 이런 사진을 올리면 인스타그램에서 반응이 뜨거울 것이다. 틴더 앱은 말할 것도 없다.

성당은 휑하다. 공기가 서늘하고 습하다. 나는 묵직한 나무 문을 밀고 어두운 성당 안으로 들어간다. 향 냄새, 깜박이는 촛불들. 잿빛 머리를 숙이고 제단 뒤에 서 있는 신부가 보인다. 신부는 금색 장식의 하얀 제의를 입고 있다. 내가 찾던 바로 그 신부다. 그가 여기 있다. 그는 나지막이 뭔가를 중얼거리고 있다. 기도하는 건가?

그는 내 발소리를 듣고 고개를 든다. 그는 곧바로 나를 알아보지 못한다. 하지만 알아보자 주름진 얼굴에 미소 짓는다.

"베타, 왔군요."

그는 두 팔을 활짝 벌리고 나를 안는다. 하늘거리는 흰색 제의를 입고 있어서인지 겉모습은 성인처럼 보인다. 하지만 나는 그가 성인과는 거리가 멀다는 것을 알고 있다. 그는 부패한 인간일 뿐이다. 저 모습은 영리한 가면에 불과하다. 나는 계단을 밟고 제단으로 올라간다. 우리는 잠시 말없이 그 자리에 서 있다. 나는 신부의 차분한 표정을 살펴본다. 침착한 두 눈과 자애로운 미소. 이 신부가 고객일 거라고 확신했는데 막상 와서 보니 잘 모르겠다. 부패한 인간인 것은 맞을까? 어떻게 물어봐야 하나? 그가 구매자가 아니면 난 망한 것이다.

"베타, 남편 일은 정말 유감이에요." 신부가 딸을 위로하는 아버지처럼 내 왼쪽 어깨에 손을 얹는다. 쭈글쭈글한 노인의 손이다. "오후에 소식 들었어요. 삼가 조의를 표합니다. 그리스도께서 시련에 처한 당신을 위로해 주시길."

"고맙습니다."

나는 바닥을 내려다본다. 닳고닳은 판석에 글씨가 새겨져 있다. 뭐라고 새긴 거지? 우리가 지금 누군가의 무덤 위에 서 있는 건가?

"잘 왔어요. 안 그래도 한번 찾아가 보려고 했어요."

그는 어떤 답을 유도하는 것 같기도 하고 부탁하는 것 같기도 한 표정으로 나를 바라본다.

"여기서 얘기해도 되는 거죠?"

나는 고개를 들고 묻는다. 신부의 눈이 왼쪽과 오른쪽을 번갈아 살핀다.

"우리 둘뿐입니다."

신부는 이렇게 말하며 내 손을 잡고 윤기 나는 목재로 만들어진 신도석으로 이끈다. 우리는 실물 크기의 예수 조각상 아래 앉는다. 지난번에 왔을 때 나를 빤히 쳐다보던 바로 그 예수 조각상이다. 그때처럼 지금도 끔찍한 가시관을 쓰고 고통스런 표정을 짓고 있다. 벽에는 신약성서의 장면을 담은 르네상스풍 그림들이 걸려 있다. 마리아와 요셉은 한눈에 알아보겠다. 턱수염을 기른 남자는 성 베드로인가? 황금 열쇠를 손에 들고 천국의 문 옆에 서 있다. 베드로는 나를 천국에 들여보내 주지 않을 것이다. 신부가 푸른 정맥이 불거진 두 손으로 장갑 낀 내 손을 잡는다. 검버섯이 핀 그의 피부는 트레이싱지처럼 투명하고 시체처럼 차갑다.

"신문을 봤습니다. 자살이라지요?"

그의 물음에 나는 숨을 훅 들이마신다.

"네, 그런 것 같아요. 절벽 아래 바위에서 발견됐어요."

신부는 근엄하면서도 다 안다는 표정으로 고개를 끄덕인다.

"라 코사 노스트라."

그는 욕을 하듯, 하느님의 집에서 저주의 말을 하듯 나지막이 내뱉는다.

잠시 침묵이 흐른다. 나는 예수의 손과 발에 박힌 길고 시커먼 강철못을 바라본다. 내가 핀을 잔뜩 박아놓았던 베스의 인형이 떠오른다. 라 코사 노스트라. 그래, 좋다. 그것이 바로 이 신부가 해석한 사건의 진실이다. 우리는 믿고자 하는 것을 진실로 받아들인다. 객관적 실재 따위는 없다.

"그 그림 아직 갖고 있지요?"

그가 눈곱 낀 눈으로 나를 바라보며 묻는다.

"네."

비로소 내 어깨가 편안해지고 긴장이 풀린다. 이 신부가 구매자인 모양이다.

"아직 팔 생각 있어요?"

나는 고개를 끄덕인다.

"그럼요."

그는 진심으로 그 그림을 갖고 싶어 하는 눈치다. 얼마나 간절한지 궁금하다. 그는 손으로 허벅지를 문질러 제의의 주름을 펴면서 허리를 좀 더 꼿꼿이 세우고 앉는다.

"우리는 신중해야 됩니다, 베타." 그가 나지막이 말한다. "그 그림에 대해 아는 사람들이 저 바깥에 널려 있어요. 당신 남편을 죽인 사람들이지요. 여기는 더 이상 안전한 곳이 아닙니다. 당신 남편을 죽인 자가 누구든, 수단 방법을 가리지 않고 그 그림을 훔치려고 할 겁니다."

그래, 멋대로 생각해라.

"그렇겠죠."

"여길 떠나세요."

나는 그를 쳐다본다.

"내 걱정은 말아요."

신부는 고개를 돌려 예수의 조각상을 올려다본다. 예수도 그를 내려다본다. 그들은 마치 비밀스러운 대화를 나누고 있는 것 같다. 문득 탈룰라가 생각난다. 베스의 상상 속 친구 탈룰라. 신부는 잠시 머뭇거리다 입을 연다.

"남편분과는 3백만 달러에 합의했는데, 남편분은 더 받고 싶어 했습니다." 그는 한숨을 푹 내쉰다. "'돈을 사랑하는 것이 모든 악의 뿌리다'라고 〈디모데전서〉 6장 10절에도 나와 있는데 말이지요."

"지난번에 그 문제로 그이와 말다툼을 하셨군요?"

신부가 3백만 유로나 되는 돈을 어디서 조달할까? 이 나라 사람들은 성직자에게 엄청난 돈을 주는 모양이다.

"무슨 그런 말씀을. 말다툼은 아니었어요. 협상이었지."

나는 고개를 저으며 흘러내린 머리카락을 귀 뒤로 넘긴다.

"최소한 2천만 달러 이상의 값어치가 있는 그림이에요."

나는 권위적인 목소리로 말한다. 확실히 알고 하는 말이다. 니노와 구글 덕분에 나도 알 만큼 안다.

신부가 나를 돌아본다.

"베타, 전 세계에서 그 그림을 노리고 있어요. 남편분이 세상을 떠났으니 상황은 더 위험해졌어요. 나는 2백만 유로를 드리겠습니다. 마지막 제안입니다."

"마지막 제안요?"

"그렇습니다."

나는 신부에게 가장 상냥한 미소를 지어 보인다. 내가 여자라서 세상 물정을 모른다고 생각하는 모양이다. 2백만 유로? 날강도가 따로 없네. 더 받고 싶다. 나는 약점을 찾기 위해 신부의 표정을 살핀다. 그의 탁한 숨소리에 귀 기울인다. 그는 확고하고 단호한 표정으로 나를 마주 본다. 이 사람은 확신에 차 있다. 신이 자기편이라 이거지. 이 사람 말고 다른 구매자를 찾을 방법이 없다. 3백만 유로를 내놓으라고 고집 부리면 꺼지라고 할지도 모른다. 이 고객을 놓치고 싶지 않다. 그는 남편의 죽음으로 내 자리가 위태로워졌다는 것을 알고 있다. 그런 내 약점을 물고 늘어지면서 백만 유로나 깎다니, 신부라는 사람이 너무 비열한 것 아닌가. 가난한 자들이 땅을 차지한다더니(〈마태복음〉 5장 5절의 '온유한 사람은 복이 있다. 그들이 땅을 차지할 것이다'를 살짝 비꼰 표현 – 옮긴이) 딱 그 짝이다.

"2백만 유로로 할게요."

나는 이를 악물고 동의한다. 나는 일을 번거롭게 만들고 싶지 않다. 협상을 잘하지도 못한다. 2백만 유로라도 받는 게 한 푼도 못 챙기는 것보다 낫다. 니노도 그렇게 생각할 것이다. 내가 손을 내밀자 신부가 손을 맞잡고 악수한다. 그의 얼굴이 젊은이처럼 환하게 빛난다. 순식간에 아흔 살에서 열아홉 살이 된 것처럼.

"오늘 저녁에 가지러 가겠습니다." 그가 미소 짓는다. "돈을 가지고 집으로 찾아가겠습니다. 돈을 챙겨서 여길 떠나세요. 암브로조는 당신과 함께 안전한 곳으로 가려고 했습니다. 이제 혼자라도 떠나세요."

"그래야죠."

하지만 나는 여길 떠날 생각이 없다. 그 집을 버리라고? 그 멋진 경치를? 이 신부는 그 집 수영장을 봤을까? 나더러 타오르미나를 떠나라고? 내가 미쳤어?

◆

"이분은?"

신부가 니노를 가리키며 묻는다.

날씨가 거지 같다. 하늘이 쪼개져 빗방울이 은 탄환처럼 쏟아진다. 시칠리아에서 이렇게 추운 저녁은 처음이다. 나는 베스의 양말을 찾아 신고 점퍼까지 입었다. 지금 우리는 천둥 번개 때문에 커튼을 쳐놓은 거실에 모여 있다. 벽난로에 불이라도 지필까 생각 중이다. 니노는 맨발을 커피 테이블에 얹고 손에는 산구에 디 시칠리아 와인 한 잔을 들고 소파에 편안히 앉아 있다.

"이쪽은 니노예요."

나는 신부를 안으로 들이고 거실 문을 닫는다. 신부는 도어 매트에 발을 문지르고 재킷 앞쪽의 빗방울을 털어낸다. 그리고 나를 돌아보며 인상을 쓴다.

"프랑코 신부님."

니노가 고개를 까딱하며 아는 체한다. 이 신부 이름이 프랑코인가? 니노가 그를 모르는 줄 알았다. 타오르미나는 좁은 동네인 모양이다.

"니노."

신부도 으르렁거리듯 말하고는 나를 돌아보며 소곤거린다.

"남편분과는 부인하고만 거래하겠다고 말했습니다만."

신부의 눈빛이 매섭다. 화가 난 모양이다.

"남편은 죽었어요. 니노는 남편 친구예요."

"내가 저런 부류를 잘 압니다."

신부가 내 귀에 대고 속삭인다. 그의 숨결에서 알코올 냄새가 풍긴다. 신성한 포도주라도 마시고 온 걸까?

나는 신부가 들고 온 구식 여행 가방을 내려다본다. 황금색 버클이 'G' 자 모양으로 맞물려 있다. 가죽에 빗방울이 튀어 진갈색 점이 박힌 것 같다. 상당히 묵직해 보인다. 가방 솔기가 터질 듯하다.

"나는 주방에서 기다리겠습니다." 니노가 소파에서 일어서며 말한다. 그는 두 팔을 머리 위로 쭉 뻗어 기지개를 켜더니 술을 마저 마신다. 그러고는 커피 테이블에 술잔을 탁 소리 나게 내려놓고 허리를 약간 숙이며 말한다. "좋은 저녁이네요."

니노는 문 쪽으로 돌아서며 묘한 표정으로 나를 쳐다본다. 그가 어떤 의미를 담아 눈을 크게 뜨지만 나는 짐작도 못 하겠다. 중요한 의미는 아닐 것이다. 니노가 거실을 나가자 나와 신부만 남았다. 나는 두 팔로 내 몸을 감싼다. 어쩐지 등골이 오싹하다. 벽난로에 불을 피울걸 그랬다.

"그림은 어디 있나요?"

신부가 묻는다. 잡담은 없다. *'기분 어때요, 엘리자베타? 오후에는 어땠어요? 비가 억수같이 내리는군요. 그렇죠?'* 따위의 말은 오가지 않는다. 바로 본론으로 들어간다. 좋다.

그는 평상복을 입고 있으니 나이가 더 들어 보인다. 그는 신부복 대신 연회색 정장 차림으로 카멜 색 캐시미어 스웨터에 진홍색 크라바트를 둘렀다. 할아버지뻘로 보인다. 어린아이처럼 약한 모습이다. 내가 여자애처럼 싸워도 그를 맨손으로 때려눕힐 수 있을 것 같다.

"돈을 보여주세요."

나는 미소 지으며 말한다.

신부는 카펫에 가방을 내려놓고 허리를 굽힌다. 한쪽 팔은 소파 등받이에, 다른 쪽 팔은 등허리에 얹은 자세다. 구부정하게 있기가 힘든 모양이다. 관절염인가? 그는 손가락으로 더듬더듬 걸쇠를 만지작거린다.

"제가 할게요."

내가 나선다.

그는 옆으로 물러서고, 나는 가방을 바닥에 눕힌다. 딸깍 소리를 내며 걸쇠가 풀린다. 나는 가방 뚜껑을 위로 올린다. 빳빳한 500유로짜리 지폐들이 차곡차곡 쌓여 있다. 엄청나게 많은 돈이다. 이런 돈 무더기는 생전 처음 본다. 무슨 신부가 현금을 이렇게 많이 갖고 있지? 왜 훔친 그림을 사려는 걸까? 십계명 중에 '도둑질하지 말라'

도 있는 것 같은데.

"2백만 유로죠?"

"2백만 유로 맞습니다."

나는 500유로 지폐 한 뭉치를 들고 무게를 가늠해 본다. 섹스를 할 때처럼 흥분된다. 이 돈을 전부 마룻바닥에 쏟아놓고 일일이 세어보고 싶지만 시간이 엄청 오래 걸릴 것이다. 이 사람을 믿기로 한다. 신부니까. 비록 부패하긴 했지만. 니노와 함께 나중에 세어봐도 될 것이다. 어쨌든 꼭 세어볼 것이다. 영화처럼 상대의 말만 듣고 덥석 믿는 멍청한 짓은 하지 않는다. 돈뭉치 안쪽에 진짜 돈이 아니라 모노폴리 보드게임용 지폐를 끼워놨으면? 나는 신부에게 따라오라는 손짓을 한다. 우리는 대리석 기둥 사이에 있는 아치형 복도를 지나 식당으로 들어간다. 나와 니노는 이 식당에 있던 가구들을 모두 치우고 큼직한 페르시아 러그 위에 그 그림을 펼쳐놓았다. 신부는 우뚝 멈춰 서서 그림을 바라본다. 나는 기둥 옆에 서서 그의 모습을 지켜본다.

"거룩하신 하느님! 정말 아름답군요!"

그는 숨죽여 말한다. 두 손을 깍지 끼고 손가락을 입술에 갖다 댄다. 나는 그가 그림을 몇 센티미터 앞에 두고 기도하듯 무릎 꿇고 앉는 모습을 바라본다. 그는 감히 그림을 만지지도 못한다. 엎드린 채로 조심스럽게 그림 옆으로 다가가 세밀하게 들여다본다.

"도둑과 세월에 많이 파손되고 손상됐겠다 싶어 걱정했는데 완벽하군요." 마침내 그는 이렇게 말하며 일어선다. 눈에 눈물이 맺힌 채 나에게 다가온다. "고마워요, 베타."

그는 또다시 내 손을 잡는다. 나는 손을 뒤로 슬쩍 뺀다. 그 그림이 그렇게 좋으면 3백만 유로를 낼 것이지.

"가져가실 수 있게 말아드릴까요?"

나는 돈만 있으면 된다. 신부와 그림은 필요 없다.

그는 망설인다. 그림을 옮기고 싶지 않은 눈빛이다. 지금 그걸 둘둘 말아버리면 당장 눈앞에서 볼 수 없으니 그런 것 같다. 너무도 오랫동안 기다려온 물건이라 당장 시야에서 치우고 싶지 않은 듯하다.

"물론이죠."

그는 이를 드러내며 미소 짓는다. 틀니일까 아니면 진짜 치아일까? 지나치게 반짝거리고 새 것처럼 보인다.

우리는 그림 발치에 나란히 선다. 신부는 오른쪽, 나는 왼쪽. 신부는 천천히 허리를 굽혀 그림 가장자리를 붙잡는다. 그림을 살짝 들어 올리던 그가 우뚝 멈춘다. 캔버스 모서리에 조그만 검은 도장이 찍혀 있다. 그는 주름진 얼굴에 묘한 표정을 지으며 나를 쳐다본다. 그러더니 허리를 굽히고 다시 무릎을 꿇으며 도장을 자세히 살펴본다.

"뭐가 잘못됐나요?"

내가 묻는다.

chapter 37

“이해가 안 되는군요.”

신부가 말한다.

아, 맙소사. 또 뭐지?

“무슨 말씀이신지?”

“이 그림은…… 가짜입니다.”

누군가 내 배 속에 포탄을 던져놓은 기분이다. 신부는 훤히 벗어진 머리를 손으로 긁적인다.

“이해가 안 되네요.”

신부는 젊은 사람처럼 힘 있게 일어선다. 그림이 바닥에 떨어져 저절로 말린다. 그가 손으로 가리키며 말한다.

“그래요, 맞아요. 이제 알겠네요. 이건…… 뭐랄까? 카라바조의 기법이 아닙니다.”

“무슨 소리를 하시는 거예요? 당연히 카라바조의 기법이죠.”

내 목소리가 떨리고 몸도 떨린다. 어쩔 줄 모르겠다. 나도 모르게 이를 악문다. 나는 그림을 쳐다보며 한 걸음 물러나 신부 뒤에 선다.

"성모의 옷을 칠한 붉은색 안료는 현대에 만들어진 겁니다. 카라바조의 팔레트에 없던 거예요. 그는 산화철을 써서 붉은색을 냈어요. 그리고 어둠도 너무 밝게 표현돼 있어요. 이건…… 아닙니다……." 신부는 고개를 절레절레 흔든다. "그리고 성모의 손도…… 어설퍼요. 남자 손 같고. 제대로 표현되지 않았습니다. 카라바조는 손을 우아하고 품위 있게 그리지요."

"아니에요, 그럴 리 없어요! 암브로조가 여기 있었으면 진품이라고 말했을 거예요. 암브로조는 제대로 알고 있었어요!"

"자, 여길 봐요. 아기를 보세요. 예수그리스도 말입니다. 신체의 원근법적 왜곡이 잘못돼 있어요. 형태가 이래서야……."

어깨 근육이 조이고 목이 뻣뻣해진다. 말도 안 되는 소리다. 폭발할 것만 같다.

"아, 엘리자베타. 정말 실망스럽군요. 오랜 세월 기다렸는데! 위조품이라니! 가짜라니! 진품을 베낀 모조품이라니. 당연히 이건 아무런 가치가 없습니다. 위작은 가치가 없어요. 진품의 마법, 뭐라고 해야 할까, 무형의 아름다움을 갖고 있지 않아요. 영혼도 진실성도 없어요……."

맙소사. 이 사람 지금 *내* 얘기를 하고 있는 건가?

나는 허리띠에 끼워둔 암브로조의 권총을 꺼내 신부의 뒤통수를 쏴버린다. 신부는 레몬나무가 쓰러지듯 페르시아 러그에 엎어진다. 쿵! 죽었다. 거봐라. 난 베스만큼 가치 있다. 신부의 발이 그림 가장자리에 걸쳐 있다. 나는 그의 발목을 잡아 옆으로 밀어 치운다. 그의 머리부터 시작된 작은 원이 점점 크게 퍼져나간다. 처음에는 2펜스짜리 동전 만하던 것이 시칠리아산 블러드 오렌지만큼 커지고 찻잔 받침만큼, 축구공만큼 커진다. 나는 그림에 피가 묻을까 봐 걱정이다. 그런데 신부는 부메랑처럼 어색한 각도로 쓰러져 있다. 나는 그의 허리를 잡고 끌어당겨 그림 가장자리와 나란히 놓는다. 몸뚱이가 젖은 콘크리트로 채워진 듯 무겁지만 나는 가까스로 해낸다. 허리를 펴고 일어서려는데 머리가 핑 돈다. 생각해 보니 깜빡하고 저녁을 안 먹었다. 나답지 않게.

신부의 머리에서 둥글게 번져나가는 피를 쳐다본다. 암브로조의 람보르기니처럼 반짝이는 붉은색이다. 멋지다. 나는 베스의 휴대폰을 들고 신부 옆에 내 얼굴을 갖다 대고 미소 지으며 셀카를 찍는다. 플래시가 번개처럼 번쩍인다. 사진을 보니 내 모습이 엉망이다. 손가락으로 머리카락을 쓸어 넘기고 다시 찍는다. 입을 살짝 뾰로통하게 내밀고. *찰칵.* 이번에는 잘 나왔다. 인스타그램에 올리기에 딱 좋은 사진이다. 올려서 공유할 수 없어서 아쉽다.

니노가 식당으로 뛰어 들어온다. 총소리를 듣고 온 것 같은데……. 못 들었다고 해도 신부가 쓰러질 때 온 집 안이 들썩였으니 무슨 일인지 짐작했을 것이다.

"무슨 일입니까? 괜찮아요?"

나는 그를 올려다본다. 그리고 혀로 입술을 핥으며 미소 짓는다.

"그럼요. 나야 괜찮죠. 물어봐 줘서 고마워요."

기분이 날아갈 것 같다. 강력해진 기분이다. 천하무적이 된 것 같다. 온몸이 찌릿찌릿하다. 너무 즐겁고, 제대로 살아 있는 느낌이다.

"신부는 어딨어요?"

나는 그가 잘 볼 수 있도록 옆으로 물러선다.

"여기 있죠."

나는 바닥에 쓰러진 신부의 시신을 고갯짓으로 가리킨다.

니노가 그 자리에 얼어붙는다.

"당신이 쐈어요?"

나는 미소 짓는다.

"맞아요. 내가 쐈어요."

나는 마법이다. 나는 특별하다. *위대해질* 수 있는데 누가 그저 *가치 있는* 정도로 만족할까? *정말이지 환상적이다!* 짜릿함이 척추를 타고 올라온다. 뇌가 쾌감으로 가득 찬다. 기분이 정말 좋다! 내가 무슨 짓을 했는지는 잘 알고 있다. 나는 이런 일을 하려고 태어난 사람이다! 이거다! 바로 이거! 엄청 좋다. 킥보드를 타고 과속으로 달리는 기분이다. 황홀하다!

신부는 카펫에 엎드려 있다. 그의 머리에 난 구멍에서 무언가가 계속 흘러나온다. 권총은 신부의 옆 카펫 위에 놓여 있다. 나와 니노는 둘 다 그 권총을 바라본다. 나를 돌아보는 니노의 얼굴에 두려움과 감탄이 뒤섞여 있다.

"젠장, 돌았어요? 완전히 머리가 어떻게 된 거 아냐?" 그의 물음에 나는 어깨를 으쓱한다. "무슨 일이 있었어요? 왜 이런 겁니까?"

나는 두 다리를 벌리고 서서 엉덩이에 두 손을 척 얹는다. 니노가 나한테 고함치다니, 마음에 안 든다.

"어쩔 수 없었어요. 이 사람이 그림을 위작이라고 하잖아요. 진짜 카라바조가 아니라고요. 돈을 도로 가져가지 못하도록 이렇게 한 거예요."

정확히 말하면 사실은 아니다. *굳이* 신부를 죽일 필요는 없었다. 주된 이유는 짜릿함을 느끼기 위해서였다. 돈은 두 번째 이유고, 신부가 쩨쩨한 개새끼라는 것이 세 번째 이유다.

니노는 입을 딱 벌린 채 아무 말도 하지 못한다. 아이가 울기 시작한다. 아, 제길, 또 시작이네. 나는 문밖으로 달려 나가 계단을 올라가면서 말한다.

"*엄마*가 갈게, 아가. 울지 마."

나는 아기방으로 들어가 침대에 누워 있는 어니를 안아 올린다. 어니는 부드럽고 따뜻하다. 라이스 푸딩처럼 달콤한 냄새가 난다. 문득 암브로시아 칵테일이 떠오르고 암브로조도 생각난다. 어니를 껴안고 머리에 입을 맞춘다. 기저귀가 꽉 찬 것 같다. 새 기저귀와 물티슈 몇 장을 꺼내 들고 아기방을 나와 아래층으로 달려 내려간다. 어니는 내 품에서 꼼지락거리며 소리 지른다.

"돈은 저 여행 가방 안에 있어요. 맞는지 세어봐야 해요."

나는 식당으로 들어가면서 니노에게 말한다. 니노는 두 손을 주머니에 찔러 넣고 벽에 이마를 기댄 채 서 있다. 이상하다. 그가 아무런 대답도 하지 않는다. '고마워요, 엘리자베타'라고 말해야 하는 거 아닌가.

"이렇게 하는 편이 나아요. 난 저 신부를 처음부터 믿지 않았어요."

나는 어니를 소파에 눕힌다. 허리를 굽히고 카펫에 놓인 권총을 집어 든다. 총신에 먼지가 묻어 있지도 않은데 후 불어내고 셔츠에 닦은 뒤 허리띠 안쪽에 찔러 넣는다.

"어차피 늙어서 죽을 때도 됐잖아요."

나는 니노의 눈치를 살핀다. 그는 내게 등을 보인 채 벽을 쳐다보며 꼼짝도 하지 않고 서 있다.

"맙소사." 그는 마침내 이렇게 내뱉으며 내 쪽으로 고개를 돌린다. 그리고 격앙된 목소리로 묻는다. "이 사람이 누군지 알기나 해요?"

"이 사람요?" 나는 발가락으로 신부를 쿡 찌른다. "신부잖아요."

"신부, 신부 맞죠. 신부이자 조직원이에요. 프랑코 루소라고요. 팔레르모 쪽 마피아 두목의 조언자인 돈 모티시의 오른팔. 우리와 경쟁 관계에 있는 마피아예요. 그래서 그가 거실로 들어왔을 때 바로 알아본 겁니다."

"경쟁 관계요? 프랑코 뭐요?"

더러워진 기저귀를 벗겨내는데 어니가 발버둥치다 내 얼굴을 걷어찬다. 불쌍한 것이 계속 울고 있다. 에밀리아가 있으면 좋을 텐데……. 나는 여러 가지 일을 동시에 잘 못 한다. 프링글스를 먹으면서 넷플릭스를 보는 것이라면 몰라도, 이런 미친 짓거리를 한꺼번에 하자니 죽을 맛이다. 엿 같은 일의 50가지 그림자라고 불러도 될 정도다.

"저 사람도 라 코사 노스트라의 일원입니다. 엄청나게 큰 거래를 진행하고 있었어요."

니노는 또다시 벽을 머리로 들이받는다. 화가 나서 못 견디겠다는 듯하다.

"*저 신부가* 라 코사 노스트라라고요? 말도 안 돼요."

나는 갑자기 현기증이 나서 소파 등받이에 기대앉는다. 혈당이 너무 떨어졌다. 탄수화물을 먹어야겠다.

"저 사람은 자기 방 벽에 걸어두려고 그림을 사려던 게 아니에요. 빌어먹을 중개인 역할을 하러 온 거라고요. 당신은 저 사람 보스를 건드린 것이나 마찬가지예요."

"내가 뭘 건드려요? 저 사람 보스가 누군데요?"

"우리는 시칠리아를 떠나야 합니다. 지금 당장. 방법이 없어요."

니노는 커피 테이블을 걷어찬다. 테이블 다리가 부러진다. 나무 커피 테이블에는 '치펀데일'이라는 상표가 붙어 있다. 비싼 브랜드다.

"*떠나야* 한다고요?"

물티슈 한 장으로 어니의 엉덩이를 닦고 있는데 어니가 갑자기 오줌을 싼다. 오줌 줄기가 내 눈을 아슬아슬하게 비껴간다. 나는 얼른 새 기저귀를 내리덮고 단단히 채운다. 아, 맙소사. 에밀리아는 어디 있는 거야? 엄마 노릇이 이렇게 힘들다는 것을 왜 아무도 말해 주지 않은 거야. 이 짓거리는 더 이상 못 해먹겠다! 사람 살려!

"저 사람이 아무 보호 장치도 없이 여기 왔겠어요? 창밖을 내다봐요. 저 사람 부하들이 밴에서 총을 들고 기다리고 있을 겁니다."

"뭐라고요? 말도 안 돼." 나는 두려움을 느낀다. "아까 혼자 왔단 말이에요. 나를 믿고 그냥 왔을 텐데……."

"베타, 내가 저 사람을 안다고 했잖아요. 내가 지금 잠꼬대하고 있는 줄 알아요?"

어니가 소파에서 굴러떨어질 것 같다. 나는 얼른 어니를 붙잡고 가슴에 안아 올린다. 어니가 내 어깨에 작은 얼굴을 기댄다. 그리고 나를 쳐다보며 하품을 하다가 드디어 울음을 그친다. 눈도 감는다. 그래, 어서 자렴.

"쉬, 쉬."

나는 어니의 등을 쓰다듬으며 창가로 가서 커튼을 살짝 열어본다. 비가 쏟아지고 있다. 바깥은 어둡고 축축하다. 진입로에 차량 세 대가 세워져 있다. 암브로조의 람보르기니, 니노의 승합차, 그리고 신부가 타고 온 흰색 밴. 밴의 불은 꺼져 있고 앞쪽에 서 있는 두 남자의 윤곽이 보인다. 그들은 총을 들고 있다. 제길.

고개를 돌려 니노를 본다. 그는 양손으로 머리를 감싼 채 소파에 앉아 있다. 그는 창백한 얼굴로 나를 올려다본다. *겁먹었나?* 믿기지 않는다. 니노는 허리띠에 차고 있던 권총을 빼 든다. 나도 암브로조의 권총을 들고 무게를 가늠해 본다. 뭘 어떻게 해야 하는지 모르겠지만 어떻게든 해보기로 한다. 여기저기 만지다 보니 약실이 딸깍 열린다. 총알이 딱 한 발 남았다. 상황이 별로 좋지 않다. 니노는 소파에서 일어나 문 쪽으로 향한다. 나는 그의 뒤를 따라간다.

"아니, 여기 있어요. 당신은 일을 너무 크게 벌려놨어……."

"아뇨, 됐어요. 나도 같이 가요."

그는 내 눈을 들여다보더니 고개를 절레절레 젓는다.

"애나 두고 오든지."

어니는 내 어깨에 기대어 겨우 잠들었다. 감은 눈꺼풀 아래서 안구가 왔다 갔다 움직인다. 어니는 무슨 꿈을 꾸고 있을까? 내 꿈일까 아니면 베스 꿈일까? 얼굴이 평화로워 보인다. 지금 내려놓으면 또 깰 것 같다. 어니가 또 울까 봐 신경 쓰이지만 니노 말이 맞다. 아기를 안고 다니면서 할 일은 아니다. 아기를 안고 있으면 기분이 좋긴 하지만 말이다. 엄마는 한 번도 나를 안아준 적이 없다. 그렇다고 엄마의 품이 그립지는 않다. 나는 어니를 안고 조용히 발끝으로 계단을 올라가 아기 침대에 가만히 눕힌다.

"잘 자, 어니야. 조금 이따 다시 올게……. 엄마는 널 사랑한단다."

나는 어니에게 뽀뽀를 불어 날린다. 아기 침대 위에 음악이 나오는 모빌이 매달려 있다. 나는 모빌의 태엽을 감아 노래를 들려준다. '반짝반짝 작은 별.' 허리를 굽혀 어니의 이마에 입을 맞춘다. 어니는 기적처럼 깨지 않고 잠을 잔다. 내가 부모 역할을 조금씩 해나가고 있는 것일까? 이만하면 좋은 엄마다. 나는 아래층에 있는 니노에게 달려간다.

"우리가 먼저 쏴 죽여야 해요." 니노가 권총의 방아쇠를 재며 설명한다. "신부가 죽은 것을 그들이 알면 우리는 끝장입니다. 그들이 이 그림을 봐도 끝장이에요. 그러니까 더 이상 헛짓거리 말아요."

"알았어요. 그럴게요."

"이쪽으로. 따라와요."

니노는 복도를 지나 주방으로 달려간다. 이어서 집 뒤쪽 유리문을 통과해 집을 빙 돌아간다. 나는 울부짖는 바람과 세찬 비를 맞으며 그의 뒤를 따라간다. 시커먼 빗줄기가 앞이 보이지 않을 정도로 어마어마하게 퍼붓는다. 빌어먹을 폭풍우 같으니라고. 1미터 앞도 보이지 않는다. 우리는 살그머니 진입로로 나가 흰색 밴 뒤쪽으로 다가간다. 두 남자가 틀어놓은 노랫소리가 요란하다. 이건 언더월드의 '본 슬리피Born Slippy' 아닌가? 내가 엄청 좋아하는 곡이다……. 권총을 든 두 남자는 밴 앞문 쪽에 서 있다. 나와 니노가 한 명씩 맡기로 한다. 니노가 먼저 총을 쏘자 나도 쏜다. 탕! 탕! 명중이다!

누군가 비명을 지른다. 누구지? 내가 맡은 남자가 바닥에 쓰러져 있다. 니노가 맡은 남자는 아직 살아서 다리를 움찔거린다. 그 남자가 다시 일어서려고 한다! 니노는 그의 목 옆을 쏘지만 그래도 죽지 않는다. 그 남자는 손에 단총신 산탄총을 들고 있다. 내가 미처 보기도 전에 그가 니노에게 총을 쏜다! 니노는 비명을 지르며 다시 그 남자를 쏜다.

탕! 탕! 탕!

엄청 흥분된다. 내 인생 최고의 순간이다!

니노가 맡은 남자는 드디어 목숨이 끊어져 쓰러진다. 이번에는 니노가 그 남자의 머리에 대고 총을 쏜다.

"괜찮아요?"

나는 니노에게 달려가며 묻는다. 심장이 음악에 맞춰 뛰고 있다.

음악 소리를 더 높이고 싶다. 니노와 함께 춤을 추고 싶다.

"저 멍청이가 내 팔에 총을 쐈어요."

니노는 이렇게 말하며 이마를 밴에 갖다 대고 기대선다. 그는 총을 맞은 팔죽지를 손으로 움켜잡는다. 손가락 사이로 피가 흘러내린다. 그는 권총을 바닥에 떨어뜨린다.

"으악!"

상처가 끔찍해 보인다. 지혈대. 지혈대가 있어야겠다. 걸스카우트에서 '응급처치' 배지를 받을 때 배운 기억이 난다. 바로 가져다 쓸 수 있는 것, 피를 멈출 정도로 단단히 묶을 만한 것이 필요하다. 나는 비에 젖은 셔츠를 벗고 브래지어 차림으로 서서 오들오들 떤다. 루이비통녀한테 훔친 옷들 중 하나다. 작고 하얀 리본이 달리고 섬세한 검은 망사로 된 셔츠. 나는 셔츠를 배배 꼬아 붕대처럼 만든다. 그리고 니노의 어깨를 잡으며 말한다.

"이리 와봐요."

"그냥 둬요, 젠장."

나는 니노의 가죽 재킷을 벗겨 밴의 보닛 위에 던져놓는다. 그의 팔에 구멍이 났다. 피가 콸콸 쏟아진다. 나는 그의 셔츠를 벗긴다. 그는 덜덜 떨고 있다. 그의 가슴으로 빗물이 세차게 흐른다. 비에 젖은 그의 피부가 번들거린다.

"앗, 어머! 이게 뭐야?"

니노의 등에 뭔가가 있다. 섹스할 때는 그가 윗옷을 입고 있어서 보지 못했다. 나는 어깨를 잡고 그를 돌려세운다. 그의 등에 실물 크기의 성모마리아 그림이 문신으로 새겨져 있다. 아름다운 얼굴, 섬세한 베일을 쓴 머리카락, 뺨을 타고 장미꽃 봉오리 같은 입술로 흘러내리는 눈물 한 방울, 기도하는 두 손. 달빛 아래서 보니 무척 매력적이다. 빗물이 성모의 눈물에 더해진다. 성모의 모습이 베스를 조금 닮은 것 같기도 하다.

"제기랄, 지금 뭐 하는 겁니까?"

나는 멍하니 그의 문신을 보고 또 본다.

"당신 문신요. 정말 멋지네요."

"하필 지금 그걸 보고 있어야겠어요?"

"언젠가 문신을 하고 싶다는 생각을 했어요. 이런 문신은 아니어도…… 멋진 문신을 하고 싶었죠."

그는 전혀 감동받은 표정이 아니다.

"이 근처에서 한 거예요?"

그는 대답하지 않는다.

나는 그의 팔에 내 셔츠를 빙 둘러 감고 단단히 묶는다.

"아악! 미친년."

"뭐야! 도와주는데 욕을 해."

그는 깊게 숨을 들이마시며 쓰러진 남자들을 턱으로 가리킨다.

"저것들 확실히 죽었죠?"

나는 그들 쪽으로 고개를 돌린다.

"난 총알이 다 떨어졌어요."

"그럼 내 총 들어요."

나는 바닥에 떨어진 니노의 권총을 집어 든다. 비에 흠뻑 젖었다. 이렇게 젖었는데 제대로 작동할까? 화약이 젖지 않았을까 모르겠다. 아, 뭐, 선택의 여지가 없다. 내 총에는 총알이 없으니까. 니노의 총이 작동하지 않으면 어떡하지? 나는 쏟아지는 비를 맞으며 밴 앞문 옆에 쓰러진 남자들 쪽으로 걸어간다. 둘 다 머리에 총을 맞아 도어 매트에 온통 피가 흐른다. 휴대폰을 가지고 나올걸 그랬다. 사진을 찍고 싶다. 빗속에 누워 있는 시체들의 모습이 기막히게 멋지다. 나중에 니노가 여기 없을 때 한 장 찍어둬야지…….

"둘 다 확실히 죽었어요."

나는 웃음을 터뜨린다.

"밴 뒷좌석도 살펴봐야 합니다."

니노는 힘없이 말하며 밴의 지붕 쪽으로 몸을 기댄다. 나는 그의 옆으로 다가선다. 밴의 뒷문 쪽이다. 나는 그의 총으로 뒷문을 겨눈다.

"문 열어요!"

니노가 소리친다.

나는 손잡이를 잡고 홱 당긴다. 어둡지만 차 안에 아무도 없는 것은 확실하다. 니노는 손가락으로 젖은 머리카락을 쓸어 넘긴다. 그는 스트레스를 잔뜩 받은 표정이다. 빗물이 그의 얼굴에 쏟아진다. 두 뺨이 달빛을 받아 하얗게 빛난다.

"베타, 우리는 오늘 밤 여기를 떠나야 합니다."

chapter 38

"우리 람보르기니를 타고 가요. 트렁크에 여행 가방을 실을 공간도 넉넉해요."

"끝내주네. 빨간색 람보르기니라니. 사람들이 퍽이나 우리를 주목 안 하겠네요."

하지만 나는 어깨를 으쓱하며 우긴다.

"람보르기니는 속도가 빠르고 무엇보다 난 그 차가 좋아요. 여기 두고 가기 싫어요. 아깝다고요."

클래식한 람보르기니 미우라를 팔면 얼마나 받을까? 암브로조는 1972년식이라고 했다. *오래된 명차*인 것이다.

"내 차를 타고 갑니다."

니노가 말한다. 그는 피를 멈추려고 팔죽지를 키친타월로 누르고 있다. 엠보싱 처리가 되어 있어 흡수력이 좋다고 텔레비전에서 줄기차게 광고하는 비싼 키친타월이다. 와인이나 커피, 진, 쏟아진 우유를 닦는 데는 좋은데 피를 잘 빨아들이지는 못한다. 나는 엉망이 된 그의 팔을 바라본다. 피 때문에 시커멓고 번들거리며 젖어 있다. 한숨이 나온다. 이대로라면 이 남자는 곧 아무 쓸모도 없게 될 것이다.

"어디로 가요?"

"모르겠어요. 나폴리?"

나는 코카인 두 줄을 준비한다. 한 줄은 니노의 '통증' 완화용이고 (코카인은 효과적인 마취제니까) 한 줄은 나를 위한 것이다. 다른 이유는 없다. 나는 커피 테이블의 유리판 위에 코카인을 살짝 붓고 니노의 신용카드로 깔끔하게 두 줄을 만든다. 그리고 지폐를 돌돌 말아 니노에게 건넨다.

그는 성한 손으로 코카인을 흡입한다.

"고맙다는 인사는 됐어요."

"톱이 있어야겠어요."

"나폴리는 너무 가까워요. 우리를 금방 찾아낼 거예요. 그러지 말고 우리 런던으로 가요."

그는 손등으로 코를 쓱 문지른다. 그의 콧구멍에서 피가 조금씩 흘러내려 떨어진다. 뚝, 뚝, 뚝, 뚝……. 그는 피가 흘러내리는 줄 모르는 것 같다. 저러다 가수 스티비 닉스처럼 코가 아예 떨어져버리지는 말아야 할 텐데. 코가 없으면 콧수염이 영 어색할 것이다.

"톱 좀 가져다줄래요?"

그가 재차 말한다.

나는 코카인을 들이마시고 고개를 뒤로 젖히며 눈을 감는다. 음,

코카인. 편안하고 따뜻하면서도 아늑한 기분이 든다. 누군가에게 폭 안겨 있는 것처럼, 자궁 속에 있는 것처럼. 베스가 자궁 속에 같이 있지 않아서 더 기분이 좋다. 나는 담배 두 개비에 불을 붙인다. 하나는 내 것이고, 하나는 니노의 것이다. 그의 입에 한 개비 물려 준다. 맙소사, 이거 완전 간병인 같잖아. 내가 전담 간호사처럼 인내심이 있는지는 모르겠다. 그런 쪽으로는 도무지 소질이 없는데.

베스, 베스, 베스. 베스가 없으니까…… 내가 *베스가 되고* 보니 사는 게 훨씬 재밌다. 이런 일이 닥쳤을 때 베스라면 어떻게 했을까? 아마 비명을 지르며 도망치거나 어디 구석진 데 처박혀 울기나 할 것이다. 테이블 밑이나 소파 뒤에 숨겠지. 베스는 나와 달리 이런 세계에 적합하지 않다. 그런 주제에 나를 죽이려고 했다! 하! 난 여기 이렇게 멀쩡히 살아 있는데 베스는 어디 있을까? *오래전에* 죽었다. 베스는 살인자 기질을 타고나지 못했다. 그래서 죽은 거다. 베스는 이런 세계에 절대 적응하지 못한다. 반면 나는 별로 힘들이지 않고 적응했다. 이쪽 일이 적성에 딱 맞는다. *타고났다.* 이런 삶이 *아주 잘 맞는다.* 내가 베스를 죽이지 않았다면, 암브로조를 해치우지 않았다면 그들이 내 목숨을 빼앗았을 것이다. 나는 선빵을 날린 것뿐이다. 선택의 여지가 없었다. 나는 혈육에게 배신당했다. 이제 나는 모든 힘을 가졌다. 내가 상황을 통제한다. *현금으로 가득 찬 여행 가방을 가진 사람도 나고, 권총을 가진 사람도 나다.*

여행 가방을 가져와 뚜껑을 열어젖힌다. 그 속에 담긴 돈을 바라보며 숨을 죽인다. 끝내주게 아름답다. 현실이 아닌 것 같다. 완벽한 지폐들이 가방 속에 차곡차곡 쌓여 있다. 자홍색과 연보라색 바탕에 노란색과 흰색의 작은 별이 총총 박혀 있는 지폐들. 마법 같다. 특별해 보인다. 나는 500유로짜리 지폐를 한 장 집어 들고 자세히 살펴본다. 불빛에 대고 투명무늬도 확인해 본다. 손가락으로 문질러보니 매끄럽고 빳빳하며 합법적인 느낌이 확 든다. 진짜 돈이다! 나는 지폐 한 묶음을 들고 세기 시작한다.

"500, 1천, 1500, 2천……."

"베타!"

"쉿, 니노! 돈을 세고 있잖아요. 다시 세어야겠네. 500, 1천……."

"망할 톱 좀 가져다 달라니까요?"

나는 니노를 쳐다보며 눈알을 위로 굴린다.

"알았어요. 갑니다, 가요."

나는 돈다발을 여행 가방에 던져 넣고 꽃병 속에 담배를 툭 던진다. 빨갛게 타오르던 담뱃불이 꺼지면서 하얀 연기가 구불구불 피어나다 점차 사라진다.

"서둘러요. 어서 여기를 떠나야 해요."

니노가 피 묻은 손등으로 이마의 땀을 닦자 붉은 줄이 쓱 그어진다. 람보처럼 섹시하다. 지금 막 베트남에서 싸우다 온 것 같다.

"살바토레가 사슬톱을 갖고 있었어요. 옆집에 가서 가져올게요."

나는 소파에서 일어나 문으로 향한다.

그런데 톱으로 뭘 하려는 거지?

◆

담즙이 목까지 차오른다. 고약한 산성의 쓰라린 물질. 나는 꿀꺽 삼켜 내린다. 니노에게 토하는 꼴을 보일 수는 없다. 숨을 멈추고 열까지 센다. 하나, 둘, 셋, 넷, 다섯, 여섯, 일곱, 여덟, 아홉, 열……. 안 되겠다. 속이 메슥거린다. 나는 니노를 도와 시체의 다리를 붙잡고 있는 중이다. 시체의 다리가 사슬톱과 함께 부르르 떨린다. 피에 젖은 시체의 허벅지는 미끌거리고 차가운 피부는 축 늘어져 있다. 사슬톱이 윙 소리를 내며 뼈를 자른다. 손톱으로 칠판을 긁는 소리, 치과 의사의 드릴 소리처럼 날카롭다. 살이 그슬리고 뼈가 타면서 악취가 올라와 내 눈에 눈물이 고인다. 돼지 갈빗살 굽는 냄새 같기도 하다. 사슬톱이 컥컥 칙칙 소리를 내면서 대퇴골을 절반으로 자른다.

우리는 밖에 있던 남자들의 시체를 끌고 들어와 카펫 위의 신부 옆에 나란히 놓았다. 니노는 그들을 자르느라 꼴이 엉망이 됐다. 그의 옷에 온통 살점과 뼛조각이 튀었다. 카펫도 피에 흠뻑 젖었다. 집 안에서 도살장 냄새가 난다. 쇠와 공포, 사슬톱의 휘발유 냄새. 우리는 커다란 가방 3개와 쓰레기 봉지 한 롤을 준비한다. 처음에는 시체들을 접어서 가방에 넣으려고 했지만 들어가지 않았다. 니노는 전에도 이런 일을 해봤는지 한 팔로 사슬톱을 잡고 신속하게 시체들을 자른다. 살이 마치 버터처럼 숙숙 잘린다. 우리는 토막 낸 부위들을 가방에 집어넣는다. 머리와 팔, 몸통을 밑에 깔고, 다리는 그 위에 접어 올린다. 인체 테트리스다. 요리하려고 갈아놓은 고기 냄새가 난다. 공기 중에 피 맛이 감돈다.

"카펫을 잘라야 되니까 도와줘요."

니노가 말한다.

우리는 카펫을 톱으로 네모나게 잘라서 시체와 함께 가방에 담는다. 그리고 그 위에 쓰레기 봉지를 더 쑤셔 넣고 가방의 지퍼를 잠근다. 나는 니노를 돌아본다. 얼굴에 온통 붉은 피가 튀고 수염에도 피가 묻어 있다. 아래를 내려다보니 내 옷도 피에 푹 젖었다. 브래지어를 완전히 망치고 말았다.

"옷 갈아입고 올게요."

아직 잠든 어니 때문에 나는 발끝으로 살그머니 계단을 올라간다. 어니를 깨우고 싶지 않다. 조용히 복도를 지나 베스의 침실로 들어간다. 욕실에서 옷을 벗고 세면대에서 피를 씻어낸다. 그러다 거울에 분홍색 물이 이리저리 튄다. 나는 깨끗한 물로 핏물을 씻어내고 더러운 옷을 비닐에 넣는다. 우리는 쓰레기를 어딘가에 갖다 버릴 작정이다. 나는 베스의 대형 옷장에서 윗옷을 꺼낸다. 나중에 혹시 피가 묻어도 티가 나지 않도록 붉은색 옷을 입기로 한다. 플루트 소매의 진홍색 실크 블라우스는 여성스럽고 얇으며 부드럽다. 지난주에 아웃넷 사이트에서 이 블라우스를 본 것 같다. 입어보니 나한테 완벽하게 어울린다. 황금색 프라다 샌들을 신고 발렌시아가 핫팬츠도 입어본다. 이런, 이런, 셀룰라이트 때문에 망했다. 하지만 뭐 어때? 내 맘이다. 이걸 입을 거다. 멋진 옷이고 나한테 어울린다. 마음에 든다.

여행 가방 하나를 더 찾아서 스커트와 셔츠, 원피스를 몇 벌 더 쑤셔 넣는다. 내가 좋아하는 돌체 앤 가바나 옷도 잊지 않는다. 지미 추 구두와 디올 허리띠, 로베르토 카발리 원피스도 챙긴다. 서둘러 침실로 돌아와 베스의 화장대에 놓인 보석 상자를 싹 쓸어 여행 가방에 넣는다. 다이아몬드 목걸이도 상자에 담아 함께 던져 넣는다. 미스터 딕도 필요할까? 니노가 있으니 필요 없겠다. 나는 미스터 딕을 서랍장 맨 아래 칸에 넣는다. 안녕, 내 사랑. 여권을 챙긴다. 내 것과 베스의 것을 모두 가져간다. 이제 떠날 준비가 거의 다 됐다.

서둘러야 한다. 그래서 그림은 가져갈 수 없다.

나는 그림을 가지고 나가 파티오에 내려놓는다. 이번에는 조심조심 운반하지 않는다. 그림을 팔 필요도 없다. 스테인리스스틸로 된 바비큐 통에 넣고 태워버릴 생각이다. 잘라서 불을 붙이려다 보니 시체들을 자르느라 사슬톱의 휘발유를 다 쓰고 말았다. 나는 그림을 파티오에 놓아두고 주방으로 달려간다. 서랍을 열고 뒤적거리다 제일 날카로운 칼을 집어 든다. 금속이 서로 부딪쳐 딸그락거린다. 이 소리에 어니가 깨지 말아야 할 텐데. 하지만 총격전에도 깨지 않고 자던 아이다. 이만한 소리에는 끄떡도 안 할 것이다.

나는 다시 파티오로 달려가 그림 옆 바닥에 쭈그려 앉는다. 아기 예수와 성모마리아의 얼굴, 천사의 날개를 칼로 자른다. 캔버스가 질겨서 잘 잘리지 않는다. 칼날이 끼익끼익 소리를 낸다. 그림을 수평으로 돌리고 황금색 예복을 입은 남자를 쭉 자른다. 성모마리아의 목도 자르고 소의 머리도 자른다. 풀색 셔츠를 입은 남자와 턱수염이 난 목동도 반으로 자른다. 다 자르고 나니 몸에 땀이 나고 팔이 아프다. 칼을 바닥에 던져놓고 뒤로 기대앉아 잘라놓은 그림을 바라본다. 바비큐 통에 들어가기 좋게 적당한 크기로 잘랐다. 신부의 판단이 맞기를 바란다. 그게 아니라면 나는 2천만 달러짜리 그림을 잘라버린 셈이다. 제기랄. 되돌리기에는 이미 늦었다. 내 수중에 돈이 있으니 그걸로 됐다.

그림 조각을 바비큐 통에 넣고 담배와 라이터를 꺼낸다. 지포 라이터로 담배에 불을 붙이고 한 모금 빤다. 아, 기분이 좋다. 지포 라이터의 기름을 캔버스에 고루 뿌리고 그 위에 담배를 던져 넣는다. 담뱃불이 오렌지색에서 붉은색으로 서서히 바뀌고 담배는 재가 되어 바스러진다. 캔버스에 불이 붙으면서 검은 구멍이 생긴다. 구멍 가장자리가 흰색으로, 황금색으로 타오른다. 불길이 서서히 번져나가면서 다양한 색깔의 유화물감에 불이 붙는다. 불의 빛깔이 변한다. 푸르스름한 흰색에서 푸른색과 옅은 빨강, 그리고 푸릇한 녹색으로 바뀐다. 물감에 들어 있는 구리와 납, 주석 같은 성분 때문일 것이다. 자극적이고 독성이 있는 연기가 뿜어 나온다. 불에 탄 캔버스에서 독한 냄새가 풍긴다. 뜨거운 열기가 뺨에 와 닿고 눈이 따끔거린다. 짙은 연기가 구불구불 피어오르다 사라진다. 캔버스가 활활 타오르기 시작하자 나는 뒤돌아선다.

◆

니노가 성한 손으로 바닥에 걸레질을 하고 있다. 마룻바닥이 아니라 타일이라서 다행이다. 니노의 말로는 목재에 스며든 핏자국은 지울 수 없다고 한다. 걸레질을 하자 핏자국이 거의 사라졌다. 에밀리아가 카펫이 사라진 것을 알아채겠지만 이유는 모를 것이다. 바닥을 걸레질하는 남자의 모습이 어딘가 모르게 섹시하다. 강하게 집중하고 있기 때문일까. 규칙적인 리듬으로 대걸레를 앞뒤로 밀어대는 모습. 손과 팔, 얼굴, 셔츠에 피를 뒤집어쓰다시피 한 모습으로 타일을 문질러 닦는 그의 모습을 바라본다. 잠시 후 그는 걸레를 들통에 쑤셔 박는다.

"옷을 갈아입어야겠어요. 샤워하고 나갑시다."

바닥은 티끌 하나 없이 깨끗하다. 여행 가방들이 문 옆에 도열해 있다. 그는 한쪽 팔만 사용한 것치고는 아주 훌륭하게 마무리했다. 적어도 더 이상 통증으로 징징대지는 않는다. 코카인 효과인 듯하다.

나는 니노에게 암브로조의 옷을 가져다준다. 청바지와 검은색 폴로셔츠, 버터처럼 부드러운 가죽 재킷. 깊이 숨을 들이마시고 눈을 감는다. 암브로조의 옷장에서는 암브로조의 향기가 난다. 아르마니 블랙 코드. 처음 만났던 순간, 베스가 다니던 대학 근처의 술집으로 암브로조가 걸어 들어오던 순간이 떠오른다. 그날 밤 옥스퍼드에서 우리는 춤을 추었다. 그는 믹 재거처럼 멋지게(마룬5의 '무브스 라이크 재거Moves Like Jagger'라는 노래 제목에서 따왔다. - 옮긴이) 움직였다. 나는 고개를 절레절레 흔들며 옷장 문을 닫는다. *암브로조 생각은 하지 마, 앨비. 그는 죽었어. 완전히 죽었다고. 멸종한 도도새처*

럼. 그는 네가 생각했던 그런 남자가 아니었어. 상냥하지도 않았어.

니노는 옷을 받아 들고 욕실로 들어간다. 물소리와 함께 나지막이 흥얼거리는 노랫소리가 들린다. 나는 엘리자베스의 침실 책상 앞에 앉아 두 손으로 머리를 감싸 쥔다. 피부가 바짝 마른 느낌이다. 이마의 살갗이 벗겨진다. 이게 다 뜨거운 햇볕 때문이다. 어마어마한 스트레스 때문이다. 나는 베스의 라메르 크림을 얼굴에 듬뿍 바른다. 베스의 아이크림도 훔쳐 바른다. 크리스티나 헤어 앤 뷰티에 피부 관리를 예약해야겠지만 그럴 수가 없다. 여기서 도망쳐야 하기 때문이다.

복도를 지나 어니의 방으로 들어간다. 작은 달 모양의 야간등이 켜져 있다. 야간등이 잠든 어니의 얼굴에 푸르스름한 빛을 드리운다. 천사처럼 평온하게 자고 있다. 아기 예수 같기도 하다. 어니는 폭신한 인형들에 둘러싸여 있다. 침대 위에는 보송보송한 흰 구름으로 장식된 멋진 모빌이 달려 있다. 울지 않으니 참 귀엽다. 나는 손가락 끝으로 어니의 부드러운 뺨을 쓰다듬고, 얼굴로 내려온 머리카락을 옆으로 쓸어준다. 잠든 모습을 보고 있으니 기분이 좋다. 너무나 순수하고 깨끗한 존재다. 나와 어니, 니노, 우리 셋은 이제 새로운 인생을 시작할 것이다. 런던 어딘가 괜찮은 지역에 집도 마련해야지. 이 정신 나간 섬을 벗어나기만 하면 괜찮겠지. 안전하고 정상적으로 살 수 있을 것이다.

어니를 안아 올려 아기용 카시트에 앉힌다. 이걸 람보르기니에 어떻게 설치하지? 람보르기니는 2인석이다. 아기용 카시트를 설치할 자리가 없다. 람보르기니에는 어니를 태울 수가 없다! 니노는 자기 승합차를 타고 가자고 했는데 클래식한 람보르기니 미우라를 이 집 앞에서 썩게 놔둘 수는 없다!

현관문이 벌컥 열리는 소리가 들린다. 제기랄. 누구지? 니노는 위층에서 샤워하고 있다. 엄마인가? 마피아? 빌어먹을 경찰? 난간 너머로 아래층을 내려다보니 에밀리아가 현관홀에 서 있다. 비에 젖은 모습으로 어리둥절해하고 있다. 에밀리아라니. 잘됐다. 번거롭긴 해도 치명적인 해를 입힐 사람은 아니다. 나는 어니를 카시트에 눕힌 채 들고 서둘러 아래층으로 내려간다. 어째 내 기억보다 어니의 무게가 더 나가는 것 같다. 플라스틱 카시트가 내 발목을 치고 종아리를 할퀴고 뼈를 친다. 나는 간신히 아래층까지 내려온다. 고개를 돌려 나를 쳐다보는 에밀리아의 주름 잡힌 얼굴에 근심이 가득하다. 에밀리아는 꽃무늬 잠옷에 연푸른색 실내복을 걸치고, 손에는 갈색 가죽 핸드백을 들고 있다. 머리는 어깨까지 부스스하게 늘어뜨렸다. 다리에 푸른 정맥이 두드러져 보인다.

"에밀리아, 별일 없죠? 어떻게 이 시간에……."

"사모님, 총소리를 듣고 왔어요! 그게…… 아무래도…… 걱정이 돼서요!"

에밀리아는 무장 강도라도 찾는 듯 주변을 두리번거린다. 두 손을 모으고 쥐어짜면서 입술을 물어뜯고 눈으로 복도 좌우를 번갈아 살핀다. 그리고 내가 카시트를 우리 둘 사이의 바닥에 내려놓는 모습을 바라본다. 나는 팔을 흔들고 발목을 문지른다. 다리가 긁히고 피도 난다. 카시트 손잡이에 쓸렸는지 손바닥도 아프다. 아기를 눕힌 카시트는 무게가 엄청나다. 에밀리아가 내 손을 쳐다본다. 아, 제길, 나는 베스다. 오른손잡이여야 하는데 왼손을 쓰고 말았다. 어쩌다 깜박했지? 에밀리아가 알아채지는 못했겠지. 알아서는 안 된다. 지금은 안 돼. 우리는 지금 여기를 *떠나야* 한다. 지금 그런 일로 왈가왈부할 시간이 없다. 위험을 무릅쓸 수밖에…….

"에밀리아." 나는 그녀의 팔뚝을 잡고 부탁한다. "우리는 지금 몹시 위험한 상황이에요. 그래서 도움이 필요해요."

에밀리아가 숨을 훅 들이쉰다. 그녀는 살짝 두 걸음 뒤로 물러나 현관문 손잡이에 기댄다.

"무슨 일 있어요?"

"총소리 들었죠?"

"네, 무슨 일이에요? 에르네스토는 괜찮은가요?"

그녀는 카시트로 허리를 굽히고 아기를 들여다본다. 고무젖꼭지를 빨면서 우리를 올려다보는 어니는 행복한 표정이다.

"어니는 괜찮아요. 다만 우리가 여기를 떠나야 해서……."

"제가 데리고 있을까요?"

"그래도 괜찮겠어요?"

"괜찮고말고요. 어디로 가시게요?"

카시트를 향해 몸을 굽힌 에밀리아는 연청색 양모 담요를 위로 올려 어니의 턱 밑에 끼워준다. 어니는 양 인형을 껴안고 있다.

"이 동네를 잠깐 떠나 있을 거예요. 오래 걸리지는 않아요. 그리고 에밀리아, 이건 아주 중요한 얘기니까 잘 들어요. 이 집에 있으면 안 돼요. 여긴 엄청 위험해요. 남편 친구들이……."

"세상에……, 경찰을 부를게요!"

놀란 에밀리아가 두 손으로 입을 가린다.

"아뇨! 그러지 말아요. 안 돼요. 그냥 당신 집에 가 있어요. 알겠죠? 에르네스토를 데리고 집에 가 있어요. 아이를 안전하게 지켜줘요."

에밀리아는 양옆으로 늘어뜨린 실내복을 앞으로 여민다. 자신의 몸을 껴안고 두 팔을 문지른다. 이 여자를 겁먹게 만들다니, 내가 괜히 나쁜 년 같다. 물론 진짜 나쁜 년이라는 건 아니고 기분이 그렇다는 거다.

"걱정 말아요, 에밀리아. 다 괜찮을 거예요. 경찰은…… 절대…… 부르지 말아요."

에밀리아는 안 부르겠다는 뜻으로 고개를 젓는다.

"여기 일에 대해 입도 뻥끗하면 안 돼요."

"네, 사모님."

"*아무한테*도 말하지 말아요. 알았죠? 나중에 전화할게요."

"네, 알겠습니다."

우리는 담요를 덮은 어니를 함께 내려다본다. 에밀리아가 한숨을 쉬며 말한다.

"세상에, 예쁘기도 해라. 이 아이는 엄마를 쏙 빼닮았어요."

에밀리아는 안심시키려는 듯 미소 지어 보인다. 자상한 여자다. 그녀는 내가 한 번도 가져보지 못한 다정한 엄마 같다. 〈슈퍼 내니

Super Nanny〉(영국의 육아 리얼리티 프로그램 – 옮긴이)에 나오는 육아 전문가 같기도 하다.

"고마워요, 에밀리아. 번거롭게 해서 미안해요. 난 이제 가봐야 해요."

내가 다가가 안자 에밀리아도 나를 안아준다. 나는 이 여자가 좋다. 베스 말대로 에밀리아는 훌륭한 유모다. 백 번도 넘게 나를 곤경에서 구해 줬다. 마음 같아서는 이 여자도 데려가고 싶지만 어니와 함께 여기 있는 것이 낫다. 나는 카시트로 허리를 굽히고 어니의 작은 이마에 입을 맞춘다. 가슴이 무너진다. 어니는 너무나 부드럽고 연약하다. 어니가 미소를 지었다고 생각했지만 바람 때문인 것 같다. 울컥 눈물이 나온다. 어쩌면 내 아기를 다시는 못 볼지도 모른다! 돌아서려는데 에밀리아가 나를 부른다.

"잠시만요, 사모님!"

그녀는 핸드백에 손을 넣고 봉인된 갈색 봉투를 꺼낸다.

"이걸 안전하게 보관해 달라고 부탁하셨잖아요. 잊으셨어요?"

그러고는 내게 봉투를 건넨다.

"물론 잊지 않았죠. 고마워요, 에밀리아."

봉투 속에 뭐가 들었을까? 나는 얼른 찢어서 열어본다. 8월 27일, 목요일, 오전 9시 런던행 비행기표 두 장이 들어 있다. 베스가 죽은 다음 날 아침 시각이다. 한 장은 앨비나 나이틀리, 다른 한 장은 에르네스토의 이름이다. 봉투 속을 살펴봤지만 그게 전부다. 불쌍한 살바토레의 비행기표 따위는 없다. 나를 위해 엘리자베스 카루소라는 이름으로 예매한 표도 없다. (베스가 여권을 바꾸자고 아득바득 우긴 이유가 있었다.) 암브로조의 비행기표도 없다. 그래, 이걸 보니 알겠다. 나는 비행기표를 봉투에 도로 집어넣는다. 베스는 이런 것까지 전부 계산해 두었다. 여기를 어떻게 빠져나갈 생각이었는지 구체적인 방법까지는 모르겠지만. 나를 죽였으면 내 시신을 이용해 한발 앞서 탈출 기회를 노렸겠지만 시간 여유가 많지는 않았을 것이다. 어쨌든 지금 보니 다급한 상황에서 나름 급하게 도망칠 준비를 한 듯했다.

"고마워요, 에밀리아. 정말 큰 도움이 됐어요."

나는 어니를 마지막으로 한 번 더 내려다본다. 울컥 목이 멘다. 어니를 두고 가고 싶지 않다. 아직 해변에도 같이 못 가봤다. 어니를 데리고 도망칠 수 있지 않을까……. 하지만 람보르기니가 떠오른다. 나는 그 차가 미치도록 좋다.

에밀리아는 어니가 누워 있는 카시트를 집어 든다. 나는 그들을 진입로 아래 도로까지 배웅한다. 큰비는 그쳤지만 아직 이슬비가 내리고 있다. 차가운 안개가 햇볕에 그을린 내 피부에 한기를 끼얹는다.

"걱정 마세요, 사모님. 아무한테도 얘기 안 할게요." 에밀리아는 손가락을 자신의 입술에 갖다 댄다. "쉿."

나는 에밀리아가 어니를 데리고 길을 내려가는 모습을 바라본다. 어느새 그녀의 뒷모습이 보이지 않는다. 어쩐지 에밀리아는 전부 다 알고 있는 것 같다. 그 여자는 내가 누구인지 알고 있다. 살보가 죽은 것도 알 것이다. 죽여야 할까 싶지만 글쎄, 그러고 싶지 않다. 에밀리아는 어니를 잘 돌봐준다. 믿어도 될 것 같다. 에밀리아는 아무 말도 하지 않을 것이다. 신속하게 이 동네를 빠져나가려면 그대로 두는 편이 낫다. 이 모든 사태가 정리되고 나면 어니를 데리러 오면 된다. 안전해졌을 때 어니를 찾으러 올 것이다.

집으로 들어와 현관문을 닫는다. 돌연 온 집 안이 고요하다. 지나칠 정도로. 어린 아들이 벌써 그립다. 통통한 볼과 깜찍한 미소……. 베스의 아이폰을 확인해 보니 새로운 메시지는 없다. 엄마는 어쩌지? 오고 있는 건가? 오스트레일리아에서 비행기를 타고 오는 중일 것이다. 아, 제기랄. 엄마까지 오면 재앙이 따로 없다. 엄마는 나와 베스를 구별할 줄 안다. 항상 그랬다. 엄마에게 경고라도 해줄까? 지금 여기에는 전쟁이 벌어졌다고 말이다. 하지만 뭐라고 말하지? 영화 〈좋은 친구들Good Fellas〉이나 드라마 〈소프라노스The Sopranos〉 같은 분위기라고 해도 엄마는 못 알아들을 것이다. 엄마는 〈베이크 오프Bake Off〉(영국의 리얼리티 베이킹 프로그램 – 옮긴이) 따위나 보는 사람이다. 내가 무슨 소리를 하는지도 모를 거다. 엄마와 얘기하고 싶지 않다. 보고 싶지도 않다. 하지만 막지 않으면 엄마는 결국 이 집에 올 것이다. 엄마가 머리에 총이라도 맞으면 다 내 탓이 될 텐데…….

나는 복도를 서성인다. 이리저리 왔다 갔다……. 이건 정말 중요한 결정이다. 엄마는 1분 아니 1시간 내에 여기 도착할 것이다. 엄마가 오지 않게 해야 한다. 경고를 해야 한다. 글쎄, 꼭 그래야 할까? 안 해도 되지 않을까? 동전 던지기로 정할까?

내가 엄마를 죽이면 안 될 이유가 하나라도 있나?

내 엄마라서?

경고는 해야 한다. 그게 옳은 일이다.

그런데 다시 생각해 보니 꼭 그렇지도 않은 것 같다…….

나는 문을 열고 거실로 들어간다. 니노가 소파 뒤, 테이블 밑, 커튼 뒤를 살피며 미친 듯이 무언가를 찾고 있다…….

"그거 어딨어요?"

그가 묻는다.

"뭐가요? 그림?"

아, 이건 아니다. 더 이상 못 참겠다. 그는 손을 허리춤에 얹고 멈춰 선다. 숨을 헐떡이며 대답을 기다린다. 분노로 인상을 찌푸리고 있다. 빅토리아 여왕처럼, 전혀 즐거운 표정이 아니다.

"베타, 어떻게 된 거냐고요? 그림 어쨌어요?"

"가짜라길래 태워버렸어요. 어차피 못 가져가잖아요. 여기 둘 수도 없고요."

니노의 얼굴이 시뻘겋게 달아오른다.

"그림을 어쨌다고?"

그는 내 목을 잡고 벽으로 밀어붙인다. 내 뒤통수가 회반죽을 바른 벽에 부딪친다. 그의 뜨겁고 축축한 숨결이 내 얼굴에 와 닿는다. 그는 내 목을 조르며 온몸으로 나를 누른다. 그리고 권총을 꺼내 나의 턱 바로 옆, 연약한 목 부위에 총구를 대고 누른다.

"다시 말해 봐. 어떻게 했다고?"

"모, 모, 몰라요, 니노. 제발 놔줘요."

"그림을 태웠어?"

"그…… 그게 아니라!" 나는 고개를 젓는다. 땀에 젖어 피부가 따끔거리기 시작한다. 다리도 떨린다. *젠장.*

차가운 금속이 내 목을 파고든다. 머리가 쿵쿵 울리고 관자놀이가 욱신거린다.

"니노! 니노! 쏘지 말아요! 쏘지 말아요!"

"그림 어디 뒀어?"

나는 눈을 찌푸린다.

"가짜라고…… 신부가 그래서……."

"그래서 *태웠어*?"

"지금…… 정원에 있어요."

"2천만 달러짜리 그림을 태워?"

니노는 차가운 금속을 내 목으로 밀어 넣을 듯하더니 별안간 나를 놓고 정원 쪽으로 달려간다.

"그 그림은 가짜래요!"

나는 소리치며 바닥에 주저앉아 숨을 돌리며 목을 문지른다. 니노는 화낼 때 가장 섹시하다.

◆

"망할! 저게 뭐야?"

나는 브레이크를 콱 밟는다. 이 밴은 정말 싫다. 내가 이 차를 박살 내면 우리는 이 차를 버리고 람보르기니를 타고 갈 수 있지 않을까.

밴이 미끄러지면서 방향을 틀다가 나무에 부딪친다. 니노와 나는 앞유리 쪽으로 몸이 확 쏠렸다가 안전벨트 때문에 다시 제자리로 돌아온다. 유리 깨진 소리가 난 걸 보니 뭔가 부서지긴 한 모양이다. 최소한 헤드라이트 정도는 부서진 것 같다. 시체가 담긴 가방들이 트렁크에서 저희들끼리 쿵쿵 부딪치고, 돈 가방과 베스의 다이아몬드, 우리가 입을 옷들이 뒷좌석에서 이리저리 구른다.

"뭐야, 젠장?"

니노는 성한 손으로 다친 팔을 부여잡으며 묻는다.

나는 손으로 목을 문지른다. 목뼈가 삐끗한 것 같다. 차를 너무 세게 몰았나 보다.

"도로에서 뭔가 움직였어요."

"시커먼 거?"

"맞아요. 시커먼 거."

"빌어먹을 뱀이잖아."

"그럴 줄 알았어! 구역질 나!"

니노가 나를 노려본다. 이러다 눈빛으로 사람을 죽일 수도 있겠다…….

"뱀 때문에 내 차를 박살 내?"

"도로에 뱀이 있었잖아요. 그리고 박살 낸 게 아니라 좀 부딪친 것뿐이에요. 범퍼라는 건 원래 그러라고 있는 거예요."

"서둘러야 하는 상황인 걸 알기는 해?"

"독사일까요?"

"총을 든 자들이 우리를 찾아내서 죽이기 일보 직전이라고."

"무슨 종류의 뱀일까요?"

"내 얘기 듣고 있어?"

"무슨 뱀인 것 같아요?"

"당신 미쳤어?"

"아, 됐어요! 그냥 궁금해서 그래요. 야외에서 뱀을 본 게 처음이라서. 독사 맞죠?"

"그게 무슨 상관인데? 당신은 차 안에 있잖아."

"그래요. 알았어요."

"나야말로 독이 나올 지경이야."

"알았다고요."

"운전이나 해."

"그래요."

"운전 제대로 할 거지? 정말이지?"

"그렇다니까요."

"차에서 내려 저 뱀하고 친구 할 생각은 없고?"

"없어요. 그냥 깔아뭉갤게요. 출발해요."

나는 도로 쪽으로 후진하면서 뱀을 깔고 넘어간다. 윽, 목뼈가 삐끗한 게 맞나 보다. 고개를 좌우로 돌릴 수가 없다. (설득력 있게 한다고 차를 세게 박은 탓이다.) 니노는 성한 손의 관절이 하얗게 질리도록 좌석을 꽉 붙잡는다.

"운전 똑바로 해. 여기는 우측 주행이야."

일곱째 날
교만

"섹스, 마약, 살인 : 이 중에 무엇을 싫어할 수 있을까?"

@Alvinaknightly69

chapter 39

내가 그 사고를 당한 것도 베스 탓이다.

어릴 때 나는 이름을 마틸다로 바꾸기로 했다. 알다시피 마틸다는 로알드 달의 동화책 주인공이며 마법을 가진 소녀다. 나는 공식적으로 개명하지는 않고, 학교와 놀이터에서만 그 이름을 썼다. 몇몇 아이들이 나를 마틸다라고 불러주었다.

그 일은 우리의 일곱 번째 생일에 시작됐다.

그날 베스는 우리 집 앞 보도에 새로 산 외발 킥보드를 세워두었다. 나는 유혹을 이기지 못했다. 짐작하겠지만 나한테는 킥보드가 없었다. 엄마가 베스에게 생일 선물로 사준 그 킥보드는 반짝이는 빨간색으로 무척 멋졌다. 킥보드는 그 자리에 가만히 서서 내게 한 번만 타보라고 손짓했다.

나는 냉큼 킥보드에 올라타고 길을 따라 달리기 시작했다. 베스는 아이들과 함께 보도에 서 있었다. 인기 많은 축에 드는 그 아이들은 베스의 학교 친구들이었다. 아이들이 전부 내게 소리쳤다. "더 빨리, 더 빨리 달려!" 나는 더욱 속력을 냈다. 돌멩이가 타다닥 튀고 바퀴가 끼익 소리를 냈다. 내 두 볼이 바람에 펄럭거렸다. 평생 처음으로 자유로워진 기분이었다. 거의 시속 50킬로미터로 날듯이 쌩 달렸다. '난 달리는 데 소질이 있어, 난 정말 대단해, 난 타고났어……'라고 속으로 외치며 달렸다. "멈춰! 돌아와, 앨비! 엄마가 알면 널 죽일 거야! 차가 오고 있잖아!" 베스가 소리쳤다. 내가 자기 킥보드를 타니까 질투가 나서 그런 거다. 이렇게 멋지게 달리는 꼴을 못 보겠다는 거지. 도로 끝에 거의 다 왔다. 이제 어떻게 하지?

도로 경계석인데?

모르겠다.

도로 경계석에 걸린 내 몸은 킥보드 손잡이 너머로 붕 뜨면서 한 바퀴 홱 돌았다. 나는 보도에 머리를 부딪쳐 오른쪽 윗부분이 깨졌다.

쾅!

눈앞이 캄캄했다.

얼마 후 쇠 냄새와 내 입에서 나오는 비명 소리에 정신이 들었다. 아직 어린 나는 의사들 얘기를 알아듣지 못했다. '전두엽 피질'이 무엇인지도 몰랐다. 전혀 이해할 수 없었다. 나는 그냥 내 머리를 떼어서 저 멀리 던져버리고 잠을 자고 싶을 뿐이었다.

엄청난 통증이었다. 견딜 수가 없었다. 낮에도 밤에도, 밤에도 낮에도, 또 낮에도 밤에도 드릴이 내 머리를 뚫어대는 것 같았다. 나는 수 주일 동안 입원해 있으면서 구역질을 하고 악을 쓰고 머리카락을 쥐어뜯었다. 링거를 계속 맞았는데 모르핀인 게 분명했다. 어떤 멍청이가 천장에 붙여놓은 야광 별들을 올려다보면서 하루하루를 보냈다. 그 별들은 어둠 속에서 은은하게 빛났다. 엄마는 *미친 듯이 화를 냈는데* 그럴 만도 했다. 엄마는 네 것도 아닌데 왜 탔냐고, 너무 빨리 달렸다고, 다 네 잘못이라며 나를 혼냈다. 엘리자베스라면 너처럼 멍청한 짓은 *절대* 하지 않았을 거라고도 했다. 그러더니 베스를 위해 안전모를 사주었다.

한 달 남짓 지나서 학교로 돌아간 나는 아이들에게 그동안 마법에 걸렸었다고 말했다. 어디에 있었냐고, 무슨 일이 있었냐고 묻길래 나는 이야기를 지어냈다. 그동안 병상에 누워 튜브를 꽂고 천장의 야광 별이나 보면서 지냈다고 말하고 싶지 않았다. 그래서 에라 모르겠다 하고 거짓말을 했다. 머리에 난 상처는 그들이 내게 마법의 물약을 쓰고 주문을 건 흔적이라고 둘러댔다. 나는 동화책 속 마틸다처럼 마법을 가진 *특별한 존재*가 되었다고 했다. 쳐다보는 것만으로도 연필을 책상 위에 꼿꼿이 세울 수 있고, 분필이 칠판으로 날아가 저절로 글씨를 쓰게 할 수도 있다고 했다. 물론 증명할 필요는 없었다. 내가 그렇게 말하면 사실인 거니까.

시간이 지나자 모두 그 일에 대해 잊었다. 하지만 그날의 흉터는 여전히 내 머리카락 안쪽 두피에 남았다. 해리 포터의 이마에 난 번개 모양 흉터처럼. '슈퍼맨'을 상징하는 'S' 자처럼. 나는 데릴라를 만나기 전의 삼손이었다. 내 안에는 고유한 힘이 잠재해 있었다. 연쇄 살인마 프레드 웨스트도 한때 그런 힘을 가졌다! 내가 이렇게 사는 이유도 그래서일까? 그동안 내 인생이 잘 풀리지 않았던 이유도? 내가 *못된* 인간인 이유도? 내가 겉으로는 못돼 보이지만 마음만은 그렇지 않다면? 머리를 다친 쪽은 베스고, 베스가 정신을 차리고 보니 나로 변했다면? 베스가 나의 비참한 인생을 살았다면? 나는 베스의 인생을 살고?

지금 *나*는 베스의 인생을 가졌다!

그리고 못된 쪽은 바로 *베스*다!

그것은 정확히 흑백으로 나눠는 문제가 아니라, '그레이의 50가지 그림자'보다 더 다양한 명암으로 나눠는 문제였다. 베스는 천사가 아니었고 나는 악마가 아니었다. 나도 알고 보면 다정한 사람이다. 누군가가 굳이 나에 대해 알려고 하지 않아서 그렇지. 나는 손가락을 머리카락 사이로 넣어 흉터를 찾아본다. 그래, 여기 있다. 두개골에 움푹 팬 곳, 피부가 살짝 도드라진 부위가 바로 그 흉터다.

원한다면, 나를 마틸다라고 부르기만 한다면, 그 흉터를 만져봐도 좋다.

◆

2015년 8월 30일, 일요일, 오전 5시
시칠리아, 타오르미나

"더 넣어야 해. 그래야 가라앉아."

"젠장. 이러다 곧 해가 뜨겠어요. 누가 우리를 보면 어떡해요."

"그래도 그 상태로는 못 던져. *떠오른다니까.*"

"그렇다고 훤한 시각에 죽은 신부가 들어 있는 가방을 들고 여기 계속 있을 수는 없잖아요. 대체 여긴 왜 온 거예요?"

니노와 나는 해변에서 시체가 들어 있는 가방에 조약돌을 채우고 있다. 큰 돌멩이가 없어서 자잘한 돌을 한 주먹씩 모아 가방에 던져 넣는 중이다. 가방 속에 공간이 별로 없는데도 니노는 돌멩이를 잔뜩 넣어야 시체가 든 가방들을 바다 밑에 가라앉힐 수 있다고 말한다. 돌을 충분히 넣지 않으면 시간이 지나 시체에서 가스가 나오면서 물에 뜬다는 것이다. 이 돌멩이들은 어젯밤부터 차갑게 젖어 있다. 해도 해도 끝이 없을 것 같다. 나는 매끈하고 동글동글한 조약돌들을 한 줌씩 집어서 가방에 던져 넣는다. 그때마다 왈그락달그락 요란한 소리가 난다. 나는 혹시 누가 소리를 들었을까 싶어 해변을 둘러보지만 우리뿐이다. 두 번째 시체 가방의 지퍼를 잠근 니노는 나를 도와 세 번째 시체 가방에 돌멩이를 채우기 시작한다. 나는 다리를 펴고 일어나 손을 엉덩이에 올리고 숨을 고른다. 바다를 바라보고 있자니 좁은 길을 통해 육지와 연결된 작은 섬 하나가 시야에 들어온다.

"저게 뭐예요?"

나는 바다 위로 솟은 검은 덩어리를 가리키며 묻는다.

"이졸라벨라섬이지 뭐긴 뭐야. 내가 뭐로 보여? 내가 빌어먹을 관광 가이드인 줄 알아? 베타, 여기 살면서 어떻게 저게 뭔지도 모를 수가 있어? 집 밖으로 한 번도 안 나와봤어?"

그는 타박하며 세 번째 가방을 턱으로 가리킨다. 나더러 도우라는 뜻이다. 그는 아직도 나를 베스로 생각하고 있다. *그래, 앨비, 좀 더 베스처럼 행동하자.*

낮에는 아름다운 섬으로 보이지만 동트기 직전인 지금은 깊은 바닷속에서 솟구쳐 올라온 거대한 바다 괴물처럼 보인다. 수평선 위로 살짝 올라오기 시작한 태양이 섬의 길고 검은 그림자를 우리가 있는 해변까지 드리운다. 나는 담배에 불을 붙이고 바다를 향해 연기를 뿜으며 풍경을 감상한다.

"베스! 어서 움직여."

그는 내가 서두르기를 바라는 모양이다.

나는 도움이 되는 척, 유용한 척하려고 허리를 굽혀 돌멩이를 몇 개 더 집어서 가방에 던져 넣는다.

니노의 어깨 너머를 올려다보던 나는 놀라서 숨을 헉 들이마신다. 해변이 바다와 만나는 지점을 따라 한 남자가 달려오고 있다. 남자의 윤곽이 점점 우리 쪽으로 다가온다. 나는 시체 가방 뚜껑을 잡고 얼른 지퍼를 닫는다.

나는 손으로 니노의 뒤를 가리킨다.

"니노, 누가 이리로 오고 있어요."

개가 왈왈 짖고 꼬리를 흔들며 우리에게 달려온다. 털이 제멋대로 자라고 꼬질꼬질하게 생긴 잡종견인데 바다에서 헤엄을 친 모양이다. 개는 우리 가방에 들어 있는 내용물에 지대한 관심을 보인다. 미친 듯이 짖고 냄새를 맡으며 가방 뚜껑을 발로 긁어댄다. 개

주인인 조깅남이 달려오면서 소리친다.

"실비오! 안 돼! 죄송합니다."

그가 사과한다. 개는 낑낑대면서 한쪽 발을 위로 든 채 자기 꼬리를 물려고 맴돈다.

"실비오!"

주인이 부르자 개가 후다닥 뛰어간다.

"죄송합니다. 좋은 아침이에요."

"좋은 아침입니다."

니노가 건성으로 손을 흔들며 대답한다.

나는 담배 연기를 뿜으며 가만히 서서 그들을 쏘아본다. 조깅남과 잡종견은 해변을 따라 저만치 뛰어가고 있다. 그들의 모습이 점점 작아진다. 나는 니노를 보며 말한다.

"당신 권총 좀 줘봐요."

"뭐? 안 돼."

"달라니까. 내 권총은 총알이 다 떨어졌어요."

"안 돼."

"저 남자를 죽여야 해요. 어서! 점점 멀어지잖아요!"

"저 남자는 아무것도 못 봤어."

"의심하는 것 같았는데……."

"오늘 우리는 아무도 안 죽일 거야."

"아쉽네."

"상대가 먼저 죽이려고 하지 않는 한."

"그래요, 좋아. 알았어요. 그럼 저 개라도 죽일걸 그랬죠?"

나는 담배꽁초를 바다에 휙 던진다. 니노는 한 팔로 돌멩이를 모아 들고 가방에 던져 넣으며 말한다.

"우리를 표본 채취하러 온 지질학자로 볼 거야."

"새벽 5시에요?"

내가 그냥 권총을 집어 들고 조깅남을 쏠걸 그랬다. 그 남자는 우리를 봤다. *나*를 봤다. 내 얼굴을 똑똑히 봤다…….

가방 3개에 돌을 가득 채우고 나는 지퍼를 잠근다. 우리는 신부의 시체가 들어 있는 가방부터 질질 끌면서 해변을 따라 승합차로 간다. 더럽게 무겁다. 암브로조보다 훨씬 무겁다. 우리는 가쁜 숨을 고르느라 몇 번이나 가방을 모래밭에 내려놓는다. 니노는 팔을 한쪽밖에 쓰지 못해서 도움이 안 된다. 쓸모가 없다. 차라리 나 혼자 하는 게 더 빠르겠다. 우리는 초인적인 힘을 발휘해 신부의 시체가 담긴 가방을 승합차 트렁크에 싣는다. 곧바로 다른 가방 2개를 마저 싣기 위해 해변으로 달려간다. 지치지만 엄청나게 운동이 된다. 올림픽 역도 종목 같다. 지금 나는 달리기나 수영, 빌어먹을 필라테스보다 더 많은 칼로리를 소모하고 있다. 우리는 나머지 가방 2개를 신부의 시체가 담긴 가방 위에 차례로 얹는다. 니노가 그제야 승합차를 돌아보며 내뱉는다.

"당신, 내 차에 무슨 짓을 한 거야?"

부서진 앞쪽 범퍼가 비딱하게 겨우 붙어 있다. 번호판도 쪼개졌고 헤드라이트도 양쪽 다 박살 났다. 딱 봐도 상태가 안 좋아 보인다. 아까 충돌 사고로 이렇게 됐나 보다!

"아, 범퍼가 약간……."

"앞쪽이 완전히 망가졌잖아. 이 상태로는 몰고 갈 수 없어. 경찰이 막아설 거야."

그는 겨우 매달려 있는 범퍼를 확 잡아떼더니 뒷좌석에 던져 넣는다. 멋지다.

"아, 아쉽네. 어쩔 수 없이 람보르기니를 타야겠구나……."

"베타, 맙소사! 당신 때문에 미쳐버리겠어!"

우리는 다시 차에 올라탄다. 나는 의기양양한 기분을 내색하지 않으려고 애쓴다.

◆

"저걸 버릴 만한 장소로 가야 해. 여기서 좌회전해."

니노가 말한다.

내가 급하게 방향을 꺾자 차 전체가 휘청거린다. 문짝 안쪽에 부딪친 니노는 총 맞은 팔을 부여잡고 나를 잡아먹을 듯이 노려본다. 지금 나는 앨턴 타워 놀이공원에서 네메시스나 오블리비언, 런웨이 마인 트레인 같은 놀이기구를 타듯이 운전하고 있다. 사람들은 그런 무서운 롤러코스터를 타려고 돈까지 내는데, 이 남자는 왜 이럴까? 내가 팔에 싸매 준 입생로랑 셔츠가 피에 흠뻑 젖어 있다. 피가 새어 나와 그의 옆구리를 타고 흐른다. 차 안에서 정육점 냄새가 풍긴다.

"으악!"

그는 팔에 묶어놓은 셔츠를 풀어버린다.

"그걸 왜 벗겨내요? 사방에 피가 묻잖아요. 나한테 피 묻히지 말아요. 방금 전에 옷 갈아입었는데. 이거 베르사체라고요. 이제 어디로 가요?"

"직진. 거기 있는 티셔츠 이리 줘."

니노는 성한 손으로 구겨진 티셔츠를 가리킨다. 그가 시체를 토막내기 전에 벗어놓았던 셔츠다. 감탄이 절로 나오는 선견지명이다.

"니노, 나 운전하잖아요. 당신이 가져가요."

"그게 운전이야? 내가 팔만 멀쩡했어도 운전이 어떤 건지 보여주는 건데. 당신은 여자처럼 운전하고 있잖아."

"여자니까요."

"그렇다고."

그는 투덜거린다. 내가 액셀을 콱 밟자 엔진이 웅웅거린다. 내 뒤통수가 머리 받침대에 부딪친다. 이 차가 얼마나 빨리 달릴 수 있는지 봐야겠다.

"헉!"

니노가 또 소리를 지른다.

여자 같은 게 누군데. 그는 내 운전 솜씨를 두려워한다. 팔이 아프다고 징징거리기까지 한다. 그렇게 심하게 다친 것도 아니면서. 총알이 좀 스친 것뿐이다.

"이 시체들을 버리고 나면 람보르기니를 타고 가요. 당신 승합차는 진짜 구려."

"이거 벤츠야! 당신이 망가뜨리기 전까지는 멀쩡하고 좋은 차였어."

그는 허리를 굽혀 티셔츠를 집어 들고는 팔죽지에 감는다. 티셔츠 한쪽 끝을 이로 물고 끄트머리를 잡아 단단히 묶는다. 그러고는 성한 손으로 이마의 땀을 닦는다.

"차 세워. 다 왔어."

나는 브레이크를 밟는다.

우리는 바다를 굽어보는 다리 위에 서 있다. 다리 높이가 족히 15미터는 돼 보인다. 쌀쌀한 바람이 분다. 나는 차 문을 열고 내린다. 저 아래로 파도가 바위에 부딪치며 하얀 거품을 뿌리고 있다. 소금과 요오드 맛이 느껴진다. 난간 너머로 시커멓게 깊은 바다가 내려다보인다. 바닷속에 얼마나 많은 시체들이 있을까. 딱 봐도 시체를 던져 넣기에 완벽한 장소다. 니노는 전에도 여기 와봤으리라. 우리는 힘겹게 시체 가방들을 끄집어내 난간 너머로 하나씩 던진다. 툭, 풍덩, 보그르르 소리와 함께 가방들은 아래로, 아래로, 저 아래로 가라앉는다. 나는 니노를 향해 돌아선다. 그런데 그는 어느새 차에 가서 앉아 있다. 어쩜 저렇게 소리도 안 내고 움직일까? 제목은 기억나지 않지만, 어떤 영화에서 섹시한 유령으로 나왔던 패트릭 스웨이지 같다.

나는 운전석에 올라탄다. 조금 있으면 람보르기니를 운전할 생각에 기분이 들뜬다! 람보르기니를 타면 얼마나 빨리 달릴 수 있을까. 암브로조는 시속 290킬로미터까지 밟아봤다고 했다. 나는 더 빨리 달려보고 싶다. 여자가 운전을 어떻게 하는지 니노에게 똑똑히 보여줘야지. 람보르기니를 타고 달리면 아마 해 질 무렵에는 런던에 도착할 것이다.

◆

불에 탄 그림에서 연기가 피어오르고, 우리는 집을 빠져나와 천천히 진입로를 내려간다. 안녕, 라 페를라 네라. 잘 있어라. 나는 간다. 안녕. 다시 볼 수 있을지 모르겠구나. 나는 람보르기니를 몰고 도로로 나서다가 끼익 브레이크를 밟는다.

"젠장! 깜빡했네! 잠깐만 들어갔다 나올게요."

나는 차를 후진해 진입로로 다시 들어간다.

"뭘 깜빡했는데? 시간 없어!"

"알아요, 알아. 오래 안 걸려요. 잠깐이면…… 돼요."

나는 차에서 훌쩍 내려 퀭한 니노의 얼굴에 대고 문을 쾅 닫는다. 니노는 고개를 절레절레 흔들며 앞 유리 너머로 나를 쳐다본다.

나는 자갈 깔린 길을 가로질러 달려가 엘리자베스의 집 현관문을 밀고 들어간다. 번개처럼 빠르게 계단을 밟고 올라가 베스의 침실로 향한다. 어디다 뒀더라? 아까 급하게 짐을 싸느라 방 안이 엉망진창이다. 옷과 보석, 신발이 사방에 널려 있다. 예전 아치웨이의 내 방을 보는 것 같다. 보석이 있다는 것만 빼고. 나는 침대에 걸터앉아 두 손으로 머리를 싸맨다. *생각해, 앨비. 생각해 내라고. 중요한 거야. 대체 그를 어디다 뒀니?*

맞다. 유모차에 있다!

나는 아래층으로 달려 내려가 복도를 지나간다. 유모차가 계단 밑에 있다. 나는 유모차 안에 손을 넣어 채닝 테이텀의 초상화를 찾아낸다. 어니가 앉는 자리 바로 밑에 돌돌 말려 있다.

나는 종이를 쓰다듬으며 말한다.

"미안해요. 다시는 당신을 놔두고 떠나지 않을게요."

◆

나는 액셀을 힘껏 밟는다. 우리는 원형극장 앞을 쏜살같이 지나 정원과 감귤밭을 통과한다. 신선한 레몬 향이 금속성의 피 냄새를 뚫고 콧속으로 파고든다. 람보르기니의 지붕을 내리자 이제 막 동이 트기 시작한 분홍빛 하늘이 훤히 보인다. 우리는 모퉁이를 돌아간다.

"저기 봐!"

"뭘요?"

"백미러로 보라고. 안 보여?"

그가 소리친다.

"뭘 보라고요? 저 차요? 저게 왜요?"

"우리를 따라오고 있잖아! 젠장! 여기 다시 오는 게 아니었어. 진작에 떠났어야 했다고."

그는 성한 손을 부르쥐고 계기판을 내려친다. 내가 가져온 채닝 테이텀 초상화 때문에 화가 난 모양이다.

"저들이 우리를 따라오고 있는지 어떻게 알아요?"

"저들이 거리를 좁히고 있잖아. 어서 밟아! 어서!"

그래, 니노, 그렇게 말했다, 이거지. 자동차 추격전을 해보고 싶어? 아주 재미있을 거야.

나는 액셀을 밟는다. 바람이 얼굴을 스친다. 람보르기니가 앞으로 확 쏠리자 속이 울렁거린다. 나는 재빨리 백미러를 살핀다. 기분 나쁘게 생긴 검은색 랜드로버가 우리 쪽으로 빠르게 달려오고 있다. 젠장. 니노의 말이 맞는 건가?

"저놈들은 신부의 패거리야! 저놈은 돈 모티시고."

니노는 좌석을 손으로 움켜잡으며 말한다. 우리 차가 커브를 홱 돌자 니노는 좌석을 잡고 버텼는데도 문 안쪽에 또 팔을 부딪치고 만다. 그는 쓰레기 봉지에 담긴 아기 고양이처럼 조그맣게 괴상한 소리를 내며 찡찡댄다. 이제 그는 내 운전을 두려워하는 것 같다. 실은 나도 무섭다. 랜드로버가 우리를 향해 속도를 높인다.

"저 옆에 있는 놈은 돈 리초야! 아, 맙소사, 우린 죽었어!"

백미러로 보니 비열하게 생긴 두 남자가 보인다.

"이제 어떻게 해요?"

"계속 달려. 제기랄. 운전할 줄 안다며?"

범퍼카 운전도 운전 경력에 포함되려나? 내가 살짝 거짓말을 하긴 했다만…….

탕! 탕!

총성과 함께 타이어가 끼익 미끄러진다.

"제기랄!"

나는 악을 쓴다. 저들이 쏜 총이 람보르기니의 도장 면을 긁은 것 같다! 도장 면을 손봐야 한다. 진짜 열 받는다. 이게 얼마나 아름다운 차인데.

"달려!"

니노가 소리친다. 등신!

나는 액셀을 밟는다. 이 멍청한 하이힐을 신고 운전하는 게 아니었다. 발이 점점 아프다. 운전은커녕 걷기도 힘든 신발이지만, 지금 내가 입은 옷하고 너무 잘 어울린다.

"더 빨리는 못 가요!"

탕! 탕!

지금 시속 160킬로미터로 달리고 있다. 도로가 구불구불하고 움푹 팬 곳도 많고 경사까지 져 있다.

전방에 갈림길이 보이자 나는 브레이크를 밟는다.

"뭐 하는 거야?"

"저쪽 길로 가야겠어요."

나는 핸들을 돌려 모퉁이를 빙 돌아 나무가 양옆으로 늘어선 좁은 도로로 차를 몰아간다. 페달을 밟은 발이 미끄러지면서 시동을 꺼뜨리고 만다. 이 망할 신발! 람보르기니가 털털거리고 타이어가 끼익 소리를 낸다. 고무 탄내가 매캐하게 풍긴다. 차가 서서히 멈춘다.

"어서 달려!"

니노가 소리친다.

"내 잘못이 아니에요! 신발 때문이라고요! 15센티 킬힐을 신고 운전해 봤어요?"

나는 다시 시동을 켜고 액셀을 밟는다. 우리는 다시 길을 따라 달리기 시작한다. 빌어먹을. 이건 미친 짓이다. 백미러로 보니 랜드로버가 점점 더 가까이 다가오고 있다. 제기랄.

"왼쪽으로 가. 그 길로 가면 타오르미나로 이어져."

"도시로 가자고요? 확실해요?"

"내 말 믿어. 좌회전해."

나는 눈까지 흘러내린 머리카락을 쳐내고 그의 말대로 좌회전한다. 우리는 빠른 속도로 거리를 지나 타오르미나 시로 진입한다. 엔진이 포효한다. 랜드로버가 우리 뒤에 계속 따라붙는다.

"여기서 우회전!"

엄청난 급커브다. 타이어가 끼익 소리를 낸다. 저 앞 도로에 오래된 벽돌 아치길이 있다. 길이 너무 좁아서 통과하기 어려워 보인다. 나는 눈을 감고 액셀을 밟는다. 람보르기니는 박박 긁는 소리를 내며 좁은 골목을 달린다. 자갈길이라 우르르 소리가 난다. 아, 맙소사, 도장 면! 내 차! 똑같은 빨간색 페인트를 못 찾을 텐데. 눈을 뜨고 보니 우리는 골목을 통과해 좁은 광장으로 들어왔다. 고개를 돌려 보니 랜드로버도 골목으로 진입했다. 랜드로버는 쇠를 돌에 대고 긁는 소리를 내며 불꽃을 튀기다가 멈춰버린다. 골목에 딱 끼었다. 차에 탄 남자들이 문을 열려고 발악한다. 하지만 문을 열지 못한다.

"좋았어!"

"좋아!"

니노와 나는 하이파이브를 한다.

"그래! 잘했어! 잘했어, 앨비!"

내가 말한다.

막상 해보니 운전도 별것 아니다. 한마디로 난 프로다.

"앨비가 누구야?"

니노가 묻는다.

"아, 아무도 아니에요."

나는 아차 싶어 얼른 얼버무린다.

니노의 권총을 집어 든 나는 뒤로 돌아 총을 쏜다. 랜드로버의 앞유리가 와장창 박살이 난다. 나는 랜드로버에 탄 두 놈의 머리에 총알을 하나씩 박아 넣는다. 명중이다!

"대박이야!"

그때 멀리서 경찰차 사이렌 소리가 들린다. 소름이 확 돋을 정도로 높은 삐뽀 삐뽀 소리다. 니노가 나를 노려본다. 그의 얼굴에 웃음기가 전혀 없다.

"어서 달려!"

다리를 건널 때 그는 권총을 차창 너머 바다로 던져버린다. 나는 볼멘소리를 하려다 그의 표정을 보고 그만둔다. 꽤나 상심한 얼굴이다. 무척 아끼는 총인 모양이다. 하지만 살인 무기도 없이 차를 타고 다니는 것은 좋은 생각이 아니다. 언제 경찰이 다가와서 차를 갓길에 세우라고 명령할지 모른다. 위험을 감수할 필요는 없다. 나는 킬힐을 벗고 맨발로 액셀을 밟는다. 맨발로 운전하니 훨씬 수월하다. 이 차를 모는 게 정말 좋다.

chapter 40

자아실현에 관해 얘기 좀 해보자. 일주일 전까지만 해도 내 인생은 *개똥* 같았다. 일도 지긋지긋하고, 우울증 진단을 받았으며, 게으름뱅이 커플 때문에 살던 집에서 쫓겨나기까지 했다. 정말이지 사는 게 엿 같아서 죽고만 싶었다. 지금은 어떠냐고? 내 인생에 햇살이 짱짱하게 비추고 있다! 무지개가 뜨고 나비가 노니는 곳에서 커다란 금 항아리(무지개의 끝에 금 항아리가 있다는 전설에서 유래－옮긴이)까지 차지했다. 내 뜻대로 할 수 있는 유리한 고지를 점했다. 그래서 어떠냐고? 정말 살맛 난다.

앨비는 이제야 제대로 살고 있다.

드디어 마침내 내가 잘하는 일을 찾아냈다. 내가 베스보다 잘하는 일이다.

앨비나 나이틀리 : 살인 전문가

살인 :

나는 이 일에 타고난 소질이 있다.

마음에 드는 원피스처럼 내게 딱 맞는다.

푸크시아 색 원피스를 말하는 것이 아니다. 그 원피스는 너무 딱 달라붙어서 숨 쉬기도 힘들다. 성당에 갈 때나 입으면 어울릴 보라색 시폰 원피스도 아니다. 루이비통 검은색 미니 원피스는? 꽤 잘 어울렸다…….

목청 높여 소리치고 싶다. '**나는 살인이 좋다**'고. 달리 뭐라고 표현해야 좋을까? 살인은 내 *적성에 맞는다*. 살인은 다른 모든 것과 마찬가지로 하나의 예술이다. 나는 그 일을 특별히 잘한다. 아까도 말했듯이 나는 위대한 예술가다. 나이틀리는 카라바조, 셰익스피어, 모차르트 못지않다.

나는 살인하는 나비로 거듭났다. 나는 아름다운 박각시나방이다. 죽음에는 아름다움이 깃들어 있고, 잘 죽이는 것에는 나름의 스타일이 있다. 자신의 잠재성을 깨달으면 기분이 좋아진다. 마침내 소*질을 발휘하고* 희열을 느낀다. 그리고 또 뭐가 있을까? 이것은 돈이 되는 일이기도 하다. 잡지 생활 광고 영업을 하면서 2백만 유로를 벌려면 1백 년 동안이나 해야 한다. 그렇게 일한다고 해도 그 돈을 모을 수 있을까? 불가능하다. 그런데 지금 나는 돈…… 자동차…… 집…… 다이아몬드……를 가졌으니 여왕보다 부자인 것 같다. J. K. 롤링이나 푸틴 대통령, 리처드 브랜슨, 빌 게이츠보다 더 부유하고, 테일러 스위프트나 아델보다 더 잘사는 것 같다.

노력해서 얻은 성과라서 복권에 당첨된 것보다 더 보람차다. 힘들게 일해서 얻은 결과다. 그리고 이 일을 하면서 내 재능을 발견했다. 내 진정한 소명을 찾아냈다. 그렇다고 닥치는 대로 죽인다는 뜻은 아니다. 똑똑하게 굴어야 한다. 영리하게 처신해야 한다. 붙잡히지 않는 것이 중요하니까.

엄마와 베스가 지금 내 모습을 보면 좋을 텐데. 온 세상 사람들이 나를 볼 수 있으면 얼마나 좋을까. 어쩌면 볼 수도 있지 않을까? 경찰에 붙잡히고 싶은 생각도 든다! 세상에 악명을 떨치고 싶으니까. 그렇게 되면 모든 사람들이 내 이름을 알게 되겠지. 모두 나를 두려워하겠지! *앨비? 아, 맞아. 그 이름 들어봤어.* 이렇게 말할 것이다. 그리고 나를 피해 반대편으로 도망칠 것이다.

이런 기회를 줘서 고마워, 베스. 고마워요, 사랑스러운 암브로조. 사람들은 이런 것을 동시성의 원리(인과관계 없이 의미 있는 두 사건이 동시에 일어나는 것 – 옮긴이)라고 부른다. 동시성의 흐름에 몸을 맡기면 엿 같은 인생도 언젠가는 제자리를 찾아간다. 우주와 신이 당신을 도와준다. 만사 좋은 방향으로 흘러간다. 모든 일이 술술 풀린다.

◆

시칠리아, 메시나 페리 항구

"여권 주시겠어요?"

나는 망설인다. 내 가방에는 베스와 내 여권이 모두 들어 있다.

“여권 주시겠어요? 신분증도 주세요.”

난 누구지? 나는 베스일 수도, 앨비나일 수도 있다. 너무 더워서 머리가 돌아가지 않는다. 뜨거운 햇살이 내 정수리에 구멍을 뚫고 있다. 탈수 상태다. 입술이 갈라지고 혀가 입천장에 딱 붙었다. 보드카와 얼음 섞은 리모나타를 마시고 싶어 죽겠다. 난 도대체 누구지? 경찰이 지금쯤 베스를 찾기 시작했을 것이다. 앨비는 요 며칠 시칠리아를 관광하다가 런던으로 돌아가기에 알맞은 시기다. 그래, 지금 내가 그러려고 하는 거다. 누가 물어보면 이렇게 대답해야지. 팔레르모 어땠어요? 멋졌죠. 카타니아는? 훌륭했어요. 당연히 에트나 화산에 올라가 봤죠. 바다 일출은 정말 최고예요. 아그리젠토의 신전들요? 훌륭한 마그나 그라에키아(이탈리아 남부에 있던 고대 그리스의 식민 도시군-옮긴이) 건축이죠. 하지만 나한테 그런 것을 물어볼 사람이 있을까? 없다.

“여권 주시라고요.”

아, 젠장…… 직원이 성질을 낸다. 이탈리아 남자들은 성미도 급하다.

나는 작은 플라스틱 부스 안에 서 있는 남자에게 *내* 여권을 건넨다. 그 남자는 챙 달린 진청색 모자를 쓰고 공무원 같은 제복을 입었다. 나는 그가 경찰이 아니기를 빈다.

“감사합니다.”

남자는 차 안을 들여다보며 말한다. 얼굴을 보니 밤을 새운 것 같다. 우리 모두 정신없이 바쁜 밤을 보냈나 보다. 남자는 니노의 여권을 검사하고 내 얼굴과 여권을 차례로 확인한다. 나는 숨을 죽인다……. 내가 왜 걱정을 하고 있지? 사진은 딱 봐도 나인데. 의구심을 품을 리 없다.

"감사합니다, 부인."

남자는 여권을 탁 닫는다.

나는 니노가 보지 못하게 내 여권을 재빨리 받아 챙긴다. 남자가 차창 너머로 니노에게 여권을 돌려줄 때 흘끗 보니 성명란에 '잔니노 마리아 브루스카'라고 적혀 있다. 나는 큰 소리로 웃음을 터뜨린다.

"중간 이름이 마리아예요?"

니노가 나를 쳐다본다.

"그게 뭐?"

"마리아는 여자 이름이잖아요!"

그는 미간을 찌푸린다.

"이탈리아에서는 아니야."

"당신이 여자 이름을 가졌다니 믿기지가 않네요."

"베타, 조용히 하고 운전이나 해."

"게다가 당신 이름은 니노도 아니던데요!"

"니노는 잔니노의 약칭이야. 운전이나 해. 저쪽에 자리 있잖아."

"앞으로 당신을 니콜라라고 불러야겠어요." 나는 계속 웃으면서 말을 잇는다. "니콜라도 예쁜 여자 이름인데."

나는 경사로로 차를 몰아 페리호로 올라간다.

"이탈리아에서는 니콜라도 남자 이름이야."

"마리아도 남자 이름이고, 니콜라도 남자 이름이라고요? 이탈리아 사람들 미쳤나 봐."

"입 닥치라고 했지. 그러다 총 맞는 수가 있어."

"낸시! 낸시는 여자 이름이죠?"

"그래."

"그럼 이제 당신을 낸시라고 불러야겠네."

니노는 조수석에 앉아 조용히 속을 끓인다. 웃음이 나서 도저히 참을 수 없다. 나는 발작적으로 눈물까지 흘려가며 허리를 굽히고 깔깔 웃는다.

"진심으로 말하는데, 베타, 그만 조용히 하는 게 좋을 거야. 난 그것보다 더 별것 아닌 일로도 사람을 죽였어."

"어머, 진짜요?" 나는 눈가에 맺힌 눈물을 닦는다. 여전히 웃음이 나와 미치겠다.

"그래, 진짜야. 나를 이상한 눈으로 쳐다봤다고 죽였지. 그러니 내 이름을 비웃는 여자는 당연히 죽일 수 있어……."

니노는 이렇게 말하며 나를 노려본다.

나는 웃음을 멈춘다. 진심인 것 같다. 정말 나를 죽일 수도 있겠다. 그건 안 되지.

나는 마세라티와 피아트 사이에 람보르기니를 주차한다. 나는 페리호가 싫다. 특히 이런 페리호 주차장은 질색이다. 항상 휘발유 냄새 때문에 속이 울렁거린다. 암브로조의 요트가 그립다. 딱 한 번

밖에 못 타봤는데. 침몰해 버려서 아깝다.

자동차들이 바짝 주차돼 있어서 나는 간신히 문을 연다. 차 옆으로 붙다시피 내리면서 돈이 담긴 여행 가방도 챙긴다. 2백만 유로나 되는 돈을 주차장에 놓아둘 수 없다. 어떤 위험도 감수하지 않을 것이다. 여기는 살인자와 도둑놈, 강간범 천지다. 절대 안전하지 않다. 나는 니노를 따라 가파르고 좁은 계단을 올라가 갑판으로 향한다. 베스의 손목시계가 오전 6시 30분을 알린 순간 페리호는 티레니아해로 출항한다. 니노와 나는 난간에 기대서서 바다를 바라본다. 오늘 아침은 구름이 끼어 바다가 청회색이다.

일렁이는 파도에 페리호가 좌우, 위아래로 흔들거린다. 바람이 분다. 벌써부터 속이 울렁거린다. 니노가 성한 손으로 재킷 주머니에서 말보로 담배를 꺼내 내게 권한다. 나는 한 개비 꺼내 들고, 그와 내 담배에 불을 붙인다. 니노는 담배에 불이 붙도록 다친 쪽 손으로 바람을 막는다. 그의 손가락 관절이 엉망이다. 손톱 밑에는 진한 황토색 피가 말라붙어 있다. 우리 옆에 있던 비흡연자 커플이 인상을 찌푸리며 갑판 저쪽으로 자리를 옮긴다. 이제 이쪽에는 우리 둘뿐이다.

"생각해 봤는데요." 나는 수평선을 향해 길게 담배 연기를 내뿜고 니노를 돌아보며 애교 있게 미소 짓는다. "당신이랑 동업하고 싶어요."

"무슨 동업?"

"같이 일하고 싶다고요. 파트너로."

지저분한 흰 구름 사이로 태양빛이 쏟아지자 니노는 눈을 찡그리며 나를 쳐다본다. 그는 선글라스를 꺼내 쓴다. 햇빛을 어지간히 싫어하는 모양이다. 해바라기와는 정반대다.

"파트너?"

"네, *파트너*요. 우리는 잘할 수 있을 것 같은데, 어때요?"

나는 그에게 몸을 기울여 그의 눈을 들여다본다. 시커먼 선글라스 안쪽이 보이지는 않지만 어림짐작으로 시선을 맞춘다. 지금 나는 베스의 원더브라를 착용하고 있고, 전략적으로 그를 향해 가슴골을 내민다.

"당신은 미쳤어."

"뭐라고요?"

나는 한쪽 눈썹을 치뜬다.

니노는 금속 난간에 담배 끝을 짓이기고 바다로 던진다. 나도 한 모금 더 빨고 나서 담배를 바다에 던진다. 니노는 내 코앞에서 묵직한 금속 문을 쾅 닫고 성큼성큼 페리호 안으로 들어가 버린다. 나는 문을 열고 그를 쫓아가 맨 앞에 있는 바bar로 뛰어 들어간다.

"커피 한 잔."

니노는 자갈처럼 거친 목소리로 주문한다.

나도 따라서 주문한다.

"두 잔 주세요. 물도 한 잔 주시고요."

커피가 든 컵을 받아 드는 그의 손이 떨린다. 그는 물을 마시지 않는다. 꼭 선인장이나 낙타 같다. 물도 안 마시고 어떻게 여태 살아 있는지 모르겠다. 우리는 끈적한 플라스틱 테이블을 앞에 두고 불편한 플라스틱 의자에 앉는다. 나는 페리호의 '식당'이 진짜 싫다. 입맛을 떨어뜨리려고 일부러 이렇게 설계한 것 같다. 커피도 탄 맛이다. 페리호가 성난 바다 위에서 이리 치이고 저리 치인다. 파란색과 초록색 젤로(디저트용 젤리 – 옮긴이)로 만들어진 것 같은 수평선이 둥근 창문 너머에서 마구 일렁거린다. 구역질이 올라온다. 우리는 말없이 커피를 찔끔거린다.

니노는 이마에 협곡처럼 깊은 주름을 지으며 마침내 입을 연다.

"그래, 당신은 믿기지 않을 정도로 대단한 사람이야. *나*를 시켜 살바토레를 죽이게 하더니, 이제는…… 뭐…… 암살자가 되고 싶다고?"

그는 플라스틱 컵을 손에 쥐고 우그러뜨린다. 마치 해골을 부수듯 *빠각* 소리가 난다.

"그래요. 그건 미안하게 됐어요. 내가 직접 했어야 했는데. 그 일이 좋아서……."

"뭐가 좋다는 거야?"

"신부와…… 그 패거리를…… 죽인 거 말이에요."

그는 내 눈을 빤히 쳐다본다.

"베스, 당신 때문에 미쳐버리겠다. 대체 무슨 말을 하는 거야? 그 일이 '좋다'고?"

나는 잠시 생각한 끝에 미소 지으며 혀로 입술을 핥는다.

"아뇨, 좋은 정도가 아니라 사랑해요. 살면서 해본 일 중에 제일 재미있어요."

니노는 벌떡 일어선다. 그가 앉아 있던 의자가 바닥을 긁으며 뒤로 확 밀린다. 나도 일어나 돈 가방을 들고 그를 따라간다.

"니노! 잠깐만요. 그 일을 하면서 얼마씩 받아요? 네?"

"어떤 건이냐에 따라 달라……."

그는 빠른 걸음으로 걸어간다.

"얼마예요?"

"시칠리아에서?"

"시칠리아에서요."

우리는 통로를 지나 '남성용' 표시가 있는 문 앞까지 온다. 니노는 그 문을 밀고 들어간다. 경첩이 죽어가는 돼지처럼 꾸액 소리를 낸다. 나는 통로 좌우를 살피다가 될 대로 되라는 심정으로 그를 따라 남자 화장실로 들어간다. 안에는 우리뿐이다. 누군가 게워낸 걸 아무도 치우지 않았는지 토사물 냄새가 진동한다. 환기장치나 창문도 없다. 나는 문에 등을 기대고 선다. 차가운 플라스틱 문이 베스의 얇은 셔츠를 사이에 두고 내 등을 누른다. 니노는 소변기 앞에 서서 바지 지퍼를 내린다. 나는 소변 보는 그를 쳐다본다.

"누구 부탁이라 싸게 해줄 때는 2천 유로."

"2천 유로? 사람을 죽이고 2천 유로를 받는다고요?"

말도 안 돼. 솔직히 나는 공짜로도 해줄 수 있다. 살인의 쾌감을 맛볼 수 있다면 얼마든지.

"최대 1만 유로까지 받아. 까다로운 작업일 때는 2만 유로 받을 때도 있어."

도자기로 된 소변기에 쏴 하고 소변 떨어지는 소리가 난다. 소변 냄새가 코를 찌른다. 화장실 구석 바닥에 있는 물웅덩이를 따라 시커먼 곰팡이가 두껍게 번져 있다. 나는 손으로 입을 막는다.

"하지만 그건 시칠리아 시세잖아요. 시칠리아가 몬테카를로도 아니고, 런던은 또 다를 거예요. 수익성이 좋을 거라고요."

화장실 칸막이 한 곳에서 변기 물 내리는 소리가 들린다. 화장실은 비어 있지 않았다. 우리만 있는 것이 아니다. 우리는 남이 듣지 못하게 목소리를 낮춘다.

"나는 2만 유로가 최고 가격이었어. 중요한 인물이었고 공무원이었지."

니노가 뱀처럼 소곤거린다.

"당신 이력은 잘 들었어요. 나랑 같이 일하면 어떨지 생각해 봐요. 돈은 두 배로 벌고 작업 시간은 반으로 줄어들 거예요. 런던 같은 곳에서 우리가 얼마나 많이 벌지 상상해 보라고요."

난 화려하고 스타일리시하며 음탕한 곳에서 부유하게 살고 싶다.

"어쨌든 시칠리아에서는 더 이상 작업 못 해. 마피아 전쟁이라면 내가 잘 알지. 지금 마피아들은 잔뜩 열이 받아 있어."

방광을 비운 니노는 바지 지퍼를 올리고 세면대로 향한다. 그는 손을 씻으며 거울 속에 비친 나를 날카롭게 쏘아본다.

"당신 덕분에 망했어. 난 이제 시칠리아로 못 돌아가."

한 남자가 칸막이 문을 밀고 나온다. 키가 작고 깡마른 남자는 '로마'라고 적힌 야구 모자를 쓴 것을 보니 관광객이 분명하다. 남자는 나를 쓱 쳐다보고 인상을 쓰면서 니노에게 눈길을 돌렸다가

흠칫 놀란다. 니노는 꼼짝 않고 서서 남자를 마주 쳐다본다. 당장이라도 먹이를 향해 달려들 준비가 된 사마귀 같다. 남자는 겁먹은 귀뚜라미처럼 고개를 숙이고 서둘러 밖으로 내뺀다. 남자는 손도 씻지 않았다. 구역질이 난다. 니노를 보는 순간 기겁하고 나간 것이 분명하다. 피 때문일 것이다. 니노의 팔에 피가 떡이 져 있다. 객관적으로 보면 섬뜩한 모습이다. 내 눈에는 여전히 섹시해 보이지만.

"조반니 팔코네(마피아 검거의 선봉에 나섰다가 1992년에 자동차 폭탄으로 가족과 함께 암살된 판사-옮긴이)라고 들어봤어?" 니노는 거울을 들여다보며 말한다. "내가 처리한 사람 중 하나야. 나 혼자는 아니었고…… 다른 놈들과 같이 했지……. 나 빼고 모두 감옥에 갔어."

"이제부터는 우리 둘이 같이 죽이자고요."

"그 이름 들어봤냐고?"

"뭘 들어봐요?"

"됐다."

덥다. 끈적거린다. 습하다. 더럽게 불편하다. 어서 갑판으로 올라가 신선한 공기를 쐬고 싶다. 나는 그의 등으로 다가가 두 팔로 허리를 감싸고 내 쪽으로 끌어당긴다.

"자기야, 자기야…… 우리 둘이 같이 해봐요. 우리는 전설이 될 거예요."

나는 그가 손에 물을 적시고 비누 디스펜서로 손을 뻗는 모습을 바라본다. 그는 디스펜서의 노즐을 누르지만 아무것도 나오지 않는다. 그는 다시 세게, 더욱 세게 눌러보지만 디스펜서는 텅 비어 있다. 그는 성한 손으로 디스펜서를 벽에서 뜯어내 저만치 던져버린다. 디스펜서가 벽에 부딪치면서 딱딱한 플라스틱이 쪼개지는 소리와 함께 박살이 난다.

"겨우 사람 하나 죽여놓고 알 카포네(미국의 유명한 갱단 두목-옮긴이)라도 된 줄 아나 보네."

"양보다 질이죠……."

그는 내가 몇 명 더 죽였다는 것을 모른다……. 그에게 말해 주고 싶다. 다 털어놓고 싶다. 우리 둘 사이에 비밀은 없도록. 내가 베스가 아니라는 얘기도 하고 싶다.

"당신은 재능이 있지만 아마추어야, 베타. 나는 20년 경력자에…… 잘 알려지기도 했고……."

"그래서요? 그런 건 이제 아무 의미 없잖아요. 시칠리아로 다시는 못 돌아간다면서요."

니노는 나지막이 이탈리아어로 욕을 내뱉는다.

"여자 살인청부업자 중에 아는 이름 있으면 대봐요."

"여자 살인청부업자?"

그는 고개를 들고 내 눈을 바라본다. 뭔가를 계산하는 표정이 아니다. 내가 그의 뇌에 합선을 일으킨 모양이다.

"이름을 못 대네요."

"여자는 그런 일 못 해."

니노는 나를 밀치고 핸드 드라이어 쪽으로 걸어가지만 그것도 고장이다. 그는 손을 닦으려고 종이 타월 디스펜서의 레버를 당긴다. 하지만 종이 타월도 비어 있다.

"내가 잘하는 거 알잖아요. 아까 차에서도 총을 쏴서 명중시켰고요."

"내가 왜 사람을 고용하지?" 그는 레버를 위아래로 몇 번이나 당긴다. 아무것도 나오지 않는다. 그는 성한 손으로 종이 타월 디스펜서를 벽에서 뜯어낸다. "당신이 암브로조의 마누라니까 말만 하면 일거리를 주는 줄 알아? 당신은 훈련도 받지 않았고 경험도 없어. 대체 살인 충동이 어디서 시작된 거야? 일주일 전만 해도 당신은 총이라면 질색했는데!"

니노는 종이 타월 디스펜서를 바닥에 패대기친다. 머리가 핑 돈다. 바깥 공기를 쐬어야겠다. 바닥이 부풀어 오르고 배가 앞뒤로 흔들린다. 나는 화장실을 가로질러 달려간다. 니노를 밀치며 뛰어가지만 변기까지 다다르지 못하고 바닥에 왈칵 토하고 만다.

"좋은 생각이 아니야."

chapter 41

이탈리아, 아로나 마을

"거의 다 왔어요?"

내가 묻는다.

몇 시간째 메탈리카 음악을 들었더니 유쾌한 노래를 듣고 싶어 죽겠다. 유쾌한 노래를 좋아하거나 밝고 희망적인 컨트리 뮤직을 즐기는 편은 아니지만 니노는 헤비메탈을 줄기차게 틀어 나를 말려 죽이려 한다. 시끄러운 록 음악은 이제 그만 듣고 싶다. 테일러 스위프트의 노래를 들으면 좋겠다. '아이 뉴 유 워 트러블I Knew You Were Trouble'은? 괜찮은 선곡인데.

"어딜 거의 다 왔냐는 거야?"

"모르겠어요. 프랑스?"

그는 나를 곁눈질로 쳐다본다.

"우린 아직 스위스도 못 넘어갔어."

"그럼…… 아직도 이탈리아예요?"

"이탈리아 국경을 넘더라도 스위스를 지나야 프랑스야."

"아."

지도를 미리 봐둘걸 그랬다. 베스라면 미리 지도를 보고 구글로 화장실과 경치 좋은 피크닉 장소를 검색해 뒀을 것이다.

"당신이 운전을 하니까 목이 아파."

"목이 아파요? 어떻게요? 난 *목뼈가 삐끗*했는데."

"당신이 신경을 곤두서게 하잖아."

막상 운전해 보니 나폴리에서 런던까지는 상당히 먼 거리다. 그래도 아직 정오밖에 안 됐다. 하늘은 지긋지긋할 정도로 푸르다. 똑같은 절벽, 똑같은 바다만 계속 보인다. 길은 너무 뜨거워 녹아내릴 것 같다. 아스팔트 탄내가 올라온다. 풀들이 지독하게 건조해서 이러다 자연발화할 것 같다. 5시간 동안 똑같은 풍경만 보고 있다. 오른쪽은 산이요 왼쪽은 바다다. 우리는 이탈리아 국경 근처에 있는 아로나라는 작은 마을에서 잠시 쉬었다 가기로 한다. 이곳에는 거대한 마조레 호수가 있다. 내가 피곤에 절어 녹초가 되지만 않았어도 차에서 내려 돌아다녔을 것이다. 잉크처럼 푸르고 깊은 호수는 시야가 닿는 끄트머리까지 양옆으로 쭉 뻗어 있다. 호수 주위로 나무가 빽빽이 자란 언덕들이 굽이굽이 펼쳐져 있고, 적갈색 지붕의 하얀 집들이 점점이 박혀 있다. 끝내주는 경치다. 하지만 관광객이 너무 많다. 같은 자세로 계속 앉아 운전했더니 다리가 잘 움직이지 않는다. 걸어가다가 넘어질 것 같다.

우리는 조용한 옆길로 들어가 차를 세운다. 람보르기니의 지붕을 올리고 문을 잠근다. 나는 운전석 등받이를 뒤로 젖히고 잠을 청해 보지만 잠이 오지 않는다. 자리가 너무 불편하다. 엉덩이가 마비된 것 같다. 허벅지에 땀이 나서 가죽 시트가 피부를 찔러대는 것 같다.

뭐든 할 게 없나 하고 주변을 둘러본다. 니노는 입을 벌린 채 자고 있다. 딱히 보기 좋지는 않다. 나는 지루해서 성경을 휘리릭 넘겨본다. 니노는 코카인을 흡입할 때 판으로 쓰려고 성경을 챙겨 온 모양이다. 성경을 보면 아담과 이브가 생각난다. 마치 프랑켄슈타인의 괴물처럼 이브가 아담의 갈비뼈 중 하나로 만들어졌다는 얘기가 떠오른다.

◆

이방 민족의 신들은 은과 금이며
사람의 손으로 만든 우상에 불과하다.
그들은 입이 있어도 말하지 못하고
눈이 있어도 보지 못하며
귀가 있어도 듣지 못한다.
또 그 입에는 입김도 없으니
그것을 만든 자와 그것을 신뢰하는 자들이
다 그와 같으리라.

《구약성경》〈시편〉 135장 15~18절

금이 뭐가 잘못이라는 거지? 따분하네.

"주님께서 미워하고 싫어하는 것이 일곱 가지 있으니, 그것은 교만한 눈과, 거짓말하는 혀와, 죄 없는 자를 죽이는 손과, 악한 계획을 세우는 마음과, 악을 행하려고 빨리 달려가는 발과, 거짓말을 토하는 거짓 증인과, 형제 사이를 이간하는 자이다."(《구약성경》〈잠언〉 6장 16~19절)

주님은 못 참는 것도 많다. 친구가 별로 없겠다. 주님의 말에도 일리 있는 것이 딱 하나 있는데, 대부분의 사람들이 멍청이라는 것이다.

주님에 대해 생각하다 보니 빌어먹을 우스꽝스러운 노래가 머릿속을 맴돈다. 베스와 내가 걸스카우트 활동을 할 때 불렀던 노래다. 그 노래는 머릿속에서 끝없이 재생된다. 머리에 총이라도 쏴서 이 노래를 멈추고 싶다. 영화 〈파이트 클럽〉의 마지막 부분에서 에드워드 노튼은 자기 머리에 총을 쏜다. 나는 내 입에 제대로 총구를 박아 넣고 방아쇠를 당기고 싶다. 그 영화에서 에드워드 노튼은 얼굴 절반이 날아가고 목구멍이 핏물로 막힌 채 주절주절 지껄인다.

오, 베이크드 빈Baked bean 깡통을 타고서는

(베이크드 빈 깡통을 타고서는)

넌 절대 천국에 갈 수 없어

(절대 천국에 갈 수 없어)

왜냐하면 베이크드 빈 깡통에는

(왜냐하면 베이크드 빈 깡통에는)

베이크드 빈이 들어 있거든

(베이크드 빈이 들어 있거든)

오, 베이크드 빈 깡통을 타고서는 넌 절대 천국에 갈 수 없어

왜냐하면 베이크드 빈 깡통에는 베이크드 빈이 들어 있거든

난 더 이상

더 이상 주님을

슬프게 하지 않을 거야

난 더 이상

주님을 슬프게 하지 않을 거야

주님을 슬프게 하지 않을 거야

주님을 슬프게 하지 않을 거야

오, 보이스카우트의 무릎으로는

(보이스카우트의 무릎으로는)

넌 절대 천국에 갈 수 없어

(절대 천국에 갈 수 없어)

왜냐하면 보이스카우트의 무릎은

(왜냐하면 보이스카우트의 무릎은)

너무 흔들거리거든

(너무 흔들거리거든)

오, 보이스카우트의 무릎으로는 넌 절대 천국에 갈 수 없어

왜냐하면 보이스카우트의 무릎은 너무 흔들거리거든

난 더 이상

더 이상 주님을

슬프게 하지 않을 거야

난 더 이상

주님을 슬프게 하지 않을 거야

주님을 슬프게 하지 않을 거야

주님을 슬프게 하지 않을 거야

오, 넌 절대 천국에 갈 수 없어……

"입 좀 닥쳐, 베타."

니노가 일갈한다.

내가 소리 내서 노래를 불렀나 보다.

◆

우리는 오후 중반에 잠이 깬다. 잠깐 눈을 붙이려고 했는데 몇 시간이나 자버렸다. 썩 바람직하지 않다. 우리는 어서 이 나라를 빠져나가야 한다. 니노는 눈을 뜨고 몸을 쭉 펴며 하품을 한다.

"잘 잤어요?"

"음, 몇 시야?"

"2시요."

그는 자동차 라디오를 켜고 이리저리 채널을 돌린다. 제발 메탈리카는 그만 좀 듣자.

"이젠 당신이 운전해요. 난 많이 했잖아요."

그가 눈썹을 치뜬다.

"난 팔을 다쳤잖아."

"그래서요? 아직 안 나았어요?"

"내가 운전할 수 있었으면 당신이 하게 뒀겠어?"

"어머, 내 운전 솜씨가 형편없진 않잖아요. 여기까지 내가 운전해서 왔는데……."

"당신은 내 차를 부쉈어."

그걸 잊고 있었다. 니노는 라디오 다이얼을 이리저리 돌린다. 치지직, 끔찍한 잡음이 흘러나온다.

"윽, 꺼요."

"조용히 해. 뭐라도 들어야겠어."

라디오에서 이탈리아어가 시끄럽게 쏟아져 나온다. 차라리 음악을 듣는 게 낫겠다. 니노가 저스틴 비버를 좋아할까? 아니면 아델의 축 처지는 노래?

"어쩌고저쩌고 엘리자베스 카루소……."

라디오의 목소리가 아는 이름을 언급한다.

"젠장, 뭐야?"

내가 말하자 니노가 소리를 높인다.

"쉿."

라디오의 목소리가 2, 30초 동안 떠들어댄다. 나는 니노의 얼굴을 보며 반응을 살핀다.

"뭐예요? 뭐라는 거야? 어서 말해 줘요!"

"저들이 경비원을 인터뷰했대. 경비원 알아? 원형극장에서 일하는? 이름은 프란체스코 뭐라는데."

젠장.

"알아요. 그런데 왜요?"

그 경비원 이름이 프란체스코였구나? 웃긴다. 그는 프란체스코보다 카를로나 클라우디오처럼 생겼다.

"그 경비원이 당신이 걱정된다고 말했어. 당신 안전이 염려된다고. 무슨 의미인지 모르겠지만 최근에 당신답지 않게 행동했다는군. 그리고 당신이 미인이라고 했어. 어쨌든 괜찮겠어. 경찰은 당신을 찾고 있대. 나에 대해서는 모르나 봐."

"나를 찾고 있다고요? 그런데 뭐가 괜찮다는 거예요?"

나는 답을 찾으려 그의 눈을 바라본다.

"경찰이 나를 찾고 있는 건 아니니까."

"나쁜 놈. 그리고 또 뭐라고 해요?"

니노는 코카인 봉지를 꺼내 성경 위에 한 줄로 뿌리고 내게 50유로짜리 지폐를 내민다. 나는 지폐를 돌돌 말아 코카인을 흡입한다.

"경찰은 총격 사건에 대해 알고 있어. 누가 총소리를 들었다고 신고했대. 경찰은 랜드로버 안에서 시체 두 구를 발견했어. 당신이 실종된 줄 알고 걱정하는 모양이야."

"경찰이 지금 나를 찾고 있다면 어떻게 되는 거죠? 내가 이 나라를 떠날 수 있긴 한 거예요?"

아, 맙소사. 제발 우리가 이탈리아를 벗어날 수 있기를. 스위스만 들어가도 무사할 것이다. 스위스는 느긋한 나라니까. 테니스 선수 로저 페더러만 봐도 알 수 있다.

"모르겠어."

니노는 차에서 내려 두 다리를 쭉 뻗는다.

"모른다니, 무슨 소리예요?" 나도 차에서 뛰쳐나간다. "어디 가요?"

"아침 요깃거리 사러. 먹고 싶은 거 있어?"

아침이라니, 왜 저러는 걸까? 지금은 오후 2시인데.

"아뇨. 국경은요? 거기 이탈리아 경찰이 있을까요?"

"이 근처에 피자 전문점이 있나 찾아볼게. 페페로니 좋아해? 차에 있어. 쓸데없이 돌아다니지 말고."

그는 자동차 키를 빼내 주머니에 넣는다.

"뭐야!"

그는 아랑곳하지 않고 길을 따라 내려간다.

"나 목말라요!"

"맥주 사올게."

그는 어깨 너머로 소리치며 모퉁이를 돌아 사라진다.

"맥주 싫어요! 탐폰이랑 진통제나 사와요. 생리할 것 같아."

배가 살살 아프다. 월경통 때문이거나 운전석에 너무 오래 앉아 있어서 그럴 것이다. 젠장, 앞으로 닷새 동안 피를 흘리는 일만은 피하고 싶다. 오해하지는 말길. 난 피를 좋아한다. 다만 내 피가 아니라 남의 피를 좋아할 뿐이다. 나는 운전석에 털썩 주저앉는다.

망할. 모든 것이 악몽이다. 나는 핸드백을 열어 내 여권과 베스의 여권을 쳐다본다. 내 여권은 국경에서 필요하니까 계기판 위에 올려놓고 베스의 여권은 핸드백에 다시 처박는다. 경찰이 베스를 찾고 있다면 나는 앨비로 살아야 한다. 페리 항구에서 직감대로 앨비의 여권을 내민 것이 결과적으로 잘한 일이었다. 갑자기 속이 메스껍다. 바람을 쐬려고 차창을 내리자 산들바람이 얼굴을 살며시 간지른다. 니노가 내 여권의 이름을 봤으면 어떡하지? 이번만큼은 내 뜻대로 되어야 할 텐데.

차 안을 둘러본다. 엉망이다. 폴리스티렌 컵, 기름투성이 파니니 포장지, 빈 말보로 담뱃갑으로 어질러져 있다. 대시보드 위에는 니노의 코카인이 있다. 내 코카인은 뒷좌석에 있다. 무사히 국경을 넘어가려면 말썽에 휘말려서는 안 된다. 이 망할 것들을 치워야 한다. 나는 내 코카인을 니노의 코카인과 함께 들고 살그머니 차에서 내린다. 미치도록 덥다. 더위를 식혀주던 산들바람도 잦아들었다. 태양이 내 어깨와 이마, 코를 바짝 태운다. 목덜미가 따갑다. 길 저 아래 있는 쓰레기통에 코카인을 버려야겠다. 니노가 나를 죽이려 들겠지만 위험을 감수할 수는 없다. 나는 새끼손가락에 코카인을 약간 찍어 마지막으로 들이마시고 나머지는 쓰레기통에 던져 넣는다. 그 위를 〈코리에레 델라 세라Corriere della Sera〉('저녁 통신'이라는 뜻의 이탈리아 일간지 – 옮긴이) 신문지로 덮는다. 그러다 문득 생각나는 것이 있어 신문을 꺼낸다. 혹시 나에 대한, 아니 베스에 대한 기사가 실려 있을까 싶어 1면부터 앞쪽 몇 페이지의 주요 뉴스와 사진을 빠르게 훑는다. 아직은 없다.

◆

스위스는 길이 울퉁불퉁해서 차멀미가 난다. 프랑스는 지루할 정도로 평평하다. 마침내 채널 터널(영국과 프랑스를 잇는 도버해협 터널 – 옮긴이)에 거의 다 왔다. 안심이다. 하지만 이 터널을 지나가려면 똥구덩이 같은 칼레 시를 통과해야 한다. 나는 사람들이 왜 프랑스를 좋아하는지 이해할 수가 없다. 예전에 베스와 나는 주말에 엄마와 함께 파리에 간 적이 있다. 그곳에서 이틀을 보냈는데, 너무 힘들었다. 사람들은 파리를 사랑의 도시라고 하지만 파리의 거리는 오줌 냄새가 진동하고 노숙자로 들끓는다. 프랑스를 찾은 일본인들은 상상과 다른 파리의 모습에 문화 충격을 받아 심리치료까지 받는다고 한다. 정말이다. 일본인들은 디즈니 성과 코코 샤넬을 기대하고 프랑스로 날아가는데 에펠탑 전망대에 올라가려면 5시간씩 줄을 서고, 속수무책으로 정체된 개선문 주변에서 미친 듯이 경적을 울려대는 택시를 타고, 마르셀이라는 이름을 가진 남자를 만나 임질에 걸리면 생각이 바뀐다. 어떤 이들은 일본인들에게 마늘 퓌레를 먹으라고 내주고, 어떤 이들은 날 쇠고기와 구더기가 꼬물대는 치즈를 내준다. 그러면 일본인들은 골루아즈 담배를 스무 갑 정도 조용히 피우면서 하라주쿠를 그리워하게 된다. 솔직히 파리에 오는 모든 일본 관광객들이 그런 일을 겪는다고 해도 과언이 아니다. 그들은 파리에서 우디 알렌 감독의 영화 〈미드나잇 인 파리〉가 아니라 영화 〈콰이강의 다리〉(제2차세계대전 중 태국 밀림을 배경으로 한 전쟁 영화 – 옮긴이)의 센강 버전을 경험하기 때문이다.

조수석에 앉은 니노는 바다코끼리처럼 코를 골며 자고 있다. 내가 그의 마약을 전부 버린 바람에 그는 지치고 짜증이 난 상태다. 우리는 디종 시(디종은 머스터드 생산지다. 나는 머스터드라면 딱 질색이고 앞으로도 절대 먹지 않을 것이다)와 아라스 시(〈햄릿〉에 나오는 직물 이름 아닌가?)를 지나간다. 고속도로 표지판에 적힌 도시명을 보고 그렇구나 할 뿐이다. 내가 보기에 프랑스는 진회색 아스팔트와 갈색 허허벌판이 전부인 나라다. 프랑스인들이 전부 제정신이 아닌 것도 무리가 아니다. 지독하게 지루하다. 프랑스인들이 하는 일이라고는 섹스하고 먹는 것뿐이다. 생각해 보니 그것도 나쁘지 않은 삶이다. 아예 여기서 눌러살까?

프랑스에서 살더라도 칼레는 아니다. 칼레는 금속 냉각 파이프, 거대한 터빈, 증기로 이루어진 흉측한 산업지대여서 사람 살 곳이 못 된다. 왜 여기서 살고 싶어 하는지 이유를 모르겠다. 비가 내리는데도 개구리 같은 프랑스인들은 전부 밖에 나와 돌아다니고 있다. 이곳의 좋은 점은 1.99유로짜리 술을 파는 슈퍼마켓이 있다는 것 정도다. 슈퍼마켓에 들어가 술을 잔뜩 사고 싶다는 생각을 하다가 문득 깨닫는다. 나는 이제 가난뱅이가 아니다. 런던에서 쓸데없이 비싼 술도 여유 있게 살 수 있다. 불에 태워도 될 만큼 돈이 많다. 진토닉 값으로 15파운드를 요구할 때마다 심장마비를 일으키지 않아도 된다. 사람을 죽인 보람이 있다.

"먹을 것 좀 살까요? 프랑스식 버거를 먹고 싶은데."

나는 계속 코를 고는 니노를 깨운다.

"배 안 고파요?"

"맥도날드를 찾아보자고."

그가 눈을 비비며 말한다.

우리는 보슬비 사이로 도시를 돌아다니다 드디어 황금색 아치 모양 심벌마크를 발견한다.

"내가 주문할게요. 영화 〈펄프 픽션〉을 보고 프랑스 맥도날드에서 주문하는 법을 배웠어요."

니노는 멍한 눈으로 나를 쳐다본다. 쿠엔틴 타란티노의 영화를 안 좋아하는 모양이다. 특이하다.

"그런데 당신도 쿼터 파운더 치즈버거를 먹어야 돼요. 다른 건 주문할 줄 몰라요."

"뭐든 상관없어."

그는 아직 잠이 덜 깬 상태다.

우리는 맥도날드 드라이브스루로 들어간다. 나는 차창을 내린다.

매장 창문 안쪽에서 여직원이 말한다.

"봉주르.(안녕하세요.)"

"봉주르." 나는 손가락 2개를 세우고 주문한다. "로열 위드 치즈(쿼터 파운더 치즈버거의 프랑스 명칭 – 옮긴이) 2개 주세요."

"로열 위드 치즈 2개요?"

여직원이 인상을 쓰며 되묻는다. 긴 금발 머리에 긴 금발 눈썹을 가진 그 여직원은 일을 하기에는 너무 어려 보인다.

나는 다시 한 번 목소리를 높여 천천히 말한다.

"로열 위드 치이이이이이즈 2개요."

여직원이 터치스크린에 뭐라고 입력한다. 알아들은 것 같다.

"5유로입니다, 손님."

"네?"

"5유로요."

여직원은 손가락 5개를 펴 보인다.

"아, 네, 5유로라고요. 니노, 현금 있어요?"

그는 신부의 돈 가방을 턱 끝으로 가리킨다. 나는 트렁크에 있는 가방을 손으로 잡아 내 무릎으로 끌어당긴다. 걸쇠를 풀고 가방을 연다. 돈이 너무 예뻐서 차마 손을 대고 싶지 않다. 돈에서 새로 칠한 페인트 냄새가 난다. 나는 맨 위에 있는 돈뭉치에서 500유로짜리 지폐 한 장을 꺼낸다. 방금 찍어낸 듯 깨끗하고 빳빳하다. 나는 차창 너머로 팔을 뻗어 여직원에게 지폐를 내민다. 여직원은 돈 가방을 빤히 쳐다본다. 아, 가방이 아니라 돈을 보고 있다. 여직원은 두 손가락으로 돈을 받고 잔돈을 준비한다. 세월아 네월아 오래도 걸린다.

"495유로입니다. 감사합니다."

마침내 여직원이 잔돈을 내민다. 누가 밑이라도 닦았는지 잔뜩 구겨진 더러운 지폐들이다.

"아뇨, 됐어요. 잔돈은 가지세요." 나는 코를 찡그리며 말한다. "버거나 줘요."

여직원은 알아듣지 못한 얼굴이다. 나는 고개를 젓는다.

"아뇨."

니노가 차창 너머로 팔을 쭉 뻗고 잔돈을 받아 조수석 사물함에 집어넣는다. 여직원은 내게 버거를 내밀고, 우리는 그곳을 떠난다.

"뭐하러 잔돈을 받았어요? 난 *친절하게* 굴고 싶었는데."

"그러지 마. 당신한테 안 어울려."

chapter 42

창밖을 내다본다. 물고기는 보이지 않고 캄캄하기만 하다. 우리는 람보르기니에 탄 채로 수십 대의 차량들과 함께 카 트레인 안에 비좁게 끼어 있다. 자동차들을 싣고 채널 터널을 통과하는 열차다. 참 쓸데없는 짓거리다. 차들이 직접 터널을 달리면 되지 않나? 프랑스 놈들은…… 역시 미쳤다. 내가 카 트레인을 탄 이유는 페리호를 타고 싶지 않아서였다. 니노도 마찬가지였을 것이다. 그래서 우리는 뱃멀미를 하느니 카 트레인을 타고 건너가기로 했다. 막상 타보니 매연 냄새가 풀풀 나고 할 일이 없어 심심하다. 입안에 휘발유 냄새가 감돈다. 불을 지르기에 참 좋은 곳이라는 생각이 든다.

"우리 내려서 좀 걸을래요?"

"어딜 가려고? 여긴 해저 70미터에 있는 금속 튜브 속이야."

내가 코카인을 버려서 니노는 여전히 날카롭다.

나는 조수석에 늘어져 있는 니노를 바라본다. 그는 암브로조의 검은 가죽 재킷의 깃을 바짝 세우고 있다. 두 눈은 검은 구멍처럼 생기 없고 암울하다. 얽은 자국이 있는 얼굴에는 코카인 줄만큼이나 길쭉하고 얇은 상처가 옅게 남아 있다.

"그냥, 열차 안을 이리저리 다녀볼래요?"

"뭐하러?"

"다리라도 펴자고요."

"다리 펴고 싶은 생각 없어."

"다른 차들 구경도 좀 하고요."

니노는 나를 노려보며 고개를 흔든다.

"끝없이 고속도로를 달려오면서 차라면 물리도록 봤잖아. 그런데도 차를 더 보고 싶어? 이 빌어먹을 기차에 실린 차들 중 가장 잘빠진 차가 바로 이 차야. 이 차나 실컷 봐."

그의 말이 맞다. 차라면 지긋지긋하다. 운전도 지겹다. 원래 운전이 서툴렀는데, 고속도로 주행으로 부족한 운전 기술을 메웠다. 채널 터널에 불을 붙이면 카 트레인 전체가 폭발할 것이다. 카 트레인에 실린 차마다 휘발유가 들어 있고 수백 대의 차들이 빽빽이 들어차 있으니까. 성냥에 불을 붙여 어느 차 밑에 놓기만 하면 다이너마이트처럼 폭발할 것이다. 그럼 채널 터널의 양측 출입구인 영국의 포크스턴과 프랑스의 칼레도 용처럼 불을 뿜고 포효하겠지. 대단한 장관일 것이다. 진심으로 그렇게 해보고 싶지만 불을 지른 다음 빠져나갈 수 없는 것이 문제다. 우리도 같이 타 죽을 것이다.

쾌감을 느끼기 위해 그렇게까지 할 필요가 있겠는가?

"니노." 나는 그의 어깨에 머리를 기댄다. 가죽 재킷을 뚫고 올라오는 몸의 열기가 느껴진다. "죽고 싶어요?"

"뭐? 지금?"

"그래요. 지금."

그는 잠시 생각해 본다. 그의 뇌 속에서 톱니들이 윙 돌아가는 소리가 들리는 것 같다.

"돈 가방에 2백만 유로가 들어 있잖아. 또 다른 가방에는 다이아몬드가 잔뜩 들어 있어. 클래식한 람보르기니도 있지. 베타, 난 살고 싶어."

맞는 얘기다.

"알았어요. 그냥 한번 물어봤어요."

그는 베스가 살던 집을 잊은 것 같다. 이 사태가 정리되면 그 집을 팔아야지. 15만 유로는 받을 수 있을 것이다.

"베벌리 힐스에 저택을 하나 살까요?"

"아니. 난 나폴리 바닷가에 있는 집을 사고 싶어."

니노는 여전히 인상을 쓰고 있다. 나는 그의 화난 모습이 좋다. 상대의 머리를 총알이나 드릴로 뚫어버릴 듯이, 도로 연석에 머리를 처박고 짓이길 듯이 눈빛이 이글거리고, 총격을 벌일 때는 불꽃이 튀는 것처럼 금니가 번뜩일 때의 모습이 좋다. 런던에 도착하면 그가 나에게 프러포즈를 할까? 그럼 나는 받아들일 생각이다.

영국에 도착하면 계획부터 세워야겠다. 나와 어니, 니노를 위해 정교한 계획이 필요하다. 우리에게 필요한 것은 바로 훌륭한 계획이다! 천재적인 전략이 있어야 한다. 그래야 우리 셋이 전 세계를 돌아다니며 사람을 죽이고 섹스를 하고 배를 타고 차를 달리고 쇼핑하고 태닝하고 보드카처럼 맑은 바다를 앞에 두고 두 눈에 별을 담은 채 코카인처럼 하얀 해변에서 높은 모래성을 지을 수 있다. 우리는 베스와 암브로조를 잊을 것이다. 살바토레도 잊어야지. 그 밖에 다른 사람들도. 아, 그 신부라면 벌써 잊었다.

◆

런던, 세인트제임스 지구

"왜 굳이 리츠 호텔에 묵겠다는 거야?"

병목 현상으로 꽉 막힌 팰맬 가에서 나는 기어를 1단에 놓고 멈춰 있다. 앞뒤로 차들이 바짝 붙어 있다.

"더럽게 비싼 호텔이잖아."

"알아요. 거기 한번 가보고 싶었어요."

"가서 뭐 하게? 샴페인에 목욕이라도 하게?"

"당신이 원한다면……."

"그 호텔은 금덩이로 만든 요리라도 준대?"

"어쩌면 그럴 수도……."

"케이트 모스와 나오미 캠벨이 내 성기를 빨아주지 않는 한 그 비싼 호텔에 묵을 이유는 없다고 생각하는데……."

"객실료에 슈퍼모델의 섹스 서비스가 포함돼 있지는 않을 거예요. 당신이 그런 서비스가 왜 필요해요? 내가 있는데."

니노가 코웃음을 친다. 그냥 웃는 것일 수도 있다.

우리는 피카딜리 지역으로 들어가 더 리츠 런던 호텔 앞에 차를 세운다. 커다랗고 호화로운 글씨로 '더 리츠THE RITZ'라고 적혀 있다. 돌기둥이 세워진 건물에 영국 국기가 나부낀다.

나는 발렛 직원에게 차 키를 휙 던지고 람보르기니에서 내린다.

"차 부수지 말아요."

"네, 손님."

"잃어버리지도 말고요."

"네."

도어맨이 우리에게 정중히 인사한다. 금테를 두른 검은색 중절모, 기다란 검은색 오버코트, 커다란 금 단추. 그의 구두는 얼굴이 비칠 정도로 광이 난다. 도어맨이 묵직한 유리문을 열어준다. 우리는 더 리츠 호텔 안으로 들어간다. 빛으로 가득한 아트리움이 우리를 맞이한다. 버킹엄궁전이나 베르사유궁전 못지않다. 아트리움 한가운데 커다란 꽃병에 장미꽃이 가득 꽂혀 있다. 그래서 공기 중에 장미 향이 가득하다. 장미를 좋아했던 베스가 봤으면 무척 좋아했을 것이다. 여긴 베스의 취향이다. 니노와 나는 입구를 지나 리셉션 데스크로 향한다.

"팔은 어때요?"

니노는 고개를 들고 인상을 찌푸린다.

"더럽게 아프지만 좀 나아졌어."

"잘됐네요."

리셉션 데스크에 있던 직원들은 자기네끼리 떠들다가 우리가 다가가자 입을 다물고 고개를 든다. 그들은 옅은 회색의 스리피스 정장과 옷에 어울리는 넥타이를 착용했다. 우리를 보면서 초라한 행색이라고 생각하는 듯하다.

"좋은 저녁입니다, 손님."

"안녕하세요."

내가 인사를 건넨다.

리셉션 데스크 뒤에는 바닥부터 천장까지 이어지는 거대한 거울이 있고, 화려하고 고풍스러운 금색 시계도 있다. 시계의 로마 숫자가 밤 11시 30분을 가리키고 있다. 벽에 설치된 등에서 따뜻한 황금색 빛이 흘러나온다. 나는 거울에 비친 내 모습을 언뜻 본다. 연장한 속눈썹, 왁싱으로 다듬은 눈썹, 꿀 색깔로 염색한 긴 금발. 영락없는 베스의 모습이다.

"손님? 손님? 무엇을 도와드릴까요?"

"음."

나는 거울에 비친 베스를 쳐다보느라 잠시 정신이 팔려 있었다.

"방 하나 주쇼."

니노가 나선다. 나는 암브로조의 보드라운 가죽 재킷을 입고 서 있는 니노를 돌아본다. 그의 턱 바로 옆 목에 붉은 점이 찍혀 있다. 면도를 하다 베인 핏자국처럼 보이기도 한다.

직원은 마우스를 딸깍딸깍 두드리더니 컴퓨터 화면을 들여다보며 말한다.

"남은 객실이 로열 스위트룸 하나뿐이네요."

"아, 그 방으로 하면 되겠어요."

내 목소리가 이상하다. 숨소리가 섞이고 살짝 쉰 것이 베스의 목소리와 똑같다.

"1박에 부가가치세 포함해서 4500파운드입니다."

"얼마라고?"

니노가 말한다. '난 그 돈 못 내'라는 뜻인 것 같다.

나는 니노가 들고 있던 돈 가방을 빼앗아 데스크에 탁 내려놓는다. 직원이 깜짝 놀란다.

"유로도 받죠?"

"아, 지금 바로 결제하실 필요는 없고 아침에 결제하시면 됩니다." 직원은 안심이 되는지 미소 짓는다. "호텔에 환전소도 있습니다. 카드로 확인만 먼저 해도 될까요?"

나는 그에게 돈 한 푼 없는 내 직불카드를 내주고 싶지 않다. 경찰이 추적하고 있을지 모르니 베스의 카드를 내줄 수도 없다. 나는 가방에서 500유로짜리 지폐 한 뭉치를 꺼내 직원의 손에 들이민다.

"여기요."

직원은 고개를 끄덕이며 돈을 받는다.

"완벽하네요."

계산을 마치고 나는 이렇게 말한다. 이상하다. 이건 베스의 말투다. 나는 고개를 저으며 니노를 흘끗 쳐다본다. 그는 이상한 낌새를 알아채지 못했다. 혹시 내가 미쳐가고 있는 것일까?

"입실을 위해 신분증을 확인해도 될까요? 여권이나 운전면허증이면 됩니다."

"그러죠."

나는 미소 지으며 여권을 내민다. 주고 보니 베스의 여권이다.

"좋습니다. 여기 서명해 주세요."

경찰들이 런던에서 엘리자베스를 찾고 있지 않기를 바란다. 내가 운이 좋다면 그렇겠지. 나는 서류에 '엘리자베스 카루소'라고, 심지어 오른손으로 서명한다. 베스 역할을 점점 잘해 내고 있다. 다시 한 번 니노를 돌아보지만 그는 눈치를 전혀 못 챈 것 같다. 그는 자신의 다친 팔만 들여다보고 있다.

"로열 스위트룸의 카드키 여기 있습니다. 머무시는 동안 저희 직원 매튜가 손님들의 전담 버틀러가 될 겁니다. 필요한 게 있으시면 언제든 말씀해 주시고……."

"필요 없습니다."

니노가 으르렁대는 듯한 목소리로 끼어든다.

"매튜가 두 분의 가방을 객실까지 올려다 드릴 겁니다."

"내가 직접 들 겁니다."

니노는 양손에 하나씩 가방을 집어 들다가 팔에 통증을 느꼈는지 인상을 쓴다.

"알겠습니다, 손님."

아쉽게 됐다. 난 버틀러를 두고 싶었는데. 재미있을 것 같다. 우리는 매튜를 따라 붉은 카펫이 깔리고 크리스털 샹들리에가 반짝거리고 금실로 수놓인 커튼이 달린 복도를 지나 스위트룸으로 향한다. 매튜가 버튼을 누르고 우리는 엘리베이터를 기다린다. 엘리베이터 문이 열린다. 윤기 나는 나무 패널의 구식 엘리베이터다. 안쪽에 빅토리아풍 드레스를 입은 숙녀 그림이 붙어 있고, 반짝이는 놋쇠 난간이 둘러 있다. 나는 매튜의 어린 이목구비를 바라본다. 얇고 부드러운 금발, 깔끔한 면도, 연푸른 눈동자. 풀 먹인 하얀 깃이 턱에 바짝 끼어 있다. 보이 밴드 멤버 같다. 턱 가운데가 옴폭 들어갔다. 딱 열두 살 정도로 보인다. 그는 나를 보며 미소 짓는다. 나는 고개를 돌려 바닥을 내려다본다. 하얀 대리석 타일에 금색으로 리츠의 'R'이 적혀 있다. 핑! 소리가 나고 엘리베이터가 멈춘다.

"이쪽입니다, 손님."

니노와 나는 매튜를 따라 또 다른 복도를 지나 드디어 우리 방 앞에 도착한다. 1012호. 매튜가 문손잡이에 카드키를 넣자 문이 딸깍 열린다. 매튜는 넓고 으리으리한 거실로 우리를 이끈다. 거실은 시대풍 가구와 큼직한 청동 액자 그림으로 장식돼 있다. 대리석 벽난로 양옆에는 고대 그리스 여성의 모습을 본딴 모형들이 세워져 있다. 벽난로 위 선반에는 항아리처럼 보이는 장식들과 반짝이는 촛대들이 놓여 있다. 니노가 500유로를 팁으로 내밀자 매튜는 눈을 휘둥그렇게 뜨고 망설이다가 팁을 받는다.

"아무도 이 방에 들여보내지 마."

니노는 매튜의 팔뚝을 죔쇠처럼 단단히 붙잡고 말한다.

“알겠습니다, 손님. 그렇게 하겠습니다.”

“아무도.”

“네.”

매튜는 다시 허리를 굽혀 인사하고 돌아서서 나간다. 니노는 우리의 옷과 다이아몬드가 담긴 가방을 침대 옆에 두고, 돈 가방은 침대 위에 올려놓는다. 나는 마치 꿈을 꾸듯 스위트룸을 누빈다. 거실에서 식당, 침실, 욕실, 옷방, 서재로 둥실둥실 떠다닌다. 스위트룸은 타오르미나의 집보다 훨씬 크고 좋다. 여기서 계속 살아도 되지 않을까?

“아, 진짜! 우리가 해냈어요! 진짜 해냈어!”

나는 돈 가방을 열어젖힌다.

“이 돈 좀 봐요. 이게 다 우리 거야. 우리 거라고! 마피아도 신부도 살바토레도 없으니 너무 좋아!”

나는 양손에 지폐를 한 줌씩 쥐고 위로 한껏 높이 던져 올린다. 침대 위에 돈을 쫙 펼쳐놓는다. 부드럽고 매끈한 돈의 감촉이 마치 비단 같다.

돈이 보라색 눈처럼 나풀나풀 떨어져 내린다. 나는 가방을 아예 뒤집어 돈을 전부 침대에 쏟아놓는다. 해 질 녘의 수영장 같다. 지폐들이 수면 위에서 격한 보라색과 푸크시아 핑크 색으로 물결친다. 그 안에 뛰어들어 포르노 속 섹시한 여자처럼 물을 튀기며 흠뻑 젖고 싶다. 어느새 차가운 물과 등을 어루만지는 따뜻한 햇살이 느껴지는 것 같다.

"이것 좀 봐요, 니노! 제기랄!"

나는 니노를 돌아본다. 그의 눈에 불꽃이 튄다.

"보고 있어."

그는 나를 보고 있다.

"우리가 해냈어요."

도저히 믿기지 않아 숨이 가쁠 정도다.

"그래, 우리가 해냈어. 제길."

나는 니노를 잡아 침대에 쓰러뜨린다. 그의 몸에 올라타 셔츠를 벗긴다. 단추가 뜯겨 나가 바닥에 떨어진다. 셔츠가 찢어진다.

나는 내 윗옷을 벗고 브래지어를 푼다. 그의 다리를 타고 내려가 바지를 벗긴다. 그의 목 아래 움푹 들어간 곳부터 시작해 가슴을 지나 그의 엉덩이뼈까지 입을 맞춘다. 그의 허리띠를 풀고 지퍼를 내린다. 아, 세상에…… 그는 이미 발기해 있다.

"자동차에, 돈에, 다이아몬드에. 우린 부자예요! 하고 싶은 건 뭐든지 할 수 있어!"

나는 다리를 벌리고 니노의 몸에 올라타 그의 눈을 내려다보며 편안하게 자리를 잡는다. 그는 느낌이 끝내준다. 그의 성기는 내 안 깊숙이 가득 채우며 내 지스폿을 자극한다. 그는 손을 뻗어 내 가슴을 움켜쥔다. 내 젖꼭지를 문지르고 아프게 꼬집는다. 나는 그를 타고 천천히 달리다가 점점 속도를 높인다. 내 손바닥이 그의 뜨끈하고 땀으로 미끌거리는 손바닥을 내리누른다. 서로의 손가락이 미끄러지며 휘감는다. 나는 그의 두 손을 그의 머리 위로 밀어 올린다.

깊게 내려앉으니 느낌이 더욱 좋다. 나를 완전하게 가득 채운다. 그는 내 엉덩이를 잡고 바짝 끌어당긴다. 그의 손톱이 내 살을 파고든다.

"내 이름을 말해 봐요."

"베타."

나는 그를 타고 달리고 달리고 또 달린다. 땀이 내 등을 타고 뚝뚝, 가슴을 타고 줄줄 흘러내린다. 숨이 차서 헐떡인다. 무중력 상태로 붕 뜬다. 뜨겁다. 열기가 내 몸에 차오른다. 내 몸이 불타고 있다. 나는 재와 불꽃이 되어 둥둥 떠오른다. 나는 연기고 니노는 불이다. 머리가 가벼워진다. 어깨가 둥실 뜬다. 나는 자유다. 나는 천하무적이다.

"당신은 나쁜 놈이야, 니노. 나쁜 놈, 아주 나쁜 놈. 진짜 진짜 진짜 진짜 진짜 진짜 못된 놈."

그가 파도처럼 내 안으로 밀려 들어와 나를 덮치고 덮치고 또 덮친다. 나는 그의 성기를 타고 앉아 몸을 뒤로 젖힌다. 가쁜 숨을 내쉰다. 나는 영원을 향해 나아간다. 정신이 팽창하고 몸이 떠오른다. 심장이 총격처럼 폭발한다.

chapter 43

나는 욕실을 나가 폭신하고 하얀 목욕 가운을 걸친다. 머리카락의 물기를 닦아낸 수건을 한쪽 어깨에 걸친다. 음, 내 몸에서 좋은 향이 난다. 호텔 측이 제공한 샤워젤이 시트러스 향과 그레이프프루트 향인데 어찌나 맛있는 냄새를 풍기는지 먹고 싶을 정도다. 이 샤워젤은 리츠의 자체 브랜드다. 나중에 여기 비치돼 있는 작은 병 몇 개만 훔쳐 가야겠다. 목욕 가운이랑 슬리퍼도.

니노는 여전히 침대 위에 널브러져 있다. 내가 욕실로 들어갈 때와 똑같은 자세로 잠들어 있다. 고요하고 평화로운 모습이다. 그를 보고 있으니 내 아기 어니와 숨이 끊어진 암브로조가 떠오른다.

고풍스러운 책상이 벽에 붙어 있다. 나는 책상으로 가서 구경한다. 책상 위에는 예스러운 잉크통과 호텔명이 찍힌 종이가 놓여 있다. 미색의 두툼한 종이는 꽤 비싸 보인다. '리츠 런던' 펜과 '리츠 런던' 엽서도 몇 장 있다. 이 호텔의 아름다운 정면 모습, 돌기둥, 햇빛을 듬뿍 받은 꽃 사진이 담긴 엽서다. 작은 나무 서랍을 열어보니 아름다운 레터 나이프가 있다. 상아 손잡이와 반짝이는 은색 날로 되어 있다. 제대로 된 칼은 아니지만 꽤 품질이 좋고 날카로워 보인다. 정확히 얼마나 날카로울지 궁금하다. 나는 스위스 아미 나이프를 시칠리아에 두고 왔다.

"니노?"

대답이 없다.

"니노!"

"젠장!"

니노가 일어난다. 내가 소리를 질러서 놀란 모양이다. 어쨌든 깨어나긴 했다.

그는 눈을 떴지만 눈앞에 나만 있고 괴물은 없자 다시 눈을 감는다. 벌렁 드러누워 곧 코를 골며 다시 잠든다. 나는 그의 옆으로 가서 침대에 걸터앉는다. 그의 손목을 잡고 레터 나이프로 그의 손가락을 깊고 깔끔하게 벤다. 피가 쫙 뿜어 나와 그의 손에 퍼지고 시트로 뚝뚝 떨어진다.

"악! 뭐 하는 짓이야?"

니노는 다른 쪽 손으로 베인 손을 잡고 가슴께로 가져간다. 이번에는 확실히 깬 것 같다…….

"가만히 있어봐요. 손가락 이리 내요."

그는 고개를 젓는다. 질겁한 표정이다.

"손가락 안 내놓으면 다음은 당신 불알이야."

우리는 그의 성기를 함께 내려다본다. 그는 아직 알몸이다. 그는 불알을 내줄 수는 없다고 생각했는지 손가락을 내준다.

"뭐 하려고?"

"보면 알아요."

나는 그의 손가락을 잡고 내 목욕 가운 주머니에서 작은 유리병을 꺼낸다. (오래전 런던의 벼룩시장에서 산 물건인데 지금까지 사용할 기회가 없었다.)

"이쪽 팔은 이미 충분히 피를 흘린 것 같지 않아?"

그는 흐르는 피를 뚫어져라 쳐다본다. 피는 그의 손가락과 손목, 팔뚝을 빠르게 지나 팔꿈치로 구불구불 흘러내리며 와인처럼 붉고 기다란 선을 긋는다.

"이것 봐요, 목걸이에요!" 나는 목걸이에 연결된 작은 유리병을 그의 피로 가득 채운다. "이제부터 이 목걸이를 영원히 내 목에 걸고 있을 거예요. 안젤리나 졸리와 빌리 밥 손튼도 예전에 이런 목걸이를 했어요!"

유리병이 니노의 피로 넘친다. 나는 작은 뚜껑으로 주둥이를 닫고 돌려서 잠근다.

"그렇다고 이렇게 확 벨 필요는 없잖아! 미쳤어?"

니노는 피가 나는 손을 어루만진다. 다친 팔과 같은 쪽 손이다. 그는 상처를 입어서 아픈 표정이다. 도로변의 토끼처럼, 누군가에게 걷어차인 강아지처럼 가련한 모습이다. *어떻게 이럴 수가 있지?*

"그만해요."

"*나 말이야?*"

"그래요."

"뭘 그만하라고?"

나는 눈알을 위로 굴린다.

"그러지 말라고요……."

"뭘? 뭘 말이야?"

"좀 더 *니노답게* 굴라고요."

그는 한숨을 쉰다.

"*그렇게 많이* 다친 것도 아니잖아요. 어쨌든 이거 낭만적이지 않아요?" 그는 대꾸하지 않는다. "당신을 위한 목걸이도 여기 있어요. 봐요! 이렇게 2개가 한 세트예요."

나는 작은 유리병이 달린 또 다른 목걸이를 꺼내 그에게 보여준다. 나는 이 목걸이들이 무척 마음에 든다. 오래되고 고풍스럽지만 사용한 흔적은 없다.

"아니, 됐어." 그는 유리병을 쳐다보며 말한다. "난 목걸이 안 차."

"아, 알았어요."

괜찮다. 이런 목걸이는 그의 스타일이 아니다.

나는 그에게 기대고 입을 맞춘다. 오래도록 깊이 키스한다. 그도 내게 키스한다. 화가 많이 나지는 않았나 보다.

"당신이나 *더 베타답게* 굴어." 그는 웃으며 말한다. "당신이 이렇게 반쯤 미친 여자인 줄은 미처 몰랐어."

그가 미소 짓는 모습을 처음 본 것 같다. 미소는 마음에 들지만 *베타*가 되고 싶진 않다. 베타는 두 번째 선택, 이인자, 망할 두 번째 계획을 뜻하니까. 난 알파Alpha가 되고 싶다. 나 자신, 앨비나 나이틀리가 되고 싶다. 그동안 거의 잊고 있었다. 겨우 며칠밖에 안 되었는데 영원처럼 아득하다. 니노도 앨비를 좋아할 것이다. 누군가에게 말하지 않으면 미쳐버릴 것 같다. 니노는 분명 이해해 줄 것이다. 그리고 니노와 앨비는 함께 살인하고 섹스하고, 섹스하고 살인하며 영원히 행복하게 살 것이다! 오늘 밤 호텔 바에서 말해야겠다.

"리셉션에 전화해서 접착 밴드 가져오라고 할게요."

◆

매튜가 왔다 가고, 니노는 피로 물든 손가락에 밴드를 단단히 감았다. 지금 우리는 침대 발치에 서 있다.

"옷 입고 뭐 먹으러 가요. 이 호텔에 식당이 있겠죠?"

니노도 뭐든 먹을 것 같은 얼굴이다. 피를 흘려 안색이 약간 창백해지긴 했지만.

그는 내 목욕 가운을 잡고 어깨 너머로 벗겨 내린다. 가운이 발치로 흘러내려 웅덩이를 이룬다. 나는 알몸이 됐다.

"아!"

뭐지? 섹스를 하고 싶은 건가? 또? 맙소사. *나보다* 심한데.

"기다려."

"뭘요?"

나는 그대로 서서 그를 지켜본다. 그는 베스의 보석과 암브로조의 옷이 담긴 가방을 뒤적거린다.

"이거 걸자."

그는 베스의 다이아몬드 목걸이를 꺼낸다. 한 번 걸어본 적 있는 목걸이다. 램프 조명을 받으니 전보다 훨씬 아름답다. 다이아몬드가 무수한 별처럼 반짝인다. 숨이 막힌다. 지난번에는 베스에게 들켰지만 이곳에 베스는 없다. 이제 이 목걸이는 온전히 내 것이다.

"당신이 이 목걸이를 하면 좋겠어."

아, 세상에. 니노가 내 목에 다이아몬드 목걸이를 걸어주었다. 피부에 닿은 다이아몬드가 얼음처럼 차갑게 타오른다. 거울에 비친 내 모습을 바라본다. 가슴에서 활활 타올라 망막이 아릴 만큼 눈부시게 빛나는 보석 외에는 아무것도 걸치지 않은 모습이다.

나는 목걸이를 내려다보며 가슴 한가운데 위치한 가장 큰 다이아몬드를 손으로 쓰다듬는다. 니노는 정말 낭만적이다. 너무 좋아서 말문이 막힌다.

니노가 내 이마에 입을 맞춘다.

"아래층 바에 먼저 내려가서 술을 주문해 놔. 샤워하고 내려갈게."

"알았어요. 이따 봐요."

◆

리볼리 바에서 니노를 기다리는 중이다. 나는 마티니 잔 가장자리를 손가락으로 문지르며 남자 바텐더에게 미소 짓는다. 베스의 다이아몬드 목걸이가 램프 불빛을 받아 반짝인다. 다이아몬드 크기가 아기 머리통만 하다. 귀고리도 반짝반짝 빛난다. 내 눈으로는 볼 수 없지만 베스의 다이아몬드 귀고리가 목걸이와 똑같이 빛나고 있다는 것을 알 수 있다. (나는 목걸이뿐만 아니라 귀고리도 차고 나왔다.) 내 모든 것이 반짝반짝 빛나고 있다. 나는 백만 달러짜리로 보인다. 나는 깊게 숨을-목련 향을 본딴 합성 향료 향기를-들이마시며 긴장을 풀어본다. 제임스 본드 시리즈처럼, 암브로조가 주문하던 대로, 섞지 않고 살짝 흔든 보드카 마티니를 쭉 들이켠다. 자유와 맑고 푸른 하늘 맛이다. 작은 은그릇에 나선형으로 깎아 놓은 오렌지 껍질과 올리브 한 알이 담겨 있다. 술에 넣으라는 건데 나는 둘 다 잔에 넣고 흔들어 섞는다.

백만장자가 된 기분이라니, 정말 끝내준다.

손바닥으로 서늘하고 매끈한 바 테이블을 문지른다. 리볼리 바에 손님은 나뿐이다. 조용하다. 밤 12시 45분. 무슨 요일인지는 모르겠다. 월요일인가. 아무래도 상관없다. 나는 바 스툴에 앉아 빙글 돌아본다. 마호가니, 표범 무늬, 황금색 아기 천사들, 루이 16세 시대풍 안락의자, 빛나다 못해 거울처럼 윤기가 흐르는 까만 테이블들. 다양한 크기의 텀블러들, 샴페인 잔, 작은 유리잔, 15가지 종류의 술이 잔뜩 담긴 운반대도 보인다. 은색 칵테일 셰이커에는 겨우 읽을 수 있을 만큼 작은 글씨로 '리츠 런던'이라고 새겨져 있다.

나는 아직 니노를 기다리고 있다.

배가 고파 죽을 것 같아서 바 메뉴를 보고 벨루가 캐비어를 주문한다. 가격은 15파운드. 은 접시에 담겨 나온 캐비어는 인형한테나 1인분일 정도로 양이 엄청 적다. 검은색 알들이 작은 눈알처럼 반들거린다. 축소 모형처럼 작은 블리니(러시아식 팬케이크-옮긴이) 3개, 작은 채소 망에 담긴 레몬 4분의 1조각, 다진 샬롯 양파 1컵, 다진 파슬리 1컵, 그리고 괴상한 노란 가루를 조금 곁들였다. 이걸로 뭘 어떻게 하라는 건지 몰라 그냥 쳐다보기만 한다. 왠지 칭송받아 마땅한 어느 유명인의 추상 예술 작품 같다. 나는 그냥 무료로 제공되는 땅콩이나 먹기로 한다.

한 남자가 들어온다. 니노가 아니다. 그 남자는 바 테이블 맞은편 끄트머리에 앉아 위스키를 스트레이트로 주문한다. 그는 스툴에 앉아 이리저리 몸을 돌리며 휴대폰을 만지작거린다. 그 남자의 뒤쪽 벽에 휘황찬란한 금박 그림이 걸려 있다. 찬란한 일몰을 배경으로 한 여자가 백조와 함께 뒤로 기대앉은 그림이다. 금색과 오렌지색으로 빛나는 환한 하늘에 햇살이 뻗어 있고, 물결 모양 구름이 소용돌이친다. 젖가슴을 내놓은 아름다운 나신의 여자는 머리카락을 느슨하게 나부끼며 입을 벌린 모습이다. 백조는 장엄하고 당당하게 날개를 활짝 펴고 여자의 몸에 올라탔다. 마티니를 다 마시고 나서야 나는 그림 속 여자가 백조에게 강간당하고 있음을 알아챈다. 예전에 히스토리 채널에서 본 적이 있다. 여자는 레다, 백조는 제우스다. 알고 보니 혐오스러운 그림이다. 돌연 구역질이 난다.

드나드는 이 없는 문간을 멍하니 쳐다보다가 바를 다시 둘러본다. 조용하고 거의 비어 있다. 베스의 손목시계 초침을 들여다본다.

똑딱, 똑딱. 시간이 지독히도 느릿느릿 흘러간다. 살바도르 달리의 그림 속 녹아내린 시계처럼 서서히 흐르다가 멈춰버린다. 바 안에 있는 모든 것이 마치 그림처럼 굳었다. 유화물감으로 칠한 그림 같다. 창문, 가구, 테이블과 의자도 모두 색칠되어 있다. 전부 2차원이다. 아무것도 움직이지 않는다. 이윽고 나는 니노가 오지 않을 것임을 알아챈다. 내가 계속 기다리고 있는 것도 그래서다. 그는 오지 않을 것이다.

정신이 번쩍 든다.

젠장.

"전화 좀 써도 될까요?" 나는 바텐더에게 요청한다. "룸에 전화 좀 하려고요."

"그러시죠, 손님."

바텐더가 수화기를 건넨다. 나는 와락 움켜쥐고 객실번호 1012를 누른다. 신호음을 기다리다가 끊고 다시 번호를 누른다. 받지 않는다. 아래층으로 내려오는 중인가? 그게 아님을 나는 알고 있다. 나는 청구서에 서명하고 서둘러 바를 나선다. 복도를 지나 계단을 올라간다. 엘리베이터를 타고 내려오는 니노하고 길이 엇갈리면 어쩌지? 나는 카드키를 꺼내 문을 연다.

"니노?"

니노의 물건들이 보이지 않는다. 그의 옷과 신발, 우리의 가방이 온데간데없다. 스위트룸은 비어 있다. 가방을 찾아 방 안을 헤집는다. 옷장을 열어젖히고 침대 밑도 들여다본다. 서랍을 전부 열고 돈을 찾아본다. 테이블 위에 람보르기니 발렛 티켓이 있는지 확인해 본다. 혹시 밑으로 떨어졌나 싶어 바닥도 찾아본다. 없다. 아무것도 없다.

빌어먹을!

침대 옆 테이블에 니노의 모자가 놓여 있다. 검은색 띠를 두른 회색 페도라. 나는 페도라를 집어 든다. 페도라에서 그의 체취가 난다. 그가 여기 있었다는 유일한 표시다. 나는 수화기를 들고 침대에 털썩 주저앉아 컨시어지로 전화를 건다.

"발렛 연결해 주세요." 곧 발렛 직원이 받는다. "여기 1012호인데 우리 차 아직 거기 있죠?"

잠시 후…….

"아뇨, 손님. 남편분이 방금 차를 빼달라고 하셔서요……."

"알겠습니다." 나는 전화를 끊고 내뱉는다. "씨발."

창가로 달려가 창문을 열어젖히고 거리를 내려다본다. 싸늘한 거리에 비가 내리고 있다. 빨간색 람보르기니가 보인다. 발렛 직원이 차를 빼고 있다. 니노는 가방 2개를 들고, 돈을 갖고 저 앞에 서 있다.

"니노!"

내가 소리친다.

그는 람보르기니 문을 연다. 내 쪽을 올려다보지도 않는다.

나는 힐을 벗고 객실에서 달려 나간다. 복도를 질주한다. 저 개새끼가 달아나게 둘 수는 없다. 엘리베이터는 너무 느리니 계단으로 내려간다. 발을 헛디뎌 휘청이면서도 미친 듯이 계단을 밟고 내려간다. 리셉션 직원과 눈도 안 마주치고 그 앞을 지나간다. 리셉션 데스크의 직원이 고개를 들고 나를 쳐다본다. 내가 달려갈 때 매튜가 미소 짓는다. 빌어먹을 니노. 나쁜 새끼. 나는 우리가 미래를 함께할 줄 알았다. 우리 사이에 특별한 뭔가가 있다고 여겼다. 도어맨이 문을 열어주며 허리 숙여 인사한다.

나는 거리로 나선다. 비가 쏟아지고 있다. 나는 딱 2초 늦었다. 내 손끝이 람보르기니의 뒤쪽을 스치자마자 니노는 액셀을 밟는다. 나는 죽을힘을 다해 달려간다. 빗방울이 내 얼굴을 세차게 때리며 목으로 흘러내려 등이 오싹하다. 람보르기니는 속도를 내면서 피카딜리 지역을 빠르게 지나간다. 그의 뒤통수. 그의 번드르르한 검은 머리. 그는 뒤돌아보지도 않는다. 나는 그의 망할 페도라를 손에 쥐고 있다. 나는 그의 뒤에 대고 페도라를 던지고, 보도의 물웅덩이에 주저앉아 울음을 터뜨린다. 그래! 그는 떠났다. 프러포즈 따위는 잊을 수 있다. 계획도 잊을 수 있다. 또다시 나는 혼자 외로이 남게 됐다. 미워할 베스도 없다. 나는 모두를 죽여버렸다.

젠장 젠장 씨발 씨발 젠장
씨발 씨발 젠장 젠장 씨발 씨발 젠장
젠장 씨발 젠장 씨발 젠장.

◆

나는 차갑고 매끄러운 벽지를 손가락으로 쓸며 끝없는 복도를 미끄러지듯 걸어간다. 발이 저절로 움직이는 것 같다. 마침내 스위트룸 문이 보인다. 문틀에 기대어 몸을 가누며 도어락을 손으로 더듬는다. 카드키를 넣자 딸깍 소리가 나며 작은 초록색 불이 들어온다. 문을 열고 안으로 들어간다. 조금 달라지긴 했지만 룸 내부는 똑같다. 비디오게임 안에 들어와 있는 것처럼 픽셀 단위로 보인다. 눈물로 눈앞이 부옇다. 돌연 고요하다. 방이 너무 큰 것 같다. 이 넓은 공간을 나 혼자 쓰라고? 나는 소파에 털썩 주저앉는다. 아찔하다. 감각이 없다. 이제 뭘 어떻게 해야 하지? 오늘 밤이 지나면 여기 머물 수도 없다. 수중에 돈도 없다. 게으름뱅이들의 집으로 돌아갈 수도 없다. 아무리 애걸복걸해도 그들은 나를 집 안에 들이지 않을 것이다. 아치웨이의 내 방을 떠올린다……. 지금 그 방은 어떻게 됐을까. 내 물건을 싹 치웠겠지. 채닝 테이텀의 포스터가 걸려 있던 벽은 더러운 직사각형 표시와 모서리에 블루택(종이를 벽에 붙일 때 쓰는 푸른 점토 같은 것 – 옮긴이) 잔여물만 남아 있을 것이다. 채닝의 포스터는 어떻게 됐을까? 게으름뱅이들이 자위 기구들과 함께 내다 버렸겠지. (미스터 딕을 타오르미나에 두고 오는 게 아니었다.) 지붕에서 새는 빗물을 받을 새로운 들통이 바닥에 놓여 있을 것이다. 내 물건은 사라졌겠지만 내 방은 그대로일 것이다. 낡은 이불과 낡은 카펫도 그대로일 것이다. 내가 그곳을 떠난 적이 없는 것처럼, 아무것도 변한 게 없는 것처럼. 혹시 달라진 건 전혀 없고, 전부 내 상상이었을까?

시칠리아에서 있었던 일들이 악몽처럼 희미하게 사라진다…….
나는 휴대폰을 집어 들고 사진을 넘겨본다. 나와 어니. 죽은 신부와 찍은 셀카. 빗속에 널브러진 시체들. 모두 실제로 일어난 일이다! 난 미쳐가고 있는 게 아니다. 붉은 벨벳 쿠션을 가슴에 껴안고 측면에 머리를 기댄다.

니노가 켜놓고 간 텔레비전에서 24시간 뉴스 채널 BBC 월드가 나온다. 시리아, 칼레, 람페두사섬의 난민 위기에 관한 뉴스다. 소리를 죽여놨지만 화면 하단에 새빨간 글씨로 뉴스가 지나가고 있다.

"속보 : 사라졌던 카라바조의 〈성 프란체스코와 성 로렌초가 함께 있는 아기 예수 탄생〉 그림이 시칠리아의 타오르미나 시 어느 가정집 화재 현장에서 훼손된 채 발견. FBI는 1969년 팔레르모의 성 로렌초 성당 기도실에서 도난당한 3천만 달러 가치에 달하는 카라바조의 걸작을 지금까지 찾고 있었던 것으로 알려져."

내가 3천만 달러짜리를 불태웠다고?

비명이 터져 나온다.

나는 화면을 향해 달려가 텔레비전을 벽에서 뜯어낸다. 텔레비전이 카펫에 와장창 떨어진다. 전원이 나간다. 나는 들뛰며 화면을 짓밟는다. 탁, 탁, 탁. 그리고 바닥에 엎드려 숨을 고른다. *3천만 달러? 빌어먹을 3천만 달러라고?* 나는 미니바를 열고 진 한 병을 꺼낸다. 봄베이 사파이어다. 이건 병이 파란 건가 아니면 진 자체가 파란색인 건가? 나는 그 술을 한입에 털어 넣는다. 맛은 썩 좋지 않지만 기분은 약간 나아진다.

베스의 휴대폰이 울린다. 트윗, 트윗, 트윗. 누구야? 설마 또 테일러 스위프트는 아니겠지? 나는 핸드백에 손을 넣어 휴대폰을 꺼낸다. 엄마의 부재중 전화 여섯 통과 문자 2개가 와 있다. "베스, 어디니? 너희 집 앞이야. 집이 잿더미가 됐더라! 소방관들이 와 있긴 한데 집이 전소됐어. 엄마한테 전화해. 너 괜찮은 거지?" "내 딸 베스야, 엄마가 네 아들을 데리고 있어. 걱정하지 마. 어니는 에밀리아와 함께 무사하더라. 엄마가 어니를 데리고 호텔에 가서 으깬 바나나를 먹일게."

비명이 나온다.

나는 비명을 토해 낸다.

더 크게 내지른다.

금 촛대를 손에 쥐고 테이블 위에 있는 물건들을 후려친다. 램프, 과일 그릇, 작은 크리스털 조각상이 방을 가로질러 날아간다. 나는 안락의자와 소파를 뒤집는다. 커튼을 움켜쥐고 뜯어낸다. 커튼이 붉은 무더기가 되어 바닥에 떨어진다. 나는 커튼으로 몸을 감싸고 공처럼 웅크린다. 이제 나는 돈도, 집도, 자동차도, 니노도, 요트도, 아기 에르네스토도 없다. 이대로 사라지고 싶다.

누가 총소리처럼 요란하게 문을 두드린다. 제기랄. 뭐야? 꺼져. 가버려. 이 한밤중에 대체 누구야? 심장이 쿵쾅거린다. 엄마일까? 아, 맙소사. 안 돼, 제발 엄마는 아니길! 그런데 내가 어디 있는지 엄마가 어떻게 알지? 혹시 니노? 아니다. 그는 한참 전에 떠났다. 엘리자베스? *멍청한 생각하지 마, 앨비나. 베스일 리 없잖아.* 시칠리아에서 우리를 따라오던 남자들? 아니, 그들은 내가 죽였는데? 멍청한 경찰? *진정해, 앨비. 피해망상이야.* 또다시 요란하게 문을 두드린다. 드릴로 뇌를 뚫는 것 같은 소리다. 나는 심호흡을 한다.

"잠깐만요."

나는 커튼을 내려놓고 머리카락을 쓸어 올려 알맞게 부풀린 다음 손바닥으로 얼굴을 문지른다. 문을 조금씩 연다. 매튜다. 다행이다. 이놈을 죽일까? 그럼 기분이 좋아지려나? 나를 보더니 매튜가 뒷걸음질을 친다.

"별일 없으시죠, 부인? 제가 어……어……어…… 어떤 소리를 들은 것 같아서요."

"소리? 아무 소리도 안 났는데."

"비명 소리 같은 거요."

"전혀요."

"정말 무사하신 거 맞죠?"

"아무 문제 없어요."

"지금 꼭……."

"뭐가요?"

나는 *'어서 말해 봐, 어서'*라고 재촉하듯 그를 노려본다.

"충격을 받으신 것 같아서요."

그는 눈을 휘둥그렇게 뜨고, 옆구리로 내린 두 손은 부들부들 떨고 있다.

"내가 보기에는 그쪽이 그런데."

나는 문을 닫고 잠겼는지 확인한다. 내가 충격받은 모습이라고? 나는 거울 앞으로 걸어가 내 모습을 들여다보다 흠칫 놀란다. 엘리자베스의 얼굴이 나를 마주 보고 있다. 엘리자베스의 얼굴. 엘리자베스의 눈. 심장이 더욱 빨리 뛴다. 고개를 절레절레 흔든다. *말도 안 되는 생각이야, 앨비. 멍청하게 굴지 마. 미친 생각일 뿐이야.* 하지만 나는 거울로 더 가까이 다가가 바로 코앞에 선다……. 나는 베스의 보석을, 베스의 다이아몬드 목걸이를 착용하고 있다. 니노가 왜 이걸 내 목에 걸어줬을까? 나는 눈물이 그렁그렁한 내 눈을 들여다본다. 그리고 깨닫는다.

나는 엘리자베스다. 나는 베스다.

배 속부터 구역질이 치밀어 오른다. 도대체 왜? 심장이 미친 듯이 뛴다. 거울에 비친 모습이 소리 없는 비명을 지른다.

"엘리자베스?"

아, 맙소사.

난 엘리자베스다.

난 베스다.

내 얼굴, 눈, 미소. 모두 베스의 것이다!

난 어쩔 줄 몰라 고개를 저으며 주위를 돌아본다. 벽난로 위 선반에 놓인 항아리를 거울로 던진다. 거울이 산산조각 난다. 유리 파편이 비처럼 벽난로 안으로 쏟아진다. 내 심장은 더 빠르게 뛴다. 내 심장이 어느 쪽에 있지? 나는 브래지어 속을 더듬어 심장의 위치를 확인한다. 맥박이 쿵! 쿵! 뛰고 있다. 다행이다. 괜찮다. 내 심장은 오른쪽에 있다. 왼쪽이 아니라 오른쪽이다. *그만 날뛰어. 맛이 가고 있구나, 앨비나. 점점 미쳐가고 있어. 정신이 나가고 있어.* 코카인을 너무 많이 흡입했다. 잠도 부족하다. 피를 너무 많이 봤다. 신선한 공기가 필요하다.

창가로 달려가 밖으로 몸을 내밀고 보도를 내려다본다. 깊이 숨을 들이마신다. 굵고 묵직한 빗방울이 뚝뚝 떨어진다. 납빛 하늘, 숨 막히게 어두운 밤. 니노, 니노. 그가 내게 이런 짓을 했다. 어떻게 나를 떠날 수 있지? 니노 때문에 이렇게 됐다. 어쩌면 그가 달아난 것도 당연하다. 내가 먼저 그 생각을 했다면, 나도 그렇게 했을 것이다. 우습게도 오히려 나는 그에게 깊은 인상을 받았다. 우리는 참 똑같구나 싶다. 나와 니노는 쌍둥이처럼 닮았다. 우리는 서로에게 완벽한 짝이다. 그는 내 이상형이고, 나는 신데렐라다. 니노는 내가 꿈꾸던 남자다. 그는 건드려서는 안 될 여자를 건드렸다. 나는 패배를 인정 못 한다. 그는 나를 이길 수 없다. 무슨 일이 있어도 반드시 니노를 찾아내고 말겠다.

"아직 안 끝났어, 잔니노 마리아!"

나는 창밖에 대고 외친다.

그 멍청이를 찾아서 천천히…… 고통스럽게…… 차분하게…… 죽일 것이다.

아니면 그와 결혼하든가.

니노에게 앨비를 만나게 해줘야겠다.

2편《배드》에서 계속

에필로그

보낸 사람 앨비나 나이틀리

W1J 9BR

런던 피카딜리 150번지

리츠 호텔

받는 사람 채닝 테이텀

CA 90067

로스앤젤레스 스타의 거리(Avenue of the Stars) 2000번지

CAA 에이전시를 통해 채닝 테이텀 씨에게 전달 바람

날짜 2015년 8월 31일, 월요일, 3:56 a.m.

제목 결혼

테이텀 씨에게,

나는 앨비나 나이틀리라고 해요. 그냥 앨비 또는 앨(남자 이름처럼 들리긴 하지만)이라고 불러도 돼요. 난 당신의 열성 팬이자 당신의 아내가 될 여자입니다. (영국에서 영화 〈매직 마이크Magic Mike〉가 개봉된 후) 한동안 당신을 멀찍이서 동경만 해 왔어요. 나는 당신의 조각 같은 복근과 탄력 있는 몸뿐만 아니라 당신의 성기를 무척 좋아해요. 난 당신이 라이언 고슬링보다 더 훌륭한 배우라고 생각해요. 매튜 매커너히만큼은 아니지만요. 매튜는 진짜 대단한 배우잖아요.

당신이 나랑 결혼할지 말지를 결정할 수 있도록 (어쨌든 나랑 꼭 결혼해야 해요) 나에 대해 잠시 얘기해 볼게요. 앞에서도 말했듯이 내 이름은 앨비나이고, 나이는

~~26~~ 21세예요. 지금은 (호텔 이름이 인쇄된 편지지에도 나와 있듯이) 영국 런던에 있는 리츠 호텔에 머물고 있지만 영구 주소지는 아니에요. 언니의 다이아몬드 목걸이를 전당포에 맡기고 현금을 마련하면 살 곳을 찾아볼 생각이에요. 언니가 생일 선물로 준 목걸이인데 가격이 7만 내지 8만 파운드 정도 될 거예요. 그 정도면 아치웨이에 있는 원룸 아파트 보증금 정도는 된답니다. 내가 불을 지른 시칠리아의 집에 대한 보험금도 청구할 생각이에요. 받을 수 있을지는 아직 확실히 모르겠지만요.
나는 유쾌하고 상냥하고 재미를 추구하는 사교적인 성격이에요. 누구하고나 잘 어울리고 동물, 아이들, 관광객을 사랑한답니다. 특히 오페라와 시, 람보르기니, 여행, 술, ~~살인~~ 그리고 섹스를 좋아해요. 특히 섹스를 엄청 좋아해요. 침실에서 무척 노련하고 재능 있다는 소리도 들었어요. 지금까지 303명의 남자들과 잤는데, 8년 넘는 동안에 그런 거니까 걸레로 생각하지는 말아줘요.
(하룻밤 이상 가는) 장기 연애를 몇 번 해봤는데 가장 최근에 했던 장기 연애가 얼마 전(오늘 밤에) 원만하게(상대 남자가 아직 살아 있다는 뜻) 끝났어요. 그 남자와 다시 합칠 가능성도 있지만 지금은 솔로예요. (그 남자가 샤워하고 있을 때 그의 휴대폰에 다운로드 해둔 위치 추적 앱을 이용해서) 어떻게든 그 남자를 찾아낼 거예요. 하지만 그에게 프러포즈를 받을 가능성은 50퍼센트 정도예요.
그래서 솔로로 있는 동안 로스앤젤레스의 당신 에이전트를 통해 편지를 보냅니다. 지금은 당신 집 주소를 모르지만 꼭 알아낼 거예요. 편할 때(이 편지를 받고 24시간 내에) 004477669756330으로 전화해서 언제 어디서 만날지 알려줘요.

당신을 생각하며 ~~진심을 담아~~ ~~촉촉~~이 젖은
앨비나

P.S. 깜박 잊고 말 안 했는데 나는 안젤리나 졸리의 좀 더 젊고 섹시한 버전이에요. 졸리보다 훨씬 날씬하고 머리카락은 진한 금발이며 더 예뻐요. 내 사진을 동봉하고 싶지만 지금은 사진이 없네요.

P.P.S. 나를 앨이라고 불러도 된다고 했는데 생각이 바뀌었어요. 앨로 부르다 보면 앨 고어가 떠올라서 발기부전이 올 수도 있을 것 같네요.

감사의 말

우선 나를 태어나게 해주신 부모님께 감사드립니다. 부모님이 없었다면 나는 오늘 이 자리에 있지 못했을 것이고,《매드》를 쓸 수도 없었을 것입니다. 내가 학업을 이어갈 수 있도록 지원해 주신 부모님께 고마움을 전합니다. 엄마, 아빠, 이 3부작을 **읽지는** 마세요. 영화가 나올 때까지 기다리시고, 야한 장면이 나오면 눈을 감아주세요.

심각하게 섹시한 나의 이탈리아인 남편 파올로에게도 고맙다는 인사를 하고 싶습니다. (물론 남편을 보고 영감을 받아 엄청난 매력의 이탈리아 남자들을 탄생시킨 것은 아닙니다.) 내가 일을 그만두고 소설을 쓰고 싶다고 했을 때 믿고 지지해 주고, 그동안 고지서를 전부 납부해 줘서 고마워요.

세 번째로 파버 아카데미에서 지도해 주신 리처드 스키너 교수님께 감사드립니다. 스스로 검열하지 말라고 가르쳐주시고, 앨비나 나이틀리 같은 매혹적인 정신이상자를 만들어낼 수 있도록 자신감을 주시고, 지혜와 우정을 나눠 주신 점에 깊이 감사드립니다. 스키너 팀 파이팅! (이분은 진짜 전설입니다.)

재미있고 환상적인 피드백을 해준 파버 아카데미의 동료들에게도 감사하다는 말씀을 드립니다. 그들은 나와 여정을 함께해 준 최고로 재능 있고 열성적인 작가들입니다. 리디아 로즈 러플스, 펠리시아 얍, 마이클 디어스, 일래나 린지, 샘 오스먼, 헬런 앨런, 새라 에지힐, 파올라 로페즈, 지나 노스, 마거릿 와츠, 케이트 빅, 앨리, 모두 멋진 분들입니다.

원고를 읽고 의견을 준 클레어, 크리스, 소피, 알렉스, 이자트, 알레산드라 등 사랑스런 친구들에게도 진심으로 감사드립니다. 특히 다정하게 대해 주고 용기를 준 리사 탈렙에게 고마움을 전합니다. 친구라기보다는 자매 같은 리사가 없었다면 이 소설을 끝마칠 수 없었을 것입니다.

그리고 WME의 내 에이전트 사이먼 트레윈, 에린 맬런, 앨리시아 고든, 앤마리 블루먼하겐, 트레이시 피셔에게도 감사드립니다. 그들은 정말이지 대단한 팀입니다! 그들의 통찰력과 지혜, 프로 정신에 늘 감탄했고, 그들과 함께 일할 수 있어서 기뻤습니다. 영원히 감사할 것입니다.

PRH에 몸담고 있는 훌륭하고 끈질긴 편집자들인 제시카 리크와 마야 지브에게도 큰 신세를 졌습니다. 그들과 함께한 3부작은 정말이지 환상적인 작업이었습니다. 그들은 엄청난 헌신과 믿음을 보여주었습니다. 멋진 소설이 탄생한 것은 모두 그들 덕분입니다.

클로이 에스포지토

매드

초판 1쇄 발행 2019년 3월 4일 | 초판 2쇄 발행 2019년 3월 27일

지은이 클로이 에스포지토
옮긴이 공보경
펴낸이 김영진

사업총괄 나경수 | 본부장 박현미 | 사업실장 백주현
개발팀장 차재호 | 책임편집 신주식
디자인팀장 박남희 | 디자인 당승근
마케팅팀장 이용복 | 마케팅 우광일, 김선영, 정유, 박세화
해외콘텐츠전략팀장 김무현 | 해외콘텐츠전략 강선아, 이아람
출판지원팀장 이주연 | 출판지원 이형배, 양동욱, 강보라, 전효정, 이우성

펴낸곳 (주)미래엔 | 등록 1950년 11월 1일(제16-67호)
주소 06532 서울시 서초구 신반포로 321
미래엔 고객센터 1800-8890
팩스 (02)541-8249 | 이메일 bookfolio@mirae-n.com
홈페이지 www.mirae-n.com

ISBN 979-11-6413-034-4 03840

* 북폴리오는 ㈜미래엔의 성인단행본 브랜드입니다.
* 책값은 뒤표지에 있습니다.
* 파본은 구입처에서 교환해 드리며, 관련 법령에 따라 환불해 드립니다.
  단, 제품 훼손 시 환불이 불가능합니다.

북폴리오는 참신한 시각, 독창적인 아이디어를 환영합니다.
기획 취지와 개요, 연락처를 bookfolio@mirae-n.com으로 보내주십시오.
북폴리오와 함께 새로운 문화를 창조할 여러분의 많은 투고를 기다립니다.

「이 도서의 국립중앙도서관 출판시도서목록(CIP)은 서지정보유통지원시스템 홈페이지(http://seoji.nl.go.kr)와 국가자료공동목록시스템(http://www.nl.go.kr/kolisnet)에서 이용하실 수 있습니다.
(CIP제어번호: CIP2019003577)」